BROOKLYN CROSS

IL PECCATO DELL'ANGELO

UN PECCATO CAPITALE

TRADUZIONE ITALIANA

BROOKLYN CROSS

TRADUZIONE ITALIANA
A CURA DI
IMMACOLATA SCIPLINI

Copyright © Aprile 2022

IL PECCATO DELL'ANGELO

Libro Uno

Della Serie dei Sette Peccati Capitali

Autrice: Brooklyn Cross

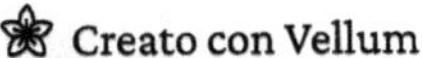 Creato con Vellum

ALTRI LIBRI DELLA SERIE

Elencati in Ordine di Uscita

IL PECCATO DELL'ANGELO – Brooklyn Cross
   LUST – Drethi Anis
   ENVY – Dylan Page
   GLUTTONY – Marissa Honeycutt
   WRATH – Billie Blue
   SLOTH – Talli Wyndham
   PRIDE – T.L. Hodel

Link Amazon Universale del prossimo libro della serie LUST:– https://aman.to/3t9Umk7

ATTENZIONE

Questo libro è una storia appartenente al genere Paranormal Romance rivolto SOLO a un pubblico maturo, come definito dalle leggi dello stato in cui avete effettuato l'acquisto.

Questo libro contiene violenza, un linguaggio forte, scene di sesso esplicito che potrebbero turbare alcuni lettori. Sappiate che questo libro potrebbe farvi sbellicare tanto dalle risate, da farvi fare la pipì addosso... soltanto un pochino.

Come molti altri sistemi di valutazione, quanto sopra riportato è meramente una guida.

RINGRAZIAMENTI

Innanzitutto, vorrei dire un enorme grazie a tutte le altre autrici della Serie dei Sette Peccati Capitali: Billie Blue, Drethi Anis, Dylan Page, Marissa Honeycutt, Talli Wyndham e T.L. Hodel.

La Serie dei Sette Peccati Capitali è la prima collaborazione che abbia mai fatto, ed è stato un viaggio fantastico e mi rattrista vederne la conclusione. So che ci saranno altre collaborazioni più divertenti ed emozionanti nel nostro futuro, ma mi sento di dire che questa mi sta molto a cuore. Voglio dire a tutti voi quanto significhiate per me, e quanto mi avete fatto sentire speciale, quando mi avete proposto di partecipare a questo progetto, di cui IL PECCATO DELL'ANGELO ha rappresentato l'inizio.

Poi, vorrei ringraziare di cuore la mia straordinaria assistente personale Julia Murray, il mio Team Beta Team, Street Team e l'Arc Team per il vostro duro lavoro. Occorre davvero un paese per scrivere un libro e consegnarlo al mondo, e ognuno di voi ha svolto un ruolo fondamentale in questo processo.

Infine, ma non certamente per minore importanza, vorrei ringraziare i Blogger, Revisori e Lettori che hanno colto la possibilità di leggere questo libro. È solo grazie al vostro sostegno continuo che gli autori indipendenti come me possono continuare a scrivere.

Playlist

Way Down We Go - KALEO
Glitter & Gold - Barns Courtney
The Motto - Tiesto & Ava Max
INFERNO - Bella Poarch & Sub Urban
Hellfire - Barns Courtney
Money - Pink Floyd
@ my worst - Blackbear
Goosepumps - Travis Scott
Electric Love - BORNS
I WANNA BE YOUR SLAVE - Maneeskin
Counting Stars - OneRepublic
Highway to Hell - AC/DC
Heaven's Gate - Fall Out Boy
Forget to Remember - Mudvayne
Demons - Imagine Dragons
Take On Me - a-ha
The Reason - Hoobastank
Locked Out of Heaven - Bruno Mars
Kryptonite - 3 Doors Down
Angel - Sarah McLachlan

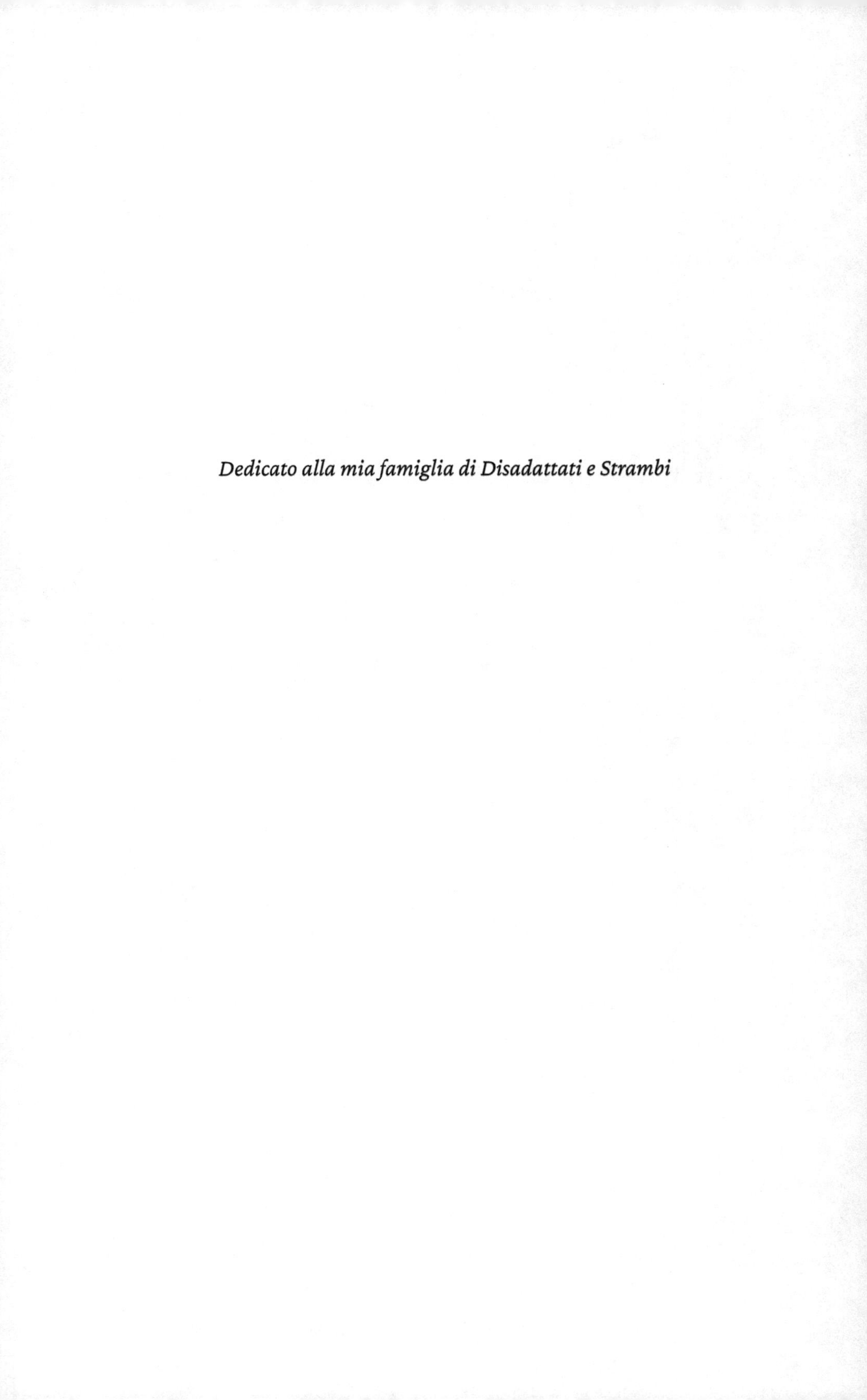

Dedicato alla mia famiglia di Disadattati e Strambi

La prima caduta dell'umanità avvenne
con il serpente e la mela nell'Eden.
Quando la mela fu divorata,
nacque il peccato dell'Avarizia.

ALSO BY

The Righteous Series

(Vigilante/Ex Military Romance - Dark 3-4 Spice 3-4)

Dark Side of the Cloth

Ravaged by the Dark

Sleeping with the Dark

Hiding in the Dark

Redemption in the Dark

Crucified by the Dark (Coming Soon)

Dark Reunion (Coming Soon)

The Consumed Trilogy

(Suspense/Thriller/Anti-Hero Romance - Dark 4-5 Spice 3-4)

Burn for Me

Burn with Me (Coming 2022)

Burn me Down (Coming 2023)

The Buchanan Brother Duet

(Serial Killer/Captive Romance - Dark 4-5 Spice 3-4)

Unhinged Cain by Brooklyn

Twisted Abel by T.L Hodel

The Battered Souls World

(Standalone Books Shared World Romance- Dark 2-3 Spice 2-3)

The Girl That Would Be Lost

The Boy That Learned To Swim (Coming Soon)

The Girl That Would Not Break (Coming Soon)

The Brothers of Shadow and Death Series

(Dystopian/Cult/Occult/MFM Romance - Dark 3-4 Spice 3-4)

Anywhere (Coming Soon)

Seven Sin Series

(Multi Author/PNR/Angel and Demons/Redemption - Dark 2-5 Spice 3-5)

Greed by Brooklyn Cross

Lust by Drethi Anis

Envy by Dylan Page

Gluttony by Marissa Honeycutt

Wrath by Billie Blue

Sloth by Talli Wyndham

Pride by T.L. Hodel

CAPITOLO

UNO

Mi libravo sopra le nuvole, sfiorandone con le ali il soffice biancore e disegnando graziose linee con le spesse piume bianche.

Immergendo le punte, spostavo quella candida morbidezza nell'aria e la osservavo riempirsi e ricomporsi nuovamente. Sotto di me, l'erba verde, normalmente luminosa, era ancora più vibrante e luccicava come smeraldi. Il sole, nella sua brillantezza dorata, illuminava il cielo, così che anch'esso sembrasse composto da gemme rare.

Amavo perlustrare quella zona del Paradiso. Accadeva raramente che qualcuno si spingesse fin lì: vi si potevano trovare una pace e una bellezza speciali, talmente intense che era difficile esprimerlo a parole. Questa sezione assomigliava a un angolo di lettura privato.

Più di una volta, avevo tirato fuori i grandi libri di storia, rilassandomi sull'erba morbida durante la lettura. Qui, la tranquillità era presente su un altro livello e il calore dell'amore del Padre m'investiva, riempiendomi con un chiaro obiettivo.

Mi fermai quando giunsi alla fine di quella zona, voltandomi verso il magnifico palazzo d'avorio. Guardare il Palazzo della Creazione emozionava sempre la mia anima. Ogni volta che me ne stavo lì immobile a fissare l'alto simbolo della speranza, una lacrima mi rigava la guancia, mentre un calore si

1

spandeva in tutto il mio corpo. Le pareti scintillavano come un'infinità di diamanti e perle, e il cielo dal colore blu intenso fungeva da perfetto sfondo sereno, facendo splendere l'edificio come un faro. Le guglie dorate brillavano; su ognuna si ergeva una statua d'oro degli angeli guardiani, assegnati alla protezione del luogo.

Sorrisi quando lo sguardo mi cadde sulla statua che rappresentava me stesso. Si trovava sulla guglia posizionata a sinistra di quella di mio Padre. Un senso d'orgoglio mi riempì; mi si gonfiò il petto, mentre mi beavo della magnifica vista, così come avevo fatto tante volte. Non mi sarei mai stancato di guardarla!

"Salve, Maddix!" Mi guardai alle spalle e vidi una degli angeli guardiani appena assunti farmi un cenno di saluto. Stringeva una bimba di una settimana d'età tra le braccia.

"Ha già un nome?" gridai.

"È destinata al ruolo di angelo guardiano come me una volta cresciuta, perciò la chiamerò Tikshya, così che sia dotata di pazienza per le future responsabilità che avrà."

"Scelta meravigliosa." La salutai. Chiusi la mano a pugno, portandola al cuore e poi sorrisi.

Restai qualche minuto in più di quanto avrei dovuto, fissando a distanza la bellezza degli angeli impegnati nel loro lavoro. Poggiai la mano sull'elsa della spada attaccata al fianco, mentre le mie dita seguivano le linee intricate del pezzo accuratamente decorato. La sua unicità simboleggiava il mio rango tra i miei fratelli e le mie sorelle, e mi sentii davvero orgoglioso dell'arma che mio Padre aveva creato.

Con un singolo sbattere delle mie potenti ali, mi alzai, affrettandomi a finire il mio giro; deviando verso sinistra, le punte dorate delle mie ali sparirono in mezzo al biancore, mentre viravo verso casa. Fu strepitoso poter aprire completamente le ali, spingendo me stesso e rigenerando i miei sensi.

Se ci fosse stato il vento, suppongo che mi avrebbe soffiato sul viso, ma questo era un luogo di perfezione. Il vento non era mai forte, la temperatura era sempre stabile: non troppo calda e non troppo fredda. E le terre erano sempre luminose con un caleidoscopio di colori splendenti, a prescindere dal momento della giornata. Perché mai qualcuno avrebbe voluto lasciare quel posto?

Scorgendo il vecchio Shilo, uno degli angeli più anziani tra noi, mi avvicinai e atterrai accanto a lui.

"Non mi serve il tuo aiuto, non sono così vecchio," disse facendo cenno con la mano verso di me. Senza neppure preoccuparmi di rispondergli, mi chinai a raccogliere il grande cestino pieno di maturi frutti della serenità, che aveva raccolto.

"Oh, non fare così. Mi fermerei per chiunque dei miei compagni angeli." Ressi il cestino attendendo che Shilo lo prendesse, sfoggiando un largo sorriso sul viso.

"Attento, se sorridi in quel modo troppo a lungo, rischi di restare così, figliolo," disse Shilo, accettando l'offerta.

"È questo il mio piano."

"Davvero, e quale è il tuo piano per gli umani e per tutti i problemi che stanno causando sulla Terra" chiese l'anziano. "Pensi che il tuo bel sorriso impedirà loro di trasformarsi nelle creature miscredenti che sono?"

Il mio viso si rabbuiò alla menzione degli umani. Non avevo nulla contro di loro, ma mio Padre li adorava come se dovessero essere celebrati, e non ne capivo la ragione. Nell'arco di poco tempo, sarebbero divenuti noti per causare danni e ferire se stessi e le altre creature che dimoravano sulla Terra. Distruggevano sistematicamente il pianeta su cui vivevano senza preoccuparsene; cosa ancora peggiore, ascoltavano a malapena gli angeli inviati a proteggerli e guidarli.

Molti angeli se ne erano andati ed erano stati banditi dal Paradiso per non aver adempiuto al loro dovere, eppure io non li biasimavo. Non era soltanto un lavoro difficile vegliare sugli umani, quando questi non volevano il nostro aiuto, ignorandoci sfacciatamente, ma sembrava che non fossero considerati così importanti quanto noi. Questa situazione creava una costante preoccupazione nei recessi della mia mente. Sentirsi in conflitto con quanto fosse giusto, quando la mia lealtà andava fermamente a mio Padre era alquanto fastidioso.

La tensione aveva raggiunto un punto di rottura proprio riguardo all'amore incondizionato che mio Padre sentiva per loro. Coloro che erano destinati a proteggere gli umani osarono persino dubitare di mio Padre, e tra gli angeli cominciò a nascere una vera e propria spaccatura. Lamentele e discussioni si erano diffuse in entrambe le fazioni sulla questione, dal momento in cui Lilith era caduta dalla grazia.

Sollevai la spalla, incerto di quello che Shilo voleva sentire. "Il mio obiettivo resta sempre lo stesso, assicurarmi che tutti loro sappiano ciò che significa darsi pienamente agli altri, e quanto sia bello essere generosi in ogni cosa. E, credimi, se posso mostrare a tutti questi angeli testardi e chiusi mentalmente un paio di cose, allora posso sicuramente farlo con gli umani di nostro Padre. Potrebbe volerci solo un po' più di tempo." Feci l'occhiolino a Shilo.

"Sei sempre stato buono, ora vai prima che chiunque passi possa pensare che io sia un vecchio angelo decrepito bisognoso d'aiuto," ironizzò l'anziano, facendomi ridere.

"D'accordo, d'accordo, me ne vado, ma sappi che se dovessi aver bisogno di qualcosa..."

"So su quale nuvola ti piace posarti e conosco la graziosa biondina che si siede lì per caso sempre più di frequente." I tenui occhi blu di Shilo brillarono maliziosamente.

Arrossii e il sorriso miracolosamente si allargò ancora di più sul mio volto. "Penso di dover proprio andare. Ci vediamo, Shilo. Buona giornata!"

"Se hai intenzione di unirti con quella dolce ragazza, vedi di farlo prima che io avvizzisca via nel nulla, per favore, " gridò Shilo, mentre spiccavo il volo.

"Prometto di farlo prima possibile. E ci vorrà ancora tanto tempo prima che tu avvizzisca."

Sbattendo le ali, mi ritrovai di nuovo in aria, pronto a bere una tazza di tè e mangiare una fetta di pane fatto in casa.

Immagino che non avrei dovuto sorprendermi del fatto che Shilo sapesse che stavo passando più tempo con Callista. Era venuto fuori che lei mi piaceva e, a quanto pareva, ero ricambiato. Decidendo di fare una rapida deviazione, scivolai sotto le spesse nuvole, e fissai l'apertura sul fiume Stige. Rallentai, mentre oltrepassavo quella zona insolita, e guardai affascinato le anime umane andare pigramente verso la sponda della Grazia. Alcune anime erano già emerse dall'acqua e, marciando in fila, si dirigevano agli ampi archi panoramici dell'entrata del Paradiso.

Gli umani erano davvero insoliti. Certamente non amavano ascoltare il saggio consiglio fornito dal proprio angelo. Diventava sempre più frequente che gli angeli inviati sulla Terra, tornassero indietro, implorando di essere trasferiti. Perché queste creature, questi umani erano fatti per essere tanto testardi? Che scopo mio Padre aveva in ciò? Ma, ancora una volta, chi ero io per mettere in discussione la volontà di mio Padre?

Scuotendo il capo con stupore, proseguii verso casa. Scorsi Callista mentre ero ancora a una certa distanza. I suoi capelli dorati, che le arrivavano in vita, splendevano al sole. Si era seduta sulla piccola panchina davanti alla mia casa modesta, con le mani che lisciavano la stoffa della sua semplice tunica bianca.

Quando le atterrai accanto, fece un balzo e poi sospirò, quando mi riconobbe.

"Ciao, mi dispiace, non intendevo spaventarti." Le avvolsi le braccia intorno al corpo, e lei afferrò le cinghie bianche di cuoio della mia armatura.

"Che cosa c'è? Che cos'hai? Perché stai tremando, Callista?"

"Mi dispiace, non ne sei tu la causa. Non hai sentito?" Le lisciai le morbide ciocche bionde dal viso delicato e mi concentrai sugli splendidi occhi blu di Callista, che brillavano come la più rara delle gemme turchesi trovate in Paradiso.

"Sentito che cosa?"

"Lucifero! Ha deciso di dichiarare guerra a nostro Padre."

Il mio sorriso svanì, mentre la mia mano afferrava l'elsa della mia spada.

"Non può essere vero. Lucifero ha dei problemi con nostro Padre, certo, ma addirittura scatenare una guerra? Provare a detronizzarlo? È solo un terribile pettegolezzo, e non dovresti divulgarlo in giro. Servirà solo a creare un inutile panico."

"No, Maddix, è vero. L'ho visto oggi nel grande salone, mentre lavoravo. Lucifero ha chiesto che nostro Padre cessasse di favorire gli umani rispetto agli angeli, dicendo che sono una specie inferiore e dovrebbero essere trattati come tali. Poi, ha aggiunto che era blasfemia mettere da parte la nostra razza, i suoi fedeli figli, e che, se nostro Padre vorrà continuare a innalzare gli umani su un piedistallo, allora è giunto il momento che si faccia da parte e lasci governare qualcun altro."

"Che cosa ha risposto nostro Padre?"

"Ha detto che ama ugualmente tutti i suoi figli, che non esiste alcun piedistallo, solo parti uguali appartenenti alla stessa fazione," rispose Callista. "Non ho mai visto Lucifero così arrabbiato. È uscito di corsa e ha detto che nostro Padre non è più adatto ad assolvere al ruolo di padre, ed è ora che il Paradiso trovi un nuovo re, che tratti gli angeli per il modo in cui sono stati creati." Un singola lacrima le scese sulle guance.

Asciugandole la lacrima con il dito, le diedi un bacio rassicurante sul naso. "Sono certo che passerà tutto. Sai come va tra nostro Padre e Lucifero. Raramente la vedono allo stesso modo su qualcosa, eppure, alla fine, riescono sempre a trovare un accordo."

"Maddix, questa volta è diverso. Nostro Padre ha riso di Lucifero, come se fosse stato soltanto un bambino. Nostro Padre ha detto che gli umani dovrebbero essere la creazione che Lucifero dovrebbe amare di più, visto che sono stati creati a immagine di Lucifero stesso. Tu non hai visto la rabbia negli occhi di Lucifero, e il modo in cui è uscito dopo l'insulto... non lo so, ma Michael è arrivato subito dopo, e insieme a nostro Padre ha allontanato tutti fuori dal palazzo, in modo da poterci parlare in privato." I suoi pugni strinsero le cinghie sulla mia armatura da battaglia. "Sento..." Callista indietreggiò e spostò una mano sul suo petto. "Sta per accadere qualcosa di terribile, lo so. E non voglio che tu ne sia coinvolto. Ti prego, Maddix, so che vuoi che tutti vadano d'accordo, ma non penso che tu possa aggiustare questo. Qualunque cosa Lucifero decida di fare, stanne fuori e lascia che se ne occupi nostro Padre."

"Callista, sono sicuro che tu ti stia preoccupando inutilmente. Nostro Padre perdonerà comunque Lucifero, come ha sempre fatto, e Lucifero si calmerà e vedrà che nostro Padre non intende voltarci le spalle e si scuserà per il suo sfogo. E, sebbene apprezzi che tu mi abbia messo in guardia, e se —- ed è un grande se —— qualcosa dovesse accadere, devo esserne coinvolto. Sono uno dei guardiani. Proteggere nostro Padre, gli angeli e questo posto è mio dovere. Proteggere te." Stringendo il viso di Callista, le deposi un dolce bacio sul naso. "Vuoi venire dentro? Forse una tazza di tè della tranquillità bollente calmerà i tuoi nervi."

Allungai la mano verso la porta, quando bruscamente, il mondo intorno a me cambiò, mentre un ruggito assordante, estraneo a quel mondo, rieccheggiò a distanza. Quel suono terrificante mi fece rizzare i peli sulle braccia. Mi staccai da Callista e impugnai la mia spada, mentre con gli occhi cercavo la fonte che aveva causato quel suono terribile.

Riecheggiò di nuovo, insieme al profondo rombo di un tuono: sembrava che esprimesse rabbia.

Il cielo, color blu intenso, s'increspò, come se un sasso fosse stato lanciato nell'acqua, e una strana vibrazione scosse gli alberi circostanti e le foglie che non avevano mai sentito il vento. Il suono del loro sfregamento era insopportabilmente forte. Era come se una tempesta si stesse scatenando all'orizzonte, come se gli umani avessero trovato un modo per toccare il Paradiso prima dell'arrivo delle loro anime.

"Questo è impossibile," esclamai.

Una distesa color rosso sangue e arancione infuocato consumò lentamente l'azzurro brillante del cielo. Indietreggiai da Callista di un altro passo, mentre, come gli altri, guardavo per scoprire che cosa stava scatenando quel fenomeno. In tutti i miei anni, non avevo mai visto nulla che potesse cambiare il cielo, ad eccezione di nostro Padre.

Un altro ruggito, più forte stavolta, riecheggiò in direzione dei cancelli dorati. Quel suono lacerante mi fece venire i brividi in tutto il corpo.

Qualunque cosa fosse, era grande e potente. La terra tremò leggermente sotto i miei piedi, e spostai lo sguardo verso il basso, fissando la perfetta erba verde. Le piccole lame si agitavano violentemente. Niente di tutto questo aveva senso. Non c'era nulla, nemmeno sulla Terra con gli umani, in grado di causare una cosa simile.

Ero convinto che non esistesse qualcosa di abbastanza potente da disturbare il Paradiso. Il normale scintillio del palazzo cambiò, e l'energia che stava sprigionando mi fece sfregare il petto. Era un avvertimento. Ciò che stava succedendo era vero, e anche pericoloso.

"È lui," sussurrò Callista, aggrappandosi al mio braccio. "Guarda!" Indicò verso i cancelli sacri.

I miei occhi si diressero verso gli alti cancelli dorati, e spalancai la bocca per lo sconcerto. L'enorme muso nero di una bestia, che non avevo mai visto prima, emergeva tra le nuvole. La testa era più grande di quanto sia possibile descrivere. Le zampe anteriori e il corpo apparvero immediatamente dopo; sgranai gli occhi vedendo una creatura mastodontica nera quanto gli antri dell'Inferno. Un enorme drago che non avevo mai visto prima emerse dal bianco del Paradiso e lo divise come se fosse il Mar Rosso. Era incredibilmente grande, e faceva male agli occhi fissarlo direttamente. Quando la coda emerse totalmente dalle nuvole, mi trovai dinnanzi la bestia nella sua altezza e ampiezza. Quest'essere non veniva dal regno degli umani, e nemmeno da questo piano, e non avevo nemmeno mai sentito parlare del fatto che una creatura simile si nascondesse nelle profondità dell'Inferno. No, questa creatura era nata dalle tenebre che volevano consumare tutto sul proprio cammino.

I suoi grandi occhi rossi mi suscitarono una sensazione sconosciuta alla bocca dello stomaco. Difatti, guardai prima il mio ventre e poi sollevai lo sguardo sulla bestia. Era paura quella che sentivo? Non avevo mai provato la paura, eppure questa creatura, questa bestia oscura proveniente dall'oltretomba, che era sbucata dalle serene nuvole bianche, stava senza dubbio causando questa reazione.

Le anime umane si dispersero ai quattro venti nello spazio pericoloso tra lo Stige e la sicurezza del Paradiso, perché il drago iniziò a smembrarle, facendone sparire i corpi spettrali. I cancelli, che normalmente apparivano impenetrabili, sembravano inconsistenti rispetto all'enormità della creatura. Ali più nere del regno dell'Inferno stesso e più grandi di qualunque cosa avessi mai visto si spalancarono completamente, quando infine spiccò il volo con un boato, mentre si innalzava sulle nuvole. Il fumo si sparse nell'aria intorno alla bestia, mentre la nebbia normale evaporava sotto il suo oscuro tocco. Osservai incredulo, constatando che le nuvole, toccate dalla bestia, non si rigeneravano, bensì restavano nere e bruciate. Se era in grado di distruggere la terra su cui si posava, allora che cosa avrebbe potuto fare alla nostra casa se fosse riuscito a oltrepassare i cancelli?

Improvvisamente, lo vidi lì: mio fratello era sulla schiena della bestia che minacciava la nostra casa, come un minuscolo insetto tra le ali del drago, e il mio cuore sprofondò. Non c'era modo di tornare indietro ormai.

Di qualunque cosa si trattasse, Lucifero sarebbe stato sicuramente cacciato via dalla nostra casa.

Creature più piccole provenienti dallo stesso piano infernale comparvero nella scia della bestia, contaminando ogni cosa si trovasse loro davanti nel cielo; il fuoco sostituì il fumo che si alzava dal naso della bestia, dando vita a colonne così alte che non riuscivo a vedere dove si fermassero; l'intenso calore, però, si poteva percepire persino a questa grande distanza.

"No, questo non può succedere. Gli occhi mi stanno ingannando," dissi, eppure il battito del mio cuore e il sangue che mi scorreva nelle vene mi dicevano che stavo davvero assistendo all'impossibile.

"Questo non è uno scherzo, Maddix. Lo vedo anch'io."

Spalancai le ali, e avanzai di un passo per poi spiccare il volo, ma Callista mi strinse forte il braccio. "Ti prego, Maddix, non andare, non farti coinvolgere."

"Callista, devo andare! Sono un arcangelo e quelli sono i miei fratelli e le mie sorelle!"

Il grande drago ruggì di nuovo e, nonostante la distanza, si udì la voce di Lucifero urlare a coloro che presidiavano i cancelli di aprirli o sarebbero morti. Angeli di ogni età e rango si radunarono per osservare l'incredibile scena.

Le guardie al cancello sollevarono le armi in segno di sfida, mentre il drago ruggiva. Lo vidi ergersi in tutta la sua altezza e sussultai dinnanzi alla sua enorme stazza; le gambe anteriori fendevano l'aria con i lunghi artigli, mentre la coda si scuoteva da una parte all'altra.

Le grandi colonne di fuoco discesero dal cielo davanti alla testa del drago, e non riuscii a fare altro che urlare: "Attenti!"

La bestia ruggì e sbatté a terra le zampe con tale forza, che dovetti afferrare Callista, per impedirle di cadere a causa del tremore della terra. Un respiro infuocato uscì dalla bocca del drago e oscurò gli archi dorati.

Come se ci trovassimo nel mezzo di un terremoto, la terra si scosse e vibrò, mentre la forza dei cancelli e la bestia si scontravano. Fui sul punto di perdere l'equilibrio, ma riuscii a sorreggere Callista. Il fuoco infernale, che inizialmente non era penetrato, cominciò a infilarsi sotto il cancello e poi, si riversò incredibilmente tra le sbarre.

Quel fuoco mortale emergeva dal drago come alte onde dall'oceano, e io guardai inorridito i cancelli dorati, che si ergevano alti, simbolo di pace e protezione per molte generazioni, inghiottiti dalle fiamme. Il metallo sacro gemeva come se qualcuno urlasse, mentre si deformava e piegava.

Il drago diede una violenta testata a ciò che avrebbe dovuto essere impenetrabile. Più volte, una dopo l'altra. Ad ogni potente colpo, barcollavo, finendo contro Callista e facendola cadere al suolo.

"Mi dispiace tanto," le dissi, mentre l'aiutavo a rimettersi ancora una volta in piedi. "Entra in casa mia, nasconditi e resta lì."

Ma non mi diede ascolto. Aveva gli occhi fissi sulla creatura ai cancelli. Come un enorme ariete, con un ultimo colpo in grado di frantumare il Paradiso, il drago sbatté la testa gigantesca contro i cancelli e li spalancò. Il suono fu tanto forte che sembrò che il cielo si fosse squarciato per inghiottire tutto il Paradiso.

Se non ne fossi stato testimone, non ci avrei mai creduto.

Era impossibile, inimmaginabile, ed era soltanto l'inizio.

Un fatale passo artigliato dopo l'altro, il drago avanzò ulteriormente nel piano di luce, e offuscò la quiete dove non avrebbe mai dovuto trovarsi. Tutti coloro che lo seguivano accedettero al santuario sacro. Con la testa bassa, assorbì i torrenti di fuoco e aprì la bocca. Il fuoco formò una palla fatale e inghiottì tutto ciò che gli si parava davanti. A Lucifer non sembrava importare che la creatura che cavalcava stesse abbattendo tutti coloro che aveva giurato di voler proteggere.

Le guardie che avevano presidiato coraggiosamente i cancelli si voltarono per scappare ma il fuoco fu più veloce. Rabbrividii mentre le loro urla strazianti raggiunsero le mie orecchie. Spalancai la bocca in stato di shock, mentre i membri di quella che per me era una famiglia adorata cadevano dal cielo come mucchi anneriti, per poi finire in cenere. Ciò che restava dei loro corpi scivolò in mezzo alle nuvole, e sparì per precipitare sulla Terra, e una raffica di piume bianche si sparse intorno alla grande bestia e a Lucifero, come una lenta nevicata.

La terra sotto ai miei piedi gemette, e potrei giurare di aver sentito il suono di una spaccatura nelle fondamenta del Paradiso, mentre l'ultima gamba del drago calpestava la soglia.

L'assordante ringhio trionfante generò un altro brivido lungo la mia schiena. Michael e l'esercito degli angeli guerrieri emersero dal palazzo, disposti in una fila unica, con il meraviglioso Pegaso in testa, mentre il drago si dirigeva al palazzo avorio.

"Callista, per favore entra in casa e restaci finché non sarà finita. Non uscire finché io o nostro Padre diremo che è possibile farlo."

"Ti supplico, Maddix, non andare. Temo che non ti rivedrò più. Sai che percepisco queste cose." La voce le tremava, mentre le lacrime le scendevano lungo le guance. "Ti amo. Non voglio perderti."

Stetti a guardare in quegli splendidi occhi blu che mi avevano rubato il cuore, sin dal primo momento in cui l'avevo vista. Non importava che cosa dicesse il mio cuore, non potevo lasciare che i miei fratelli e sorelle si combattessero tra loro in quel modo.

Stringendo il viso di Callista, le catturai le labbra nel più dolce dei baci.

Labbra che avrei potuto baciare per l'eternità, che non mi sarei mai stancato di appoggiare alle mie.

"Ti prometto che tornerò, ma devo andare," dissi e le spostai gentilmente le mani dalle mie cinghie in cuoio. "Tornerò da te Callista, perché anch'io ti amo."

Alzandomi rapidamente in volo, sforzai il più possibile le mie ali, mentre miravo all'assedio che stava per avere luogo. Dovevo fermare i miei fratelli e sorelle. Questa era una follia.

CAPITOLO

DUE

Gli uomini alle mie spalle erano come scoiattoli affamati che chiacchieravano tra loro. La sala riunioni pullulava dei miei capi, impegnati in una discussione relativa all'acquisizione più recente. La testa mi doleva per via dei battibecchi su quale fosse la migliore strategia per guadagnare di più: dividere la società e venderne le parti oppure conservare l'investimento. Avrebbe dovuto essere abbastanza facile, ma quelli seduti al mio tavolo avevano il loro programma, di cui non parlavano ad alta voce e sul quale non avrebbero mai dato risposte; d'altro canto, io non giocavo pulito e sapevo esattamente che cosa desiderava ognuno di loro: non avevo dubbi su quali corde dovevo tirare per far danzare le mie piccole marionette umane seguendo la mia melodia, con un perfetto accordo.

Il forte brandy mi bruciò deliziosamente la gola, mentre il liquido scuro indugiava sulle mie labbra come un bacio. Estraniandomi dal suono ronzante dei litigi di quegli uomini, che ormai mi annoiavano, fissai fuori dalle grandi finestre verso i fari delle auto di sotto.

Quell'edificio mi apparteneva, come la maggior parte di quelli che lo circondavano, ma era la mia perla: era il più grande della città e si ergeva come un diamante nero, una punta di diamante di qualche sorta. Gli altri edifici non erano paragonabili alla sua bellezza scintillante o alla sua grande ricercatezza. L'affitto che percepivo per ciascun piano era di gran lunga superiore alle cifre richieste dal mercato, eppure la mia sola presenza sul posto faceva gridare la gente a gran voce che la loro società doveva avere sede lì.

Il loro bisogno di avere il meglio, la spinta di tenere tutto sotto controllo: ogni mobile, ogni finitura e ogni parete. L'energia era inebriante per questi mammiferi, questi umani. Molti erano andati in bancarotta, nel tentativo di sostenere quell'affitto astronomico.

M'importava? Per niente.

I miei occhi si spostarono su Lady Liberty a distanza, la luce del tramonto rendeva visibile la sua torcia. Gli umani l'adulavano come se fosse nostro Padre in persona. Era un simbolo di speranza, prosperità e consiglio — bla, bla, bla, mi viene da vomitare. L'idea era assurda e piuttosto esilarante per quanto mi riguardava. Che barzelletta. Gli umani non avrebbero saputo come riunirsi se non l'avesse presi per i fondelli. Erano creature patetiche, strane e profondamente deludenti, dotate di corpi e menti deboli. Erano gatti verticali, senza peli e senza code. Sogghignai quando mi venne in mente l'immagine di uomini nudi che correvano in giro. Voglio dire, sul serio, gatti instabili privi di pelo, che intenzioni avevi, Padre?

La fiamma della torcia impugnata da quella ridicola statua divenne più scintillante, quando il sole iniziò a tramontare; per quanto pensassi che quella costruzione fosse destinata a soggetti dalla mente primitiva, mi ritrovai a osservarla. Sebbene non fosse ancora buio, la luna era già visibile in cielo e il suo riflesso danzava sull'acqua. Quella vista era una delle poche che amavo davvero sulla Terra — beh, mi piaceva che non costasse soldi o potere goderne, tutto qua.

Una mano sbatté sul tavolo, mentre la conversazione prese una brutta piega, diventando più accesa. Non che m'importasse, era certamente meglio per me se si accapigliavano tra loro. Questa dissonanza facilitava la crescita dell'avarizia.

"Riker, che cosa ne pensi?" chiese la voce di George, e io sospirai prima di girarmi verso gli occupanti della stanza.

Neven, la persona che più si avvicinava a un migliore amico, si sedette sul lato, occupando una delle sedie più comode. Era l'immagine della rilassatezza, eppure lo sguardo assente e il distratto scuotere del suo drink mi dicevano che era già fuori dal meeting.

"Penso che questa sia una perdita del mio prezioso tempo." Quasi ridacchiai, mentre le loro bocche si spalancarono in perfetta uniforme simmetria.

Beh, almeno siete d'accordo su una cosa.

"Ma... ma..." George si leccò le labbra e fissò la stanza, in attesa che uno dei presenti parlasse.

Non ebbi bisogno di intervenire per toccare le loro menti, per sapere che cosa stavano pensando.

"Questo è ciò che faremo," dissi, bloccando il mio amico prima che potesse iniziare a dare sfogo alla sua noiosa sfuriata.

"La società acquisita si occupa di media e televisione," feci una pausa d'effetto drammatico. "Volevamo trovare un modo per spendere meno e avere più pubblicità. Certo nel breve termine possiamo guadagnare dieci milioni, se la dividiamo e la vendiamo subito. Ma avremo la possibilità di risparmiare centinaia di milioni portando Marabellum Communications nel nostro gruppo." Afferrai lo schienale della grande sedia in pelle nera a capotavola. "Marabellum possiede una divisione radio, online e televisiva e, a meno che non stia bene a tutti voi pagare costi esuberanti per creare le nostre campagne di marketing sui media, vi suggerirei di andare tutti d'accordo e trovare il modo migliore per sfruttare queste risorse."

"Potrei dare un suggerimento?" intervenne Neven, e tutte le teste si girarono verso di lui. "La società è già diffusa in un certo numero di importanti mercati. Perché non acquistare qualche altro show popolare e vendere pubblicità a un prezzo maggiore? Se poteste arrivare a qualcosa di famoso come il Super Bowl, allora ne trarrebbero benefici tutte le nostre società."

"Che idea brillante!" Gli occhi di George s'illuminarono, mentre l'avarizia che gli scorreva nelle vene pompava selvaggiamente attraverso il suo cuore con un profondo suono ritmico che mi invocava. Il labbro di George si curvò all'insù, mentre aumentava la sua eccitazione. "Voi tre siete con me, ci occuperemo del settore televisivo." Indicò le tre persone più vicine a lui, e saltò come un ragazzino a Natale entusiasta di correre e iniziare. O almeno, era così che credevo si comportassero i bambini a Natale, un'altra stupida creazione umana. Voglio dire, ma davvero chi avrebbe voluto presentarsi come un grassone vestito di rosso e consegnare regali gratis? Gratis! Scossi il capo al solo pensiero.

Era davvero triste pensare a quanto gli umani fossero facilmente manipolabili! Era semplice persuaderli sventolando denaro e potere sotto il loro naso. Osservai il resto dei presenti formare gruppetti e uscire, ognuno con la propria agenda intrisa di grande avarizia. Era come osservare una versione aziendale di Survivor, mentre le persone che restavano sceglievano le cose preferite a cui giocare. Mi diedi un colpetto sul mento, mentre assistevo alla caotica discussione tra umani e mi domandai chi sarebbe stato mandato in nomination sull'isola. C'era sempre quello che veniva lasciato fuori.

Appena anche l'ultimo dei gatti nudi se ne fu andato, sedetti al computer ad analizzare l'ultimo trimestre fiscale. Per chiunque altro, poteva sembrare la lettura più noiosa dell'intero universo, ma non per me.

Neven si alzò dalla sedia in pelle su cui si stava rilassando e attraversò la stanza con un bicchiere di whisky tra le dita.

"Vuoi andare al fight club di Dai stasera o forse al nuovo ristorante di Triel, Ekron? Solo per fare qualcosa di diverso."

"No e no, non stasera. Aspetta un attimo, Triel? Perché mai nel nome dell'Inferno vuoi andare al nuovo locale di Gola? Sebbene tu sappia che amo Las Vegas, ho davvero zero interesse a vedere quello stronzo oscuro."

Neven scrollò le spalle. "Dicono che il cibo sia strepitoso, e lo trovo strano ma molto interessante."

Sollevai il sopracciglio, guardando Neven. Non che m'importasse chi o che cosa il mio amico demone si scopasse, ma persino lui avrebbe dovuto avere limiti. Gola non era il demone con cui avreste voluto andare a letto, in ogni caso.

"Servirebbe se dicessi di stare lontano da lui?"

"Non m'interessa una relazione con lui. Lo trovo soltanto affascinante.

Una volta l'ho visto ordinare a un demone di strappare gli occhi a un umano, mentre il demone gli scopava la bocca. Che cosa posso dire? È stato erotico."

"Ti prenderò in parola, ma so che, se ci vai, potresti non tornare." Riportai gli occhi allo schermo del computer e sorrisi compiaciuto, mentre scorrevo i dati sullo schermo fino alla linea che mostrava la crescita totale dell'ultimo trimestre. Eravamo quasi al quindici per cento di tutte le divisioni della società.

"Bene, penso che mi troverò altro da fare," brontolò Neven, mentre faceva il broncio come un bambino umano, il che, considerando la sua notevole età, era incredibile.

"Come Skye," sottolineai, e Neven scoppiò a ridere.

"Sì, lo farei, ma lei è ancora in visita al palazzo di Asmodeo. Non è una buona idea che se ne stia in giro nel palazzo di Lussuria, ma ha insistito nel voler andare. Organizza davvero grandi orge! L'ultima volta che sono andato, ci sono rimasto per mesi e il mio cazzo non è più riuscito a drizzarsi per quattro settimane, quando sono ritornato." Neven abbassò lo sguardo al cavallo dei suoi pantaloni, e si diede una pacca proprio lì. "Credevo che si fosse rotto."

"Fin troppe informazioni per i miei gusti."

Un debole colpo alla porta fece voltare entrambi in quella direzione. Shilo era proprio davanti alla porta, con la schiena dritta, il viso privo di ogni emozione. Aveva costantemente un atteggiamento professionale. Non avevo idea del perché Shilo non si distaccasse dalle vecchie formalità. Non eravamo più in Paradiso, e non ero più l'angelo di prima.

"Shilo, va tutto bene?"

"Sì, signore, va tutto bene. Sono venuto a chiederti quando posso far preparare la tua auto."

Diedi un'occhiata prima all'orario e poi allo schermo. Avevo bisogno di un'ora intera per studiare gli ultimi report, i miei piccoli grafici colorati, che mi donavano gioia. "Dammi un'ora e sarò pronto a uscire."

"Molto bene, signore. Neven, anche tu verrai alla residenza stasera?"

"No, ho altri impegni, ma grazie per l'invito. Tutti sappiamo che Riker non si sarebbe sforzato a invitarmi."

Sorrisi, mentre Shilo rispondeva alla battuta ironica. "Il padrone lavora molto sodo e in maniera diligente per garantirci un livello di comodità a cui, sono sicuro, tu sia abituato, Neven. Forse dovresti apprezzare che ti consideri un vero amico."

Neven aprì la bocca per parlare e poi la richiuse, non osando discutere con quell'angelo molto più anziano. Caduto o no, Shilo poteva ancora tenergli testa se necessario.

Neven trangugiò il resto del whisky poggiò rumorosamente il bicchiere sull'angolo della scrivania. "A più tardi Riker. Io vado."

Guardai il mio amico andarsene, con Shilo alle calcagna.

Tirandomi su le maniche, restai a fissare il simbolo dell'avarizia, il marchio di un costante promemoria del mio Padre traditore e della mia caduta dalla grazia in questo postaccio dell'universo chiamato Terra. A lungo l'avevo visto come un monito di ciò che ero diventato, ma ormai non più. Maddix era morto, e Riker era tutto ciò che aspiravo a diventare ora. Era peggio per Lui, perché non solo avevo abbracciato il mio ruolo di uno dei sette peccati capitali —- lo possedevo, cazzo!

TRE

Minetta si alzò dalla scrivania e si stiracchiò, alzando le braccia sulla testa e piegandole da un lato all'altro. Adorava il suo lavoro, ma i lunghi turni al computer a rispondere alle chiamate costavano molto al suo corpo. Lo yoga le consentiva di rimanere agile; si girò da un lato all'altro, osservando i suoi colleghi e lo spazio intorno. Non sapeva perché avessero dipinto quel posto di un grigio scialbo, esattamente come le postazioni di lavoro. Sembrava che volessero che tutti fossero depressi sempre. Minetta si chinò fino alla vita, e lasciò che le braccia pendessero in avanti. Le dita toccarono gli alluci, mentre la schiena infine si rilassò abbastanza da consentirle di afferrare la punta delle scarpe.

"Quello è un bel culo," gridò la voce di Jared.

Lei scrutò intorno alla sua gamba, e, difatti, lo vide sulla passerella rialzata, con uno degli altri tizi che lavoravano nell'edificio. Erano appoggiati alla ringhiera e la guardavano apertamente. Jared le fece l'occhiolino mentre tirava fuori la lingua, passandola sulle labbra allusivamente.

Bleah, volgare.

Lei continuò a fare esercizio, ignorando i loro commenti e roteò le spalle, prima di tornare a sedersi.

"Resta piegata ancora così per un po', e potresti trovare una sorpresa succulenta dietro di te," esclamò Jared.

"Ehi, coglione, prendi i tuoi commenti sessisti e infilateli su per il culo, prima che ti denunci per molestie sul lavoro," gridò Penny, sollevando il suo cellulare, chiarendo la minaccia.

Minetta avrebbe voluto rimpicciolirsi nella sedia e scomparire. Odiava gli scontri ed era lì proprio nel mezzo.

"Tranquilla, Penny," lei sussurrò.

"No, non ci sto! Quello è un maiale schifoso." Emise dei suoni onomatopeici riconducibili a un suino rivolgendosi agli uomini, e Minetta desiderò scomparire sotto la scrivania, mentre l'intero call center taceva dopo lo spettacolo. Penny si mise le mani sui fianchi, ribollendo di rabbia ferma nello stretto corridoio davanti alla sua postazione. Penny aveva soltanto un anno più di lei, ma l'amica era come una mamma chioccia nell'ufficio, e prendeva seriamente il suo ruolo. Colleghi maleducati, pagamenti ingiusti, persino la quantità di snack malsani nella mensa, Penny era pronta ad autoproclamarsi mamma chioccia in tutte quelle situazioni e anche di più.

"Perché non allenti quel nodo alla testa, così forse qualcuno s'interesserà a te," sbottò Jared, che fortunatamente si allontanò prima che la discussione potesse ulteriormente peggiorare.

Penny acconciava i capelli soltanto in un modo al lavoro, ossia in un alto chignon da ballerina di danza classica. I suoi capelli erano splendidi, perciò Minetta non aveva idea del perché non li lasciasse sciolti una volta ogni tanto. "Riesci a credere alla faccia tosta di quel coglione? Minny, hai davvero bisogno di farti rispettare. Hai abbastanza argomenti da poter far licenziare quel pezzo di merda. Non capisco perché lasci che ti parli in quel modo." Poi, si massaggiò il viso e sospirò.

"Lo so, è solo che non voglio creare problemi. Mi conosci, Penny, odio quando sbagliano il mio ordine del pranzo, figuriamoci qualcosa del genere."

Penny aprì la bocca per parlare; probabilmente la avrebbe rimproverata, invitandola a essere più dura, quando il suo auricolare squillò per una chiamata.

Premette dunque il pulsante parla. "Nove uno uno, qual è l'emergenza?"

"Dovete salvarmi!" La voce dell'uomo gridò nel telefono, sorprendendola.

Persino dopo aver lavorato lì da alcuni anni, non aveva mai superato la scarica di adrenalina che accompagnava la percezione della paura nella voce di un chiamante.

Ci fu un crepitio che indicava una cattiva connessione, e sembrava che l'uomo si stesse spostando. Si concentrò un po' di più sul suono e sentì il lieve calpestio dei passi; allo strano rumore si accompagnava il suono di qualcosa di nylon, forse una giacca a vento. Era diventata fin troppo brava a distinguere suoni differenti attraverso il telefono. Sapeva come differenziare i diversi tipi di capi di abbigliamento, le grida e persino diversi tipi di respiro. Come un quadro elaborato, riusciva a visualizzarli nella propria mente.

"Ok, signore, può dirmi il suo nome e che cosa sta succedendo?" disse Minetta, con le dita pronte a digitare le informazioni.

"Mi sta inseguendo... non riesco a liberarmene. Oh mio Dio! Morirò, vi prego, per favore, salvatemi," blaterò, con un tono di voce alto e isterico.

"Signore, posso aiutarla soltanto se mi dice dove si trova."

"Central Park. Ahh, no, come è arrivato qui. Merda!" L'uomo aveva il respiro affannato che le riecheggiò nell'orecchio, il petto si sollevava su e giù mentre ansimava, correndo.

"Ok, Central Park, è un buon inizio. Ora, che cosa la sta inseguendo, signore?"

"Lei non mi crederebbe." Sembrava sull'orlo delle lacrime, cambiando di nuovo la voce, aggiungendo un piccolo sussulto.

"Non spetta a me giudicarla, signore. Sono qui per aiutarla. Che cosa la insegue?"

"Per favore, mandate qualcuno ad aiutarmi."

Minetta fissò i numerosi schermi davanti a sé e inserì la chiamata mentre silenziava se stessa. Osservò poi che la N-657 era l'auto più vicina.

Li avvisò immediatamente e riferì le poche informazioni di cui disponeva prima di riconnettersi con l'uomo sconosciuto.

"Signore, stanno arrivando gli aiuti da lei. Come si chiama?"

"Mi chiamo Sam. No, no, no, come possono essercene degli altri? No, vi prego, questo non può succedere, per favore, aiutatemi," implorò, con palese terrore nella sua voce.

Minetta stava iniziando a chiedersi se Sam potesse aver assunto qualcosa e fosse ora in preda a terribili allucinazioni. Quasi certamente non era la prima volta e non sarebbe stata l'ultima che riceveva una chiamata frenetica come questa. Eppure, qualcosa nel tono di quest'uomo le comunicava che si trattava di un caso leggermente diverso. Sebbene non riuscisse a stabilire la fonte di quella sensazione che le faceva sollevare i peli sulla nuca, era nervosa per lui.

"Sam, fai un respiro profondo e dimmi che cosa ti sta inseguendo."

Ci fu altro rumore di passi, e poi riconobbe il chiaro scricchiolio di passi sulla ghiaia. Lei provò di nuovo a richiamare l'attenzione di Sam, ma non sentì altro che "Oh Dio, oh Dio." Ci fu un lamento e poi il fruscio delle foglie o cespugli, che si agitavano rumorosamente nelle sue orecchie. "Sam, sei ancora lì?"

"Shhh, potrebbero sentirti."

Minetta abbassò la voce, decidendo di stare al gioco. "Sam, gli agenti devono riuscire a trovarti per aiutarti. Dove sei adesso?"

"Sono nascosto tra alcuni cespugli vicino al centro del parco. Padre nostro, che sei nei cieli..." sussurrò Sam. Lei riconobbe la preghiera al Signore, sebbene non andasse spesso in chiesa. Digitò rapidamente sullo schermo che la persona poteva essere sotto l'effetto di qualche sostanza. C'erano troppe droghe che sembravano divertenti da provare, finché non si finiva nudi a scappare per la strada, per poi essere filmati da centinaia di persone. Era questo, oppure poteva trattarsi di un problema di salute mentale. Aggiunse le sue ipotesi alle note sullo schermo, anche se l'uomo non sembrava aggressivo.

Minetta non dubitava che la paura di Sam fosse reale. La sua voce era intrisa di terrore. La domanda ruotava ora intorno alla natura di quella sensazione: il terrore era dovuto a una vera minaccia oppure stava subendo un'aggressione nella sua mente? Gli agenti avrebbero gestito la situazione con cura, a prescindere. Eppure, se c'era un aggressore armato, allora si trattava di una situazione ben diversa rispetto a qualcuno in preda a un disturbo di qualche sorta.

"Sam, dimmi, quale è il tuo cognome?"

"Bailey." La donna inserì il nuovo dato, e sfortunatamente, c'erano migliaia di Bailey nel sistema. Aveva bisogno di maggiori informazioni. Forse un familiare avrebbe potuto aiutarli a capire se l'uomo avesse perso il controllo.

"Sam, quand'è il tuo compleanno?"

"Umm..." Ci fu una lunga pausa, e lei riuscì a malapena a sentirlo respirare. "555 di River Road."

Iniziò dunque a inserire l'informazione, poi realizzò che le aveva dato un indirizzo e scambiò velocemente le schermate. Quell'indirizzo apparteneva a Karen Johnson.

Non aveva alcun senso. "Sam, stai andando bene. Rilassati, ok? L'agente sarà lì tra un minuto. Ora puoi dirmi quando sei nato stavolta, Sam?"

Riprovò.

"Non posso. Oh Dio, mi dispiace tanto."

"Sam. Sam, ascolta la mia voce e respira."

"Shhh, li sento arrivare," disse con voce scossa. Quel tono vacillante riecheggiò attraverso le cuffie, facendo involontariamente rabbrividire tutto il suo corpo. "Mi dispiace. Mi dispiace di essere stata una cattiva persona. Mi dispiace di aver rubato, tradito e mentito e bevuto troppo, e mi dispiace anche di aver investito quella ragazza ed essere scappato. Giuro che non l'ho vista. È sbucata all'improvviso in mezzo alla strada, ma ero così spaventato che sono sfrecciato via," divagò rapidamente Sam.

"Sento le sirene, ma sono troppo lontane. Quegli esseri stanno venendo a prendermi. Non voglio morire, ti prego."

"Sam, quale ragazza?" gli chiese, ormai completamente confusa per la piega che aveva preso la conversazione. Minetta sollevò lo sguardo verso Penny e il resto degli operatori che si erano posizionati intorno alla sua scrivania assistendo a quella strana chiamata, come se avessero percepito la disperazione nella voce di Sam.

"Non lo so... non conoscevo il suo nome. L'ho solo investita e sono scappato."

Si sentì l'uomo tirare su col naso. "Era così giovane, ma giuro che non era mia intenzione farlo. Ti prego, devi credermi, ti prego. Fai in modo che mi lascino in pace. Non l'ho fatto apposta. Non avrei mai potuto."

Le mani di Minetta danzarono sulla tastiera, ricercando nella banca dati delle chiamate che riguardassero il caso di omissione di soccorso a danno di una giovane donna. Purtroppo, c'erano oltre cinquecento casi simili verificatisi in quell'anno. Non aveva idea di come restringere il campo.

E gli occhi scorsero avanti e indietro tra gli elenchi di nomi e indirizzi, con la mano immobile sul mouse: il 555 di River Road era uno degli indirizzi di una vittima. Fece doppio clic con il mouse su quell'indirizzo e lesse.

Lizzy Johnson, sei anni, è corsa in strada per seguire una palla. La vittima è stata investita da un'auto in corsa, che andava approssimativamente a una velocità pari a 60 km orari. A quanto pare, il veicolo, rosso a due porte, è sfrecciato via dalla scena. Nessuna traccia. L'agente Jansen ha eseguito la rianimazione ma è stato dichiarato il decesso all'ospedale.

Minetta si asciugò l'unica lacrima che le stava scendendo sulla guancia. Quella luminosa giovane vita era stata racchiusa in poche linee cliniche. Recuperò il controllo da quel turbinio di emozioni, rivolgendo di nuovo la propria attenzione a Sam. Non doveva tener conto di quanto era successo fino a quel momento, in quel momento Sam era l'individuo bisognoso del suo aiuto.

"Sam, sei ancora lì?"

"Sì." Quell'unica parola risultò soffocata e finì in un lamento e si sentì l'uomo tirare su col naso.

Un profondo e rimbombante ringhio viaggiò attraverso la linea, e i peli sulle braccia le si sollevarono, mentre il battito del suo cuore accelerava. Con gli occhi spalancati, sprofondò nella sua sedia, il respiro iniziò inspiegabilmente ad accelerare, come se quel verso provenisse dall'interno della stanza. "Sam, che cosa succede? Che cos'è quel rumore?"

Non ci fu risposta, solo un respiro pesante. "Per favore, no!" Ci fu un tonfo, e poi la voce di Sam divenne distante, mentre al contempo il crepitio divenne davvero forte. L'urlo assordante si sentì di nuovo, e lei afferrò le cuffie per poi gettarle via. Non le importava nemmeno che si scollegassero dal telefono e le scaraventò contro il computer. Il problema era che persino senza indossare le cuffie, le urla di Sam erano forti: la chiamata si diffuse attraverso gli altoparlanti collegati al computer.

Sollevò lo sguardo, accorgendosi del fatto che i presenti intorno a lei si erano alzati a guardare il suo telefono, pietrificati da quel suono terrificante, proprio come lo era lei.

Fu completamente colta dal panico. Il ringhio sembrava quello di un branco di cani molto grandi; la fece grattare la pelle sulle sue braccia. Riusciva quasi a vederli nella mente, e sembravano enormi, come lupi o ancora peggio. Quel verso era forte, caratterizzato da un crepitio roco, come se ci fossero migliaia di urla sussurrate contenute nel ringhio.

Rabbrividì, avvolgendosi le braccia intorno al corpo. Quel suono le aveva fatto ghiacciare il sangue nelle vene. Le urla raggiunsero un isterico crescendo, mescolandosi con quelli che sembravano degli squarci. Chiuse gli occhi e girò la testa, evitando di guardare lo schermo del computer, ma le sue doti esperte da ascoltatrice non riuscivano a identificare quel suono come appartenente a vestiario, e, pertanto, quasi le venne voglia di vomitare.

Così come erano iniziate, le urla cessarono, e tornò il silenzio.

Con mani tremanti, Minetta raggiunse le cuffie e, con grande sforzo, riuscì a collegarle, il piccolo microfono di fronte alla bocca.

"Sam? Sam, sei ancora lì?" Il silenzio fu l'unica fonte di rumore, ad eccezione di rane e grilli che cantavano la notte. "Sam, per favore, rispondimi."

"Pronto? Sono il commissario Brown. Chi parla?"

"Salve commissario, sono un'operatrice del nove uno uno, numero identificativo tre, tre, tre, sette, sette, sette. Ero al telefono con un uomo in difficoltà. C'è traccia di un uomo nelle vicinanze?"

"No signora, mi dispiace, sono il solo qui a questo telefono, e..." Si sentì il rumore dei passi del commissario, che si stava spostando. "Vedo tracce di artigli e quello che potrebbe essere un piccolo ciuffo di peli. Non ci sono tracce di una vittima e nemmeno di sangue. Mi dispiace, penso di essere arrivato troppo tardi, ma non vedo segni di lotta che potrebbero far pensare allo spostamento o trascinamento di un corpo. Continuerò a guardare."

Minetta trascrisse tutti i dettagli della telefonata, e poi stette a fissare con aria assente lo schermo del computer, finché non si trasformò nei fiorellini colorati che rimbalzavano nel salvaschermo. Non era impazzita. Aveva sentito gli strani ringhi prima della sparizione di Sam, perciò com'era possibile che non ci fossero tracce di lui?

"Ehi, ragazza, stai bene?" chiese Penny, poggiandole una mano sulla spalla.

"Non lo so," rispose sinceramente. "Tu l'hai sentito? Voglio dire, hai sentito tutti quei ringhi e ruggiti?"

"Era difficile sentire con quelle urla assordanti. Coraggio, il turno è finito, e vado dalle tue parti stasera. Ti do un passaggio. Mi pare che non sia la giornata giusta per girovagare da sola al buio o prendere l'autobus con un mucchio di sconosciuti."

"Sì, ti ringrazio," rispose, ma la sua mente era ancora a Central Park con Sam e la sua misteriosa sparizione.

Minetta afferrò la giacca e la borsa, fissando le sue cuffie. Il terrore angosciante nella voce di Sam non abbandonava la sua mente, e una strana immagine di enormi cani neri di mezzanotte con gli occhi rossi le si formò in testa. Era il modo in cui l'aveva implorata di perdonarlo come se soltanto lei potesse concedergli il perdono sperato. Chiuse dunque gli occhi e scosse la testa, per liberarsi da quella strana scena.

"Andiamo. Quest'ascensore non aspetterà per sempre, ragazza!" esclamò Penny.

"Arrivo!" Spense lo schermo e rabbrividì mentre la sensazione di essere osservata la investiva.

QUATTRO

"Grazie del passaggio," disse, uscendo dall'auto di Penny, con un cenno di saluto. L'amica attese che la porta di casa si chiudesse e le luci si accendessero, prima di proseguire.

Appena entrata, Minetta s'immobilizzò. Le luci del seminterrato erano accese e sentì la televisione trasmettere la partita di football del giovedì sera.

"Ma dai, andiamo! Era fallo. Qualunque idiota dotato di mezzo cervello lo vedrebbe." La voce di James la raggiunse dal livello inferiore. Sospirò e appese il cappotto, prima di scendere giù per le scale. James era il suo ragazzo, o almeno era quello il rapporto che presumeva esserci tra loro.

Si erano frequentati al liceo, ma lui aveva rotto con lei alcune volte per 'esplorare le sue opzioni'. Non sapeva perché continuava a concedergli di tornare nella sua vita. Ogni volta che ci rifletteva, cercando una ragione valida, non riusciva a trovare una risposta logica: forse perché le era familiare e sapeva cosa aspettarsi stando con lui. C'era anche il fatto che al padre era sempre piaciuto, visto che era il quarterback del liceo. James era fantastico nel farsi adulare dai genitori, facendoli cadere sotto il suo fascino, visto che era dotato del sorriso 'da bravo ragazzo', mentre parlava di football e di ogni altro genere di cose che a lei non interessavano affatto.

Al pensiero di suo padre, il suo cuore divenne pesante nel petto. Il leggero dolore ormai era diventato un vecchio amico per lei dalla sua morte, le faceva stringere il cuore. Lei aveva pensato che con il passare del tempo, sarebbe stato più facile, e in un certo senso era stato così. Pensare a lui le fece rimpiangere la sua infanzia e i momenti che non aveva mai vissuto.

"James, che cosa ci fai qui," chiese, mentre i piedi calpestavano il morbido tappeto del seminterrato appena terminato.

Lei aveva optato per un grigio tortora alle pareti, ma il tappeto e il rivestimento erano bianco sporco, palla di neve. I cuscini e le foto alle pareti aggiungevano una spruzzata di giallo e turchese. Era l'unica stanza della casa che aveva decorato in modo che la rappresentasse. Avrebbe dovuto essere il suo rifugio, ma James l'aveva presa per sé.

Il ragazzo aveva poggiato i piedi sul suo nuovo tavolino da caffè, e lei vide subito le macchie bagnate lasciate dalle bottiglie di birra che ci aveva messo sopra. James non le avrebbe mai asciugate. Le venne l'improvvisa voglia di sbattere il suo culo fuori di casa, ma sapeva che non lo avrebbe fatto. Era debole, e lui lo sapeva.

"Cosa? È così che accogli il tuo uomo?" chiese, senza mai distogliere gli occhi dallo schermo televisivo. Gli uomini alla TV correvano intorno al campo, con le loro uniformi dagli accesi colori rosso e blu, scontrandosi con gli avversari e buttandoli a terra. "Woo! Così ragazzi, buttateli giù."

"Dico sul serio. Come sei entrato in casa mia? E dov'è Toby?" Lei si guardò intorno, presumendo che il cane fosse stato con il suo ragazzo, ma non lo vedeva.

"Amore, ri-la-ssa-ti cazzo, ho fatto fare una copia della chiave. Voglio dire, sto sempre qui ad aggiustarti qualcosa. E ho immaginato che fosse ora di avere una mia chiave. E quel tuo stupido cagnaccio è chiuso nella stanza degli ospiti. Lo detesto. Dovresti davvero sbarazzartene."

Minetta spalancò la bocca, senza sapere che cosa dire, mentre la mente le si bloccava. Prima che potesse commentare, James ruttò, e il tanfo la investì immediatamente. Agitò la mano di fronte al naso: le aveva fatto venire voglia di vomitare.

"Ehi, potresti portarmi un'altra birra visto che sei in piedi? Oh, e ho ordinato la pizza. Dovrebbe arrivare a breve. È un bene che tu sia tornata proprio adesso. Mi sono reso conto di aver dimenticato il portafoglio."

Minetta strappò la bottiglia dalla mano di James

Non appena gli voltò le spalle, l'uomo le diede un pizzico sul culo. "Ahia! James, non devi farlo."

"Dai, amore, era solo un pizzico amoroso. Rilassati, porca puttana. Sei sempre così rigida."

Incapace di gestirlo al momento, salì per le scale e mise la bottiglia vuota sul banco. Poteva prendersi la birra da solo se voleva. Lei avrebbe cercato il suo cane. Oltre a Penny, Toby era il suo migliore amico e odiava che James lo trattasse come un parassita.

La sua era una semplice casa a due piani, con due camere da letto e un bagno. Aveva esattamente due piatti, due ciotole e due set di posate. Penny scherzava sempre che aveva un debole per *Jacob Due Due*. I colori al piano di sopra erano i medesimi, neutri di quando si era trasferita, e non le importava davvero se fossero belli oppure no. Aveva la strana foto e la pianta posizionata in casa, ma nulla combaciava, e le stava bene. Era davvero speciale e unica nel suo genere. Spalancò la porta della camera da letto, e la grande coda di Toby sbatté felicemente sul letto matrimoniale su cui si trovava.

"Ehi ciao bello, James è stato cattivo con te," gli parlò dolcemente, e lui scodinzolò ancora di più, mentre il corpo eccessivamente grande scivolò pigramente giù dal letto, iniziando ad andare in giro. Era un mastino inglese, grosso anche per la sua razza. Pesava sui cento chili e, visto quanto era alto, poteva essere classificato come un piccolo pony. Lei si chinò, gli accarezzò le enormi orecchie e gli baciò il viso. "Andiamo a fare una passeggiata." Al suono della sua parola preferita, oltre a bocconcino o letto, il cane sedette rumorosamente davanti alla porta. In quel momento suonò il campanello.

Nuovamente infastidita, afferrò la borsa e aprì la porta; il ragazzo della pizza fece un balzo all'indietro sul gradino in basso, mentre Toby emetteva un singolo bau. Il verso era profondo e Minetta rise tra sé, immaginando che fosse stato quello il motivo che lo avesse fatto indietreggiare. Sogghignò leggermente. Toby non avrebbe fatto male a una mosca, ma lui di sicuro sembrava terrorizzato.

"Quanto ti devo?"

"Um, fanno quarantaquattro e novantuno." Il ragazzo si allungò, consegnando l'enorme pizza.

"Che cosa diavolo ha ordinato," mormorò a se stessa, mentre spulciava in cerca dei soldi. "Resta," disse a Toby. Non c'era bisogno che quel tizio fuggisse via con il cibo. "Sono cinquanta. Tieni pure il resto." Prese la pizza e lo pagò, e per l'intero tempo l'uomo tenne gli occhi incollati su Toby.

"La pizza è sul banco!" gridò verso il fondo delle scale.

"E che ne è della mia dannata birra?"

Lei si morse la lingua per tenersi per sé la risposta sarcastica. "Scusa, Toby ha bisogno di uscire. Devi prendertela da solo." Sentì dunque James imprecare, mentre lei richiudeva la porta alle sue spalle. "Non guardarmi così. So di essere una dannata perdente, e dovrei scaricare quel coglione ignorante, egoista e pigro," disse al viso all'insù del cane. Le diede un colpetto sulla mano con la testa. "Lo farò. Devo solo trovare il coraggio. Dai, andiamo adesso."

Per l'intera passeggiata, non fece altro che pensare a Sam e a che cosa gli fosse accaduto. Avrebbe potuto fare di più per aiutarlo più in fretta? Era stato soltanto uno scherzo per spaventare un operatore? Questo succedeva più spesso di quanto si pensasse. Le persone potevano davvero commettere le azioni più stupide, specialmente quando erano in preda agli effetti di alcol e droghe. Sfortunatamente, non ebbe altre epifanie durante il giro con il cane.

La televisione era ancora accesa quando rientrò, e roteò gli occhi, volendo soltanto mangiare un boccone e poi andarsene a letto.

Scese per le scale e colse solo la parte finale della conversazione di James.

"Mi manchi, ti amo anch'io."

Si bloccò immediatamente e fissò il suo volto sorridente. Sorrideva come non gli aveva mai visto fare da tanto tempo. Sebbene sapesse di non amarlo più, l'idea di un suo tradimento palese in casa sua le fece male. Lui la guardò e impallidì.

"Chi era?" chiese Minetta, incrociando le braccia sul petto.

"Mia madre, ha detto di salutarti e che odia non vederci più." Batté sul cuscino del divano dietro di sé. "Vieni qui, amore."

Lei si mordicchiò il labbro, incapace di decidere se le stesse dicendo la verità oppure se le stesse mentendo di nuovo. Non l'aveva mai sentito parlare così dolcemente con sua madre, ma... "Sono solo scesa a dirti che sto andando a letto."

"Cosa? È presto, e pensavo che almeno mi avresti fatto un pompino stasera. Ho aggiustato il rubinetto nel tuo bagno una settimana fa e non ho neanche ricevuto un grazie." Quella era una totale menzogna. Lei aveva preparato un pasto delizioso e gli aveva portato una cassa di birra, e gli aveva anche fatto un pompino. In realtà le piaceva il sesso e fare pompini, ma era come un lavoro con lui.

Come se si stesse prostituendo, per ricevere aiuto in casa. Rendeva sgradevole l'intero incontro.

"Stai scherzando adesso," disse, un raro tono di rabbia emerse nella sua voce.

"Che cosa vuoi dire?" James si alzò in piedi e incrociò le braccia sul petto.

Lei imitò la sua posa. "Vediamo. Ti fai una copia della chiave di casa mia, senza il mio permesso. Rinchiudi il mio cane nella stanza degli ospiti e mi dici che dovrei sbarazzarmi di lui. Poi, ordini una pizza che finisco per pagare io, e scommetto che non me ne hai lasciato nemmeno un pezzo."

James scrollò le spalle. "Avevo fame. Sai come divento quando sono affamato e non mangio."

"Bene; questo non spiega l'imprecazione contro di me, perché non ti ho servito la birra come se fossi una cameriera; e ora scopro te in conversazione con una ragazza con cui mi tradisci, al telefono, in casa mia. Casa mia. Non hai nemmeno avuto la decenza di uscire, oppure non so, tornare a casa tua."

"Amore, dai, giuro che era mia madre, e ho imprecato soltanto perché la partita non stava procedendo al meglio. Stavo perdendo i soldi che avevo scommesso. Non volevo prendermela con te."

"Hai sempre una risposta per tutto."

James le si avvicinò, con il volto segnato dal solito stupido finto broncio che aveva da quando erano adolescenti. "Piccola, non fare così. Sai che ti amo, e mi dispiace per essere stato così distratto e maleducato, quando sei tornata a casa."

Le massaggiò le spalle, mentre si chinava a baciarle la fronte.

Lei sentì la sua fermezza cominciare a indebolirsi. "Sai che sei l'unica donna che voglio. Voglio dire, senti questo." Le afferrò la mano e la appoggiò sul chiaro rigonfiamento dei suoi pantaloni.

James era ancora bello come quando erano adolescenti. Quando si erano conosciuti, lei era al primo anno di liceo e lui al terzo. Naturalmente, l'uno era lo sportivo popolare e l'altra la ragazza nerd: rappresentavano il perfetto cliché. L'aveva fatta sentire speciale frequentare il sexy dio del football della scuola.

I suoi capelli biondi erano perfettamente curati e non c'era una singola ciocca grigia, benché avesse ormai trent'anni. I luminosi occhi azzurri erano ancora i più sexy che lei avesse mai visto e il suo corpo slanciato era perfetto in tutti i posti giusti. Eppure Minetta non provava più niente. Non c'era più eccitazione; quella sensazione di essere sulle nuvole, che un tempo aveva sentito ad ogni suo sguardo, era completamente svanita.

Provando a visualizzare il proprio futuro, non riusciva ad immaginarlo accanto a quest'uomo. Era diventato un estraneo con un volto che lei riconosceva.

Si allontanò da quello che sentiva ormai come un cazzo estraneo e gli rivolse un sorriso accennato. "Scusa, sono davvero stanca. È stata una lunga giornata."

"Bene, allora dovrò usare di nuovo la mano, proprio come l'ultima volta e quella prima. Non so perché continuo a tornare," borbottò James, mentre lei si avviava per le scale.

Per un attimo si fermò, con il piede sullo scalino successivo, tentando di costringersi a gridare a James di andarsene via da casa sua. Scuotendo la testa, si diresse al bagno. Perché era sempre così debole quando si trattava di lui? Era diventata una di quelle ragazze bisognose di aiuto, e la rabbia che le bruciava nel petto era diretta contro se stessa.

L'immagine nello specchio di lei davanti al lavandino evidenziò cerchi scuri sotto gli occhi. La madre le avrebbe detto che sembravano come due macchie di piscio nella neve. Quel pensiero la fece sorridere leggermente, mentre apriva l'acqua fredda e se ne spruzzava un po' sul viso.

Perché non poteva semplicemente dire ciò che voleva dalla gente? Perché non poteva fare qualcosa per se stessa, per una volta?

Aggrappandosi al bordo del lavandino, fece un respiro profondo, mentre prese una decisione: d'allora in avanti sarebbe stata più egoista.

CINQUE

"Oh mio Dio, sì!" gridò la ragazza che mi stavo scopando, e poi si coprì la bocca, conoscendo il trapano. Le schiaffeggiai forte il culo punendola per il rumore, e invece di accettarlo per quello che era, lei gemette e venne sopra il mio cazzo. Uscii da lei, per lasciarla contorcersi nel piacere e passai al prossimo culo esposto all'aria.

Non mi preoccupavo nemmeno di guardare i loro volti, non conoscevo i loro nomi, o chi se ne fregava se fossero davvero donne. Non importava per niente. Era un buco da usare quando il mio cazzo diventava duro. Era una questione, interessante e fastidiosa al tempo stesso, stare sulla Terra tanto a lungo. La cosa era dotata di mente propria e doveva essere domata. Avevo provato ad afflosciarlo con qualunque cosa a portata di mano al principio, completamente inorridito di non riuscire a controllare quella stupida reazione del corpo, ma le cose erano solo peggiorate. Infatti, sembrava piacergli essere colpito, davvero strano.

Il problema era che ero occupato, e passare ciò che gli umani chiamavano "tempo di qualità" con qualcuno era uno spreco di tempo. Essere un angelo caduto aveva il vantaggio interessante che sia uomini sia donne sembravano cadere ai miei piedi e rendevano disponibili i loro buchi con la stessa facilità con cui potevo ordinare il mio espresso — potevo scopare per ore e lavorare al contempo. Ora era una sfida vedere quante donne potevo soddisfare nel lasso di tempo necessario per finire i miei report. Sesso, denaro e un po' di strategia, davvero non poteva andare meglio di così.

Una volta alla settimana, veniva portato un letto nel mio ufficio per l'occasione, e la fila di donne era diventata così lunga, che ho invitato Neven a unirsi a me nel divertimento. Attualmente era di fronte a me, con la sua fila di ragazze che gemevano e si contorcevano mentre lavorava. Essendo solo nato demone, non aveva proprio la stessa resistenza, e vedevo il sudore che gli scorreva sul petto, mentre sbatteva velocemente i fianchi della donna ragliante con la strana medaglietta intorno al collo.

"Ehi, falla stare zitta," esplosi, e Neven si piegò in avanti, afferrando la donna per i capelli. La strattonò abbastanza da bloccarle una mano intorno alla bocca spalancata, mentre gli occhi le roteavano dietro la testa per il piacere. "Che cos'ha al collo?"

"Oh, ti piace?" Neven sollevò la vecchia catenina con la grande medaglietta che sembrava contenere un nome identificativo.

"Forse. Ma a che cosa serve?"

Neven sorrise, abbassando la catenina e avvolgendo la mano intorno ai capelli della donna, cavalcandola forte. "Quelli che mi piacciono davvero e vogliono tornare, beh, ottengono una medaglietta con un nome. Questa si chiama Bianca."

"Sono umani. Che cosa importa se tornano?"

"Pensaci. Dobbiamo sempre addestrarli, quando sono nuovi. È noioso. In questo modo, quelli che sono una bella scopata e già sanno che cosa mi piace e ciò che è accettabile hanno la prima possibilità di tornare."

"Stranamente, trovo questo ragionamento interessante. Potrei creare il mio sistema di medagliette."

Tornai a rivolgere la mia attenzione al tablet e ai grafici colorati.

"Shilo, puoi abbassare un po' il tablet ma sollevare un po' la pagina? Sto avendo difficoltà a visualizzare le ultime proiezioni."

"Naturalmente, signore," disse Shilo e eseguì diligentemente l'ordine. Shilo era stato uno dei tanti angeli sfortunati, finiti in qualche modo dal lato sbagliato durante la battaglia del Paradiso e destinati a camminare per sempre sulla Terra, condannato a non invecchiare mai, a non tornare più in Paradiso, a non visitare l'Inferno o a non riuscire a morire. Era fottuto per sempre, come dicevo io. Almeno io possedevo il mio palazzo, all'Inferno, dove poter tornare per stare lontano da quei gatti spelacchiati, quando ero stufo della loro compagnia.

I miei colpi accelerarono, mentre i gemiti raggiungevano le tipiche vette dell'ecstasy. Odiavo il fatto di non poter usare tutta la mia forza con gli umani. Erano troppo deboli per gestirla, ma era un fastidio di poco conto.

"Sei... il .... migliore... cazzo," gridò la ragazza.

"Zitta, sto cercando di lavorare, o te ne dovrai andare!"

"No, no, sarò buooooo..... ahhh, cazzo, sto venendo di nuovo!" Non solo questa parlava, ma squirtava anche, il liquido bianco finì sul mio costoso piumone e poi sul mio tappeto unico nel suo genere.

Infastidito, la spinsi via e mi spostai. "Shilo, assicurati che non torni più." L'idea di Neven sembrava migliorare di minuto in minuto.

"Naturalmente, signore."

"No, ti prego, non mandarmi via. Ti prego! Ho bisogno di te," piagnucolò la ragazza anonima che avrei dimenticato prima ancora che fosse fuori dalla stanza. Sembrava un animale selvaggio, mentre veniva trascinata via dal gruppo.

La ragazza di nome Bianca, con cui Neven si stava intrattenendo, esplose in un altro grido soffocato mentre veniva, per poi crollare tra le sue braccia. Neven le diede una spinta senza cerimonie sul pavimento, così che le guardie la portassero via, mentre passava alla prossima della fila.

"Che cosa pensi delle proiezioni?" gli chiesi.

"Onestamente, sembrano un po' basse. Dovrebbe esserci almeno un altro tre / cinque per cento di crescita in generale," rispose Neven e poi fece un piccolo gemito mentre scivolava nella donna successiva. In realtà, a Neven piaceva il sesso come sarebbe piaciuto a un umano. Presumevo che avesse a che fare con la sua mancanza di sangue divino.

"Stavo pensando la stessa cosa. Shilo, chi si sta occupando di tutte le statistiche e proiezioni?"

"Hai un team di otto persone, signore, ma il manager del dipartimento è Nikolas Novak."

La ragazza in attesa ondeggiava il culo avanti e indietro come una bandiera rossa che sventolava davanti a un toro, sperando di ottenere la mia attenzione. Ero tentato di cacciarla via, ma il fatto che fosse rimasta in silenzio per tutto il tempo la rendeva degna di perdono. Il mio cazzo scivolò nella terza ragazza della fila, proprio quando il telefono squillò. Il tablet mostrava che si trattava di una chiamata di Skye, e io gemetti infastidito.

"Organizza un incontro con questo Novak. Voglio parlargli personalmente."

"Molto bene, signore," disse Shilo, mentre rispondevo alla chiamata.

La ragazza in un cui avevo affondato il mio cazzo esplose in un lungo e interminabile gemito come una mucca che partoriva, mentre veniva. Skye sollevò un delicato sopracciglio e mi guardò.

"Di nuovo, a quanto pare."

"Beh, è mercoledì," dissi, come se fosse l'unica risposta necessaria.

"Ri, sai che Hump Day, cioè mercoledì è solo un modo di dire per indicare la metà della settimana e non la verità, vero," replicò Skye, e io restai in silenzio, come se riflettessi sull'informazione.

Scrollai le spalle, davvero incurante. "In ogni modo, mi consente di soddisfare tutti quelli che vogliono esserlo in una volta sola. Molto più efficiente, e io divento più efficiente."

"Che parole dolci."

"Percepisco sarcasmo da quella tua bocca demoniaca, Skye. Sai che sono indifferente al cazzo di sarcasmo."

"Ehi Skye," gridò Neven. Shilo girò il tablet, così che Skye potesse vedere il fratello.

"Che diavolo! Vado via per qualche giorno, e trovate un harem da scopare?"

Chiunque non conoscesse i gemelli avrebbe pensato che lei fosse arrabbiata, ma, in realtà, probabilmente stava affondando un paio di dita dentro di sé a quella vista.

"Riker mi sta facendo partecipare. Dovrei essere spaventato," esclamò Neven, fulminandomi con un sorriso canzonatorio.

"Chi è quella?" la ragazza che mi stavo scopando ebbe la sfacciataggine di domandare.

"Scusa, mi hai chiesto qualcosa?" la fulminai con lo sguardo.

"Sì, è la tua ragazza per caso?" Lei si girò verso di me, e sentii il seme della gelosia crescere dentro di lei chiaramente, mentre sentivo le sue pareti intorno al mio cazzo.

Uscii da lei perché non avevo tempo per la gelosia. Il fottuto Invidia stava prosperando in questa città. Non avrei dovuto esserne infastidito. Leviatano era come un fratello minore, ma io ero un avido scopatore, e amavo che il mio peccato si diffondesse più in fretta di quanto le gambe di una prostituta si spalancassero. Feci cenno a una delle guardie.

"Mettetela nella black list e mandate le prossime sei."

La guardia afferrò la ragazza intorno alla vita, sollevandosela sopra la spalla.

"Mettimi giù! Sono riuscita a venire solo una volta," gridava, colpendo la schiena della guardia. Non lo sapeva, ma anche la guardia era un demone. Se avesse continuato a comportarsi in quel modo, gli avrei permesso di portarla a fare un giro, ossia un viaggio che aveva come disponibilità un biglietto di sola andata.

"Avresti dovuto pensarci prima di aprire la tua grossa bocca da troia," esclamò la guardia; mi dissi che avrei dovuto dare all'uomo un bonus per i suoi sforzi.

"Un momento." Sollevai il dito in direzione di Skye. Lei incrociò le braccia e roteò gli occhi verso di me. Era una dei pochi che potevano farlo e passarla liscia. Era la mia migliore amica; beh, lei e Neven lo erano. Ho avuto il più grosso bel servito da lei. Era come una supermodella in miniatura, alta un metro e cinquanta, con boccoli neri e occhi grigio acciaio. Ma, dato che lei era un demone, aveva la forza di venti uomini umani. In più di un'occasione, avevo assistito mentre lanciava un uomo dall'altra parte della stanza, per averla infastidita. Neven era quello più gentile tra i due, e le differenze non finivano lì. Neven era leggermente più alto di me, un metro e novantacinque centimetri. I suoi capelli nerissimi e gli occhi grigio acciaio, che si mescolavano con il viso perfettamente spigoloso, gli facevano cadere ai piedi le ragazze, quando entrava in una stanza. Era magro, ma aveva più del fisico da nuotatore come me. Con la vita stretta e le spalle larghe, si differenziava da alcune delle nostre guardie, più robuste.

Dalla mia caduta, Shilo era stato al mio fianco, e i due demoni lo erano quasi per lo stesso tempo. Erano anche gli unici due esseri che consideravo amici. I miei fratelli e sorelle, il resto dei Cadut,i erano più come dei gusti di gelato, alcuni migliori di altri, ma potevo fare tranquillamente a meno di Sloth. Odiavo quel demone. Era sempre stato una pigra spina nel fianco come angelo ma, ora, sulla Terra, era diventato più inutile delle tette di un toro.

Guardai dunque le sei ragazze che erano appena entrate. "Qualcuna di voi è giù stata qui prima?" Tutte scossero il capo in segno di risposta negativa, le loro risatine stupide già mi stavano irritando. "Bene, allora questo è il patto. Vi scopo fino a farvi venire. Se siete fortunate, ben due volte. Vi inginocchiate sul letto con il culo all'aria e restate in silenzio, non mi fate domande, e per l'amore del denaro, fate del vostro meglio per non rovinare il mio tappeto." Tutte annuirono all'unisono, e poi tornai a rivolgermi a Skye. "Scusa. Delle nuove arrivate."

"Anche delle altre per me." Neven allargò il sorriso. "La mia resistenza sta migliorando, sono arrivato a trenta finora."

"Cinquantatré e oltre," sogghignai e il suo viso si incupì.

"Sei unico Ri, dico davvero, non so nemmeno se essere gelosa o felice per te," disse Skye e si diede un colpetto sul mento, mentre fingeva di rifletterci su. Sapevo che era gelosa. Lo era sempre stata nei riguardi di tutto il sesso che facevo e non condividevo con lei. Era divertente controllarle la mente.

"Avevi un motivo per interrompere il mio lavoro, o hai semplicemente deciso che oggi fosse un buon giorno per infastidirmi?" Mi posizionai nuovamente davanti alla fila di culi che si dimenavano e mi rimisi all'opera. Shilo, seguendomi come un'ombra, si spostò con me e sollevò ancora una volta il tablet così che potessi leggerlo.

"Pensavo che dovessi sapere che Michael sta ficcanasando in giro," disse Skye, scrollando le spalle. Come se aver lanciato quella bomba non avesse sortito alcun effetto su di me.

"Perché pensi che me ne freghi un cazzo di quello che fa del suo tempo quell'angelo pomposo, arrogante, buono a nulla dalle ali bianche?"

Skye emise un improvviso latrato simile a una risata. "Beh, è stato incaricato di assicurarsi di impedire l'apocalisse. Sto solo dicendo che sta facendo domande su di te, non può essere una buona cosa," rispose Skye, toccandosi le unghie laccate di rosso sangue.

"È abbastanza vero. Ma, se pensa che lo aiuterò, si sbaglia di grosso. Quel coglione mi ha voltato le spalle e mi ha preso a calci nel culo quando stavo provando ad aiutalo." Distratto dall'argomento noioso, non avevo notato che avevo preso a sbattere troppo forte per una semplice donna umana, facendola così volare dall'altra parte del letto. Quella urlò mentre sorvolò Neven, che le guardò il culo nudo atterrare e colpire forte il suolo.

A un primo sguardo, si sarebbe pensato che fosse ferita per la posizione in cui aveva finito per trovarsi, ma lo sguardo sul volto suggeriva quasi l'opposto.

"Che cos'era quello?" chiese Skye, mentre scrutava lo schermo come se un'angolatura diversa potesse darle una migliore visione.

"Oh mio Dio, è stato fantastico. Posso tornare?" domandò la donna sconosciuta, alzandosi lentamente in piedi. I suoi capelli gridavano a gran voce che era appena stata scopata, visto che erano disordinati e quello che prima era un trucco impeccabile ormai era stato sbavato dal sudore.

"Visto che ho detto niente domande, e non riesci a obbedire, allora la risposta è no, adesso fuori. Anzi, andatevene tutte. Adesso sono seccato."

"Oh merda, dammi un minuto," si lamentò Neven, mentre accelerava i colpi fino a grugnire. Si chinò in avanti sul letto e spinse la ragazza che aveva usato di lato. "Grazie Lucifero, non pensavo di potermene fare ancora altre sei," Neven respirò con affanno.

"Ma sei ancora duro," mi disse una delle altre ragazze sulla porta. Poi, indicò il cazzo dalle notevoli dimensioni stare sull'attenti.

"Niente che la mia mano o il culetto di un demone non possa gestire. Ora vai." La ragazza fece una smorfia alla menzione di un demone, ma non fece alcuna domanda e uscì rapidamente dalla porta.

"Spero che non ti riferissi al mio culetto da demone?" chiese sarcasticamente Skye.

"Non sembrava t'importasse l'ultima volta che ho aperto quella figa, ma no, intendevo usare tuo fratello visto che è già qui ed è pronto."

"No, invece," brontolò Neven, con il volto affondato fermamente nel mucchio di cuscini.

"Ero disperata ed era passato un bel po'," commentò Skye. "Non aveva niente a che fare con la tua performance." Il labbro di Skye si piegò all'insù, gli occhi neri scintillavano, il che mi disse che certamente stava mentendo.

"Beh, allora immagino che non ti scoperò più né ti procurerò incredibili orgasmi che ti faranno perdere i sensi. Che peccato. E dopotutto il culo di Neven è molto più stretto della tua figa ben usata," commentai di rimando e la vidi incupirsi.

Sapevo che lei aveva un debole per me. Tutti i demoni erano attratti da noi Caduti.

Era nell'ordine delle cose. Skye aveva imparato a definirsi la mia tromba-amica, che apparentemente rappresentava un passo in avanti rispetto alla semplice amicizia. Non m'importava di essere onesto. Poteva chiamarmi ogni volta che voleva. Non avrebbe cambiato il fatto che non sarebbe mai stata più di una semplice amica per me.

"Ti ho chiamato per avvisarti di Michael, e questo è il ringraziamento che ottengo?"

"Signore, mi scuso per l'interruzione, ma hai un meeting tra cinque minuti sulla fusione della società di telecomunicazioni," intervenne Shilo.

Quell'interruzione mi sorprese e sbattei gli occhi, tentando di concentrarmi sul suo volto schivo. Avevo quasi dimenticavo che mi stava ancora tenendo il tablet, mentre era rimasto in silenzio e immobile.

"Grazie Shilo. Beh, immagino che dovrei andare. Grazie dell'avviso, Skye. Più tardi andrai al fight club di Dai?"

"Sì, ho scommesso su alcuni match. Potrei benissimo presentarmi e dare loro il mio speciale marchio di incoraggiamento." Un luccichio ambiguo apparve nei suoi occhi, mentre il tablet mi segnalava il meeting imminente.

"Ho un'altra chiamata. Ci vediamo lì." Chiusi la comunicazione prima che lei potesse aggiungere altro. "Neven, dimenticala e distendi le guance," ordinai, facendolo gemere. "Ti stai lamentando?"

"No, mi serve soltanto ancora un minuto. Sei una fottuta bestia."

Sospirai e lasciai che il mio amico si prendesse il tempo necessario per prepararsi, mentre rispondevo alla chiamata. Era una sua scelta, e più tempo si fosse concesso, più forte sarebbe stato fottuto.

"Buon pomeriggio signori. Avete preso una decisione?"

CAPITOLO

SEI

M inetta era seduta nella sala mensa al lavoro, e teneva la testa tra le mani. Doveva trovare un modo per chiudere con James.

Quando era venuto a letto, le aveva strofinato le mani su tutto il corpo. Il tocco insistente l'aveva svegliata, sebbene fosse stata profondamente addormentata. Era rimasta perfettamente immobile, sperando che comprendesse l'antifona per poi lasciarla in pace. Alla fine, aveva agito come un adolescente turbolento, strusciandosi praticamente contro il suo culo, finché non si era girata dall'altra parte. Alla fine lei aveva ceduto, immaginando che fosse il modo più rapido per tornare a dormire. Si odiava per averlo fatto. Odiava se stessa per non averlo cacciato via e non avergli chiesto indietro la chiave, e odiava se stessa per essere così debole. Lui stava emotivamente abusando di lei, ne era consapevole, eppure...

"Un turno duro o una notte dura?" chiese Penny, mentre si sedeva di fronte a lei.

"Onestamente, entrambi." Sollevò il capo per guardare l'amica. Amava come il naso di Penny si raggrinzisse leggermente mentre rifletteva. La pelle pallida era perfetta, come se fosse di porcellana, e lei era stata colpevolmente colta più di una volta a fissare la perfezione di Penny. Sembrava innaturale non avere un singola macchia, un foruncolo o una lentiggine.

49

"Continuo a ripeterti di lasciare quel coglione. Vuoi che lo sbatta fuori io a calci? Perché lo faccio. Lo prenderò a calci nel culo tanto forte, che gli sarà impossibile tornare a farsi vedere." La mano di Penny si serrò sul tavolo, e Minetta non dubitò che l'amica avrebbe messo in pratica la minaccia.

Minetta sorrise, una risatina le scappò dalla gola, mentre immaginava la scena nella testa. "Potrei dovertelo chiedere. Vorrei tanto che ci fossero dei corsi che insegnano a diventare un duro o almeno a fare un passo avanti rispetto alla poltiglia smidollata in cui mi sono trasformata."

"Scortese," sussultò l'amica, per poi esplodere in una sonora risata. "È divertente, perché è così vero, uffà sono troppo simpatica. Chi pensava che essere simpatici fosse un problema?"

"Vero? Ho un'idea. Lo so. Perché non andiamo a cena dopo il lavoro?" Il volto di Penny s'illuminò all'idea, ma Minetta si lamentò dentro di sé.

"Non so se me la sento."

"Non te la senti di mangiare in un comune ristorante con un'amica per farti due risate?" Penny morse il suo panino e la fulminò con lo sguardo. Quello che lanciava a chiunque osasse provare a discutere con lei.

"D'accordo, hai vinto. Devo tornare a casa per occuparmi di Toby, ma possiamo vederci dopo." Minetta si alzò e infilò il resto del cibo che non aveva mangiato nella sua borsa del pranzo.

"Allora è fatta. Più tardi ti invierò l'indirizzo. Vuoi che passi a prenderti?"

"No, non ce n'è bisogno. Tu vivi in città, ma potrei approfittare di un passaggio a casa? Non amo gli autobus notturni e nemmeno camminare fino a casa dalla fermata."

"D'accordo Minny," disse Penny e allargò il sorriso.

Il resto della giornata era filato abbastanza liscio. Non aveva nemmeno dovuto scontrarsi con Jared e il suo comportamento da stronzo. Piccoli miracoli.

Ma la sua fortuna non poteva durare per sempre. Pioveva quando uscì, e naturalmente, aveva dimenticato la giacca in ufficio. Stette a fissare l'insipido edificio grigio e il piano a cui lavorava dall'esterno, e decise di correre a prendere l'autobus. Mentre correva, i piedi finirono nelle pozzanghere. Calze e scarpe s'inzupparono, facendola sprofondare. Danzò da un piede all'altro, la pioggia fredda la stava già congelando mentre aspettava che la luce

cambiasse. Il semaforo lampeggiò sul verde, e iniziò ad attraversare velocemente la strada.

Un forte stridio le fece girare la testa a destra. Inghiottì un respiro, paraliz-
zandosi mentre un'auto avanzava verso di lei. Tutto rallentò nella sua mente,
il getto d'acqua si sollevò in aria, mentre l'auto andava fuori controllo, lo
sguardo inorridito sul volto del guidatore, ma fu il suo cane, Toby, a farle
dolore il cuore. Non aveva predisposto alcunché nel caso in cui fosse morta.
Penny si sarebbe ricordata di andarlo a controllare? Il panico s'impossessò di
lei nell'istante in cui si preparava ad affrontare l'impatto con l'auto.

Delle braccia sbucarono fuori dal nulla e le avvolsero la vita, spingendola
via all'ultimo momento. Lei sbatté le palpebre e, in quello stesso istante, tutto
si mosse alla massima velocità. Gli pneumatici dell'auto stridettero mentre il
veicolo continuava a girare oltre lei, come il giocattolo di un bambino, scivolando sull'acqua. Il paraurti si era avvicinato così tanto, da sfiorare i suoi
pantaloni eleganti.

L'auto si fermò innocua contro una cassetta postale con un leggero tonfo.

Lei si girò per vedere il proprietario delle braccia che le avevano salvato
la vita, e restò a fissare i nordici occhi blu più penetranti che avesse mai
visto. L'uomo doveva essere un modello. Era dotato di ampie spalle che
sembravano muscolose sotto le sue mani, e la sua alta statura la fece sentire
piccola, il che non era insolito per lei e la sua altezza media. Aveva degli
zigomi perfettamente simmetrici e alti. Qualunque donna avrebbe ucciso
per averli. E, poi, c'erano le sopracciglia inarcate, la pelle perfetta e una
fossetta sul mento, e sembrava la perfezione in terra, per quanto fosse
possibile.

"Oh, grazie al cielo, pensavo che l'avrei investita di sicuro. Sta bene?"
chiese la donna, correndo verso di lei. Il suo salvatore indietreggiò, e lei volle
raggiungerlo e gridargli, no, non andartene. Aveva qualcosa di molto affascinante.

"Sto bene, grazie a quest'uomo, ma la ringrazio. Lei sta bene?" domandò,
con gli occhi che vagavano sulla donna, per verificare che non avesse alcuna
ferita.

"Solo il mio orgoglio. Mi dispiace tanto." Il suono di una sirena risuonò
brevemente, mentre l'auto della polizia accostava all'incrocio, bloccandolo poi

la corsia occupata dall'auto della donna, per impedire maggiori problemi. "Oh, farei meglio ad andare, ma sono così felice che stia bene."

Minetta si voltò verso l'uomo che l'aveva appena salvata. "Grazie. Mi hai salvato la vita. Non so nemmeno come ripagarti," riuscì a blaterare.

L'ampiezza delle sue spalle, il miele dei suoi capelli sul suo viso, lo facevano sembrare persino più sexy, e il suo cuore fluttuò. Deglutì rumorosamente, mentre si rendeva conto che le stava ancora tenendo una mano sulla vita. Il suo corpo era molto più vicino di quanto fosse appropriato per una persona che aveva appena incontrato, eppure non se ne preoccupò.

Lui abbassò lo sguardo, e lei si rese improvvisamente conto che la pioggia continua aveva reso trasparente la camicia bianca da lavoro, mostrando il reggiseno in pizzo che indossava sotto. Minetta si avvolse le braccia intorno al corpo, e fece un passetto indietro dall'estraneo; la mano dell'uomo si abbassò. Dopodiché, la donna fece un respiro profondo come se quella mano fosse responsabile dell'insolita connessione tra loro, il che naturalmente, era una follia.

"È stato un piacere. Io sono Michael," disse e le allungò la mano per una stretta.

Lei dispiegò un braccio per rispondere al gesto. "Io... io credo che farei meglio ad andare. Mi sto bagnando." Oh santo cielo, poteva aver pronunciato parole più patetiche? Lei pensò, resistendo al bisogno di schiaffeggiarsi la fronte.

"Lo vedo," disse lui, sollevando l'angolo della bocca. "Ecco, prendi questo." Michael si tolse il lungo cappotto che indossava e glielo offrì. Normalmente, non avrebbe accettato, ma stava tremando dalla testa ai piedi. "Dove sei diretta?"

"Alla fermata dell'autobus dietro l'angolo."

Lui allargò il sorriso, come se quella risposta lo divertisse. "E dove ti porterà l'autobus?"

Le venne un brivido dietro la nuca, disperdendo il calore in tutto il corpo. "A casa, stavo tornando a casa dopo il lavoro." Per una qualche ragione, si sentiva costretta a comportarsi in modo ridicolo, mentre indicava dall'altra parte della strada, verso l'edificio da cui era appena uscita.

"Vorresti un passaggio fino a casa?"

Gli rivolse un sorrisino. "Grazie, ma sarebbe meglio di no."

Si leccò le labbra, mentre la camicia di Michael iniziava ad aderire al corpo, per via dell'acquazzone ancora in corso, scoprendo i muscoli cesellati, la cui durezza le sue mani avevano assaggiato.

"Sarebbe d'aiuto se ti dicessi che voglio semplicemente essere gentile, ma ora rivorrei il cappotto?" L'uomo si morse il labbro inferiore, e lei stette a fissarlo in ammirazione. Quel volto era fatto per l'alta moda.

"Ok, certo, ti ringrazio. Immagino di poter accettare. Voglio dire, mi hai salvato la vita, perciò ritengo che tu non possa essere un serial killer." Stava perdendo la testa. Era l'unica spiegazione per quanto aveva appena detto.

Michael scoppiò a ridere, mentre lei si lamentava silenziosamente. Era come se fosse sotto l'effetto di una diarrea verbale. "Ho parcheggiato quaggiù." Indicò la Lexus nera, e lei gli camminò accanto. L'uomo le aprì la portiera, e lei si accomodò sul sedile del passeggero. Il fresco odore di auto nuova le invase i sensi.

Michael si mise al volante con un singolo movimento fluido. Era così aggraziato. Si sporse in avanti e accese il riscaldamento al massimo, e lei sospirò mentre il calore la investiva. "Allora, dove andiamo?" le chiese, mentre s'immetteva sulla strada principale.

"Non è lontano. Conosci Avarice street?"

Michael scoppiò in una risatina, e lei guardò il suo profilo, il suo volto divertito, domandandosi che cosa avesse detto di tanto divertente. "A dire il vero, conosco lui."

"Lui?"

"Scusa, intendevo dire 'la strada'. So dove si trova *lei*, non lui." Lo sguardo canzonatorio nei suoi occhi le fece chiedere se fosse davvero così. "Quindi, potrei avere l'onore di conoscere il tuo nome? Voglio dire, mi sembra alquanto giusto, visto che conosci il mio."

Lei arrossì di novo, e non ebbe più bisogno della forte aria calda.

"Mi dispiace, posso attribuire all'esperienza di pre-morte le mie cattive maniere. Mi chiamo Minetta, ma gli amici mi chiamano Minny."

"Minetta," ripeté Michael, e lei quasi si trasformò in una pozzanghera nella sua auto.

"Mi piace il tuo nome. È bello."

"Ti ringrazio." Minetta si mise a guardare fuori dal finestrino, in modo da evitare di fissarlo per l'intera durata del passaggio.

"Vivi qui intorno?" gli chiese, rompendo il silenzio.

"A dire il vero, mi sposto spesso. Il mio lavoro non mi permette di stabilirmi in un posto fisso molto a lungo."

"Dev'essere difficile. Ti spiace se ti chiedo che lavoro fai?" Era curiosa di quell'uomo. Qualcosa d'insolito in lui l'attraeva e l'avvolgeva come un bagno caldo, ma sentiva anche la pelle d'oca al contempo. Era un curioso contrasto.

"Lavoro nel campo delle mediazioni."

"Davvero? Wow, avrei giurato che fossi un modello o forse una star del cinema, e proprio non riesco a smettere di dire stupidaggini, perciò farò meglio a tacere adesso." Minetta iniziò a guardarsi le mani, stringendo la borsetta in grembo.

"No, per favore, amo la tua onestà. È davvero rigenerante. Ma, per rispondere alla tua domanda, é un lavoro difficile, specialmente quando le persone con cui tratti sono testarde e complicate. Devo avere a che fare con le stesse persone svariate volte. E, lascia che te lo dica, sono degli ossi duri."

"Conosco il tipo, davvero frustrante in realtà. E per quanto tempo ti tratterrai a New York?" gli chiese, sorprendendosi della sua stessa audacia.

"Non lo so ancora. Dipende da un gran numero di cose." La guardò e le rivolse un sorriso. "Hai programmi per la serata?"

"Sì, uscirò con un'amica a cena. Lei pensa che non esca abbastanza e che la mia vita sociale sia più morta di una notte d'orgia in un convento." Stavolta, si diede uno schiaffo sulla fronte, perché non avrebbe potuto dire qualcosa di peggio. Forse Penny aveva ragione, dopotutto. Forse c'era davvero qualcosa di sbagliato in lei.

Michael esplose in una fragorosa risata, il cui suono dolce parve come un coro di cherubini nella sua auto. Minetta rabbrividì; quella risata le aveva fatto battere il cuore. Non poté fare a meno di ridere insieme a lui, mentre le lacrime le scendevano lungo le guance. Lei guardò le lacrime che sembravano brillare, prima che lui le asciugasse.

"Sei molto divertente, Minny. Penso che questa sia tu," disse Michael, e lei si guardò intorno, senza nemmeno realizzare che si erano ormai fermati.

Come si era persa il resto del viaggio? Il suo cervello era stato talmente annebbiato per venti minuti?

"Grazie ancora." Minetta aprì la portiera e si tolse il cappotto, piegandolo rapidamente per appoggiarlo sul sedile. Poi, si piegò in avanti nell'auto e si costrinse almeno a chiedere: "Ti va di prendere un caffè qualche volta? Si spera quando non piove, o quando non ho bisogno di essere salvata, magari?"

"Non hai bisogno di essere salvata Minetta. Mai." Poi, si allungò e le fece scorrere il dito sulla guancia. "Mi farebbe piacere trascorrere più tempo con te. Tieni, memorizza il tuo numero nel mio telefono." Lei sbatté le palpebre, e fece un respiro profondo, come se fosse un delfino salito in superficie in cerca d'aria. Il commento di Michael sarebbe dovuto risuonare strano, come se la conoscesse da più tempo e non da pochi minuti. Per un attimo tentò di rifletterci sopra ma poi la sua mente fu di nuovo distratta.

Guardò Michael e poi arrossì, mentre lui sbloccava il cellulare per darlo a lei. Digitò dunque il suo numero e lo salvò nella rubrica, prima di restituirglielo.

"Minny?"

"Come ho detto, è così che mi chiamano gli amici."

"È quello che siamo?" Le chiese, con la voce tra il canzonatorio e il sexy, da far calare le mutande.

"Non saprei ancora, ma mi piacerebbe scoprirlo," gli rispose, e poi chiuse la portiera. Lei non aveva assolutamente idea di dove la sua piccola fonte di sicurezza saltasse fuori, ma l'avrebbe cavalcata. Si diresse alla porta, e fece un cenno di saluto.

Forse la sua fortuna iniziava a cambiare.

CAPITOLO

SETTE

Minetta non era mai stata in quella parte della città. Aveva una vecchia aria grintosa, caratterizzata da un'architettura irregolare, vialetti e strade scarsamente illuminate. Era scesa all'unica fermata dell'autobus troppo presto, e si era ritrovata a percorrere il marciapiede per la seconda volta quel giorno. Davanti ai locali c'erano capannelli di persone ma, per la maggior parte, la strada era silenziosa. L'insegna dorata e verde le confermò che aveva raggiunto la sua destinazione; appena appoggiò la mano sulla maniglia, un sentore le attanagliò lo stomaco.

Era una strana sensazione. Stette a guardarsi intorno, nella strada silenziosa, mentre quella sensazione continuava ad aumentare costantemente. I peli sulla nuca si sollevarono, come se fosse appena entrata in contatto con una fonte di elettricità. Si prese un momento per alzare gli occhi al cielo notturno, preoccupata di non essere colpita da un fulmine. Quella sarebbe stata una vera sfortuna. Incontrare un uomo affascinante e morire prima di riuscire a rivederlo.

Ma il cielo sopra di lei era perfettamente chiaro, e milioni di stelle splendevano a distanza. Udì chiaramente il rombo di un motore in funzione; guardò in fondo alla strada, notando un'auto costosa ferma sulla collina. Rimase accecata dai fari e dovette mettersi un braccio sul viso per difendersi da quella luminosità intollerabile.

Lo strano formicolio divenne un rimbombo, un calore che le pulsava nelle vene. Lasciò la maniglia della porta e controllò la mano: nulla ma la sensazione restava. Guardò di nuovo l'auto, che sembrava uscita da un film di fantascienza, mentre accostava al marciapiede a un isolato circa di distanza.

Le sembrò strano che un veicolo tanto costoso giungesse in quella parte della città, ma non erano di certo affari suoi. Si scosse di dosso la strana sensazione e aprì la porta prima di tardare ulteriormente. S'innamorò all'istante dell'insolito arredamento e dei tavoli e delle sedie spaiate. Era come se il posto avesse iniziato cinquanta diversi restyling ma avesse smesso, prima di completarne anche uno solo. Si mise a fissare i lampadari verdi in vetro, mentre andava a sedersi al tavolo di Penny.

"Scusa, so che è tardi," disse Minny, mentre occupava la sedia in pelle verde di fronte all'amica.

"Nessun problema," rispose Penny, con la bocca piena di nachos. Penny scoppiò a ridere, mentre guardava le guance piene, gonfie come quelle di uno scoiattolo.

"Questo è un Irish pub davvero carino," esclamò Minny, guardandosi intorno. Era possibile affermare che quel luogo fosse lì ormai da tanto tempo. Nell'aria permaneva la sensazione che le pareti conservassero fantasmi, in grado di parlare se ci si fosse rivolti a loro. Immagini in bianco e nero erano incorniciate dietro il banco del bar, ognuna delle quali conteneva un famoso gangster, il che conferiva un'aria ulteriormente misteriosa al luogo. Si poteva ancora sentire l'odore stantio di fumo, sebbene cartelli di divieto di fumare fossero appesi su tutte le pareti.

"Come hai trovato questo posto?"

Penny bevve un sorso della sua birra prima di rispondere. "È venuto fuori da una delle mie app sul cellulare come must-try per il gusto della vecchia New York, e ho pensato, perché no?"

"Com'è il cibo?" chiese Minny, allungando la mano per prendere un nacho da assaggiare. Erano perfettamente salati e sorprendentemente ben conditi, e salsa, formaggio e carne macinata erano tutti dosati co precisione.

"Grandioso finora," rispose Penny, poi inclinò la testa e la guardò. Per un breve istante, Minetta avrebbe detto che l'amica assomigliasse a un uccello e non a una persona.

"Hai qualcosa di diverso." Penny mosse un dito di fronte al suo viso. "Sembri più luminosa, più felice, come la vecchia te, prima che quel pezzo di scroccone, traditore, merda di cane tornasse nella tua orbita."

Alla menzione di James, il buonumore sparì. "So che è tutte quelle cose. Ma non so come fare a chiudere e, so che sembrerà sciocco, ma mio padre lo adorava. Sognava che sposassi una star del football. Cacciare via James sarebbe come cacciare l'ultimo frammento di quello che amava e conosceva papà fuori dalla mia casa."

"Minny, so che ti manca tuo padre, ma dimmi onestamente, pensi davvero che lui vorrebbe che vivessi la tua vita con un uomo che ti tratta così male? Inoltre, James non è diventato una star del football. Riesce a malapena a tenersi un lavoro, qualunque lavoro. E non dimenticare che ti resta ancora Toby."

Lei prese un altro nacho e se lo portò alla bocca. "So che hai ragione."

"Allora devi essere forte e devi buttarlo nella spazzatura; prima è meglio è. È inquietante che si sia fatto una copia delle chiavi della tua casa senza nemmeno chiedertelo. E, poi, vedrai che farà venire la sua ragazza madre quando sei al lavoro e ti butterà fuori di casa, dichiarando che è la sua."

"Questo è sorprendentemente specifico." Minny sollevò un sopracciglio guardando Penny, che scrollò le spalle.

"Bah, lo chiamo per quello che vedo, e quel ragazzo non è altro che un pene che cammina e porta solo guai. Se fosse per me, cambierei le serrature al più presto possibile." Penny agitò una patatina sul grande piatto, e fu tentata di rubarla. "Preferirei abbracciare un cactus."

"Ok, ti prego, basta parlare di James. Non voglio pensare a lui o al fatto che non riesco a sbarazzarmene definitivamente."

"Potrei conoscere qualcuno che potrebbe aiutarti in quel settore, ti va?" La sua bocca si spalancò, e Penny esplose in una fragorosa risata. "Dovresti vedere la tua faccia."

"Ehi, posso portavi qualcosa?" Gridò il barista dal banco, il suo evidente accento irlandese la fece sorridere insieme ai tatuaggi che occupavano entrambi i muscolosi avambracci. Aveva un debole per gli accenti e i tatuaggi.

Apparentemente, solo perché era la classica brava ragazza, che cadeva ancora nella trappola dell'innamorarsi del cattivo ragazzo.

"Una pinta della tua migliore birra, e vorrei un menù, grazie." Lei sorrise mentre lui le fece l'occhiolino e si allontanò.

"Gli piaci, e quell'uomo non potrebbe essere un brutto modo per saltare nuovamente in sella. Vuoi che ti aiuti?" la stuzzicò Penny.

"No, accidenti. Sono perfettamente in grado di parlare con un ragazzo da sola, sai? E poi, in un certo senso ho già incontrato qualcuno." Il sorriso stupido non lasciò la sua faccia.

"Lo sapevo," gridò l'amica, facendo sì che le poche persone nel pub si voltassero tutte verso di loro. "Com'è? Come l'hai incontrato? Raccontami tutto!"

Penny emise un gridolino che la fece scoppiare a ridere.

Il barista colse quell'attimo per servire la birra e il menù.

"Grazie," disse. Lui indugiò e, immaginando che attendesse le ordinazioni, lei aprì il menù e scelse il primo panino che vide.

"Buona scelta," esclamò l'uomo, ma continuò ad attendere al tavolo, fissandola senza trascrivere il suo ordine. Minetta si contorse sotto lo sguardo accaldato, ma Penny le venne in soccorso, per fortuna.

"Ehi, salve." Fece cenno, e il barista finalmente guardò verso Penny.

"Vorrei un chilo delle vostre migliori ali di pollo e le vostre patatine e dei pompieri." Lui annuì, cogliendo l'antifona stavolta, e se ne andò.

"Allora, dammi tutti i dettagli. Chi è quest'uomo?" Penny saltò praticamente sul suo lato del tavolo.

"A dire il vero ha impedito che venissi investita da un'auto. È stato pazzesco, e poi mi ha offerto un passaggio a casa."

Penny abbassò il sopracciglio e la guardò. "Lui è semplicemente spuntato fuori e ti ha salvato, un estraneo a caso, e hai lasciato che ti accompagnasse a casa? Sto iniziando a capire perché James sia ancora in pista."

"Ehi, se questa sta per trasformasi in una triste serata alla Minny, allora mi chiamo fuori." Lei incrociò le braccia sul petto.

Penny sospirò ma annuì. "Scusa. Ti prego, continua. Lui com'è?"

Minetta guardò la parete alle spalle di Penny, mentre scavava nella memoria per ricordare che aspetto avesse quell'estraneo. Parlò e parlò, e più raccontava, e più Penny sembrava preoccupata e per niente contenta. "Che hai? Che cosa c'è che non va?"

"Niente, è solo che sembra troppo perfetto, sai? Non ci si può mai fidare di quelli che sembrano troppo perfetti. Hai scoperto il nome di questo estraneo salvatore troppo sexy?"

"Sì, si chiama Michael."

Penny sputò la birra sul tavolo, soffocando. Scattando, Minetta corse dall'altra parte del tavolo per soccorrere l'amica, battendole dietro la schiena. "Stai bene?"

Penny annuì e si alzò dal tavolo. "Ho ingoiato troppo e troppo in fretta. Mi è andato storto. Torno subito."

Minetta osservò la sagoma dell'amica allontanarsi, mentre si recava al bagno. Pensò che Penny sarebbe stata felice per lei, ma stava avendo la palese impressione che non lo fosse affatto.

OTTO

Fermai la Valchiria nel parcheggio VIP davanti al fight club sotterraneo. L'insegna sopra la porta annunciava orgogliosamente *Centro Massaggi Pazienza per i Caduti*. Sogghignai dinnanzi al nome — Dai era una dei pochi Caduti per cui avessi tempo, perché era stata una vittima quanto me quel giorno. Inoltre, Dai ambiva a costruire non uno ma molti fight club redditizi. Avrei dovuto saperlo. Le avevo dato un capitale per iniziare e mantenere una parte nel gioco, secondo il contratto.

Quando aprii la portiera dell'auto, il demone in attesa di portare il veicolo nel parcheggio sotterraneo corse verso di me e mi fece un profondo inchino. *"Firrr selgrith ogdrikos mulgrumon drag'drimuss?"*

Alle orecchie di qualunque umano, sarebbero sembrati soltanto dei farfugliamenti, ma ero ben preparato in tutti i dialetti demoniaci. Avevo deciso di impararli quando ero appena stato sbattuto fuori dalla perfetta scintillante casa di mio Padre. Beh, non era perfetta. Quella era la bugia meglio conservata di tutte. O si faceva a modo suo oppure no, e non si poteva mostrare una propria mente a meno che non si fosse umani; in quel caso, ci si poteva comportare come selvaggi, continuando ad essere amati.

Contrassi la mascella per la rabbia, ma mantenni il controllo. Non avrei permesso che il mio vecchio risentimento rovinasse la mia serata.

Il demone si offrì di pulirmi l'auto, perciò gli diedi una banconota da cento dollari per svolgere quel compito. Perché non avrei dovuto avere tutto fatto per bene mentre ero dentro? Nel migliore dei casi, avrei avuto un'auto pulita. Alla peggio, nel caso in cui avesse graffiato la mia piccola, avrei potuto uccidere questo demone in un modo orrendo, e riprendere i miei soldi.

Girai intorno all'auto, mi abbottonai il mio completo su misura, e mi fermai. Mi guardai alle spalle, sollevai il naso e annusai l'aria, provando a calibrare la causa della sensazione pruriginosa che si stava diffondendo rapidamente in tutto il mio corpo.

Osservai con attenzione la strada vuota e buia. L'unico movimento era stato causato da un umano di passaggio che entrava nel pub, ma che non poteva essere la causa. Feci un giro completo su me stesso e poi alzai gli occhi al cielo.

Questo doveva avere qualcosa a che fare con l'improvvisa e inaspettata apparizione di Michael. L'arcangelo non si disturbava mai a scendere dal suo peloso cavallo bianco, a meno che non intendesse creare altri casini per i Caduti. Non riuscivo a capire perché lui e nostro Padre non potessero semplicemente lasciarci in pace. C'erano state davvero molte volte nel corso degli anni dalla mia caduta, in cui mi ero sentito come un insetto in un barattolo, sempre a disposizione per il loro divertimento.

Come se dover vivere quaggiù non fosse stata una punizione sufficiente. No, dovevano colpirci anche con un bastone.

Bastardi.

Non potevo sopportarlo.

Mi recai all'entrata principale del centro massaggi e aprii la porta. Il minuto demone dietro il banco s'inchinò e poi premette un pulsante, per farmi accedere al livello inferiore, sede del vero divertimento.

C'era un altro demone ad aspettarmi all'ascensore. Una volta dentro, usò la chiave speciale per attivare l'ascensore. La musica strumentale soporifera mi fece venire voglia di strapparmi i timpani prima che sanguinassero per la noia.

Il vecchio ascensore sobbalzò, fermandosi, e le porte si aprirono.

Il martellante heavy metal era in netto contrasto con lo scampanellio della musica nell'ascensore e il flusso dell'avarizia nell'aria invase il mio corpo.

Ancora prima di uscire dall'ascensore, sentii grida di esultanza e il chiaro rumore di ossa rotte, seguito da altre ovazioni. Lezione di Ovazione Demoniaca: non ci sono 'tifo e versi d'ammirazione' in un fight club per demoni. Quanto più sanguinoso e tremendo lo scontro, tanto più felice é il pubblico.

Il posto era come un buffet all-you-can-eat dal mio punto di vista, e la mia pelle cantava per l'impulso d'ingordigia che sprizzava fuori da tutti. Sapevo che questo era dovuto parzialmente al motivo per cui Dai, altrimenti nota come Ira, avesse scelto di comprare dei fight club. L'avarizia era così fitta nell'aria, che potevo quasi vedere quegli striscianti fili dorati avvolgersi intorno alle persone che inneggiavano e continuavano a scommettere sulle proprie vite. Tutti quelli nella gabbia sognavano un grande compenso.

Tutti desideravano avere di più, essere i migliori, detenere il potere ed essere venerati come i Caduti. L'unico altro luogo in cui potessi trovare altrettanta energia era la borsa. Non era possibile trovare persone più avide di quelle che ci lavoravano. Sorrisi ricordando l'ultima volta che avevo loro fatto visita. Avrei voluto restare per sempre lì, se non avessero chiuso e fossero tornati a casa. Dovevo fare attenzione a non andarci troppo spesso. Era facile diventare schiavi del potere, come se fosse una droga.

Il fight club era il luogo destinato ai demoni dei piani alti.

C'erano pochi edifici in città che servivano la comunità ma, per la maggior parte, se fosse stati demoni, sareste venuti qui ogni sera. Dai aveva fatto un ottimo lavoro nel costruire i ring sotterranei e uno anche migliore nella loro promozione. Mi trovavo all'entrata, mentre le luci stroboscopiche lampeggiavano a tempo di musica. I presenti sollevarono il capo in aria, sventolando banconote demoniache, così da poter piazzare le proprie scommesse. Il denaro demoniaco era accettato; consisteva in neri pezzi di roccia rettangolare che potevano essere utilizzato per vari scopi, ma l'uso più popolare era rappresentato dai favori.

Avere dei favori da un demone, specialmente uno di livello superiore, era importante all'Inferno. O eravate i più tosti figli di puttana, o imparavate a circondarvi di persone in grado di proteggervi. Era simile a una prigione umana di massima sicurezza. Non farlo equivaleva a morte certa nei piani inferiori, dove solo i più forti sopravvivevano. Una cosa che non avreste voluto diventare era un giocattolo sessuale per demoni.

Un forte ruggito emerse dal demone Gorgone nella gabbia. Il demone ricoperto da grosse squame era uno dei più popolari di Dai. Lunghe strisce di saliva scorrevano dalla bestia a due teste, mentre teneva in alto il demone più piccolo contro le sbarre della gabbia.

"Uccidilo! Uccidilo! Uccidilo," ripetevano quelli che stavano intorno alla gabbia.

Un altro ruggito e le enormi braccia tentacolari afferrarono l'avversario come un pitone. Fortunatamente, ero abbastanza distante, e, quando la testa schizzò via dal corpo del demone più piccolo, non fui investito dal sangue verde dei tentacoli o dal sangue nero. Quelli che si erano radunati saltarono, mentre gli schizzi finirono di nuovo su di loro. Scoppiarono piccole risse tra demoni che avevano perso il loro verok, mentre altri esultavano e fischiavano per impedire gli altri rubassero quello che avevano vinto.

Guardai i resti viscosi delle viscere verdi del demone, che erano atterrati ai miei piedi, e oltrepassai quel disastro, assicurandomi che non sfiorasse nemmeno le mie scarpe nuove.

Il bar principale e l'area VIP si trovavano a sinistra dell'arena esagonale. Era sopraelevato e offriva la vista migliore nel locale. Andai in quella direzione.

Fermandomi al bar, mi appoggiai a uno dei teschi argentati che fungevano da decorazione e feci l'occhiolino alla cameriera. La demone dalle gambe lunghe si avvicinò sulle quattro gambe, le lunghe trecce turchesi rimbalzavano mentre arrivava.

"Ehi, ciao bello, che cosa posso portarti stasera? Due fighe, magari," chiese una graziosa demone. Era una Shexta. Le Shexta erano note per i loro party orgiastici. Le due fighe consentivano una ampia gamma di posizioni e la possibilità di variare partner. Ma avevano l'effetto di una droga che tendeva a rendere indurre i soggetti a scoparle finché finché non fossero rimaste incinte. Molti si erano svegliati mesi dopo, con i cazzi afflosciati e i loro ricordi sfocati. Con una Shexta, ci si ritrovava sempre come un inconsapevole esserino, quando il bimbo partorito veniva lasciato sulla propria porta. Soltanto per questa ragione, mi assicurai di non cadere mai nella trappola della tentazione, a prescindere da quanti altri deliravano su quanto il sesso fosse fantastico.

L'ultima cosa che volevo era una prole — demoniaca, umana, angelica o altrimenti.

"Prendo un martini, shakerato non mescolato, ed extra sporco."

"Oh, posso farlo sporco quanto vuoi," lei sorrise, mostrando un accenno di zanna.

"Indietro, Gina, questo è mio stanotte," intervenne Skye, dietro di me; la sua mano non indugiò prima di strizzarmi le chiappe.

"Questo significa che sono perdonato per la mia mancanza di civiltà?" Borbottai, con gli occhi che vagarono apertamente sul suo corpo.

"Non saprei. Intendi scoparmi stanotte?"

Skye stava bene nel suo outfit rosso sangue. Il vestito era aderente e abbastanza corto da fornire facile accesso più tardi. Gli stivali che le arrivavano fino alle cosce erano un ottimo abbinamento e fornivano qualche centimetro in più alla sua altezza. I lunghi capelli neri erano acconciati in alto secondo la moda dell'Inferno, che tutte le demoni sfoggiavano al momento, mentre il trucco nero le esaltava lo sguardo.

"È possibile. Che cosa indossi sotto il vestito?" Nel tipico stile di Skye, sedette, mettendo un piede con tutto lo stivale sul bancone de bar, e sollevò il vestito dandomi una vista completa di quello che portava sotto. Mostrò l'anello d'argento, che era una decorazione dell'estremità del suo clitoride, ed emise un piccolo gemito. "Davvero intrigante."

"Skye, per il fuoco dell'Inferno, dai a quell'uomo tempo sufficiente per un drink, prima di iniziare con quella merda." Neven roteò gli occhi, avvicinandosi, e si unì a noi. Tesi il pugno verso Neven, in segno di saluto.

"Tua sorella ha un chiodo fisso in testa."

"Fidati, non ne ha bisogno ... si è fatta scopare da me sei volte quando sono rientrato dal lavoro. Sono sorpreso di essere riuscito ad arrivare fin qui, dopo le scopate extra," disse Neven e si appoggiò contro il banco del bar come se fosse davvero sfatto.

Scoppiai in una fragorosa risata all'immagine di Neven che si nascondeva dalla sorella. "Quale era la speciale occasione?"

"Ha detto che era per onorare il dono di Asmodeo o altre stronzate. Lei è dipendente dal sesso. Questo è tutto ciò che c'è da dire in merito." Neven incrociò le braccia, lanciando un'occhiataccia a sua sorella.

"Non ti ho sentito lamentarti mentre m'infilavi il cazzo in bocca." Skye spostò lo stivale dal banco del bar e si lisciò il vestito, finché non fu nuovamente privo di pieghe.

"Ecco a te," la barista Gina poggiò il drink oscenamente grande dall'altra parte del bancone. Conteneva extra olive, cosa che mi fece sorridere. C'era qualcosa attaccato al fondo del bicchiere e, quando lo presi, vidi che c'era sopra il nome e il numero di telefono di Gina, che mi fece l'occhiolino e si leccò le labbra prima di allontanarsi per occuparsi di un altro cliente.

Passai il tovagliolo a Neven. "Nel caso in cui tu fossi interessato."

"Col cazzo," rispose Neven, accartocciando il tovagliolo e gettandolo via.

"VIP?" annuii verso l'area lussuosa, e i fratelli, che stavano ancora discutendo, mi seguirono. Il demone che bloccava l'entrata fece un profondo inchino prima di farsi da parte e lasciarmi passare. Le lunghe catene appese al suo corpo tintinnarono al movimento.

"Mammon." La sua voce era ruvida, come se avesse inghiottito una manciata di lamette.

Senza preoccuparmi di conoscere quel demone, andai oltre e cercai il tavolo con la vista migliore. Un numero di demoni che non riconobbi erano al tavolo che desideravo ma, non appena guardai nella loro direzione, si dileguarono, liberando il tavolo.

Il round successivo stava per cominciare, e la gabbia stava diventando velocemente scivolosa per le viscere e il sangue, il che aggiungeva solo eccitazione. Mi sedetti, osservando i prossimi avversari mentre entravano nella gabbia.

Skye continuò a stare in piedi e a fissarmi, con un'espressione ridicola, data dalle labbra piegate all'insù in un broncio finto tipico umano.

"Bene, siediti," dissi, e lei trovò immediatamente il suo posto sul mio grembo. Mi avvolse un braccio intorno al collo, mentre con la mano non perse tempo a sbottonarmi i pantaloni.

"Hai un consiglio?" le chiesi, e Skye cessò di fare ciò che stava facendo per guardare sul palco. Aveva la misteriosa capacità di indovinare il vincitore.

"Lo Jorkoran batte il Sarzitkur. L'ho visto combattere prima, ed è subdolamente bravo, nonostante la sua taglia alquanto inferiore."

Annuii ma, appena iniziò il combattimento, mi resi conta di non riuscire a vedere bene con il corpo di Skye davanti. Sospirando, la spostai dal mio grembo a terra, tra le mie gambe. "Sei meglio come porta che come finestra. Se vuoi il mio cazzo, allora succhialo da laggiù."

"Sei uno stronzo, Ri."

"Eppure, continui a tornare," le dissi, e lei roteò gli occhi ma si inginocchiò.

"Stasera scommetti?" domandò Neven.

Sbuffai e roteai gli occhi al mio amico. "Sai che non scommetto. Non mi serve la fortuna per fare soldi."

"Non riguarda solo la vincita. Riguarda il brivido della scommessa."

"Non dire sciocchezze, non scommetto con il mio denaro."

"Come vuoi, amico." Neven alzò la mano, chiamò l'allibratore e gli diede un grosso mazzo di verok, scommettendo sul demone consigliato da Skye.

Mi tirai su le maniche e mi misi comodo, mentre Skye continuava ad occuparsi del mio cazzo. "Ehi, Neven, saputo niente della nuova meta di Michael?" Neven aveva le fonti più affidabili ed era più scaltro a raccogliere informazioni di chiunque altro avessi incontrato.

Poteva essere per il fatto che fosse metà folletto, o forse perché era un genio dei computer e di tutta la roba online. Ad ogni modo, se qualcuno fosse stato in grado di scoprire le intenzioni di quella spina nel fianco che era il grande e potente Michael, quello era lui.

"No, non ho avuto tempo di cercare davvero. Sono stato un po' preoccupato oggi. Il mio culo è ancora sensibile, comunque."

"Ti stai lamentando?"

"Nient'affatto. Puoi andare più forte la prossima volta," Neven sorrise, il suo bel viso cambiò abbastanza, così da poter passare per un uomo o una donna a seconda della luce. "Per quanto riguarda Michael, tutto di lui mi mette sempre i brividi."

"I brividi?" Sollevai un sopracciglio al termine. "Ahi! Skye, non mordere."

"Ma hai il gusto di una caramella," la sua voce roca sprigionava lussuria. "Voglio inghiottirti mentre mi vieni in gola."

"D'accordo, hai davvero bisogno di smettere di frequentare il palazzo di Lussuria. Ti trasformi sempre in una puttana dopo esserci stata."

"Oh ti prego, sono sempre stata una puttana, e le feste sono fottutamente incredibili. Vorrei che ci venissi qualche volta."

Fissai Skye, per scoprire se si rendesse conto di essersi insultata, ma, mentre scorrevano i secondi, riprese a scuotere la testa sul mio cazzo. Realizzai che lei non la vedeva in quel modo. Voglio dire, avevo il mio mercoledì ma per lei, avere gli occhi aperti, era una ragione sufficiente per scopare chiunque fosse a portata di mano.

"Pensate che sia Lui." Neven indicò verso il cielo, indicando mio Padre.

"Non ha dato a Lussuria un corpo di proposito? Cioè per scegliere di schierarsi con Lucifero?"

"Chi lo sa, ma è certamente possibile. Non lo direi a Lui. Non riesco a immaginare di non avere un corpo fisico. Non importa se lui sia un fottuto coglione. Voglio dire, lo è sempre stato, ma è stato insopportabile sin dalla nostra caduta."

Tornai a rivolgere la mia attenzione a Neven, mentre digitava sui suoi vari telefoni. "Ri, amico, la missione di Michael è sotto copertura. Tutti stanno tornando in silenzio. So che non può essere qui per una scampagnata, ma nessuna delle mie solite fonti sa perché sia apparso all'improvviso o il motivo per cui stia facendo domande su di te in giro."

Tranguggiai il mio perfetto martini, il sapore ottenebrò i miei sensi.

I combattenti nella gabbia si stavano rotolando nella polvere, ma non riuscivo a concentrarmi su di loro. La mia mente continuava a sondare tutte le possibilità del motivo per cui ero ricercato. Un piccolo gemito lasciò le mie labbra, mentre la talentuosa lingua di Skye leccava la mia asta come se fosse il suo dolce preferito.

Secondo la previsione di Skye, il Jorkoran dal blu acceso inchiodò l'altro demone e, sebbene questo match non fosse finito con una decapitazione, l'avversario avrebbe avuto bisogno almeno di una settimana per guarire dalla profonda lacerazione. Neven sorrise mentre veniva pagato per la scommessa vinta.

"Ho una teoria," disse Neven, massaggiandosi il mento non appena si risistemò.

"Su Michael?" gemetti di nuovo. Skye alzò lo sguardo su di me, guardandomi da sotto quelle ciglia nerissime e sorrise.

"La profezia sul fatto che ci sarà un'apocalisse e i Caduti siano la chiave per fermarla o per aprire i cancelli. Forse sta cercando d'impedirlo.Voglio dire, Lucifero ha faticato molto per assicurarsi di dominare la Terra."

"Forse, con Michael, non si sa mai. Sembra l'unico in grado di cavarsela dopo aver infastidito nostro Padre o per aver disobbedito ai suoi ordini, restando ancora sul suo grazioso piedistallo." Riappoggiai la testa contro il cuscino del tavolo e mi rilassai, godendomi quello che Skye stava facendo. "Io so che non lo aiuterò. Anche se dovesse venire a succhiarmi l'uccello implorando il mio perdono, non aiuterei il mio cosiddetto fratello."

Proprio allora, Skye effettuò una manovra particolarmente efficace, e il mio suddetto uccello esplose nella sua bocca. Gemetti mentre continuava a succhiare fino all'ultima goccia che le offrivo. Si lasciò cadere sulla sedia, asciugandosi lo sperma dal mento. Poi, s'infilò le dita in bocca e leccò fino all'ultima goccia.

"Era delizioso, perciò mi inviterai stasera o no?"

La guardai negli occhi impazienti e volevo davvero risponderle di no. Avevo un milione di cose che mi attendevano l'indomani, ma stavo avendo un raro momento di generosità e allora annuii, dando risposta positiva. Lei sorrise in modo seducente, e poi saltò su per andare presumibilmente a prendersi il suo drink, che non ero io.

"Sai che lei si sta affezionando, vero?" Mi guardai alle spalle in direzione di Skye, poi verso Neven, e feci spallucce, alquanto incurante. "Le hai rallegrato la serata, comunque," aggiunse Neven.

"Posso farne due, se vuoi unirti di nuovo. Sarò qui per tutta la notte ad ogni modo."

Neven saltò sulla sedia, con il culo che si contorceva da un lato all'altro. "Proprio non dovrei. Sto provando a non essere così esigente. È difficile provare ad essere un buon demone."

Guardai il suo volto serio e scoppiai a ridere. "È quello che vuoi davvero?" Neven scosse il capo rispondendo di no, i suoi occhi lampeggiarono di verde, mentre il suo lato demoniaco si palesava. Mi piegai in avanti e gli sussurrai all'orecchio.

"Sai di non potermi resistere, e io ottengo sempre quello che voglio."

Neven rabbrividì e annuì lentamente.

Quella serata non si sarebbe prospettata noiosa dopotutto.

NOVE

Minetta sobbalzò per il forte bip. Il giorno prima Penny non era andata al lavoro, il che fece sì che la cena con l'amica continuasse ad essere vissuta nella sua mente.

Inviò un messaggio a Penny e ottenne un 'va tutto bene, ci vediamo la prossima settimana' accompagnato da un emoji sorridente, ma le ci era voluta comunque una vita per addormentarsi. Le era sembrato che Penny stesse bene quando era tornata dalla toilette, ma c'era qualcosa nell'iniziale reazione emotiva dell'amica che continuava a tormentarla. Il lato positivo corrispondeva al weekend di James con gli amici, così era andato via un giorno prima. Perciò, questo significava fortunatamente che lei non doveva affrontare lui o quella situazione per il momento.

Si appoggiò sulle braccia e abbassò lo sguardo, per vedere Toby. Il suo grande corpo peloso era la ragione per cui aveva le gambe intorpidite. Il corpo del cane era appoggiato sui suoi arti inferiori, ma, a quanto pareva, l'animale non aveva alcuna intenzione di spostarsi. Con un grande sforzo, riuscì a spostare una gamba e, poi, liberò anche l'altra. Toby era un gigante carino.

Un profondo brontolio simile a un lamento fu la sua risposta al movimento della padrona, mentre rotolava sulla schiena. "Non lamentarti con me, signorino. Avresti potuto spostarti, lo sai?"

Minetta fece una doccia veloce e controllò le previsioni meteo della giornata. Davano caldo senza possibili temporali, un venerdì perfetto per una raccolta fondi. In città, era prevista una gara di triathlon e, visto che tutti avevano acconsentito a donare una grossa somma al banco alimentare per cui era volontaria, era sensato che anche lei ci lavorasse.

Il suo capo non era stato per niente contento di darle la giornata libera, così che potesse occuparsi dell'evento, ma, visto che raramente ne aveva una, non aveva trovato una ragione per obiettare.

Frugò dunque nel suo armadio, optando in fine per un paio di pantaloncini tagliati bianchi e la maglietta indossata da tutti i volontari.

Toby la seguì di sotto; gli diede la solita colazione, mentre si preparava del tè verde e fiocchi d'avena con frutta. La radio trasmetteva l'ultima canzone di Doja Cat e lei la canticchiò. Toby abbaiò e girò la testa, guardandola. "Che cosa c'è? Anche il mio canticchiare è così terribile?" Poi, rise.

"Coraggio, andiamo. Ho avuto il permesso di portare il tuo sederone con me," esclamò ironicamente e prese il guinzaglio di Toby. Afferrando il suo zainetto e portando con sé il compagno peloso, aprì la porta e imprecò. "Merda!"

Il cuore le era salito in gola; si rese conto di avere davanti il viso di Penny, con la mano che stava per bussare alla porta. "Oh per il santo Inferno, Penny, mi hai spaventato a morte."

Penny scoppiò a ridere, con i brillanti occhi azzurri sorridenti. "Sono piuttosto sicura che l'Inferno non sia santo, ma capisco il modo di dire. Non volevo spaventarti. Vai da qualche parte?"

Minetta indicò il logo sulla maglietta con la parola volontario scritto sopra. "Credevo di avertene parlato, no?"

"Forse l'hai fatto, ma mi conosci, dimentico sempre tutto. Beh, vuoi saltare la gara e venire come forse? Mi sento in colpa per come mi sono comportata l'altra sera, e pensavo di poter rimediare. Non ero di turno oggi, e quando ho chiamato al lavoro per scoprire se potessimo andare a pranzo insieme, hanno detto che non c'eri."

"Oh, sei stata molto dolce, ma non dovevi guidare fin qui per sincerarti che stessi bene. Mi sono presa la giornata libera un po' di tempo fa, ma ho dimenticato di avvisarti."

Penny reggeva un sacchetto di plastica. "Ho portato della zuppa di pollo, perché non andiamo al mare o a fare shopping? Cavolo, potremmo persino affittare una baita per la notte, e potrebbe venire anche Toby con noi," disse Penny, sorridendo.

Minetta sollevò un sopracciglio a Penny. "Apprezzo l'offerta, ma devo dare una mano oggi. Inoltre, non c'è bisogno di scusarsi." Lei scrollò le spalle. "Ragazza, siamo tutti soggetti a vivere delle giornate strane."

"Oh, ok." Penny si guardò intorno, abbassò lo sguardo e si sentì immediatamente in colpa. "Pensi che potrebbero volere un'altra volontaria? Non ho altro in programma e mi piacerebbe ancora stare in giro."

Il suo umore si sollevò, e allargò il sorriso rivolgendolo all'amica. "Sì, credo proprio che sarebbero più che felici di avere un paio di mani in più." Lei aveva incontrato Penny poco dopo essersi trasferita a New York, ed erano diventate subito amiche, il che era un bene perché aveva in precedenza perso tutti i suoi anni prima. Capita quando si passa tutto il tempo in ospedale invece di andare al cinema o a ubriacarsi alle feste. Si diventa rapidamente inutili. Sua madre diceva che non erano mai stati davvero suoi amici ma era comunque difficile, e Penny era stata esattamente ciò di cui aveva bisogno.

"Ecco, metto la zuppa in frigo, così poi possiamo andare," disse, prendendo il sacchetto di Penny e dirigendosi verso la cucina.

Uscendo al sole, chiuse a chiave la porta, e le due s'incamminarono per la strada. Un uomo passò e fissò prima lei e poi Penny. Pensava che stesse flirtando, ma una ragazza che camminava nella stessa direzione dall'altra parte della strada continuava a guardare.

"Sono io o tutti ci stanno fissando oggi?" chiese mentre un'auto rallentava, e il passeggero la guardava. Ma che cosa avevano tutti?

"Cosa? Oh, no, non l'avevo neanche notato. Voglio dire, è la città. Normalmente, si tende a vedere cose strane."

"Questo è vero," disse, mentre raggiungevano la fermata dell'autobus.

L'autista era stato riluttante a lasciare un cane della grandezza di un pony a salire sul mezzo, ma, quando Toby le leccò la mano e le poggiò il testone sul grembo, la donna rise e acconsentì. Toby aveva quell'effetto su molte persone. Era una vera calamita.

Si avvicinarono al luogo della gara; era facile affermare che qualcosa di grosso stesse accadendo. Palloncini di un blu acceso e verde erano presenti su tutta la strada e creavano un enorme arco sul traguardo. Una delle stazioni radio locali trasmetteva musica, e avevano sentito canzoni allegre prima ancora di scendere alla fermata. C'erano lunghe file di persone che aspettavano in ogni punto per l'iscrizione, per accaparrarsi una maglietta gratis o acquistare memorabilia.

Una sensazione di calore avvolse Minetta, mentre camminava verso la folla sempre crescente. "Non è grandioso?" Osservò poi Penny, che però si stava guardando intorno come se si aspettasse che l'Uomo nero le saltasse addosso. "Stai bene? Sembri un po' nervosa."

Un sorriso che non raggiunse gli occhi di Penny si allargò sul suo volto. "Sono solo stupita, tutto qui. Ci sono tante persone."

"La folla ti rende nervosa?"

"No, niente del genere." Penny si guardò alle spalle e Minetta seguì il suo sguardo, ma non vide nulla fuori dal comune.

"Se non ti va più di fare da volontaria, va benissimo. Capirò se ti senti a disagio, ok?"

"Giuro che sto bene. Mi sento solo strana. Ho degli strani momenti." Penny fece un'espressione bizzarra, e Minetta esplose in una risata fragorosa.

"Lo sei davvero, ma sei anche la migliore amica che si possa avere. Grazie di essere venuta. Significa tanto per me." Minny afferrò la mano di Penny e la strinse. L'amica la guardò, una lacrima luccicante nell'occhio.

"Oh, non fare la sentimentale con me. Questa è una giornata divertente. Siamo qui per fare soldi, mangiare cibo spazzatura da quei food truck, e so che amerai fare gli occhi languidi con i ragazzi in pantaloncini senza magliette."

Minetta sorrise e avvolse il braccio intorno alla spalla dell'amica, mentre insieme andavano verso l'entrata dei volontari.

Senz'altro in Penny c'era qualcosa di strano, ma non c'era da preoccuparsi, se non era pronta ad aprirsi. Sarebbe stata al suo fianco quando il momento fosse arrivato.

Si rese conto che non sapeva molto del passato di Penny, specialmente in merito a familiari e amici prima che si trasferisse lì dall'Oregon. Forse era stato il nome Michael che l'aveva fatta riflettere, forse qualcosa che le era successo, e che risguardava il nome di quell'uomo. Accidenti, se era stata lei a scatenarle tale reazione, allora si sarebbe sentita terribilmente in colpa.

Minetta odiava l'idea che qualcuno ferisse la sua amica. Infatti, se era successo quello, allora sarebbe stata furiosa. Non le importava di se stessa, ma nessuno feriva i suoi amici e la sua famiglia.

Toby le diede una musata sulla mano, e lei lo guardò sorridente. O il cane —- mai far del male al cane di una ragazza.

DIECI

S badigliai mentre parcheggiavo la Valchiria nel parcheggio sotterraneo dell'edificio per uffici. Il traguardo del triathlon era proprio davanti alle porte degli uffici. Ero stato abbastanza saggio da mettere a disposizione dei partecipanti oltre mille posti per parcheggiare per una cifra ridicola, naturalmente.

"Signore," disse il valletto mentre uscivo dallo scintillante veicolo argentato, stirandomi. Era stata una serata lunga e molto divertente sul serio, ma avevo dormito soltanto un'ora e al momento ne stavo pagando il prezzo. Non avevo mai avuto questo problema in Paradiso e nemmeno all'Inferno, ma qui, sulla Terra, i poteri di noi Caduti erano ridotti, e in realtà, dovevamo mangiare e dormire regolarmente. Seriamente, era quasi noioso quanto il mio cazzo che si drizzava a proprio piacimento.

Entrando nell'auto, afferrai la sacca da viaggio e lasciai che il valletto parcheggiasse il veicolo nel mio posto riservato. Ne avevo uno fatto apposta per me, che era tre volte più grande del normale, caratterizzato da una mezzeria protettiva intorno. Non era possibile così che la mia splendida piccola venisse graffiata da un autista sconsiderato di minivan.

La vivacità già albergava per la strada. Una cosa che non avevo mai capito era perché tutti i peccati non parcheggiassero i loro veicoli tra la folla di umani, aspettando così di privarli di tutta la loro energia di peccatori. Voglio dire, guardate questo evento. Gli spettatori occupavano le stupide sedie pieghevoli rimpinzandosi di cibo e birra, già ubriachi, e il triathlon non era nemmeno cominciato.

C'erano coppie che si nascondevano inutilmente nei vicoli per scopare contro i muri, mentre altri approfittavano della folla e della confusione per combattere tra loro. Ogni singolo peccato era orgogliosamente esposto. Gonfiai il petto, mentre osservavo tutto il nostro duro lavoro. Soltanto la nostra presenza era irresistibile e influente sui gatti spelacchiati privi di code.

Arrivare all'area della partenza per la gara di nuoto, la prima prova delle tre, richiese dieci minuti a piedi. Shilo arrivò prima per assicurarsi di non dover aspettare in fila. "Signore, questi sono per te," disse e mi diede l'adesivo blu quando lo avvicinai.

"Hanno il mio numero?"

"Sì, signore, mi sono assicurato che avessi il tuo numero preferito, 666," spiegò Shilo. "Posso prendere la tua borsa, signore?"

"Certo." Privai l'adesivo della parte posteriore e me lo premetti sui pantaloncini da nuoto, e poi tornai a guardare verso la linea di partenza. "Shilo?" mi girai e guardai il vecchio angelo caduto.

"Grazie."

Gli angoli della sua bocca si sollevarono leggermente, mentre inchinava il capo.

"È stato un piacere, signore."

La sabbia, già bollente, mi finì tra le dita dei piedi, rilassandomi. Mi assicurai di posizionarmi davanti alla linea e ignorai gli umani fastidiosi. C'era la strana lamentela sui demoni, ma ero circondato dagli insetti che mio Padre amava per la maggior parte. Era divertente batterli nelle loro piccole competizioni. Inoltre, sapevo che sarebbe stato fastidioso per Lui, magari anche solo come una punturina, far apparire stupidi gli umani, dimostrando che erano davvero una specie inferiore.

"Salve," disse una voce femminile; mi girai per vedere chi aveva osato rivolgermi la parola. Una ragazza dalle trecce colorate e con un outfit coordinato mi stava accanto. "Bella giornata per un triathlon. Provo a farlo almeno due volte al mese, e tu?"

"Suppongo di sì, e no, non ne ho il tempo," risposi piattamente e tornai a rivolgere lo sguardo sull'acqua blu scuro.

"Um, forse volevi..." Lei mi fissò e io la interruppi.

"No, ma se vuoi i miei servizi, puoi predisporre un appuntamento per uno dei miei mercoledì."

"I tuoi mercoledì?" chiese, e io sospirai, desiderando che quella stupida gara fosse già iniziata.

"Per favore, devi aver sentito parlare dei miei mercoledì, vero? Voglio dire, ecco perché mi stai parlando, giusto?"

"Io non..."

La interruppi di nuovo. "Va bene. Non devi ammetterlo. I mercoledì sono i giorni in cui scopo tutte voi donne arrapate che ne hanno disperatamente bisogno per un breve momento. Comprensibile, considerando che gli uomini con cui finite normalmente sono patetici e dimenticabili in ogni modo. Puoi chiamare e prendere un appuntamento al mio front desk. Chiedi per lo speciale del mercoledì. Sai, sei stata piuttosto maleducata ad avermi approcciato in pubblico. Hai coraggio."

"Sei un fottuto porco!" La donna scappò via, e stetti a fissarla.

Capite, ecco perché gli umani erano insensati. Le avevo chiaramente letto nella mente, e lei voleva scoparmi, perciò le avevo offerto l'opportunità della vita, e lei se n'era andata via come se l'avessi insultata?

Dimenticando la strana donna, rivolsi la mia attenzione all'annunciatore.

"Salve a tutti! Che giornata grandiosa per raccogliere denaro per due cause eccezionali che avranno un impatto significativo per migliorare la nostra comunità." Roteai gli occhi davanti a quella dichiarazione drammatica e falsa. Nulla avrebbe migliorato questo posto. "Dopo la fine della gara, assicuratevi di ritirare il vostro premio. Ora senza ulteriori indugi, ai vostri posti, pronti... Via!"

Il fiocchetto che era stato la mia sola barriera fluttuò a terra, mentre la folla si tuffava.

Percorsi la breve distanza fino al bagnasciuga e m'immersi —- quello era il momento meraviglioso in cui vigeva solo il silenzio, dove non avevo peso, e la mia mente andava in un altro tempo.

. . .

Volavo sopra l'erba opaca diretto verso la guerra che era esplosa davanti ai miei occhi. Com'era possibile passare da un giorno perfetto e sereno, come doveva essere, a questo folle caos? Angelo contro angelo, fratello contro fratello, e amico contro amico, il mare di angeli era diviso e in molti si ritrovarono in mezzo. Le spade si sollevarono e le due fazioni si scontrarono, producendo un suono tonante.

Tutto il cielo era infuocato e faceva sembrare che il palazzo d'avorio sanguinasse. Piume bianche fluttuavano al suolo intorno ai mutilati o morenti —- sangue rosso vivo era sparso in ogni direzione, mentre membra cadevano in basso e sporcavano quella che una volta era la loro bella casa.

Mentre mi avvicinavo alla battaglia, i lamenti di dolore riecheggiavano nelle mie orecchie. Le mie ali sbattevano forte e velocemente, mentre attraversavo il suolo e vidi la mia ombra per la prima volta. Non ebbi il tempo di contemplarla; estrassi la mia spada dorata che luccicava in mezzo alle tenebre che stavano offuscando ogni cosa.

Il potente drago ruggì, mandando vibrazioni attraverso il mio petto. Quel suono uscì da quella bestia feroce, un istante prima che il fuoco infernale si riversasse fuori dalla sua bocca. L'incendio inghiottì ogni cosa, vivente e non, sul proprio cammino, riducendola a cenere grigia.

Lucifero si sollevò dalla parte anteriore della grande bestia, la sua nera armatura di pelle era scura e risaltava contro la pelle pallida. Quando Lucifero sollevò la spada letale, un forte suono riecheggiò, ed era più forte delle urla e del rumore metallico. Lucifero si fermò mentre Michael si avvicinava. Si fissarono, fratelli, una volta uniti, ormai non lo erano più.

Sobbalzai al suono incredibilmente forte prodotto da centinaia di persone che affollavano l'acqua, riportandomi nel presente. Non avevo pensato a quel giorno da tanto tempo. Lo scacciai e riemersi in superficie, con le braccia che tagliavano le onde fredde, finché non mi ritrovai oltre il gruppo. Sentivo le creature che vivevano nell'acqua, mantenendo la distanza da quel rumoroso caos, sebbene ne fossero incuriosite.

Mi ero sentito così una volta con gli umani, e poi mi ero imposto di rotolarmi nel porcile con gli insubordinati suini, e ogni cosa era cambiata.

"Quelli possono andare laggiù." Minetta indicò la zona ombreggiata dove stavano disponendo le bibite extra. Penny era molto più forte di quanto sembrasse. Stava portando facilmente quattro casse alla volta. Avrebbe dovuto metterci il doppio del tempo.

"Allora, come chiami questo ... evento?" chiese Penny, mentre si sistemava le ciocche di capelli che erano uscite dallo chignon.

"Si chiama triathlon, perché consiste in tre gare. La prima è una gara di nuoto in mare aperto, poi c'è il ciclismo e, infine, la corsa."

"E dove siamo collocate noi esattamente lungo quel percorso?"

"Siamo a metà della gara di corsa." Minetta si guardò intorno, cercando le coppe. Dovevano essere qui da qualche parte. Poteva vedere le magliette ondeggianti dei corridori diretti in fondo alla strada. Tornò a guardarsi intorno, in cerca delle scatole delle coppe, ma non si vedevano da nessuna parte. Come poteva averle dimenticate?

"Hai visto le coppe?"

"No, vuoi andare a prenderle? Posso gestire la postazione." Minetta guardò i corridoi avvicinarsi.

"D'accordo. Fammi dare un'altra occhiata sotto al tavolo. Forse mi è sfuggita una scatola." Sollevò la stoffa svolazzante e s'inginocchiò, cercando le coppe di carta scomparse. Poi si fermò, la mano nella scatola, mentre lo strano ronzio e pizzicore dell'altra sera iniziò a scorrerle in tutto il corpo. Gonfiò il petto e il cuore le batté forte, mentre quella sensazione la attanagliava, diventando un impulso costante sotto la pelle.

Minetta sentiva i corridoi avvicinarsi, ma non riusciva a concentrarsi su quello che stava facendo. Un paio di sneaker si fermò accanto al tavolo.

La strana sensazione era così forte che Minetta si domandò se non si stesse sentendo male. Toby iniziò a guaire, e lei si alzò per vedere che cosa non andasse. Ma finì per scontrare le gambe di Penny; sembrava che l'amica l'avesse urtata sotto il tavolo con il ginocchio. Almeno era quello che era sembrato, visto che Minetta si ritrovò scaraventata contro le scatole. Rotolando in avanti, sbucò dall'altra parte del tavolo davanti ai piedi del corridore.

Toby corse intorno al tavolo e la spinse, guaendo furiosamente, prima di posizionarsi tra lei e l'estraneo. Minetta stette a guardare le costose sneaker nere, poi si alzò lentamente davanti alla persona che la stava fissando. L'uomo sollevò gli occhiali da sole che gli coprivano gli occhi, e lei emise un piccolo sussulto quando i loro sguardi s'incrociarono: stava improvvisamente sprofondando in due pozze di splendida ambra. Altri corridori cominciarono ad arrivare intorno a lei, ma era concentrata unicamente su di lui.

Aveva un volto cesellato, ma non come quello di Michael. Il suo era irregolare, con una spruzzata di un'ombra delle cinque del pomeriggio. Il taglio di capelli era perfetto, il biondo straordinario conteneva striature dorate, che sarebbero parse disordinate su chiunque altro, ma sembravano davvero sexy su di lui. Si sforzò di non agitarsi, mentre gli occhi dell'uomo vagarono sul suo viso per poi scendere lungo il corpo, prima di incontrare di nuovo il suo sguardo, mentre lei si alzava in piedi.

Penny le stava parlando, gesticolando animatamente con le mani. Lei avrebbe dovuto vedere quello che voleva.... Ma quegli occhi erano miele scuro su un toast dorato, o forse come diamanti d'ambra in un giorno di sole. Erano inebrianti e... Lei lo fissava. Sgranò gli occhi, un improvvisa ondata di calore le penetrò in tutto il corpo, che non aveva niente a che fare con il sole luminoso in cielo.

Schiarendosi la voce, disse: "Ti andrebbe qualcosa da bere?" Lei afferrò una bottiglia e la allungò all'estraneo, quasi colpendolo al petto con il pugno chiuso. "Abbiamo aranciata e... blu, qualunque cosa sia, ma non abbiamo bicchieri. Se ne vuoi uno, allora non posso aiutarti. Volevi un bicchiere?"

I tratti dell'uomo sembravano scioccati. Aveva gli occhi leggermente spalancati, così come la bocca. "Callista," sussurrò, le sopracciglia unite esprimendo quella che poteva essere soltanto confusione.

"Mi dispiace, non so chi lei sia. Io mi chiamo Minetta."

Il volto dell'uomo s'incupì, i tratti cambiarono mentre la scrutavano infastidito. Il suo sguardo cupo si rivolse al suo cane che la stava ancora spingendo con la grande testa, continuando a guaire. "Zitto!" ordinò l'uomo, e Toby tacque istantaneamente. Lei guardò Toby, e una piccolo grumo di incazzatura iniziò a bruciarle nelle viscere. Nessuno si rivolgeva così al suo cane.

Lui si portò le mani ai fianchi, e sembrò torreggiare su lei con uno sguardo arrabbiato. "Che tipo di trucco è questo?"

"Trucco?"

"Sei un'umana, ma perché hai il suo viso?"

Minetta sgranò gli occhi, e fu il suo turno di sembrare scioccata. Che diavolo di domanda era quella? Prima che il suo cervello potesse formulare una buona risposta, l'altro riprese a parlare.

"E perché non c'è avarizia in te? O meglio ancora, perché non mi vuoi? Dovresti volermi. Tutti mi vogliono, tranne te. Questo è molto strano."

Minny continuò a spalancare la bocca. Qualcosa le si stava palesando nella mente: era una calamita per pazzi e coglioni. "Spero davvero che non sia il tuo solito sistema di abbordaggio, perché fa schifo."

Girandosi, tornò intorno al tavolo, con Toby attaccato a lei, come colla. Penny si era allontanata dal tavolo, guardandosi i piedi, e lei dovette domandarsi se questo stronzo avesse detto qualcosa di cattivo all'amica.

"Le hai fatto qualcosa?" chiese, con le mani chiuse a pugni. Inchinò il fianco, mentre guardava quell'uomo eccessivamente rude. Non importava quanto fosse bello. Aveva affrontato coglioni sufficienti per mille vite.

Lui spostò lo sguardo tra lei e Penny. "Per le Erinni, perché dovrebbe importarmi ciò che fa?"

"Non so che cosa significa. Per caso è un insulto? Non ha molto senso quello che dici. Vuoi da bere o no? Altrimenti, potresti gentilmente spostarti? Stai intralciando gli altri." Indicò il gruppo di persone che si erano radunate e stavano correndo sul posto mentre aspettavano.

La bocca dell'estraneo si spalancò, e lei seppe dal suo sguardo che si stava preparando a esprimersi di nuovo rudemente.

"Penny, puoi sostituirmi? Sto andando a prendere quei bicchieri."

Guardando quell'ignorante, gli rivolse un piccolo ghigno. "Eri in prima linea, ma a quanto pare resterai al massimo a metà del gruppo. Immagino avrai più fortuna la prossima volta. Forse dovresti andartene prima di finire ultimo." Poi, se ne andò, nemmeno sicura del perché si fosse dimostrata così insolitamente sgarbata. Ma era certa di una cosa, le era sembrato giusto mettere al proprio posto quel gran pezzo di figo. In effetti, era stato così bello, che quando James sarebbe tornato dalla sua vacanza con i ragazzi, avrebbe fatto la stessa cosa con lui.

Aveva smesso di farsi trattare come spazzatura dagli uomini. No, aveva smesso di farsi trattare dalle persone, in generale, come spazzatura.

Questa era la nuova lei, e tale versione di sé le piaceva già molto di più.

UNDICI

Corsi per la strada quanto più in fretta possibile. Tutti mi guardavano, mentre correvo insieme agli umani molto più lenti. I miei piedi colpivano il suolo con maggiore forza, mentre ripensavo a tutte le parole che quella ragazza mi aveva detto. Era stata sgarbata e sarcastica, e completamente insopportabile. Come osava rivolgersi a me in quel modo. Quasi tutti mi conoscevano, e quelli che non avevano idea di chi io fossi, sentivano i miei lavori e la mia presenza come superiore a loro, e bramavano ottenere la mia attenzione in qualche maniera. Avidamente, volevo il loro affetto, sebbene non sopportassi quelle patetiche creature. Era il costante e tormentoso enigma che ero stato costretto a sopportare.

Voglio dire, la ragazza mi guardava come se fosse interessata, ma la sua mente sembrava vuota o impenetrabile, il che era impossibile. Tutte le menti umane potevano essere penetrate. Mi massaggiai sul petto, nel punto che ancora presentava delle tracce di quella sensazione di formicolio. Era iniziata a meno di un chilometro fuori dalla postazione per la gara di nuoto, intensificandosi ad ogni passo.

Mi stava facendo impazzire, ed ero sicuro che Michael si stesse nascondendo tra le ombre di uno degli edifici.

E perché mai lei aveva il viso di Callista? Quello era un viso che aveva infestato i miei sogni per anni dopo la mia caduta. Era una nuova forma di tortura che il mucchio dorato lassù aveva deciso di usare contro di me? Riuscivo a immaginarli tutti con lo sguardo compiaciuto, mentre erano seduti a osservare il gioco del gatto con il topo.

Superai l'ultimo umano, appena prima del traguardo, e sollevai le mani in aria, immergendomi negli applausi e nelle urla di incitamento, che accompagnarono la mia vittoria.

Ultimo, ha! Non sarei mai stato ultimo. Devo a malapena sforzarmi per battere questi gatti spelacchiati. Avrei potuto completare la gara dieci volte prima che un altro partecipante annusasse persino il traguardo, ma non era questo il punto. Volevo dimostrare a mio Padre che le sue creazioni umane erano inferiori, il più possibile. Salii sul piccolo podio che avevano creato per i tre finalisti e occupai il gradino più alto, aspettando di ricevere la mia medaglia. L'annunciatore umano di prima me ne porse una, che gli pendeva dalla mano, e io la afferrai, indossandola al collo, prima di fare cenno di saluto verso la folla che applaudiva. Una ragazza nella prima fila sollevò la maglietta, mostrando le tette, ma io mi limitai a saltare giù dalla piccola piattaforma, senza aspettare che gli altri ottenessero le loro medaglie, e andai a cercare Shilo.

Lo trovai nel punto esatto in cui gli avevo chiesto di posizionarsi, e feci un piccolo sospiro di sollievo, grato di poter contare su qualcosa.

"Shilo, andiamo," dissi, e lui camminò accanto a me, mentre ci dirigevamo alla mia auto.

"Signore, è accaduto qualcosa?" mi chiese Shilo.

"Perché?" guardai l'angelo anziano e sospirai, facendo un respiro profondo per calmarmi, mentre lui indietreggiava. Era una follia. Perché avevo permesso a una stupida ragazza umana di infastidirmi in quel modo? I suoi commenti non erano niente per me, eppure stavo per commettere qualcosa di persino più strano.

"Shilo, devi trovarmi una persona."

"Naturalmente, signore. Chi dovrei cercare?"

"Si tratta di una ragazza umana. Si chiama Minetta."

"Minetta come?" chiese Shilo.

Mi limitai a fissarlo, sbattendo le palpebre, mentre il mio cervello fermò i rumorosi ingranaggi. Non conoscevo il suo cognome.

"Io... io non lo so. È un nome strano. Non dovrebbero essercene molti in città," dissi, agitando sprezzantemente la mano.

"Farò del mio meglio, signore. Hai appena finito di divertirti, e sarai in anticipo per il meeting con il consiglio d'amministrazione."

"Eccellente." Scacciai l'immagine della bellezza dai capelli corvini dalla mia mente, mentre mi concentravo sul meeting imminente con —- i fastidiosi umani.

"Credi che quel tizio ...?" ripeté Minetta. Camminava avanti e indietro davanti al tavolo. "Così scortese, così incredibilmente .... scortese."

"Così continui a ripetere." Penny si sedette sul tavolo dell'acqua, le gambe che pendevano dal bordo, bevendo un'aranciata.

Minetta riportò l'attenzione sull'amica, che aveva a malapena detto una parola dall'incontro con quel coglione. Fissò i tratti di Penny, che le sembrò infastidita, ma se qualcuno aveva un motivo per esserlo non era Penny.

"Quale è il problema? Sei stata strana per tutto il giorno, e ora mi parli a malapena? Finalmente mi sono difesa, come mi hai continuamente incoraggiato a fare, e ti comporti come se avessi commesso un peccato mortale."

Penny esplose in una risata acuta, prima di grattarsi il viso. "Scusa, ma hai ragione a dire che si sia comportato da vero stronzo," sussurrò Penny. "Almeno non dovrai più rivederlo. Voglio dire, perché dovresti farlo? Infatti, sarebbe saggio evitare ogni contatto d'ora in poi. Potrebbe rivelarsi ben più di una scocciatura."

Lei si mordicchiò il labbro superiore. "Hai ragione. Non devo rivederlo. Grazie a Dio per questo." Ancora una volta, Penny esplose in una fragorosa risata, come se l'amica avesse appena detto la cosa più esilarante. Minetta scosse il capo, senza nemmeno degnarsi di mettere in discussione lo strano comportamento dell'amica, e poi si girò, richiamata dal rumore di piedi che si avvicinavano. Gli ultimi corridoi stavano avanzando verso di loro, mentre lei esultava e applaudiva prima di afferrare una bottiglia da dare all'estranea che si avvicinava.

"Prendi!" Sorrise, rivolgendosi a una donna che era ovviamente sofferente, eppure continuava a procedere.

"Grazie," disse la donna e prese un grosso sorso della bibita, prima di correre via. "Non credevo che ce l'avrei fatta," disse, e fece alcuni respiri profondi. Nonostante il risultato, gli occhi della donna sembravano tristi.

Minetta si sentì obbligata a raggiungerla e prenderle un braccio.

"Stai bene?"

La donna annuì, ma le lacrime le scesero sulle guance. "Avrei dovuto partecipare con mia figlia, ma lei è in ospedale a lottare contro il cancro. È ingiusto essere un genitore e vedere tua figlia soffrire in quel modo."

Minny le rivolse un caloroso sorriso. "Sei qui per lei?"

"Ha insistito che partecipassi comunque alla gara. Non mi sembrava giusto, ma non potevo dirle di no." La donna abbassò di nuovo lo sguardo.

"Mi è venuta un'idea." Abbassandosi sotto il tavolo, afferrò lo zainetto e tirò fuori il cellulare. "Girati, così che la telecamera possa cogliere il traguardo sullo sfondo." La donna annuì e si mise in posizione e sorrise, reggendo la bottiglia. "Bene, ora fa' una faccia buffa." Alcuni scatti dopo, la donna stava ridendo. "Perfetto, quale è il suo numero? Così posso condividere queste foto con lei, a cui sembrerà di essere qui con te."

La donna le diede il numero, e Minny spedì le foto.

"Ti ringrazio, sei stata davvero gentile. Non so che cosa dire."

"Non devi dire niente. Spero che tua figlia si riprenda presto."

Con un cenno del capo e tirando su col naso, la donna si allontanò e fece l'ultimo sprint fino al traguardo.

"Sei davvero una brava persona Minny, non smettere mai di esserlo," disse Penny dal suo trespolo sul tavolo.

Guardò il viso serio dell'amica e le rivolse lo stesso sorriso rassicurante che aveva offerto alla donna. "Perché dovrei?"

"Per nessun motivo, è solo che non vorrei mai che tu cambiassi. È facile farlo in questo mondo."

"Sì, immagino di sì." Supponeva che sarebbe già cambiata da tempo, con tutta la merda che aveva dovuto affrontare. "Vuoi venire da me? Posso ordinare una pizza, o c'è un nuovo fantastico ristorante thailandese che fa consegne a domicilio," chiese Minny, mentre afferrava le scatole vuote sotto il tavolo, per ripulire.

"Volentieri. Potremmo comunque andare in spiaggia domani, che cosa ne dici?"

"Mi piacerebbe, ma devo riflettere su come rompere con James, e mi serve del tempo mentale per farlo. Spero tu capisca."

Quello che non disse a Penny era che intendeva restare da sua madre per un paio di giorni, dandosi malata al lavoro. L'incontro con la donna le aveva ricordato che era passato troppo tempo dall'ultima volta in cui era andata a casa. Il pensiero di sua madre fece precipitare di nuovo il suo umore.

Aveva già affrontato la lunga e agonizzante malattia del padre e ora, a quanto sembrava, sua madre avrebbe incontrato lo stesso destino, con una malattia diversa.

"Ehi, tu, vieni qui." Penny l'abbracciò, e lei strinse forte l'amica. "Se cambi idea, sai dove trovarmi."

Minetta indietreggiò e asciugò la macchia che aveva lasciato sulla canotta arancione di Penny. "Grazie, ma credo che sia una cosa che devo fare da sola."

Toby le diede un colpetto con la testa sulla gamba, e lei si chinò ad accarezzargli il capo.

Imballarono tutto e lo sistemarono in una pila, così che gli addetti alle pulizie lo raccogliessero. Mentre si incamminavano per la strada, le si sollevarono i peli sulla nuca; si fermò e si guardò intorno. Era simile alla sensazione che aveva avuto al lavoro quella notte. C'erano ancora persone in giro, ma nessuno sembrava fuori posto o pericoloso.

"Che succede? Che cosa c'è che non va?" chiese Penny, posizionandosi accanto a lei.

Lei scosse il capo. "Niente, sto solo impazzendo. Andiamo. Muoio di fame."

DODICI

Minetta fissò il soffitto e ricontò le stelline ancora presenti dalla ragazzina che aveva vissuto lì. Non si era preoccupata di toglierle, sebbene James non avesse smesso di lamentarsi per come lo tenessero sveglio di notte. Era un'affermazione idiota. Producevano luce a malapena sufficiente a illuminare il soffitto intorno a loro, figuriamoci per accecarli. Era solo un altro modo di buttarla giù. Lei aveva sempre trovato che quelle stelle avessero la strana capacità di rilassarla, quando stava provando ad addormentarsi, ma quella notte non le furono affatto d'aiuto.

Arrendendosi, tirò via la coperta e lasciò Toby dormire profondamente.

Guardò dunque il cane, che russava leggermente dall'altro lato del letto, come se non avesse alcuna preoccupazione al mondo. Se solo avesse potuto dire lo stesso di sé. L'unica cosa che poteva aiutarla a farla addormentare, oltre ai medicinali, era una tazza di camomilla bollente.

Gli ingranaggi della mente continuavano a girare, mentre riviveva continuamente quella giornata.

Perché stava ancora pensando a quell'insolente dagli occhi ambrati? Doveva davvero avere un debole per i peggiori membri possibili della specie maschile. Non che avesse avuto molte frequentazioni, ma se James ne era la dimostrazione e ora aveva subito il fascino di quel coglione poche ore prima... non deponeva molto a favore del suo stato mentale.

La porta della camera da letto fece il solito cigolio che si sente in ogni film horror, nella scena in cui il protagonista è misteriosamente svegliato nel cuore della notte da quel suono: quel vecchio cardine la faceva sempre rabbrividire. Per quanto non volesse James tra i piedi, non poteva negare che le mancava la presenza di un uomo, quando lui non c'era. Forse avrebbe dovuto prendere altri dieci cani. Toby avrebbe apprezzato la compagnia, e non molti si sarebbero sentiti a proprio agio nell'irrompere in una casa con un intero branco ad aspettarli.

Nel corridoio, sentì il pavimento scricchiolare come sempre, mentre c camminava sopra, e fece un respiro tremante, mentre la mente iniziava a farle degli scherzi. Le scale non fecero di meglio, ogni gradino annunciava l'età della casa a modo suo.

"Stai benissimo. Non essere sciocca," si disse ad alta voce. Decisa a portare a termine il compito, avanzò ulteriormente. Appena raggiunto il pianoterra, rabbrividì. La casa sembrava fredda, davvero gelida, il che era curioso, considerando quanto facesse caldo fuori, non avendo l'aria condizionata. Avvolse le braccia intorno al corpo, e si massaggiò per via della pelle d'oca che le sollevò tutti i peli. Visto che era poco vestita ed esausta, si diresse verso l'interruttore della luce nella cucina. Avrebbe davvero voluto che il costruttore della casa ne avesse collocato uno in fondo alle scale.

Batteva letteralmente i denti quando raggiunse il lato opposto della cucina, per poi accendere la luce. Ma quando premette, l'interruttore non funzionò.

"Che cosa diamine sta succedendo?" Provò più volte ma non servì a nulla. "Grandioso, davvero fantastico."

Quella era una vecchia casa, ma dubitava che le due lunghe lampadine fluorescenti potessero essersi fulminate allo stesso tempo. Si avvicinò alla lampada in soggiorno e toccò l'interruttore, sperando che non fosse quello che pensava fosse. Neanche quello funzionò.

"Ok, non è divertente," mormorò.

Avrebbe potuto provare quello nel corridoio ma, a quel punto, o era l'intera zona ad essere priva di corrente, oppure aveva un problema più grande con l'elettricità: doveva essere saltato il contatore, il che significava andare in cantina nella totale oscurità. Il che non era divertente, e la sua mente stava partorendo lo scenario peggiore. Dio, aveva freddo, pensò mentre inciampava verso la sua sedia da lettura, sbattendo il ginocchio contro il tavolino da caffè.

"Ahi!" gemette mentre il dolore si estendeva lungo la gamba. Infine, superando la sedia, afferrò lo scialle realizzato dalla madre, che era appeso allo schienale, e se lo mise sulle spalle. Era l'ultimo lavoro che aveva creato, prima che le mani diventassero troppo crivellate dall'artrite, e il suo ricordo di come realizzare una delle splendide lenzuola si perdesse nei reconditi della sua mente.

Minetta si appoggiò alla grande finestra e guardò fuori, in direzione della strada. La luce di fronte alla sua casa era spenta, a differenza delle altre. Non sapeva molto del funzionamento della rete elettrica, ma era alquanto sicura che, se il resto della strada era illuminato, allora quello era l'unico lampione ad essersi semplicemente bruciato. La sua strada era solitamente silenziosa a quell'ora della notte: viveva in periferia, e la zona era ricca di famiglie con bimbi piccoli. Dovevano essere tutti profondamente addormentati ormai.

Un rumore simile a un fruscio attirò la sua attenzione. Si alzò in piedi, ascoltando attentamente quel suono. Trasalì e balzò, quando un'ombra si spostò nel riflesso del vetro. Con la coda dell'occhio, avrebbe potuto giurare di aver visto del movimento vicino alla porta principale, e fissò dunque quel punto. Il cuore le prese ad accelerare nel petto, finché non divenne tutto ciò che riuscì a sentire.

Le si formò un groppo in gola; quando deglutì rumorosamente, il movimento fu quasi rapido quanto i battiti del cuore.

Perché in quella dannata casa faceva così freddo? Lei tremò di nuovo, e una nuvoletta di vapore si sollevò dalla bocca in aria. Appoggiò pertanto la mano sul vetro, e realizzò che anch'esso era congelato. La temperatura si era abbassata così tanto durante la notte?

Da qualche parte nella sua mente, sapeva che, a meno che non fosse inverno e fosse priva di elettricità, non era possibile che ciò accadesse.

Doveva essere solo il frutto della sua immaginazione, che si stava prendendo gioco di lei. La sua stessa paura stava generando l'impossibile. Era questa l'unica spiegazione logica.

Nient'altro si mosse e, infastidita da stessa ormai, si massaggiò gli occhi e si diresse alla porta che portava alla cantina. Doveva trattarsi di un interruttore, ecco perché in casa faceva tanto freddo, e se quello era il caso, non aveva altra scelta se non quella di scendere lì sotto.

Dannazione, non voleva davvero farlo, ma si stava comportando scioccamente per nulla. Quando la sua mano raggiunse la maniglia della porta della cantina, la casa si concesse un istante per scuotersi, con le tubazioni attraversate dall'aria.

Sembrò una sorta di piccolo terremoto che agitava l'abitazione, mentre pavimento e pareti si scuotevano. Lei saltò all'indietro dalla porta, mentre la maniglia si sollevava e abbassava, come se qualcosa stesse provando a uscire. Pensò solo a un serial killer dall'altra parte.

Si morse il labbro, fissando la maniglia, che smise di muoversi dopo che i tubi si erano quietati, ma aveva i nervi a pezzi. Tutto il corpo tremò, e non contava quando si ripetesse quanto fosse ridicola, non riusciva affatto a sbarazzarsi della sensazione di terrore, che la attraversava dalla cima della testa fino alle punte dei piedi.

Si guardò intorno nell'ambiente buio: quelle che una volta erano delle stanze minuscole, sembravano enormi e la porta d'ingresso davvero distante.

Qualcosa tornò a muoversi, e stavolta lei saltò all'indietro e fissò il soggiorno. Qualcuno la stava osservando. Lo sentiva, e i sensi passarono dalla negazione al sovraccarico con un singolo respiro.

Il sudore iniziò a imperlarle tutto il corpo, formando gocce sulla fronte e lungo la schiena. Non riusciva a capire che cosa fosse e girò la testa a sinistra, per tentare di vedere meglio. C'era qualcosa, si sentiva un rumore simile a un lento respiro di qualcosa o qualcuno. Sembrava che fosse parte delle ombre, che, però, non si muovevano in quel modo e non sembravano una grande massa indefinita sul pavimento. Se questo era un tentativo di James, rientrato prima a casa, per spaventarla, lei avrebbe davvero potuto ucciderlo.

"Chi c'è?" gridò, ma l'unico suono rimase lo stesso lieve fruscio che aveva sentito poc'anzi. Ebbe una scarica di adrenalina, e la mente le urlò di scappare.

Con le mani che tremavano violentemente, lei avanzò, senza mai distogliere lo sguardo dal punto incriminato, e tentò di prendere il coltello che lasciava sempre sul tagliere. Gli occhi provarono a distinguere la sagoma scura che sembrava muoversi o crescere. Sbatté le palpebre ripetutamente, come se volesse schiarirsi la vista.

Osservò inorridita mentre quella cosa mutò di nuovo, e stavolta non era il frutto della sua immaginazione. Ci fu un bagliore, un rapido lampo nell'oscurità, e realizzò che stava fissando in un paio di occhi e, quasi certamente, non appartenevano a James.

Un urlo agghiacciante emerse nella gola, ma restò immobile mentre fissava, tenendo i piedi ben piantati a terra. Non poté dire che cosa diavolo fosse, ma, a prescindere da ciò, iniziò a sollevarsi dal pavimento del soggiorno, come una grande bolla che prendeva lentamente forma.

"Non è vero. Non è vero. La tua mente ti sta ingannando. Digli di andarsene," mormorò. "Vattene!" gridò. Rinforzò soltanto il fatto che in effetti fosse sveglia, e quella cosa era ancora lì.

In quel momento, mentre si elevava in tutta la sua statura, vide che aveva ben quattro zampe. L'aveva seguita? Era rimasto nascosto in casa sua per tutto quel tempo? Oh mio Dio, era stato in soggiorno con lei? Il panico le artigliò la gola, il cuore iniziò a batterle all'impazzata.

L'animale o grosso uomo aveva qualcosa di conficcato in cima alla testa. Lei chiuse gli occhi per un istante, e scosse il capo avanti e indietro. Ma, quando li riaprì, li sgranò mentre fissava quelli che sembravano corna intrecciate e occhi incandescenti.

"Vattene, ti avverto, ho un'arma," disse, con voce tremante. Allungò il coltello stupidamente piccolo di fronte a sé, la lama oscillava avanti e indietro mentre il braccio le tremava violentemente. La creatura smilza avanzò verso di lei, lungo il pavimento, si sentì il rumore di una sorta di graffio. Non era mai stata più furiosa, per il fatto che James non le avesse mai aggiustato la porta sul retro, perché sarebbe stato bello poterne avere una da poter aprire al momento. Avrebbe chiamato qualcuno, ma no, James aveva insistito che sarebbe stato uno spreco di denaro, e che se ne sarebbe occupato lui. Questo era successo mesi prima.

La sua mente scelse quel momento per ricordare la chiamata di Sam. Il terrore era stato così palese nella sua voce e il modo in cui aveva dichiarato che lei lo avrebbe creduto pazzo se le avesse detto cosa lo stava inseguendo. Lui era rimasto al telefono, per poi improvvisamente svanire nella notte.

È questo ciò che gli era successo?

"Ho detto di stare indietro," ripeté. Eppure, era lei che stava indietreggiando. Almeno, era riuscita a sembrare leggermente più decisa dinnanzi a quell'essere gigantesco dentro casa sua. Improvvisamente, avrebbe voluto avere un telefono fisso e non soltanto un cellulare che aveva lasciato stupidamente accanto al suo letto. Un ringhio profondo emerse da quella creatura che stava colmando la distanza nello spazio limitato.

Fece un altro passo ingombrante, e nel frattempo, il minuto fascio di luce proveniente dal cortile del suo vicino filtrò attraverso la finestra, consentendole di vedere quanto era presente dinnanzi a lei.

Puro terrore in gola, un urlo emerse dalla sua bocca mentre il coltello cadeva a terra. La creatura dinnanzi a lei non era umana né un animale terrestre. Gli occhi neri brillavano di un argento ultraterreno nell'oscurità e la pelle eccessivamente pallida era eccessivamente tirata sui lunghi arti attaccati al corpo smilzo. Artigli neri come la pece si flettevano in modo terrificante alla fine di ogni pallido dito, ogni zampa della grandezza della sua testa. La creatura aveva un volto umano, ma il naso era distorto e piatto. Il suono che lei aveva sentito poc'anzi divenne più pronunciato, mentre osservava l'aria vibrare fuori dal lato delle sue narici. La bocca grande andava da un orecchio ovino all'altro; si spalancò e lei poté facilmente vedere un infinito numero di denti incredibilmente affilati.

Lei gridò di nuovo, poi qualcosa si elevò alle spalle della bestia orribile e volò verso il suo viso. Il movimento fece sì che i piedi, prima immobili, si muovessero, e lei riuscì a spostarsi a malapena dal raggio d'azione di quello che sembrava il tentacolo di un polipo, che si scontrò con il muro. Il cartongesso finì per volare, minuscoli frammenti le finirono in testa, costringendola a gettarsi a terra. Strisciò intorno all'isola, ma le pentole appese sopra di essa sbatterono tra loro. Il tonfo e la vibrazione alle sue spalle le dissero di non sollevare lo sguardo, non volendo saperne nulla. Il terrore mutò in un animale selvaggio nel suo petto, reale quanto la creatura che torreggiava su di lei.

Col respiro affannoso, e andando contro il proprio istinto isterico —- alzò gli occhi, incrociandoli con quelli della creatura sulla sua isola. Quell'essere inclinò la testa da un lato all'altro, come se la stesse ispezionando, mentre la guardava. Ancora una volta, quella strana coda appuntita come una lama puntò contro di lei, che però rotolò lateralmente, proprio mentre quella finiva nel pavimento di linoleum economico. Lei stette a fissare quell'aculeo affilato che era così vicino al suo viso, poi si ribaltò su mani e ginocchia, per poi scansarsi quanto più in fretta possibile. Raggiunta la fine dell'isola, corse alla porta d'ingresso. Con il cuore assalito da adrenalina e panico, fu difficile per lei pensare a qualcosa di diverso dalla fuga.

Lo stesso ringhio feroce che sembrava più come un profondo rimbombo di una valanga le scatenò un brivido d'orrore lungo la schiena, mentre si precipitava verso l'angolo del corridoio, diretta verso la sua unica via di fuga.

Un grido selvaggio uscì dalla sua bocca, quando la coda si avvolse intorno alla sua vita, allontanandola dalla sua meta. La sollevò dal pavimento, stringendola forte, ricordandole un pitone, mentre faticava a respirare.

"No! Lasciami andare!" Batté il pugno chiuso sulla strana estremità e calciò selvaggiamente con le gambe, senza colpire alcunché. La coda oscillò da una parte, facendo sbattere Minetta contro il muro. Si morse forte il labbro, assaporando il gusto metallico del sangue nella sua bocca. La bestia la spinse di nuovo via dalla parete, e lei si preparò così al secondo impatto, quando da essa si elevò uno strano e forte ringhio intriso di dolore.

L'essere la lasciò andare, e lei atterrò violentemente sul sedere, la piccola quantità d'aria rimasta le fuoriuscì dai polmoni. Girandosi intorno, fissò la creatura mentre Toby afferrava la sua gamba con la bocca.

Il gigante normalmente gentile ringhiava come una bestia rabbiosa. L'enorme bocca e i canini affilati erano conficcati nella creatura, mentre tirava e scuoteva il capo da un lato all'altro, come se provasse a scuotere l'essere come un ramoscello. Se fosse stato un umano, la persona sarebbe stata ko e probabilmente uccisa, mentre l'animale da cento chili si scagliava selvaggiamente contro la bestia, per difendere la sua padrona.

La creatura emise un altro ululato di dolore, e strano sangue scuro iniziò a scorrere dalla ferita, scendendo dalla gamba per formare una vera e propria pozzanghera sul pavimento. Lei chiuse il pugno, consapevole che quell'essere avrebbe fatto del male al suo cane, il suo salvatore.

"No," urlò a squarciagola Minetta, proprio quando la porta si squarciò all'interno con una crepa assordante. Piccoli frammenti della porta volarono verso di lei, e Minetta si coprì la testa.

Sollevò lentamente gli occhi, per vedere ciò che aveva trasformato la porta in legna da ardere, e vide Penny sull'uscio. Gli occhi dell'amica luccicavano di un arancione luminoso, il colore le rammentò il fuoco, e i capelli perfettamente acconciati danzavano leggeri, come se fossero in vita.

"Che cosa diavolo sta succedendo?" chiese ad alta voce Minetta, ma non si aspettò una risposta. Stava perdendo la benamata mente. Quella era l'unica spiegazione razionale che giustificasse questa follia. Come se non bastasse, l'Alzheimer della madre era genetica e, probabilmente, anche lei avrebbe finito per ammalarsene, ma al momento, stava avendo un'allucinazione di qualche sorta.

Che malattia era questa?

La creatura ringhiò, il verso scosse le pareti mentre Penny entrava in casa. Com'era possibile che i suoi vicini non sentissero nulla di tutto ciò? Scrutò dunque fuori dalla porta aperta, e tutto era immobile e silenzioso.

Minetta si spostò indietro sul pavimento mentre Penny si avvicinava, ma i suoi occhi erano concentrati sulla creatura, alla cui gamba era ancora attaccato Toby. Un forte suono di una lacerazione le riecheggiò nelle orecchie, mentre Toby lasciò un enorme buco nella carne della bestia. Lei girò la testa e si coprì la bocca, provando fortemente a non vomitare, mentre il sangue scorreva sul pavimento.

Toby tornò all'attacco, ma la creatura si scagliò su di lui, scaraventandolo nel divano, per poi capovolgerlo sopra di esso. Penny emise una sorta di sibilo, tirando fuori la lingua, letteralmente vibrando nell'aria come quella di un serpente.

Minetta si sentì stordita, ma riuscì a imporsi di non svenire. Doveva uscire da lì. Quando Penny e la creatura si allinearono, lei strisciò in direzione del divano, verso Toby, il protettore intrappolato.

"Ehi amico, stai bene?" chiese, solo per confortarlo e fargli sapere che era lì per aiutarlo. Dopo tutto, che il cane rispondesse sarebbe stata la cosa meno sorprendente quella notte, considerando lo schifo che stava accadendo nel suo soggiorno.

Toby guaì leggermente, ma le leccò la mano quando gli si avvicinò per accarezzargli la testa. Lei si alzò e afferrò la parte posteriore del divano, sollevandolo con forza in posizione verticale. Toby si sollevò lentamente ma ringhiò con le labbra sollevate, mostrando i grossi canini alla creatura.

Lei non voleva che s'invischiasse di nuovo, e optò per trascinarlo via da lì. Afferrò dunque il collare del cane e corse come un coniglietto dietro a Penny, o all'essere che assomigliava all'amica, che improvvisamente estrasse una spada infuocata dal bel mezzo del nulla. Minetta scosse il capo.

Questo non può essere vero, non era possibile, ma, se non lo era, di sicuro, lo sembrava.

Avanzò abbastanza da afferrare la sua borsa, un guinzaglio e le scarpe da corsa. Penny la guardò mentre stava per uscire dalla porta. In quel momento, sembrò come se fosse ancora Penny e non una sorta di mostro alieno. Senza sprecare un ulteriore secondo per scoprire che cosa stesse per accadere tra la creatura folle e l'amica che non riconosceva più come tale, corse fuori dalla porta.

Sentì uno stridio e un forte colpo mentre correva, ma non osò voltarsi.

Toby zoppicava leggermente, ma proseguì con lei, mentre sfrecciava per la strada. Questa era la prima volta in vita sua che avrebbe davvero desiderato spendere una fortuna per comprarsi un'auto. Accidenti, persino un catorcio sarebbe andato bene al momento, e giurò che sarebbe stata la prima cosa che avrebbe fatto se fosse sopravvissuta.

Il quartiere era ancora silenzioso, ma più avanzava, più vivace la strada si rivelava. Alcune persone la fissarono mentre correva. Non stupiva, considerando che non indossava altro che una canottiera e slip, e la borsa intorno al corpo, che la colpiva sul culo ad ogni passo. Il pudore doveva attendere.

Doveva allontanarsi quanto più possibile dalla sua casa.

Toby iniziò ad ansimare con il respiro affannoso al suo fianco. Lei guardò dunque il suo coraggioso compagno. "Vuoi riposarti, amico?" Lei si guardò in giro, senza davvero sapere dove fossero, e scorse una scuola elementare a breve distanza. Rallentò dunque il passo e andò in tale direzione, e quando non fu più visibile dalla strada, si appoggiò al muro per riprendere fiato, mentre Toby stramazzava a terra.

Lei non era brava a correre. Non aveva mai fatto molto di più che camminare oppure yoga.

L'adrenalina, che l'aveva indotta a correre, calò in fretta e gli arti iniziarono a tremarle violentemente. La testa le girava, mentre lo stomaco minacciò ancora una volta di svuotarsi a terra. Le ginocchia le cedettero; scivolò lungo la parete di mattoni accanto a Toby e appoggiò la mano sul suo fianco ansimante. Una cosa era assolutamente certa. Mentre il calore la opprimeva, era sicura che fosse la creatura e non un guasto ad aver causato il netto calo di temperatura nella sua casa. Lei abbozzò una risata, il delirio si stava impossessando della sua mente.

"Grazie," sussurrò a Toby.

Come aveva fatto la sua vita a passare dall'essere banale ad avere una creatura, figlia dell'inverno, una sorta di arma biologica, nel bel mezzo del soggiorno? E come aveva fatto la sua migliore amica a diventare una ninja che impugnava una spada fiammeggiante?

Lo stordimento peggiorò, e lei si appoggiò sul lato, mettendo la testa su Toby. Sbatté le palpebre, e poi il mondo fu inghiottito dalle tenebre.

TREDICI

Detestavo scendere in quel buco dell'Inferno, in tutti i sensi. Se avessi potuto scegliere tra Inferno e Terra, avrei scelto Terra ogni singola volta. L'Inferno era privo di qualità di redenzione. Era buio, faceva eccessivamente caldo, e c'era tanfo di zolfo, cadaveri umani, sangue, merda, sudore di demoni, e qualcosa che non ero in grado di definire. Era disgustoso.

Viaggiare per l'Etere era abbastanza piacevole, rilassante direi. Non occorreva molto tempo, e nemmeno sembrò esserlo, ma chi poteva dirlo, dato che l'Inferno era fuori dal tempo. Sin dall'inizio, avevo immaginato come gestire il mio tempo, in modo da non sparire per mesi o anni di fila. Le attività tendevano a fallire quando si spariva e non si tornava. Considerando che non mi piaceva il fallimento, ci furono alcuni ... momenti tristi durante quei primi viaggi.

Mi fermai ad osservare il tunnel dello Stige che nutriva la bocca dell'Inferno e la stazione di smistamento soprannaturale. In quale altro modo sarebbe stato possibile chiamare il luogo che ti destinava al Paradiso o all'Inferno, senza poterti ribellare? Era davvero come una fase di riciclaggio in una fabbrica.

Tanto tempo fa, avevo considerato il fiume affascinante e gradevole. Ma, ormai, quando vagavo nella caverna con la sua sponda scura, e stavo a guardare i volti spettrali degli umani che fluttuavano come una sorta di gregge, beh... non sentivo nulla. Avevo sempre la forte urgenza di camminare lungo la battigia e parlare agli spiriti, come se fossero a bordo di un bus turistico.

E ora, se guardate a sinistra per l'eternità, voi genti fortunate a destra arrostirete quaggiù con noi. C'è una condizione, signore e signori.

Dovete vendere la vostra anima a mio Padre, non commettendo mai un peccato, non dovrete mai lasciare la fila, non oserete mai pensare in modo autonomo, e mio Padre vi proibisce di esprimere desideri che non siano allineati con i Suoi. Beh, se fate parte della schiera dei suoi angeli, vale quella regola, ma non se fate parte dei suoi preziosi umani.

Vecchio caprone ipocrita. Quelli che lo lodavano, prostrandosi ai suoi piedi erano pecore in altre vesti, e solo perché non *belavano*, questo non li rendeva meno prevedibili.

Mi piaceva quello che aveva fatto Caronte con il suo posto sul fiume. Il caffè, come un ristorante, era l'unico luogo dove demoni, angeli o i Caduti potevano sedersi e cenare insieme. Un terreno neutrale controllato da nessuno.

Decisi di camminare per le strade e gli edifici che conducevano al mio palazzo. Gli edifici erano caratterizzati da rocce infernali, nere e lisce e completamente noiose — nessun servizio sofisticato, quando si viveva da queste parti. Non volevo nemmeno ricordare che cosa facevano con la loro merda. Il mio mantello dorato fluttuava intorno a me, mentre uno stridio di un pipistrello gigante volava sopra la mia testa. La creatura, simile a un topo, assomigliava ai piccoli pipistrelli terrestri, ma questo poteva spazzare via un demone se non stavi attento.

Amavo il nuovo pietrisco nero e dorato, che sostituiva il sentiero grigio opaco di prima. Era la mia ultima aggiunta. Risuonò un forte ringhio, e poi sentii chiamare il mio nome. Gemetti prima di guardare verso il castello di Leviatano. Gnarrl, il secondo leviatano in comando, mi stava facendo freneticamente cenno, mentre saltava su e giù, per attirare la mia attenzione. Gnarrl mi ricordava i bambini che ci rincorrevano in Paradiso, che volevano vedere le nostre spade. Strizzai gli occhi e stetti a guardare, mentre provavo a decidere se Leviatano avesse realizzato quella parte del castello in modo identico alla mia, oppure se fosse una sorta di inganno. Sollevai una mano e risposi al saluto, non in modo altrettanto entusiasta.

Girandomi, mi guardai intorno nell'Inferno e provai a vederlo non come me, ma come qualcuno che vi metteva piede per la prima volta. C'era una cosa che attraeva di questo posto, mio Padre non poteva raggiungerci quaggiù. Era l'unico luogo in cui non poteva accedere, e spezzare loro le ali per puro divertimento. Diversi demoni con addosso vari vestiti eleganti avanzavano per le strade, e sapevo con un solo sguardo che erano diretti al regno di Lussuria. Il resto di noi Caduti gli stava alla larga. Sebbene non avesse alcun motivo per aggredirci, era impossibile conoscere le intenzioni di un Caduto, quando qualcuno era così spietato quanto lui.

"Signore, sei tornato," disse Brill quando mi fermai davanti ai cancelli chiusi del mio palazzo. L'ampio fossato che avevo scavato intorno all'edificio bruciava con il fuoco infernale, le vivaci fiamme rossicce danzavano contro le mura e aggiungevano un ulteriore strato di protezione da ogni attacco.

Non avevo mai annunciato il mio arrivo. Meglio vedere quello che i topi facevano quando il gatto non c'era. Brill si mise subito in azione: un solo comando sillabico fece aprire istantaneamente i cancelli.

Lui era il più alto Molyneux nel mio esercito, e il primo demone con cui ho simpatizzato dopo la mia caduta. Ora mi spingerei oltre, definendolo amico.

I miei preferiti erano i demoni Molyneux. Erano astuti e più svegli di tutti gli altri demoni della guerra. Erano anche leali, il che era difficile da avere, eppure abbastanza grandi da spaventare gli altri eserciti. Brill si ergeva alto e fiero; i suoi occhi evitarono velocemente il mio sguardo, ma non contenevano alcuna debolezza o timore. Era cresciuto, dall'ultima volta in cui l'avevo visto, il suo fisico muscoloso impressionante persino per la sua specie. Il cuoio nero e dorato che adornava il suo corpo lo faceva apparire persino più minaccioso, e questo prima ancora che sguainasse la sua spada fiammeggiante con il fuoco dell'Inferno che indossava sempre sul fianco.

Dopo il mio arrivo qui, in seguito alla caduta, uno dei miei primi obiettivi fu creare un esercito forte, uno che tutti ad eccezione di Orgoglio avrebbero temuto.

Lucifero, Satana, Orgoglio e Diablo —- era il più temuto dei Sette a cadere, ma era semplicemente Luci per me. Non eravamo più vicini come prima, dal giorno della caduta, ma ci rispettavamo. Il grande problema di Luci era il suo temperamento, che gli aveva fatto guadagnare l'appellativo di tiranno, e aveva pessimi confini quando si trattava di... tutto. Ad esempio, sarebbe entrato facilmente in bagno mentre ero in doccia e avrebbe iniziato a parlare di torture e dei suoi piani per l'Inferno, prima di passarti un asciugamano e andarsene come se niente fosse successo.

Prima che raggiungessimo l'ingresso, un demone affannato si mostrò al cancello.

"Fermo," gridò Brill, e squadrò il demone sconosciuto.

"Blayaddt roova goust harr?" Brill aveva lavorato ai dialetti degli altri demoni, e io ero colpito dalla sua ambizione.

"Hasha Lucifer rammanna hest Mammon voidere shett," disse il piccolo demone, e io mi lamentai. Come se pensare a lui avesse fatto in modo che mi convocasse, il demone stava dicendo che ero invitato a passare al castello di Luci prima di andarmene.

Brill mi guardò per comprendere che cosa intendessi fare. "Sì, ci passerò prima di andare via, ma digli che non resterò. Ho degli impegni."

Il demone sgranò gli occhi, il corpo snello si scosse con palese terrore di dover riferire il messaggio al suo signore, ma poi si girò e se ne andò.

Grandioso, davvero grandioso, cazzo.

Tornai al palazzo dai colori nero lucido e oro splendente, che sembrava fuori posto in mezzo all'ambiente grigio opaco e tetro. Il simbolo scintillante del mio peccato risplendeva luminoso così che tutti lo vedessero, contro il nero lucido della parte anteriore del mio palazzo.

Onestamente non sapevo chi avrebbe provato ad attaccarmi quaggiù, ma sentivo che era la cosa giusta da fare, stabilire la mia autorità sin dal primo momento. Ora sognavo obiettivi ben più elevati.

"Come sta andando qui?" chiesi a Brill, mentre attraversavamo la distesa aperta del cortile.

"Benissimo, signore. L'esercito cresce e, se non imparano ad obbedire abbastanza in fretta, li distruggo." Annuii alla risposta. Mi fidavo di Brill, come non mi ero mai fidato di alcuno, il che la diceva lunga sul rapporto consolidato che avevamo condiviso fino a quel momento. Lo chiamavo amico? Quella era una domanda difficile a cui rispondere, ma se fossi stato costretto a farlo, allora avrei detto di sì.

I miei stivali neri si fermarono quando sentii il pianto di un bambino. Mi voltai e guardai Brill, che si limitò a emettere un flebile lamento, guardandomi con il viso contratto. "Che cosa diavolo sta succedendo?"

"Sarebbe più facile se vedessi, che se io provassi a spiegare," disse Brill, mentre mi accompagnava verso il chiacchiericcio e il pianto crescente.

"È il caso che io sappia che cosa stai combinando?"

"Signore, penso che sarai davvero felice. Desideravo portarmi avanti prima che ci graziassi con la tua presenza, ma è stato fatto abbastanza per mostrare quello che il mio lavoro in onore del tuo grande nome promette di dare."

Brill avanzò verso la pesante porta dorata che era stata profondamente incastonata con geroglifici per protezione.

"Brill, non baciarmi il culo." Guardai il demone, che sembrò digrignare i denti; invece stava soltanto sorridendo.

"Come desideri, signore."

"Quelli sono nuovi." Annuii verso la porta e le decorazioni uniche.

"Ci sono stati alcuni problemi con delle spie, sono morte tutte dolorosamente nelle camere sotterranee, ma era più sensato realizzare la porta per tenere fuori ulteriori occhi indiscreti. Così, ho convocato chi di potere per far incidere la protezione sulla porta e ora a chiunque non indossi il tuo marchio e non ti onori sarà negato l'accesso."

"Bene, Brill, devo dire che continui a stupirmi. Chi ha cercato di spiare?"

"Nessuno di preciso, soltanto demoni di livello inferiore che hanno provato a carpire informazioni da usare a proprio vantaggio."

Proseguimmo in silenzio. Brill mi accompagnò fermamente lungo il corridoio diretto verso l'ala più distante del palazzo; poi aprì la porta della nostra destinazione finale, e io penetrai in una grande grotta. Dovetti fare appello a tutta la mia forza per scacciare lo shock dal mio volto.

La stanza era stata divisa in due zone. Il lato sinistro era stato decorato con colori morbidi, grigio e arancione: c'erano demoni appena nati che parlavano e giocavano, mentre le guardie proseguivano il loro lavoro. Tuttavia, il lato destro della stanza era destinato a quelli che raggiungevano il pieno status di demoni, ognuno in una classe differente, per imparare un argomento diverso. Avanzai ulteriormente nell'ampia grotta e immediatamente i demoni di tutte le età divennero silenziosi. I più grandi si gettarono a terra, poggiavano le loro teste sull'onice nera. Il gruppo dei più anziani si allineò come soldati umani, spalla contro spalla, con le schiene dritte, i muscoli gonfi, ma con lo sguardo rivolto al pavimento.

"Che cosa sto guardando, esattamente?" domandai, mentre coglievo ogni minimo dettaglio.

"Abbiamo sempre avuto difficoltà a reclutare demoni che avevano la giusta intelligenza e i muscoli per l'esercito. Ce n'erano pochi per ogni specie, abbastanza intelligenti o forti da essere bravi guerrieri, e quelli che abbiamo trovato avevano problemi di lealtà e con le loro agende."

"Ricordo chiaramente," commentai. Le urla piene di dolore dei demoni torturati erano difficili da dimenticare.

In principio, era stata una vera sfida radunare dei demoni che corrispondessero a ciò che volevo per il mio palazzo e il mio esercito. Brill era stato uno dei primi che avevo arruolato, e si era dimostrato un degno alleato, ottenendo in questo modo maggiore autorità. Solo i migliori sarebbero serviti, e questi erano pochi e rari nell'Inferno.

"Mentre ti sei occupato di altri compiti altrove, ho capito che potremmo aver approcciato la situazione in modo del tutto errato." Brill si fermò, e allargò le sue braccia muscolose. "Questi sono tutti i miei demoni."

"Questi sono tutti i tuoi figli?" chiesi, sbalordito.

"Sì, ho trovato mille incubatrici per le mie donazioni, e questo è l'inizio del risultato. Sto dando alla luce il nostro esercito con le caratteristiche che desideriamo. Alcuni si sono già diplomati e ora fanno parte dell'esercito, mentre altri devono ancora nascere. L'idea è di avere una scorta stabile per sempre. Man mano che troverò incubatrici disponibili, sceglierò uno o altri due che faranno al caso nostro, ma devono essere gli esemplari migliori e degni del compito."

Guardai Brill dall'alto in basso e cominciò a nascere in me un nuovo rispetto per il demone. Non solo per l'idea, che odiavo ammettere essere brillante; infatti avrei voluto averci pensato io! Ma anche perché molte sessioni di accoppiamento di demoni era un nuovo record persino per i miei standard.

Le demoni femmine non erano esattamente note per la loro volontà di partecipare all'allevamento. Brill gonfiò il petto, ovviamente soddisfatto per la sua creazione.

Mettendo le mani dietro alla schiena, passai davanti al resto della fila. Ognuno dei demoni, a prescindere da età, sesso o persino genetica, agiva allo stesso modo. Erano obbedienti, ma più di questo, intravidi l'intelligenza nei loro occhi.

"Tu." Indicai uno dei demoni più grandi d'età. "Vieni qui."

Il demone uscì dalla fila e corse verso di me. S'inginocchiò non appena fu abbastanza vicino, e tenne gli occhi bassi sul pavimento. Indossava la classica armatura in pelle nera e argento, che indicava che era quasi pronto a salire di grado. Se fosse sopravvissuto, allora avrebbe indossato anche lui l'armatura d'oro, tipica di tutti coloro che mi rappresentavano nel mio grado.

"Signore, come posso servirti? Vivo solo per servirti." Sollevai il sopracciglio al demone, e mi meravigliai per quanto fosse stato ben addestrato: aveva anche parlato in inglese. Riconobbi un accenno di sorriso sul volto di Brill. Avrei compreso qualunque lingua, ma scegliere quella con cui avevo più familiarità la diceva lunga. Ciò a cui Brill puntava ... questi guerrieri erano esattamente ciò che volevo.

"Brill, dimmi quanto sono addestrati i tuoi guerrieri in ogni forma di guerra e tattiche di battaglia?"

"Questo gruppo deve ancora esercitarsi, ma è ammirevole. I più grandi d'età sono quasi al test finale, alcuni potrebbero non sopravvivere, ma questa è la natura del processo di svezzamento. Jukur qui è uno dei migliori studenti, finora. Nutro grandi speranze in lui e, se si dimostrerà all'altezza delle mie aspettative, diventerà un allevatore e mio successore quando sarà il momento."

"Davvero? Speranze molte elevate per te allora, Jukur." Diedi un colpetto al mio mento mentre riflettevo. "Juker, voglio che rubi un rubino rosso dal castello di Orgoglio e me lo porti. Non m'importa quale, ma non devi farti catturare o farti vedere da qualsiasi demone."

"Sì, signore. Devo andare subito?"

"Sì, e fa' in fretta. Lo vorrei tra le mie mani prima di andarmene."

Il demone si alzò in piedi e si girò, correndo verso la fine del corridoio.

Jukur sparì fuori dalla porta, e quando lo fece, mi rivolsi a Brill. "Mi stupisci, amico mio, e questo non è affatto facile."

La testa dalla forma canina di Brill rivelò un sorriso, le sue grosse zanne apparvero, mentre le labbra si ritraevano. "Mi onori con queste parole, ma ti prometto che sarai persino più stupito quando il giovane ritornerà."

Rubare dal castello di Orgoglio era un'impresa folle. Se fosse stato catturato, sarebbe stato messo immediatamente a morte per aver provato a rubare a Lucifero. Ma mio fratello aveva davvero molte guardie e quegli strani e fottuti angeli che faceva svolazzare in giro, senza contare il drago che si appostava nella proprietà. Ma, se il giovane demone ci fosse riuscito senza che Lucifero se ne accorgesse, avrei indossato quella fottuta gemma intorno al collo e avrei sorriso. Luci si sarebbe accorto della sua scomparsa? Molto probabilmente no, era più da Leviatano contare e adulare le graziose gemme, ma non era questo il punto. Il punto era non farsi notare, fondersi con le ombre e con coloro che proteggevano il suo palazzo. Se poteva farcela, il cielo era il limite per il potenziale di questi demoni.

Mi strofinai le mani al pensiero. Se fosse andata così, quest'esercito avrebbe marciato in Paradiso un giorno e portato a termine ciò che aveva iniziato Luci.

Quel giorno aveva avuto ragione. Mi ci era voluto molto tempo per comprendere le sue motivazioni e quello che mi era costato, ma ci ero riuscito. La guerra era di nuovo imminente, e stavolta saremmo stati pronti.

QUATTORDICI

Riuscivo quasi a sentire il rubino bruciare una buca nella mia veste, mentre percorrevo il viale che mi conduceva al palazzo di Luci. Non riuscivo a cancellare il sorriso dal mio volto sin dal ritorno di Jukur con la piccola pietra in mano. Non sembrava che avesse versato una singola goccia di sudore ed era tornato più in fretta di quanto avessi scommesso. Quando gli avevo chiesto in quale parte del castello avesse rubato il rubino, aveva piegato un angolo della bocca, con gli occhi luccicanti di malizia, dicendo che si trattava del trono di Lucifero. Avevo riso. Forse aveva preso un rubino di inferiori dimensioni, ma ne valeva un milione di grandi per averlo sottratto da lì.

Annuii alle guardie disposte ai cancelli di Luci, e fui tentato di mostrare la gemma e ridere loro in faccia, ma optai per il silenzio.

Quella capacità di risultare invisibile all'Inferno valeva il suo peso in oro, e non l'avrei condivisa con nessun altro.

Le enormi porte del maestoso palazzo si spalancarono davanti a me, e mi fermai, colpito dall'apparizione di Luci. Sembrava vestito per interpretare il ruolo di una porno star in una produzione retrò.

Sulle spalle indossava un cappotto nero di pelliccia; era a torso nudo e con un paio di pantaloni aderenti. Portava poi grandi occhiali da sole, aveva un sigaro in una mano e una bottiglia di Hell Fire Whiskey nell'altra. Non gli servivano altro che un paio di baffi e una fedora in testa per completare il look. Dovetti fare affidamento a tutto il mio autocontrollo per contenere lo shock e m'imposi un sorriso sulla faccia. "Luci, che bello vederti." Annuii con la testa, ma mi rifiutai di inchinarmi, inginocchiarmi o incontrare il suo sguardo. Se voleva uccidermi per questo, allora che facesse pure, ma fino a quel momento, non ci aveva dato peso o forse non se n'era accorto.

Sgranai gli occhi, quando Luci si avvicinò e mi avvolse in un abbraccio. Non avevo idea di che cosa dire o fare, ma risposi al gesto, stringendolo in modo esitante. Non riuscivo nemmeno a ricordare l'ultima volta in cui io e Luci ci fossimo abbracciati.

Mi guardai alle spalle, dubitando di riuscire ad uscire dal cancello e dall'Inferno, prima che mi catturasse. Se mi stava abbracciando lì, esisteva una buona possibilità che intendesse uccidermi.

"È bello vederti, Riker. Sei in gran forma."

Sollevai un sopracciglio. "Hai sentito altrimenti?" Il mio sospetto stava aumentando, specialmente con le voci secondo cui Michael si stava aggirando da quelle parti.

Luci esplose in una fragorosa risata, mentre afferrava la mia spalla. "Naturalmente no. Mi fa piacere vederti, fratello."

L'angolo della mia bocca si sollevò in un sorriso forzato, perché non conoscevo le intenzioni di Luci. Lui era molte cose, ma essere un ospite cortese e divertente non era affatto su quella lista.

"Dimmi tutto. Che stai combinando?" Luci avvolse il braccio intorno alle mie spalle, guidandomi all'interno del suo palazzo. Ebbi la fortissima voglia di provare a fuggire, temendo che qualunque cosa lo avesse reso così fosse all'interno dell'edificio.

"Il casinò sta andando bene, e presumo che stia ancora ricevendo la tua parte dei profitti, giusto?"

Luci fece un gesto con la mano, come se fosse annoiato. "Sì, ma non m'importa di questo."

Gli rivolsi uno sguardo che ovviamente diceva che non gli credevo, e continuò a parlare. "Ok, bene. Voglio dire, m'importa poco, o non avrei ucciso il tuo ultimo manager che aveva dimenticato di pagarmi, ma davvero non è importante."

"L'hai decapitato ed estratto la spina dorsale dal corpo," dissi, ricordando fin troppo bene di aver dovuto trovare e preparare un nuovo manager. Non era facile dopo quello che era successo. Tutti si erano dimostrati troppo terrorizzati per candidarsi.

"Col senno di poi, potrebbe essere stato un po' eccessivo."

"Bene, allora i miei affari sulla Terra stanno prosperando, e la nostra influenza immorale si sta diffondendo più in fretta delle piaghe che tu hai creato."

Lungo il grande salone riecheggiava della musica da discoteca, ma le uniche parole che riuscii a cogliere furono, "Mi piace se ti muovi," al di sopra delle risate e delle acclamazioni.

Qualcuno ondeggiava accanto alla sala del trono davanti, ma mantenni lo sguardo sul viso di Luci, non sicuro di voler sapere cosa stesse succedendo.

Entrammo nel grande spazio della sala del trono, e incapace di nascondere il mio shock, spalancai la bocca. La stanza era addobbata come per una festa di una confraternita e un kink club che avevano deciso di avere un figlio con una serata dedicata a un gioco per famiglie, sposato con un carnevale.

Al centro della stanza, era disposto un letto lussuoso, con un assortimento di corde, catene e demoni che pendevano dal soffitto. Da un lato della stanza, si estendeva un bar, con demoni pronti a preparare drink, mentre altri ballavano sul banco viola scuro.

Luci schioccò le dita, e apparve un drink nella mia mano e una bottiglia di whiskey nella sua. "Salute," disse e cozzò il suo bicchiere contro il mio. Prendendo un sorso, osai avanzare di un altro passo nell'enorme stanza e fissai il tavolo, su cui c'era una pila con ogni gioco da tavolo noto all'umanità, mentre una scacchiera a grandezza naturale non era distante.

Un demone gridò, arrotolandosi a formare una palla gigante come un enorme roditore, e improvvisamente pensai che fosse stato aggiunto qualcosa nel mio drink. Videogiochi arcade erano animati da luci lampeggianti, un tavolo da biliardo, con demoni attorno, piazzavano scommesse mentre le palle cozzavano le une contro le altre. Sabbia nera proveniente dal fiume Stige era stata portata e in quel momento veniva usata da due demoni femmine nude, mentre giocavano a pallavolo, e il ruggito di una tigre fece sì che guardassi verso il trono, per vederne una incatenata, posizionata alla base della grande struttura scintillante. Stava rosicchiando i resti di qualcosa o qualcuno, e fui improvvisamente ancora più stupito nei confronti di Jukur.

Ma che cazzo?

Guardai Luci: il suo corpo ondeggiava, andando completamente fuori tempo rispetto alla musica, e sorrideva. Sapevo che stava aspettando una mia risposta.

C'erano momenti nella vita che si desiderava davvero cancellare. Questo era uno di essi per me.

Dov'era il dittatore, l'uomo in grado di decapitare chiunque osasse guardarlo male? Dov'era il Signore dell'Oltretomba, che pianificava caos e morte, risucchiando felicemente le anime, mentre con una mano reggeva l'Hell Fire Whiskey? Dov'era il sangue sul pavimento e il tanfo di morte, mentre Luci sedeva sul trono abbaiando di torturare altre anime? Che cosa diavolo era successo all'uomo solito esprimere malcontento in merito alle anime che arrivavano all'Inferno invece che in Paradiso, e le urla dei demoni, mentre cose indicibili venivano fatte ai loro corpi. E dove cazzo era il buco del Fuoco dell'Inferno nel bel mezzo della stanza, in cui Luci amava gettare chi osava disturbarlo, così che potesse guardare la carne bruciare tra atroci sofferenze.

"Allora, che cosa ne pensi?"

Deglutii rumorosamente e distolsi gli occhi dal suo sguardo scrutatore.

"Wow," esclamai.

Fu tutto ciò che riuscii a dire, prima di allungarmi e afferrare la bottiglia di whiskey dalla sua mano. Annusai leggermente il contenuto, e presi un sorso minuscolo, convinto che dovesse essere stato corretto con qualcosa, mentre Luci avanzava ulteriormente nella stanza, allargando le braccia.

"So che è fantastico. Stavo pensando di aggiungere un parco di divertimenti fuori. Voglio davvero che le montagne russe si estendano in tutto l'Inferno, riesci a immaginarlo?"

"No, ma credo che sarebbe incredibile," risposi, e gli restituii la bottiglia.

"Tienila. Ho delle casse." Luci schioccò le dita, e un demone si precipitò verso di lui con altre due bottiglie nelle mani artigliate.

"Perché hai creato tutto questo?" chiesi, mentre seguivo Luci verso il letto. Dovetti chiedermi se dormisse lì.

"Perché no? Solo perché questo è l'Inferno non significa che non ci si possa divertire, giusto fratello?"

"Sì, sono d'accordo." Annuii entusiasticamente, ma colsi un minino cambiamento sul volto di Luci, mentre tornava a distogliere lo sguardo. Era annoiato?

Depresso forse? Ma era possibile? Non osavo chiedere. Persino io avevo dei limiti, perciò dissi invece: "Hai visto gli altri Caduti ultimamente?"

"No, direi di no. Siete tutti così occupati." Luci si sedette sul bordo del letto, ma le ombre che oltrepassavano il suo volto mi ricordarono una madre umana afflitta dalla sindrome del nido vuoto. Non che sapessi esattamente come ci si sentisse, ma ne avevo una buona idea.

Facendo un respiro profondo, mi avvicinai al grande mucchio di giochi. I giochi da tavolo non erano molto nel mio stile, ma questo era uno di quei rari momenti in cui non avrei dovuto comportarmi come al solito. Scorgendo il gioco che stavo cercando, tirai fuori la versione del gioco per bere di Jenga. Neven mi aveva mostrato questo gioco, e dovevo ammettere che lo trovavo divertente.

"Luci, vieni qui," lo chiamai, mentre mi avvicinavo a uno dei tavoli in piedi che erano impostati per poter bere. "Quando è stata l'ultima volta che ti si è bagnato il cazzo?" osai chiedere. Se l'avessi fatta franca con una domanda del genere, questo era il giorno… o la notte. Chi sapeva che ora fosse laggiù.

Luci rise e roteò gli occhi. "Sempre." Mettendo il gioco sul tavolo, fissai mio fratello e gli rivolsi il mio migliore sguardo 'non mentirmi'.

"Ok bene, è passato un po'," disse tranquillamente. "Ma non perché non possa," terminò la frase, rivolgendomi un sorriso.

"Lungi da me pensarlo. Avremo bisogno di due dei tuoi migliori demoni e altre due bottiglie di whiskey per questo." Eressi rapidamente la torre per il gioco e sorrisi, ricordandone il meccanismo. Neven ne sarebbe rimasto colpito.

Due demoni dalle gambe lunghe vennero verso di noi, mentre Luci faceva loro cenno di un saluto. Li guardai dall'alto in basso e decisi che avrebbero fatto al caso nostro. Non la mia prima scelta, ma i demoni Ol'guth erano accomodanti e apprezzati anche nel mio casinò.

"Scegli un demone," dissi, senza preoccuparmi di chi avrei avuto io. Una volta scelto il demone, istruii rapidamente loro di chinarsi e afferrarsi le caviglie.

"Che cosa stiamo facendo?" Luci osservò.

"Ecco le regole. Ognuno di noi prende una bottiglia in mano e scopa questi demoni ma, per aggiungere eccitazione alla partita, giochiamo a Jenga allo stesso tempo. Per giocare, estrai uno dei piccoli pezzi di legno, leggi ciò che c'è scritto sopra e poi lo esegui o lo dici, e poi ti siedi in cima alla torre senza farla cadere. Ogni volta che estrai un pezzo senza far cadere niente, bevi un sorso di whiskey. Ma, ricorda, non puoi smettere di scopare la ragazza."

"Quale è l'obiettivo?"

"Ce ne sono tre. Il primo è di prendersi una bella sbronza. La seconda è scoprire chi riesce a far venire di più il demone prima di cadere, e l'ultimo certamente consiste in quello più divertente, ossia il vincitore se ne vanterà. Pensi che il tuo orgoglio sopporterà di perdere contro di me?"

Le narici di Luci si allargarono per la sfida. "Fottiti. Tu perderai, fratello."

"Dovrei dirti che a Leviatano piacerebbe moltissimo giocare a questo gioco," dissi e scoppiai a ridere dentro di me, mentre immaginavo lo sguardo sul volto di Leviatano, se Luci avesse provato a convincerlo a giocare. Quel Peccato era così pudico e appropriato, che faceva sembrare il termine 'imponente' squallido.

Non era così che immaginavo sarebbe andato il mio viaggio laggiù, ma, quando la partita iniziò, dovetti ammettere che era divertente. Esplosi in una fragorosa risata, mentre dopo la prima tessera che Luci estrasse, disse 'nei miei pantaloni', fino alla fine di tutto quello che disse. Divenne rapidamente chiaro che non sarei tornato sulla Terra nei tempi previsti.

QUINDICI

Lei si raddrizzò sulla sedia e sussultò, mentre i ricordi della creatura invadevano la sua mente. Il sole splendeva, filtrando attraverso le tende separate, e si guardò nella stanza. Le uniche parole che le vennero in mente furono, "ma che cazzo!"

Toby era al solito posto accanto a lei sul letto, e russava leggermente, con il fianco che si sollevava e abbassava, come se non avesse alcuna preoccupazione al mondo.

Minetta balzò dal letto e si controllò con attenzione. Non aveva alcun segno sul corpo, ad eccezione di un unico livido minuscolo che poteva essersi fatta ovunque.

Con il respiro accelerato, afferrò il cellulare, non volendolo abbandonare stavolta. Poi, aprì la porta della sua camera da letto e balzò all'indietro, quasi aspettandosi di trovare quella strana bestia dall'altra parte, ma nel breve corridoio vide solo la sua libreria. Scrutò oltre le porte e poi in fondo alle scale.

"Toby, vieni."

Il cane sollevò la testa, gemette e poi la riabbassò. "Davvero? Mi lascerai andare di sotto da sola dopo ieri sera?" Un leggero russare fu l'unica risposta che ricevette. "Me lo ricorderò."

Camminò in punta di piedi lungo il corridoio e per le scale, rabbrividendo ad ogni crepitio dei suoi piedi sui gradini. Il sole splendeva anche in soggiorno, le finestre della cucina erano lì e non c'era nulla fuori posto. Attraversò la cucina e accese l'interruttore della luce. Le vecchie lampadine ronzarono e poi si accesero, inondando ogni cosa di un caldo bagliore.

La sua mente era in subbuglio. Non poteva essersi immaginata tutto, oppure sì? Il coltello che aveva usato per tagliare la frutta al mattino era esattamente dove lo lasciava sempre, e lo scialle di sua madre era ancora una volta appeso allo schienale della sedia in soggiorno.

"No, no, no, questo è impossibile. Doveva essere vero, doveva esserlo," borbottò, incerta su quello che la spaventasse di più: il fatto che stesse forse impazzendo o se avesse vissuto davvero tutto e quella creatura esistesse. Entrambe sembravano possibilità ugualmente terribili.

Mordendosi il labbro, andò in soggiorno e si chinò a ispezionare il pavimento. Non c'era un singolo graffio, non un segno, nemmeno una gocciolina di sangue nero da nessuna parte. Scuotendo il capo, si tirò su e raggiunse la porta d'ingresso. Anche quella sembrava intatta. Si voltò e mise i piedi su qualcosa di appuntito.

"Ahi," gridò, saltando e sbattendo contro il muro per guardare ai suoi piedi. Fissò la piccola scheggia rosso argento e poi la porta. Abbassandosi, raccolse il pezzo e lo portò alla luce. Era successo. Chiunque altro le avrebbe dato della pazza.

Merda, forse stava perdendo la ragione com'era accaduto a sua madre, ma, nella sua anima, sentiva che ciò a cui aveva assistito la notte precedente era vero.

Doveva lasciare quella folle città per un po'. Forse questo era un segno, un avvertimento di qualche sorta. Non riusciva a immaginare di che cosa avrebbe dovuto avvertirla, ma non importava. Non voleva passare un'altra notte nella casa.

Correndo per le scale, recuperò la valigetta da viaggio dall'armadio e ci gettò dentro tutto ciò che potesse servirle per andare via qualche giorno. Aveva avuto intenzione di andare a trovare comunque sua madre, perciò questo era semplicemente un altro incentivo a farlo.

Poi, avrebbe dovuto preparare Toby e, per fortuna, era una folle mamma di un cane e aveva una valigia anche per lui. La riempì con i suoi giochi preferiti, la sua ciotola, poi afferrò il sacco chiuso di cibo per cani.

Corse in bagno intenzionata a fare la doccia, ma guardando la vasca, pensò alla prospettiva di stare nuda e sola lì, cambiando idea. Raccolse tutti gli articoli da toilette, e li mise nella valigia prima di chiuderla. L'ultima cosa di cui occuparsi era prepararsi lei stessa, perciò si cambiò in fretta.

Prendendo il cellulare, contattò un Uber e poi fischiò a Toby, chiedendogli di uscire, così che aspettassero fuori. Il caldo bagliore del sole estivo splendeva su di lei, ma non le importava. Aveva ancora freddo dentro di sé. Quando l'auto arrivò, si fece prendere dal panico, ma la sensazione svanì quando lei e Toby si misero in viaggio, allontanandosi dalla casa degli orrori.

"È sicura che sia qui che voglia che la lasci?" chiese l'autista. Lei si guardò alle spalle, verso il concessionario di auto usate e annuì.

"Sì, è ora che prenda un'auto, e oggi è il giorno perfetto per questo."

"D'accordo, signora, se avrà di nuovo bisogno di me, prenda il mio biglietto da visita," il giovane allungò la mano, e lei prese il bigliettino.

"Grazie." Prendendo la valigia e il guinzaglio di Toby, camminò verso la svolazzante tenda rossa, argento e blu che rivestiva il concessionario.

Sᴮᴀᴅɪɢʟɪᴀɪ ᴇɴᴛʀᴀɴᴅᴏ nell'ascensore che mi avrebbe condotto all'attico. Allo specchio fissai le borse che avevo sotto agli occhi e cercai di sistemare i capelli disordinati con le mani. O questi specchi erano inaffidabili oppure sembravo un sacco di merda malconcio.

L'ascensore suonò una volta raggiunta la mia destinazione e imboccai il lungo corridoio che portava a casa mia. Mi fermai, sistemai un vaso che era fuori posto e tolsi la lanugine dai fiori color crema.

L'attico era troppo grande per una sola persona. Persino con Shilo qui, c'era un immenso spazio, ma non era questo il punto.

Dopo aver visitato l'Inferno, vivevo sempre una sensazione di annientamento. Finivo con Gnarrl da Luci e Brill e altri che volevano lasciarsi andare.

Questo era un errore. Finivo col farmi trascinare al palazzo di Leviatano, prima di poter tornare di nuovo sulla Terra.

. . .

"Fratello, è bello vederti. Vieni, voglio mostrarti quello che ho pianificato per il castello." Leviatano si mostrò col solito atteggiamento solenne, mentre li accompagnava da una stanza perfettamente tenuta all'altra. In netto contrasto con il palazzo di Luci.

"Intendi dire che vuoi cambiare il tuo castello, perché assomigliare al mio non ti basta?"

"Il tuo è meraviglioso fratello, ma guarda qua." Leviatano tirò fuori i progetti e li mise su un tavolo enorme. Diedi un'occhiata, poi inclinai il capo, dubitando di aver visto bene, e infine alzai gli occhi verso il volto di mio fratello.

"Stai scherzando, vero?"

"No, perché mai dovrei farlo?"

"Questa è una fotocopia del palazzo di Lucifero. Non ne sarà felice, per usare un eufemismo."

"Fratello, ti preoccupi troppo. Lucifero non lo noterà nemmeno. È troppo occupato per interessarsi a cose tanto insignificanti."

Non ci avrei contato troppo, ma scelsi di tenerlo per me.

"Non lo farei se fossi in te."

"Rifletterò sul tuo avvertimento," rispose Leviatano, ma sapevo che non lo avrebbe fatto.

Gnarrl mi afferrò per le spalle. "Resterai per la festa, vero?" Lui annuì come se la cosa potesse aiutarlo a ottenere la risposta desiderata. "Ho del Blood Rot."

"Non penso di restare. Devo tornare indietro."

Gnarrl saltellò e l'intero posto tremò. "Devi!"

Sospirai mentre mi scuoteva; aveva il volto terrificante eppure così felice, non potevo rifiutare. Gnarrl era solo un giovane demone quando tutti cademmo, un essere patetico e minuscolo quando fu scelto in mezzo a demoni maggiori. Fu Leviatano a prenderlo, e noi sviluppammo un'amicizia nel corso degli anni. Era una sorta di animale domestico gigante, ma io ero uno dei pochi che non temeva Gnarrl e la sua mostruosità, ed ero davvero in grado di comprendere la sua lingua.

"Bene, allora mi tratterrò ancora un po'."

Scossi il capo per sbarazzarmi delle immagini e spalancai la porta dell'attico. Controllai il cellulare, e fortunatamente ero stato via soltanto per una settimana: un tempo sufficiente per dire che ero stato in vacanza, ma non abbastanza perché qualcuno si preoccupasse. Il sole filtrava dalle enormi finestre che allineavano l'intero lato dell'attico, rendendo, con la sua luce dorata, gli interni bianchi e neri più evidenti.

Il luogo sembrava diverso. Ma non riuscivo a comprendere perché.

I miei occhi scrutarono l'ampio spazio e si concentrarono sulla piscina a sfioro con il fondo di vetro di cui ero così orgoglioso —- era stata un'aggiunta davvero unica all'epoca. Ormai era ordinaria, e io non realizzavo cose ordinarie. Guardai l'arredamento e sospirai. Questo posto non sembrava più la mia casa. Avrei dovuto traslocare e migliorare. C'erano ancora tantissime cose che potevano essere migliorate in una nuova abitazione.

Sul mio cellulare iniziarono ad arrivare milioni di notifiche e messaggi Ovviamente, mentre ero all'Inferno, ero rimasto sconnesso. Quel pensiero era davvero divertente, data la mia stanchezza, ed esplosi in una fragorosa risata.

"Signore, sembri di buonumore. Il viaggio dev'essersi rivelato esattamente ciò che ti serviva," disse Shilo, apparendo dalla cucina con caffè e uno smoothie verde in mano. La sua voce era allegra mentre mi sorrideva. "Ho preparato questi per il caso tornassi."

"Shilo, sei il migliore. Forse soltanto Brill può essere paragonato a te."

"Grazie, signore." S'inchinò profondamente. Gli avevo ripetuto continuamente che non doveva inchinarsi a me o chiamarmi signore, ma non importava. L'angelo caduto non si sarebbe comportato in modo diverso.

"Prendo lo smoothie verde per purificarmi. Ho bevuto troppo Blood Rot, Hell Fire whiskey e succo di melograno. Sono fortunato ad essere riuscito a tornare."

"In effetti, signore, il tempo gioca brutti scherzi sotto l'effetto di quel particolare intruglio," osservò Shilo, come se parlasse per esperienza, ma ne dubitavo molto.

Gli umani pensavano che la mela fosse il frutto proibito originale, ma si sbagliavano. Non a caso, gli umani tendevano a fare tutto nel modo sbagliato, se c'entrava mio Padre. Era un melograno e, quando si mescolava un melograno infernale con una goccia di sangue di demone, occhio. Quella combinazione particolare divenne il migliore afrodisiaco al mondo mescolato con il migliore party trip in assoluto. Diamine, brillava come una palla troposferica.

Era un gran bene che cellulari e fotocamere non funzionassero laggiù, altrimenti ci sarebbe stato del materiale per un ricatto piuttosto interessante.

Andai in camera, disperatamente bisognoso di una doccia e tranguggiai lo smoothie a cui Shilo riusciva sempre a dare un gusto fantastico.

"Ehm, signore."

Mi voltai a guardare Shilo, che era ancora in cucina unendo insieme le mani. Seppi istintivamente che qualcosa non andava, qualcosa che non mi sarebbe piaciuto.

"Che cosa c'è, Shilo?"

L'anziano angelo si schiarì la gola. "Penso di aver trovato la ragazza, ho dovuto scavare un po', ma erano in poche a chiamarsi Minetta nel sistema, e soltanto una corrisponde alla descrizione che mi hai dato."

"Ok, e?"

"Da allora ho scoperto la posizione della sua casa, e sono andato a indagare per portartela come desideravi. Ma a quanto pare è andata via, e non so se o quando tornerà." Shilo spostò il peso da un piede all'altro.

Un'insolita sensazione d'ansia attanagliò le mie viscere. "Che significa che se n'è andata?"

"Non lo so, signore. Forse una vacanza, o forse si è trasferita. Le si è accumulata la posta, e non c'è traccia di nessuno che vada o venga. Mi dispiace di averti deluso, signore." Poi, abbassò lo sguardo e guardò a terra.

"Non mi hai deluso, Shilo. Mandami l'indirizzo. Vedrò che cosa potrò scoprire." Mi voltai e mi allontanai in cerca di una doccia indispensabile e del mio letto. Ma la mia mente era, ancora una volta, consumata da quella bellezza dai capelli corvini con gli occhi del colore del Mar dei Caraibi.

SEDICI

Percorreva il vialetto diretta alla casa di riposo, la stessa routine che l'aveva caratterizzata ogni singolo giorno negli ultimi otto, ma quella mattina sembrava più difficile, più pesante. Concedendosi un istante per raccogliere le idee prima di entrare in quel posto eccessivamente deprimente, si sedette sulla panchina del parco con la borsetta stretta nella mano.

Millecinquecentoottantacinque giorni erano esattamente quelli in cui era rimasta seduta in un posto simile a questo, mentre stringeva la mano del padre.

Cancro al cervello allo stadio terminale, ricordava chiaramente quelle parole, quando i genitori erano tornati a casa dopo la visita medica. Lui avrebbe vissuto altri due anni grazie alla radioterapia aggressiva e all'operazione.

...

"Che cosa significa che ti restano soltanto due anni? Devi vedermi laureata e sposata. Che mi dici dei nipoti? Non vuoi esserci per questo?" gli chiese furiosa, con la rabbia che respingeva paura e tristezza.

"Ma certo, tesoro. Sei il mio orgoglio e la mia gioia. Vorrei vedere tutte quelle cose con te e per te, ma questo non l'ho scelto io," rispose tranquillamente il padre, con le mani che si unirono alle sue.

Ma lei gli sottrasse la mano. Questo non era giusto. Lui era giovane, ancora nel fiore degli anni. Non aveva ancora raggiunto la cinquantina. Com'era possibile che gli stesse succedendo?

"Devi combattere! Non puoi morire. Ho solo sedici anni. Non posso perderti."

Completamente schiacciata dall'emozione, lasciò la stanza e corse fuori. Con le gambe rigide, passò davanti al pollaio e alle due mucche che smisero di pascolare, guardandola passare di corsa. Lui non poteva morire. Non poteva ancora lasciarla.

Lei e suo padre avevano sempre avuto un bel rapporto. Le aveva insegnato ad andare in bici. Le aveva insegnato a lanciare a baseball, l'aveva portata a pescare, mostrandole persino come mungere le mucche in maniera corretta. Suo padre era tutto per lei: un amico, un tutor scolastico, ma era anche il suo papà e protettore, soprattutto.

Lacrime iniziarono a rigarle le guance, e finì per crollare sotto uno dei meli, semplicemente incapace di continuare a correre. Avvolse le braccia intorno alle ginocchia, e seppellì il viso per piangere e sfogare tutto il dolore che stava minacciando di consumarla. Anche se avesse pianto un milione di lacrime che non sembravano avere fine, non avrebbe scacciato via il dolore.

"Tesoro?"

Lei sollevò lo sguardo al suono della voce paterna. Non si era nemmeno accorta del fatto che il sole stava tramontando, ma, mentre guardava il genitore e lo splendido cielo infuocato sullo sfondo, riuscì quasi a visualizzarlo con le ali. Era destinato a diventare un angelo. Lo era sempre stato. Solo troppo presto, avrebbe avuto davvero le ali.

Il labbro inferiore le tremava, e si asciugò le lacrime con la parte posteriore del braccio. "Non posso perderti, papà. So che sembra egoista, ma sono troppo giovane. Abbiamo così tante cose da fare ancora insieme. Tu e mamma parlavate di un viaggio in Montana. Che ne dici? O di andare in Giappone, hai sempre detto di volerci andare. Siamo andati solo in due stadi da baseball, e saremmo dovuti andare *a vederne uno all'anno e iniziare un album con le foto delle nostre avventure, e..."* Smise di parlare, incapace di proseguire.

Il padre si abbassò, mettendosi al suo livello. "Faremo ancora quel viaggio in Montana, ma non penso che andremo in Giappone, e faremo altre due partite di baseball."

"Non si tratta dei viaggi o delle partite, papà. Questo non è giusto! Perché tante persone malvagie continuano a vivere e a ferire gli altri, facendo del male, ma tu devi morire. Perché tu? Odio Dio... Odio..." Lei crollò, scoppiando di nuovo in lacrime, e il padre le avvolse un braccio intorno alle spalle, attirandola a sé.

"So che fa tanto male adesso, e non ti mentirò, ci saranno giorni terribili, ma, Minetta, tu sei davvero speciale. Sei questa splendida scintilla e luce di calore e gentilezza che servono a questo mondo. Non conta che cosa accadrà, non importa quando me ne andrò, voglio che tu ricordi quanto ti voglio bene, e voglio che tu rimanga sempre la persona che sei in questo momento."

"Non so se posso farcela, papà. Come posso andare avanti con la mia vita come se niente fosse, ora o quando sarai..." si morse il labbro, non volendo ripetere quelle parole.

"Perché, mia cara, nella vita avrai sempre degli ostacoli, e quasi certamente non te li aspetterai, ma è così che si impara ad affrontare il prossimo lancio."

"Davvero, papà? Un riferimento al baseball ora?" Lei abbozzò un sorriso, mentre il padre scoppiava a ridere.

"Spero sempre che tu diventi un ragazzo e vada nelle Major League," ironizzò il genitore, mentre le diede un colpetto sulla spalla.

"Papà!"

Minetta tirò fuori un fazzoletto dalla borsa, e si asciugò gli occhi. Quanto passava in fretta il tempo, da quando aveva scoperto che era limitato. Era sembrato un'eternità rispetto a quello che era trascorso in un lampo, così come l'uomo che le aveva insegnato ad essere la migliore versione di se stessa. Lei e sua madre avevano passato insieme il peggio, facendo turni all'ospedale, così che il padre non fosse mai da solo, senza doversi mai chiedere se era amato.

Lei tirò su col naso, e poi se lo soffiò. Facendo un respiro irregolare, si alzò, recandosi all'entrata principale della casa di cura. Non c'era nessuno a sedersi con lei, pronto ad aiutarla ad affrontare le cose stavolta. Ma, un sorrisino si disegnò sulle labbra, ricordando le ultime parole che le aveva rivolto suo padre.

"*NON LASCIARTI MAI ABBATTERE dalla vita, Minetta. Talvolta ti lancerà una palla veloce, quando ti aspetti una lenta nel mezzo. Prendi quello che tira il lanciatore e fai un fuoricampo. Sei una vera campionessa, la mia bambina. Lo sei sempre stata.*"

DICIASSETTE

Mi poggiai allo schienale della sedia in pelle e fissai la solida e massiccia cornice dorata di un mio ritratto ad olio. Volevo essere certo che tutti coloro che entravano nel mio ufficio sapessero chi occupasse la grande sedia. Il fuoco, sebbene totalmente inutile, crepitava leggermente nel camino, riflettendo fiamme danzanti sul mobilio in pelle scura. Guardai quelle fiamme che mi ricordavano l'Inferno e mi concentrai sulla mia teleconferenza.

L'uomo dall'altra parte del telefono era uno sbruffone, e stavo aspettando che smettesse di parlare per rifiutare la sua offerta. Non penso che avesse mai respirato nell'arco di venti minuti trascorsi a blaterare.

"Come può vedere, signor Rhodes, questa è un'opportunità perfetta per entrambe le nostre società per guadagnare molto," concluse.

"No, a dire il vero, non credo proprio. Questa è una fantastica opportunità per la sua società di sfruttare la mia, ma non c'è nulla di attraente in questo patto per me."

"Non sono d'accordo. Sono sicuro che se diamo un'altra occhiata ai numeri..."

"La fermo subito." Avevo già allungato la mano e toccato l'anima di quest'uomo. Sapevo ciò che voleva. Conoscevo l'avarizia che si celava sotto l'apparenza di calma e gentilezza esteriore che manifestava, e non era una persona a posto. Avrebbe potuto ingannare chiunque altro, ma io ero il peccato. Ne sentivo il gusto con la lingua, come dei dolci appena sfornati e lo giravo nella bocca, come un buon vino. La sua essenza era forte per il desiderio di essere potente, per avere di più e stavo per sfruttarlo.

"Non desidero farle perdere il suo tempo o sprecare il mio, perciò propongo questo accordo. Se vuole fare affari con me, la sua società verrà assorbita nella mia, e io ne farò ciò che voglio. Lei avrà un posto al consiglio e un aumento di stipendio, che aumenterà a seconda della performance annuale della mia società, e so che è questo che lei desidera disperatamente. Ma la società diventa mia, e lei non ci avrà più niente a che fare, se non tramite i meeting del consiglio di amministrazione e, se decido di venderla, allora sarà pagato conformemente. Ora, ha quarantotto ore di tempo per decidere, ma stasera avrò altri impegni. Prenda un appuntamento tra due giorni a partire da ora."

Dopodiché, chiusi la chiamata e raccolsi le cartelline sulla mia scrivania. Sebbene nel mio ufficio ci fossero telecamere nascoste, era meglio essere certi che tutto quello che non volevo dare in pasto a occhi indiscreti venisse assolutamente segregato.

Il mio telefono squillò; pensai che fosse l'uomo che mi richiamava, ma il nome di Neven brillò sullo schermo.

"Neven," esordii, ma tutto ciò che ottenni fu silenzio. Guardai il cellulare, assicurandomi che fosse ancora connesso. "Neven, ci sei?"

"Sì, non vorrei doverti dare questa notizia, perciò sto temporeggiando."

"Almeno sei sincero. Ora dimmi, che cosa c'è?" Ci fu un sospiro drammatico dall'altro capo del telefono.

"Beh, sai che pensavamo che la proiezione delle vendite fosse bassa?"

Mi drizzai leggermente. "Sì, certo, e allora?"

Dall'altro lato del telefono, sentii Neven deglutire percettibilmente. "Neven, non punirò il messaggero. Solo continua. Ho un impegno per questa stasera."

"Il manager Nikolas Novak ha sottratto denaro da tutte le aree della società e falsificato le proiezioni, facendole combaciare con quello che ha preso. Finora, ho scoperto che sono stati rubati oltre venti milioni," disse

Neven con tale velocità, che non ero sicuro di aver sentito bene, ma la rabbia che mi bruciava dentro mi diceva che invece l'avevo fatto.

"Trovalo e portalo nel mio ufficio. Tornerò tra un paio d'ore. Mi aspetto di trovarlo qui per allora." Chiusi la chiamata prima di schiacciare il telefono nella mano, e inviai una nota mentale a Brill che avevo un compiuto per un paio dei guerrieri.

Stabilizzai il respiro per calmarmi, prima che le ali decidessero di spuntarmi sulla schiena, lacerandomi il mio completo buono.

Avevo pianificato di uscire a scoprire se la femmina umana Minetta fosse tornata, perciò, quella sera, sarei andato a casa sua.

Forse, se l'avessi rivista e le avessi detto che non sarebbe mai accaduto nulla tra noi in qualsiasi circostanza, sarei riuscito a togliermi quella arpia dalla testa. Stavo iniziando a chiedermi se fosse in parte sirena; in quel caso, avrei dovuto ucciderla. Quell'umana senza peli stava tentando di attirarmi nella sua trappola, ma non glielo avrei permesso. Dovevo dirle di farsi da parte.

Shilo era già stato mandato a casa, e dovevo ammettere che mi piaceva il silenzio. Nessuna telefonata, nessuno che correva per il corridoio mostrando fogli con scadenze, nessuno che mi interrompeva con una nuova crisi che doveva essere risolta immediatamente. Ma, quando entrai in ascensore, il mio cellulare squillò, e avrei voluto prendermi a calci per aver anche solo pensato quanto fosse bella la tranquillità.

"Skye, mi chiedevo quando ti avrei risentita. Hai un modo misterioso di sapere quando sono tornato da laggiù."

"Perché non sembri felice di sentirmi? L'ultima volta in cui siamo stati insieme, mi pare che tu fossi ben contento di vedermi." La sua voce era intrisa di lussuria, mentre praticamente faceva le fusa nel telefono.

Stava facendo del proprio meglio per sedurmi, facendo emergere il lato asmodeico della sua personalità. Lei e Neven erano entrambi nati da una femmina umana, ma lei era stata sedotta e stuprata da un demone che era sotto influenza lussuriosa. Dopo la loro nascita, furono rifiutati dalla madre; quindi, visto che erano per metà demoni, vennero scacciati, diventando vittime della Fossa della Disperazione. Se strisciavi nel buco sbagliato con il demone sbagliato, era molto facile finire in quella fossa.

Mi piaceva strappare demoni dalla fossa quando finivano nella massa turbinosa del nulla. Erano leali e lavoravano sodo per non finirci di nuovo. Più di un demone che avevo trovato lì dentro lavorava per me. Era come trovare una piscina con il miglior pesce che nessun altro osava cercare.

"Sto uscendo, ti serviva qualcosa?"

Skye sospirò sonoramente. "Beeeh, volevo chiederti se volevi stare con me, ma ovviamente non succederà," disse. Percepì fastidio nella sua voce, pertanto colsi una minaccia di gelosia.

Mi massaggiai il viso. Neven aveva ragione. Skye era più attaccata di quanto avessi mai inteso che lei fosse. "Credevo che dovessi andare a fare shopping in Europa per qualche giorno, sbaglio?"

"Già ci sono andata."

"Potresti sempre tornare all'Inferno. Conosco tanti demoni che sarebbero felici di assicurarsi che non ti mancasse il sesso," dissi, sperando cogliesse l'antifona. Non volevo una relazione. Non volevo nemmeno un partner sessuale regolare. C'era una ragione che giustificava il mio stile di vita. L'amicizia tra Skye, Neven e me era iniziata tempo prima, e non avrei mai permesso che mutasse in qualcosa di più. Quello era stato un mio errore. Non lo facevamo spesso, ma permetterle di definirci trombamici, per usare un appellativo, era quasi certamente un errore.

"Sai che non amo andarci spesso. Non ha nulla per la mia carnagione, e non ci sono le stesse scelte di cibo. Gli umani brillano in cucina e i demoni dell'Inferno potrebbero imparare una cosa o due da loro." Lei si stava spostando, e poi sentii il suono dell'acqua, mentre apriva la doccia. "Potrei mandarti una foto delle cose cattive che sto per fare nella doccia. Ci sono delle posizioni molto interessanti che volevo provare."

"Come ho detto, ho già un impegno."

Ci fu un sospiro drammatico. "Quello che farai stasera rende difficile stare insieme dopo?" chiese, con la voce intrisa d'irritazione.

Quel tono istigò la mia rabbia. Lei era un demone e fortunata che le riservassi un po' d'attenzione. I decenni d'amicizia sarebbero finiti in fumo se avesse continuato a insistere.

"Skye, ricorda a chi ti stai rivolgendo con quel tono. Forse ho commesso un errore a lasciarti controllare freneticamente tutto quello che vuoi e trattarmi come una sorta di toy-boy, ma non c'è dubbio che io non lo sia."

"No, io, umm..." balbettò.

"Vuoi per caso che ti rimandi in quel buco da cui ti ho tirato fuori?" Potei sentirla deglutire palesemente, e il suo respiro accelerare attraverso la linea. Non l'avrei davvero rimessa nella Fossa della Disperazione, a meno che non mi ci costringesse.

"Come vuoi, Ri, talvolta sai essere davvero capriccioso."

Roteai gli occhi. "Devo andare."

Chiusi la telefonata e mi misi il telefono in tasca, mentre andavo verso la Valchiria.

Il viaggio fino a casa di Minetta non durò molto a lungo. Fu d'aiuto che il traffico fosse scorrevole, visto che i vacanzieri erano fuori città, e la zona in cui lei abitava si trovasse nella parte meno ricca della città. Io non andavo in vacanza, non nel modo in cui facevano gli umani. Restare su una spiaggia bollente con un falso olio abbronzante al cocco sulla pelle mi ricordava i maiali che venivano preparati per essere infilzati sullo spiedo. Andare all'Inferno era ancora lavoro. Aveva i suoi momenti di festeggiamenti, ma non era questo il motivo per cui ci andavo.

Restai seduto in auto a lungo, chiedendomi perché mai fossi andato lì. Il mio dito tamburellava sul volante, mentre riflettevo. Non avevo appena pensato di non volere una relazione, e certamente non una con un'umana? Che tipo di vita avrei avuto, se invece fosse stato il contrario? Cinquant'anni almeno sarebbero stati il massimo che avremmo vissuto insieme.

Misi in moto l'auto, pronto a proseguire, ma un'ombra si mosse all'interno della casa scarsamente illuminata, e non potevo andarmene senza parlarle almeno un'altra volta. Anche se fosse servito a confermare ciò che già sapevo, ossia che non volevo niente da lei e che mi stesse alla larga.

Spalancando la portiera dell'auto, entrai nella notte umida e mi diressi verso la casa grigia, simile a una scatola di scarpe, con una porta rosso sangue. Bussai sulla superficie in legno; lo feci di nuovo, quando lei non rispose.

"Che cosa c'è?" Un uomo mi fissò, aprendo la porta. Stetti a guardarlo, analizzando con gli occhi il suo corpo. Questo umano assomigliava a una mosca che volava, mentre mangiava una pila di merda.

Non esattamente ciò che mi aspettavo di trovare. "Chi cazzo sei tu?" Afferrò entrambi i lati della cornice della porta e fletté le braccia, come se ciò potesse bastare a conferirgli un'aria minacciosa.

Sollevai le sopracciglia alle sue parole. "Stavo per farti la stessa domanda. Vive qui Minetta Johnson?"

"E se anche fosse?"

Era ovvio che si sentisse minacciato, mentre indietreggiava e incrociava le braccia sul petto, mostrando di volermi tenere lontano dalla casa e dalla donna. Ma nessuno poteva tenermi lontano da qualcosa che mi apparteneva o che volevo e, sebbene questa ragazza non rientrasse in nessuna delle due categorie, continuavo a non apprezzare che mi si dicesse di no.

Lo guardai, riducendo gli occhi a fessure, la mia capacità di leggergli la mente e l'anima per darmi il quadro migliore di sé ebbe il sopravvento.

"Dimmi che dormi con lei? Voglio dire, è davvero pigra, come te?" chiesi, incapace di abbinare quell'uomo egoista alla donna che avevo incontrato.

Non avrei dovuto preoccuparmene, ma una minaccia di gelosia si fece largo nella mia mente e fece montare la frustrazione nel profondo di me. Quell'uomo non mi piaceva, e certamente non lo volevo vicino a Minetta. Se fosse stato necessario eliminarlo, non avrei esitato a farlo.

"Che cazzo mi hai appena detto, coglione? Non puoi venire qui con il tuo completo elegante a tre pezzi e pensare di potermi parlare in questo modo," gridò l'uomo. Era una reazione totalmente esagerata e mi rivolsi a lui ancora una volta, alimentando la sua insicurezza crescente.

"Vai a chiamarmi Minetta, per favore. Devo parlare con lei. Non ho tempo per un confronto tra galli. È banale. Inoltre, già so che il mio portafoglio e il mio cazzo sono più grandi," dissi e mi raddrizzai la manica della giacca del completo. La mia mano reagì al primo accenno di movimento. Il pugno aveva puntato al mio viso, ma lo bloccai facilmente e lo strinsi forte. Un grido emerse dal patetico umano, mentre le ossa gli si frantumarono fragorosamente.

Iniziò a inginocchiarsi, ma lo tenni in piedi abbastanza a lungo da spingerlo all'indietro, così da poter entrare nella casa. Avevo smesso con i tentativi di dimostrarmi civile, e sfruttai i miei poteri mentali per cercare nell'abitazione, ma trovai solo questo rifiuto umano all'interno.

"Dov'è Minetta?" Sentii il distinto tocco della sua mente, mentre sfruttando la mia capacità di penetrare nei meandri del suo cervello, estraendo le risposte che cercavo.

Gli afferrai la testa con la mano libera, mentre lui combatteva il dolore. Ad ogni modo, non servì a nulla, e la sua bocca iniziò a eruttare le risposte come un geyser.

"Minetta è andata a trovare sua madre."

"E dove vive sua madre?"

"In Maryland, è tornata a casa nel Maryland," gemette l'uomo, mentre serravo leggermente il mio pugno.

"E quando tornerà?"

"Non lo so," rispose. Mi guardai intorno, scrutando lo spazio limitato e scorsi un paio di scatoloni.

"Sta traslocando?" Non volevo davvero ottenere una risposta positiva. Per qualunque ragione, ero affascinato dalla ragazza, e il pensiero del suo trasferimento definitivo non generò una buona sensazione.

"Credo di no, ma non ne sono sicuro." L'uomo lasciò andare la testa mentre esercitavo il mio potere sulla sua mente per poi lasciargli la mano. Crollò al suolo. Avrei potuto essere più discreto, in modo da non fargli nemmeno notare la mia influenza, ma questo metodo si era rivelato più efficace, e mi piaceva vederlo sofferente.

"A che cosa servono allora gli scatoloni?" Indicai con la testa i tre scatoloni di media grandezza, disposti nello stretto corridoio.

"Quella troia mi ha cacciato via. Dopo tutto quello che ho fatto per lei negli anni, mi ha buttato in mezzo alla strada. Sa che al momento sono disoccupato. È stata una mossa da stronza, e avrei dovuto lasciare il suo culo tempo fa."

Il mio labbro si piegò all'insù, mi allungai e lo afferrai per il collo.

Rimettendolo in piedi, lo scaraventai contro il muro. Quello sgranò gli occhi, mentre procedetti a sollevargli i piedi dal pavimento. La paura danzava nei suoi occhi blu, mentre sentivo i miei occhi lampeggiare di potere. Sapevo che stavano leggermente luccicando. Era evento raro che la mia rabbia mi facesse mostrare anche solo un briciolo del mio vero io a un umano, ma quest'uomo stava toccando i tasti giusti.

"Che cazzo," sussurrò l'uomo, guardando nelle mie orbite luccicanti.

"Minetta sa che hai un'altra ragazza incinta di te, James?" ringhiai e la mia voce divenne più profonda diffondendo rabbia nell'edificio. "Lei sa che l'hai derubata per anni e che hai sempre avuto intenzione di lasciarla una volta sfruttate le sue conoscenze, per ottenere un lavoro dove lei stessa lavora? Lo sa che hai fatto amicizia con degli uomini lì e pianificato di farla licenziare, così da non dover lavorare con lei? E sa anche che non l'hai mai amata sebbene tu abbia dichiarato il contrario? Immagino che non sappia niente di tutto ciò, e non lo saprà mai." Rimettendo a terra James, lo scaraventai di nuovo contro la parete, perché mi faceva star bene farlo.

"Non otterrai mai un impiego da lei. Puoi cancellare quel colloquio. Non la farai licenziare, e non ti avvicinerai più alla sua porta." Un filo di puro terrore attraversò il corpo di James, che emanava l'odore della paura, come se fosse acqua di colonia. "Sono alquanto sicuro che non è lei ad essere la stronza in questa situazione. Se non altro, è stata più furba."

Gli lasciai il collo, e cadde sui piedi, ma poggiai una mano sulla parete accanto alla sua testa, assicurandomi che si sentisse ancora intrappolato.

"Non giocare con me, James. Ti darò la caccia da maiale impalato che sei, e ti appenderò allo spiedo sopra una fossa aperta del Fuoco dell'Inferno per tutta l'eternità. Ora prendi la tua merda e sparisci. Non infastidire più Minetta, o tornerò."

James aveva gli occhi sgranati. Ogni muscolo si preparò a scattare nel primo istante in cui glielo permisi. Mi avvicinai al suo orecchio. "Dovresti sapere che non sono una persona molto simpatica quando la gente non mi da ascolto, e mi piace però quando non lo fa. Finora hai ancora due gambe funzionanti e il piccoletto in mezzo, perché sono tentato di strapparteli tutti e tre." Indietreggiai da James e sentii i miei occhi tornare normali. "Ho detto di andartene, subito," dissi tranquillamente. James agì come se lo avessi sparato da un cannone, tuffandosi verso gli scatoloni.

Con braccia tremanti, James li mise uno sull'altro e schizzò fuori dalla porta. Piegandomi, afferrai le sneaker che ovviamente gli appartenevano, e le gettai fuori dalla porta dietro di lui. Una lo colpì dietro la testa, mentre l'altra in mezzo alla schiena, mentre caricava il suo veicolo.

Sorridendo, richiusi la porta. Ora che la spazzatura era stata portata fuori, era ora di scoprire di più sulla misteriosa piccola bellezza dai capelli corvini.

DICIOTTO

Avevo davvero iniziato a provare ad essere gentile, ma la mia pazienza evaporò rapidamente, mentre le parole 'il denaro è sparito', uscirono dalla bocca di Nikolas.

"Che cosa intendi dire con il denaro è sparito?"

"Ti prego, non uccidermi," imprecò Nikolas, mentre s'inginocchiava di fronte a Brill e ai due giovani guerrieri che aveva portato con sé.

La reazione dell'uomo, quando Brill era entrato nella stanza, mostrando il suo vero volto e non l'illusione umana che i demoni creavano quando si trovavano qui sulla Terra, mi aveva fatto esplodere in una risata così fragorosa, che mi facevano male i fianchi. Sarebbe anche potuto essere sufficiente, come punizione, far sapere all'uomo che i suoi incubi lo avrebbero perseguitato per sempre, ma non era affatto nel mio stile. Chiunque mi derubasse non sarebbe sopravvissuto.

"Devo dirti, Nikolas, che non hai iniziato con il piede giusto." Mi alzai in piedi, e lui mi afferrò le gambe, la disperazione evidente nei suoi occhi. "Dove sono finiti i soldi, Nikolas?"

"Non lo so. Io... io li avrei riavuti indietro, lo giuro. Li ho rubati per investirli, e avrei preso l'interesse e ti avrei ripagato, ma sono spariti dal conto."

"Allora, volevi arricchirti con il mio denaro e il mio duro lavoro, e poi, prima di poterlo restituire, ti è stato rubato?"

I suoi occhi sembravano più che sgranati dietro i fitti occhiali che indossava, facendolo sembrare un insetto. Nikolas annuì furiosamente, mentre le lacrime gli scendevano sulle guance. Infastidito, schioccai le dita, e i due guerrieri procedettero ognuno ad afferrargli un braccio, staccandogli le dita dai miei pantaloni. Uno dei guerrieri caricò l'uomo molto più minuto su una spalla, mentre Nikolas gridava istericamente, contorcendosi come un verme su una linea.

"Per l'ultima volta Nikolas, dove sono finiti i miei soldi?"

"Non lo so. Non so chi sapesse che li avevo presi. Forse qualcuno nell'ufficio, o qualcuno nella banca in cui li ho trasferiti, giuro che non lo so."

Il guerriero sbatté Nikolas sulla lastra metallica del tavolo con un colpo. Il viso dell'uomo si contorse per il dolore, e fece una stupida faccia da papera, mentre tutta l'aria gli veniva sottratta dai polmoni.

L'uomo tossì e pianse, mentre i guerrieri lo legavano in basso, con le braccia dietro alla testa, i piedi stretti agli angoli del tavolo.

"Ti prego, ti prego, ti prego, non avevi bisogno di quei soldi. Non avevo cattive intenzioni. Li ho presi in prestito. Giuro che non volevo rubarli."

Avvicinandomi al tavolo, mi chinai sull'uomo, con gli occhi che brillavano per la rabbia. "Che abbia bisogno o meno del denaro non è il punto. Era mio, l'avevo guadagnato e tu l'hai preso. Questo è un peccato capitale per me."

"Mi dispiace, mi dispiace," piagnucolò Nikolas.

"Non ti piacciono gli attizzatoi bollenti, Nikolas?" chiesi, guardandolo profondamente negli occhi. Sembrava ipnotizzato dal colore turbinante, con gli occhi estraniati.

"Io... io... ti prego, non farlo," pianse, ma le sue lacrime non ebbero effetto su di me.

Avvicinandomi al suo orecchio, gli sussurrai: "perché imparerai com'è l'inferno bollente, dentro e fuori." Nikolas gemette.

Raddrizzandomi, lisciai la parte anteriore della mia camicia. "L'avarizia è una cosa terribile che ti consuma, Nikolas. Io dovrei saperlo." Gli sorrisi, con il potere che ancora mi ribolliva dentro, perciò sapevo che i miei occhi scintillavano ancora di una soprannaturale sfumatura dorata.

"Ti ripagherò," disse, mentre mi avviavo all'uscita.

Fermandomi, mi voltai per guardare in volto l'uomo che aveva già acquistato il suo biglietto di sola andata per l'Inferno.

"Sì, lo farai Nikolas, in questa vita e nella prossima. Sai che cos'arriva a un prezzo alto sul mercato?" L'uomo non disse altro se non una rapida imprecazione di non farlo. "Gli organi, e Brill qui, beh, è un professionista quando si tratta dell'estrazione degli organi, non è vero Brill?"

"Sì, signore, è così," rispose Brill e si leccò le labbra, facendo urlare selvaggiamente Nilkolas ancora una volta, mentre tirava scioccamente le corde.

"Prendi tutto quello che può essere venduto all'Inferno e disponi del resto." Iniziai ad allontanarmi, ma poi mi fermai, voltandomi. "Ancora una cosa, quando la sua anima arriverà all'Inferno, trova qualcosa di deliziosamente terribile con cui torturarla. Vedi, Nikolas, non sfuggirai mai al tuo errore, neanche nella morte. Nessuno mi deruba e vive per raccontarlo."

Le urla iniziarono ancor prima che la porta si chiudesse. Diedi un'occhiata all'ora e gemetti, mancavano due ore al mio meeting, e poi mi aspettava un volo. Supposi di non avere più tempo per dormire ormai. Uccidere gli umani era un fastidioso spreco di tempo.

DICIANNOVE

Minetta aveva bisogno di tornare al lavoro prima che la licenziassero. Doveva anche tornare a casa, dove era piuttosto certa di aver avuto la sua prima delusione. Era un segno precoce dell'inizio di una demenza. O aveva davvero visto una creatura proveniente solo Dio sapeva da dove nella sua casa, e la sua amica si era illuminata come una respirante entità fiammeggiante. Entrambe le opzioni non dipingevano un quadro positivo per lei.

Minetta portò l'ultimo scatolone dalla fattoria al camion dei traslochi, e poi richiuse lo sportello. Voltandosi, si appoggiò al camion per fissare la casa in cui era cresciuta. La vecchia altalena, anche se segnata dalle intemperie, oscillava ancora nella brezza, e lei riusciva ancora a visualizzare gli animali di cui si era occupata ogni giorno. I conigli e i cavalli erano stati i suoi preferiti. Il suo unico rimpianto consisteva nell'essere stata troppo spaventata per chiedere a suo padre di insegnarle a cavalcare. Aveva strigliato i cavalli per ore, ma il pensiero di montarci sopra l'aveva fatto sudare freddo, facendola ritrarre come se fosse legata a una catena.

Non aveva idea di chi fossero i nuovi proprietari, ma la chiave che aveva in mano rappresentava l'addio definitivo a quella parte della sua vita trascorsa con i suoi genitori.

Erano passati novantotto giorni dalla morte del padre ed erano bastati a sua madre per ricevere la diagnosi della sua malattia, che le aveva sottratto parti di sé in un processo lento, trasformandola in una dolce estranea. Si avvolse le braccia intorno al corpo. Questo era davvero molto più difficile di quanto avesse immaginato. A parte le brevi visite a sua madre, stare lontana dalla fattoria per gli ultimi due anni le aveva permesso di escludere il vero significato del peggioramento che avrebbe presto colpito sua madre.

Tenendo la testa alta, fece l'ultimo viaggio fino alla porta d'ingresso. "Ti voglio bene mamma, ti voglio bene papà. Mi mancate ogni giorno." Poggiò le labbra sulla chiave e la mise nella cassetta della posta, come le era stato richiesto di fare. Poggiò la mano sulla porta e sorrise, ripensando a un ricordo felice che coinvolgeva lei e i genitori, mentre ridevano e sorridevano, mentre erano seduti fuori sotto il sole. Era così che voleva ricordare quel posto, non l'edificio triste e vuoto che era ora.

Dirigendosi verso il camion dei traslochi, salì davanti e si diresse verso l'ospedale per andare a trovare sua madre prima di tornare a New York.

"Sei pronto a tornare, amico?" si rivolse a Toby, che stava sonnecchiando con la testa penzoloni fuori dal finestrino.

Le sue mani trovarono le soffici orecchie del cane e iniziarono a grattargliele nel modo in cui gli piaceva, e quello si svegliò e le rivolse un'occhiata assonnata. "Sì, anch'io ne sono felicissima."

Mi alzai e distesi le spalle, mentre l'aereo si fermava. Non era stato un viaggio lungo, ma preferivo usare le mie ali piuttosto che quei tubi metallici terribilmente rumorosi e fastidiosi. Strizzai la spalla di Shilo, e l'angelo aprì gli occhi.

"Oh signore, mi dispiace, siamo arrivati?"

"Sì, siamo appena atterrati. Stanno portando il veicolo in questo momento," dissi, mentre osservai la Lamborghini accostare lentamente.

"Fantastico, un'altra auto sportiva." Shilo si lamentò.

"Percepisco che non ti piace il mio modo di guidare."

"Non lo direi mai, signore." L'accenno di un sorriso apparve sul suo viso, prima di assumere un'espressione seria.

"Naturalmente non lo faresti. Ma non ti piace, vero?" Shilo guardò verso il pavimento dell'aereo. "Non sono arrabbiato. Mi sto solo chiedendo perché?"

"Signore, il termine pipistrello infernale significa qualcosa per te?"

"Non guido come volano quelle creature fastidiose. Vero?" dissi mentre raggiungemmo la pista.

"Ho vomitato i miei biscotti una volta sola da quando sono stato bandito, signore, ed è successo mentre guidavi. Questo dovrebbe rispondere alla tua domanda.”

Incrociai le braccia e sospirai. “Bene, allora guida tu. Io farò da navigatore.” Girai intorno all’auto, raggiungendo il sedile passeggero, ed entrai. Shilo restò immobile, puntando gli occhi spalancati su di me. “Beh, andiamo allora, non abbiamo tutto il giorno.”

Shilo si girò a guardarmi, con gli occhi pieni di un’esuberanza infantile, e restituì lo sguardo. “Chiedo scusa, signore, licenziami se devi, ma non posso riferirmi te così informalmente, non più almeno, non da quel giorno in cui mi hai preso con te. Ero distrutto, e non più me stesso. Tu sarai per sempre il mio signore.”

Sospirai e afferrai la spalla del mio amico. “D’accordo,” mi rivolsi all’uomo che conoscevo sin da quando avevo imparato a parlare. “Andiamo. Il jet si rifornirà mentre siamo via.”

Il tragitto dall’aeroporto fino alla proprietà di campagna si rivelò rilassante. Era la prima volta dopo tanto tempo che lasciavo qualcun altro guidare per me. Lasciai i finestrini abbassati, e il vento mi scompigliava i capelli, mentre il sole mi scaldava la pelle. Shilo svoltò in una strana polverosa che scosse violentemente l’auto costosa.

L’anziano rallentò e s’immise sul vialetto. Mi guardai intorno e, sebbene il luogo fosse semplice e piccolo paragonato a qualunque altra proprietà avessi posseduto, sembrava accogliente e caloroso. Un dolore sordo si formò nel mio petto e mi massaggiai nel punto esatto, mentre fissavo la fattoria segnata dalle intemperie.

Uscendo dall’auto, tesi le orecchie in cerca di qualsiasi segnale della presenza di Minetta, ma il posto era avvolto nel silenzio. Attirato dall’altalena, mi avvicinai alla grande ruota.

Chiudendo gli occhi, mi avvicinai e toccai la corda. Feci un respiro profondo, mentre l’immagine di una bambina sorridente, con i capelli neri svolazzanti mentre si dondolava all’indietro e gridava più in fretta, apparvero nella mia mente, come se fosse un mio ricordo. Un uomo spingeva e lei rideva, gli occhi blu splendevano al sole.

Mi allontanai dall’altalena e fissai la mia mano. Non sapevo perché, ma qualcosa di bagnato mi scese lungo la guancia. Toccai timidamente quell’umidità e la guardai. Stavo piangendo? Non piangevo mai. Perché era successo? Lanciai all'altalena una lunga occhiata assassina, come se avesse dei poteri speciali, e mi allontanai, incontrando incontrai Shilo nel vecchio porticato scricchiolante.

"Lei è qui?"

"Mi dispiace signore, non c'è più niente," rispose Shilo. L'angelo scrutò dalla finestra, coprendosi i lati degli occhi con le mani mentre si guardava intorno.

"Shilo, dimmi una cosa. Sto rincorrendo la mia coda? Se è così, perché lo sto facendo?"

"Che cosa intendi dire, signore? Non sapevo ti fosse spuntata la coda. È successo di recente durante il viaggio all'Inferno?"

Guardai Shilo e scoppiai a ridere.

"Percepisco del sarcasmo." Shilo non confermò o negò ma, sollevando leggermente il sopracciglio, confermò il mio sospetto. "No Shilo, significa che sto girando a vuoto. Non rincorro le cose. Faccio accadere le cose, oppure sono le persone a inseguirmi. Non rincorro gli affari o altro, eppure eccomi qua, in questo porticato di questa ragazza praticamente sconosciuta, e lei non c'è.

Il mio secondo tentativo di contattarla e lei non c'è. La mia domanda è: perché?"

"Perché se n'è andata, signore?"

"Davvero, Shilo?" sospirai. "Ma perché la sto cercando?" Mi allontani e mi appoggiai contro uno dei pilastri del porticato coperto.

"Ma perché sono qui? Ti sembra che io potrei davvero voler visitare questo posto?"

"Posso essere franco, signore?" Shilo appoggiò le mani sulla ringhiera accanto a me. Il modo in cui il sole splendeva sul suo viso me lo fece immaginare come appariva una volta, nella sua lunga veste bianca con le ali, le cui punte erano diventate grigie con il passare degli anni. Era sempre stato un bravo angelo, e questo dove lo aveva portato? Era stato scacciato via come un rifiuto dopo aver amato ed essersi prostrato ai piedi di mio Padre per secoli, proprio come avevo fatto io. Shilo non lo aveva meritato. Come nessuno dei Caduti.

"Sì, naturalmente, preferirei se fossi onesto."

"Penso che siamo qui perché lei ti piace."

Guardai Shilo, accigliandomi per la folle affermazione. "Questo è ridicolo. Non mi piacciono gli umani. Specialmente non..."

"Frequento?"

"Immagino che sia questo il termine. Frequentare, inseguire, avere relazioni. Non... sono di mio gusto e, inoltre, io non esco con nessuno. Scopo, mi diverto, faccio festa e controllo, ma non frequento." Incrociai le braccia sul mio petto e guardai il giardino e l'auto, che sembrava totalmente fuori posto.

"Allora dimmi, signore, cos'è di tuo gusto?" Shilo sollevò un sopracciglio, guardandomi, e io aprii la bocca per poi richiuderla. "Ma lo sai? A rischio d'insultarti, non sono sicuro che ti sia data l'opportunità di sapere che cosa o chi ti piacerebbe su questa Terra."

"Perché dovrei?"

Shilo sospirò, per poi tornare a guardarmi. "Signore, vorrei solo che trovassi la vera felicità. Come tu stesso hai detto, la ricchezza è divertente, ma ti porta la pace?"

Non riuscii a rispondere e distolsi lo sguardo. "Coraggio. Faremmo meglio ad andare. Non c'è motivo per sprecare tempo in questa stupida impresa."

"Signore."

"Shilo, non voglio più sentirti blaterare di queste sciocchezze relative all'apprezzamento degli umani. Lei mi affascina perché non ho percepito avarizia nel suo cuore. Volevo soltanto sapere perché." Mi giustificai, ma non sapevo chi stava provando a convincere, se me stesso o Shilo.

Quest'ultimo sospirò ma annuì. "D'accordo, signore. Allora non parleremo di questo posto o della giovane Minetta."

Annuì. "Perfetto. Non lo faremo."

"Potrei darti un suggerimento prima di andare, signore?" chiese Shilo; mi fermai sugli sgretolati gradini di legno per guardarlo. "Solo per il caso in cui la vedessi, forse una rapida passeggiata qui intorno per apprendere di più su questa ragazza sarebbe una scelta saggia. Potresti scoprire delle informazioni importanti sul motivo per cui esercita un effetto così insolito su di te."

Mi grattai il mento, mentre riflettevo sulla logica di Shilo. "D'accordo, meglio essere armati di conoscenza." Salii per le scale e afferrai la maniglia della porta.

VENTI

Era seduta alla scrivania, fissando il posto che normalmente era occupato da Penny. Minetta aveva vissuto un grande cambiamento, mentre era via. Non era sicura se ciò che aveva visto in casa sua fosse reale, ma non aveva intenzione di stare tra i piedi di Penny, finché la questione non fosse stata chiarita una volta per tutte. Era difficile e certamente i sentimenti di Penny sarebbero stati feriti, ma che cosa poteva dire?

Ehi, credo che sia meglio starcene un po' ognuna per conto proprio, solo per comprendere se sei una sorta di creatura fiammeggiante che penso mi abbia salvato la vita, ma potresti essere arrivata per uccidermi, perciò, finché non avrò chiarito questa storia, mi serve una pausa? Si tratta di questo oppure ho immaginato tutto, e ora mi sento davvero strana per averti evitata. Spero che tu capisca, ok?

Penny era la sola vera amica che aveva, la persona a cui scriveva o che chiamava quando qualcosa di strano le accadeva, oppure se aveva avuto una bruta lite con James.

Persino quando aveva fatto visita a sua madre ed era andata male, c'era sempre stata Penny, che era passata a prenderla ed era stata pronta a parlare. Mentre era stata via, però, aveva ignorato tutti i cinquanta sms e messaggi telefonici che avevano riempito la sua casella postale.

Forse non aveva fatto la scelta giusta.

I programmi che utilizzava si erano appena avviati, quando ricevette la sua prima chiamata. "Nove, uno, uno, quale è l'emergenza?"

"Salve, volevo lamentarmi per un camion dei pompieri che sta bloccando la strada. Non riesco a tornare a casa. Voglio dire, so che avete un lavoro da fare, ma devono davvero occupare tutta la strada?"

"Dove si trova, signora?"

"Cinque, cinque, cinque, Lord Duffy Drive."

Collocò la strada sullo schermo, e vide che in corso c'era un brutto incendio in una casa. L'intera strada era chiusa, visto che l'incendio si era già diffuso in un'altra abitazione.

"Signora, mi dispiace, ma al momento nell'area è in corso un incendio. Non potrà proseguire, finché non sarà una zona sicura."

"Beh, non mi sta bene. Ho del cibo surgelato in auto, e devo metterlo nel congelatore, o farò causa alla città."

La linea lampeggiò con un'altra chiamata. "Signora, mi dispiace molto per questo inconveniente, ma il suo problema non è un'emergenza per il nove, uno, uno. Devo chiudere la comunicazione."

"Voglio parlare con il suo superiore!"

Ma certo, che vuoi.

"Un momento." Trasferì dunque la chiamata all'ufficio del superiore, e proseguì con la chiamata successiva.

"Nove, uno, uno. Quale è l'emergenza?"

"Ah sì, salve. Mi hanno appena sequestrato l'auto, e voglio sapere come fare a riaverla indietro."

Lei scosse il capo e si massaggiò gli occhi. "Mi dispiace, signore, questa non è una domanda o situazione d'emergenza. Chiami la società che le ha sequestrato l'auto e otterrà le risposte che cerca." Poi, riagganciò e pigiò il pulsante della telefonata seguente.

"Nove, uno, uno. Quale è l'emergenza?"

"Um, sì. Salve, ho bisogno d'aiuto."

"D'accordo signore, per cosa le serve aiuto?"

Ci fu una lunga pausa, e lei sentì una voce femminile in sottofondo, che incoraggiava l'uomo a rispondere alla domanda. "Ho una salsiccia estiva dentro di me," gemette l'uomo, mentre le dita di Minetta cessarono di digitare.

"Mi scusi, ha appena detto di avere una..."

"Sì, è così, e fa male. È entrata tutta dentro. Il mio culo ha letteralmente mangiato la salsiccia."

"Quindi, mi sta dicendo che ha una grossa salsiccia nel didietro?" Uno degli altri colleghi scoppiò a ridere, e Minetta dovette coprirsi la bocca per non fare altrettanto.

"Sì, mia moglie l'ha comprata perché è della grandezza del mio avambraccio. Ha detto che sarebbe stato bello, e sarebbe andata bene, perché aveva un filo. Ma è entrata così in fretta, e ha risucchiato il filo, direttamente dal dito. Devo tirarla fuori, è piccante e sta iniziando a bruciare." Lei si morse il labbro per non ridere.

"Invio subito un'ambulanza, signore. Qual è il suo indirizzo?"

"No, non posso permettere che arrivino qui. Non voglio che i miei vicini lo scoprano. Non può aiutarmi?"

"Mi dispiace signore. Come vorrebbe che l'assistessi per farle estrarre la salsiccia dal didietro?" Dovette mordersi di nuovo il labbro per mantenere un'espressione seria.

"Non dispone di istruzioni o qualcosa del genere?"

"Mi dispiace signore. Non siamo addestrati per affrontare una simile situazione." Si coprì la bocca, mentre altre persone che stavano ascoltando la conversazione iniziarono a ridere nell'ufficio. Lei digitò l'oggetto estraneo bloccato nel retto, una salsiccia, sul suo schermo e voleva davvero vedere l'espressione sui volti dei paramedici una volta visualizzata la chiamata. Purtroppo, non era la prima volta che riceveva una chiamata relativa a un oggetto particolare incastrato nel retto di qualcuno. "Signore, dovrà andare in ospedale, oppure dovrà arrivare un'ambulanza a portarcela. Perciò la prego, quale è il suo indirizzo?"

Improvvisamente, si sentì un forte rumore e Minetta sussultò realizzando che si trattava di un aspirapolvere. "Signore, che cosa sta facendo?"

"Mia moglie dice che dovremmo provare con l'aspirapolvere. Ahhh, merda, fa male. Si sta spostando. Riesci a prenderla? Ecco, afferra la salsiccia, tesoro. Cazzo, tirala più forte."

"Signore, per favore non mi dica che sua moglie le ha infilato l'aspirapolvere nel retto," chiese, con voce sibilante. Dovette impostare sul muto, visto che non riusciva a trattenere più la risata. Si strinse lo stomaco, mentre le lacrime le scendevano sulle guance.

"Si sta muovendo. Cazzo, sì, sì, si sta ancora spostando, riesci a vederla?" L'uomo sospirò rumorosamente nell'orecchio di Minetta, e lei non era sicura che fosse per il sollievo o il piacere. "Crisi evitata, è fuori," disse l'uomo. "La ringrazio, ma non mi serve un'ambulanza."

"Le consiglierei di farsi visitare per verificare che sia tutto a posto, signore."

"Sto bene adesso, sono soltanto un po' accaldato."

"Buona giornata, signore." Riagganciò e dovette afferrare il bordo della scrivania per dare sfogo alle sue risate; faticò a riprendere il controllo. Sì, sarebbe stata una di quelle giornate.

Non si era sbagliata. Alla fine del turno, era ufficialmente preoccupata per l'umanità e per la sua sanità mentale. Sarebbe stato un mucchio di guai per tutti se la gente che chiamava si fosse candidata alle elezioni e avesse guidato il paese in futuro. Prese dunque il cellulare per scrivere a Penny, e dirle dell'episodio della salsiccia, ma le dita si immobilizzarono, mentre fissava le notifiche dei cinquanta messaggi ricevuti e non letti.

Quando spense il computer, il cellulare indicò la ricezione di un messaggio.

Ciao bella, mi chiedevo se ti andasse quel caffè.

Stette a fissare quel messaggio privo di mittente; non aveva davvero idea di chi potesse essere. Non si degnò nemmeno di rispondere, immaginando che si trattasse quasi sicuramente di uno scammer o di un numero sbagliato. Il cellulare suonò di nuovo e, gemendo, aprì dunque il messaggio.

Per favore, non dirmi che ti sei già dimenticata di me. Quanti uomini ti salvano da veicoli fuori controllo?

Il battito del suo cuore prese ad accelerare un po', quando riconobbe di chi si trattava. Michael. Un sorriso si allargò lentamente sul suo volto. Non avendo più sentito nulla da lui, aveva presunto di averlo spaventato.

Provo a farmi salvare soltanto una volta al mese. Sarebbe troppo faticoso ricordare altri nomi di cavalieri bianchi dall'armatura splendente oltre ai dodici in un anno.

LOL! Per quel caffè, saresti interessata?

Lei si morse il labbro. Aveva appena rotto con James dopo ben nove anni di relazione. C'erano stati alti e bassi, eppure erano rimasti insieme. D'altro canto, doveva uscire da lì. E, inoltre, quante volte un uomo come lui entrava nella vita di una ragazza?

Ok, vada per il caffè, quando e dove?

Che ne dici di adesso? Per caso mi trovo in zona per lavoro e potremmo vederci al Café Salvation, dietro l'angolo dall'edificio in cui lavori.

Ci era stata soltanto una volta, perché i prezzi erano fuori dal mondo, ma poteva fare una follia con lui.

Ok, indosso ancora i vestiti da lavoro, però.

Purché non si inzuppino di nuovo, ci sto. Sebbene sembrassi davvero deliziosa con quel look da Miss maglietta bagnata. Era molto deconcentrante.

Sentì il calore fin sopra al collo, e fece un respiro profondo, il sorriso apparve ancora una volta sul suo viso.

Mi dispiace, non succederà più.

Che peccato, speravo davvero si ripetesse a un certo punto.

LOL!

Scusa forse sono stato un po' troppo sfacciato. Ti ho spaventata?

Per niente, ci vediamo tra cinque minuti.

L'ascensore non sembrava muoversi abbastanza in fretta.

Le porte si aprirono e uscirono alcuni colleghi del turno successivo, che stavano per mettersi al lavoro. Penny era tra loro. Il suo sguardo e quello di Minetta s'incrociarono, passando l'una davanti all'altra. Lei sembrava la solita donna sorridente, con i capelli raccolti nel solito chignon. Il che la fece sentire solo più folle.

"Ehi tu, mi fermerei a chiacchierare, ma sono in ritardo. Ci vediamo dopo, Minny. Dobbiamo recuperare." Penny sorrise, mentre le porte si richiudevano. Minetta le fissò finché non si riaprirono, ed entrarono altre persone.

Si era aspettata di provare timore al rivedere Penny, e invece... si sentiva del tutto normale. Che cosa diavolo aveva di sbagliato?

Scacciando l'amica dalla mente, uscì dalle porte principali e svoltò l'angolo.

È solo un caffè, non agitarti.

Si fece coraggio, aprendo la porta del vivace locale alla moda, dove la musica era troppo forte e i clienti esclusivi. Il profumo era delizioso.

Minetta fece un respiro profondo, aspirando il ricco aroma di caffè che si sposava alla perfezione con il rumore delle macchine per l'espresso all'opera. Alcune ragazze era appoggiate all'isola, dove si potevano alterare i drink, ma i loro erano ancora intatti e fissavano in fondo alla sala.

Seguendo il loro sguardo, trovò Michael seduto nell'angolo, intento a fissare il proprio cellulare. Spostò lo sguardo dall'oggetto, come se si fosse accorto di lei e allargò il sorriso, facendole accelerare il battito del cuore. Lei sollevò la mano in un goffo cenno di saluto, e poi tornò a guardare la parte anteriore del caffè, mentre la fila avanzava.

Troppo per non comportarsi in modo strano.

"Ci penso io," disse, dietro di lei, facendola saltare.

"No davvero, ci penso io, Devo ripagarti per la tua gentilezza."

"Sciocchezze. Vediamo. Tu sei una ragazza da cioccolato, tè chai, latte, mezzo dolcificante ma due porzioni di panna."

La bocca di Minetta si spalancò, mentre lui diceva esattamente ciò che stava pensando di ordinare. "Come ci sei riuscito?"

"Sono nel campo delle negoziazioni, ricordi? Sono bravo a interpretare le persone. I tuoi occhi erano puntati sullo special di oggi." Michael le fece l'occhiolino e poi si allungò per dare i loro ordini al barista. "Dimmi di te, Minetta. Che cosa fai per divertirti?" chiese Michael, mentre si recavano al loro tavolo, che lui stesso aveva occupato poc'anzi. Era scioccante che nessuno lo avesse occupato in sua assenza.

"Temo di non avere una vita molto eccitante. Mi piacciono lo yoga e i libri. Amo portare in giro il mio cane. Oh, e sono una volontaria ad ogni sorta di eventi."

"Come questo?" Michael girò il cellulare, e mostrò una foto della raccolta fondi per cui aveva fatto da volontaria poco tempo prima.

"Sì, a dire il vero, ci sono stata."

"È stato davvero bello che l'Avidity Enterprises abbia destinato una tale somma alla causa."

"Davvero? Non lo sapevo. A dire il vero, non conosco nemmeno la società."

Sorseggiò la bevanda calda e gemette un po'. C'era una ragione, se quello era il caffè più costoso e popolare della zona.

"Si trova in quel nuovo alto edificio nero con il vetro nero argenteo e riflettente," aggiunse Michael, e poi sorseggiò il suo cappuccino.

"Conosco l'edificio, ma hanno dato oltre duecentomila dollari al banco alimentare." Lei quasi si affogò con il suo latte macchiato.

"Dici sul serio? È incredibile. Così nutriranno tante persone."

Poi, allargò il sorriso, pensando a tutte le famiglie che potevano essere aiutate tramite quella donazione.

"Lo so, ecco perché è tremendo che nessuno abbia riconosciuto la società per la sua generosità. Cose del genere possono far sì che una società non voglia ripetere un simile gesto in futuro. Sai che potrebbe sentirsi come non apprezzata."

"Non ci avevo pensato. Accidenti." L'espressione sul volto di Minetta s'incupì, al pensiero che tale donazione generosa non si ripetesse, perché qualcuno aveva dimenticato di ringraziare la società.

"Dai, ora cambiamo argomento, dimmi altro di te." Michael restò ad ascoltarla, sembrando pendere dalle sue labbra. Che volesse o meno risultare educato, questo lei non poteva dirlo, ma era bello avere una conversazione con un uomo che non la trattava come una serva personale.

"Sono cresciuta in una piccola cittadina del paese, ma ho sempre voluto venire nella grande città e mi sono innamorata del mio lavoro, ed eccoci qua."

Michael ricevette una notifica sul cellulare, e poi diede un'occhiata al proprio orologio. "Accidenti, devo andare. Ho una riunione sul tardi stasera. Mi piacerebbe molto poter continuare dove ci siamo interrotti, che ne dici di andare a cena? Ho un'altra riunione domani, ma che ne pensi di giovedì sera?" Lui sorrise di nuovo, e lei fu certa di aver sentito ogni donna e alcuni uomini sospirare.

"Mi piacerebbe."

L'accompagnò fuori, ma prima di andarsene, le prese la mano nella sua e baciò il dorso. "Non vedo l'ora sia giovedì, Minny. Non ti dispiace se ti chiamo così, vero?"

"No, fai pure, tutti i miei amici..." Poi si fermò, impedendosi di ripetere la stessa frase come un disco rotto. "Sì, puoi chiamarmi Minny."

L'uomo si avviò per la strada con il suo completo casual da lavoro che gli avvolgeva culo e spalle, dandole una vera splendida vista.

"Oh merda, a cena," mormorò. "Mi serve qualcosa da mettermi."

Grandioso, l'indomani avrebbe avuto due commissioni da sbrigare dopo il lavoro.

VENTUNO

La giornata lavorativa terminò più o meno come quella precedente: vide di nuovo Penny e, proprio come il giorno prima, si comportò come se non ci fosse alcunché di strano tra loro. Minetta stava davvero iniziando a chiedersi se l'intera faccenda della creatura fosse stata generata da una mancanza di sonno, forse un piccolo colpo di calore, o persino lo stress per la faccenda di James. In realtà, era piacevolmente sorpresa che lui non avesse provato a supplicarla di tornare, come ogni singola volta che si erano lasciati. Lei non era affatto dell'umore per affrontare la questione.

Arrivò in strada, a ritirare l'ordine dei fiori di cioccolato e gli spiedini di frutta fresca. La composizione era splendida, esattamente ciò che avrebbe reso perfetto un regalo di ringraziamento. Fischiettò mentre percorreva il resto del tragitto fino all'alto edificio nero che Michael aveva menzionato. Le porte si aprirono automaticamente, garantendole l'accesso senza doversi fermare. La lobby era la più grande che avesse mai visto e, per il modo in cui l'edificio era stato progettato, era possibile stare nel mezzo e sollevare lo sguardo fino a vedere il cielo fuori dagli enormi pannelli di vetro in cima. Era come se l'edificio fosse bucato al centro come una mela.

Ogni elemento era decorato in nero e oro con sfumature dai toni sabbia; lei non aveva mai visto niente di così sfarzoso. Improvvisamente, si sentì fuori luogo nei suoi pantaloni semplici da lavoro e la camicia di cotone dell'uniforme, mentre uomini e donne passavano indossando outfit più costosi di quanto lei potesse permettersi.

Minetta si recò alla reception, e tutto il personale di quell'area era impegnato come accadeva al call center del 911 in una giornata folle.

"Posso aiutarla?" Chiese una ragazza dietro il banco, mentre pigiava sulla tastiera del grande telefono e al contempo usava il mouse.

"Sì, volevo lasciare questo..."

"Oh un attimo, che giorno è?" Guardò lo schermo. "È mercoledì. Mi dispiace, prenda l'ascensore sei fino all'ultimo piano. Sono tutti lassù."

"L'ultimo piano, ma io..."

"Mi spiace, è di là." Indicò dietro di lei. "Devo rispondere a questa chiamata. Avidity Enterprises, a chi posso indirizzare la chiamata?"

Decidendo di fare come le aveva detto, raggiunse l'ascensore sei e schiacciò il pulsante dell'ultimo piano. Sembrò appropriato che i dirigenti della società avessero i propri uffici proprio a quel piano.

Lei afferrò la sbarra all'interno, mentre lo stomaco sobbalzava per l'improvviso sbandare, mentre l'ascensore scattava come un proiettile. Se l'inizio era stato brutto, allora quando l'ascensore si fermò fu peggio. Le sembrò di strisciare fuori, mentre le gambe tremavano e lo stomaco era sottosopra.

Minetta guardò fuori dall'ascensore e poi andò a destra. C'era una parete di finestre che si affacciava sulla città ma, a sinistra, c'era un'altra scrivania raffinata. Si avvicinò, ma non c'era nessuno seduto dietro. Sentiva parlare, e decise di seguire quelle voci. Svoltò all'angolo alla fine del corridoio, e quasi si scontrò con una ragazza appoggiata contro la parete.

"Oh, chiedo scusa," disse.

"Anche lei è qui per vedere il signor Rhodes?"

"Direi di sì. Questo è per lui." Sollevò il cesto.

"Riferisca a chiunque sia davanti nella fila che è qui per consegnarlo." Indicò la parte anteriore di una fila molto lunga di donne. "Da quella parte, non si arrabbieranno."

"Grazie." Quello era uno strano commento, ma scrollò le spalle e proseguì con la sua missione. Minetta diede un'occhiata alle donne, mentre passava davanti alla lunga fila. Nessuna di loro sorrise o la salutò. Sembrava piuttosto che avrebbero voluto squarciarle la gola, e dovette domandarsi quale fosse il loro problema. Sollevò il cesto come uno scudo e si tenne quanto più distante possibile. Non aveva idea di quanto stesse accadendo, ma immaginò che avesse a che fare con del lavoro.

Raggiungendo la parte iniziale della fila, sorrise alla ragazza posizionata lì. "Ciao, devo solo consegnare questo," disse, ricordando l'avvertimento dell'altra ragazza.

La graziosa biondina annuì e si fece da parte. Non appena mise piede oltre la soglia, seppe che qualcosa non andava. La stanza assomigliava a un soggiorno dotato di bar, quattro sedie in pelle riempivano il centro della stanza, circondando un grande tavolo da caffè nel mezzo, ma non era questo ad aver attirato la sua attenzione. Due grosse guardie se ne stavano come statue davanti ad una porta semiaperta, ma, dai suoni che venivano fuori, lei poté giurare che qualcuno stava facendo sesso. E non semplice sesso, ma sesso sfrenato che faceva gemere forte qualcuno.

Uno strano formicolio le si diffuse in tutto il corpo, perciò si massaggiò le braccia. Ma nemmeno quella sensazione avrebbe potuto prepararla per la scena che le si presentò davanti, quando la porta leggermente aperta finì con lo spalancarsi.

"La prossima!" gridò una voce maschile.

Quattro donne che tenevano in mano una pila di vestiti uscirono, ma c'era ancora un'altra piegata su una scrivania, mentre un uomo la stava penetrando da dietro. Il cesto le cadde dalle mani, e l'uomo girò la testa e la guardò.

Era lui. L'uomo dagli occhi ambrati. I loro sguardi s'incrociarono, mentre lo strano formicolio eruppe nel petto di Minetta, facendo battere forte il suo cuore. La donna se ne stette lì un momento più lungo di quanto fosse appropriato, e la sua mente andò in subbuglio, mentre provava a dare un significato a quello cui stava assistendo.

Il suo cervello si mise in moto e cadde in preda all'imbarazzo, mentre correva verso la porta, dimenticando il cesto. Superò velocemente la fila di donne che la fissarono, mentre scappava come un coniglio. Il suo dito premette sul tasto dell'ascensore; avrebbe voluto che quel posto non fosse così incredibilmente alto, in modo da non dover prendere le scale.

"Minetta!" Si sentì chiamare. Non aveva idea di come quell'uomo facesse a conoscere il suo nome, ma fortunatamente le porte dell'ascensore si aprirono, e lei ci saltò dentro, il pulsante emise dei clic, mentre continuava a premerlo, diretta al piano terra. In quel momento, fu grata che l'ascensore fosse come un missile. Uscendo dallo spazio limitato, corse verso le porte principali d'uscita. Rabbia, umiliazione e un'emozione che non aveva alcun senso le bruciava dentro. Ora, aveva assolutamente senso che si fosse sdraiata a letto nell'ultima settimana e fantasticato su di lui, perché non avrebbe potuto scegliere un brav'uomo, nemmeno se fosse stato l'unico all'interno della stanza.

Perché era una calamita per stronzi?

Perché non mi vuoi? Dovresti volermi.

Le sue parole riecheggiarono nella sua mente.

Al diavolo il signor Rhodes, certamente non lo voleva.

"*Minetta!*" gridai, ma tra la posizione comprometente in cui mi ero trovato, e la fila di ragazze che mi bloccavano rapidamente la strada, mentre toccavano il mio corpo, ero stato incapace di raggiungerla prima che entrasse in ascensore. Lo sguardo nei suoi occhi... perché mi preoccupava?

"Merda," ringhiai. "Adesso uscite tutte!"

Le ragazze corsero verso la porta, mentre le guardie grugnivano e radunavano quelle che si dimostravano testarde. Mentre proseguivano lungo il corridoio, mi ricordarono un'infestazione di topi che fuggivano da un disinfestatore.

Com'era potuto succedere? E peggio ancora, perché ero preoccupato che lei mi avesse visto in quel modo? Infastidito, mi avvicinai a ciò che era caduto dalle mani di Minetta. Chinandomi, raccolsi il grande cesto di frutta e quelli che sembravano fiori di cioccolato rotti, dal pavimento. Strappando il bigliettino dalla plastica, lo aprii.

Grazie.

La sua gentilezza e generosità sono davvero apprezzate. So che migliaia di persone saranno influenzate positivamente dalla sua donazione, e volevo solo dirle quanto signifchi per tutti noi volontari al Banco Alimentare, ma soprattutto per me.

La prego di accettare questo simbolo del nostro ringraziamento.

Minetta

"Quale cazzo di donazione?"

"Quella che ho fatto."

La mia schiena si drizzò, una smorfia di sdegno sulle mie labbra, trovandomi dinnanzi a Michael.

Mio fratello era appoggiato alla porta, sembrando compiaciuto, così come lo avevo sempre visto. Aveva le braccia incrociate sul petto, un sorriso sulle labbra, sfidandomi.

"Mi chiedevo quando ti saresti fatto vedere. Avevo sentito che stavi ficcanasando in giro."

"Ah, la proverbiale vite," parlò biascicando Michael, e non potei fare altro che immaginare di strappargli la testa dal corpo.

"Sei come uno scarafaggio, Michael. Mi hai scacciato dal Paradiso, eppure non riesci a starmi lontano." Poggiai il cesto sul tavolo e mi misi alla ricerca di qualcosa di forte da bere.

"Che cosa posso dire? Mi manchi."

"Beh, forse avresti dovuto pensarci prima di tradirmi." Lo guardai, alzando lo sguardo alle mie spalle, e mi versai del brandy invecchiato.

"Specialmente perché non ho fatto niente di male."

"Riserviamo la questione a un'altra sera, ho un impegno, ma volevo passare a salutarti. Per farti sapere che sono in città per un po'."

"Sei così pieno di te. Non fai mai niente senza programmarlo prima. Allora, dimmi fratello, che cosa vuoi da me, e che cosa ha a che fare questo con quella ragazza?" Mi appoggiai contro il piccolo bar nell'angolo, fulminando con lo sguardo Michael.

"Non voglio niente da te, fratello. Volevo semplicemente sapere come stavi. Per quanto riguarda la ragazza ..." Michael scrollò le spalle. "Sembra interessante, è davvero unica nel suo genere. Mi fa ridere, e beh... intendo portarla a cena domani e poi vedere dove ci condurrà la serata. Sono sicuro di non doverti dire che cosa intendo." Michael sorrise, mostrando i denti bianchissimi.

La mano mi si congelò quando il bicchiere toccò le mie labbra. "In che senso sei interessato a lei? Trattandosi di te, potrebbe trattarsi di amicizia e lei finirà per morire. C'è ampio spazio di manovra."

"Oh, smettila, intendo esattamente quello che sembra, fratello." Michael mi fece l'occhiolino. "E, per quanto concerne la donazione, volevo soltanto essere gentile. Volevo donare, e in questo modo, tutti penseranno che la tua società si è dimostrata estremamente generosa, e non hai dovuto cedere un singolo centesimo. Una fantastica pubblicità, è vantaggioso per entrambi."

"La mia società è già la migliore."

"Forse, ma ora la gente che non ha mai sentito parlare di te, conoscerà il nome della società."

"La mia società non ha bisogno del tuo aiuto, e non voglio che tu veda Minetta," dissi, e mi presi a calci mentalmente per la mia lingua lunga. Regola numero uno con Michael, non fargli sapere che può arrivare a te. Ma il pensiero delle sue mani sul suo corpo, le sue labbra su quelle di lei, era sufficiente per far venire voglia di uccidere a un peccato.

"Ma perché tieni a questa semplice ragazza? Credevo odiassi tutti gli umani e avere a che fare con loro, tranne che per il loro denaro, naturalmente," Michael inclinò il capo, come se fosse un fottuto uccello che mi analizzava. Odiavo quello sguardo. Odiavo tutto di lui.

"Li odio."

"Allora, le cose stanno così. Non dovrebbe essere un problema. Le offrirò del vino, la cena e vedrò dove andremo a finire. Ha proprio l'aria di essere una vera gatta selvatica a letto. Non credi? Sono sempre le acque quiete quelle da cui tenersi alla larga."

Di nuovo ebbi la voglia di strappargli la testa dal collo. Come osava mettere piede nel mio edificio! E ora stava minacciando di scoparsi la mia ragazza. Mia!

Non la sua, non di nessun altro, la mia.

"Sta' lontano da Minetta!" Puntai il dito contro mio fratello, avanzando di un passo minacciosamente verso di lui.

"Il gentiluomo protesta troppo, immagino."

"Non citarmi quella merda, tu coglione alato. Sta' lontano da Minetta. Dico sul serio, non ha bisogno di quelli come te che le incasinino la testa. Sappiamo entrambi che non sei davvero interessato a lei. Se le ronzi intorno, allora intendi ferirla o usarla come pedina in uno dei tuoi giochi."

"Perciò, la tua versione di incasinarle la testa sarebbe accettabile? Scopare migliaia di ragazze davanti ai suoi occhi, e poi gettarla via come spazzatura sarebbe considerato giusto? Quella scopata emotiva e mentale è accettabile? Interessante, fratello. Come distingui ciò che è giusto da ciò che è sbagliato per te è intrigante, per usare un eufemismo."

"Non m'importa quello che pensi di me, ma ti avverto, sta' lontano da lei." Michael sollevò le mani e un'espressione beffarda si disegnò sul suo volto, come se avesse paura. "Immagino che così abbia parlato il grande Mammon. Un vero peccato che io non debba rispondere a te e sia libero di fare quello che voglio. E poi, pensi davvero che lei vorrà avere qualcosa a che fare con te dopo quello che ha visto? Sii realistico, fratello. Quella non vorrà mai qualcuno come te. Vinco di nuovo. Ci vediamo in giro. Devo organizzare la grande serata, e voglio assicurarmi che sia indimenticabile per lei."

Michael uscì, e non potei impedire al mio petto di gonfiarsi con un potente miscuglio di folle rabbia, gelosia e bisogno di avere Minetta tutta per me. Michael pensava di avere vinto. Lo aveva fatto. In qualche modo, sapeva che ero interessato alla ragazza, e mi avrebbe manipolato in modo che non avessi alcuna possibilità.

"Non esattamente celestiale," gridai verso il soffitto. "Tu fottuto angelo ipocrita!"

A Michael non fotteva niente e non si puliva il culo angelico senza l'approvazione di mio Padre, quindi, se era qui per sfidarmi, non mi conosceva bene quanto credeva. Io non perdo. Non perdo mai. La ragazza sarebbe stata mia.

VENTIDUE

Minetta uscì dal centro commerciale con la borsa della spesa. Aveva acquistato un semplice vestito nero e alcune nuove camicie e pantaloni adatti per il lavoro.

Mentre camminava per la strada, dirigendosi al garage del parcheggio, diede un'occhiata all'ora e si accorse di dover tornare a casa da Toby. Si fermò, fissando il vecchio edificio dall'altra parte della strada.

Oltrepassando l'incrocio, corse fino ai gradini posti sulla parte anteriore, incapace di fermarsi. Era come se l'edificio custodisse ogni sorta di segreto, e le risposte che cercava si trovassero al suo interno.

Correndo per le scale, aprì le grandi porte ed entrò nella biblioteca.

"Oh cielo," sussurrò fissando i numerosi scaffali. C'era una piccola zona ristoro, e lei andò a sedersi al computer.

Le dita si poggiarono sulla tastiera, mentre pensava a che cosa digitare.

Finalmente, inserì le parole demoni, creature mitiche, folclore, e demenza nella barra di ricerca. Il suono del clic del mouse mentre lei eseguiva la ricerca le riecheggiò nelle orecchie.

Che cosa stava facendo? Era una follia. Aveva perso il conto di quante volte aveva pronunciato quelle parole o pensato ad esse nelle ultime due settimane. La rotella si fermò, e si ritrovò dinnanzi a centinaia di opzioni differenti.

"Oh mamma mia." Trascrisse rapidamente il corridoio e le file e uscì.

Per due volte andò a vuoto ma, alla fine, trovò quello che cercava nell'angolo più remoto al secondo livello. Fece scorrere il dito sui dorsi, leggendo tutti i titoli su un argomento a cui non aveva mai pensato, fino a un paio di settimane prima.

Demoni, Diavoli, e le Loro Differenze

Dal principio ai giorni nostri. Una completa ripartizione della storia umana e degli angeli e demoni che camminano in mezzo a noi.

C'erano troppi volumi tra cui scegliere, perciò tornò indietro, con uno sguardo un po' interdetto. Aveva poco tempo a disposizione, perciò decise di iniziare dal principio del corridoio e, se non avesse trovato ciò che cercava, avrebbe trovato il libro e continuato semplicemente a cercare, proseguendo. Avanzando in punta di piedi, riuscì a malapena a raggiungere l'inizio della sezione. La mano avvolse il primo dorso e, quando lo tirò via, sentì un suono alle sue spalle.

Sobbalzando, si voltò, con il libro in mano, ma non trovò nessuno dietro di sé. Con il cuore in gola, si chinò a cercare sullo scaffale, passando alla fila seguente. Nulla si mosse, mentre i suoi occhi scrutavano lo spazio. Poi, diede un'occhiata dietro l'angolo del lungo scaffale. Lo stretto corridoio era buio e vuoto. Il buio era soltanto il buio.

Scuotendo la testa, afferrò i successici due volumi che assomigliavano più ad enciclopedie, visto il loro spessore. Lo strano suono si manifestò di nuovo, e le si rizzarono i peli dietro al collo, mentre un brivido le scendeva lungo la spina dorsale. Non si mosse. Respirò a malapena, mentre ascoltava il suono che assomigliava al verso che producevano i raptor nel film Jurassic Park.

Se c'era un fottuto dinosauro nella biblioteca, lei non voleva saperlo e basta. Si sarebbe avvolta nell'asciugamano bianco della sua sanità mentale. Leccandosi le labbra, guardò le strane luci enormi, che ronzarono e si oscurarono per un istante. "Basta, me ne vado," disse e si allontanò.

È solo un vecchio edificio, niente di più.

S'incamminò verso il livello inferiore, dove fece un respiro profondo, mentre la paura che l'aveva colta al piano superiore, svanì.

Passando all'ultima meta, trovò la sezione medica e afferrò il testo *Malattie Mentali,* dallo scaffale. Aggiungendolo agli altri volumi, andò al banco.

"Che combinazione interessante," commentò la donna dietro il banco, mentre prendeva i vari volumi. Aveva l'aspetto tipico di una bibliotecaria. Capelli grigi acconciati in un serioso chignon sulla testa, che le ricordavano Penny —- occhiali con una catenella avvolta intorno al collo, un vestito semplice e un caldo cardigan.

"Sì, sto facendo delle ricerche," disse Minetta e sorrise.

"Capisco. Beh, se sta cercando informazioni su leggende oscure, allora le servirà questo libro." La bibliotecaria camminò verso lo scaffale delle restituzioni e tirò fuori un altro libro. "È fortunata. Lo hanno appena restituito."

"Questo è un argomento popolare?" Era affascinata di sapere che non solo esistevano centinaia di volumi relativi all'argomento, ma che attualmente la gente li stava leggendo. Non era per caso l'unica persona che aveva vissuto delle esperienze strane ed era in cerca di risposte?

"Oh santo cielo, sì, le persone sono sempre state affascinate dall'inspiegabile. Oltre alla sezione dei romanzi rosa, sono questi i testi che vengono maggiormente presi in prestito."

"Wow, non ne avevo idea." Estrasse la sua carta della biblioteca e la diede alla bibliotecaria, così che la scansionasse.

"Stava cercando qualcosa di specifico?" chiese la bibliotecaria, mentre scansionava i libri nel sistema del suo computer.

"Non ne sono ancora sicura. Ha mai sentito parlare di una creatura in grado di portare un gran freddo all'interno di una stanza, e sembrare tanto pallida da apparire quasi traslucida, dotata di occhi neri, un viso talmente schiacciato come quello di un carlino, ma molto più spaventoso, con artigli come unghie?" chiese e poi fece un respiro. "Oh, e una coda davvero molto lunga come quella di uno scorpione." Poi fece una pausa, mentre la bibliotecaria la guardava da dietro gli occhiali che indossava. "Era un sogno dopo aver visto un film dell'orrore," disse e poi si schiarì la voce, quando si rese conto come la sua descrizione dovesse essere sembrata alle orecchie dell'anziana.

La bibliotecaria rimase a fissarla e sbatté le palpebre. Per un istante, pensò che la donna stesse per confermare che lei era pazza e doveva andarsene immediatamente dalla biblioteca. Invece, disse qualcosa che Minetta non si sarebbe aspettata.

"Sembra un demone di ghiaccio. Non sono noti da queste parti, intendiamoci. Il loro mito è collegato soprattutto a zone fredde, come può immaginare. Il loro nome mi sfugge, ma lo troverà in questo libro." Lei toccò quello che era l'ultimo libro aggiunto alla sua pila.

"Davvero? Perciò lei crede in queste cose?" domandò Minetta, con la voce ridotta a un leggero sussurro.

La donna si tolse gli occhiali, che pendevano dalla catenella intorno al collo. "Mia cara, questo è un grande vecchio mondo che contiene tante cose che non siamo in grado di spiegare, che va dalla vita sugli altri pianeti all'antica battaglia della nascita dell'umanità. Vedrà che ci saranno sempre scienza e religione che cozzano l'una contro l'altra, ma penso che sia importante apprendere da entrambe. Non si può credere al Diavolo, semplicemente perché credi nella scienza? Capisce ciò che intendo?"

"Penso di sì."

"Lasci che le spieghi meglio. Ha mai avuto un momento in cui ha pensato, non so, l'ho già fatto prima, o ho già incontrato questa persona, ma non riesce a ricordare dove? Oppure, il modo in cui ha percepito una presenza intorno a lei, forse si tratta di qualcuno che è morto, a cui voleva bene?"

"Sì," rispose, e tremò, ricordando la sensazione che aveva avuto per settimane dopo la morte di suo padre. Percepiva la sua presenza nella sua stanza di notte, mentre la osservava piangere.

"E che spiegazione riesce a dare? Cioè, come ha fatto a decidere che non si trattava di niente?"

Minetta si morse il labbro e pensò a tutte le volte, dalla morte del padre, in cui aveva pensato di sentirlo intorno a sé, come se stesse ancora vegliando su di lei.

"Immagino di aver pensato che si trattasse soltanto della mia mente che mi ingannava. Quando mio padre è morto, lo volevo così tanto indietro, che ho pensato che la mia mente credesse soltanto che fosse ancora con me per un meccanismo di reazione. Mi mancava e ho immaginato che la sensazione fosse un mio modo per sentirlo ancora vicino." Lei scrollò le spalle. "Questo deve sembrarle assurdo."

"Niente affatto, mia cara, ma se lui stesse davvero vegliando su di lei? Ti renderebbe felice o ti spaventerebbe?"

Minetta si appoggiò alla scrivania della bibliotecaria, e non seppe come rispondere alla domanda. L'idea che suo padre fosse ancora accanto a lei, era ciò che aveva sempre voluto ma, se stava davvero vegliando su di lei, allora cos'altro era lì fuori che non riusciva a spiegare?

"Non saprei," rispose sinceramente.

L'anziana sorrise e tornò a indossare gli occhiali. "Credo che conosca le risposte alle domande che cerca."

"Davvero?"

"Sì, mia cara, proprio così. Il problema è che non sei pronta ad affrontare la realtà delle risposte nel tuo cuore o mente. Ecco a te." La donna le allungò il sacchetto con i libri.

"Grazie."

Minetta oltrepassò le porte, sentendosi più confusa di quando era entrata. Se davvero esistevano cose come questo presunto demone del ghiaccio, che non potevano essere spiegate, allora ciò significava che doveva riconsiderare tutti gli eventi strani che le erano successi nella sua intera vita.

Tornò a guardare l'edificio, e pensò di aver visto un'ombra che la guardava dalla finestra in alto, ma quando sbatté le palpebre, questa era sparita.

VENTITRÉ

Minetta si tolse le cuffie dalla testa e le agganciò sullo schermo del monitor. Era stata un'altra giornata strana, ricca di persone intente a fare cose a se stesse o agli altri, che le facevano scuotere la testa. Non fu d'aiuto che tutto ciò a cui riusciva a pensare fossero i libri, che l'avevano tenuta sveglia tutta la notte. Quello era stato un errore.

Miriadi di demoni e diavoli differenti. Non conosceva nemmeno la differenza. Aveva sempre pensato che ci fosse un solo diavolo, l'arcangelo che era stato cacciato dal Paradiso, Lucifero. Aveva finito con accendere ogni singola luce in casa, e anche delle candele, per ogni eventualità, indossando lo scialle che sua madre aveva realizzato per lei. Aveva bevuto il suo tè e si era accoccolata sul divano, iniziando a leggere.

Trovò proprio il demone del ghiaccio. Era terrificante quanto l'immagine disegnata somigliasse all'essere che aveva provato a ucciderla in casa sua. Sì, stava formulando l'idea che l'intero incidente fosse davvero accaduto. La domanda era, che cosa voleva da lei? Stando a quanto lesse, a quanto pareva, per buona parte, nonostante il loro aspetto aggressivo, in realtà erano piuttosto docili. Come la bibliotecaria aveva menzionato, preferivano le zone dal clima freddo, per via della loro natura fredda e attaccavano soltanto quando si sentivano minacciati, oppure quando incontravano un animale come un orso polare o un'otaria in difficoltà. Difendevano gli animali più affini a loro.

Lei non era mai stata in un posto tanto freddo, a differenza della stagione invernale nella sua città, e certamente non aveva mai fatto del male a un animale. Mentre si sentiva coraggiosa, iniziò a fare una ricerca in merito alla natura della sua amica Penny. Sì, Penny restava ancora sua amica, ma poteva essere benissimo una di queste creature al contempo.

Quel pensiero le mandò in confusione il cervello, ma se avesse voluto dimostrarsi dalla mente aperta, allora quello era un buon punto da cui iniziare.

Le ci volle quasi tutta la notte ma, quando ormai il sole era sorto, la trovò, trovò Penny. C'era un'immagine di un demone maschio e femmina, che avevano fiammeggianti capelli rossi che fluttuavano intorno a loro, con una carnagione pallidissima. I loro occhi erano sempre di un arancione insolito, ma potevano assumere sembianze umane. Erano veloci e forti, e impugnavano una spada fiammeggiante come arma. Ma ciò che attirò la sua attenzione erano le loro rosse ali piumate, simbolo della loro caduta dalla grazia.

Erinni era il termine usato per descrivere gli angeli scacciati per essere caduti in tentazione. Bannati dalla loro casa, vennero trascinati all'Inferno, dove assunsero un nuovo aspetto e lottarono per adattarsi ad esso. Non erano demoni abbastanza per definirsi tali, e non potevano più tornare a casa, perciò vennero lasciati a dibattersi e vagare sulla Terra, in una sorta di purgatorio.

Minetta si alzò e prese una foto che ritraeva lei e Penny insieme. Fece scorrere il dito sull'amica, cogliendo il suo sorriso e la carnagione pallida. Si era sentita attratta da lei, come se fossero state amiche da sempre, e si fossero così ritrovate. Penny diceva di non parlare con la propria famiglia, che c'era stato un grosso litigio e che non la vedeva ormai da anni. Quella che era sembrata una semplice conversazione sulla famiglia in quel momento aveva generato ulteriori domande. Riponendo la fotografia sulla scrivania, si diresse all'ascensore, che arrivò proprio quando le porte si aprirono.

Penny era l'unica all'interno, e Minetta deglutì rumorosamente, mentre fissava il volto dell'amica. Si fissarono, e nel frattempo, lei vide Penny in casa sua a sorseggiare caffè con il solito aspetto di sempre, ma la visualizzò anche con gli occhi fiammeggianti e una potente spada.

"È vero, non è così?"

Penny non si mosse per uscire dall'ascensore, e non disse una parola. Aveva un'espressione più seria di quanto Minetta avesse mai visto.

"Ecco perché non ti sei degnata di chiedere perché cambiassi turni, controllare per vedere se volevo cenare, o non avessi risposto ai tuoi messaggi. Sapevi che ti stavo evitando, ma hai sperato che fosse solo un momento di follia, e tutto sarebbe tornato come prima. Ma non è così, giusto? Ora conosco la verità, perciò che cosa significa?"

"Entra nell'ascensore, Minny. Dobbiamo parlare, e questo non è il luogo adatto per farlo."

"Se pensi che entrerò lì da sola con te, sei pazza," rispose, e indietreggiò.

"Minny, questo non è un gioco. Entra in ascensore."

"Grazie, ma no."

"Ohhh, è un litigio tra innamorate," giunse la voce sprezzante di Jared.

"Sta' zitto, Jared!" gridarono entrambe, lei e Penny, allo stesso tempo.

In qualsiasi altro momento, avrebbero riso, oppure Penny le avrebbe dato il cinque per essersi difesa, ma non quella sera.

"E dicono che siano gli uomini il problema in ufficio. Ovviamente, questa gente non ha mai lavorato con un mucchio di donne in preda agli ormoni." Jared si allontanò prima che lei potesse esprimere un altro commento.

Che coglione.

"Devo parlare con te, Minny. È importante," disse Penny, abbassando il tono di voce stavolta. Penny allungò il braccio, per impedire che le porte si chiudessero.

"Qualunque cosa tu abbia da dirmi può aspettare. Ho un impegno importante stasera, e non ci rinuncerò per questo. Ho già passato troppe notti a interrogarmi e preoccuparmi di qualunque cosa sia successa." Salì per le scale e sentì Penny imprecare nell'ascensore.

Era scesa soltanto per due piani, quando una porta si aprì al piano sottostante, e Penny la raggiunse dalle scale. Deglutì il grumo in gola, realizzando quanto ormai fosse sola. Penny poteva ucciderla, e nessuno l'avrebbe sentita urlare. Indietreggiò di un passo, e quasi finì per cadere dalle scale.

"Sta' lontana da me," disse. Era spaventata, terrorizzata in realtà, ma, più di questo, si sentiva tradita. Penny era la sua migliore amica. Pensava che condividessero tutto, ma ormai sentiva di non conoscere più per davvero quella persona, quest'essere.

"Minny, non ti farò del male."

"Ti aspetti che ci creda?"

Lei sospirò e appoggiò le mani sui fianchi. "Ascolta, possiamo soltanto parlare? Devo spiegarti alcune cose. Corri un grave pericolo, e..."

Minetta sollevò le mani. "Basta! Non voglio ascoltarti adesso. Stasera uscirò e sembrerò decente per una volta. Intendo preoccuparmi soltanto di questo. Che tu sia una delle Erinni oppure no, a prescindere se l'essere che ho visto in casa mia sia reale oppure no, o qualunque altra cosa tu abbia da dirmi dovrà aspettare."

Penny sgranò gli occhi per lo shock. Cogliendo l'opportunità, passò davanti a Penny, ma questa le afferrò un braccio e la tenne ferma.

Minetta si sottrasse alla stretta, con il fianco che premeva dolorosamente contro la ringhiera.

"Lasciami andare," disse mentre fissava la mano che avrebbe potuto spezzarle il collo.

"D'accordo, non parleremo stasera, ma dovremo decisamente farlo. È molto importante." Penny le lasciò il braccio, e lei si accasciò per il sollievo.

"Minny?"

Penny gridò, quando l'amica raggiunse il pianerottolo successivo. Minetta si guardò indietro verso Penny, un'espressione triste sul volto. "Ti prego, non devi avere paura di me. Sono sempre io, tu sei sempre la mia migliore amica e sto davvero cercando di proteggerti."

"Come potrei crederci, Penny? Se sei quello che dici, allora tutta la nostra amicizia si è basata su una menzogna."

"Davvero? Che cosa avresti detto esattamente se ti avessi rivelato la mia vera identità? Posso dirtelo io. Che Penny è fottutamente pazza. È totalmente fuori di testa. Crede di essere un angelo caduto. Forse potrei aiutarla a farla entrare in una struttura. Forse può fare compagnia a mia madre."

Minetta soffocò un respiro. "Come osi mettere in mezzo mia madre? Quello che lei ha è reale, e... e, quello che hai fatto mi ha fatto mettere in discussione la mia stessa sanità mentale. Non è quello che fanno gli amici."

"Mi dispiace aver fatto quel commento su tua madre, ma Minny, ti ho protetta. È quello che fanno gli amici." Detto ciò, Penny aprì la porta e sparì, lasciandola da sola, con il cuore in gola sulle scale. Minetta si voltò e corse giù per il resto delle scale, con il rumore dei suoi passi che riecheggiava, mentre calpestavano il cemento. Si ritrovò dunque nella lobby; sbattè la porta, attirando gli sguardi di tutti, ma non le importò.

Penny aveva appena ammesso di essere un demone, un angelo caduto. Come diavolo avrebbe dovuto rapportarsi con quella informazione?

VENTIQUATTRO

Minetta fermò la sua usata Mini Cooper nel parcheggio pubblico, e rifletté sull'oscena quantità di denaro che sarebbe costato essere così vicina al centro. La serata era calda, ma aveva acquistato un coprispalle in cashmere adatto al vestito che indossava, e decise di prenderlo, nel caso in cui avesse avuto freddo all'interno del ristorante.

Michael le aveva inviato l'indirizzo. Quando diede un'occhiata al posto, quasi le venne un colpo per i prezzi segnati sul menù. Quando espresse le sue preoccupazioni, lui le inviò semplicemente un emoji sorridente, scrivendole "A domani sera."

Dire che era felice per aver acquistato un vestito semplice, seppur sexy, era un eufemismo. Era terrorizzata all'idea però di essere ancora poco vestita. Afferrando la pochette nera, chiuse a chiave la porta e andò in strada, con i nuovi tacchi che ticchettavano leggermente. Non era abituata a indossare i tacchi alti, e si sentiva completamente instabile sugli otto centimetri di fascino che aveva scelto di indossare.

Scorse Michael davanti al ristorante elegante. Lui praticamente brillava sotto le luci. Sembrava bello nel suo completo e il lungo soprabito nero che quasi toccava a terra. Gli conferiva un aspetto pericoloso e affascinante. Lui sorrise mentre gli si avvicinava, e tirò fuori un fiore da dietro la schiena, che Minetta non fu in grado di riconoscere.

"C'est pour toi ma ravissante beauté. Mais, aucune fleur ne pourrait se comparer à vous." Michael le diede il fiore, mentre le guance di Minetta si tingevano di rosso. Accettò dunque il fiore vibrante, i cui petali luccicavano leggermente nella luce fioca, come se fossero stati baciati da cristalli.

"Grazie. Anche se non so cos'hai detto," disse timidamente.

Si portò il fiore al naso, e il profumo era dolce e stranamente le diede assuefazione.

Un improvviso bruciore si palesò nel petto, che le fece fare un respiro profondo, un istante prima che una voce parlasse dietro di lei.

"Ha detto che non puoi essere paragonata a un fiore. Io avrei scelto qualcosa di un po' meno banale, ma questo vale per me."

Lei riconobbe la voce e non intendeva voltarsi, non dopo ciò che aveva visto. Avrebbe preferito sbattere la testa contro il muro, piuttosto che parlare con lui, ma forzò un sorriso sul volto e si voltò lentamente, per trovarsi dinnanzi all'uomo che ormai conosceva come Riker Rhodes.

Era lui in carne e ossa, ma, stavolta, con molti più vestiti addosso, sebbene la sua mente non avesse dimenticato la gradevole vista dei suoi muscoli gonfiati e del suo culo che si fletteva. I suoi occhi ambrati la fissarono intensamente, e lei deglutì forte. Se incontrare Michael aveva fatto battere forte il suo cuore, allora la presenza di Riker stava rischiando di farglielo uscire dal petto. Il suo corpo fu avvolto da un tale calore, che sentì il bisogno di farsi aria mentre lo guardava.

Raddrizzandosi, riuscì a controllarsi, non volendo dimostrare quanto si sentisse a disagio.

"Fratello, che sorpresa. Che bello rivederti tanto presto," esclamò Michael, e lei spalancò la bocca.

Stette a guardare tra i due uomini. "Quest'uomo è tuo fratello?" chiese incredula. "Perdonami, sto trovando difficoltà a trovare qualche somiglianza."

"Sì, beh, non mi sorprende. Sono il fratello più bello," disse Riker, con tono arrogante quanto l'uomo stesso. Lei contrasse le labbra e lo guardò.

"Non è quello che intendevo."

"Voi due vi conoscete?" domandò Michael.

"Non la metterei in questo modo, diciamo che si è trattato di uno sfortunato e breve incontro," chiarì Minetta. Rifiutò di guardare Riker, ma sentì i suoi occhi concentrarsi su di lei e poi tornare su Michael, rendendo questo incontro strano ancora più imbarazzante.

"Oh davvero? Dev'essere una storia affascinante. Dimmi, com'è possibile che un'operatrice del nove uno uno incontri un potente dirigente? Spero che mio fratello non fosse in difficoltà," disse Michael, e vide sollevarsi il labbro di Riker, che fulminò Michael con lo sguardo.

Minetta non voleva davvero che Michael venisse a conoscenza dello spiacevole momento in cui aveva visto Riker fare sesso. Era stato lui a menzionare l'edificio e la donazione, ma non le aveva mai chiesto di andarci. Era una situazione strana, a prescindere da come lei la considerasse. "No... um," esordì Minetta, ma Riker terminò per lei la frase.

"Minetta era una volontaria all'evento di triathlon a cui ho partecipato poco tempo fa. È stata tanto gentile da offrirmi da bere. Non è così, Minetta?"

Lei si morse il labbro inferiore e annuì, pregando silenziosamente che Michael non facesse altre domande in merito. Improvvisamente le venne voglia di vino, di tanto tanto vino. Non fu d'aiuto che le piacesse il modo in cui risuonasse il suo nome, pronunciato dalla bocca di Riker. L'immagine di lui che la chiamava, mentre entrava in lei, le fece schiarire la gola e agitarsi.

Distolse pertanto lo sguardo e fece un respiro stabilizzante.

"Scusa, sono in ritardo." Minetta alzò gli occhi per guardare la donna minuta che era apparsa all'improvviso.

La donna era a braccetto con Riker, e continuò a fissare mentre lui teneva la sua mano sopra quella della sua accompagnatrice. Era bella in un modo adorabile. Aveva un viso tondo con grandi occhi grigi da cerbiatta, che sembravano indicare dolcezza, eppure il vestito eccessivamente rivelatore che indossava e la mano vagante raccontavano tutt'altra storia. "Maledetto traffico a quest'ora della sera, giusto tesoro?" esclamò la donna, e Minetta osservò attentamente Riker. Ebbe la sensazione che non gli piacesse quel nome da animale domestico, ma non poteva esserne sicura.

Lui aveva un'espressione cupa, le labbra disegnavano una linea illeggibile.

"Michael, è passato tanto tempo. Come stai?" disse la donna.

"Ma dai, Skye, non fingere che io ti piaccia. Sappiamo entrambi che avresti preferito che non rimettessi mai più piede in questa città," Michael sorrise calorosamente, e per lei fu come pensare, 'quale di questi due non dovrebbe stare con gli altri.' Seriamente, non avrebbe potuto sentirsi più fuori posto o imbarazzata, e le venne in mente di andarsene e lasciare i tre a cenare senza di lei.

"Può essere vero. Abbiamo avuto le nostre divergenze," disse Skye, e esplose in una sgradevole risata. "Non è così, zuccherino?"

Minetta corrugò il viso, un po' di bile le salì in gola al terribile soprannome. Ok, era davvero ora di allontanarsi da questi due.

"Forse è il caso che entriamo, ora," sussurrò a Michael.

"Sì, Minny, hai ragione. Ho un'idea favolosa, fratello. Perché tu e Skye non vi unite a noi stasera? Mi trattengo di rado in città a lungo, e potremmo certamente approfittarne per recuperare del tempo insieme. E, tutti noi potremmo anche conoscerci meglio. Non sarebbe grandioso?"

Minetta sgranò gli occhi, con un finto sorriso che si disegnava sul suo volto mentre stringeva i denti, impedendosi di esprimere ad alta voce ciò che davvero pensava dell'idea. "Oh, non penso che tuo fratello voglia sedersi con noi," disse, facendo una finta risata.

"Ci piacerebbe molto," replicò dolcemente Riker.

"Davvero?" intervenne Skye, dando voce al pensiero di Minetta.

"Mio fratello ha ragione. Non lo vedo abbastanza. Questo ha causato stress inutile al nostro rapporto. Perché non consumare un delizioso pasto con lui e la sua partner per una sera?"

Skye spalancò la bocca. "Ecco, forse perché non sarebbe delizioso."

Minetta fissò i tre presenti. La tensione si poteva tagliare con un coltello. Perché diavolo volevano passare un singolo secondo insieme, men che meno un'intera cena?

"Non ti dispiace se ci uniamo a voi a cena, vero Minetta?" Gli occhi intensi di Riker si posarono su di lei, sentendo che la stava sfidando.

A braccetto con Michael, allargò il sorriso. "Certo che no. Perché dovrebbe?" Sulla guancia di Riker si formò una fossetta mentre sorrideva, illuminandogli lo sguardo.

Era il primo vero sorriso che lei vedeva su di lui.

"Bene, allora immagino che faremmo meglio a entrare prima che la nostra prenotazione venga annullata. Diamo inizio ai giochi," disse Michael.

Giochi? Per lei, piuttosto era come trovarsi nel bel mezzo di una guerra.

Com'era possibile che la serata fosse passata da un appuntamento meraviglioso a questo? Le si strinse lo stomaco, quando Riker li seguì all'interno del locale. Tra tutte le persone in ogni città... questa era la legge di Murphy al suo meglio.

VENTICINQUE

vere avide conoscenze ripagava. Avevo contattato ogni ristorante popolare in città e avevo offerto a chi gestiva le prenotazioni la stessa cosa. Pagare cinquemila dollari in contanti se avessero dato la conferma di due nomi per la cena quella sera e, nel caso, anche l'orario. In meno di un'ora, avevo trovato dove Michael aveva prenotato per lui e Minetta.

Nell'istante in cui la vidi fuori accanto a Michael, che le rivolgeva il suo sorriso ipocrita, un fiore del destino in mano, seppi che in nessun caso li avrei lasciati andare a casa insieme. Quel fottuto pezzo di merda manipolatore non avrebbe messo le mani o altre parti del corpo addosso a lei. Anche se avessi dovuto seguirla fino a casa, Michael non avrebbe dato un'occhiata a quanto si celava sotto il suo vestito.

Mi leccai le labbra mentre mi avvicinavo a loro. Le sue gambe aggraziate erano visibili poco al di sopra del ginocchio, il che non era abbastanza vicino. Si era arricciata i capelli, così che morbide onde le scendessero intorno al viso, incorniciandolo e facendo luccicare gli occhi blu. Era decisamente uscita fuori dagli schemi per assomigliare a un pezzo di torta che camminava, facendo bruciare ancora di più la mia scintilla di gelosia.

Aveva dei fianchi armoniosi, e le mie mani prudevano per la voglia di sentire la sua pelle. Ad ogni passo, diventava sempre più doloroso mantenere la mia maschera di calma. Mentre Michael metteva la sua mano sulla parte inferiore della sua schiena, quasi mi allungai per strappare il braccio dal corpo a quel coglione. Serrai così tanto i denti, che la mascella s'incrinò per la forza.

Minetta si voltò mentre raggiunsero il maître di sala, e l'impercettibile profumo, la scollatura del vestito mi fecero venire l'acquolina in bocca. Potevo quasi sentire il dolce sapore sulla mia lingua. Improvvisamente, il suo sguardo si fermò su di me, ma mutò rapidamente in un'occhiataccia, e mi venne voglia di toglierle quell'espressione dal viso. Darle uno stupido bacio, finché avesse dimenticato ciò a cui aveva assistito. Doveva essere ben più di una semplice umana. Nessun umano era in grado di influenzarmi in questo modo... oppure sì? No, che idea ridicola. Ma se lei non era umana, allora che cos'era?

"Che cosa diavolo stai facendo? Perché hai acconsentito a mangiare con loro? Con Michael tra tutti," sussurrò Skye, ma a voce abbastanza alta da farsi sentire.

"Quale modo migliore per scoprire i suoi piani? E poi, avremmo dovuto comunque mangiare qui. Puoi dire sinceramente che non ti distrarresti con lui presente nella stanza?"

"Immagino che dipenderebbe da dove si trovasse il tuo cazzo." Skye mi sorrise.

"Skye, non adesso, non qui," sussurrai duramente sottovoce, e la sua bocca si piegò in un piccolo cipiglio.

"Da quando sei diventato una spina nel fianco?" brontolò lei.

"Vuoi restare? Se è così, allora comportati di conseguenza. Altrimenti, inventati una scusa e vai alla festa a cui volevi partecipassimo." Improvvisamente mi sentii come un genitore che rimprovera il proprio figlio. Tuttavia, Skye non aveva torto. Da quando avevo iniziato a preoccuparmi di che cosa pensassero gli altri? Meno di tutti, gli umani.

"Questo è il miglior tavolo del ristorante," disse il maître, e sorrisi mentre fissavo il tavolo a forma di ferro di cavallo. Michael diede a Minetta la precedenza per sedersi. Lo sguardo sul volto della donna era impagabile quando alzò gli occhi, e io ero quello accanto a lei nel mezzo, e non Skye: sono certo che non se lo aspettasse.

Presi il menù dei vini e sollevai il dito per chiamare il cameriere più vicino.

"Prendiamo quattro bottiglie del vostro vino più costoso, due di rosso e due di bianco."

"Subito, signore."

"Ora, fratello, non era necessario. Se non ti conoscessi, penserei che stai provando a mettermi in imbarazzo." Michael mi guardò da dietro la testa di Minetta, che stava diligentemente dando un'occhiata a un menù. L'unico problema era che i suoi occhi non si stavano spostando, il che significava che non stava davvero leggendo.

Mi venne voglia di allungarmi e toccarle la mente, scoprendo ciò che la motivava, immaginando il modo ottimale per battere Michael al suo stesso gioco, ma i suoi occhi si puntarono sui miei, e non potei procedere. Volevo che lei si fidasse di me.

"Niente affatto, Michael. Questa sembrava semplicemente una buona ragione per festeggiare. È passato molto tempo da quando abbiamo preso un drink o condiviso un pasto insieme."

"D'accordo, ottima pensata." Michael mi sorrise, prima di rivolgere la propria attenzione a Minetta. "Ordina quello che vuoi dal menù." Michael le sfiorò la mano, e il sorriso timido e accennato che gli rivolse fece emergere un ringhio nel mio petto.

Non riuscivo a distogliere lo sguardo dal suo volto. Si morse il labbro mentre era concentrata sulle opzioni, e quella era la cosa più accattivante che avessi visto. Volevo essere quel labbro, no volevo mordere quel labbro.

"Offri tu, vero dolcezza?" chiese Skye, e mi assicurai di metterla di nuovo in guardia in merito a quel nome da animale domestico che aveva scelto di affibbiarmi. Lei sogghignò, e seppi dallo sguardo sul suo viso, che si stava divertendo a mettermi in imbarazzo. Avremmo decisamente fatto due chiacchiere dopo.

"Sì, Skye, mia cara, scegli quello che vuoi. Infatti, tutti potete scegliere tutto ciò che volete. Offro io."

Michael sollevò un sopracciglio perfettamente curato verso di me. "Fratello, non penso che sarà necessario. Sono alquanto sicuro di potermi occupare dell'ordine di Minny e mio. Le ho chiesto di uscire prima che decidessimo di cenare tutti insieme."

Mi sistemai a sedere, aprii le mani, e sorrisi, rivolendogli il miglior sorriso da 'voglio fotterti alla grande' possibile, sotto quello finto che mi ero disegnato sulla faccia. "Che ne dici di questo, puoi offrire il dessert. La prossima volta, facciamo a cambio."

"Ci sarà una prossima volta?" Non osai rispondere alla domanda, e mi limitai a sogghignare. "D'accordo, mi sembra giusto."

"Va bene. Io pagherò la mia parte, ma grazie," intervenne Minny.

Aprii la porta per discutere con lei, ma arrivò il cameriere con il vino e iniziò a prendere gli ordini. Mio fratello, naturalmente, approfittando pienamente del mio stupido momento di generosità, ordinò tre antipasti e poi, scelse l'entrée più abbondante e costoso sul menù.

Il cameriere guardò Minny, che si schiarì la gola. "Prenderò solo l'insalata della casa con vinaigrette, per favore."

"Sei a dieta per caso?" intervenne Skye, e le guance di Minny si tinsero di rosa mentre lei rideva nervosamente.

"Minetta, ti ho promesso la cena. Ti prego, prendi tutto ciò che vuoi," sussurrò Michael per poi allungarsi, poggiandole una mano sulla spalla. Serrai il tovagliolo nel pugno, immaginando di tagliare la mano di mio fratello, mentre con il dito massaggiava la delicata pelle di Minetta. Michael mi guardò da dietro la sua testa, curvando lievemente il labbro con uno sguardo allusivo negli occhi. Mi stava sfidando, e dovetti sforzarmi dall'afferrare la panca e scagliarla dritta contro la testa di Michael, affrontandolo lì nel ristorante. Se avesse continuato con questa merda, lo avrei fatto e poi acquistato il locale per pagare i danni.

Skye ne approfittò per stringermi la coscia sotto al tavolo, e le lanciai un'occhiataccia. "Che cosa stai facendo?" sussurrai, e lei scrollò le spalle, sollevando ancora di più la mano. Con fare poco appariscente, le afferrai la mano e la spostai dalla mia gamba, rimettendogliela sulla sua.

"Basta." Sussurrai di nuovo, e lei roteò gli occhi, prendendo un lungo sorso di vino, mentre si stravaccava nella panca.

Tornai a rivolgere la mia attenzione a Michael e Minny, ma qualunque cosa fosse stata decisa ormai era fatta, perché il cameriere se n'era andato. "Michael, dimmi, per quanto tempo ti tratterrai in città?" Gli chiesi. Sapevo che qualunque risposta avessi ottenuto sarebbe stata un mucchio di sciocchezze. Aveva un modo di raccontarti tutto o niente al contempo.

"Niente è ancora deciso al momento. Il mio capo può essere un po' imprevedibile con il mio piano di lavoro."

"Ma non mi dire." Presi un sorso di vino, prima di rivolgere la mia attenzione a Minetta o Minny, come Michael la chiamava, e decisi di optare per il nomignolo. "E che mi dici tu, Minny, che lavoro fai?"

"Minetta."

"Pardon?" chiesi.

"Ti prego di chiamarmi Minetta. Solo gli amici e la mia famiglia mi chiamano Minny, e noi non siamo nessuno dei due," aggiunse seccamente.

Ebbi una vampata di calore, quando Michael quasi soffocò con il vino e afferrò un tovagliolo, iniziando a tossire: ben gli stava. Quello stronzo aveva già rivoltato Minetta contro di me, ma mi stava bene. Amavo avere l'opportunità di batterlo, e il gioco stava appena iniziando a farsi più divertente.

"Le mie scuse, Minetta, spero di poter rettificare la situazione, facendo sì che mi consideri un amico, come minimo." Poi feci una pausa e le rivolsi un sorrisino, ma lei sembrò completamente disinteressata. "Che lavoro fai?" richiesi, provando a rompere lo strano silenzio.

Sollevò le spalle, e il movimento fu dolce e casuale, e avrei voluto che lo rifacesse. "Michael te l'ha già detto, sono un'operatrice del nove uno uno."

"Hai ragione, l'ha fatto. Scusa. Presumo che ti piaccia il tuo lavoro."

"A dire il vero, lo amo. Poter aiutare le persone quando ne hanno più bisogno, beh, è molto gratificante. Voglio dire, ci sono giorni difficili e altri che ti fanno scuotere il capo ma, tutto sommato, è meraviglioso," Minetta sorrise, era il primo vero sorriso che avevo visto sul suo volto, e il battito del mio cuore accelerò, mentre il sangue mi scorreva nelle vene.

"Qualcuno si è mai suicidato mentre era al telefono con te? Tutto quello imprecare, piangere e gridare- Deve essere davvero sfiancante," disse Skye, e il sorriso svanì dal volto di Minny. "Oppure sei stata al telefono mentre uno psicopatico inseguiva qualcuno, e succede come In Non Aprite Quella Porta, con una motosega o ancora come una sparatoria forte nelle tue orecchie, ma non puoi fare niente per aiutare e ti senti inutile?"

"Um..."

"Oppure, hai mai sentito qualcuno giocare a poker mentre fa qualcosa di sporco? Ho sentito che succede. Un marito ha casualmente telefonato a sua moglie mentre scopava con un'altra, e lei ha sentito tutto. Si sente tipo 'oh sì, scopami baby più forte, oh, oh, oh,'" disse drammaticamente Skye. Poi, mosse i fianchi avanti e indietro sulla panca, e spalancai la bocca davanti alla scena. "Riesci a immaginarlo? Voglio dire, sarebbe una chiamata sbagliata, giusto? O forse l'inizio di un'orgia in ufficio." Lei sorrise e trangugiò il vino che le restava nel bicchiere.

"No, non ho mai ricevuto nessuna di quelle chiamate prima d'ora, e non c'è mai stata un'orgia in ufficio. Mi spiace deluderti."

"Un vero peccato. Hai intenzione di passare di grado, oppure resterai bloccata per sempre a rispondere alle chiamate? Una sorta di compito che non ti porta da nessuna parte?" Se gli sguardi soltanto potessero uccidere, Skye sarebbe stata uccisa sul posto mentre la fissavo.

Sfortunatamente, non era una delle mie capacità.

"Potrei diventare una responsabile, ma mi piace davvero ciò che faccio. Non lo faccio per guadagnare milioni di dollari," rispose Minetta, e seppi che era sincera. Non avevo mai incontrato nessuno che fosse davvero sincero, ma lei lo era. Non c'era bisogno di forzare qualcosa in lei. Era una cosa rigenerante e allarmante al contempo. Non riuscivo a comprendere come fosse possibile. Tutti gli umani erano creature bisognose, avide ed egoiste. Non ne avevo mai incontrato uno così, prima di lei.

Non aveva una traccia di minaccia nelle vene.

"Sì, capisco chiaramente," commentò Skye. Minetta si lisciò il vestito. Perché diavolo Michael non la stava difendendo, era il suo accompagnatore.

Perché non stava dicendo a Skye di piantarla?

"Oh, non intendevo offendere. Spero che non pensassi che intendevo dire che non mi piace come sei vestita? Intendo dire, è un vestito carino per essere dozzinale." Skye sorrise, e improvvisamente mi venne voglia di schiaffeggiare la mia migliore amica.

"Grazie, immagino. Skye, che lavoro fai?" domandò Minny.

"Sono una bartender in uno sweet club, e scopo con la gente." Quasi mi strozzai con il vino e mi pentii per la decima volta in meno di cinque minuti di aver invitato Skye. Allora, mi era sembrata una buona idea, un altro paio di occhi sulle intenzioni di Michael, e come beneficio aggiunto, stare lì poteva rendere auspicabilmente gelosa Minny, ma al momento non ne ero così sicuro.

"Fai sesso con le persone? Cioè, vieni pagata per questo?" Minny abbassò la voce, puntandomi gli occhi addosso. Respinsi la voglia di contorcermi sul posto, mentre Skye scoppiava in una fragorosa risata, attirando l'attenzione di un paio di tavoli vicini.

"No, non vengo pagata per fare sesso, sebbene devo dire che non sia affatto una cattiva idea, ora che lo menzioni. Voglio dire, sono davvero brava in questo. Dovrei farmi proprio pagare."

"Allora che cosa intendevi?"

"Sono semplicemente fantastica in questo. Gli uomini non ne hanno letteralmente mai abbastanza dopo un primo assaggio. Voglio dire, che ne pensi, Ri, qui, mi porta in giro? È come se, insomma, è sesso che dura tutta la notte, tra animali selvaggi. Lui è un cane a letto." Poi, abbassò la voce, e mi congelai sul posto, mentre l'orrore delle sue parole si palesava proprio lì davanti ai miei occhi. "Fidati di me, ragazza, ha occhi solo per me."

"Lo trovo difficile da credere, considerando il gran numero di donne su cui posa regolarmente gli occhi." Minny mi fulminò con lo sguardo, e per la prima volta dalla mia caduta, volevo strisciare sotto il tavolo e nascondermi in un buco. Questa conversazione era uscita fuori dai binari, in un fossato, e stava portando all'acqua, e non sapevo come uscirne prima di annegare.

"Oh, intendi i suoi mercoledì?" Disse improvvisamente Skye, e io le lanciai un'occhiataccia, chiedendole di chiudere il becco con gli occhi.

"I suoi mercoledì?" Minny sollevò le sopracciglia.

Skye si chinò un po' di più verso di lei e fece cenno a Minny, come se fosse un grande segreto, e nel frattempo, Minny sfiorò, con il suo braccio, il mio. Fui investito da un'ondata di senso di colpa e piacere in tutto il corpo. Non riuscivo a smettere di fissarla. Stavo iniziando a sentirmi come un fottuto pervertito, mentre fantasticavo di spingerla sulla panca e sollevarle quel piccolo vestito, per scoparla lì, mentre Michael mi guardava mentre gliela portavo via.

"Sì, scopa ogni ragazza che si prenota per il mercoledì. Lui è dispiaciuto per loro, visto che non vengono soddisfatte bene a casa, perciò abbiamo un accordo. Giuro che pensa che il mercoledì sia roba seria." Sollevai la bottiglia e feci cenno al cameriere. "Penso che avremo bisogno di un'altra bottiglia," dissi e guardai Michael. "Hai dei programmi particolari mentre sei in città?" chiesi, sperando che la conversazione vertesse su altro. Avrei optato letteralmente per qualunque altro argomento.

"No, ma mi interessa davvero questa faccenda del mercoledì. Dove trovi l'energia? Non posso credere che tu abbia una vita sessuale così attiva, fratello. Intendiamoci, è una cosa straordinaria all'eccesso e tutti sappiamo quanto ami i tuoi eccessi. Mi piacerebbe saperne di più."

Guardai il tavolo. "Scommetto che è così," borbottai. "Vogliate scusarci, io e Skye abbiamo un paio di cose di cui discutere." La spinsi con il fianco fuori dal tavolo, mentre brontolava ma si alzò. La guidai verso la porta sul retro del ristorante. Non appena ci ritrovammo lì, mi rivolsi a lei.

"Che cosa diavolo stai facendo?" ringhiai. "Mi stai facendo passare per un completo coglione."

"Innanzitutto, lo sei, ma quello è il tuo fascino. E, poi, vuoi scherzare? Tutti in quel posso vedono che stai facendo gli occhi dolci a quella idiota di un'umana. Che cosa diavolo hai che non va?" Skye indicò verso la porta chiusa. "Comportarti da cucciolo disperato lì fuori, non è proprio da te. In effetti, niente di tutto questo lo è."

Skye indietreggiò di qualche passo e poi si voltò, per continuare la sua sfuriata. "Stai condividendo un pasto con Michael! Mi-ch-ael, lo stronzo che ti ha sbattuto fuori dal Paradiso, o l'hai dimenticato?" proseguì, scimmiottando con voce acuta. "Ohhh, Michael, è passato tanto tempo dall'ultima volta in cui abbiamo preso un drink o cenato insieme. Perché non m'inginocchio e succhio quel luccicante cazzo angelico mentre ti bacio il culo?" S'infilò un dito in bocca e finse un conato di vomito. "Ti prego, risparmiami. Non m'importa se ti vuoi scopare quell'umana. Voglio dire, te ne scopi letteralmente un centinaio a settimana, ma lei è una santarellina, e ti stai rendendo un idiota provando a fingerti qualcosa che non sei. No, huh-huh, era fin troppo per questo demone per vomitare." Skye incrociò le braccia sul petto. "Voglio dire, hai visto il modo in cui ti ha guardato quando ho menzionato la storia dei mercoledì?"

Potevo quasi scorgere il fumo uscire dalle orecchie di Skye, mentre terminava di sfogarsi.

"Beh, mi fa piacere che tu abbia deciso di occuparti della mia vita e dei miei appuntamenti. Non sapevo che mi servisse un coach che mi insegnasse a vivere le mie giornate. Immagino che tu possa pensare a quanto poco divertimento stia avendo senza di te a casa. Voglio che te ne vada. No, a pensarci meglio, ti ordino di andartene. E, Skye, non sfidarmi cazzo o continuare a mettermi in imbarazzo come hai fatto adesso, specialmente in pubblico, oppure sarà l'ultima cosa che farai prima che ti mandi a ripulire la merda per tutta l'eternità all'Inferno con una cintura di castità su quella figa che ti ritrovi."

Lei sgranò gli occhi come se l'avessi minacciata di morte. "Ri, sono la tua migliore amica e, se ti stai comportando così, dev'esserci qualcosa di più di quello che dici. Se Michael ha fatto qualcosa per mettersi contro di te, dimmelo, no? Veglierò su di te." Skye appoggiò le mani sui fianchi mentre parlava. Il fatto era che Michael mi stava sfidando, solo non nel modo in cui pensava Skye, che non avrebbe mai compreso. Nemmeno io lo comprendevo, perciò come avrebbe potuto farlo lei?

"Skye, non mi serve che mi sorvegli. Sono un uomo adulto, un arcangelo caduto, un demone e un fottuto peccato. Sono piuttosto bravo a badare a me stesso. Ho vissuto più di dieci vite e sono ancora qui. Fidati quando ti dico che so quello che faccio, ed è ovvio che chiederti di venire è stato un errore. Torna a casa."

"Sei incredibile. Se Michael non ti sta fregando, allora lo sta facendo la ragazza," disse Skye, mentre le aprivo la porta sul retro.

"Se lei lo sta facendo, allora spetta a me lasciarglielo fare, proprio come la tua vita è una tua scelta. Ti prego di cercare di ricordare chi ti ha dato quella vita. Sono stato io a tirarti fuori dalla Fossa della Disperazione, così che potessi vivere. Perciò, vivila." Tornai dentro e andai al bagno a rinfrescarmi, prima di tornare al tavolo.

"Skye ha deciso di andarsene? Che peccato," esclamò Michael, mentre tornavo a sedermi.

"C'è un altro evento a cui voleva partecipare, un invito all'ultimo minuto e ha deciso di andarci." Sembrava che Michael fosse in procinto di fare altre domande, ma il suo cellulare squillò.

"Scusatemi, devo proprio rispondere," disse Michael e si alzò per andare a rispondere. Io tornai a guardare Minny, che stava rosicchiando un panino.

Mi avvicinai ancora di più, e il suo corpo s'irrigidì mentre le sue mani smisero di muoversi. Sembrava che si fosse letteralmente immobilizzata. Tra di noi, l'aria era elettrica. Anche lei doveva essersene accorta, perché era impossibile da ignorare.

"Minny?" Sussurrai, con voce roca nel tentativo di mantenere il controllo di me stesso. Quando non mi guardò, sollevai un dito, e quando toccò la pelle liscia del suo mento, ebbi un brivido lungo la schiena. Il calore ardente si sparse, il battito del mio cuore accelerò mentre quelle pozze azzurre come il mare si posarono su di me. L'aria vibrò intorno a noi carica di energia. La desideravo. La desideravo sotto di me, e volevo vedere il suo viso mentre veniva, urlando il mio nome —- non di un coglione anonimo con cui aveva una relazione abitudinaria. Volevo sentirla venire. Volevo darle più piacere di quanto avesse mai conosciuto, e volevo stringerla una volta finito.

Improvvisamente, la sentii ridere e vidi una bimba su un'altalena, il sole splendeva, e Minny correva intorno a un cortile con un altro ——la proprietà era così simile a quella che avevo visitato in Maryland. Sbattei le palpebre, e quell'immagine svanì.

"Mi dispiace," riuscii a dire intorno all'emozione sconosciuta che mi attanagliava la gola.

"Per cosa?" chiese dolcemente. Le sue labbra mi stavano pregando di essere baciate, mentre mi guardava sotto le ciglia folte. Ero tentato, così tentato, ma temevo che non mi sarei fermato dopo un primo assaggio.

"Per quello a cui hai assistito quando sei passata e per essere stato così scortese alla gara." Non avevo idea del perché ci tenessi, ma non volevo che mi vedesse per quello che ero, o per quello che ero stato dalla mia caduta. Non avrebbe dovuto preoccuparmi. Ero l'Avarizia. Ero Mammon, ero... non ne avevo più idea mentre la guardavo profondamente negli occhi.

Lei iniziò a girare il capo, ma le presi una guancia tra le mani e feci scorrere il dito lungo la morbidezza della sua pelle, desiderando disperatamente di mantenere il contatto. Era così diversa, così unica. Le mie capacità si palesarono, e si avvolsero intorno al suo corpo. Avvertii di nuovo che non c'era peccato e questo la rendeva persino più affascinante. Niente indugiava sulla sua pelle, e non c'era neanche una goccia di avarizia nella sua anima. Era impossibile, ma era pura, un'anima pura, e la volevo per me. Il mio avido bisogno di avere tutto ciò era speciale aveva reso evidente chi fosse. Era unica nel suo genere.

"Non hai bisogno di scusarti. Ti conosco a malapena. Sono rimasta scioccata da quello che ho visto, ma è la tua vita e il tuo edificio. Ero solo di passaggio." Lei si allontanò da me, e fui colto da un principio di panico, quando la nostra connessione si spezzò. "Potresti fare le mie scuse a Michael, per favore? Devo tornare a casa. Mi sento un po' sotto tono. Grazie per il vino. È stato molto bello."

Si alzò, e la guardai andarsene, non sapendo che cosa fare. Volevo raggiungerla, fermarla e fare sì che mi desse una possibilità. Una possibilità di cosa non sapevo.... per essere migliore, forse? Era ridicolo. Oppure no?

"Mi allontano per meno di cinque minuti e hai spaventato Minny. Ottimo lavoro," disse Michael, quando tornò a sedersi.

"Non l'ho spaventata." Almeno, non credo di averlo fatto. "E poi, perché non le vai dietro?"

"No, non stasera. A differenza di te, ho tempo con lei per rimediare a questa strana serata." Michael spezzò un panino, e sorrise mentre lo masticava. "Sono piuttosto sicuro che lei ti abbia visto abbastanza in azione per evitarti per sempre. Dovrei comprare un regalo di ringraziamento a Skye. Non avrei potuto chiedere una migliore spalla a cui chiedere di unirsi a me e aiutare."

"L'hai organizzato tu, non è vero? Sapevi che sarei venuto."

"Onestamente, non avevo idea se saresti venuto o se avresti rovinato il mio appuntamento, ma se è così... beh, diciamo solo che sei un divertente incidente d'auto che si occuperà di se stesso. Non ti sei reso conto di essere precipitato dalla scogliera fino a questo momento. In ogni caso, mi hai fatto apparire come una superstar ai suoi occhi." Michael sorseggiò il vino, mentre il sorriso impertinente tornava sul suo viso. "Voglio dire, niente di quello che ha detto Skye era una bugia, no?" Sollevò una spalla e la lasciò cadere.

"Che cos'è questa merda, Michael? A che gioco stai giocando con me? Ti annoi lassù e non hai niente di meglio da fare che infastidirmi?"

"Di che cosa parli?" chiese Michael, prendendo un sorso di vino e rilassandosi contro lo schienale della panca. Mi infastidiva a morte che sembrasse freddo quanto un cetriolo, ed ero stravolto.

"Non dirmelo." Incrociai le braccia e distolsi lo sguardo da lui.

"Hai mandato questa ragazza per ferirmi? Voglio dire, oltre ai capelli corvini, lei è l'immagine sputata di Callista. Questo è un altro modo malato di sottolineare che non posso tornare a casa?" dissi, e nonostante la rabbia, non riuscii a scacciare il dolore dalla mia voce.

"Pensi davvero che ti farei una cosa simile?"

"Devo davvero rispondere? Hai fatto tante cose dannose, a cominciare dal fatto che hai acconsentito a scacciarmi via da casa."

"Di nuovo con questa storia. Possiamo lasciarcelo alle spalle, per favore? Dovevi sapere che ciò che hai fatto avrebbe avuto conseguenze."

"Stavo solo cercando di aiutare," ringhiai, con i pugni chiusi. "Sai che cosa? Lascia stare. Non importa quello che dici, non crederò che non hai in mente qualcosa, anche se non avrà a che fare con Minetta."

"Credi ciò che vuoi, fratello, ma non sono qui per torturarti. Ad ogni modo, spero che tu abbia fame, perché arriva da mangiare, e intendo mangiare ogni singolo boccone del pasto che offri." Michael sorrise compiaciuto.

"Ti odio."

"Lo so."

VENTISEI

Promemoria: la prossima volta che l'istinto le avesse detto che era troppo presto per uscire per un appuntamento o per fare qualcosa di davvero... gli avrebbe dato ascolto. Non poteva credere di avere avuto quell'esperienza, e che Michael e quell'uomo, quell'uomo incredibile, fossero fratelli.

La serata era parsa così promettente. L'opportunità di avere un appuntamento con il suo salvatore era sembrata interessante, ed era uno spettacolo per gli occhi, un sogno divenuto realtà. Ma poi Riker Rhodes era arrivato e, cosa ancora peggiore, Michael aveva invitato lui e quella... strana donna a unirsi a loro a cena. Era così ovvio, fratelli o no, che i due non potevano stare nella stessa stanza insieme, men che meno nello stesso ristorante.

E non avrebbe mai permesso che Riker le offrisse la cena. Il che sembrava un giro pericoloso di favori che avrebbe dovuto restituire. Non avrebbe dovuto passare molto tempo con lui per sapere che non avrebbe mai fatto nulla senza ricevere alcunché in cambio.

Ma quelle scuse... era sembrato davvero sincero e dispiaciuto.

"No, non farlo," disse lei ad alta voce, chiudendo gli occhi da cerbiatta che pensava di trovarlo interessante e così affascinante. Il modo in cui le aveva toccato la guancia, aveva avuto una grande tentazione di baciarlo soltanto una volta, solo per sentire come sarebbe stato il suo bacio. Poteva quasi sentire le labbra dell'uomo sulle sue. Si coprì la bocca con la mano, mentre le si formava uno stupido sorriso.

Come sarebbe stato sentirsi desiderata da qualcuno come lui? Lei sospirò. Il precedente senso di speranza in merito a un nuovo inizio con un uomo fantastico stava scemando in fretta. Michael non si era comportato molto meglio. Era facile vedere che il modo in cui Skye stava imbarazzando Riker era esattamente ciò che Michael cercava. La cosa non le piaceva più dell'atteggiamento di Riker.

I suoi tacchi ticchettarono rumorosamente lungo il marciapiede, mentre frugava nella borsetta alla ricerca delle chiavi dell'auto. Avrebbe preso qualcosa da mangiare al drive-thru tornando a casa. Era pronta a mangiarsi il suo stesso braccio. Minetta rabbrividì mentre il vento soffiava e le sollevava i capelli sul collo.

"Ah-ha eccoti qua," disse qualcuno. Minetta sollevò lo sguardo e gridò mentre un volto apparve sul finestrino della sua auto, che era proprio dietro di lei.

Skye l'afferrò bruscamente e la fece girare. Si guardò intorno, ma l'addetto all'auto se n'era andato, lasciando il cancello aperto, e lei era ormai abbastanza lontana, così che non fosse facilmente visibile.

"Chi diavolo sei?" chiese Skye.

Strano, anche lei voleva farle la stessa domanda. "Non capisco che cosa intendi dire?"

"Sei parte angelo o demone della lussuria? Forse sei una mezza sirena. Questo avrebbe molto senso," mormorò Skye.

"Beh, è un bene perché non ne hai." Apparentemente, ricorrere al sarcasmo non era la soluzione giusta. Skye afferrò la parte anteriore del suo vestito con un pugno, e la scaraventò contro la portiera del veicolo con una forza sorprendente. Lei tossì e annaspò per respirare, mentre l'aria le fuorusciva dai polmoni.

"Sta' lontana da lui." La voce di Skye era bassa, raggiungendo un tono che le fece venire i brividi.

"Chi... Michael?"

"No, stupida, Riker. Devi stare lontana da lui, e smettere di mettergli l'idea in testa di fare il gentile con Michael."

"Ascolta, Skye, non ho idea di che cosa tu stia parlando. Se non te ne fossi accorta, non volevo sedermi con voi più di quanto tu volessi sederti con noi. Ora potresti per favore lasciarmi andare? Voglio tornare a casa." Minetta provò a ragionare senza alcun risultato.

"Questo non è uno scherzo. Riker può sembrare un coglione ai tuoi occhi, ma è un uomo rispettabile. Non ha bisogno di una piccola Miss 'sono meglio di chiunque altro' che gli causi problemi."

Minetta diede una forte spinta a Skye e fu sorpresa quando la donna barcollò all'indietro. Lo sguardo sul volto di Skye assomigliava al suo. Ma seriamente, era come se Skye non si aspettasse che lei si ribellasse. "Per l'ultima volta, non so di che cosa tu stia parlando, ma non intendo rivedere Riker."

"Forse se ti mollassi nel bel mezzo della Siberia, coglieresti l'antifona e staresti lontana." Skye le puntò un dito contro, e lei ebbe voglia di scacciarla via, ma si limitò a darle un'occhiataccia, non indietreggiando.

"Non toccarmi ancora. Qualunque cosa pensi che io stia facendo, non è così, e non apprezzo le tue accuse o il tuo atteggiamento."

Skye avanzò di un passo minaccioso verso di lei. "Pensi di spaventarmi? Non hai idea di che cosa ti farò se continui così," ringhiò Skye.

"Basta così, Skye, lasciala in pace."

"Beh, se non è Miss Penny Wise. Come ti stai godendo la tua patetica esistenza? Ti sei trovata un clown che resti nei paraggi, o ti stai sempre crogiolando nell'autocommiserazione?"

Penny uscì dalle ombre come se fosse semplicemente uscita fuori dal nulla. Lei non avrebbe mai visto Penny se non avesse parlato e fosse avanzata. Aveva il suo solito aspetto normale, ma emanava una punta di potere.

"Così originale, Skye, e non molto da te. Ora torna pure alla tua socia o al buco da cui sei uscita e lascia in pace Minny, altrimenti dovrai vedertela con me." Penny si frappose tra loro, oscurandole per la maggior parte la vista di Skye.

"Voi due vi conoscete? Perché questo non mi sorprende?" brontolò e incrociò le braccia. Quella serata era passata dall'essere strana a qualcosa di peggio e, in qualche modo, aveva fatto un altro passo nel regno della follia.

Ma in fondo, era all'ordine del giorno ultimamente. Di quanto esattamente era uscita dai binari della normalità per ritrovarsi in quella situazione?

"Deve stare lontana da Riker, gli sta fottendo il cervello, e non lascio che nessuno cerchi di fregarlo in questo modo," abbaiò Skye.

"Non è vero! Lo conosco a malapena, ed è lui che continua ad apparire dove mi trovo io, non il contrario. Come se lo volessi," ribatté.

Penny guardò dietro di sé in direzione di Minetta e colse l'antifona, distogliendo lo sguardo e sospirando.

"Skye, questa è una cosa su cui tu e io andiamo d'accordo. Le parlerò io. Perciò, puoi andare adesso." Penny gesticolò con la mano, per indicarle ciò che intendeva.

"Se ti ritrovo di nuovo intorno a lui, non sarò così amichevole con te," disse minacciosamente Skye.

Quel commento colpì Minetta nel modo sbagliato, e la rabbia le si formò nel petto. "Fatti sotto." Lanciò un'occhiataccia a Skye. "Non ho paura di te, e non mi controlli."

"Tieni il tuo animaletto a guinzaglio più corto, Penny, oppure potrebbe essere morso da un cane molto più cattivo." Skye si girò e alzò i tacchi.

Penny stette a fissare Skye finché quest'ultima non sparì del tutto dal loro raggio visivo, prima di voltarsi a guardare l'amica. "A quanto pare attiri l'attenzione di gente non così amichevole ultimamente."

"Non definirei quella cosa che era in casa mia una persona, e che diavolo? Mi stai seguendo, ora? Averti intorno non è limitato a casa mia o all'ufficio ma anche ai miei appuntamenti?"

"Ti ho detto che dobbiamo parlare." I capelli di Penny erano usciti dallo chignon, fluttuando intorno al viso. Era sempre stato così e lei semplicemente non se n'era accorta?

"Oh mio Dio, è ovvio che non lascerai perdere. Se ti lascio parlare con me, smetterai di seguirmi in giro?"

"Onestamente, probabilmente no ma, dopo che avremo parlato, tutto avrà senso."

Penny si guardò i piedi, mentre giocherellava con i sassolini sparsi sull'asfalto. "Ho bisogno che tu capisca che sono davvero tua amica, Minny. Non ho molti amici. Beh, oltre a te in realtà, e non voglio perderti."

L'espressione sul volto di Penny si era incupita, ma era facile sostenere che si sentisse avvilita.

"Bene, hai vinto. La mia serata è comunque rovinata. Dove vuoi parlare?" le chiese Minetta.

"A casa mia, e prima che tu possa controbattere, ho già portato lì Toby."

Le braccia le caddero lungo i fianchi. "Hai rubato il mio cane? Non ci sono cose a cui non ti abbasseresti?"

"Non l'ho rubato, l'ho preso per proteggerlo, e mi piace coccolarlo. Dai, ora smettila di lamentarti. Questo non è da te."

Minetta guardò Penny raggiungere il lato passeggero dell'auto e non riusciva a decidere che cosa fosse peggio, l'appuntamento a cui era andata o questo.

Avrei dovuto restare al ristorante e mangiare, perché davvero non sarebbe potuta andare peggio, oppure sì?

"Bella auto, comunque, ti si addice. Amo le cinghie da corsa sul nero," disse Penny, mentre Minetta apriva le portiere.

Era possibile tornare indietro nel tempo e non fare la volontaria al triathlon? Tutta la sua vita era stata completamente sconvolta da quel giorno.

Dal primo incontro con quel dannato Riker Rhodes.

VENTISETTE

Sembrava tutto fin troppo normale. Mentre guidavano all'appartamento di Penny, Minetta si fermò a prendere dei panini e finì per ordinare mezzo menù, e loro due risero per tutto il tempo. Lei riuscì a malapena a ritirare l'ordine senza ridere istericamente. Il trucco aveva iniziato a sbavarsi, perciò poteva solo immaginare che cosa avesse pensato il dipendente mentre lei tirava su il finestrino.

Minetta si trovò a guardare Penny, e provò a comprendere che cosa le fosse sfuggito. Com'era possibile conoscere una persona per anni e non accorgersi si una cosa così significativa? Eppure, nonostante fosse a conoscenza dei fatti, ancora non riusciva a capirlo.

Voleva gridare: "Sei un dannato demone!" Soltanto alcune settimane prima, avrebbe dato del fuori di testa a chiunque avesse provato a convincerla dell'esistenza dei demoni. Lei non lo avrebbe detto in quel modo, ma il pensiero era nella sua mente. Penny aveva ragione in merito.

Eppure eccola lì, seduta acanto all'amica, a ingozzarsi di patatine fritte, comportandosi con la solita goffaggine. Anche se Penny cantava terribilmente, cimentandosi in *Pony di Ginuwine*, credeva che fosse vero.

Poco prima che giungessero all'appartamento di Penny, Minny ebbe un ripensamento. Avrebbe dovuto fuggire, urlando, o scacciare Penny fuori dall'auto.

Almeno, avrebbe dovuto essere terrorizzata. Come mai non lo era?

Minetta parcheggiò l'auto nell'unico posto disponibile di fronte all'edificio di Penny. Si concesse un attimo per guardarsi intorno e sospirare. La città sembrava uguale eppure alquanto diversa. Gli alti edifici con le loro luci scintillanti, il fermento della gente che camminava in giro, le coppie che si tenevano per mano, mentre si godevano la serata, erano tutte cose normali. Ma c'era una palese tensione che giungeva con la consapevolezza che gli umani non erano soli, e che le faceva guardare il mondo sotto una differente luce.

Iniziò a osservare tutte le persone che passavano in modo diverso.

"Un penny per i tuoi pensieri?"

Penny le sorrise, e lei non riuscì a fare a meno di ricambiare, ma lentamente il sorriso scomparve, mentre fissava il volto di Penny.

"Tutto sembra diverso, oppure sono io che sto vedendo tutto per la prima volta? È come se mi fossi appena svegliata da un sogno o da un'altra dimensione in questa nuova realtà, ma sono io che sono cambiata, non è vero?"

Osservò poi un uomo che correva con il suo cane e, in quel momento, si domandò se si trattasse di un demone o altro. A quel punto, alieni, vampiri e hobbit potevano tutti essere reali e vivere in mezzo agli umani. Come avrebbe potuto saperlo, ma voleva davvero scoprire la risposta a quella domanda? No, preferiva decisamente vivere felicemente nella negazione.

"Vieni, entriamo e mangiamo tutto questo cibo, e ti spiegherò tutto ciò che posso. Sai, Toby sarà imbronciato," disse Penny, scendendo dall'auto. Brontolando, Minetta seguì l'amica.

"Ehi, salve, signor Granger!" Penny fece cenno all'anziano che viveva in fondo al corridoio di fronte a lei. L'uomo, seduto accanto al suo bianco cagnolino peloso, rispose al saluto. "Nessun altro nell'edificio parla con lui, ma a me piace il suo lato sarcastico," spiegò Penny.

A Minetta non piacevano molto gli appartamenti. Sebbene la sua casa non fosse molto più grande, preferiva avere uno spazio con un giardino. Tuttavia, se avesse dovuto scegliere un posto, questo sarebbe stato piuttosto carino. Era pulito, e lo miglioravano continuamente, così che rispettasse i costanti cambi di tendenza. L'ingresso non era nello stile di Penny. Infatti amava lo stile boho ed era completamente ossessionata dai colori rosso, bianco e oro. Quasi ogni infisso, pezzo di mobilio e decorazione era in uno di questi tre colori.

Uscirono dunque dall'ascensore, arrivando al corridoio dell'appartamento di Penny all'ultimo piano. Minetta portava tutti i sacchetti e le chiavi tintinnanti, mentre si destreggiava con i panini.

"Dai, porto io qualcosa," si offrì Penny, prendendo tre sacchetti.

Non appena la porta si aprì, fu avvicinata da Toby.

"Ehi, amico! Penny ti ha rubato?" Le leccò la mano e poi diede una musata contro i sacchetti. "Oh, credi di meritare un panino? Che cos'hai fatto esattamente per meritare una simile ricompensa?" Toby inclinò il capo verso di lei, e poi sollevò una zampa. Lei e Penny scoppiarono in una fragorosa risata, mentre lo sciocchino abbaiava contro di loro. "D'accordo, immagino che ne abbiamo presi in abbondanza per dartene uno."

"Vuoi cambiarti quel vestito? C'è un completo per lo yoga e un maglione che dovrebbe starti bene."

"Grazie, questo sembra un po' eccessivo ora, sebbene, secondo Skye, fosse economica spazzatura Hundo." Imitò la voce di Skye.

"Lasciala perdere. È soltanto una mezza demone arrabbiata che si ingelosisce facilmente. E ti dirò che è diventata troppo pretenziosa da quando è diventata la migliore amica di Riker. Se non ci fosse lui a proteggerla, un mucchio di demoni la trascinerebbe all'Inferno per la sua boccaccia. E quel gruppo troverebbe dei metodi molto creativi per chiudergliela definitivamente." Penny rabbrividì, e lei poté soltanto starsene a guardare.

"Aspetta, quindi anche Skye è un demone?"

Penny le rivolse un piccolo sorriso e alzò le spalle.

"Naturalmente. Avrei dovuto capirlo. Fammi indovinare, lo sono anche Riker e Michael?" Seguì Penny nella sua camera da letto e prese i vestiti che l'amica le aveva offerto prima di essere guidata al bagno.

Penny si fermò davanti alla porta e accese la luce.

"A dire il vero, non sono demoni, non proprio. Ma è difficile da dire. Aspetterò che tu esca dal bagno per spiegarti tutto."

"Ok, grazie." Minetta chiuse la porta del bagno e stette a fissare il proprio riflesso allo specchio. Dovette domandarsi che cosa avrebbe pensato suo padre di tutto questo; se ora la stava osservando, stava ridendo o la stava incoraggiando?

Distogliendo lo sguardo dalla propria immagine, indossò i vestiti elasticizzati, amando la sensazione che i morbidi capi sportivi le davano; erano naturalmente di un vivace rosso.

Tornando in cucina, Minetta prese un panino e delle patatine, e poi si accomodò al solito posto sul divano. Incrociando le gambe sotto di sé, si sistemò con il cibo sul grembo.

"Temevo che non saremmo mai tornate qui. Avevo seriamente paura che non volessi più parlarmi," disse Penny, unendosi a lei.

"Sì, anch'io, ma prima di tornare alla nostra amicizia, devi dirmi la verità. Su tutto, incluso come ho fatto a svegliarmi nel mio letto e come la casa sembrasse completamente normale."

Penny s'infilò del cibo in bocca e poi si mise a suo agio. "Dimmi, quanto di tutto ciò hai capito?"

"Beh, quasi niente. Ho preso in prestito dei volumi dalla biblioteca ed è stato così che ho scoperto la tua vera identità, o almeno quello che credo tu sia. Hai finito per confermarlo nella tromba delle scale."

Minetta diede un morso al suo panino, e poi ne strappò un pezzetto da dare a Toby.

"Ottima deduzione. Sono una delle Erinni. La mia caduta dalla grazia è dovuta a un uomo."

"Non lo è sempre?" esclamò Minny, e stettero a fissarsi prima di scoppiare di nuovo in una fragorosa risata.

"Giusta osservazione! Ma, seriamente, mi sono innamorata di un mezzo-demone, mentre ero qui sulla Terra per un lavoro, e diciamo semplicemente che ho preso delle decisioni che mio Padre non approvava. Sono stata cacciata e sono finita all'Inferno per un periodo; infine ho deciso che la Terra era la scelta migliore per me."

Penny scrollò le spalle come se quello che aveva appena detto fosse la cosa più normale del mondo.

Minetta diede il resto del panino a Toby, e si piegò in avanti per appoggiarsi su braccia e ginocchia. "Vediamo se ho capito bene. Eri un angelo, e quando dici Padre, intendi... Dio?"

"Esatto."

"Ti sei innamorata mentre eri qui sulla Terra. Che cosa facevi qui, quanti anni hai?" furono le seguenti domande di Minetta.

Penny arrossì, le guance divennero della stessa sfumatura di rosso come i capelli. "Ero qui in funzione di angelo custode, e l'ho fatto per quattro secoli, il che dice che sono molto giovane. Sono sempre stata uno spirito più libero degli altri angeli. Immagino che sia finita per non trovarmi bene da nessuna parte." Minetta appoggiò le spalle allo schienale del divano con un'espressione di sorpresa sul volto, le mani le caddero sul grembo.

"Mi spiace che ti sia sentita così, che sia stata costretta a sentirti fuori posto," disse ed era sincera. Sapeva che cosa si provava a sentirsi in quel modo, ad essere diversi dal resto della folla, e sempre ai margini. Ci si sentiva soli. "Invecchierai mai?"

"Sì, ma molto lentamente. Così lentamente, che avrò ancora questo aspetto quando i tuoi trisnipoti saranno nati." Della senape cadde sul viso di Penny, mentre dava un altro morso al suo panino. Minetta non poté fare a meno di concentrarsi sulla lingua leggermente biforcuta dell'amica, mentre leccava via il condimento. Aveva sempre presunto che la lieve rientranza fosse stata un difetto di nascita o frutto di una sorta di incidente.

"È come se avessi trovato la fontana della giovinezza." Minetta fissò il dipinto astratto appeso alla parete.

"So che tutto questo sembra impossibile e, se non riesci più a gestirlo, ti dirò solo lo stretto necessario e nient'altro," disse Penny, ma Minetta scosse il capo rispondendo di no.

"Prima che continui con l'intera faccenda, dimmi, che cos'è successo all'uomo di cui ti sei innamorata?"

Sul volto di Penny cadde un'ombra scura, gli occhi le divennero lucidi e distolse lo sguardo.

"Era più umano che demone. È morto molto tempo fa."

"Oh Penny, mi dispiace tanto. Non volevo riportare alla luce un ricordo doloroso."

Penny sorrise e scosse il capo. "No, tranquilla. È la vita. Ad ogni modo, non ho trovato nessun altro; o meglio sì, ma non sa nemmeno che esisto."

"Intendi dire che non lo sa, perché non è nemmeno consapevole dell'esistenza dei demoni?"

Penny scoppiò a ridere e poi, masticò altre patatine, mentre le guance le si tingevano di rosa. "Stai arrossendo? Chi è quest'uomo? Dai, amica, hai detto che mi avresti detto tutto quello che volevo sapere."

Penny roteò gli occhi. "Va bene. Si tratta del fratello di Skye, a dire il vero. Si chiama Neven, ed è .... beh, mi piace, ma non mi vede nemmeno. Infatti, sono piuttosto certa che non ricorderebbe il mio nome nemmeno se ci fossimo incontrati dozzine di volte nel corso degli anni." Penny si accasciò nella sedia.

"Questo non puoi saperlo."

"Fidati. Lui va ben oltre le mie capacità. Non sono nessuno per lui."

"Penny, non osare." Sollevò il dito. "Tu sei bella, divertente, intelligente e tante altre cose. Se lui non riesce a vederlo, allora peggio per lui, non il contrario."

Un piccolo sorriso si formò all'angolo della sua bocca. "Grazie, amica. Quindi... posso continuare con quello che vuoi sapere?"

"Sì, continua pure. Voglio sapere tutto." Toby saltò sul divano con una zampa alla volta, finché il grosso corpo si accoccolò accanto a lei, poggiando la testa sul suo grembo. Lei fece gentilmente scorrere il dito sul pelo della testa, e aspettò che Penny proseguisse.

"Sono andata a cercarti dopo aver rispedito il demone del ghiaccio all'Inferno. Poi ho trovato te e Toby alla scuola. Sono arrivata giusto in tempo. Stavate attirando l'attenzione di alcuni individui non così deliziosi. Vi ho portato a casa entrambi, e poi ho chiesto un piccolo aiuto a qualcuno che mi doveva un favore, ed è davvero bravo a riparare magicamente le cose. Abbiamo rimesso tutto a posto. Non sono dotata di una grande capacità da guaritrice ma, per le ferite minori che avevate voi due, sono riuscita a guarirvi. Mi dispiace, avrei dovuto pensare a tua madre e a come hai vissuto quella strana notte. Speravo solo che avresti pensato che fosse stato un incubo."

"Mi ha terrorizzata, quasi più del demone. Perdere la testa così presto... ero davvero spaventata."

"Lo so e mi dispiace. Puoi perdonarmi?" Penny la pregò e le allungò la mano, così che Minetta la prendesse.

A Minetta occorse un momento per analizzare l'amica ma, nel suo cuore, aveva già perdonato Penny. Annuì e le strinse la mano. Sollevò il braccio di Penny e fissò il piccolo simbolo tatuato sul polso. Aveva visto quello stesso simbolo nelle sue ricerche sulle diverse tipologie di demoni. Consisteva in linee intricate che assomigliavano a una croce tra un pentagramma e un sole.

"Che cosa significa questo simbolo? Intendi davvero darmi la scusa del 'Pensavo fosse bello' che mi hai già dato?"

"L'ho avuto con la caduta. Serve per assicurarsi che io non possa tornare più in Paradiso. L'unico modo in cui posso tornarci è grazie agli arcangeli, uno di loro deve rimuoverlo, garantendomi così il permesso." Penny sollevò una spalla, un'ombra cambiò i suoi tratti normalmente allegri. "È come una cavigliera elettronica umana, ma non posso toglierlo a meno di non tagliarmi la mano. Credimi, ci ho pensato, ma a quale scopo? Anche se riuscissi a infiltrarmi in Paradiso, quanto tempo passerebbe prima di essere notata e scacciata via, finendo col ritrovarmi un'altra parte del corpo tatuata?"

"Mi dispiace," disse Minetta, mentre lasciava la mano dell'amica.

"Per cosa dovresti?" chiese Penny, dando un morso al suo panino, che fece sembrare le sue guance come quelle di uno scoiattolo.

Sorridendo davanti alla stupida espressione sul volto di Penny, Minetta rispose. "Mi sembra come se in qualche modo avrei dovuto saperlo. Voglio dire, il Paradiso era la tua casa; penso a come devi esserti sentita quando sei stata cacciata via. Essere costretta a vivere in un posto in cui non volevi stare, e solo perché ti sei innamorata. Ho commesso delle scelte davvero sciocche su James, e non riesco ad immaginare di essere cacciata via da casa mia, dalla famiglia che amavo, per questo. Quanto devi esserti sentita sola. Fa male pensarci, Penny."

Penny si asciugò una lacrima e distolse lo sguardo da Minetta.

"Sì, è stata dura. Sono stata davvero di pessimo umore per molto tempo, amareggiata per quanto successo." Penny sospirò mentre si grattava il viso. "Tuttavia, inizierò col dire che amo il mio lavoro, e voglio bene a te, Minny. Sei davvero la mia migliore amica e la mia famiglia ormai. Ma..." Penny si fermò, e strofinò nervosamente le mani sul grembo.

"Ma che cosa?"

"Quando ci siamo conosciute, in realtà ero in missione e non come tua amica. La missione consisteva nel tenerti lontana da Riker Rhodes."

"Ma che avete tutti con quest'uomo? Voglio dire, lo conosco a malapena, e tu e questa Skye vi state comportando come se fosse la fine del mondo, se solo gli rivolgo la parola. Non che voglia farlo, quell'uomo è davvero un bel tipo."

"Ascolta, è una storia molto lunga e complicata che non posso raccontarti adesso ma, sostanzialmente, Riker è uno degli arcangeli originali caduti con Lucifero dal Paradiso. Lui è un peccato mortale. L'avarizia per essere precisi. Riker è Mammon."

Minetta sorrise, aspettando la battuta finale, ma l'espressione di Penny rimase seria. "Non stai scherzando, vero?" Penny scosse il capo per rispondere negativamente alla domanda, e improvvisamente la stanza sembrò troppo piccola, come se le pareti si stessero chiudendo su se stesse.

Minetta si alzò e camminò avanti e indietro, fermandosi solo per guardare momentaneamente fuori dalla finestra. Da quest'ultima, era possibile vedere l'alta e imponente struttura dell'Avidity Enterprises. L'atteggiamento di Riker sembrò improvvisamente sensato. In quale altro modo poteva comportarsi uno, il cui unico scopo era creare avarizia nel mondo?

Alcune luci erano ancora accese, e lei si domandò se Riley fosse tornato a casa dopo la cena, oppure se fosse tornato al lavoro. E perché, tra tutte le persone, era interessato a lei? Cioè, c'era letteralmente una fila di belle donne davanti alla porta del suo ufficio, e tutte volevano fare sesso con lui.

"Allora, perché devo stare lontana da lui?" Si voltò a guardare Penny.

Penny si alzò lentamente in piedi e andò accanto alla sua poltrona, con le mani appoggiate allo schienale. "Perché ... Riker deve restare così com'è. Deve rimanere il peccato dell'avarizia. È necessario sulla Terra. So che sembra insensato, ma c'è un equilibrio tra il bene e il male che è sempre in atto."

"Non ti seguo."

"Ti sei accorta quanto Riker si comporti diversamente in tua presenza?"

"Se ti riferisci a fare il coglione egoista, allora sì, pensavo che fosse il suo solito atteggiamento."

Penny sorrise. "Sarebbe difficile per te vedere il cambiamento, visto che l'hai appena conosciuto, ma chiunque lo conosca è in grado di distinguere la differenza. La reazione di Skye dovrebbe bastarti in tal senso. Sei una minaccia all'equilibrio e, per questo, c'è qualcuno che ti insegue, demoni di ogni genere, e tutto questo perché ho fallito a tenerti lontana da lui, tanto per cominciare."

"Accidenti, stai dicendo che quell'essere nella mia casa non è l'ultimo, che non era una coincidenza o che ha avuto fame ed è finito lì, ma che ci è venuto di proposito?"

Penny sospirò. "Temo sia così. Non so che tipo di demone o quando, ma quella è la ragione per cui sono venuta da te la notte dopo la gara. Stavo controllando che fossi al sicuro, quando ho trovato il demone del ghiaccio nella tua casa."

"Ed è per questo che mi stai seguendo ovunque?"

"Sì. Minny, sono tua amica. Ti giuro che non intendo farti del male. Mi... mi dispiace solo di non aver fatto un buon lavoro per tenere voi due separati. Sapevo che sarebbe andato al triathlon. Compete sempre e vince. È da lui. Avrei dovuto... non lo so... fingere di cadere e di dover andare in ospedale." Penny si grattò il viso.

"Ecco perché stavi provando a convincermi a fare altro. Questo è... questo è...." Non riusciva a trovare la parola adatta e scosse il capo.

Quelle informazioni giravano come un vero vortice nella sua testa, che sembrava infinito. "Dimmi, che cosa posso fare?" Minetta si accoccolò accanto a Toby.

"Ti lasceranno in pace, se starai lontana da Riker. Altrimenti, ci saranno troppi demoni da uccidere per me. L'Inferno ne pullula letteralmente. Odio doverlo dire, ma dovresti considerare di trasferirti. Tipo dall'altra parte del mondo se possibile. Ora che lui ti ha incontrato, sarà attratto da te. Sei unica, Minny. So che non pensi sia così, ma la tua anima è gentile e non è piena di avarizia come quella di chiunque altro. Ecco perché sei la prescelta della profezia, e lui bramerà di starti vicino."

Tutto questo sembrava impossibile. Se angeli, demoni e altri esseri non erano abbastanza, ora aveva demoni assassini alle calcagna, per via di una profezia di cui non aveva mai sentito parlare? E tutto per via di quest'uomo che conosceva a malapena e che si comportava diversamente in sua presenza? Doveva esserci un'alternativa al trasferimento. Forse poteva semplicemente dire al prossimo che le si fosse palesato di non aver più intenzione di rivedere quell'idiota. Poteva felicemente restare il peccato odioso, così che lei potesse vivere la propria vita.

Fece un forte respiro, mentre le veniva qualcosa in mente. "Quindi Michael non è un demone..." Penny scosse il capo confermando di no. "E Riker è un arcangelo caduto, ma ha chiamato Michael fratello.... dannazione, lui è Michael, cioè Michael, Michael. Il Michele della bibbia, non è vero? L'arcangelo più potente, quello che ha scacciato Lucifero?"

Penny si mordicchiò il labbro inferiore e annuì. Minetta si coprì la bocca con le mani, sentendosi stordita. Aveva avuto pensieri erotici su un dannato arcangelo e un Caduto. Sarebbe finita all'Inferno? Avrebbe mai avuto la possibilità di andare in Paradiso ora che sapeva che esisteva, per via delle sue fantasie spinte? Oh, cielo, e se fosse andata a letto con lui? Fece un altro respiro forte. Le aveva visto le tette sotto la camicia bagnata! Aveva flirtato con lui. Il cuore iniziò a batterle davvero all'impazzata.

"Stai bene? Sembra tu stia per svenire," disse Penny, avvicinandosi leggermente all'amica. "Fidati, non è così eccezionale come lo descrivono i libri."

"Credo che sto per sentirmi male. Ho preso un caffè e ho flirtato con la cosa più vicina a Dio stesso, e visto un altro arcangelo, un peccato originale, scopare con una ragazza. Non riesco nemmeno ad elaborare al momento. Scusami." Minetta si alzò e si recò al bagno. Afferrò il lavandino e, stavolta, mentre si guardava allo specchio, ebbe voglia di fuggire da se stessa.

Una cosa era certa: non avrebbe rivisto nessuno dei due, non se aveva qualcosa da dire in merito.

VENTOTTO

Minetta portò Toby a casa e si cambiò prima di andare al lavoro. Lei e Penny avevano parlato finché lei non era riuscita più a gestire altre informazioni, finendo per accoccolarsi con il suo cane sul divano. Lui era il solo e unico che sembrava essere come aveva sempre pensato che fosse.

"Papà, avevi ragione. La vita ha un modo decisamente strano di lanciarti una palla curva quando meno te lo aspetti," disse, mentre usciva dalla propria auto.

La cosa che ancora non riusciva a comprendere era: perché proprio lei? Penny provò a spiegarlo un paio di volte, ma c'erano così tante persone grandiose e meravigliose al mondo che facevano molto più di quanto facesse lei per aiutare l'umanità, pertanto tale risposta le suonò sempre strana.

Quando le porte dell'ascensore si aprirono, seppe che stava succedendo qualcosa.

Non riusciva a vedere la sua scrivania, ma alcuni colleghi erano radunati, e guardavano tutti qualcosa all'interno del suo cubicolo.

Pregò che non ci fosse Riker o Michael seduto lì. Non era in grado di affrontarlo, e fu tentata di andare a nascondersi nel bagno delle signore.

Sì, certo, funzionerà, perché un arcangelo non può entrare in un bagno delle signore.

"Che cosa succede?" chiese, avvicinandosi al gruppo.

"Guarda, è una follia!" disse sorridendo una delle altre ragazze.

Minetta guardò all'interno del suo cubicolo, e spalancò la bocca. Era completamente ricoperto di fiori. Non c'era nemmeno spazio sufficiente per lei per sedersi, perché la sedia era occupata da un enorme bouquet. Fiori di ogni forma, grandezza e colore, ogni composizione era unica e splendida. Quando la sorpresa iniziale iniziò a scemare, si rese conto che i sospettati potevano essere solo tre. Non si trattava certamente di James. Non aveva il denaro per fare un gesto simile, e non ci avrebbe pensato neppure se ne fosse stato in possesso. Poteva trattarsi di Michael, ma non sembrava affatto nel suo stile, il che lasciava in gioco soltanto una persona.

La composizione dei fiori di loro sulla sedia era accompagnata da un bigliettino, posizionato in mezzo a due fiori. Si chinò sui fiori sul pavimento per raggiungerlo. Aprendolo, il cuore iniziò a battere forte, riecheggiandole nelle orecchie.

Minetta,

Mi scuso per il comportamento di Skye e se ti ho messa a disagio. Vorrei l'opportunità di rimediare. Ti prometto che ciò che ho in mente ti piacerà. Chiamami al mio numero personale 555-666-6969

Ri

"Beh, a quanto pare qualcuno ha un ammiratore. Devi essere stata una gran bella scopata per ricevere tutto questo." Minetta si voltò e prima di rendersi conto di quello che stava facendo, il suo pugno colpì il viso compiaciuto di Jared, che finì per barcollare all'indietro prima di cadere sul sedere.

"Non osare più parlarmi in questo modo." Minetta, furiosa, contemplò dall'alto in basso l'espressione scioccata sul volto di Jared.

"Ti farò arrestare per aggressione!"

"Fallo pure. Mi hai infastidita per l'ultima volta, Jared," gridò.

L'uomo si alzò in piedi e si allontanò con la coda tra le gambe, da codardo quale era. Le sue colleghe esultarono, e batterono le mani in modo assordante.

Una volta sparito dalla sua vista, scosse il capo e si massaggiò le nocche. Le sarebbe servito del ghiaccio e sperò di non essersi rotta niente.

Faceva più male di quanto sembrasse accadere nei film.

"Era ora che qualcuno gli impartisse una bella lezione per tutte le porcherie da maleducato che dice. Buon per te, ragazza," disse una delle donne più anziane, rivolgendole un sorriso.

I telefoni iniziarono a illuminarsi, e tutti tornarono rapidamente alle proprie postazioni. La piccola pausa dalle chiamate era un evento raro e agognato.

Tornando al negozio di fiori nel suo cubicolo, si accorse di stare sorridendo. Sapeva esattamente che cosa avrebbe fatto con quei fiori, perché portarli a casa era fuori questione.

"Pensi che dovrei chiamare?" chiesi a Shilo mentre camminavo avanti e indietro nell'ufficio dalle dimensioni olimpiche. "Poi, forse non li ha ancora visti," dissi prima che Shilo potesse rispondere. "Voglio dire, dovrebbe essere al lavoro ormai. Dovrebbe averli visti, giusto? Come può non averlo fatto?

Forse non ne ho mandati abbastanza, o forse dovrei riempirle la casa di fiori, per quando torna dal lavoro. Oh, l'idea mi piace."

Alzai il telefono per chiamare il fioraio. Avevo già speso più di quanto avessi mai fatto per chiunque stessi provando a impressionare, eppure ero pronto a triplicare se fosse stato necessario. Feci una pausa di un momento. Non avevo mai provato a impressionare qualcuno prima d'ora, lei era la prima. Scacciando quel pensiero dalla mente, scorsi tra le mie chiamate precedenti per trovare il numero.

"Penso che tu ne abbia mandati abbastanza, signore," disse Shilo con un tono di voce calmo, mentre se ne stava sulla porta.

Lo guardai e tamburellai con le dita sul cellulare nel mio palmo. "Se è così, allora perché non ha richiamato?"

Shilo mi guardò riprendere a camminare avanti e indietro per la stanza. I suoi occhi erano snervanti, come quelli di un quadro inquietante, il cui sguardo ti segue quando ci passi davanti. Non mi piacevano. Sembrava sempre che il quadro in questione custodisse i segreti che avrei dovuto conoscere. Volevo gridargli di smettere di fissarmi, ma questo avrebbe soltanto spaventato l'anziano angelo. Avevo commesso quest'errore soltanto una volta all'inizio del nostro rapporto collaborativo, e ci era voluto un mese prima che Shilo si sentisse a suo agio a stare di nuovo da solo con me nella stessa stanza.

"Signore, penso che dovresti lasciarla stare. Se è interessata, allora chiamerà."

"Come, e lasciar vincere Michael? Mai. Devo farla mia. Devo tenerla lontana da quell'energumeno dalle ali bianche." Arrivai in fondo all'ufficio e stetti a guardare il mio autoritratto. Diedi poi un'occhiata al mio Rolex. Ormai lei avrebbe dovuto chiamare.

"Mi dispiace signore, non ho capito l'ultima parola che hai detto."

"Energumeno," ripetei, notando che la nuova composizione non era regolare. "Sai, lui è falso e bugiardo." Allungandomi, fissai la composizione nera e crema che avrei dovuto mandare a Minetta. I fiori erano stupendi ma sembravano troppo confusionari. Dovevo ricordarmi di non servirmi più da quel fioraio.

"Signore, Minetta è al lavoro. Forse è solo impegnata. A differenza tua, non ha la libertà di scegliere le proprie ore o di farsi delle proprie regole. Diciamo che è piuttosto come gli impiegati che lavorano ai piani inferiori di questo edificio."

Controllai di nuovo il cellulare e poi mi diedi dei colpetti sul mento, mentre riflettevo sul da farsi. "Può essere, ma avrebbe potuto inviare un messaggio. Non capisco. Come può resistere alle mie scuse? Proprio non riesco a capire come possa resistermi? Ho visto nell'interesse nei suoi occhi, Shilo, ti giuro che è così, eppure mantiene le distanze."

"Signore, lei non è come le altre ragazze che vengono qui semplicemente per inseguire il piacere. Sento che devi provare un approccio differente."

"Non capisco. Proprio non riesco a comprendere e ho bisogno di sapere. No, non posso aspettare. Devo sapere se li ha ricevuti. Non credi?"

"Me lo stai chiedendo, signore, o ti stai sfogando?"

Guardai verso di lui al di sopra della mia spalla. "Te lo sto chiedendo."

"Posso parlare liberamente, signore?"

"Ok, Shilo, parla liberamente."

"Signore, per favore, dammi retta quando ti dico che devi fare le cose in modo differente e che il tuo denaro non è la risposta. Hai già detto che lei è diversa, che è unica e, soprattutto, non ha un solo briciolo di avarizia nel suo cuore."

Vidi Shilo nel riflesso della finestra, mentre guardavo l'oceano a distanza. "Quale è il punto?"

"Hai considerato che i regali sontuosi e costosi non siano il modo giusto di fare?"

Sbuffai e mi voltai a guardare Shilo. "Non essere ridicolo. Può non essere avida, ma è pur sempre una donna, e a ogni donna piace essere ricoperta di regali dal proprio potenziale ammiratore. Non sto facendo altro che scusarmi per la mia totale scortesia, assicurandomi che sappia quanto la apprezzi."

Shilo distolse da me il suo sguardo calmo, per guardare dritto davanti a sé. "Se lo dici tu, signore."

"Penso che dovrei chiamarla, ma potrei sembrare troppo disperato." Stetti a fissare uno degli altri edifici più piccoli. Vidi un uomo e una donna che si baciavano e, improvvisamente, provai gelosia per loro. "Lo so. Dirò che volevo assicurarmi che avesse ricevuto i fiori. Forse non è andata al lavoro oggi, e qualcun altro li ha presi al posto suo. Sì, la chiamo.”

Tirai fuori il cellulare e digitai il numero, per trovare il quale avevo passato un tempo infinito —- stupidi cellulari e i loro numeri memorizzati. Premetti su invio, aspettai di sentir squillare, ma finii dritto alla segreteria telefonica. Ebbi l'idea a questo punto di contattare il 911 e aspettare che qualcuno rispondesse.

“Nove, uno, uno. Quale è l'emergenza?”

“Sì, buongiorno. Potrebbe trasferire la chiamata a Minetta Johnson per favore?”

“Non è una reception. Dovrà chiamare...”

Interruppi subito la donna, prima che potesse continuare. “No. Sono Riker Rhodes, e sono quello che ha mandato i fiori. Chiedo rispettosamente che mi lasci parlare subito con Minetta, o mi assicurerò che non lavori un altro giorno da nessuna parte in questa città.” Il silenzio mi accolse, e stetti a fissare il cellulare per capire se fosse ancora collegato.

“D'accordo, signore, trasferirò la sua chiamata, ma non chiami più questo numero. È destinato soltanto alle emergenze.”

Nessuno mi diceva di fare qualcosa. Che tipo di posto era quest'ufficio del 911? Se non sapevano chi fossi, allora lo avrebbero saputo nel momento stesso in cui li avessi fatti sbattere fuori. Ero furioso, mentre aspettavo che Minetta rispondesse. Il telefono squillò due volte, e poi sentii la sua voce dolce in linea.

“Sono Minetta, come posso aiutarla?”

“Minetta, sono io, Riker.”

“Avrei dovuto immaginarlo,” disse, con voce apparentemente infastidita.

Non sapevo che cosa lei intendesse o perché fosse infastidita, ma proseguii comunque. “Volevo sapere se avessi ricevuto i fiori che ho mandato.”

“Vuoi dire la giungla che mi ha accolto stamattina? Sì, li ho ricevuti, e saranno felici nelle loro nuove case. Ora, se vuoi scusarmi, devo tornare al lavoro.”

“Aspetta, che cosa vuoi dire con nuove case?”

Lei sospirò come se fosse frustrata, il che era esasperante, visto che mi ero impegnato al massimo per conquistarla. “Riker, apprezzo che ti sia dato tanto da fare per scusarti, ma non avrei mai voluto così tanti fiori, perciò li ho mandati all'ospedale, destinandoli ai malati che non hanno nessuno che vada a trovarli."

"Hai fatto cosa? Ma li ho regalati a te."

"Sì, e li ho dati via perché ora sono miei e posso farne ciò che voglio. Ora, ti chiedo di non chiamarmi al lavoro. In effetti, preferirei che non mi chiamassi mai più. Devo andare. Il mio capo mi sta chiamando. Prenditi cura di te, Riker. Apprezzo le tue scuse." La comunicazione morì nel mio orecchio, e stetti a fissare il cellulare, con la bocca spalancata.

"Mi prendi in giro? Michael ha già fatto una tale impressione?" chiesi a Shilo, ma l'uomo in questione rispose.

"Non biasimarmi. Ha rotto anche con me." La mia testa si inclinò, guardando Michael, che era apparso sull'uscio. Non lo vedevo da oltre un secolo, e ora sembrava che non riuscissi a stargli lontano. Il coglione si era trasformato nel mio stalker.

"Che cosa ci fai di nuovo qui? Non ti avevo già detto che volevo che non tornassi?" Attraversai la stanza fino alla macchina dell'espresso.

"E io che pensavo che si fosse creato qualcosa tra noi, ieri sera. Sai, un momento in cui non mi hai odiato?" Diede un'occhiata al mio caffè. "Potresti offrirmene uno. Mi piace con doppia panna," disse Michael, occupando una delle sedie nere in pelle che usavo per le riunioni.

"E sprecare la mia costosa miscela con te? Neanche per sogno." Michael roteò gli occhi verso di me, e io brontolai e mi trovai a preparare comunque il caffè allo stronzo. Lo odiavo. Lo odiavo davvero, eppure ne sentivo la mancanza.

Come potevo provare al contempo queste due emozioni? Una volta eravamo davvero uniti, migliori amici e passavamo molto tempo insieme, e ora riuscivo a malapena a tollerare la sua faccia.

"Tieni." Poggiai la tazza sul tavolo in marmo di fronte a lui, e procedetti ad accomodarmi, visto che non sembrava intenzionato ad andarsene tanto presto. "Shilo, è una tua scelta, puoi restare o andartene," dissi.

Shilo odiava stare nella stessa stanza con Michael persino più di me, e non l'avrei costretto a restare in sua presenza neppure ora.

"Non andartene per colpa mia," disse Michael mentre guardava l'angelo caduto, che rifiutò di guardare verso di lui.

"Vado allora, signore. Se hai bisogno di me, chiamami." Shilo s'inchinò e lasciò la stanza, chiudendo la porta alle sue spalle.

"Non vuole mai parlarmi. È come se non esistessi." Michael guardò la porta chiusa come se potesse davvero sentirsi dispiaciuto per questo.

"Puoi biasimarlo? L'hai cacciato via dal Paradiso, costringendolo a lasciare sua moglie, da quasi un millennio, e le sue tre figlie."

Michael sospirò e sorseggiò il caffè, ovviamente non volendo discutere di quella situazione particolare. "Bene, non dire niente, ma so che quello che dico è vero, e sai anche che non lo meritava. Adesso, dimmi, che cosa intendi quando dici che Minetta ha rotto con te?"

Michael sollevò una spalla e la lasciò cadere. "Proprio ciò che ho detto. Mi ha inviato un messaggio stamattina, in cui ha scritto che pensa io sia un uomo eccezionale, ma non crede che siamo bene assortiti, e non vuole che sprechiamo il nostro tempo uscendo una seconda volta. Apparentemente, non è interessata a nessuno di noi due. Che arcangeli siamo. Forse il nostro aspetto e il nostro fascino stanno decadendo."

"Ha! Mi sembra piuttosto che la ragazza sia dotata di buonsenso, almeno per quanto ti riguarda." Sorrisi dietro alla mia tazza. "Perché sei di nuovo qui a graziarmi della tua presenza?" chiesi, con voce intrisa di sarcasmo.

"Sono venuto a trovare mio fratello e volevo fare colazione. Forse possiamo commiserarci con un mimosa?"

Sollevai un sopracciglio, con aria interrogativa. "Trovo molto difficile prenderti in parola, Michael. Cerco sempre che cosa si celi sotto le tue motivazioni."

"Lo so, ma volevo solo fare colazione prima di lasciare la città." Michael si alzò e si abbottonò la giacca del suo completo.

"Non so perché acconsento a questo. D'accordo, farò colazione con te, ma guiderò io."

La cosa strana era che questo avrebbe dovuto diventare il perfetto deterrente per stare a distanza da Minetta, con Michael fuori dai giochi. Non era più sfidare Michael per averla, eppure la cosa accresceva ulteriormente il mio interesse. Lei aveva voltato le spalle a me e Michael? Chi era questa ragazza?

Questa Minetta era una sfida, e a me la cosa piaceva. Più ci pensavo, più aumentava la mia voglia di dimostrare a Michael che potevo conquistarla.

Più precisamente, che potevo ottenere qualcosa che avevo voluto e che mi era stato negato.

Minetta poteva credere di essersi liberata di me, ma mi stavo soltanto scaldando, e avevo la perfetta idea di come avrei fatto ad attirare la sua attenzione.

VENTINOVE

Minetta deglutì rumorosamente, mentre saliva per le scale verso l'ufficio del capo. Odiava andarci, ed era stata convocata solo poche volte. L'ufficio aveva un sovrastante odore di fetida umidità, e si domandò se ci fosse un problema di muffa all'interno. Non aiutava che non potesse dire se Eric avesse o meno una famiglia.

Non c'era un solo oggetto personale da nessuna parte. Nemmeno una finta foto su una spiaggia alla parete; era circondato soltanto da banale grigio, che ben si sposava con lo sguardo privo di emozioni sul volto del capo.

Eric le parlava raramente. Era come se preferisse non rivolgerle mai la parola, a meno che non fosse costretto a farlo. Minetta bussò sulla porta chiusa, e l'uomo dall'altra parte, con voce profonda, le rispose di entrare.

La sua trepidazione iniziale mutò in grande panico, mentre fissava i due agenti di polizia nella stanza.

"Minetta, entra pure. Dobbiamo parlare." Eric le fece cenno con la mano grossa di venire avanti. Il viso arrossato presentava la stessa maschera piatta e priva di emozioni di sempre, senza far trasparire alcunché.

"Che cos'è questa storia?" chiese, continuando a fissare i poliziotti che la guardavano.

Eric indicò gli uomini e sprofondò nella sedia, che finì per cigolare sotto la sua postura corpulenta. Minetta tornò a fissare i poliziotti che avevano in mano taccuino e penna.

"Signora, mi spiace se siamo qui. Non ci piace interrogare i nostri colleghi dell'emergenza." L'uomo che parlò aveva una targhetta sul petto, con scritto Morris, e aveva gli occhi coperti dal cappello. I baffi a manubrio lo facevano sembrare una sorta di zio, ma non erano lì in qualità di amico, a prescindere dall'aspetto. "Ha colpito uno dei suoi colleghi oggi?"

Assolutamente incredibile! Jared lo aveva fatto davvero. Aveva sporto denuncia. Quante volte aveva sopportato il suo atteggiamento odioso, e questo era ciò che otteneva in cambio?

"Questo è uno di quei momenti in cui dovrei chiedere un avvocato?"

"Solo se ha fatto qualcosa di male."

Ogni imprecazione nota a un essere umano le passò per la mente, e improvvisamente avrebbe voluto conoscere altre lingue. Avrebbe avuto a disposizione una lista più lunga da vomitare loro addosso.

Tornando a rivolgersi al capo, si sporse in avanti.

"Devi sapere che questo è sbagliato, vero?" Il problema di non possedere tanti soldi era che non avrebbe potuto permettersi un avvocato costoso. Se fosse stata denunciata per aggressione, avrebbe perso il lavoro, avuto la fedina penale sporca e smesso di occuparsi di volontariato. Eric aveva lo sguardo spento e scrollò le spalle. Quell'uomo non avrebbe fatto niente per aiutarla. Che scelta aveva lei se non quella di raccontare la sua versione dei fatti? Forse avrebbe portato a una soluzione, prima che Jared trovasse un modo per peggiorare le cose.

"Ho colpito Jared al call center, ma soltanto perché mi stava molestando sessualmente e l'ha fatto per mesi. È stato il suo commento a indurmi a comportarmi così. Mi sono sentita minacciata e davvero a disagio," disse e osservò mentre le penne iniziavano a scrivere la sua dichiarazione.

"Ha mai riferito di queste molestie al suo capo?" chiese l'agente Morris.

"No, ho lasciato perdere. Non volevo creare problemi. Speravo che lui cogliesse l'antifona e mi lasciasse in pace. Sembrava come il tipico bullo che voleva solo istigarmi, ma oggi è stato diverso."

"In che senso?"

"Tanto per cominciare, era nel mio spazio personale. E, poi, se n'è uscito con una frase sconveniente, ossia che dovevo essere stata una bella scopata per meritare tutti i fiori che erano nel mio cubicolo."

"Qualcuno può confermarlo?"

"Chieda a tutti quelli del call center. Lo hanno sentito tutti una volta o l'altra. L'intero piano ha applaudito ed esultato quando l'ho colpito, perché era stato estremamente sgarbato con tutte le ragazze in svariate occasioni. Penso che una ragazza si sia persino licenziata per colpa sua, ma dovrebbe chiederlo a lei per avere la conferma."

Minetta si appoggiò contro lo schienale della sedia, incrociando le braccia mentre immaginava lo sguardo sul volto di Jared, quando era venuto piangendo in quell'ufficio a lamentarsi. Che viscido. Penny aveva ragione. Avrebbe dovuto denunciarlo tempo prima, e farlo continuamente finché le sue chiappe non fossero finite fuori dalla porta. Il problema con qualcuno come lui è che probabilmente avrebbe ottenuto un impiego altrove, continuando a comportarsi nello stesso modo schifoso.

"Sfortunatamente, dovremo trattenerla alla centrale, fino alla denuncia formale," disse l'agente, e la sua bocca si spalancò, mentre stava a guardare stupita.

"Sta scherzando, vero? Quel tizio mi molesta per mesi fino al punto di dovermi difendere, e sono io che andrò in galera?"

L'agente Morris si grattò dietro il collo, e sembrò sentirsi a disagio, mentre lei sperò sapesse che non era una giusta piega. "Visto che non risulta nulla in archivio e siamo al punto in cui ha affermato di aver colpito un suo collega intenzionato a sporgere denuncia, dobbiamo seguire il protocollo."

"Eric, devi fare qualcosa. Mi conosci," implorò il suo capo.

"Mi dispiace, Minetta, ma non posso interferire, e a meno che non sia scagionata dalle accuse, non ti sarà permesso di tornare al lavoro."

"Mi stai licenziando?" chiese, esasperata.

"No, sei sospesa almeno finché questo casino non sarà risolto." La sedia di Eric scricchiolò di nuovo, mentre si sporse in avanti, poggiando le braccia sulla scrivania.

"Prego, si alzi." Morris estrasse le manette, e la bile le salì fino in gola. Non era mai stata in guai tanto seri per niente, e quel verme di Jared l'aveva fatta sospendere e finire in prigione.

"Verrò pacificamente. Le manette sono davvero necessarie?" In realtà, voleva correre da quella stanza e continuare a fuggire. Tutto ciò che riusciva a immaginare era restare bloccata in prigione per il resto della sua vita, senza poter pagare la cauzione o un avvocato, e sarebbe finita per marcire lì, mentre scivolava tra le crepe del sistema.

"Se promette di non scappare, allora non gliele metteremo."

Lei annuì a Morris e seguì gli agenti fuori, quando si fermò e tornò a guardare Eric. "Puoi chiamare Penny e informarla dei fatti? Per favore, lei bada al mio cane quando non posso?" Lo fissò, finché non lo vide annuire.

Minetta seguì gli agenti fuori dall'ufficio, con la schiena dritta. Non avrebbe permesso a nessuno dei curiosi di vederla spaventata. Men che meno, Jared. Lo scorse in uno degli uffici, sul viso una finta espressione di shock, ma aveva gli occhi che brillavano di malvagità. Lo fissò mentre passava, un sorriso compiaciuto segnò le sue labbra, mentre lui fu il primo a distogliere lo sguardo.

Tuttavia, la sua sicurezza fu di breve durata. Nell'instante in cui vide l'auto della polizia e le fu chiesto di sedersi sul retro, le lacrime iniziarono a scenderle dagli occhi. Sapeva che non era colpa di Riker, eppure non poteva fare a meno di desiderare di biasimarlo al contempo per quanto le stava accadendo. Era come se un'ombra gigantesca di merda le fosse stata gettata addosso nel primo istante in cui si erano incontrati.

Minetta guardò fuori dal finestrino dell'auto, mentre si allontanavano dal ciglio della strada, immettendosi nelle strade vivaci della città. Si sentiva tutti gli occhi addosso, ad aggiungersi al senso di vergogna che provava. Probabilmente tutti si stavano chiedendo che cos'avesse fatto la ragazza sul retro dell'auto. Poteva sentire le loro voci, sembrava una brava ragazza, o non l'avrei mai detto, o mi sono sempre chiesto di lei. Sembrava troppo perfetta.

L'auto svoltò in una delle strade più trafficate e, quando avvenne, passarono davanti all'edificio di Riker. Come se fosse d'aiuto, diede un'occhiata alla struttura alta e imponente, mentre pensava ad ogni cosa cattiva che poteva fare.

Non potè fare a meno di provare quella piccola sensazione pungente al petto, mentre passavano. Per fortuna, quella sensazione svanì, mentre l'auto della polizia frappose distanza tra lei e l'imponente struttura di vetro nero. Era come se riflettesse il cielo blu e le morbide nuvole bianche, come se l'edificio stesso rigettasse il Paradiso. Sprofondò nel sedile e lasciò che la mente vagasse, mentre l'auto continuava a procedere.

Si raddrizzò leggermente, mentre gli edifici alti venivano sostituiti da lotti e centri commerciali. Guardò dunque fuori dal finestrino oscurato, mentre s'immettevano sull'autostrada che portava fuori città.

"Dove stiamo andando?" Morris la guardò attraverso lo specchietto retrovisore, mentre la donna si mordeva il labbro, provando a non gridare. Guardarlo negli occhi era come fissare due pozze di petrolio nero, il marrone chiaro sostituito completamente da quel colore inquietante. "Non lo voglio," spiattellò Minetta. "Giuro che non mi avvicinerò a lui. Voglio soltanto essere lasciata in pace."

Una sorta di risatina da parte dell'agente la fece rabbrividire, mentre l'uomo non diceva niente. Sollevò lentamente lo sguardo oltre la spalla, in sua direzione, con il collo che si girò in modo alquanto innaturale. Minetta sprofondò quando più possibile nel sedile, mentre le labbra dell'uomo si ritraevano, mostrando denti frastagliati e affilati. Quando i loro sguardi tornarono a incrociarsi, un grido agghiacciante le uscì dalla gola, mentre gli occhi dell'uomo fecero un disgustoso suono di risucchio, prima che si aprissero come porte, dalle quali sbucarono due teste di serpenti.

"Aiuto," gridò, sbattendo i pugni contro il finestrino, mentre la paura prendeva il sopravvento. L'istinto urlava di uscire e scappare. Una delle piccole teste verdastre si avvolsero intorno alla gabbia di rete, gli occhi rossi di contrassero su e giù, mentre la esaminavano. Le venne voglia di vomitar, mentre le piccole lingue biforcute uscirono da quelle bocche, oscillando nell'aria. Il suo corpo si scosse incontrollabilmente mentre lei afferrava la maniglia della portiera, urlando come una banshee. Avrebbe preferito rischiare di buttarsi, mentre l'auto andava a cento kilometri all'ora, finendo con il collo rotto, piuttosto che passare un secondo di più in quell'auto.

Allungandosi verso la portiera, usò i piedi contro il finestrino posteriore, pentendosi di non aver indossato stivali al posto delle sneaker da lavoro.

"Basta!" riecheggiò la voce di Morris, il suono così tanto più profondo di quanto lo fosse stato in ufficio. "Arriveremo presto. Syliss, metti via i tuoi animaletti. Non vogliamo che le venga un infarto prima del nostro arrivo."

"Ma la sua paura ha un gusssssssto cossssì buono," sibilò l'uomo, Syliss, con i serpenti fuori dagli occhi.

"Fallo!" Morris abbaiò a Syliss, il suono che venne fuori era più simile a un profondo ringhio rimbombante. Syliss tornò a sedersi al suo posto, i serpenti tornarono nella sua testa. Stette a fissarla, mentre le pupille si richiusero, facendosi sostituire da occhi verdi perfetti. La lingua gli uscì dalla bocca e si allungò abbastanza da permettergli di leccarsi gli occhi, e lei si coprì la bocca, mentre si costringeva a non dare di stomaco.

Rivolse la sua attenzione a Morris, che sembrava il capo e in qualche modo il più normale. "Per favore, Morris, la prego di non farlo. Non voglio Riker. Voglio soltanto tornare alla mia vita così com'era prima che questa follia iniziasse."

"Mammon," esordì, e lei guardò nello specchietto, la sua espressione era vuota, come se dimostrasse di non comprendere. "Il suo nome è Mammon. Il peccato dell'avarizia esige rispetto."

"Mi dispiace, non sapevo che occorreva riferirsi a lui in questo modo. Questo è ciò che intendo, voglio soltanto andare a casa, e se mi aiuterà, mi trasferirò, andando il più lontano possibile. Solo per favore, non mi uccida." Minetta si strinse le mani sul petto, mentre implorava. "Mia madre è malata e conta su di me. Non c'è nessun altro... io..." Le lacrime le si formarono in gola alle parole successive.

"Avresti già dovuto essere consegnata. Questo era inevitabile," disse Morris.

Non aveva idea di che cosa intendesse, ma sapeva di non avere abbastanza tempo a disposizione e soprattutto, nessuna via d'uscita. Si frugò nelle tasche, e ringhiò ricordando di aver lasciato il cellulare sulla sua scrivania.

Non poteva ancora morire. Le mancavano ancora tante esperienze. Aveva a malapena iniziato a depennare le cose dalla sua lista dei desideri, che aveva fatto con suo padre prima che morisse. Calde lacrime le scesero copiosamente lungo le guance, mentre pensava che non avrebbe più rivisto sua madre. Anche se quest'ultima non sapeva più chi lei fosse. Non voleva che finisse da sola da qualche parte senza nemmeno ricevere visite, e che cosa le sarebbe successo una volta che i pagamenti sarebbero cessati, perché il suo conto in banca era in rosso? Il suo labbro inferiore tremò, e fece un sussulto soffocato, mentre la paura mutava in altro. Oltre a Toby e Penny, qualcuno si sarebbe persino preoccupato se lei fosse sparita?

Conservando la propria forza, appoggiò il capo contro il finestrino e osservò il paesaggio che le passava davanti —- lo aveva dato per scontato. Presto sarebbe sceso il buio, il tramonto avrebbe tinto il cielo di splendide sfumature di rosso, rosa e arancione. Era possibile che fosse l'ultimo tramonto che vedeva, e stette a guardarlo con un rinnovato apprezzamento mentre pregava.

Non pensava che Dio si sarebbe interessato alla sua pietosa preghiera. Non aveva ascoltato quando aveva pregato che la diagnosi di sua madre fosse errata o di far sparire la malattia. Non si era degnato di mostrarsi la sera in cui due ragazzi avevano deciso di divertirsi approfittando di lei, durante un party del college. Aveva pregato attraverso le lacrime anche quella notte, senza alcun risultato. Nessuno era venuto. La imbarazzava ancora quell'episodio, tanto da decidere di non parlarne con nessuno. Questo cosiddetto Padre o Dio o qualunque cosa fosse, l'aveva lasciata da sola, nonostante avesse l'infinito potere per aiutare —— la sua fede era stata scossa molto tempo prima.

Dov'era questo Michael, il maestro della manipolazione ora? Scacciando il risentimento, chiuse gli occhi e pensò a suo padre. Si era assicurato che lei apprendesse capacità di sopravvivenza, e avrebbe avuto bisogno di tutte loro per uscirne fuori viva. Altrimenti, sarebbe morta lottando.

TRENTA

L’auto era stata silenziosa in modo inquietante per il resto del tragitto. Non c’era musica o una ricetrasmittente da ascoltare come fonte di distrazione. Lei aveva osservato il sole tramontare, e più si allontanavano, tanto più scuro il cielo era diventato, soltanto le stelle e la luce argentea della luna a illuminare il paesaggio. Ormai la possibilità di avere un aiuto era stata superata davvero da molto tempo. Le fattorie erano poche e distanti ormai, e per l’ultima mezz’ora, non aveva visto altro che alberi. Nulla sembrava familiare, ed era diventato incredibilmente chiaro che, se anche fosse riuscita a fuggire, non avrebbe avuto idea di quale direzione prendere né di come sopravvivere agli elementi, ma poco importava. Se scappare era la sua unica possibilità, allora lei l’avrebbe colta.

L’auto rallentò e lasciò la strada polverosa che avevano percorso, optando per un viale fatiscente. Minetta non riusciva a vedere nulla oltre gli alberi alti, l’erba incolta e le erbacce, tutti illuminati dai fari dell’auto. Aveva ripreso a tremare, ma si sforzò di controllarsi. Si sarebbe spaventata in seguito. Al momento, doveva restare concentrata. Fu come se i denti stessero per spuntarle dalla testa, quando l’auto sbandò e si scosse sul terreno sconnesso. Svoltarono ad una curva, e una baita diroccata si erse dinnanzi a lei: ciò che aveva attirato la sua attenzione era che all'interno della struttura ci fosse già una luce accesa.

La porta principale si aprì prima che si fermassero, e la minuscola briciola di coraggio che le era rimasta svanì, vedendo uscirne tre uomini.

"Comportati bene," ordinò Morris, facendola sobbalzare. Sentire la sua voce rimbombante fu come ricevere un colpo al volto. I due demoni scesero dall'auto e andarono a parlare con gli altri tre uomini. Lei avanzò, provando a tastare in giro freneticamente, provando a trovare qualcosa che potesse usare come arma. La sua mano finì per toccare qualcosa sotto il sedile, sul fondo del veicolo. Avvolgendogli la mano intorno, si rese conto di avere una penna; non era molto, ma restava pur qualcosa. Se la infilò nella tasca dei pantaloni e restò seduta tranquillamente.

L'unica cosa che poteva sentire era il rimbombo dei battiti del suo cuore, mentre provava a fuoriuscirle dal petto.

"Non rompere e scendi," disse Morris, mentre teneva aperta la portiera.

Lei non si mosse. Non avrebbe reso loro le cose facili. L'imponente demone si chinò e le si avvicinò nell'auto; Minetta urlò e gli prese a calci la faccia. Quello ringhiò, mentre il piede della donna entrava in contatto con la mascella. Lei gridò più forte, mentre le mani di Morris diventavano artigli intorno alle sue gambe. Aveva una forza incredibile, il dolore fu istantaneo, mentre le stringeva i polpacci, un gemito le sfuggì dalla gola mentre il dolore la paralizzava, impedendole di ribellarsi.

Con un violento strattone, fu trascinata fuori dall'auto, la testa finì per colpire il sedile e poi il telaio del veicolo nel frattempo. Atterrò sul pavimento sconnesso, il coccige le face male nell'impatto. Provò a girarsi e ad arrivare a terra, mentre lui continuava a trascinarla per una gamba. Quando Morris raggiunse il gruppetto, mollò la gamba, e lei scattò di corsa verso la libertà, ma lui fu molto più veloce e fastidiosamente forte, riafferrandola, per poi tenerla in posizione verticale per i piedi. La sua mano artigliata le afferrò la nuca, e la sollevò finché le dita dei piedi sfiorarono il pavimento

"Bene, bene... quindi è questa cosina qui che sta causando così tanti problemi," disse uno dei nuovi uomini. Anche lui quasi certamente era un demone, o questo oppure sua madre era una gatta. Aveva gli occhi identici a quelli di una tigre, il colore giallo che brillava al buio.

"Non ho fatto niente. Voglio solo tornare a casa, e lascerò Ri... Mammon in pace. Ho detto loro che mi sarei trasferita dall'altra parte del pianeta." Non riusciva a girare la testa, ma indicò verso Morris e Syliss.

"Ti prego, non farlo. Me ne andrò."

Il demone inclinò il capo di lato, mentre la fissava. "Come fai a sapere così tante cose?" chiese.

"So soltanto quello che la mia amica, che per caso è un demone, mi ha detto. Devo stare lontana da Mammon, e lo farò. Non voglio avere niente a che fare con lui. Non mi piace nemmeno. È un coglione, un completo idiota. Voglio dire, chi lo vorrebbe?"

I demoni esplosero in una fragorosa risata, come se avesse fatto la battuta più divertente del mondo. Questa era la sua vita, e tutti stavano ridendo di lei. Fece dunque un respiro profondo e incrociò le braccia sul petto, mentre fissava il demone.

"Sei certamente unica, ma devi morire a ogni costo," le disse con calma. Poi, le si avvicinò mentre lei provava a indietreggiare, ma Morris strinse la presa dietro la nuca, tenendola ferma. Il suo naso le sfiorò leggermente il collo, mentre il demone emetteva dei piccoli suoni.

La stava annusando?

Il suo corpo era eccessivamente caldo. Quel calore che emanava la fece sentire come se fosse troppo vicina a un falò.

"Tranquilla, piccola umana, avrai la tua possibilità di scappare," le sussurrò all'orecchio, facendola rabbrividire.

Poi, fece un passo indietro e sorrise, mostrando due zanne appuntite che trasformarono il brivido in un tremolio in tutto il corpo. Tutto ciò che lei immaginava era quei denti conficcati nella sua gola, per poi squarciarla.

"Ti daremo un'ora di vantaggio... no, sarò gentile, visto che mi hai fatto ridere, il che è raro. Ti darò un'ora e mezza, e poi inizierà il divertimento."

Morris la spinse via, e lei inciampò, atterrando violentemente su mani e ginocchia, le pietre tagliarono la pelle morbida. Guardò gli uomini incamminarsi verso la baita. Quello con gli inquietanti occhi gialli la fissò, mostrando uno sguardo ancora più spaventoso, riflettendo la luce che veniva dalla baita stessa.

"Scappa," le sussurrò.

L'adrenalina prese il sopravvento; si alzò in piedi e corse via. Minetta doveva dimostrarsi sveglia e puntò verso il bosco, ma finì per ritrovarsi su una strada polverosa, guardando poi a destra e a sinistra. La sinistra conduceva al punto da cui erano arrivati, e sapeva già che era una direzione troppo distante da qualunque cosa o da chiunque potesse essere in grado di aiutarla. Riusciva a malapena a vedere la strada a sei metri di distanza in qualsiasi direzione. Era così buio. I vecchi alberi si stagliavano alti verso il cielo, coprendo quasi tutta la luna.

Facendo un respiro profondo, svoltò a destra e scelse un percorso rapido. Doveva frapporre quanta più distanza possibile tra lei e i demoni, e correre come se avesse il diavolo alle calcagna, prima di riuscire a perdere ogni traccia di energia.

La notte era umida, e non le ci volle molto prima di diventare zuppa di sudore, che le scivolava lungo la schiena, bagnando la biancheria. Fu tentata di strapparsi i pantaloni, ma questo avrebbe richiesto del tempo e lasciato una traccia palese. Il calpestio che lei stessa produceva era l'unico suono che poteva sentire, insieme ai respiri ritmici, mentre le gambe pompavano.

"Ahia," gemette, mentre un sassolino le finì nella scarpa. Cogliendo l'opportunità che le si presentava, si chinò e provò a riprendere fiato. Saltellando su un piede, si tolse la scarpa, liberandola dal sassolino, che finì a terra. I piedi le dolevano, così come tutto il corpo. Si rinfilò la scarpa e si immobilizzò sentendo uno strano rumore a distanza. Proveniva dal bosco, dalla direzione da cui era venuta. Diede un'occhiata all'orologio al polso. Non poteva già essere passata un'ora e mezza, non è vero? No, restava ancora mezz'ora, ma potevano facilmente averle mentito. Minetta guardò gli alberi alti e pensò di arrampicarsi fino in cima per nascondersi, ma, se l'avessero poi trovata, sarebbe stata un bersaglio facile. Non aveva alcuna idea di quali fossero le loro intenzioni, e restarsene seduta in un posto sembrava una pessima idea.

Minetta riprese a correre e provò a immaginare il bosco oscuro con i suoi alberi fitti e imponenti come un grazioso giardino, per calmare il panico che stava minacciando di intrappolare la sua mente. Il verso di un gufo rieccheggiò nell'oscurità, e le saltò il cuore in gola. Inciampò per l'improvviso movimento laterale e le si storse una caviglia.

"Merda," imprecò sottovoce, iniziando a zoppicare. Aveva bisogno di rimettersi a correre. Era come se non avesse fatto altro. Se fosse sopravvissuta, avrebbe corso sicuramente per il resto della sua vita.

Qualcosa era davanti a lei nella torbida oscurità, ma non riusciva affatto a capire di che cosa si trattasse. Era qualcosa di artificiale, sembrava avesse una forma rettangolare.

Avvicinandosi ulteriormente, si rese conto che era un ponte, uno di vecchio stile, caratterizzato da lati in pietra e assi di legno. Era stretto, destinato al transito di una singola auto per volta. Lei tentò di fare un passo sull'asse di legno, e questa scricchiolò ma sembrò robusta a sufficienza.

Come se fosse attraversata da una scarica elettrica, le si drizzarono i peli dietro la nuca e si immobilizzò. Con la mano, si aggrappò al bordo del ponte, mentre voltava la testa, per poi guardare alle sue spalle. I battiti cardiaci accelerarono, mentre l'istinto le diceva che non era più sola, sebbene nulla sembrasse muoversi nell'infinita oscurità. Una lieve brezza si sollevò, scuotendole i capelli intorno al viso, e lei afferrò le ciocche, spostandole dal viso, quando qualcosa brillò nel bel mezzo della strada. Era a una notevole distanza, e quando lei sbatté le palpebre, quell'oggetto era sparito.

Strizzò gli occhi mentre si focalizzò su quanto pensava di aver visto.

Bum, bum, bum.

Il battito del cuore riecheggiava nella sua testa. Poi, lo rivide, quel bagliore giallo che si rifletteva nella luce fioca, prima di sparire di nuovo, come se avesse cambiato direzione. Sebbene ci fossero molte possibilità per definire l'origine di quella luce nel bel mezzo del nulla, l'istinto le suggeriva che si trattava di un demone. La stessa sensazione che l'aveva colpita in casa sua la attanagliò, e il corpo rabbrividì. Non pensava che il demone l'avesse vista. Sembrava si spostasse, forse annusando l'area.

Cautamente, scese dal ponte e lo aggirò, scendendo in fondo alla sponda ripida dell'enorme torrente. S'infilò sotto il ponte, e fissò l'acqua scura. Non aveva idea di che cosa ci fosse dentro, e probabilmente non voleva saperlo, ma tra l'acqua sconosciuta e i demoni sulle sue tracce...

Entrò silenziosamente nell'acqua fredda. Era più profonda di quanto avesse pensato, e non ci volle molto prima che le arrivasse al petto.

S'immobilizzò quando il ponte sopra di lei scricchiolò, e la polvere le cadde in testa. Soffocando la propria paura, inclinò il capo per guardare in alto verso le assi sottili. Persino con il buio, riuscì a vedere qualcosa che oscurava la pochissima luce della luna che doveva splendere. Restò perfettamente immobile e non osò nemmeno respirare, mentre guardava la creatura spostarsi ulteriormente dall'altra parte. Tese le orecchie, ascoltando altri rumori, ma il suono di passi veloci divenne più distante, per poi sparire. Non era possibile per lei sapere se stesse tornando indietro.

Mordendosi il labbro, s'impose di pensare. Il padre le aveva sempre detto che se si fosse mai persa in un bosco, avrebbe dovuto trovare l'acqua e seguirne il corso. Le avrebbe fornito acqua da bere, consentendole di sopravvivere per giorni se necessario e, alla fine, sarebbe riuscita a mettersi in salvo. Poté sinceramente affermare di non aver mai pensato che quelle informazioni particolari le sarebbero venute in aiuto.

Grazie, papà.

Immergendosi nell'acqua fino al collo, si fece trascinare dalla lenta corrente. Non si era spostata molto, quando la corrente s'intensificò e lei aumentò il ritmo. Colpì più di una roccia che non riuscì a vedere e sapeva che sarebbe stata male fisicamente e psicologicamente, se fosse sopravvissuta. Ogni volta si lamentava, ma si assicurava di non gridare.

Minetta vide le luci, che non erano altro che puntini luccicanti a distanza, ma era speranzosa. Un timido sorriso le comparve sulle labbra, mentre si allontanava lentamente, andando verso la deriva. Il frammento di sollievo evaporò, quando qualcosa le scivolò intorno alla gamba sott'acqua. Lo scacciò e raggiunse la riva, ma quella cosa la strinse più forte stavolta, trascinandola indietro per la gamba. Lei ingoiò acqua, mentre veniva portata sott'acqua nella profonda oscurità.

Le braccia si allungarono cercando di aggrapparsi a qualunque cosa, mentre calciava violentemente contro quello che la stava trattenendo. Riuscì a spingersi abbastanza in alto da arrivare in superficie; tossì sputando l'acqua, che le era finita nei polmoni, prima di venire trascinata di nuovo sotto. Scalciò con le gambe, dimenò le braccia mentre i piedi colpivano il fondo, e lei lo usò per spingersi con tutta la forza possibile in alto, finché non raggiunse la superficie.

Avevano continuato a spostarsi verso valle, e una roccia finì presto contro di lei.

Spinse violentemente contro l'aggressore, e afferrò fortemente la roccia.

Non aveva mai scalciato così violentemente e velocemente in tutta la sua vita; continuava a colpire l'essere sott'acqua, strattonando violentemente per liberare la gamba ancora intrappolata.

La stretta si allentò abbastanza da renderla in grado di scappare sul grosso macigno. Fissò la cosa che le stava ancora attorcigliata alla gamba: sembrava la coda di un serpente. Scalciò il piede in giù, verso quella cosa, schiacciandola tra la scarpa e la roccia. Ancora non la liberava, perciò lei usò di nuovo il tacco per schiacciarla ancora due volte, usando più forza possibile.

Slyss emerse dall'acqua a poca distanza. Un urlo che venne fuori come un forte sibilo uscì dalla sua bocca. Lei sgranò gli occhi mentre vide la squamosa pelle verde, e i vari tentacoli tozzi uscirgli dal corpo. Stando sulla superficie scivolosa, lei saltò sulla riva, ma le scivolò il piede, e non riuscì ad arrivare molto lontano. Eppure, con l'acqua che le arrivava fino alle caviglie, provò a scappare, ma uno dei suoi tentacoli più lunghi oltrepassò l'acqua e si avvolse intorno alla sua gamba, trascinandola all'indietro.

Lei gridò, cadendo con la faccia nel fango. Le mani sprofondarono nella terra bagnata, e lei scivolò via prima che lui potesse atterrarle sulla schiena. Syliss strisciò sulla roccia su cui lei si trovava, mentre lei lo fissava negli occhi verdi, presaghi di morte.

Riprendendosi, provò a liberarsi da quella stretta e spinse indietro con piedi e mani sulla superficie viscida. Fu inutile. Lui la tenne ferma e la avvolse interamente come un serpente. Minetta afferrò manciate di morbido fango umido, non esitò e gliele lanciò in faccia, assicurandosi di accecarlo.

La mossa funzionò.

Quell'essere indietreggiò, finendo a terra, dandole il tempo di infilare la mano in tasca e afferrare la penna.

Syliss sibilò forte quanto il ruggito di un leone, con la lingua biforcuta che gli pendeva dalla bocca. Quei due serpenti gli sbucarono fuori dagli occhi e stettero a fissarla.

"Tiiiii ucciderò," disse, mentre quattro lunghe zanne gli sbucavano dalla bocca. Si lanciò in direzione del viso di Minetta, e lei gridò forte e mosse l'arma nascosta, con quanta più forza possibile verso il lato della sua testa.

La bocca si fermò a pochi centimetri dal suo viso. Gli occhi del serpente tornarono nella sua testa, lasciando buchi vuoti, mentre la penna sprofondava nella sua cavità uditiva. Il corpo del demone s'irrigidì, e prima che tutto il suo peso finisse sopra di lei, Minetta si gettò sulla riva per non finire essere schiacciata.

L'adrenalina le diede anche la forza necessaria per continuare a lottare.

Lei strisciò, allontanandosi il più possibile, con un tentacolo ancora avvolto intorno alla caviglia. Minetta afferrò la roccia più vicina che riuscì a trovare, e la sollevò sopra la sua testa. Le braccia le tremavano, ma dimostrò di avere una buona mira, scagliandola contro quell'essere disgustoso. Il lungo tentacolo si staccò, mentre il corpo di Syliss si contorceva a terra, e una schiuma nera gli fuoriusciva dalla bocca.

Non sapendo se la piccola penna lo avrebbe infine ucciso, si rimise in piedi. Sentendo uno spiffero, realizzò che i pantaloni si erano strappati durante la colluttazione ed erano aperti e svolazzanti mentre lei si muoveva.

Chinandosi, afferrò i lati e li tirò, finendo di strapparli intorno alla gamba: diventarono il più brutto paio di pantaloncini esistente. Facendo cadere la stoffa, corse in direzione delle luci che aveva visto. Non riuscì ad arrivare molto lontano, quando qualcosa crollò nell'oscuro bosco accanto a lei. Lei mosse forte le braccia provando ad allontanarsi, ma il demone dagli occhi gialli saltò fuori, posizionandosi davanti a lei.

Minetta si fermò, quasi cadendo sul sedere ancora una volta. Lui sembrava essere in parte gatto e in parte scorpione, e aveva strani aculei su tutta la testa. Stette a fissarlo per un momento, mentre i suoi occhi provarono a comprendere che cosa stessero guardando. Minetta guardò dietro di sé, solo per scorgere Morris a quattro zampe, con il corpo nero come gli occhi, uscire dalla riva dietro di lei.

"Ti sei spinta più lontano di quanto credessi," disse il demone dagli occhi gialli. "Che peccato che dovremo ucciderti. Mi sarebbe piaciuto giocare di nuovo a questo gioco con te."

"Beh, ciò vuol dire solo uno," disse lei, mentre il volto felino del demone mostrava uno strano sorriso.

Del movimento nel bosco alla sua sinistra e dall'altra parte della riva confermava che era circondata in effetti. Non era così che aveva immaginato la propria morte ma era questo il modo in cui temeva di morire.

Avvolgendosi le mani intorno al corpo, chiuse gli occhi. Se era destinata a morire, allora non avrebbe voluto vederlo apertamente.

TRENTUNO

Si sentì un forte ringhio, e il suo corpo s'irrigidì per l'impatto, ma nulla la colpì.

"Scappa!"

Lei spalancò gli occhi al suono della voce di Penny. Era come l'aveva vista in casa sua, fatta eccezione per le grandi ali rosse fiammeggianti che assomigliavano a rubini che luccicavano nell'oscurità. La sua spada soprannaturale aveva tagliato in due il demone dall'altra parte della riva; il corpo prese fuoco mentre Penny lo attraversava volando verso di lei, Morris e gli altri due demoni. Era bellissima. La pelle appariva perlacea, gli occhi di una luce arancione mentre i vibranti capelli rossi le fluttuavano intorno alle spalle. Era mozzafiato per essere un demone.

"Non posso lasciarti affrontarli da sola," le disse.

Penny la guardò e sorrise. "Pensi di poterli affrontare?" Un grazioso sopracciglio si sollevò.

"Io ho fatto fuori quello laggiù," indicò nella direzione da cui era arrivata e osservò inorridita mentre Syliss cercava di rimettersi in piedi. "O forse no," borbottò, posizionandosi alle spalle di Penny.

"Sei una traditrice," ringhiò il demone dagli occhi gialli.

"Scappa, Minny, e non fermarti per nessuna ragione." Minetta guardò l'amica negli occhi, e poi le afferrò un braccio, dandogli una leggera strizzata.

"Grazie," disse. Facendo come le era stato detto, si allontanò dalla riva e dall'azione.

Ringhi e ruggiti divennero sempre più forti dietro di lei, ma non osò voltarsi. Penny le aveva detto di non fermarsi, ma, ad ogni passo, il senso di colpa di aver abbandonato l'amica le attanagliava l'anima.

Il grido di dolore di una donna riecheggiò, e incapace di impedirselo, si voltò vedendo Penny stretta alla gola da nientemeno che Michael. L'angelo splendeva nell'oscurità come una luna in miniatura. Le sue enormi ali bianche erano completamente aperte. Era a petto nudo ad eccezione di alcune cinghie bianche in cuoio che mettevano in risalto i suoi muscoli. I capelli biondi fluttuavano dietro di sé come una brezza, mentre gli occhi blu brillavano. Le ci volle un momento per superare lo shock iniziale di vederlo nella propria forma naturale. Sebbene conoscesse la sua identità, non riuscì a impedire allo stupore di manifestarsi.

Restava un solo demone, e stava correndo verso di lei.

Ma era il fumo sollevato intorno alla mano di Michael, che tratteneva facilmente Penny nella sua presa, tenendola sollevata dal suolo, a spaventarla. Si chinò, mentre il demone balzava su di lei e continuò a scappare dal famoso arcangelo.

Michael sollevò una grande spada in aria, e inizialmente, Minetta pensò che l'avrebbe usata per trafiggere Penny.

Un silenzioso grido eruppe dalla gola di Minetta mentre quest'ultima fece un balzo in avanti.

Senza nemmeno distogliere lo sguardo, Michael lanciò la lunga spada e lei osservò scioccata l'estremità della lama luccicante e splendente volare proprio sopra la sua testa. Fu con un miscuglio di interesse e orrore che stette a osservare la spada penetrare nella schiena dell'ultimo demone, riducendolo istantaneamente in polvere.

Scuotendo il capo per liberarsi dal milione di domande per cui cercava risposte, corse dunque verso Michael e Penny.

"No," gridò Minetta, con tutto il fiato che aveva nei polmoni. I muscoli iniziarono a dolerle e ribellarsi, le gambe stanche e instabili gridavano per il dolore, ma si impose di proseguire. Iniziò a zoppicare ma non si fermò, mentre Michael scuoteva Penny per la gola, per poi scaraventarla via. Penny finì contro un grosso albero, l'impatto fu così violento che riecheggiò come un colpo di pistola. Il legno si scheggiò e cadde al suolo, mentre Penny scivolava sul sedere. Non vide Michael muoversi, ma, in un battibaleno, sollevò di nuovo Penny per la gola e la premette contro l'albero. Gli occhi dell'amica erano spalancati, mentre schiaffeggiava il braccio fermo dell'arcangelo.

Minetta gli gridò di lasciarla andare, ma lui non la degnò neppure di uno sguardo.

Gli occhi di Penny si spostarono verso di lei, e in essi, si palesò un miscuglio di tristezza e innegabile paura. "Mettila giù, fottuto stronzo," gridò Minny.

Era abbastanza furiosa da sfogarsi.

Questo attirò l'attenzione dell'arcangelo.

Il capo di Michael si voltò in direzione di Minetta, e quest'ultima si chinò a raccogliere una manciata di fango, che poi lanciò contro di lui, con quanta più forza possibile. Poteva essere stato uno dei buoni, ma mentre i suoi luccicanti occhi blu incontrarono i suoi, lei non provò altro che profonda paura. Percepì una leggera scarica di potere sulla pelle, che le fece venire la pelle d'oca su tutto il corpo. Lui guardò la piccola manciata di fango che gli colpì il fianco. Era l'unica cosa che turbava la sua splendente perfezione.

La rabbia di Minetta sconfisse ogni traccia di ansia che aveva in petto, mentre continuava a zoppicare sulle gambe deboli verso di lui, con un'altra manciata di fango.

"Lasciala andare! Dico sul serio, pomposo testa di cazzo! Lascia immediatamente andare la mia amica, altrimenti dovrai vedertela con me!" Chiuse i pugni mentre lo fissava negli occhi blu, che lentamente stavano perdendo il loro brillante luccichio.

Michael esplose in una fragorosa risata che scosse le foglie sugli alberi. Una Penny inorridita, stette a guardarla con gli occhi spalancati. Probabilmente era la cosa più stupida che avesse mai fatto, sapendo ciò che l'arcangelo avrebbe potuto farle, ma non le importava. Non avrebbe abbandonato Penny.

"Ancora con la camicetta bagnata. Dobbiamo davvero smetterla di incontrarci così."

Lui le guardò il petto, e stavolta lei non distolse lo sguardo. Non la trovava una situazione carina o sexy, e desiderava soltanto schiaffeggiarlo. "Mi piace questo lato di te. Capisco perché sei stata scelta ora, Minetta. Hai un fuoco che brucia nella tua anima e una forza di carattere che in molti non dimostrano."

"Non rivolgerti a me in questo modo. Non sono l'animaletto di nessuno, né tuo né di tuo Padre. Ora libera la mia amica. Mi ha appena salvato la vita."

"Sai che cos'è, vero?"

"Sì e non m'importa," rispose Minetta, mentre le gambe infine le cedettero e cadde col sedere nel fango. La mano le cadde aperta, incapace di restare più chiusa. Stette a fissare la semplice arma sporca e volle ridere per la ridicolaggine della situazione.

Michael si abbassò al suolo e liberò il collo di Penny. C'era un'enorme impronta rossa intorno alla sua gola, e Minetta avrebbe voluto soffocare Michael per aver fatto del male all'amica.

"Interessante. Per caso ti ha detto perché lei è nella tua vita? Com'è possibile che un demone sia la tua migliore amica?" Michael chiuse le grandi ali, le cui parti superiori spiccavano ancora oltre le spalle muscolose. Se ne stava a gambe divaricate, con gli addominali tonici in bella mostra, mentre aveva le braccia incrociate sul petto, che presentavano delle linee argentee che assomigliavano a rune tatuate sulla sua pelle.

"Michael, ti prego non farlo. Mandami all'Inferno, mandami in purgatorio. Non m'importa, ma non fare questo," implorò Penny.

Minetta guardò Penny e poi spostò lo sguardo su Michael. "Penny mi ha detto che è entrata nella mia vita per tenermi lontana da Riker o Mammon o qualunque diavolo sia il suo nome. L'amicizia era inaspettata, ma è sbocciata dopo il nostro incontro."

Michael sorrise, e a lei venne una gran voglia di alzarsi e dargli un pugno su quel bel faccino. E se fosse riuscita a muoversi, ci avrebbe provato.

"Vuoi dirglielo tu, o lo faccio io?" fu la domanda che Michael pose a Penny.

"Penny, che cosa significa? Che cosa non mi hai detto?"

"Mi dispiace tanto," pianse Penny, e cadde in ginocchio, coprendosi il viso nel frattempo. Lacrime rosse le scendevano dagli occhi, che erano scioccanti contro la sua pelle pallida.

"Coraggio Penny, la verità ti renderà libera," la schernì Michael.

"Sei sempre stato così stronzo?" chiese Minetta, il che servì solo a farlo scoppiare a ridere.

"Credo che lo farò io. Penny è entrata nella tua vita per ucciderti," disse fermamente l'arcangelo. Minetta spostò lo sguardo tra loro due, e quando Penny non negò l'assurda dichiarazione di Michael o la guardò, si leccò le labbra e fissò Michael.

"Perché?"

"Che cosa pensi?"

"Sul serio? Un indovinello? Ora so perché non m'interessava avere un secondo appuntamento," brontolò Minetta. Michael esplose in una fragorosa risata stavolta e si diede un colpo sulla gamba, il che servì solo a farla innervosire di più.

Era tentata di lanciargli la terra addosso solo per questo.

"Oh, tu sei perfetta, d'accordo. Bene, te lo dirò. Lei ha venduto il briciolo di anima che le era rimasta per qualcosa che riteneva più importante della tua vita."

"Non è vero," gridò improvvisamente Penny. "Sono stata avvicinata e sì, ho acconsentito, ma la profezia dice che l'apocalisse deve avvenire. Pensavo di fare la cosa giusta quando ho accettato."

"E non dimentichiamo il fatto che ti è stata garantita l'opportunità di diventare umana." Michael alzò un dito. "Mortale quindi." Poi, sollevò un secondo dito. "E che un certo arcangelo ti avrebbe garantito il perdono, così da rispedirti in Paradiso non aveva niente a che fare con questo?" Michael sollevò un terzo dito, mentre inarcava un sopracciglio, guardando Penny.

"È vero? Vuoi uccidermi per poter tornare in Paradiso?" Minetta la fissò inebetita, ma Penny aveva lo sguardo puntato verso il suolo.

"Non dimenticare la parte dove l'apocalisse può avere luogo. Vedi, Minetta, Penny odiava tutti gli umani prima di finire scacciata dal Paradiso. Le facevano rivoltare lo stomaco. Infatti, odiava così tanto il compito che le era stato assegnato che voleva che tutto sulla Terra fosse distrutto. Non è così, Penny?"

"Ti prego, basta," implorò Penny.

Michael sorrise, e Minetta pensò che, forse, avrebbe dovuto essere scacciato dal Paradiso per essere un coglione di prima categoria.

"Gli umani stavano distruggendo la Terra. Pensavo che non rispettassero nulla. Pensavo davvero di stare facendo la cosa giusta." Penny la guardò. "Ma poi ti ho incontrata, Minetta, e non ho potuto farlo. Eravamo come anime gemelle. Amiche sin dal primo istante, e non potevo seguire il mio piano. Poi, finalmente ho visto quello che mio Padre voleva che vedessi, ma ero troppo accecata dal mio stesso risentimento e dalla rabbia. Perciò, ho fatto un patto per tenerti lontana da Riker in cambio della tua vita, ma nell'istante in cui vi siete incontrati, il mio patto si è rotto. Minny, ti prego, perdonami."

"Mi hai mentito di nuovo. Avevi la possibilità di dirmi la verità, e invece, mi hai detto una mezza verità per venir fuori come un'eroina e una salvatrice?" Minny barcollò sui piedi, le gambe deboli e i muscoli doloranti ad ogni movimento. Fece un respiro profondo, mentre inciampava, ma tese la mano per allontanare Penny, impedendole di farsi aiutare, mentre si muoveva verso di lei.

"Allora rispondi a questo, perché devo stare davvero lontana da Riker, Penny? Quale è la verità?"

"Sì, Penny, quale è la verità?" s'intromise Michael.

Minetta puntò un dito contro l'arcangelo. "Tu sta' zitto. Ho smesso di dare ascolto alle tue parole fastidiose e spocchiose. Tu, non sei altro che una versione alata di fascino vuoto! E mi rattrista che Dio ti abbia reso il suo primo arcangelo. Il modo in cui mi hai manipolato. Mi disgusti quanto chiunque altro, perciò non comportarti come se fossi un dannato santo che costringe alla confessione. So che non è così. È solo per raggiungere i tuoi scopi." Poi, lei indicò in alto verso il cielo. "Certamente sei diventato troppo grande per quelle brache bianche e attillate che indossi." Indicò poi la bianca stoffa fluente intorno alla vita dell'arcangelo. "Rabbrividisco al pensiero di passare una giornata intera con te, figuriamoci l'eternità."

Penny sbuffò mentre Michael sgranava gli occhi. Poi, aprì la bocca per dire qualcosa, ma lei sollevò la mano, azzittendolo. "E anche tu mi hai mentito. Non puoi scagliare pietre. Il piacere che trai dallo scontrarti con Riker, beh, dovresti vergognarti."

Minetta si allontanò e fissò l'acqua scura. "Era il tuo piano sin dall'inizio di mostrare interesse nei miei riguardi solo per infastidire tuo fratello?" chiese, mentre si voltava per guardare Michael.

Quest'ultimo non negò, perciò lei tornò a rivolgersi a Penny.

"Ora Penny, dimmi subito perché devo stare lontana da Riker, e se tralasci anche solo un dettaglio, abbiamo chiuso per tutto il tempo per mi resta da vivere."

L'amica deglutì e, da inginocchiata, si tirò su. Le sue lacrime avevano tinto le guance, come se fosse arrossita violentemente.

"Riker è il Peccato Originale, e c'è una profezia sin da quando si possa ricordare. Si ipotizza, e molti credono che, se il Peccato troverà la redenzione o s'innamorerà di un'umana, impedirà la realizzazione dell'apocalisse."

Minetta rabbrividì, i vestiti umidi sembravano molto bagnati e freddi contro la sua pelle.

"Dunque, vediamo se ho capito bene. Volevi tenermi in vita perché ero tua amica, ma stavi ancora lavorando al piano di distruggere il mondo in cui io vivo, che sospetto ucciderebbe anche me?"

"Non l'ho vista in questo modo. L'apocalisse potrebbe succedere tra tanti anni, persino tra un millennio. Sei umana, hai un'aspettativa di vita breve, e sapevo che saresti stata al sicuro in Paradiso con la tua famiglia e con me."

Minetta fissò Penny, incerta su come sentirsi, ma sapeva che la loro amicizia era distrutta. Poteva essere riparata? Non ne aveva idea, ma il tradimento era doloroso.

"Ma potrebbe accadere domani, e allora?"

"Io... io non lo so, Minny, mi dispiace. Non avrei mai voluto farti del male o ucciderti, io..." Penny smise di parlare e si limitò a fissare a terra. "Credevo sinceramente che saresti morta da tanto ormai per allora."

"E tutti gli altri che sarebbero morti, forse i miei nipoti, allora sarebbe stato giusto?" Penny non rispose e non la guardò.

Minetta tornò a concentrarsi su Michael. "Beh, almeno questo finalmente ha senso. Fammi indovinare, hai cercato di provocare tuo fratello, il peccato dell'avarizia, così da indurlo a volermi, sperando che s'innamorasse miracolosamente di me?" gli chiese.

Michael sollevò una spalla e la fece cadere, il gesto troppo elegante per il suo significato. "Forse volevo vederlo di nuovo e anche felice. Riker non mi ha mai perdonato per il ruolo che ho avuto nella sua caduta, e se questa felicità ha anche salvato il mondo, allora per quanto mi riguarda, ci guadagniamo tutti."

"E come spieghi esattamente l'interesse che Riker ha nei miei confronti?" Lei guardò Penny. "Una bugia di un altro angelo caduto?"

"No, il suo interesse per te è vero. Voi due siete destinati, e lui non sa niente di tutto questo."

"Questo non puoi saperlo," ribatté Penny. "Pensi che siano destinati, ma non lo sai per certo."

Michael sogghignò. "Sul serio demone, allora perché stai facendo di tutto per tenerli separati? Perché non lasciare che passino il tempo insieme e vedere che cosa succede? Se la mia teoria si rivelerà falsa, allora non ci sarà niente di male o sbaglio?" Penny chiuse la bocca e incrociò le braccia sul petto. "Pensa Penny. C'è un motivo per cui sei finita con Minetta e non un altro essere umano a caso. Il cuore di Riker ha già iniziato a cambiare, e non pensi che la tua amica meriti la felicità?"

"Io... merda." Penny fece cadere le braccia lungo i fianchi. "Tu parli a vuoto, Michael. Ferisci il mio cuore. Lo hai sempre fatto, dannazione. Era l'unica mia salvezza nella mia caduta, non dover più ascoltare mentre mi fai arrovellare il cervello."

"Ok basta così, ascoltare voi due è peggio che ascoltare i dibattiti politici." Minetta scosse il capo, decisa a impedire che la discussione degenerasse, cosa che stava succedendo. "Ricapitolando le mie scelte sono: continuare a vivere la mia vita, e l'apocalisse potrebbe o non potrebbe verificarsi, ma, a prescindere da questo dettaglio, dovrò scappare per il resto della mia vita da ogni demone che decida che sono una minaccia; oppure tornare indietro e vedere se le cose funzionano tra me e Riker, e forse impedire la fine del mondo apocalittica, il che disturberà altri demoni, ma almeno l'influenza di Riker potrebbe proteggermi. Tutto corretto?"

Penny e Michael si scambiarono un'occhiata e poi tornarono a fissare lei, che scosse il capo, mentre si voltava, camminando lungo la riva.

"Dove stai andando?" la richiamò Michael.

"Ovunque purché sia lontano da voi due."

Come poteva prendere una decisione simile? Chi altro si sarebbe svegliato una mattina per poi scoprire di essere una potenziale chiave per salvare il mondo? Diede un'occhiata ai piedi inzuppati. Le sneaker arrancavano ad ogni passo agonizzante e le sembrava di avere dei pesi attaccati alle gambe stanche.

Non era una supereroina.

"Minetta?" gridò Michael; lei si fermò, guardandosi alle spalle.

"Sarebbe un buon momento questo per dirti che tuo padre è orgoglioso di te?" Lei inciampò e il sedere si trovò di nuovo a contatto con il fango. "Non ti sto mentendo. È un brav'uomo ed è orgoglioso di te e della donna che sei diventata. Vedo la stessa forza in te che aveva lui dinnanzi alle scelte difficili che ha dovuto fare, Minetta."

I suoi occhi incontrarono quelli dell'arcangelo e, in quel momento, lo odiò. Lui sapeva esattamente che cosa dire per plasmarla secondo il suo volere, e a prescindere che le sue parole fossero vere o meno, lei non poteva tornare indietro.

"Puoi portarmi a casa? Mi serve una doccia bollente," chiese debolmente, avendo già preso la sua decisione.

TRENTADUE

Mentre me ne stavo nel mio casinò, mi resi conto che era passato un po' di tempo dall'ultima volta in cui ci ero stato. Persino durante il mio ultimo viaggio all'Inferno, non mi ci ero fermato. Il fatto era che non mi dava la stessa soddisfazione dei tempi in cui era stato appena aperto.

Il mio capo manager, Skeet, aveva richiesto la mia presenza. Non mi piaceva affatto visitare l'Inferno per due volte di fila ma, ormai, ero lì a dovermi sorbire le chiacchiere eccitate di Skeet, riguardo a tutti i cambiamenti che aveva fatto. Normalmente, li avrei trovati almeno interessanti, ma non quel giorno; non riuscivo a mostrare il mio entusiasmo. Il palco era più elegante. Si ergeva come una palla dorata e luminosa di eccitazione mentre delle showgirl demoni di ogni sorta mostravano la mercanzia. I loro outfit appariscenti lasciavano all'immaginazione molto poco, anche se, in parte, non avreste voluto nemmeno immaginare.

Prendiamo ad esempio, le demoni Verendent, sempre splendide e assolutamente letali. Erano sempre magnifiche lassù. Avevano gambe lunghe, corpi morbidi e formosi, e una terza tetta che fungeva da maniglia in più a cui aggrapparsi o succhiare. I loro capelli multicolori e gli occhi simili a gemme facevano di loro uno dei demoni più desiderati. Erano note per dare squisit orgasmi che duravano per ore o persino settimane, ma erano in pochi a mostrare il coraggio di proporsi per verificarlo.

E, una volta che i loro succinti perizomi dorati venivano strappati via, ciò che si celava sotto era una fica dai denti affilatissimi. Ora, come avevo potuto constatare in più di un'occasione, erano davvero una scopata incredibile. Avevo anche scoperto che c'era un trucco per impedire che quei denti affilati non tranciassero via un membro.

La mia mente vagò fino all'ultima volta in cui me n'ero scopata una. L'avevo premuta contro la parete decorativa nel giardino del mio palazzo, scopandomi il culo finché non si era trasformata in una sdolcinata gattina del sesso che m'implorava di darle tutto ciò che potevo.

Erano i suoi efficaci succhi a placare i denti pericolosi, e procuravano una tale estasi al mio cazzo, mentre lei veniva.

Stetti a fissare il palco mentre scalciavano le gambe in aria, e pensai di scoparmene una ma, in realtà, non ne fui affatto attratto. Mi voltai a guardare Skeet, che apparentemente aveva smesso di parlare in attesa ormai di una risposta. Non avevo idea di ciò che il piccolo demone aveva detto.

"Sembra tutto meraviglioso, Skeet. Non potrei essere più felice dell'incremento dei profitti," dissi, fornendogli una risposta lusinghiera.

Il viso arrossato del demone era radioso, le sue piccole corna tozze splendevano come un fottuto Rudolph, che poi una renna con un naso rosso era alquanto fottuta di suo.

"Grazie, padrone, la tua lode è troppo gentile. Vieni, ti mostro che cos'ho fatto nella zona della piscina. Veniva usata di rado, e abbiamo avuto alcuni episodi spiacevoli, perciò ho preferito aggiungere dell'altro intrattenimento. Gli ospiti sono rimasti deliziati dalla nostra nuova aggiunta. I profitti ti sconvolgeranno." Skeet si allontanò, le gambe corte con gli zoccoli ungulati ticchettarono sul pavimenti in marmo nero.

"Procedono sempre bene le stanze delle torture?" chiesi.

"Sì, torturare le anime malvagie e avide ha avuto un gran successo fin dalla sua installazione. L'ho trasformato in una sorta di sport e rende tantissimo in termini di incasso. Possiamo fermarci lì, dopo. Voglio mostrarti cos'ho fatto con l'anima che Brill ha portato. Credo che il suo nome inizi con Nik. Amerai la sala della fortuna che ho creato per lui."

Non me ne fotteva un cazzo delle anime torturate al momento, nemmeno di quella di Nikolas. Prima di costruire questo palazzo e il casinò, mi limitavo a torturare le anime tutte insieme quando ne avevo il tempo. Ora se ne occupavano i demoni e c'erano clienti che pagavano per il gusto di mettere le proprie mani su un'anima. Non ogni demone aveva il compito di torturare, c'era una gerarchia, e molti demoni avidi volevano l'opportunità che normalmente non sarebbe stata loro garantita.

Ascoltai i suoni dei macchinari e le acclamazioni o le grida ai diversi tavoli, in cui quelli che ottenevano la loro chance di giocare potevano letteralmente perdere la vita. Provai a sentire la stessa eccitazione di una volta, perciò feci un respiro profondo mentre proseguivo, e prestai ben poca attenzione a coloro che si inchinavano e mi lodavano al mio passaggio.

Un ospite particolarmente esuberante fluttuò con le piccole ali verso di me e mi si attorcigliò attorno alla gamba. Il suo culo si appoggiò contro la mia coscia, mentre il piccolo braccio tozzo tentò di afferrarmi il cazzo. Emise dei piccoli strani versi lamentosi, espressi in un dialetto demoniaco che non conoscevo.

"Guardie, toglietemelo di dosso," abbaiai, infastidito.

Sembrava per metà demone e per l'altra, uno di quei fottuti angeli che Luci aveva creato. Doveva davvero tenere quegli stronzi meglio al guinzaglio. Se si fossero moltiplicati...

Rabbrividii al pensiero.

Le guardie si precipitarono rapidamente e strapparono il piccolo demone femmina via dalla mia gamba. Il suo volto si contorse, come se fosse addolorata mentre gridava e piagnucolava come una bambina, nel momento in cui veniva costretta a lasciarmi andare.

Lasciandola a qualunque fato le guardie ritenessero giusto, continuai il mio viaggio lungo l'enorme corridoio. Skeet proseguì, con la piccola testa che ondeggiava accanto a me, mentre superavamo Fuckers Lane, il Vicolo delle Scopate. Avevo dato a tutti i vicoli dei nomi buffi. Era stato divertente osservare i nuovi clienti correre intorno per vedere quale nome folle avesse il vicolo successivo. Quest'ultimo mi piaceva in maniera particolare così com'era: vi si faceva tutto il sesso richiesto. Non me ne fregava un cazzo se qualcuno voleva pagare per fare sesso con un demone, normalmente non avrebbero avuto la possibilità di scopare. Il fatto che ottenessi tutti i prodotti era ancora un altro colpo di genio da parte mia. Era davvero una situazione finanziaria eccezionale. Se volevi i più arrapati, avidi, golosi, allora non bisognava fare altro che non guardare poco oltre in ogni direzione. Questo posto accoglieva i più grandi peccatori.

Si erano verificati alcuni episodi poco piacevoli, in cui i demoni non si erano ben mescolati, il che aveva creato un gran spargimento di sangue e pulizia, oppure, in alcune rare occasioni, si era presentato il partner del cliente. Niente era letale quanto un partner demoniaco tradito.

Si aprì una porta, e un demone alto ed elegante uscì. Erorite apparteneva alla tipologia di demoni più redditizia che lavorava in questa zona. Lei aveva molto talento nel proprio lavoro, e i maschi fioccavano per passare del tempo con lei. Avrei dovuto saperlo. Le avevo fatto visita quasi ogni volta che ero venuto lì.

Sorrise, il suo volto umano apparve radioso, quando mi scorse.

L'unico modo in cui si potesse sapere che non era umana era la presenza della lunga coda, caratterizzata da una minuscola spada sulla punta, e accidenti, sapeva usarla benissimo.

"Ma chi si vede, il mio sexyssimo padrone," disse Erorite.

Non chinò il capo ma s'inginocchiò di fronte a me.

Se glielo avessi chiesto, mi avrebbe succhiato proprio qui in mezzo al corridoio, e le sue grandi doti mi avrebbero normalmente distratto dalla mia missione originaria, ma non quel giorno. Stavo iniziando a chiedermi se il mio cazzo avesse qualcosa che non andava, visto che era dormiente nei miei pantaloni.

"Erorite, alzati pure."

Quando lo fece, il materiale ampio della sua tunica inconsistente le scivolò sotto le tette, dandomi una vista deliziosa. Si alzarono e abbassarono di propria iniziativa, i capezzoli contenevano un dolce latte che normalmente mi sarei chinato a gustare.

Ma, come il resto del casinò, non trovavo alcuna gioia nella vista dello splendido demone che chiaramente si stava offrendo per soddisfare ogni mio desiderio.

"Posso servirti?" chiese, ma sapeva di non potersi allungare a toccarmi, senza il mio permesso.

"Non oggi. Ho delle questioni che meritano la mia attenzione."

"Forse più tardi allora, sono sempre al tuo servizio." Lei chinò il capo, girandomi intorno, fissandosi la tunica mentre se ne andava.

Ero tentato, mentre fissavo il suo culo lussurioso, di sfogare con lei la frustrazione provocata da Minetta. Forse, se l'avessi scopata, avrei dimenticato la ragazza umana che stava diventando rapidamente una piaga per la mia mente e apparentemente per il mio corpo. Diedi un'occhiata ai miei pantaloni e al mio cazzo flaccido e ringhiai. Lei era come una malattia che non sapevo come eliminare.

"Andiamo!"

Skeet riprese subito a trottare.

Doppie porte grandi e dorate chiudevano il lungo corridoio. Guardai l'enorme struttura e mi concessi un attimo per ammirarne la manifattura. Su quelle porte era incisa una mia immagine, e dovetti ammettere che la somiglianza con me era incredibile.

"Ti piacciono, padrone?"

"Sì, Skeet, scelta eccellente." Le corna del demone s'illuminarono di nuovo per il complimento. Skeet batté sulla porta in un ordine ritmico, e lentamente la maestosa porta dorata si mosse, mentre una guardia la apriva. Delle acclamazioni raggiunsero le mie orecchie insieme a grida e implorazioni, prima di un botto. Acclamazioni fragorose eruppero dall'interno.

Entrai in una stanza che assomigliava molto al Colosseo romano degli umani, e mi domandai se ci fosse la mano di Dai nel progetto. Questo era così del suo genere. File e file di demoni occupavano sedie di pietra, mentre guardavano lo spettacolo dinnanzi a loro. Una grossa vasca si ergeva dal suolo, i lati trasparenti mostravano grandi squali bianchi zombie che vi nuotavano all'interno.

Ma che?

Alle loro facce e ai loro corpi mancavano grossi pezzi di carne, rendendo gli enormi impressionanti predatori persino più terrificanti. Il sangue fluttuava all'interno della vasca, ma non c'era alcuna traccia di ciò che avevano ucciso.

Un grido mi fece sollevare lo sguardo, e in alto, sospesa sopra la vasca, c'era una piattaforma. Una giovane umana bruna stava gridando, tentando di correre dalla parte opposta in cui la guardia la stava spingendo. Lei provò a sfuggirgli passando sotto il braccio, ma fu facilmente bloccata e trasportata sulla spalla del demone.

"Siete pronti?" Gli altoparlanti rimbombarono mentre la voce del demone rieccheggiava e fu seguita da fragorose acclamazioni. Una musica a tutto volume iniziò a suonare, il basso risuonava insieme all'inquietante canzone demoniaca.

Un altro forte grido raggiunse le mie orecchie, e la mia attenzione tornò alla ragazza che non poteva avere più di vent'anni; il suo terrore riempì l'ambiente, e gli spettatori ruggirono per l'eccitazione. Il demone sbatté la ragazza umana con la faccia sulla piattaforma e premette un ginocchio corposo nella sua schiena, mentre le legava una corda spessa intorno ai piedi.

I suoi occhi trovarono i miei nella folla, e gli occhi blu luccicarono mentre le lacrime iniziarono a rigarle il volto. I battiti del mio cuore accelerarono, mentre guardavo un viso così simile a quello di Minetta. Il demone si alzò, e facendolo, diede alla ragazza un calcio così violento che avrebbe potuto facilmente romperle le costole.

La ragazza piangeva per un miscuglio di dolore e paura, mentre veniva sospesa in aria. Sembrava fosse sospesa come per il bungee jumping, e la corda la teneva per le caviglie, e quasi sfiorava l'acqua. Si dibatté disperatamente come un'esca su un amo, mentre le creature nuotavano in cerchio a pochi centimetri dal suo viso.

Non riuscii a distogliere gli occhi dalla scena. La parte di demone in me era affascinata e voleva esultare con gli altri, ma una piccola parte nella mia anima che era morta tanto tempo prima pulsava per il terrore.

"Vi prego, aiutatemi," implorò la ragazza sottovoce, mentre oscillava a poca distanza dalla vasca letale. "Vi prego."

Gli squali nuotavano, girando in cerchio sotto la preda che era sopra di loro, e nel frattempo, così feci io, con i miei piedi che mi fecero avvicinare alla vasca.

La ragazza gridò di nuovo, mentre uno dei grossi squali mastodontici colpì un lato della sua testa con la punta del naso. I lunghi capelli della donna pendevano sull'acqua vicino al muso dello squalo, prima che emergesse in superficie. La ragazza si piegò a metà, afferrandosi le gambe.

Il mio cuore batté forte per lei, un altro volto mi venne in mente.

Lei ansimava e gemeva, ma riuscì a mettere le dita sulla corda, proprio quando uno degli squali emerse dall'acqua. Il tempo rallentò, l'immagine della bocca a cui mancava un pezzo e i denti appuntiti risvegliò qualcosa nel mio petto.

Con uno scatto devastante, la ragazza fu morsa in tre parti. I piedi erano attaccati alla corda, mentre il culo e la schiena vennero divorati dal mastodontico squalo che si rituffò in acqua. Ma furono la testa e le braccia che fluttuavano lentamente verso il basso a catturare la mia attenzione. La testa si allontanò verso la mia direzione. Persino nella morte, i suoi occhi trovarono i miei. Batté le palpebre ancora una volta, prima che un altro squalo sbattesse contro la parete della vasca, avventandosi sul pasto, il volto della ragazza sparì nella gola oscura dello squalo demone.

"Padrone, non è fantastico?" gridò un eccitato Skeet, mentre la rabbia bruciava e mi faceva rivoltare le viscere.

"Lo so! L'allestimento dal vivo costa tantissimo, ma fanno il migliore spettacolo, padrone. Guardati intorno. Il pubblico lo adora. Non solo pagano per assistere, ma spendono anche tanto per scommettere. Stiamo guadagnando più con questa sala, che con tutto il resto del casinò. È un vero massacro." Skeet rise della sua stessa battuta.

Mi voltai lentamente in giro, e vidi demoni di ogni forma, grandezza e rango ancora in piedi a gridare e applaudire. "Ucciderli quaggiù lascerà le loro anime in purgatorio per sempre," gridai a Skeet, al di sopra della folla urlante, desiderosa di avere di più.

"Lo so, non è favoloso?" Skeet sorrise e giunse le piccole mani in giubilo. "Ascolta, la prossima si sta preparando." Skeet puntò in fondo alla sala, dove una guardia stava spingendo fuori l'umano successivo.

"Erano umani peccatori?"

Skeet si diede un colpetto sul mento e poi mi rivolse lo sguardo. "Non lo so, padrone. Non lo chiedo. Mi limito a preparare dieci umani per ogni spettacolo. Costa un bel pezzo farli rimuovere dalla Terra, ma stiamo guadagnando abbastanza da pensare di raddoppiare gli umani, per poi dividerli in due gruppi diversi. La lista d'attesa è molto lunga, e possiamo chiedere qualunque cifra, e loro pagheranno."

"Dieci a spettacolo finora? Da quanto tempo va avanti?"

"Non lo so, padrone. Non abbiamo lo stesso tempo che hai tu sulla Terra." Skeet frugò tra le pagine di una cartellina e si fermò su una; gli occhi che si muovevano a destra e a sinistra mentre leggeva. "Quell'ultima umana era la numero duemila e trecentouno. Oh no, ora trecento e tre utilizzati. I profitti sono aumentati del duecento percento. Guadagniamo più di ogni altro palazzo. Nemmeno il fight club può competere con questo." Il demone ridacchiò, il suono venne fuori in forma di piccole risate eccitate.

"Chi l'ha autorizzato?" Chiesi e le prime scie di rabbia emersero nella mia voce.

"Sono stato io, padrone. Mi hai incaricato di creare divertimenti nuovi ed eccitanti che aumentassero il profitto del casinò. Questo va bene per entrambi. Non era mai stato fatto. È eccitante e altamente proficuo." Skeet sorrise, e mentre lo fece, una rabbia selvaggia s'impossessò di me.

Allungandomi, afferrai il demone per le sue corna corte, e con un sussulto, lo scaraventai nella vasca. Le sue braccia e gambe tozze si dimenarono violentemente, mentre provava ad evitare l'acqua come un uccello senza ali.

"Vediamo se gradiscono un demone," ringhiai. Sentii il mio potere emergere, e sapevo che i miei occhi stavano brillando, la sfumatura dorata finì su quelli più vicini, riflettendosi sulla vasca trasparente con gli squali. Spalancando completamente le ali, spiccai il volo.

"Uscite fuori o siate i prossimi," la mia voce risuonò e riecheggiò per la pietra con un forte ruggito. I demoni non esitarono e finirono col calpestarsi tra loro, mentre si davano alla fuga, prima che mettessi in pratica la mia minaccia.

Sbattendo le ali, volai sopra la vasca e stetti a guardare Skeet, che si dibatteva e gridava aiuto. Vidi l'enorme sagoma grigia emergere dal fondo della vasca, mentre si precipitava verso il pasto. Sembrava un enorme missile con i denti. Mi ricordò l'immagine del film *Lo Squalo*, mentre nuotava a gran velocità verso Skeet.

Quest'ultimo strillò mentre il gigantesco squalo emergeva in superficie con la forza di un treno. La bestia dalle dimensioni di un autobus balzò fuori dall'acqua, come una balena in uno spettacolo. Potevo ancora sentire le grida di Skeet, mentre spariva nella sua bocca e stava per essere inghiottito interamente. Lo squalo s'immobilizzò, quando raggiunse il culmine della sua elevazione e ogni cosa rallentò. Sguainai la spada fiammeggiante dalla coscia, e con unico movimento fluido lo squalo venne tranciato in due. La coda cadde in acqua e venne rapidamente divorata dalle altre bestie ancora nella vasca. Ricavando un buco nel ventre della bestia con la spada, mi allungai e afferrai Skeet sanguinolento e coperto di melma appiccicosa, il piccolo corpo si scosse, gli occhi disperati puntati su di me. Lasciai cadere le restanti carcasse nella vasca e volai sopra le scale del Colosseo ormai silenzioso. Gli unici suoni provenivano dal dibattere dei denti di Skeet e dal rumore degli zoccoli sui gradini in pietra.

"Dimmi, Skeet, è stato divertente?"

"N...m...no, padrone."

"Penso di no. Distruggili. Sono un abominio, e non dovrebbero essere qui. Fottuti negromanti." Indicai la vasca e gli squali zombie che erano stati trasformati in demoni mortali senza cervello.

"Trova una migliore forma di intrattenimento che renda altrettanto e non coinvolga l'uccisione di umani per sport." Skeet annuì e corse su per le scale, dirigendosi alle grandi porte. "Oh, e Skeet..." Il demone si fermò e mi guardò. "Non hai più alcuna autorità decisionale. Ogni forma di intrattenimento dev'essere prima valutata da me."

"Sì, padrone." Corse fuori dalla porta.

Tornai alla vasca, incapace di scuotermi l'immagine della ragazza morta dalla mente. Mi massaggiai allo strano dolore al petto. Dovevo tornare sulla Terra.

Non sapevo perché, ma qualcosa mi diceva che Minetta era in pericolo.

TRENTATRÉ

Corsi praticamente fuori dall'ascensore e mi voltai per dirigermi rapidamente nel mio ufficio. "Shilo! Dove sei? Ho bisogno di te," gridai. L'uomo apparve apparentemente fuori dal nulla alle mie spalle. Sobbalzai quando chiamò il mio nome. "Odio quando lo fai," dissi e presi a dirigermi verso di lui.

"Signore."

"Devo trovare Minetta. Dovrò uscire per un po', e non sono sicuro di dove si trovi. Ho delle conoscenze, e posso chiedere loro di iniziare le ricerche," tirai fuori il cellulare.

"Signore."

"Ho la sensazione che ci sia qualcosa che non va. Non ho dato retta al mio istinto prima d'ora, e non farò lo stesso errore." Passai attraverso il salotto esterno dell'ufficio e attraversai la stanza fino alla porta chiusa del mio ufficio.

"Signore," gridò Shilo e mi si avvicinò in fretta. Allungò le braccia per impedirmi di aprire la porta dell'ufficio. Mi arrestai, non sapendo come interpretare questo comportamento insolito. "Hai compagnia," disse sottovoce.

"Che genere di compagnia?"

"Di una certa varietà femminile. Una che puoi avere avuto voglia di trovare." Il labbro di Shilo si sollevò, e il mio cuore mancò un battito. Lisciandomi il vestito, annuii ed entrai calmo nel mio ufficio, mentre Shilo apriva la porta.

E lei era lì, seduta nel mio ufficio, un dolce pezzo di torta che volevo farmi rotolare sulla lingua e gustare. Indossava un outfit semplice, composto da un paio di jeans, e una camicia, ed era stupenda. Era perfetta. Deglutendo rumorosamente, dovetti costringermi a non correre per la stanza, prenderla tra le braccia e divorarle la bocca.

Lei alzò lo sguardo, e i suoi occhi blu incontrarono i miei. Come un iceberg che si scioglie lentamente nell'oceano, così stava accadendo alla corazza fredda intorno al mio cuore. Non batteva così forte dal primo momento in cui avevo posto gli occhi su Callista. Feci un respiro profondo, mentre l'emozione mi rese le ginocchia deboli.

"Ciao," disse tranquillamente, alzandosi.

"Ciao." Ricomponendomi, mi guardai intorno nell'ufficio e poi, tornai a posare lo sguardo su Minetta. "Perché sei venuta? Ricordo distintamente che l'ultima volta in cui abbiamo parlato hai detto di non volermi più rivedere."

I suoi occhi si abbassarono sul pavimento, poi rialzò lo sguardo. "Che cosa penseresti se ti dicessi che ho esagerato, e mi piacerebbe provare ad andare a cena? Solo noi due stavolta. Non più strani doppi appuntamenti per un po'."

Il mio petto si sollevò, ma mi costrinsi ad apparire rilassato. La raggiunsi nel mezzo della stanza, e la piccola scarica elettrica che accompagnava la sua presenza danzò nel mio petto e sotto la pelle. Osservai la sua reazione come un gatto col topo, mentre mi avvicinavo.

Lei spostò il peso da un piede all'altro, e le mani si massaggiavano le braccia, doveva sentirsi come me.

"Che mi dici di Michael?" chiesi, posizionandomi di fronte a lei.

Fece un'espressione disgustata. "È un coglione."

La risata eruppe dal mio petto, mentre sul suo viso si formava l'espressione più carina che avessi mai visto. "In molti direbbero che anch'io sono un coglione."

"Forse, ma sei un coglione di una diversa specie."

"Verissimo." Incapace di fermarmi, le presi una guancia tra le mani e feci scorrere il dito sul labbro inferiore, che stava continuando a tentarmi.

La mia mano bruciava dalla voglia di toccarla, per scoprire se fosse morbida come sembrava, e il mio corpo sospirò per quel tocco gentile.

"Uccellino," sussurrai. Il cuore le balzò selvaggiamente nel petto, il sangue pulsava visibilmente sul lato della gola. "Ti rendo nervosa?"

Lei deglutì rumorosamente. "Forse," rispose, facendomi sorridere. "Ok, tanto. Non sono affatto sicura di come sia finita qui."

Il suo corpo era rigido, e sentivo i suoi respiri rapidi e nervosi, ma c'era ben altro. Sotto la superficie dell'apprensione c'era il desiderio. Potevo scorgerlo nei suoi occhi, eppure lei non mi toccava né mi cadeva ai piedi. Sembrava piuttosto che volesse scappare via. Ma, ormai era troppo tardi. Se lo avesse fatto, l'avrei presa.

Abbassai dunque la testa, finché il naso toccò la soffice pelle del suo naso. Il suo profumo era divino e succulento proprio come il resto di lei. "Perché ti rendo nervosa?" le sussurrai all'orecchio, e adorai che il suo corpo stesse rabbrividendo.

"Lo fai e basta," rispose, chiudendo gli occhi mentre le mie labbra si libravano sulle sue.

"Che cosa c'è in te di così ammaliante?"

Stetti a guardare i suoi tratti così simili a quelli di Callista, eppure così diversi. Ora potevo dire che fosse completamente unica, che avesse lo stesso viso oppure no, e mi piaceva di più. Minetta aveva un fuoco dentro di sé e acciaio nelle vene, eppure una dolcezza in grado di scioglierti l'anima. Non avevo idea di come un'umana così unica potesse esistere, ma non m'importava, mentre un calore bruciante s'irradiava in tutto il mio corpo. Il mio cazzo si era destato ormai. Era duro e premeva dolorosamente contro la cerniera dei miei pantaloni.

"Non lo so," sussurrò lei con voce roca. "Che cosa c'è che mi attira a te?"

L'angolo della mia bocca si curvò all'insù. "Non lo so, ma ti bacerò."

Lei annuì, aprendo leggermente le labbra, e il mio controllo svanì.

Afferrandole il viso, le toccai gentilmente le labbra con le mie, e l'elettricità tra noi eruppe come un inferno bruciante di lava fusa nelle mie vene.

Lei sapeva di pesche fresche e crema. Aveva il gusto dell'innocenza e della purezza, ed era dolce e mi dava assuefazione sulla lingua.

Coprii la sua bocca con la mia e gemetti mentre il piacere si diffondeva nel mio corpo. Minetta cedette immediatamente e avvolse le mani intorno al mio collo, approfondendo il bacio e premendo il corpo contro il mio. Sentire il suo corpo era puro piacere, mentre si strusciava contro di me.

Non riuscivo ad immaginare altro che vederla nuda, sentire il suo corpo sotto il mio. Non ricordo di essermi mosso, ma lei si ritrovò improvvisamente sotto di me sul divano.

Ritraendomi, mi tolsi la giacca del vestito e la gettai da parte. Ero affamato del suo tocco; per lei fu come se io fossi tornato a casa e non potessi avvicinarmi abbastanza. Mi sorprese, spingendomi in basso la testa e succhiando la mia lingua nella sua bocca. Io gemetti, premendo forte il mio cazzo dentro di lei, mentre si agitava nei miei pantaloni. Il bisogno di affondare in lei e reclamarla mi pulsava dentro, facendo scuotere il mio corpo per lo sforzo di tenere sotto controllo la bestia selvaggia che bramava di assaltarla.

"Ti voglio," ansimai, rompendo il bacio.

"Davvero? Non saprei." Un sorriso impertinente si disegnò sulle sue labbra, e mi fece battere il cuore a tempo con il battito impazzito.

Abbassando il capo, pizzicai il capezzolo che stava premendo con la sua camicia. Minetta sobbalzò, con il corpo contro il mio. Io sorrisi sulla punta sensibile, stavolta succhiandola nella mia bocca. Le sue mani mi afferrarono i capelli, e piccoli gemiti le fuoriuscirono dalla bocca. Si dimenò sotto di me, e avvolse le gambe intorno alle mie, attirandomi di più a sé.

Con chiunque altra, non avrei affatto prestato attenzione a come toccarla né mi sarei preoccupato di farle male. In genere era qualcosa di rapido e violento; ero sempre calmo nel desiderare nient'altro che il mio stesso piacere, quando avevo bisogno di venire. Ma con lei desideravo tanto il suo godimento quanto il mio, e una parte di me bramava persino di più il suo.

La mia lingua tracciò la stoffa umida e giocò con la pelle indurita. "Oh sì," gemette.

Cessando di succhiare, feci scorrere le mie labbra sul suo petto e sul suo collo. Lei girò il capo, fornendomi un migliore accesso alla pelle morbida. Con le mani, si aggrappò alle mie spalle e mi attirò di più a sé, sebbene i nostri corpi fossero attaccati l'uno all'altro, come se fossero una cosa sola. I miei muscoli si fletterono sotto il suo tocco, fremendo al pensiero di spogliarla.

Le mie mani scivolarono lungo i fianchi per tirarle la camicia da sopra la testa, ma m'immobilizzai quando gridò e si allontanò dal mio tocco. Il volto le si contorse per il dolore e immediatamente mi distaccai da lei.

"Ti ho fatto male?"

"Beh, sì sono ferita."

Fu necessario che tenessi il mio temperamento sotto controllo, in quanto non intendevo spaventarla, mentre nella mia mente si palesava l'immagine di qualcuno che le faceva del male. La mia paura di prima emerse. "Che cos'è successo?" chiesi, mentre lei si mordeva le labbra, evitando di rispondere.

"Minetta, devi dirmi, mostrarmi che cos'è successo o non lascerai quest'ufficio."

Dallo sguardo che mi rivolse, dedussi che intendesse litigare, perciò le coprii le labbra con un dito.

"Per favore." Le baciai la punta del naso e sentii il suo corpo rilassarsi e fondersi di nuovo con il mio.

Mi tirai su a sedere e l'aiutai a fare lo stesso. Minetta si alzò lentamente e le sollevai la camicia a maniche lunghe, affinché mi mostrasse ventre e fianchi. Un basso gemito le sfuggì dalle labbra, mentre stavo a fissare il livido nero e bluastro che tracciava l'intero fianco sinistro del suo corpo, splendido e delicato.

Allungandomi, le toccai gentilmente la pelle danneggiata e la guardai dritto negli occhi. "Che cos'è successo? Dimmelo, Minetta."

Lei sospirò e fece un respiro profondo. "Ho colpito lo stronzo di nome Jared al lavoro, fa sempre commenti e battute sgradevoli e quando hai mandato i fiori, ha detto che era dovuto al fatto che fossi stata grandiosa a letto. Così, gli ho dato un pugno sul viso, e lui ha iniziato a diventare lamentoso e ha fatto venire la polizia a prelevarmi, per aggressione. Da lì in avanti, è andato tutto storto."

"In che senso, tutto storto? La polizia ti ha ferita?"

"Sì e no. Non erano davvero dei poliziotti. Fingevano di esserlo. Penso che Jared lo sapesse, ma non lo so per certo, ad essere sincera, ma è successo soltanto due notti fa, perciò occorre ancora qualche giorno perché i lividi spariscano."

La mia bocca si spalancò mentre ne parlava come se fosse una cosa del tutto normale.

"Perché mai questo Jared si è spinto a tanto per farti del male? Ed è stato lui a farti questo?"

Minetta sospirò e sembrò stanca. "Ascolta, sono state settantadue ore davvero lunghe e strane, e penso che dovremmo andare a casa e dormire un po'. Possiamo parlarne un'altra volta? Forse alla cena che mi hai offerto?" Si sistemò la camicia e raggiunse la sedia che aveva occupato fino a poc'anzi per riprendere la borsetta.

"Minetta, non capisco." Mi misi alle sue spalle, e le sfiorai delicatamente il fianco dolorante.

"Lo so e mi dispiace, ma onestamente, non mi va proprio di continuare a parlare di questo al momento. Il mio corpo e il mio cervello sono esausti." Alzandosi sulle punte, afferrò la parte anteriore della mia camicia e depose un bacio sulla mia guancia.

Le misi un braccio intorno alla vita, assaporando la sensazione di lei a contatto con il mio corpo; volevo dirle di rimanere, convincerla a consentirmi almeno di abbracciarla mentre dormiva.

"Non posso tornare al lavoro finché non sarò scagionata dalle accuse. Da parte dei veri poliziotti con cui ho dovuto parlare stamane. Perciò dammi un colpo di telefono se vuoi andare a cena, e se cambi idea..."

Poi scrollò le spalle, e studiai attentamente i suoi lineamenti, cercando ulteriori ferite. Solo allora notai che sul viso c'erano dei graffi e che, per coprire un livido sull'occhio, aveva usato del trucco. Poi, le guardai la mano e le nocche gonfie. Qualunque cosa fosse accaduta, era stata coinvolta in una lotta. La furia che mi pulsava rovente nelle vene al pensiero che qualcuno l'avesse toccata, ferita, bastò a risvegliare il demone dentro di me. I tatuaggi lungo la schiena bruciavano, e sentivo il mio potere riemergere. Volevo morto chiunque fosse il responsabile e, dopo, mi sarei assicurato che continuasse a bruciare per l'eternità.

"Credo di doverti riportare a casa," dissi, seguendola fino alla porta.

"Non penso che sia una buona idea. Sarei troppo tentata di fare più di quanto dovremmo." Poi, si fermò davanti alla porta e si guardò indietro, l'espressione nel suo sguardo illeggibile. "Buonanotte, e per quello che vale, non vedo l'ora di ricevere la tua chiamata." Uscì dunque, con gli occhi avvolti da un'emozione che non riuscivo a comprendere.

Andai avanti e indietro nell'ufficio, frustrato perché non sapevo se fosse il caso di seguirla a casa oppure no, ma immaginai che avrebbe odiato l'idea.

"Shilo!"

"Sì, signore?" L'angelo infilò la testa nella porta.

"Manda una delle guardie ad assicurarsi che Minetta arrivi sana e salva a casa, e chiedi discrezione. Non voglio che li veda. E poi, ho bisogno che mi trovi una persona."

"Naturalmente, signore, chi vorresti che trovassi?"

"Si tratta di qualcuno che lavora con Minetta. Si chiama Jared."

"Subito, signore, vedrò cosa posso fare."

Solo il suono del nome di quel coglione bastava a farmi infuriare. Nessuno trattava Minetta come aveva fatto lui. Stava per dispiacersi molto di aver solo guardato in direzione del mio uccellino.

TRENTAQUATTRO

Me ne stavo a fissare quel nudo sacco di merda appoggiato e legato a una delle mie sedie. Sfoggiavo un sorriso malvagio, mentre il mio sguardo si posava sul minuscolo coglione, che se ne stava lì riverso. L'uomo aveva la testa chinata, con il mento poggiato sul petto, mentre dormiva per via dell'effetto della droga. Non avevo intenzione di svegliarlo un solo secondo prima. Volevo che il tranquillante uscisse dal suo sistema e Jared fosse completamente sveglio per ciò che avevo pianificato.

Shilo e i suoi uomini avevano sorpreso Jared con il cazzo in mano, mentre si masturbava davanti a un porno qualunque in cui appariva una brunetta in uniforme scolastica. E naturalmente, la ragazza lo stava implorando, incitandolo, mentre le schiaffeggiava il culo, visto che era stata una ragazza cattiva. Non esattamente un porno originale se me lo chiedete, ma era molto esplicativo dei meccanismi interni della mente di Jared. Il mio potere era già penetrato nel suo corpo e lo stava leggendo come un libro aperto. Ogni cosa oscura e depravata era lì davanti a me, affinché la esplorassi, usandola contro di lui.

Il ghiaccio tintinnò leggermente, mentre presi un sorso del suo brandy decadente, eppure non poteva nemmeno avvicinarsi alla mia Minny. Sentivo ancora le sue labbra sulle mie, il gusto di pesca indugiava sulla mia lingua, e non avevo ancora dato sfogo al prurito doloroso tra le gambe, che serviva anche per intensificare questo tipo particolare di divertimento.

Jared gemette, con il capo che oscillava su e giù. "Co..."

"Ciao, Jared," dissi con disinvoltura.

L'uomo sollevò leggermente la testa, le labbra schioccavano lentamente, mentre la bava gli colava dalla bocca. Aveva gli occhi ancora pesanti per via del cocktail di droghe che gli era stato somministrato per garantirsi il controllo.

"Cosa..." Jared schioccò ancora le labbra.

"Ti va un drink?" Offrii e mi alzai ad afferrare il bicchiere d'acqua che avevo appoggiato sul tavolo. Afferrando rudemente i capelli di Jared, gli tirai indietro la testa, e dalla bocca aperta uscì un grido. Gli versai rapidamente il grande bicchiere d'acqua per la gola. L'uomo bevve quanto più in fretta possibile, ma la maggior parte del liquido gli scorreva lateralmente, cadendogli lungo le guance finendogli su collo e petto.

Jared provò a chiudere la bocca e a girare la testa, costringendomi a tirargliela forte. Ora il collo gli sarebbe stato tirato dolorosamente più del dovuto. Piacevolmente la bocca di Jared si spalancò ulteriormente, e versai il resto dell'acqua nella sua bocca. Mi distaccai da quel sacco di merda mentre deglutiva tutto e tossiva, mentre l'acqua gli fuoriusciva dal naso. Riposi il bicchiere dov'era, prima di andare al bar a prendermi da bere.

"Chi sei?" domandò Jared, e poi tossì ancora.

"Jared, mi stai facendo la domanda sbagliata." Mi voltai a guardarlo, dandogli un'occhiata approfondita per la prima volta. Non aveva un aspetto terribile. Aveva capelli castano scuro che ero sicuro fossero normalmente acconciati in modo piacevole. Gli occhi nocciola avevano una sfumatura unica, la mascella squadrata gli conferiva un'aria presuntuosa, mentre il corpo era tonico in tutti i punti giusti.

"Scommetto che conquisti un sacco di donne, non è vero Jared?"

Jared si raddrizzò leggermente nella sedia, il cuoio fece un suono simile a una grande scoreggia mentre si muoveva. Gli sorrisi, mentre arrossiva violentemente.

"Sono bravo con le donne," infine l'uomo ammise.

Tamburellai con il dito sul bordo del mio bicchiere, mentre riflettevo.

"Penso che stia facendo il modesto. Voglio dire, guardati. Sei un bell'esemplare."

Jared scrollò le spalle. "Come ho detto, mi va bene."

"Certamente ti va bene con i porno. Hai una bella collezione. *La Studentessa Cattiva*, l'intero set, *Sculacciate Tutte le Sorelle*, *Frustala Fino a Farla Venire*.... Potrei andare avanti."

Jared distolse lo sguardo, l'espressione s'incupì mentre lo punzecchiavo e, nel frattempo, gli toccai la mente. Era un viscido di prima categoria che non ci sapeva fare. Le donne che scioccamente andavano a casa con lui decidevano in fretta che si era trattata di una cattiva idea. Shilo aveva trovato la sua scorta di sedativi nel suo bagno, stipati in un cassetto come fossero caramelle.

"Deve esserti davvero bruciato il culo quando Minetta non ti ha preso in considerazione?" Questo attirò la sua attenzione, e girò il capo per guardarmi, mostrando soltanto un minimo accenno di preoccupazione. Questo andava bene. Avevo intenzione di terrorizzarlo completamente, prima che la serata fosse terminata, destare la sua preoccupazione era un buon punto di partenza.

"Non so di che cosa tu stia parlando."

"Dai, Jared, sappiamo entrambi che hai un debole per lei, perciò mi confonde sapere che l'hai denunciata."

Tornai alla grande sedia elegante e mi sedetti di fronte a lui. L'uomo si dimenò leggermente sulla sedia ma non offrì alcuna informazione.

"Sei davvero ossessionato da lei. Tutti quelle inquadrature mentre chinava il culo, beh, sono eccitanti. Un po' distanti, ma eccitanti, lei ha un gran bel culo. Faresti meglio a parlare. E non andrai da nessuna parte finché non lo farai."

"Chi sei, e perché te ne importa?" chiese Jared.

"Perché non facciamo così, tu mi dici quello che voglio sapere prima, e, poi, io risponderò alle tue domande. Perciò, te lo chiedo di nuovo, perché l'hai denunciata?"

Jared sospirò e crollò nella sedia. "Non lo so. Sembrava la cosa giusta da fare. Lei mi ha fatto fare la figura dello stupido, dopo avermi stuzzicato per mesi. Non è altro che una troietta e lo merita. Dovevo insegnarle a non mettersi contro di me in quel modo."

Abbozzai un sorriso, amando che Jared continuasse a scavarsi la fossa da solo. "Ti rendi conto che, se non viene ritirata l'accusa, allora non lavorerà mai più nel call center?"

"Perché dovrebbe interessarmi?"

"Beh, Jared, se non te ne fossi accorto, sei legato nudo nel mio ufficio. Secondo me dovresti essere almeno un po' preoccupato per le mie intenzioni e un po' meno preoccupato di chi io sia o di fingere di essere un tipo tosto." Tranguiai il mio drink mentre Jared dava un'occhiata a se stesso. Era come se l'uomo si fosse appena reso conto della sua difficile situazione. "Ti sembro un uomo che non ottiene quello che vuole?"

"Sei il tizio dei fiori?" chiese infine Jared. L'uomo si dimenò di nuovo nella sedia, e io sogghignai mentre osservavo il suo cazzo flaccido contrarsi. Non sarebbe passato molto prima che mi desse la più totale attenzione, e il vero divertimento sarebbe iniziato.

"Sì, ho mandato i fiori a Minetta. Lei è mia e mia soltanto. Non lascio che nessuno la fotta, e tu, Jared, lo stavi decisamente facendo." Gli sorrisi, ma non raggiunse i miei occhi.

Jared deglutì rumorosamente. "Che cosa vuoi da me?"

"Voglio che chiami il tuo capo e gli dica che hai istigato il pugno e lo meritavi per le cose terribili che hai detto a Minetta, e gli dica che ritiri la denuncia. Poi, chiamerai l'avvocato da due soldi che hai ingaggiato, e gli dirai la stessa cosa."

"Che cosa cazzo ottengo se faccio questo per quella stronza?"

Un ringhio emerse dalle mie labbra, facendo spalancare gli occhi di Jared. "Rispetto, Jared, oppure ti strapperò il cuore pulsante dal petto e lo mangerò di fronte a te prima che tu muoia." Jared strinse i legamenti che lo tenevano fermamente fermo sul posto. Lasciai che i miei occhi luccicassero del loro colore naturale, l'oro splendeva forte e si rifletteva su tutte le superfici.

"Chi diavolo sei tu?" Jared continuava a tirare e a dimenarsi violentemente sulla sedia, ma fu inutile, e infine smise di lottare, respirando affannosamente.

"Sono ciò che hai desiderato." Il volto di Jared si corrugò in confusione.

"Sai tutte quelle notti che hai pregato Mammon, pregato al dio dell'avarizia per renderti potente, ricco e il più desiderabile?"

"No... non è possibile."

"Jared, conosco tutti i tuoi segreti, ogni dettaglio perverso e intimo dei tuoi desideri più oscuri." La mia voce era intrisa di una sorta di ebbrezza fluida che avvolse Jared come una calda coperta. Ondeggiò sulla sedia come se io fossi un incantatore di serpenti, e il cazzo gli si contorse di nuovo, sollevandosi a mezz'asta.

"Questo è impossibile," disse l'uomo, e poi fece un respiro profondo, il suo corpo si piegò, mentre si premeva con le cosce. L'elisir divertente stava facendo effetto nel suo sistema.

"Oh, ma lo è. Hai pregato perché mi manifestassi, e allora eccomi qua."

"Non capisco. Minetta è la tua ragazza? Sta uscendo con un dio?"

Amavo che si riferisse a me come divinità. Ero molte cose, ma di certo non ero un dio, eppure era una svolta divertente del gioco.

"Sì, è così Jared e, ferendola, hai ferito me. Ferisci il tuo dio."

"No, mai, non intendevo... mi dispiace tanto." Sbatté le palpebre e ondeggiò un po' di più, con gli occhi sgranati. "Chi ... cosa sta succedendo, io... io sento..."

"Come se avessi voglia di scopare? Come se non desiderassi altro che far scivolare il tuo cazzo duro e sotto la media in una figa calda e bagnata. O forse vuoi scoparti una certa bellezza corvina mentre le infili il cazzo nella gola."

Mi diedi un colpetto sul mento, giocando con le diverse fantasie fetish che avevo visto nella sua mente.

"No, so che cosa vuoi. Vuoi piegare quella ragazza sulla tua scrivania e sculacciarle il culo prima di infilarle dentro il cazzo, inculandola così forte finché le tue palle non finiscono nella sua figa bagnata, bagnandoti di più mentre rivoli di sudore ti scivolano lungo la schiena. Avvolgerle i capelli intorno al tuo pugno e tirarla così violentemente, in modo che sappia chi è che comanda. Poi, uscire dal suo culo e costringerla a leccare il tuo cazzo sporco, perché sei cattivo così, Jared. Vuoi che una sporca troia faccia tutto quello che vuoi e quando lo vuoi," dissi e mi beai dello sguardo addolorato sul volto di Jared.

Si strofinò insieme le gambe, provando a ottenere una sorta di sfregamento contro il cazzo improvvisamente molto duro ma non colpì altro che aria. "È questo che vuoi, Jared?"

"Sì, lo voglio tutto," gridò, gli occhi esagitati mentre mi guardava.

Ora stava ansimando. Gocce di sudore gli si formarono sulla fronte, dicendomi esattamente quale fosse il livello di angoscia che aveva raggiunto.

"Vuoi il potere, il denaro e le donne, specialmente Minetta, non è così? Vuoi farle tutte quelle cose sporche. Vuoi darle una lezione per averti ignorato per tutto questo tempo, ho ragione, Jared?"

"Sì, voglio scoparla a sangue, in quel piccolo culo stretto e perfetto. Voglio spaccarla in due. Voglio che gridi il mio nome," la sua voce era tesa. "Mi dispiace, non sapevo che fosse tua. Non ti mancherei mai di rispetto in questo modo."

"Hmmm, non ti credo, Jared. Dovrai chiamare il tuo capo e il tuo avvocato per me. Puoi farlo, Jared?"

L'uomo si morse forte il labbro e gemette mentre il suo cazzo si contorceva violentemente, colpendolo nello stomaco. Una piccola goccia di liquido pre-eiaculatorio scivolò fuori dalla punta, seguito da una minima quantità di sperma che gli finì sul petto. Jared sospirò e si accasciò sulla sedia.

Sogghignai, sapendo che quel poco sollievo non sarebbe durato a lungo. Mi ero preso la libertà di spargere sudore di una rana demone nell'acqua. Erano difficilissime da catturare e altamente ricercate per la loro capacità di renderti duro per giorni. Molto meglio di qualsiasi pillola blu che gli umani amavano pubblicizzare. Una goccia rendeva duro un demone per ore, e agli umani avrebbe facilmente provocato un infarto, persino una sola goccia in più. Avrei sacrificato una sola fottura rana per quest'occasione.

La punta scappellata del cazzo di Jared stava assumendo una furiosa sfumatura rossa-violacea. Quasi esplosi in una fragorosa risata, mentre agitava nervosamente i fianchi su e giù, con il cazzo che ondeggiava su e giù.

"Fallo smettere! Ti prego, basta. Fa tanto male! Ho bisogno di venire," si lamentò Jared, implorando pietosamente.

"Visto che sei stato un seguace fedele, e mi piaci per così dire, farò un patto con te, Jared. Un patto che non proporrei a nessun altro."

Pigiai un tasto sul mio cellulare, e la porta dell'ufficio si aprì. Un istante dopo, quella che sembrava la donna più bella del mondo, entrò, e colpo di scena, aveva i capelli neri e gli occhi blu proprio come Minetta.

I più insoliti tratti del demone, come la terza tetta, erano ammalianti, ma potei vederli. Gli occhi di Jared si posarono sulla modella alta, spalancando la bocca, quando la sua splendida figura si diresse verso di lui.

"Jared, questa è Illia, e ti farà tutto un genere di cose che non puoi nemmeno cominciare ad immaginare, ma solo se farai quelle telefonate."

Jared si leccò le labbra. "Dov'è il telefono?"

Jared era incantato da Illia e dalla danza esotica in cui al momento era impegnata per lui. Stupidamente, non aveva chiesto che cosa lei avesse intenzione di fargli. Quel pensiero mi deliziava.

In piedi, ripresi il cellulare e usai il dito di Jared per sbloccarlo. Scorsi la rubrica, finché non trovai il contatto del suo capo e pigiai su chiama.

Impostando il telefono sul vivavoce, tenni il cellulare sollevato così che Jared potesse parlare e io potessi ascoltare la conversazione.

"Poi, aggiungi che sarai in vacanza per qualche giorno, un viaggio dell'ultimo minuto con una bellezza esotica."

"No merda!" L'eccitazione di Jared era palpabile. Mi limitai a sorridergli e gli feci l'occhiolino.

"Pronto?" rispose la voce intontita del capo di Jared.

"Salve Eric, sono io, Jared. Scusa se ti chiamo a quest'ora." Annuii verso di lui.

"Che succede, Jared? Ero a letto e vorrei tornare a dormire." La voce profonda rimbombò attraverso l'altoparlante del telefono.

"Volevo informarti che ho ritirato le accuse contro Minetta. Sono stato un vero stronzo con lei, e meritavo decisamente il pugno in faccia. Dovrebbe tornare al lavoro. Mi dispiace tanto che abbia rischiato di perdere il posto." Jared sorrise, mentendo fino in fondo.

"Dici sul serio? Ti sei fiondato nel mio ufficio, chiedendo che la licenziassi. Ora hai fatto cadere le accuse e vuoi che la faccia tornare?"

Jared fece un respiro profondo e il suo corpo divenne rigido per il bisogno. La sua schiena s'irrigidì, e aprì la bocca, ma non ne uscì alcunché. Annuii ad Illia, che sogghignò prima di inginocchiarsi di fronte a Jared. Gli occhi dell'uomo si spalancarono per la grandezza dei seni, mentre faceva scorrere la lingua lungo il suo cazzo.

"Oh cazzo!"

"Cosa?"

"Mi spiace, come ho detto, ho esagerato e mi sento un coglione."

"D'accordo, allora. La chiamerò domani e glielo dirò. Comunque dovremo discuterne noi due. Questo mi costa un bel mucchio di magagne," sbadigliò l'uomo.

"Oh, e mi dispiace anche per il breve preavviso, ma mi prenderò alcuni giorni di ferie. Ho incontrato questa donna e andremo via, sai, un po' di divertimento sotto il sole." Illia sorrise a Jared mentre inghiottiva il suo cazzo in un unico rapido movimento, lui spalancò la bocca gridando silenziosamente di piacere.

"Divertimento sotto il sole? Ma che cazzo, Jared? Mi hai fatto quasi licenziare una delle mie migliori dipendenti, e poi ti prendi un fine settimana per una figa? Sarai fortunato se non ti licenzio, quanto torni. Ne parleremo quando rientri." L'uomo mise fine alla chiamata, e allontanai il cellulare dalla bocca di Jared.

"Verrò davvero licenziato?" chiese, senza però distogliere mai gli occhi dalla donna che gli stava praticando il pompino.

"Io non me ne preoccuperei. Ci penserò io a te." Cercai tra i suoi contatti, finché trovai il numero del suo avvocato. "Stesso discorso."

Tenni di nuovo il cellulare posizionato vicino alla bocca di Jared mentre squillava, ma stavolta scattò la segreteria telefonica. A Jared occorsero ben dieci secondi per smettere di ansimare per l'incredibile servizio che stava ricevendo, prima di poter parlare. Purtroppo, sapevo che questo sarebbe stato il migliore e al contempo ultimo pompino che avrebbe mai ricevuto.

Dopo aver finito, tornai di nuovo a sedermi al mio posto. "Ok, Illia, puoi fermarti adesso." Il cazzo le fuoriuscì dalla bocca con un udibile suono di risucchio.

"No, no, ti prego, non ti fermare," Jared tirò i legamenti, provando ad avvicinarsi di più.

"Jared, sto per darti una lezione di vita molto importante. Quando preghi un demone, assicurati di sapere con chi hai a che fare e di comprendere decisamente il patto che fai."

"Non capisco."

"Lo so. Questo è il punto," dissi e poi mi versai ancora da bere. "Illia, perché non mostri al nostro giovane amico, che cosa lo aspetta stasera." Le grida iniziarono ben prima che avessi terminato di versarmi da bere e aggiungessi il ghiaccio. Sapevo quello che vedeva Jared, le belle, lussuriose labbra della figa che inizialmente lo avevano stuzzicato, e poi lei gli mostrò quello che contenevano.

Mi voltai a guardare la scena ed esplosi in una fragorosa risata, quando Jared si pisciò addosso, i fiotti caldi di liquido giallo volarono in aria e gli finirono sul petto e sul ventre. Solo per essere testimone del fatto che valesse la pena avere una pulizia molto più approfondita. Illia si spogliò e si chinò di fronte a Jared, spalancando le labbra della figa, così che lui vedesse i denti affilati che stavano aspettando all'interno.

"Aiuto! Tirami fuori di qui, cazzo!" gridò.

Tornando alla mia sedia, evitai le pozze di piscio sparse su tutto il pavimento nero di marmo. "Illia è un demone Verendent. Possono darti il piacere più intenso ma, se non glielo dai prima tu, come puoi vedere, la loro figa si arrabbia un po'," ridacchiai per la battuta stupida.

Il respiro di Jared era così rapido, che temevo sarebbe morto d'infarto prima che andassimo via.

"Ti prego, farò qualunque cosa. Ma lasciami andare. Non parlerò o guarderò mai più Minetta." Le lacrime si unirono al sudore sul viso.

"Una volta ero un brav'uomo Jared, e ti avrei preso in parola, liberandoti, sperando che avessi imparato la lezione." Jared annuì con la testa, agitandola su e giù in modo entusiasta. "Ma non sono più quell'uomo, e devo dire che non vedo l'ora di vederti bruciare all'Inferno, in senso letterale, naturalmente." Poi, rivolsi la mia attenzione a Illia. "Ad ogni modo, mia cara, puoi procedere."

"Con piacere, padrone," la sua voce era come seta mentre parlava. Leccò dunque il lato del collo di Jared, le tre tette che ora lui poteva vedere gli pendevano sulla faccia. L'uomo si lamentò, mentre si dimenava per tentare di mettere distanza tra loro. La mano del demone scivolò sulla parte anteriore del corpo di Jared, finché non riuscì ad afferrargli il cazzo, da cui stavano continuamente uscendo piccoli getti di seme dalla punta. Era bello osservare Jared lottare con la sua natura primitiva.

Le sue labbra si sollevarono fino alla mano delicata, sebbene imprecasse e provasse ad allontanarsi dal suo tocco. I due lati della sua mente e del corpo lottavano furiosamente con l'elisir della rana demone che gli scorreva nelle vene.

Sapevo già quale di loro avrebbe vinto. La sua mente si sarebbe spezzata, arrendendosi ai bisogni primari del suo corpo, facendolo implorare per ciò che davvero non desiderava.

"Che cazzo grosso che hai," Illia sussurrò all'orecchio di Jared. La sua mano si mosse rapidamente lungo il liscio e arrabbiato pezzo di carne. "Mmmm, hai un odore delizioso." Tirò fuori la lingua e gli leccò un lato della faccia.

"No, no, fermati. Non toccarmi," gridò Jared, eppure il suo corpo si contorceva più velocemente nella sua stretta.

"Dimmi una cosa, Jared, questo posto in cui lavori, questo call center del 911, impostato per aiutare i più vulnerabili, sa che registri le sue telefonate? Sa che trai profitto dal dolore altrui, sfruttandone le esperienze dolorose?" Jared gemette e poi gridò in un miscuglio di paura e piacere, mentre il primo getto di sperma spruzzò come un piccolo incendio. "Lo sa, Jared?" insistei.

"Noooo," mormorò, mentre Illia continuava la sua opera.

"No, lo supponevo. Decisamente finirai nel posto giusto. Tutti lì saranno felici di averti." Tornai a sedermi, e appena gli occhi di Illia incontrarono i miei, le feci cenno di fare del suo peggio. Un bagliore di oscurità le attraversò lo sguardo, mentre girava intorno a Jared, le sue lunghe unghie blu lasciavano una sottile linea rossa sulla sua pelle.

Le grida di Jared raggiunsero un altro livello di terrore, di cui mi nutrivo spietatamente, mentre Illia si metteva a cavalcioni su di lui, e iniziò quella che avrebbe dovuto essere una seducente lap dance. Sfortunatamente, ora l'uomo sapeva che cosa si celava all'interno di quelle pieghe lussuriose.

Non riuscii più a vedere il volto di Jared, ma chiusi gli occhi e ascoltai le sue grida e seppe esattamente il momento in cui lei si sedette sopra di lui e lo prese davvero dentro di sé. Le urla di terrore raggiunsero picchi che non credevo possibili da parte di un umano, mentre quei denti affilati punivano il prezioso cazzo. Il suono di più di cinquanta denti che masticavano tutti insieme muscolo e vene era decisamente una dolce musica per le mie orecchie.

Le urla continuarono, e aprii gli occhi giusto in tempo per guardare Illia alzarsi e chinarsi di fronte a Jared, così che potesse vedere il suo stesso cazzo venire consumato e infine inghiottito dalla figa del demone.

Il sangue finì sul pavimento, e non m'importava nemmeno se il mio prezioso tappeto persiano sarebbe rimasto macchiato.

Illia si alzò e mi sorrise. "Sei stata brava, Illia. Considerati promossa."

"È stato un piacere, padrone." S'infilò il dito in bocca e lo succhiò. "Ti serve altro?"

"No, è tutto." Feci cenno con la mano, congedandola, senza mai distogliere il mio sguardo dal volto pallido di Jared. Era ancora cosciente, e dovetti ammettere che ne ero colpito. Lievi gemiti emergevano dalle sue labbra piagnucolose, la saliva si mescolava al sangue, mentre se ne stava a fissare il moncone insanguinato che una volta era il suo cazzo.

Dopo aver finito il mio drink, misi da parte il bicchiere vuoto e scivolai sulla mia sedia per dare una migliore occhiata a Jared, prima che incontrasse la sua fine definitiva.

Poggiando la mano sul pavimento di fronte a me, evocai il mio potere; l'oscurità che mi riempiva dopo la caduta mi avvolse dentro e fuori, convocando così il mio cavallo di battaglia. Il suono di un milione di piedi che marciavano raggiunse le mie orecchie molto prima che Jared potesse sentirlo. Gli occhi dell'uomo si posarono sui miei, la vibrazione abbastanza forte ormai da scuotere tutti i mobili nella stanza, inclusa la sedia che stavo occupando.

"Lo senti?" chiesi. "Riesci a sentirlo?"

Jared si guardò intorno nella stanza, e poi tornò a fissare me. Non pensavo che potesse apparire più spaventato, ma mi sbagliavo. Il primo dei demoni millepiedi sbucò fuori con un piccolo suono stridulo, che attirò l'attenzione di Jared. La creatura, di quasi diciassette centimetri di lunghezza e con un becco affilato simile a una pinza, avrebbe intimidito chiunque. Ma, vederne uno mentre si era legati ... beh, questo gli conferiva una dinamica infernale del tutto nuova.

"Che cosa diavolo è quello?" domandò Jared, tornando ancora una volta a ribellarsi inutilmente.

"Quella, mio caro ragazzo, è la tua morte. Venite animaletti miei, venite a mangiare."

"No, ti prego. Ahhh!"

Quelle che sembravano comporre un unico essere, riempirono rapidamente la stanza, le loro numerose zampe grattavano e battevano sul pavimento all'unisono, aumentando la drammaticità dell'effetto. Non c'era uno spazio libero nella stanza, mentre continuavano a riempirla. Si appesero alle pareti e al soffitto, cadendo gli uni sugli altri, mentre circondavano il loro pasto.

Le lacrime di Jared quasi mi toccarono, mentre continuava a implorare, chiedendo perdono. Me rimasi fermo lì a togliere la polvere dalla mia giacca; poi i malvagi animaletti si mossero come se stessero separando il Mar rosso, mentre mi dirigevo verso la porta dell'ufficio. Raggiunsi la maniglia e guardai Jared.

"Oh, e Jared, so che non farai mai più del male a Minetta. Me ne assicurerò per l'eternità. Potete procedere, piccoli miei," dissi e sorrisi mentre le urla di dolore colmavano la stanza.

Mi voltai solo un istante prima di lasciare l'ambiente, mentre gli animaletti spalancarono la bocca di Jared, mentre altri si infilarono sotto la pelle, facendola sembrare viva.

Le urla improvvisamente cessarono, e girai il capo in direzione di Jared, vedendo la sua anima separarsi dal corpo. L'anima lo fissava, sbattendo le palpebre, e poi osservarono il suo vecchio corpo, la sua vecchia vita ormai terminata. Questo durò soltanto un istante, prima che i miei demoni raccoglitori di anime emergessero dal pavimento, in cerca del loro ultimo giocattolo.

Chiusi poi la porta e feci un respiro profondo, mentre una calma m'invadeva. Potevo essere Mammon, ma quella sera ero un uomo che proteggeva ciò che gli apparteneva.

TRENTACINQUE

Minetta si massaggiò gli occhi e sbadigliò mentre scendeva per le scale fino alla cucina. S'immobilizzò, quando l'odore di bacon le colpì le narici con un profumo invitante che le fece brontolare lo stomaco. Roteò gli occhi, dimenticando che Penny era a casa sua. Non era stata una sua idea, e nemmeno dell'amica, ma apparentemente, era stato Michael a proporlo. Perciò era lì, costretta a vivere con un demone di cui non sapeva se potersi fidare, figuriamoci tornare a chiamarla amica.

Il fatto che Michael stette provando a tenerla in vita e che credesse che Penny volesse tenerla al sicuro le era di piccolo conforto, ma non sapeva nemmeno se poteva fidarsi di lui al momento. Nell'infinita lista in continuo aumento di cose, delle quali non avrebbe mai pensato di occuparsi, c'era non riuscire a fidarsi dell'arcangelo Michele.

"Ho deciso di preparare la colazione. So che non basta a rimediare per ciò che ho fatto, ma... speravo che almeno parlassi con me," disse Penny, mentre scrollava le spalle e tirava fuori un piatto.

Minetta dovette ammettere che il cibo sembrava delizioso. Uova strapazzate, bacon, toast e pancake... chi poteva rifiutare?

"Grazie," disse. Prendendo il piatto, si avvicinò al tavolo già apparecchiato e si sedette.

"Ho buone notizie," disse Penny, mentre Minetta afferrò lo sciroppo d'acero.

"Non c'è più un'orda di demoni che mi vuole morta?"

Penny si fermò, mentre era con una spatola in mano. "Non così buone, la tua era davvero ottima. Hai lasciato il tuo cellulare quaggiù, e ha iniziato a squillare. Lo so, lo so... non avrei dovuto sbirciare, ma è nella mia natura."

Minetta fissò Penny, e si limitò a scuotere il capo. Tra tutte le cose che Penny aveva fatto, rispondere al suo cellulare era quella che meno la preoccupava.

"Ha chiamato Eric mentre dormivi, e da lunedì potrai tornare al lavoro. Gli ho detto che volevamo tornare agli stessi turni per ovvie ragioni e, anche se sembrava infastidito, alla fine ha acconsentito."

"Huh, mi chiedo che cosa gli abbia fatto cambiare idea." Infilò la prima forchettata di morbida bontà in bocca ed emise un piccolo gemito.

I pancake di Penny erano i migliori e Minetta si faceva facilmente corrompere dal buon cibo.

"Ha detto solo che Jared ha chiamato e ha detto di aver ritirato la denuncia."

Minetta si versò del caffè dalla caffettiera sul tavolo, e prese un sorso di liquido scuro. "Mi chiedo come facessero a sapere quei demoni di dover venire a prendermi, devono aver intercettato la telefonata originale in qualche modo. Questo ha senso? Altrimenti, come avrebbero fatto a scoprire che sarei stata arrestata? Hai già detto che Jared non è un demone, perciò..."

Penny si chinò sul banco, ma si accigliò pensierosa.

"Sai, questa è proprio una bella domanda. Indagherò. Dev'esserci un demone che non conosco che lavora a un piano nell'edificio."

Minny si fermò prima di infilarsi un altro boccone in bocca. "Aspetta, questo allora significa che ci sono altri demoni al call center?" Il viso di Penny divenne rosso, mentre riempiva un piatto, cosa che Minetta notò. "Certo che sì. Perché i demoni non dovrebbero essere ovunque? Probabilmente, ce ne sono alcuni al supermercato, in banca o persino dove mi piace fare shopping."

"Nella graziosa piccola boutique con quel magnifico maglione che hai acquistato il mese scorso non c'è un demone." Penny sorrise, il sarcasmo di quel commento le diede alla testa.

"Penny, come potrei stare al sicuro quando ci sono demoni ovunque, letteralmente ovunque?"

"Oh, loro non ti vogliono morta. Non ogni demone desidera l'apocalisse, e non a ogni demone piace il conflitto. Siamo un po' come le persone. Siamo tutti diversi. E, visto che molti demoni inferiori sono come topi che sono stati mescolati con un mucchio di malvagi gatti dei vicoli dell'Inferno, a dire il vero preferiscono la Terra così com'è. Per loro è più sicuro vivere in mezzo agli umani che tra i loro simili."

Il suo cellulare iniziò a vibrare sul banco. La paura istantanea e poi vedere Penny mordersi il labbro comunicarono a Minetta che doveva trattarsi di Riker, mentre il demone sollevava il cellulare.

"Buongiorno," disse e non poté impedire all'emozione che le fece gonfiare il petto.

"Ciao, mio uccellino. Hai riposato bene?" Lei lo immaginò seduto nel suo ufficio dietro la scrivania, apparendo il peccato mortale quale era in ogni grammo di sé.

"Sì, e tu?"

"Purtroppo non ho dormito molto."

"Oh," esclamò lei e non riuscì a bloccare il piccolo seme della gelosia di germogliarle nello stomaco.

"Probabilmente non si tratta di quello che pensi, anche se non ti posso biasimare. Ho dovuto lavorare, e le cose si sono alquanto complicate, il che ha richiesto un po' di pulizia." C'era una punta di divertimento nella sua voce e le guance di Minetta si scaldarono.

"Non stavo pensando... ok, sì," disse. Riker rise e la sua fragorosa risata le fece pensare ai suoni che avrebbe emesso durante il sesso.

Dio, scommetteva che sarebbe stato fantastico. Dovette distogliere lo sguardo dall'espressione attenta e di disapprovazione di Penny. "Hai chiamato per un motivo?"

"Certo, sì. Per la cena di stasera, passerò a prenderti a mezzogiorno."

"Mezzogiorno?" Rise lei, ma Riker restò in silenzio. "Oh! Sei serio." Infilzò un pezzo di bacon e stette a fissarlo, domandandosi se fosse necessario. "Non sarebbe pranzo? È piuttosto presto per cenare."

"Perché per arrivarci dobbiamo allontanarci parecchio. Fidati. Amerai il posto. Dobbiamo solo muoverci prima."

Minetta si morse il labbro inferiore, provando a non dimostrarsi troppo eccitata da una semplice cena. Era stata coinvolta in quella situazione per salvare l'umanità, rammentò a se stessa. Ma il suo cuore batteva più in fretta nel petto, dicendole che aveva segretamente desiderato questa svolta. Eppure nella sua mente suonava un enorme campanello d'allarme, visto che lui era ancora l'angelo caduto dell'avarizia, e poteva votarle le spalle in un battibaleno.

"D'accordo, e mezzogiorno sia. Il mio indirizzo è..."

Poi lui la interruppe. "Non ce n'è bisogno, mio uccellino, già so dove vivi. Non vedo l'ora di rivederti." Riagganciò prima che lei potesse salutarlo o chiedergli come facesse a conoscere il suo indirizzo. Se ne stette semplicemente a fissare il cellulare.

"Sai che stai giocando con il fuoco, vero? Mi riferisco al vero demone del fuoco dell'Inferno," brontolò Penny.

"Forse, ma ho raramente fatto qualcosa per me stessa. Persino quest'appuntamento serve a salvare il mondo, perciò che male c'è se mi diverto per una volta? Potrei davvero farlo." Non sapeva se doveva ammetterlo ma non c'era nessun altro con cui poterlo condividere. "E poi, non posso negare che ci sia qualcosa tra noi, l'ho percepito sin dal primo istante in cui ci siamo incontrati."

Penny sospirò e poi si sedette di fronte all'amica, con il piatto in mano.

"Hai ragione Minny, e mi dispiace se non sembro felice per te. È solo che... questo è un grosso rischio, tutto questo lo è." Spinse il cibo nel piatto con la forchetta. "Solo che ho già fallito miseramente, e non voglio che ti accada qualcosa. Non importa cosa pensi di me, io ti voglio bene."

Guardò dunque Penny e realizzò che l'avrebbe perdonata. Forse non quel giorno o quello seguente, ma sarebbe successo. Si stava già ammorbidendo.

Minny sollevò le spalle fino alle orecchie, poi le riabbassò. "Ok, almeno ora conosco la verità, e spetta a me scegliere di mettermi in pericolo."

"Non dire che non ti avevo avvisata. Riker non gode di una buona reputazione. Voglio dire, hai visto la fila di donne, e lui è un Peccato, Minny, ha un lato oscuro e..." Penny sospirò. "E già eri a conoscenza di tutto questo, perciò ti prego, fa' attenzione."

L'amica aveva dato esattamente voce a ciò che non voleva sentirsi dire e fissò il cibo mentre rifletteva sulla situazione. Non si sarebbe tirata indietro. Valeva il rischio di farlo, ma dovette chiedersi se il suo cuore potesse gestire un altro trauma. Era davvero troppo per una persona sola.

Il resto della mattinata sembrò trascinarsi e volare al contempo. Non riusciva a pensare ad altro che alla cena con Riker e a come vestirsi.

Persino la passeggiata solitamente rilassante con Toby non era stata una buona fonte di distrazione. Stranamente, quando Penny realizzò che stava accadendo e che non c'era alcunché che potesse dire per farle cambiare idea al riguardo, fu di enorme aiuto con l'outfit e l'acconciatura.

Specchiandosi, Minetta sorrise mentre indossava gli orecchini e guardava la graziosa acconciatura ai capelli che Penny aveva realizzato per lei. L'effetto smoky esaltava gli occhi facendoli sposare bene con il vestito argento che a quanto pare Penny aveva tirato fuori dal nulla.

Entrando in camera da letto, sorrise a Toby. Era sul suo posto preferito sul letto, con gli occhi chiusi.

"Fa' il bravo con Penny," gli disse e gli grattò e baciò la testa. Un lieve gemito fu tutta la risposta che ottenne dal cane.

"Sì, sì, anche tu mi mancherai."

Suonò il campanello e il cuore le balzò in gola, mentre sentiva le farfalle nello stomaco. Non sarebbe potuta essere più eccitata di vedere Riker.

Era davvero pronta ad essere la persona che avrebbe tirato fuori la sua umanità, per così dire? E odiava davvero l'idea di nascondergli ciò che sapeva. Comprendeva la razionalizzazione di Michael, per cui, se Riker avesse saputo, allora avrebbe assunto che ogni sentimento che provava fosse finto, ma sembrava subdolo e sbagliato nascondergli qualcosa di così grande.

Scese dunque per le scale, proprio quando Penny apriva la porta.

"Penelope Mendroin, che insolita sorpresa. Come mai apri tu la porta di Minetta?"

"Penelope?" chiese Minetta, guardando l'amica. Un'altra cosa che non sapeva di lei, a quanto pareva.

Penny arrossì, con le guance arrossate. "Penny, chiamami semplicemente

Penny. Odio Penelope." Penny incrociò le braccia sul petto e si allontanò dalla porta, lasciando entrare Riker.

"Questo non risponde alla domanda sul perché sei qui, Penny?"

Riker enfatizzò il suo nome come se stesse analizzando la sua risposta.

"Penny e io lavoriamo insieme." Fu Minetta a rispondere, impedendo all'amica di intervenire.

"Penny ha menzionato che voi due vi siete incontrate, ma non immaginavo che vi conosceste così bene."

"Ci conosciamo da tempo, vero Penny?" Gli intensi occhi ambrati di Riker si posarono sul demone, che distolse lo sguardo dall'uomo.

"C'è qualcosa che dovrei sapere?" Lei guardò i due. Non aveva considerato che potessero essere stati insieme una volta, ma riflettendo sulla reputazione di Riker, era altamente plausibile, e le si rivoltò lo stomaco.

Riker la guardò e si formò un sorrisetto. "Pensi che vada a letto con ogni donna che incontro?"

"Onestamente, me lo sono chiesto. Ma penso che sapere se la mia amica e il mio... partner siano andati a letto insieme, rovinerebbe il primo programma, per così dire," rispose.

Riker le si avvicinò, e quando lo fece, Minetta sentì il forte bisogno di indietreggiare.

La sua aura sembrò caricare l'aria con una potente elettricità semplicemente stando nella stessa stanza. Proprio come la prima volta che lo aveva incontrato, il suo corpo reagì a quelle che sentì come scosse elettriche sotto la pelle, e fece un respiro profondo, mentre lui si fermava a pochi centimetri da lei, guardandola. Minetta osservò la sua mano come un animale preoccupato, mentre la sollevava per far scorrere il dito lungo la sua guancia, qualcosa che sembrava piacergli.

Lei si morse il labbro inferiore per impedirsi di agitarsi.

"No, Penny e io non siamo mai andati a letto insieme, mio uccellino."

"Perché continui a chiamarmi così?" sussurrò.

"Un giorno te lo dirò." Le labbra di Riker incontrarono brevemente le sue, e fu tentata di dirgli di dimenticare la cena e trascinarlo di sopra. Lui aveva un effetto così sensuale sul suo corpo e, destino o no, non poteva negare di sentirsi attratta da lui come uomo. "Sei incantevole," le disse. "Quella avrebbe dovuto essere la prima cosa che ho detto." Le diede un bacio gentile sulla guancia e poi passò al collo, riducendole le ginocchia a gelatina.

Penny fece come per schiarirsi la gola. Aveva dimenticato che Penny si trovava nella stessa stanza. "Grazie del complimento. Tu sei molto bello, ma non abbiamo una prenotazione da rispettare?"

Riker sospirò ma sorrise, mentre indietreggiava di un passo. "Vero. Vieni mio uccellino, la nostra serata aspetta."

Fece un cenno di un saluto a Penny, mentre Riker la accompagnava fuori dalla porta, ricordandole ancora una volta del cibo di Toby e dei piani da rispettare. Penny le mostrò i pollici in sù, prima di chiudere la porta. Una profonda angoscia le attanagliò lo stomaco, mentre scorgeva l'auto. Stava succedendo davvero. Stava andando a un appuntamento con quest'uomo, quest'arcangelo, questo demone divino, tutta sola. Deglutì il nodo che aveva in gola, mentre Riker apriva la portiera di un'auto che assomigliava a una navicella spaziale.

Lei scivolò all'interno dell'elegante veicolo color argento e si sedette, agendo come se potesse morderla. Era terrorizzata di toccare qualunque cosa, perché era tutto così pulito. Non c'era una sola traccia di polvere sul cruscotto e nemmeno sul fondo dell'auto.

"Stai bene?" le chiese Riker. "Sembri sofferente. Sei ancora indolenzita?"

"Sto benissimo." Era ancora un po' indolenzita, ma non era questo il problema.

Minetta scivolò lentamente nel sedile e si allacciò la cintura di sicurezza, mentre Riker allontanava l'auto dal marciapiede. Lei afferrò velocemente la portiera e la consolle centrale mentre lui volava praticamente per la strada, frenando bruscamente al segnale di stop.

Schizzò davanti a molte corsie di traffico e poi superò il limite di velocità abbastanza da far apparire il mondo come una macchia.

Sobbalzò quando Riker le afferrò la mano. "Rilassati."

"Questo è un po' difficile quando stai guidando come... oh buon Dio!" Chiuse gli occhi mentre lui s'immetteva nel traffico superando un gruppo di veicoli un po' lenti. Suonò un clacson mentre tornavano nella loro corsia. "Così!" Minetta terminò la frase e chiuse gli occhi. Riker rise e le strinse più forte la mano.

"Sei adorabile, uccellino."

"Ti ringrazio ma, se per te è lo stesso, terrò gli occhi chiusi," disse, ottenendo una risata profonda da parte di Riker. Accese lo stereo, e lei si concentrò sulla morbida musica jazz piuttosto che sui sobbalzi violenti dell'auto, che le facevano venire la nausea.

"Siamo arrivati."

Minetta aprì gli occhi mentre oltrepassavano i cancelli di un hangar per aerei. "Umm, perché siamo qui?"

"Questo è il mio aereo." Si spostò su un lato dell'aereo e parcheggiò. "Perciò voglio essere onesto. Stavo già pianificando questo viaggio per provare a convincerti a uscire con me."

Lei guardò tra lui e l'aereo. "Ok, e dove intendi portarci?"

Riker allargò il sorriso. "Voleremo fino a Venezia. Conosco il ristorante migliore, che serve spaghetti al nero di seppia, frittelle e naturalmente, serve il mio vino. Ti ho detto che possiedo un'azienda vinicola? Non importa. Atterreremo, faremo un giro della città, ceneremo e dopo ci attende un giro in gondola prima di arrivare alla mia villa. Ho pianificato tutta la giornata di domani prima di tornare indietro."

"Hai pensato che i fiori non bastassero, perciò mi porterai a Venezia?"

"Sì, è davvero bella, vedrai."

Riker sorrise e uscì dall'auto, ma lei gli afferrò il braccio.

"Non posso andare a Venezia. Ho un cane di cui occuparmi, e il mio capo mi ha chiamato. Devo tornare al lavoro la prossima settimana, e non ho vestiti, è un viaggio piuttosto lungo e..."

Riker arrestò la corsa del treno impazzito nella sua mente, chinandosi per baciarla. Le prese il viso con entrambe le mani e approfondì il bacio. Minetta gemette nella sua bocca. Lui aveva il sapore di un delizioso nettare, dolce e denso sulla sua lingua.

Riker interruppe il bacio e appoggiò la fronte su quella di Minetta... il respiro della donna era accelerato, mentre il cuore le batteva forte contro la cassa toracica. "Tutte le tue preoccupazioni possono essere risolte. Ora dimmi, perché sei davvero nervosa?"

Voltandosi, lei guardò al grosso jet nero con il logo della sua compagnia su un lato. "Non ho mai volato prima e, ad essere onesta, sembra davvero affrettato che il nostro primo appuntamento per conoscerti sia come una grande fuga romantica."

"Non c'è mai stata una ragazza che pensasse che qualunque cosa le offrissi fosse troppo."

Lei roteò gli occhi verso di lui. "Immagino di non essere come le altre ragazze che hai deciso di impressionare portandole sul tuo jet," disse e incrociò le braccia sul petto. Non era davvero gelosa delle altre ragazze che c'erano state prima di lei, che sapeva essere numerose, ma il modo in cui la scrutava la rendeva nervosa. La faceva sentire come se ci fosse qualcosa di sbagliato in lei.

"Sì, infatti," disse infine Riker. Lei si sedette al suo posto e il cuore le sprofondò quando immaginò che quella fosse la fine del loro appuntamento. In un colpo solo, lui aveva rovinato tutto. "Beh, che ne dici di questo? Non condivideremo la stessa camera da letto, e potremo organizzarci per il tuo lavoro e il tuo cane mentre siamo in volo. Per quanto riguarda i vestiti, è una questione facilmente risolvibile. Potremo comprarli, e tu potrai scegliere dei nuovi outfit. Avevo comunque pianificato di farlo." Lei continuò a fissare tra l'aereo e l'uomo, entrambi così estranei a lei.

"Questo sembra piuttosto esagerato, Riker, visto che un primo appuntamento di solito consiste in una cena e una passeggiata sulla spiaggia o un gelato al parco."

"Possiamo fare entrambe le cose a Venezia. Minny, non voglio apparirti come uno stronzo egoista, ma questo viaggio non è più elaborato di una cena qui a New York per me. Posso permettermelo." Lei sollevò un sopracciglio, nemmeno sicura di come diavolo rispondere.

"Devi aver voluto vedere di più il mondo a un certo punto nella tua vita, no?"

"Quando mio padre era vivo, abbiamo fatto il patto di vedere un nuovo posto ogni anno. Avremmo iniziato con una città o parte del mondo che iniziava con la A, per poi passare alla B e così via. Si è ammalato molto più in fretta di quanto pensassero i medici, e non siamo riusciti a superare Boston, ma siamo riusciti ad assistere a una partita di baseball a Fenway Park." Distolse poi lo sguardo da Riker, asciugandosi la lacrima che le scese sul viso.

Le prese la mano, e il tocco sembrava così caldo e sicuro, che la calmò all'istante. Riker depose le labbra sulle sue nocche, quegli occhi ambrati bruciavano nei suoi. "Tuo padre approverebbe che vedessi Venezia?"

Non poteva negare che lo avrebbe fatto, solo forse non con quest'uomo in particolare. Ma, dal momento in cui era stata abbastanza grande da camminare, lui avrebbe indicato luoghi sulla cartina nel suo vecchio studio, raccontandole un evento o una storia di ogni singolo luogo.

Avrebbe detto: "Un giorno, Minny, ragazza mia, spero che vedrai il mondo e t'innamorerai di ognuno di quei posti."

Guardando profondamente negli occhi della persona più intimidatoria che avesse mai incontrato, si aggrappò a un briciolo di speranza. "D'accordo, facciamolo."

CAPITOLO

TRENTASEI

Mi sforzai di non origliare la conversazione del mio uccellino.

Quegli splendidi occhi blu si posarono su di me, le guance le si tinsero di un rosa intenso. Quando si voltò dall'altra parte, mi risistemai in fretta. Sin dal primo istante in cui avevo posato gli occhi su di lei, avevo avuto difficoltà a controllare il bisogno di avventarmi sul suo corpo, sentendolo sotto il suo vestitino sexy, e accidenti, volevo persino baciare ogni dito delicato dei suoi piedi. Fissai i tacchi con cinturino che indossava e immaginai quanto dovesse sembrare bella vederla piegarsi su uno dei sedili del jet, indossando nient'altro che quelli.

"Sì, Penny, lo so," disse. Potei sentire Penny dirle di fare attenzione.

Come se lei potesse parlare, non era esattamente nota per essere onesta. C'erano buone ragioni per cui era stata cacciata dal Paradiso e, nei molti anni che aveva trascorso sulla Terra, si era data da fare quasi quanto me.

"Perciò ti sta bene occuparti di Toby per un paio di giorni? Non voglio obbligarti." Minny si morse il labbro, e io strinsi il tablet tra le mie mani, impedendomi di attraversare lo spazio limitato. Lei non aveva idea di che cosa mi stesse facendo, e quello faceva parte del suo fascino. Non mirava onestamente al mio denaro o alle mie prodezze sessuali. Era strano, e non sapevo come gestire il suo comportamento.

315

"Grazie, Penny. Ti devo un grosso favore. Ti scriverò e ti manderò delle foto, sì, lo prometto, ma ora devo proprio andare, l'aereo sta iniziando a muoversi. Ok, ciao."

Minny sorrise mentre chiudeva la telefonata, e la guardai mentre impostava doverosamente la modalità aerea sul cellulare, per poi avvicinarsi al finestrino, spostandosi sul grosso sedile a osservare il momento del decollo.

Da tempo ormai avevo perso la capacità di restare colpito da cose così noiose, forse perché potevo volare da solo dopotutto.

Gli umani erano generalmente antiquati, eppure ero affascinato dalla sua emozione e dal suo interesse per ogni piccola cosa. Il suo apprezzamento della vita dava assuefazione.

Minetta sorrise, quando le mostrai il minibar, completamente pieno, e pensai che sarebbe svenuta se le avessi offerto una bottiglia di champagne e detto di ordinare il pranzo dal menù costoso. Aveva deciso di provare alcuni antipasti e poi arrossì, mentre chiedeva se volessi condividerli con lei. Come si poteva resistere a quel viso?

"Riker? Ti spiacerebbe tenermi la mano per il decollo?" chiese Minny.

La sua mano stringeva il bracciolo in una presa di ferro. Mettendo da parte il tablet su cui stavo lavorando, cambiai posto e mi sedetti accanto a lei. Quante donne mi avevano chiesto di tenere loro la mano, e le avevo mandate al diavolo?

Eppure eccomi lì, offrendo di proposito la mia mano a quella modesta ragazza umana. Quando le sue dita s'intrecciarono con il mio palmo aperto, sentii il sudore formarsi dietro il collo. Il battito cardiaco accelerò mentre il suo dolce profumo di pesca suscitava qualcosa dentro di me, che non pensavo nemmeno esistesse dalla mia caduta. Scacciai rapidamente quella sensazione inquietante.

"Oh cielo." Lei fece un respiro veloce e strinse forte la mia mano, mentre il jet prendeva velocità. Il muso del jet si sollevò e poi lasciò il suolo in un battibaleno. Persino la sua paura era accattivante. "Oh santo cielo, guarda le nuvole, e tutto sembra così piccolo." Lei sorrise e guardò fuori dal finestrino. Un luccichio infantile risplendeva su di me, mentre Minetta indicava le cose mentre l'aereo aumentava la velocità, librandosi ancora di più nel cielo.

Non appena fu ad altitudine di crociera, mi alzai e tornai in fondo all'aereo per occuparmi degli ordini del pranzo, ma non tornai a sedermi accanto a lei. Era più snervante di quanto pensassi stare da solo con la strana tentatrice umana. Forse Skye aveva ragione, e questa ragazza stava giocando con me. Certamente non stavo agendo come al solito. Mi sedetti e ripresi il tablet, non guardando davvero le ultime proiezioni sulla crescita.

"Hai detto che hai un'azienda agricola. Sei stato a Venezia molte volte?" chiese Minny.

"Sì, molto spesso, ma è noiosa ora. Ci vado alcune volte all'anno per lavoro e piacere quando mi va." Non appena ebbi pronunciato quelle parole, mi venne voglia di ritirarle, il sorriso scivolò leggermente dal volto di Minny. Si ammutolì, limitandosi a guardare fuori dal finestrino, ma era palese che fosse ferita.

Cazzo.

"Mi dispiace, non dovrei lavorare mentre mi diverto," mentii. Sollevai il tablet e poi lo spensi, per poi metterlo via. "Sono davvero troppo emozionato di portarti a Venezia." Lei annuì ma restò in silenzio. Aprii la bocca alcune volte per dire qualcosa, ma non uscì alcunché. Era una situazione nuova e strana, ed ero a corto di parole per la prima volta nella mia esistenza.

Lo chef uscì dalla cucina e annuì verso di me.

"Il pranzo è pronto," dissi. Minny mi rivolse un piccolo sorriso, ma non penetrai il suo sguardo. Non sapevo come rimediare. Chi diavolo ero per provare a lenire i sentimenti di una donna?

Una volta sapevi come.

La mia voce interiore mi rimproverò.

Lo chef spinse il carrello argentato lungo il corridoio e passò alcuni minuti ad apparecchiare un tavolo, prima di sollevare le piccole cloche argentate dai piatti.

"Sembra tutto delizioso. Grazie per essersi preso tutto questo disturbo," si rivolse Minny allo chef.

"È un piacere cucinare per lei, signora," disse e sorrise. Sembrava scioccato che gli avesse rivolto la parola, così come francamente lo ero io. "Se ha bisogno di altro, chieda pure. Sarei felice di prepararle tutto ciò che desidera."

"No, è già troppo, grazie." Le rivolse un altro sorriso prima di tornare sul retro dell'aereo. Non ne capivo la ragione. Lo pagavo per svolgere quel lavoro dopotutto.

"Posso?" chiese Minny, indicando le cloche.

"Ma certo. Serviti pure, e mangia tutto ciò che vuoi. Ho ordinato più cose di quanto avessi richiesto."

Ogni suo movimento era delicato e aggraziato, e mi trovai ancora una volta affascinato, mentre la guardavo sollevare quelle cloche per scoprirne i tesori nascosti. Si mise un po' di cibo nel piatto, e i miei occhi guardavano mentre portava alla bocca il primo boccone. Per quanto mi riguardava, avevo l'acquolina in bocca, mentre lei masticava e gemeva. Quel suono viaggiò lungo la mia spina dorsale, facendomi fare un respiro profondo —- si leccò la salsa dal dito, e desiderai essere una di quelle dita. Incapace di resistere, mi alzai e mi spogliai della giacca del vestito che stavo indossando. Se lo aveva notato, non lo disse, e invece si limitò a continuare a farmi impazzire con i piccoli suoni sexy che faceva, mentre assaggiava ogni pietanza.

"Che buono. Ma non mangi?" mi chiese.

Mi arrotolai le maniche della camicia, mentre dibattevo se spingerla sul grosso sedile e scoparla proprio lì. Oppure, avrei potuto strappare il suo vestitino e costringerla a sedersi sulle mie ginocchia. Lei era l'unica cosa che volevo mangiare. Mi venne l'acquolina in bocca all'idea di strapparle la biancheria e prendere ciò che volevo. Farle gridare il mio nome —- rabbrividii, mentre un'altra ondata di desiderio iniziò a scorrermi nel corpo, come un fottuto flusso di droga inebriante. Anche questo era nuovo. Avevo conosciuto il piacere. Avevo bisogni che soddisfacevo settimanalmente, ma questo... questo era qualcosa che non riuscivo a comprendere, e per il mio cervello fu come se stessi nuotando sul dorso in una piscina di passione del desiderio.

"Stai bene?" domandò Minny, spalancando gli occhi mentre mi afferrava le braccia flesse e i pugni chiusi. Aveva la paura negli occhi, mentre costringevo i miei istinti carnali a un livello sopportabile.

"Sto bene. Sono davvero molto felice che ti stia piacendo il pranzo."

"Quella è la tua faccia felice?"

Esplosi in una fragorosa risata. Presto si unì a me, finché non mi afferrai lo stomaco perché faceva male eppure al contempo... mi faceva sentire bene.

"Sono strano, vero?"

"Beh, non volevo dirlo, ma sì, in un certo senso lo sei." Minetta mangiò un altro pezzo delle appiccicose costolette speziate, e le rimase una goccia di salsa all'angolo della bocca. Non mi restava più un grammo di controllo. Mi spostai dal sedile e amai come avesse accelerato il respiro. Spalancò gli occhi, un desiderio ardente si celava in essi. Restò immobile al suo posto, imitando un piccolo animale selvaggio.

"Sto avendo difficoltà a controllarmi davanti a te." Le baciai l'angolo della bocca, la lingua le leccò velocemente la salsa appiccicosa, ma fu Minny a voltarsi e a catturarmi le labbra. La mia mano scivolò fino alla sua nuca e approfondì la connessione. Le succhiai quel lussurioso labbro inferiore, assaporando la sua bocca. Lei gemette e mi sorprese di nuovo, quando mi mordicchiò il labbro. Il mio uccellino nascondeva una gattina del sesso dentro di sé, che stava semplicemente aspettando di essere attirata.

"Voglio vederti subito nuda," le sussurrai, interrompendo il bacio.

Sentivo i suoi battiti riecheggiare al di sopra del rumore dei motori del jet.

Ogni battito andava a tempo con il trambusto che stava avvenendo nei miei pantaloni. "Sei bagnata per me, uccellino?"

Il mio viso fu attraversato da un sorriso mentre si muoveva nel sedile, confermando quanto non aveva detto ad alta voce. "Vuoi che ti scopi?"

Minetta mi appoggiò una mano sul petto, non mi respinse, ma fu come se lo avesse fatto. Stetti a guardare la sua mano e poi posai lo sguardo sui suoi occhi blu ceruleo.

"Sì, ma non ora, non qui. È troppo presto."

"La pazienza non è mai stato il mio punto forte, uccellino. Ho una certa tendenza a prendere ciò che voglio."

Lei deglutì udibilmente, e la sua pelle emanò l'aspro odore della paura. Quella sensazione era troppo forte per poterla esprimere a parole, e le osservai il volto. Il labbro inferiore tremava insieme al resto del suo corpo e, ancora una volta, mi costrinsi a impedirmi di invaderle la mente. Potevo indurla a fare tutto ciò che volevo, estrarle tutti i suoi segreti e desideri più oscuri, ma volevo che fosse lei a condividerli con me di sua spontanea volontà.

Tuttavia, la mia maggiore preoccupazione al momento riguardava la causa di quella paura. Se era dovuta a James, il piccolo assaggio che quell'imbecille aveva avuto da me, di chi ero, sarebbe impallidito rispetto a quello che gli avrei fatto al mio ritorno.

"Chi ti ha ferita?"

Distolse dunque lo sguardo per guardare fuori dal finestrino. Le accarezzai una guancia col dito; batté le ciglia, il battito le rallentò, ma continuò a restare in silenzio. "Dimmi chi è stato, Minny."

"Come sai che mi è successo qualcosa?" chiese lei quasi sottovoce.

"Potrebbe essere semplicemente troppo in fretta."

"Lo so. Ora dimmi, chi è stato?" La rabbia stava già sostituendo le immagini erotiche che avevano ossessionato la mia mente.

"Che cosa farai?" chiese, come se già temesse che avrei fatto cose indicibili. Sfortunatamente, aveva ragione.

"Ho solo bisogno di sapere. Dimmi cos'è successo, Minny. Non accetterò il silenzio come risposta." Sentivo già il sapore della morte sulla lingua, l'oscurità mi volteggiava intorno come un buon brandy. Il demone in me bramava di più. Bramava la morte di quelli che osavano ferire questa bella anima.

"Possiamo non parlare adesso? Te lo dirò, ma voglio godermi questi giorni e..." scrollò le spalle. "Non è una cosa a cui mi piace pensare, e non voglio rovinare questo momento."

Tornai a sedermi al mio posto e riflettei sulle sue parole. Non avrei dimenticato, se era ciò che lei sperava, e se lo avessi fatto, avrei frugato tra i suoi ricordi per trovare il responsabile, e quando lo avessi fatto...

"Ok, va bene, godiamoci il cibo prima che si raffreddi." Minny si afflosciò, mentre il corpo si rilassava nel sedile.

Riuscii a mantenere la conversazione sul leggero, e quando lei sbadigliò e si appisolò, mi alzai a prendere una coperta. Sollevando il bracciolo tra i sedili, mi sedetti accanto a lei e la coprii. Lei si voltò, mormorando qualcosa d'incomprensibile nel sonno, ma si accoccolò accanto a me.

Fu il mio turno di restare immobile. Non mi ero mai accoccolato con qualcuno dalla mia caduta. Persino durante i miei incontri sessuali con Skye come trombamici, lei sapeva di doversene andare subito dopo. Non avevo tempo o interesse nell'accoccolarsi. Avevo del lavoro da sbrigare, e dormire e fare sesso erano di breve durata, rapide distrazioni.

Mentre i secondi scorrevano, trovai il suo corpo curvato nel mio; il calore che generava si irradiò attraverso i nostri vestiti, era qualcosa che non mi dispiaceva. Non lo avrei mai ammesso ad alta voce, ma in realtà mi piaceva averla vicino e allora le misi un braccio intorno alla spalla. Lei si premette più vicino, la testa contro l'incavo tra il mio collo e la mia spalla, poggiandomi una mano sul cuore.

Baciandole la cima della testa, chiusi gli occhi. Non sapevo definire che cosa ci fosse in lei, ma volevo questa piccola umana inferiore per tutto il tempo in cui avrebbe avuto la mia anima oscura e patetica.

TRENTASETTE

"Svegliati, uccellino. Siamo arrivati." Dolci baci che la fecero contorcere tracciarono delle linee lungo la guancia e il collo.

"E così, la bella addormentata si sveglia," le sussurrò Riker all'orecchio, prima di sfiorarle di nuovo la guancia con le labbra.

Si massaggiò gli occhi e guardò il volto sorridente di Riker. Avrebbe potuto abituarsi a vederlo al risveglio. "Ho dormito per tutto il viaggio?"

"Sì, il che è perfetto, visto che sarai ben riposata per cena e per qualunque cosa abbia in serbo la serata." Sorrise e mise la sua mano in quella di Riker, così che l'aiutasse ad alzarsi. Poi, si fermò quando giunsero in fondo alle scale e si trovò a fissare un'altra auto sportiva. "Tranquilla, sarà un tragitto breve e poi dovremo camminare o prendere una barca per il resto del nostro soggiorno qui."

"Il che è un bene, altrimenti non credo che riuscirei a trattenere il pranzo nello stomaco." Poi rise mentre lui fingeva un'espressione triste.

"Shilo continua a ripetermi che sono un pessimo guidatore, ma pensavo che fosse soltanto un ang... uomo anziano e schizzinoso."

Minetta sapeva che cosa lui stava per dire. Il suo segreto non era l'unico che gli stava nascondendo. Era la seconda ragione per cui si era convinta che restare in silenzio in merito a quanto sapeva fosse un bene. Non che lui avrebbe saltato di gioia e gridato chi fosse e cosa fosse.

"Non conosco Shilo, ma già mi piace," ironizzò.

Riker rise, mettendo in moto la costosa Ferrari, l'auto sfrecciò leggera fuori dall'aeroporto privato. Lei stette a guardare stupita il paesaggio. Persino al buio, il poco che riuscì a vedere la emozionò. Ora che era lì, si sentiva come una ragazzina seduta su una giostra in un parco di divertimenti.

Riker aveva detto la verità, perché stavano attraversando un ponte diretti a Venezia meno di venti minuti dopo. Lei guardò fuori dal finestrino, le luci delle barche sul mare Adriatico. Riuscì a malapena a contenere il suo entusiasmo, mentre uscivano fuori dal veicolo.

"Andremo al ristorante in barca, e poi torneremo domani per fare il giro in gondola."

"Non restiamo qui?"

"No, ho una villa a Padova. Ci resteremo per la notte. Non è lontano," disse, mentre la guidava lungo la zona in cui erano attraccate le barche. Era stupita di quanto sembrasse vivace, la zona brulicava di attività, ed era facile dire che molte persone non erano locali, per via delle macchine fotografiche che avevano in mano. Nessuno scattava così tante foto, se viveva lì.

"Signora, signore." L'uomo della barca disse. Lei fissò la lunga barchetta, e poi guardò l'acqua scura. Non sapeva che cosa aspettarsi, ma questa sembrava un'idea pericolosa.

"Francesco qui si occupa dei motoscafi da ormai trent'anni. Lui è il miglior conducente che abbia mai avuto. Andrà tutto bene, Minny," disse Riker, salendo sulla barca, ma lei esitò. Avrebbe potuto sentirsi male.

Prese poi la mano di Riker e salì a bordo della barca nera.

"Che cos'è un motoscafo?" Chiese la donna quando si sistemarono.

"Significa taxi su acqua. Stai comoda?" Riker avvolse le braccia intorno alla sua vita, mentre la sistemava a sedere tra le sue gambe nel piccolo sedile. Minetta dovette ammettere, mentre Francesco allontanava la barca dal molo, che si sentiva al sicuro ed estremamente a suo agio tra le sue braccia.

Alzò lo sguardo per osservarlo. I suoi occhi brillavano nell'oscurità, la distesa di stelle sopra di loro era incapace di competere con essi.

Le depose un casto bacio sulle labbra, nascondendo un significato ben più profondo di quanto lasciasse intendere quel gesto. Minetta si beò del calore di quel petto muscoloso e stette a guardare stupita gli edifici davanti ai quali passavano. Una cosa era vedere quelle splendide strutture in televisione o online, e un'altra vederle di persona, il che era mozzafiato. Ci volle ben poco tempo, e fu delusa per quanto fosse stato semplice e rapido il loro viaggio a destinazione.

"Aspetterò qui. Buonanotte." Francesco disse, mentre Riker aiutava Minetta a sbarcare.

"Grazie," rispose Riker. Il suo accento era esattamente uguale a quello dell'uomo che viveva qui, e lei dovete chiedersi quante altre lingue conoscesse.

I suoi tacchi ticchettarono lungo il marciapiede, ed era fin troppo consapevole degli sguardi che Riker stava attirando su di sé, da parte di uomini e donne. Aveva un'aura autoritaria. Non si poteva evitare di fissarlo. Lei si domandò quanto di quello fosse lui e quanto era più che umano. Gli umani sapevano tutti istintivamente quando incontravamo un immortale? Per quello motivo lei era stata attirata da Penny?

La sua mano era calda mentre era appoggiata sulla parte più bassa della schiena di Minetta, che dovette ammettere a se stessa che quel tocco la faceva sentire speciale. Si fermarono davanti a una porta nera erosa dal tempo, suoni e odori dall'interno già assaltarono i suoi sensi, facendole brontolare lo stomaco.

"Signore, che meravigliosa sorpresa!" esclamò l'uomo all'interno della porta, mostrando un enorme sorriso contagioso sul viso. Gli occhiali che indossava accentuavano soltanto gli occhi castani, che potevano illuminare qualsiasi stanza di gioia.

"È bello vederti, Giuseppe. Immagino che gli affari vadano bene, giusto?" rispose Riker, allungando la mano così che l'uomo potesse stringerla. Lei non conosceva bene Riker, ma, per il poco che sapeva, era certa che non avrebbe passato il suo tempo con persone per cui ritenesse che non valesse la pena farlo. Per onorare qualcuno con una stretta di mano, significava che aveva un'ottima opinione di quest'uomo.

"Non potrebbero andare meglio. Le ho riservato il suo tavolo, come richiesto, ma non mi aveva detto che avrebbe portato questa bellezza incantevole con lei."

Giuseppe allora posò il suo sguardo su Minetta. "Signora, è un vero piacere." Giuseppe le offrì la mano, lei l'afferrò, e poi si allungò per dare un bacio su ciascuna guancia. "Lei è davvero un uomo fortunato. Un giorno forse mi dirà il suo segreto." Le sue fitte sopracciglia si agitarono comicamente, mentre guardava Riker.

"Non credo che Maria lo apprezzerebbe se condividessi quel particolare segreto." Riker la guardò, mentre Giuseppe scoppiò a ridere. "Maria è sua moglie da trent'anni," le spiegò Riker.

"Quasi trentuno, amico mio, e temo che mi picchierà a morte con un matterello una di queste sere, e certamente lo meriterò. Meglio che lei non la senta parlare con me di belle donne. In tal caso, servirebbe solo a segnare prima il mio destino. Venite, vi porto al vostro tavolo."

Il posto sembrava sbucato fuori da una rivista, pittoresco e autentico in ogni modo possibile. Ed era animato da risate e sorrisi in ogni angolo. Minetta guardò i piatti, con l'acquolina in bocca.

Giuseppe si fermò davanti ad un tavolo, e Minetta non poté fare a meno di pensare all'ultima volta in cui avevano condiviso un tavolo. Lei si tolse la giacca lunga e la diede a Riker, così che la appendesse prima di accomodarsi nella sua sedia.

Quando l'uomo le fu accanto, sobbalzò quando le strinse forte la mano. Spostò dunque lo sguardo su di lui, che la guardò con la coda dell'occhio, con un sorrisetto sulle labbra.

Minetta prese il menù, diede un'occhiata alle opzioni e provò a ignorare la sensazione del dito di Riker mentre tracciava cerchi sulla parte esterna della sua coscia, oppure il fatto che quel movimento le stava lentamente sollevando il vestito.

Si morse il labbro, mentre il calore la avvolgeva completamente, improvvisamente desiderando poter avere un ventaglio. Si guardò intorno, e nessuno sembrò notare il suo disagio.

"Non ti arrendi facilmente," sussurrò la donna.

"Mai."

Giuseppe tornò prima che lei potesse trovare una buona risposta.

"Avete deciso?" chiese allegramente.

Lei non aveva idea di quale scelta fare. La maggior parte del menù le era estraneo. "Perché non mi porta quello per cui è famoso? Non riesco a decidere. Sembra tutto fantastico."

"Lei mi piace, signora. È saggia." Giuseppe sorrise e le fece l'occhiolino. "Il solito per lei, signore?"

"Sì, e prenderemo anche uno di ogni antipasto e dolce."

"Ora ricordo perché le voglio bene. Sempre il mio miglior cliente."

Giuseppe si allontanò, e le si bloccò il respiro mentre la mano di Riker scivolava di un centimetro più sù.

Poi, si girò verso di lei, senza smettere di toccarla in quel modo gentile ed eccitante. "Parlami di te, Minny."

Lei non riuscì a scacciare la paura che lui l'avrebbe trovata noiosa, una volta conosciuta bene. James glielo ripeteva sempre, ed era stato quello il motivo che lo aveva spinto a tradirla. Ma, non c'era ragione per inventare storielle. Riker l'avrebbe scoperto in ogni caso.

"Sono cresciuta in una piccola fattoria in Maryland. Era la migliore. Amavo quel posto. L'ho venduto di recente. Il fatto è che proprio non mi sembrava giusto lasciarlo così, mentre nessuno ci viveva e poi avevo bisogno di denaro per pagare la casa di riposo per mia madre. Dev'essere assistita 24 ore al giorno, ed è parte della ragione per cui resto al call center a New York piuttosto che tornare a casa. Guadagno molto di più. Comunque, la mia infanzia è stata normale, finché mio padre non è morto. Dopodiché, è cambiato tutto, e mi ci è voluto un enorme sforzo per trovare di nuovo un po' di gioia nella mia vita, quando poi anche mia madre si è ammalata. Mi piaceva scrivere e leggere per sfogarmi e, naturalmente, passare il tempo all'aperto mi faceva sentire di nuovo un po' normale. I ragazzi non vogliono davvero farsi vedere intorno a una ragazza che passa tutto il tempo seduta in un ospedale, sai?"

Riker la guardava, con espressione impassibile, e la mise a disagio più che se le avesse posto un milione di altre domande. Sentendosi spinta a continuare a parlare, si schiarì la gola, sbarazzandosi del groppo che la attanagliava.

"Mi piacciono le cose semplici. Leggo tanto. Amo il mio cane e portarlo in giro. Mi piacciono la musica, i tramonti e l'odore della pioggia in una calda giornata estiva." Poi, fece un breve sorriso. "Amo davvero il baseball, mio padre ne era un grande appassionato e provo a vedere gli Yankees al suo compleanno ogni anno. Sono uscita con lo stesso ragazzo quasi per tutta la mia vita e solo di recente gli ho dato il ben servito. Amo il mio lavoro, e un giorno spero di avere una famiglia e sembro davvero patetica adesso, lo so." Poi, distolse gli occhi dal suo sguardo intenso e afferrò il bicchiere di vino, per berne velocemente un sorso.

"Non penso affatto che tu sia patetica, mi confondi un po', ma non potresti mai essere patetica." Poi, le spostò una ciocca fuoriuscita dall'acconciatura, dietro l'orecchio. "Quindi, tu e tuo padre eravate uniti?"

"Sì, è così. E tu, che mi dici?"

Riker sbuffò. "Descriverei il nostro rapporto padre-figlio come fragile e terribile al massimo."

"Mi dispiace." Lei si allungò, imitandolo, e gli accarezzò la mascella con un dito, guadagnando un sorriso.

"Ho una confessione da fare," le disse, e lei s'immobilizzò, il bicchiere di vino quasi alla bocca. "Sono stato alla fattoria della tua famiglia."

"Cosa? Quando? Perché? Non capisco," balbettò.

Riker tacque, mentre i camerieri appoggiavano sei piatti diversi sul tavolo, servendo gli antipasti; ma Minetta non sarebbe riuscita a concentrarsi sul cibo se prima non avesse ricevuto la risposta da lui.

"Mi hai affascinato Minetta, sin dal primo istante in cui sei caduta ai miei piedi." Poi, sollevò un sopracciglio mentre le guance di Minetta arrossivano. Il ricordo era fin troppo chiaro. "Volevo trovarti, e avevi lasciato la città. Ho molte risorse e sono riuscito a rintracciare la tua casa di famiglia, ma eri già andata via quando sono arrivato. Sfortunatamente, poco dopo, mi hai trovato in una posizione molto compromettente nel mio ufficio."

"Questo è un modo molto raffinato di dire che sei andato a letto con il vicinato."

Riker esplose in una fragorosa risata, spostando la mano dalla sua gamba per la prima volta, e curiosamente, lei si sentì nuda priva del suo tocco. "Sì, diciamo che non sono sempre la persona migliore."

"Allora, è quello che sono, un altro numero? Prenderò la piccola schedina dal dispenser e finirò come un'altra conquista in fondo alla fila di quelle che non possono avere abbastanza?" Lo chiese con tono drammatico e sbatté gli occhi, mentre ironizzava con lui.

"Il contrario direi, non riesco a farti spogliare nuda. Forse ho perso il mio tocco," rispose lui con lo stesso tono scherzoso, riempiendosi il piatto di deliziosi manicaretti.

"Quasi certamente, è un'immagine che non si può dimenticare facilmente." Minetta guardò in basso, verso il cibo che lui le aveva dato, ma il suo dito le sollevò il mento, così che potesse incontrare il suo sguardo.

"Voglio provare un nuovo approccio con te, Minetta. Non ti mentirò. Potrei non durare a lungo con questa storia di una relazione perché è da tanto tempo che non ne ho una, ma mi piacerebbe fare un tentativo. Se sei disposta a farlo anche tu, naturalmente."

"Se stiamo giocando a dire la verità, allora mi preoccupi, rendendomi incerta se dire di sì. Ho avuto abbastanza dolore nella mia vita. Non ho bisogno di un altro." Poi, distolse lo sguardo, incapace di sopportare quegli occhi così intensi. "Vediamo come vanno questi due giorni, e allora ti darò una risposta." Poi, Minetta sollevò lo sguardo e quasi scoppiò a ridere. Riker aveva la bocca spalancata, come se lei gli avesse dato il più grande shock della sua vita. "Stai bene?"

L'uomo si drizzò sulla sedia, un lento sorriso in volto. "Dovresti saperlo. Amo le sfide."

"E tu dovresti sapere che non puoi comprare il mio affetto." Poi, ricambiò il suo sorriso prima di avventarsi sul pasto più magnifico che avesse mai gustato.

TRENTOTTO

ome avevo previsto, il pasto fu un successo, ero certo che Minetta fosse stata bene, ma se fosse così sinceramente simpatica e gentile, era davvero molto difficile da stabilire. Alla fine della cena, aveva Giuseppe al guinzaglio, e l'uomo era uscito dalla cucina dopo aver chiuso il locale, godendosi dolce e caffè con noi.

Il divertimento di Minetta era contagioso, e mi ritrovai a sorridere e ridere con lei, mentre parlava drammaticamente del pasto, dei luoghi e della campagna che avevamo visto, lungo il tragitto per la mia villa. Indicò con esuberanza cose che non avevo mai notato.

Portai la Ferrari fino al cancello delle mura esterne che circondavano la proprietà, mettendo il mio dito sul piccolo telecomando, e i cancelli si aprirono lentamente all'esterno. Mi ero assicurato che tutte le luci che segnavano il vialetto fino alla villa su quattro piani fossero accese.

Un sussulto mi fece guardare verso Minny, che aveva gli occhi completamente spalancati, coprendosi la bocca con le mani. Dovetti ammettere che quello era uno dei luoghi di fuga che preferivo. Ero stato un coglione a dirle che mi annoiava. Le alte colonne bianche e la scala che conduceva alle enormi porte dorate mi rammentarono un altro periodo della mia vita.

"Questa è tua? Cioè tutta, non una sola stanza?" mi chiese, e poi lo sguardo sul suo volto mi fece agitare nel sedile.

"Sì, ti piace?"

"Riker, è meraviglioso, ma che cosa ci fai con tutto questo spazio?" chiese Minny, mentre portavo la Ferrati nel posto auto coperto e la parcheggiavo. Non ero sicuro di come rispondere a quella domanda.

"Devo farci qualcosa?"

Lei non rispose, limitandosi ad aprire la portiera, per poi fissare l'enorme villa che si estendeva dinnanzi a lei. Seguendola, uscii dall'auto e mi posizionai accanto a lei. Volevo vedere se riuscivo a comprendere che cosa lei ci vedesse, guardando attraverso i suoi occhi.

"Immagino di no. Dev'essere costato tutto una fortuna, e hai detto che ci vieni soltanto una o due volte l'anno, tutto qui? Sembra davvero troppo per una persona sola."

"Non avevo realizzato di dovermi consultare con te per il modo in cui spendo i soldi." Le lanciai un'occhiata acida, infastidito per il modo in cui continuava ad esprimersi sul costo di ogni cosa. Il jet, l'auto, la villa, l'intero viaggio finora l'aveva fatta sbigottire nei confronti del modo in cui spendevo, che avevo ogni diritto di mettere in pratica se volevo. Era il mio denaro. Potevo comprare un posto che fosse il triplo di questo per dimensioni, se solo avessi voluto.

"Hai ragione. Non devi. Mi dispiace."

Minetta si allontanò per andare a dare un'occhiata ai fiori sul lato del vialetto, e io frenai la rabbia. Mi voltai e fissai la villa e provai ad immaginare come sarebbe apparsa agli occhi di qualcuno che la vedeva per la prima volta. Non ci portavo gli umani; Skye e Neven mi avevano accompagnato e alcuni demoni femmine con cui non mi dispiaceva intrattenermi per varie notti, ma era tutto. Tutti si precipitavano qui e si aggrappavano al mio braccio, promettendo ogni sorta di divertimento perverso per poter restare per sempre. Tutte le luci illuminavano le finestre, ma sapevo che il posto era vuoto, ad eccezione di alcuni membri della servitù.

"Volevi entrare?" chiese Minny. La sua voce era dolce, eppure mi fece trasalire. Non avevo notato che si fosse mossa. Annuii e le offrii il mio avambraccio, così che lo prendesse. "Solo per fartelo sapere, non è che pensi che questo posto non sia bello. Voglio dire, chi lo direbbe?"

"Sento che c'è un ma," dissi sarcasticamente. Non ero sicuro del perché la sua opinione mi infastidisse o perché sembrasse così importante.

Lei fece un respiro profondo, mi rivolse un piccolo sorriso, e scrollò infine le spalle. "Lascia stare. Posso rivelarmi un'ospite sgradevole. La villa è bella, Riker."

La guardai, e lei spostò gli occhi altrove, mentre raggiungevamo le enormi porte anteriori. Volevo davvero litigare. Volevo che mi dicesse esattamente che cosa pensava, così che potessi spiegarle perché cazzo aveva torto. Fui sul punto di dirglielo, ma la porta si aprì e Leeanne ci accolse. Era l'unico membro della servitù che viveva qui fissa. Era un demone che aveva scelto di seguirmi sulla Terra e lavorare qui piuttosto che restare all'Inferno. Si occupava di gestire la Villa quotidianamente e mi forniva il divertimento che mi serviva quando ero in città.

"Signore, è bello rivederti." I suoi occhi brillavano della solita lussuria ma, invece di risultare interessato, me ne vergognai. Sentivo Minny rizzarsi accanto a me. Le sue piccole mani mi strinsero un po' più forte, e il suo corpo era rigido mentre esaminava l'altra donna.

"Leeannee, questa è Minetta. Sarà la mia ospite per il weekend. Presumo che andrà tutto come ho richiesto e ti assicurerai che Minetta si senta a casa?"

Sempre con il solito atteggiamento professionale, Leeanee si inchinò dinnanzi a me. "Naturalmente signore, da questa parte."

Tenni lo sguardo sul mio uccellino. Non disse niente dell'intricato motivo sul pavimento o dell'elegante modanatura dorata. Lei diede un'occhiata ai dipinti che mi costavano ognuno ben più di una casa, e guardò i lampadari di cristallo che erano allineati nei corridoi. Fui sopraffatto da un senso di vergogna per la mia casa, e questo servì a far riaffiorare di nuovo la rabbia dentro di me. Non meritavo di vergognarmi di quello per cui lavoravo così sodo —- come osava farmi sentire così?

"Ho preparato la camera degli ospiti per te, signora," disse Leeanne, spalancando una porta che conduceva a una stanza che non avevo mai visto. Un letto a baldacchino king size da quattro posti era disposto al centro. Era completo di tende verticali che scendevano in basso e coprivano gli occupanti. Sulla parete in fondo c'erano delle finestre e, come nel resto della casa, la stanza era decorata da motivi dorati che riguardavano mobili e pareti. Leeanne si recò verso l'armadio e aprì le porte di una cabina. "Troverai tutti gli abiti che desideri qui dentro, e il bagno è oltre quella porta. Ti occorre qualcosa in camera, signora?"

"Grazie per l'interessamento Leeanne. Questo è meraviglioso."

"Nessun problema. E se hai bisogno di me, questo è un interfono che ti metterà direttamente in contatto." Leeanne indicò un box accanto alla porta.

Inchinandosi di nuovo, si congedò, e restai da solo con Minny mentre vagava lentamente per la stanza. Sembrava proprio un uccellino così come la chiamavo io, i suoi movimenti leggeri e insicuri, come se fosse nervosa di toccare qualunque cosa. Era un uccello in una gabbia dorata. Scossi il capo perché l'immagine mi disturbò.

"Ti lascerò dormire un po'. Se hai bisogno di me per qualunque cosa, sono all'ultimo piano in fondo alla Villa."

Minetta smise di guardarsi intorno e unì le mani di fronte a sé, mentre si voltava a guardarmi. Non c'era alcunché di diverso nel suo sguardo, ma fu come se si fosse eretto un piccolo vuoto tra noi.

"Grazie Riker, è davvero bella. Dormi bene."

La mia testa mi stava gridando di andarmene, ma i miei piedi restarono radicati al pavimento. La luna splendeva attraverso le alte finestre, inondandola con il suo freddo bagliore. Mi tolse il fiato. Deglutii rumorosamente e costrinsi i piedi a muoversi, per andarmene prima di commettere qualcosa del tipo, correre per la stanza e convincerla a farsi portare in camera mia.

Il bisogno che mi stavo scorrendo nelle vene era come una bestia selvaggia che faceva accelerare il mio battito. Sentivo il suo dolce profumo in fondo alla stanza, e riuscii quasi a percepire il suo sapore unico sulla lingua.

Andai in camera mia e, nel frattempo, mi resi conto di quanto fosse distante la camera di Minetta. Probabilmente, era meglio così.

Come mi aspettavo che fosse, Leeanne se ne stava nuda in mezzo alla stanza. Sorrideva, mentre veniva disinvolta verso di me. Era una demone stupenda, con gambe lunghe e tornite, tette alte e vivaci e una vita stretta. La sua forma demoniaca era decisamente meno attraente. Il mio cazzo scalpitò all'idea di trovare finalmente un possibile rilascio. Era come se fosse stato duro per settimane.

"Signore, mi sei mancato," disse, mentre faceva scorrere la mano sul mio petto. I bottoni della camicia si aprirono al suo tocco esperto. Strofinò la mano lungo la mia asta carnosa che avevo tra le gambe, e io gemetti. Leeanne s'inginocchiò, e i suoi grandi occhi neri mi fissarono esprimendo una perfetta sottomissione. Quando non resistei al suo tocco, lei slacciò la cintura e i bottoni dei miei pantaloni. La zip quasi fu distrutta mentre il mio cazzo premeva contro l'apertura, aspettando di essere liberato dai suoi confini. Leeanne afferrò i lati dei miei pantaloni e boxer e li abbassò sul pavimento, permettendomi di uscire da essi.

Si leccò le labbra mentre scivolava più vicino al cazzo, che se ne stava dritto sfiorandomi lo stomaco. Io gemetti ad alta voce, mentre Leeanne avvolgeva la mano intorno all'asta e la mosse con le dita setose. Mentre lo faceva, mi vennero in mente altri due occhi. Un sorriso che faceva sentire leggera la mia anima per la prima volta, una fitta per qualcosa che non comprendevo, si avventò sul mio petto. Indietreggiai prima che Leeanne potesse avvolgere la bocca intorno alla mia asta dolorante. Le afferrai i polsi e spinsi gentilmente via le sue mani, il mio cazzo gridava e scalpitava per il bisogno nel frattempo.

"Non posso Leanne, non in questo viaggio." Inclinò il capo lateralmente, come se volesse osservarmi accuratamente, e poi si alzò in piedi con un movimento aggraziato e fluido. Mi fece un profondo inchino, le tette con i capezzoli duri pendevano verso il pavimento. Il suo culo flessuoso oscillava da una parte all'altra, e stetti a fissarlo mentre usciva fuori dalla porta, chiudendola dietro di sé.

"Che cosa cazzo mi prende?" ringhiai e mi diressi in bagno.

Entrai nella doccia; non m'importava di quale temperatura fosse l'acqua, e saltai sotto lo spruzzo e mi strappai di dosso la camicia aperta, gettandola sul pavimento della doccia. La mia mano afferrò immediatamente il mio cazzo bisognoso e lo strinsi forte con il pugno. La testa bramosa pulsava dolorosamente mentre fissavo la punta.

Non avevo mai sentito il bisogno di darmi piacere, e avrei potuto chiedere a Leeanne di occuparsene, ma no, dovevo sentire... non sapevo che cosa provavo.

Era senso di colpa? Vera colpa? Non mi piaceva.

I movimenti ora non erano lenti. Non assaporai un rilascio. Doveva essere un atto veloce e sporco. Immaginai di spalancare le cosce della bellezza dai capelli corvini, che era al piano di sotto e infilare il cazzo dentro di lei, mentre veniva sulla mia asta.

I primi getti del mio rilascio finirono contro la parete, ma avevo bisogno di più.

La mia mano non rallentò mai mentre finivo. Strinsi ulteriormente la presa, quasi provocandomi dolore, e mi sedetti sul sedile incorporato nella doccia.

Lo scarico produsse un suono di risucchio, mentre l'acqua scorreva intorno, e io continuai a sfogare la mia frustrazione sul mio cazzo.

Il suono mi fece pensare a Minetta e a come desideravo la sua bocca intorno al mio cazzo, e solo quel pensiero mi fece inarcare la schiena, mentre un altro rilascio minacciava di manifestarsi. Le mie palle spingevano forte contro il mio corpo, la punta era più gonfia un istante prima che un altro orgasmo mi attraversasse completamente. Fu così imponente l'esplosione che mi fece sollevare dalla seduta, le mie ali si liberarono, passando da tatuaggi a reale manifestazione, occupando tutto lo spazio della doccia che normalmente era ampia. Non mi preoccupai di provare a capire perché avessi preso il controllo, mentre il bisogno continuava a scorrermi nelle vene a un ritmo accecante.

Il mio braccio si muoveva in fretta, i muscoli bruciavano mentre gridavo e mi agitavo contro la doccia, finché il culo non scivolò via dal sedile, e atterrai a terra con la schiena premuta contro la parete. Ero vicino a un terzo rilascio e ansimai, con il cuore che mi batteva forte nel petto.

La rabbia e la frustrazione che provavo fino a poco prima si fusero e piegarono. L'immagine nella mia mente era dei cancelli del Paradiso che mi venivano chiusi in faccia, quando avevo provato a tornare per cercare consiglio da mio Padre. Il ricordo portò dolore al mio petto, e poi si tramutò in altro, qualcosa di più forte. L'insolita emozione si manifestò come un peso sul mio corpo.

Il potente miscuglio di piacere e dolore mi scorreva nelle vene, mentre la masturbazione raggiunse ritmi più consistenti. Scossi forte il mio cazzo ancora durissimo, con la mano posta sulla testa sensibile. Strinsi i denti e scalciai contro il movimento, il culo finì sul pavimento mentre con la mano mi procurai un terzo orgasmo.

Gridai, la porta di vetro della doccia e la parete esplosero mentre la mia ala li distrusse, facendo volare alcuni piccoli frammenti. Pezzi scintillanti finirono contro le pareti per la forza che avevo esercitato. Il resto dei frammenti produsse un suono tintinnante mentre cadeva sul pavimento di piastrelle grigie.

Respirando affannosamente, crollai contro la parete, l'acqua che scendeva nello scarico era l'unico suono che si elevava nella stanza altrimenti silenziosa. Qualunque pasticcio avessi causato poteva essere ripulito l'indomani. Chiudendo gli occhi, decisi di restare proprio lì, con l'acqua che mi batteva contro il petto e con il cazzo floscio ancora nella mia forte stretta.

Niente avrebbe purificato la mia anima oscura, ma c'erano delle crepe in quella che una volta era una profonda oscurità. Piccoli frammenti di luce iniziavano a filtrare attraverso, facendosi strada nella mia mente. Il calore della tinta dorata mi sconvolse più di come aveva fatto il mio cazzo un attimo prima. Era impossibile, eppure sentivo ancora parti del vecchio me, parti di un io che avevo ritenuto morto e sepolto, che provavano ad evadere dalla prigione nera.

Parti di me stesso che non ero sicuro di volere tornassero.

TRENTANOVE

Minetta era seduta in giardino, con i piedi penzolanti nella piscina, un drink di colore rosa alla frutta nella mano sinistra e un libro nell'altra.

Aveva provato con scarsi risultati a concentrarsi sulle parole sulla pagina mentre la sua mente vagava verso gli ultimi due giorni.

Riker l'aveva riportata a Venezia come promesso, e avevano trascorso tutta la mattina a bordo di una gondola, che le aveva consentito di vedere tutti gli edifici antichi, e apprendere la storia dal gondoliere, mentre li portava in giro.

Minetta vagò per Piazza San Marco e acquistò alcuni gingilli. Beh, in realtà era stato Riker a pagare, ma lei gli aveva promesso di restituirgli i soldi.

Avevano fatto un tour privato del Palazzo del Doge e pranzato su un patio affacciato sull'acqua. Poi, l'aveva portata alla sua azienda vinicola che si trovava nei pressi di Firenze, e, come per miracolo, lei non aveva vomitato in auto.

Quando tornarono alla Villa, era stravolta e decise di sfruttare l'enorme vasca nella sua camera. Si era quasi aspettata, aveva sperato segretamente che Riker bussasse alla sua porta e, quando ciò non avvenne, vagò per la stanza finché non si trovò praticamente a camminare come una sonnambula.

Riker era stato stranamente distaccato per tutto il giorno precedente, e or

quel giorno stesso, lo aveva a malapena visto. Si era trasformato in un fantasma. Le aveva mandato Leeanne, per dirle che avrebbe lavorato per qualche
ora nel suo ufficio, e sarebbe andato da lei una volta finito. Ormai era quasi ora
di cena, e dovette chiedersi se avesse commesso un errore o forse se ci fosse
ancora qualcosa tra lui e Leeanne.

Anche se le aveva detto di essere propenso a tentare di costruire una relazione, Minetta stava avendo difficoltà a immaginarlo in quella veste. Non si
passa dal fare sesso con una fila di diverse ragazze ogni settimana alla mono-
gamia. Oppure no?

L'aspetto peggiore era che odiava l'idea di lui insieme a un'altra ragazza.
Non era mai stata una tipa gelosa, ma questo era diverso.

La faceva sentire come se volesse analizzare la cosa troppo a fondo.

Chiudendo il libro, fissò l'acqua mentre il sole le scaldava la schiena. I
raggi che si riflettevano sulla superficie dell'acqua le ricordavano il modo in
cui gli occhi di Riker brillavano in modo innaturale.

"Signora?" Minetta alzò gli occhi su Leeanne. "Il signore mi ha chiesto di
informarti di precederlo, ci sarà lo chef che ti preparerà la cena. Sarà bloccato
ancora per un po'."

"Grazie, Leeanne."

"È un piacere." La donna chinò il capo, e silenziosamente com'era arrivata,
sparì in mezzo alla vegetazione. Minetta la guardò allontanarsi e le si palesò
un dolore al petto. Perché lui non avrebbe dovuto volere la meravigliosa
bellezza baciata dal sole? Sembrava esattamente il suo tipo, bella, disponibile,
obbediente, soddisfatta dello stile di vita di Riker. Minetta si massaggiò gli
occhi mentre ripensava a tutte le loro interazioni. Perché lo faceva sempre
innervosire? Perché non poteva essere più come Leeanne e non questionare su
ogni singola decisione che prendeva?

No, avrebbe dovuto piacergli per chi era, ossia una persona che metteva
sempre in dubbio le cose. Non era mai stata brava a farsi valere, James ne era la
dimostrazione, ma non poteva permettersi di ripetersi. Non poteva lasciarsi
schiacciare da nessuno. Non sapeva che cosa volesse Riker, era difficile da
interpretare, tranne quando non flirtasse o mostrasse orgogliosamente qualcosa che apprezzava.

Minetta stette a guardare l'acqua scintillante, mentre rifletteva sul da farsi. Questa era la loro ultima notte lì, sarebbero tornati a casa l'indomani; una cosa era certa, Riker aveva deciso di evitarla, oppure aveva optato per passarle la palla, così che fosse lei a fare la mossa successiva. La domanda era: voleva fare la prossima mossa?

Tirando via i piedi dall'acqua, si alzò e fissò la grande vastità della Villa. L'ultimo desiderio di suo padre era che cogliesse le sue opportunità nella vita. Non sapeva se era a questo che si riferiva, ma certamente si trattava del massimo rischio che avesse mai deciso di correre. S'infilò le infradito e afferrò l'asciugamano, mentre s'incamminava verso la casa con un nuovo scopo.

"No! Quante volte devo ripeterlo?" Afferrai il comodino come se potesse darmi la forza di affrontare l'incompetenza che aveva deciso di inondare tutta la mia società, mentre ero stato via per un paio di giorni. Era davvero così difficile fare ciò che avevo chiesto in modo tempestivo? Non mi sembrava proprio, ma apparentemente, ero irragionevole.

Forse lo ero stato un po', ma ero sicuro dannazione che non lo avrei detto a George. L'ultima cosa che quell'idiota doveva pensare era che potesse, in realtà, avere ragione.

"Allora chiama Neven. È per questo che è qui," ringhiai.

Il mio umore attuale non era migliorato con il continuo manifestarsi di ansie emotive. Minetta era sempre stata nella mia mente ovunque, danzando avanti e indietro tra una malata d'amore a scappare spaventata. Nient'affatto una combinazione grandiosa per il mio tipo di personalità al meglio di sé.

Mi ero tuffato nel lavoro per stare lontano da Minetta? Forse, ma l'avrei negato finché le spade d'argento di uno dei miei fratelli non mi avessero trafitto.

La scarica elettrica, che viaggiava come uno sciame d'api sotto la mia pelle, mi annunciò la presenza di Minetta un istante prima che parlasse.

"Riker?" La sua voce era come velluto, calda e melodiosa, e mi drizzai leggermente ad ogni singola parola, mentre un brivido mi scendeva lungo la schiena.

Ricomponendomi, mi voltai verso di lei per dirle che ero impegnato e mandarla via, ma quell'idea si palesò e morì prima che la bocca si aprisse.

Come una piccola dea del sesso, si appoggiò alla porta; i capelli le coprivano parzialmente il viso, ma gli occhi blu, che potevo vedere, bruciavano nei miei. Il mio sguardo viaggiò lungo la stoffa trasparente che le sfiorava dolcemente il corpo. In qualche modo, copriva tutto dando l'impressione di pudore, eppure era chiaro come il giorno che sotto era nuda. Sentii improvvisamente sbraitare, e guardai il cellulare nella mia mano, confuso del perché fosse lì.

"Riker, sei ancora lì?" la voce tonante di George mi giunse all'orecchio.

"Chiama Neven. Devo andare," gridai e sbattei il cellulare sul comodino.

Dannazione alle prenotazioni, uno sguardo a quel corpo ed ero pronto a scivolare su di lei su mani e ginocchia solo per un assaggio.

"Spero che non ti dispiaccia essere stato interrotto."

Rabbrividii ancora mentre parlava, la sua voce accarezzava il mio corpo così come avrebbe potuto fare una mano. Restai inchiodato sul posto, il cervello incapace di far funzionare gli arti in maniera giusta. Il suo labbro si incurvò all'insù, formando un sorriso sfacciato, mentre lasciava la soglia, avanzando.

"Iniziavo a sentirmi sola," disse, mordendosi il labbro. Quel fottuto labbro sexy che potevo assaporare da qui.

Il mio corpo vibrò, la tensione crebbe finché fui pronto ad esplodere, mentre Minetta attraversava la stanza, diretta verso di me. Un passo elegante alla volta, si mosse verso di me, e la mia lingua bagnò le mie labbra riarse. La Osservai con grande aspettativa, mentre le sue mani si spostarono dal nodo alla vita. Il desiderio doloroso che mi aveva tormentato riemerse dalle profondità in cui avevo provato a confinarlo, così potente era la forza che nelle mie orecchie riecheggiò il mio potere che tentava di evadere. Le ali tatuate bruciavano lungo la schiena, e dovetti concentrarmi per assicurarmi che non apparissero improvvise e non desiderate.

Con movimenti lenti in modo agonizzante, lei si tirò su un lato della cintura. Sorrise e si fermò, i piedi si fermarono con la mano, e quasi gridai 'no, ti prego, non ti fermare." La vibrazione divenne tremore, mentre dava un altro strattone alla cintura, e il materiale delicato si aprì come una tenda sacra. Il velo che teneva tutti i suoi tesori nascosti cadde, lasciandomi incapace di formulare un pensiero logico. Non ero mai stato un tipo che ignorava i piacerI carnali, eppure i miei occhi scrutarono la forma tonica e piccola di quello di Minetta, mentre diventava straordinariamente chiaro che avevo ignorato qualcosa.

I suoi capezzoli erano orgogliosamente eretti, duri boccioli appuntiti sui seni ben sollevati. Indossava tacchi con cinturino che gridavano che volesse essere scopata con indosso solo le calzature; le sue gambe lunghe e snelle erano leggermente incrociate, nascondendo l'ultimo frammento di tesoro che intendevo possedere quella notte.

Il demone in me non le avrebbe permesso di lasciare quella stanza. Come un animale inconsapevole finito dritto in trappola, il mio uccellino era volato tra le grinfie del gatto, e intendevo assolutamente divorarlo. Lei aveva risvegliato la bestia, la parte carnale e viscerale della mia personalità che sarebbe bastata a farmi cacciare una seconda volta dal Paradiso. Come un miraggio, la sua mano si allungò verso di me e, mentre entrava in contatto con il mio petto, l'uomo divenne il peccato.

Rabbrividii emettendo un respiro profondo, mentre il cazzo mi doleva per un bisogno talmente pulsante, che non ritenevo fosse nemmeno possibile. La sensazione bruciante che stava consumando il mio corpo era ben più delle ultime notti messe insieme e mi fece fare un respiro affannoso. "Hai idea di quello che mi stai facendo? Ciò che stai risvegliando in me?"

"Quello che so è che lo voglio. Non so domani o dopodomani, ma ora, qui, con te, in questo luogo magico, voglio tutti i piaceri che mi offrirai."

La sua mano scivolò sulla mia guancia, e appoggiai il capo a quel dolce contatto. L'altra mano sostituì quella che era stata sul mio petto, e quando lo fece, la diga si ruppe.

La afferrai per la vita, la sollevai e la poggiai sul comodino, come se pesasse quanto una piuma. Minetta squittì quando il culo entrò in contatto con la superficie fredda, ma non le diedi il tempo di sistemarsi, mentre le mie labbra incontravano le sue. Il bacio tra noi si approfondì, diventando frenetico, mentre le mani sollevarono la stoffa e scivolarono sulla pelle. Lei aprì le gambe, e mi ci misi in mezzo, afferrandole il culo con le mani, attirandola il più possibile verso di me.

Il ricco profumo di pesca era forte nelle mie narici, il dolce aroma si mescolava con l'odore della sua eccitazione. Un profondo brontolio più simile a un ringhio lasciò le mie labbra, mentre avevo l'acquolina in bocca al pensiero di gustarla ancora di più. Interrompendo il bacio, posizionai il braccio dall'altra parte del comodino, facendo volare tutto sul pavimento con uno schianto.

"Stenditi." Le parole uscirono come un ordine, e pensai che volesse controbattere, ma la passione che le bruciava negli occhi raccontava una diversa storia. Lo fece e si spostò in modo da potersi stendere sulla superficie dura.

"Tieni giù questa gamba." Diedi un colpetto sulla gamba più vicina a me.

Minetta la abbassò immediatamente; oltre il bordo, il piede delicato in quel tacco con cinturino oscillava come un metronomo, con un'energia nervosa che potevo sentire rimbalzarle in tutto il corpo. Trattenni un sorriso. La sua energia impregnò la mia pelle, nutrendo il demone con un pasto differente da quello che normalmente bramava, ma altrettanto soddisfacente. I suoi capelli scuri si sparsero sul marmo pallido del comodino, e lei mi fissò con quegli occhi blu, e la spavalderia iniziò lentamente a vacillare.

"Hai paura, mio uccellino?" Le mie dita si impegnarono ad aprirle il vestito, e il fatto che osservasse ogni singolo movimento non mi era affatto sfuggito.

"No," rispose sottovoce, ma non mi guardò negli occhi.

"Non è saggio mentirmi." La sua pelle era incredibilmente morbida, le mie dita salirono fino all'interno della sua gamba, facendole accelerare il respiro.

Minetta si leccò le labbra, posando gli occhi nei miei. "Non ho paura di te. Ho paura di aprirmi a te."

"Perché hai paura di questo?" I muscoli del suo stomaco si fletterono mentre le mie mani le scivolarono sui fianchi, il respiro accelerò mentre le mie dita le accarezzarono la parte inferiore dei seni.

"Non sono stupida, Riker. So che una donna come me non può reggerti a lungo. Sarò un nuovo giocattolo lucido per un po', e non dubito che proverai a impegnarti, ma vorrai di più, a un certo punto. È semplicemente nella tua natura consumare quello che vuoi e sputare fuori il resto."

Le mie mani si bloccarono mentre fissavo Minetta. Le sue parole mi riecheggiarono in testa: erano la pura verità. Non avrei potuto descrivermi più chiaramente di quanto avesse appena fatto lei, ma quelle parole suonarono come una pugnalata.

I secondi si trasformarono in minuti, e non potei fare altro che fissare il suo bel viso. Non riuscivo ad immaginarla insieme a un altro. Solo quel pensiero faceva cantare il mio sangue come il fuoco dell'Inferno.

"Eppure vuoi venire a letto con me sapendo come sono fatto?"

Lei interruppe il contatto visivo con me, spostando gli occhi verso il soffitto, uno spettro di emozioni sul suo viso.

"Non sono stata molto felice da quanto mio padre è morto, Riker, ma quello che ho imparato nel corso degli ultimi due giorni è che quando sono con te... mi fai sorridere. Mi fai credere che un giorno potrà esserci altro per me."

I suoi occhi ritrovarono i miei, brillando d'emozione che mi fece saltare un battito del mio cuore che stava battendo all'impazzata.

"Non penso a ciò che non sono o a che cosa ho perso, solo a come mi fai sentire quando mi sei vicino. Potrebbe non avere senso per te, ma è importante per me. Quindi, se questo durerà solo una settimana o un mese, o solo per stanotte, allora lo accetterò." Mi rivolse poi un piccolo sorriso, che esprimeva più una profonda tristezza che felicità. "Non preoccuparti, Riker. Lo farò restando con gli occhi bene aperti, e non mi aspetto niente da te."

Deglutii il nodo alla gola che mi si era formato: fu come ingoiare vetro rotto. Le crepe che si erano già formate nella mia anima s'ingrandirono ulteriormente, frammenti si staccarono, lasciando un bagliore accecante al di sotto che mi soffocò con un'emozione a lungo dimenticata.

"Non ti ferirò, Minetta. Non ti ferirò mai." Parole pericolose da pronunciare, eppure erano sincere. La nuda verità era scioccante quanto ciò che fui sul punto di dire dopo. Tre parole che non avrei mai pensato di ripetere.

QUARANTA

Minetta non era sicura di che cosa avesse detto, ma il volto di Riker era diventato privo di emozioni e si era congelato sul posto. Lei si mosse sulla superficie fredda, incerta se dovesse alzarsi e andarsene o restare dov'era.

"Ho detto qualcosa di sbagliato?"

Riker sbatté le palpebre, gli occhi si concentrarono di nuovo su di lei. "No, non hai detto niente di sbagliato."

Poi, abbassò la testa, e le sue labbra toccarono gentilmente quelle di Minetta, eppure non si poteva negare che dietro quell'atto si celasse l'opera del suo potere. La donna fece un respiro profondo e gli avvolse le braccia intorno al collo, incapace di avvicinarsi abbastanza. Riker mise le braccia intorno al suo color per poi sollevarla, e al contempo sollevarla tra le sue braccia.

Non interruppe mai il bacio mentre attraversava la stanza, deponendola sul letto enorme. Il calore che il suo corpo trasmise a quello di Minetta possedeva una forza fisica. Le mani di Riker presero a scivolare sul suo corpo, ma stavolta il loro movimento risultava molto più controllato. La passione le stava ancora bruciando dentro, ma lui non affrettò le cose, mentre la toccava come stava facendo. Minetta sussultò e s'inarcò nella sua presa, mentre le pizzicava un capezzolo, sfregandolo con dita esperte. La sensazione emanò un'ondata di puro piacere fino al nucleo.

Minetta era stordita quando Riker interruppe il bacio e si posizionò accanto al letto, sfoggiando un'aria minacciosa alla luce fioca che gli sfiorava la schiena, riflettendo ombre sul suo viso. Lei tremò sotto quello sguardo intenso, e il suo corpo si dimenò incerto, mentre bramava ulteriormente il suo tocco.

"Sei così bella," le disse Riker. Poi, si spogliò della camicia, e fu la prima volta che lei riuscì a osservare bene l'uomo sotto il completo. Come il petto di Michael, quello di Riker era coperto di sottilissime linee con rime simili, ma diverse da quelle che aveva visto brillare sull'arcangelo. Lui non era un uomo di corporatura tanto massiccia, ma muscoloso in tutti i punti giusti. Le rammentò un nuotatore o forse un giocatore di lacrosse, con ampie spalle che, affusolate, finivano in una V ben definita. Nemmeno gli addominali erano flosci, lei riuscì a contare ben otto avvallamenti distinti, e si leccò le labbra, volendoli gustare ad uno ad uno. "Mi piace quello sguardo sul tuo viso. Sembra che ti piaccia quello che vedi."

Riker sorrise, facendola arrossire. Minetta sentì il calore finirle dritto alle guance, e non riuscì a reggere il suo sguardo ambrato. "Non distogliere lo sguardo, Minetta. Voglio che mi guardi. Sarò l'unico uomo che guarderai d'ora in poi. Lo capisci?"

Lei sollevò il sopracciglio come per sfidarlo. "Solo se sarò l'unica donna che guarderai d'ora in poi."

"Quel che giusto è giusto. Acconsento."

I pantaloni cachi che indossava finirono ai suoi piedi, e lei deglutì mentre posava lo sguardo sull'erezione che si ergeva contro il suo stomaco. Non si era ancora tolto i boxer, ma non importava, visto che la punta della sua asta spingeva contro la stoffa, come desiderosa di evadere. Era bagnata: ne fuoriuscivano gocce di liquido chiaro e Minetta seguì la scia finché non arrivò all'elastico dei boxer per poi sparire.

Minetta si tirò su, attirata dalla vista di Riker, la lingua intorpidita, un forte desiderio di volerlo assaporare e bere. Non aveva mai desiderato il sesso orale con James. In effetti, non le veniva in mente nessuna volta in cui aveva bramato così tanto toccare qualcuno.

"Ah, ah, ah." Le oscillò un dito a destra e a sinistra, come se stesse rimproverando una scolaretta. "Stenditi, mio uccellino."

Minetta era tentata di vedere ciò che intendeva fare lui se si fosse avvicinato per poi afferrare quello che lei voleva, ma quello sembrava il gioco per un'altra volta. La donna stava davvero considerando la veridicità delle parole di Riker? Ossia che ci sarebbe stato molto di più rispetto a questo singolo momento tra loro? Minetta non ne aveva idea, e non le importava davvero al momento.

Ovviamente, non muovendosi abbastanza in fretta per i suoi gusti, Riker si avvicinò e le afferrò le gambe, dandole un forte strattone e costringendola a spingersi all'indietro. Un piccolo grido le lasciò le labbra, mentre la spingeva sul bordo del letto, mettendole le mani lungo ogni suo lato.

"Quando ti chiedo di fare una cosa, tu la fai. Capito?"

Lei deglutì rumorosamente ma, invece della paura, una forte vampata di desiderio si manifestò in tutto il corpo. Poteva sentire l'umidità scenderle lungo l'interno delle gambe e le chiuse, imbarazzata per l'odore dell'eccitazione. Riker scosse il capo e si mise in posizione eretta, per abbassarsi i boxer neri, che finirono sul pavimento. Lei voleva rispondere, ma quando aprì la bocca, non ne uscì fuori niente. Tutta l'aria aveva cessato di muoversi appropriatamente nel petto.

L'erezione che era solo riuscita a scorgere sotto la stoffa, le fece strabuzzare gli occhi, quando rivelò l'intera lunghezza e circonferenza. Divenne estremamente chiaro del perché le donne facessero la fila per farsi usare da lui. Era stato uno sfruttamento reciproco, lei aveva assunto che si trattasse semplicemente di un uomo eccessivamente arrapato, ma era chiaro come la luce del sole che anche loro lo avevano usato.

Riker le afferrò le ginocchia mentre si chinava, spalancandole le gambe. "Non nasconderti da me. Voglio vedere tutto di te, gustare ogni centimetro del tuo corpo, seppellirmi profondamente dentro di te, e assicurarmi che tu mantenga la promessa di non guardare mai nessun altro."

"Sei sincero?"

"Moltissimo." Le sue mani erano dominanti quanto la sua voce e Riker raggiunse l'interno delle ginocchia di Minetta, la cui debole resistenza iniziava a cedere all'insistenza dell'uomo. "Li amo. D'ora in avanti, quando siamo insieme, voglio che indossi i tacchi." Riley le baciò la cima del piede, e sorprendentemente una scarica di piacere avvolse la sua gamba. Non si sarebbe mai aspettata che un gesto così semplice potesse causare una reazione simile. Poi, di nuovo, probabilmente si celava ben altro dietro quello che lui stava facendo.

La sua lingua vorticò intorno alla caviglia della sua gamba sinistra, prima di passare ad occuparsi della destra. Continuò a leccare fino alla zona interna di entrambe le gambe; il miscuglio della sua lingua calda e dell'aria fresca creò una sensazione stuzzicante. Il nucleo le doleva, i muscoli si irrigidivano e rilassavano, mentre il corpo di Minetta implorava di più. Desiderava avere un orgasmo come quelli che aveva conosciuto soltanto nei suoi sogni.

Afferrandole il culo, la stoffa spessa e tutto il resto, Riker la strattonò tirandola ancora di più sul bordo del letto. Il suo culo pendeva quasi da un lato, e lei afferrò lembi di lenzuolo. Prima di poter dire anche una sola parola, la lingua di Riker le leccò l'interno della coscia, lappando tutta l'umidità che lei aveva tentato di nascondere.

"Hai il sapore di latte caldo con miele in una giornata uggiosa," le disse.

La sua lingua continuò nel suo interno, occupandosi di entrambe le gambe, finché furono del tutto prive dei suoi succhi, ma nel farlo, se ne manifestarono degli altri. Lei gridò per l'esplosione di piacere, mentre la bocca dell'uomo infine passò al punto più sensibile del suo corpo. La lingua di Riker la invase, agendo velocemente e con rudezza, come se provasse a succhiare tutto il miele che il suo corpo stava producendo.

"Oh Dio," gridò Minetta, quando la lingua di Riker improvvisamente passò a leccare il suo clitoride gonfio ed esposto. Lui ridacchiò, mentre lei si copriva la bocca, non solo per camuffare l'urlo seguente, mentre continuava ad assalirla con la lingua. Si impose, però, di non dire qualcosa che non avrebbe dovuto. Poteva solo immaginare quanto dovesse sembrare strano per lui avere delle donne che gridavano il nome di suo Padre. Portava il significato dell'aggettivo strano a tutto un altro livello.

Minetta era estremamente vicina all'orgasmo, il suo corpo s'inarcò sul letto mentre un'altra ondata di calore le si propagò in tutto il corpo. Non aveva idea se fosse il suo stesso corpo o se ci fosse qualcosa che Riker le stava facendo, ma l'aveva lasciata ansimante e bramosa di avere altro. Incapace di trattenersi ancora, lei affondò le dita nei suoi morbidi capelli dorati e li strinse forte.

"Sì, lasciati andare," gemette Riker, e quelle parole gli vennero fuori come un mormorio.

La vibrazione era tutto ciò che bastava per spingerla sull'orlo della beatitudine. Minetta gridò, e stavolta, gridò il suo nome, le sue mani tirarono forte la testa di Riker contro il suo corpo. Non si era mai sentita così lasciva prima d'allora, e il suo corpo scalciò contro il viso di lui che gemeva, e continuava a succhiare le sue pieghe sensibili. L'ondata era continua e le devastò il corpo; provò a divincolarsi da Riker, mentre la sensibilità aveva raggiunto vette troppo alte.

L'uomo ridacchiò, mentre lei si dimenava nella sua grande stretta. "Sei così dolce, mio uccellino. Potrei mangiarti ogni giorno e non averne mai abbastanza."

Minetta ricadde all'indietro, con il respiro affannato, mentre Riker le mordicchiava l'interno delle cosce. Quando Riker si spostò e si eresse lentamente in tutta la sua altezza, lei deglutì rumorosamente. Lo sguardo che lui aveva in volto era rude e primitivo, uno che lei non gli aveva mai visto assumere. I suoi muscoli erano flessi e mostravano esattamente perché fosse considerato un dono per gli occhi.

"Girati sullo stomaco."

Un po' tremante, Minetta fece come le era stato chiesto, e restò scioccata mentre lui si spostava sul suo corpo, finché non si trovò a cavalcioni sulle sue gambe. Il suo peso era delizioso, ma quando le toccò la parte inferiore della schiena e le massaggiò i muscoli tesi, Minetta si rilassò e lo lasciò gestire tutto lo stress che lei aveva accumulato. Fu gentile con il punto in cui c'erano i lividi. Sebbene Penny avesse contribuito a farli guarire, c'era ancora una lieve ombra, un promemoria di ciò che era ancora sulle sue tracce.

Minetta gemette e sussultò, mentre le mani di Riker si spostavano dalle spalle fino a strizzarle il culo con le grandi mani.

"Ti piace, mio uccellino?"

Lei annuì, aveva gli occhi chiusi mentre lui faceva rilassare il suo corpo con mani esperte, e con un dolce tocco qui e là; la fiamma del desiderio stava ricominciando a sorgere dentro di lei. Si agitò leggermente, mentre le sue mani lasciarono le spalle, per occuparsi delle chiappe ancora una volta. Riker ridacchiò un po', e le infilò un dito tra le gambe.

"E che ne dici di questo?" La sua voce era profonda, e il cuore di Minetta iniziò a battere all'impazzata, mentre il dito di Riker vagava giocosamente tra le pieghe della figa.

Riker premette i fianchi in avanti, e lei gemette più forte, mentre il movimento faceva scuotere il suo corpo, rendendola bramosa di ben altro rispetto al piccolo stuzzicare.

"Sei pronta per me?" La sua voce era roca.

Quella era una domanda a cui non sapeva rispondere, ma si trovò ad annuire energicamente con la testa, dicendo di sì. Non importava che cosa dovesse accadere tra loro quella notte, non c'era dubbio in lei che lo desiderava.

Voleva tutto di lui: il peccato, l'arcangelo, ma, soprattutto, voleva l'uomo.

QUARANTUNO

Minetta sembrava un angelo sdraiato davanti a me, e io ero uno dei pochi che potessero confermarlo. La luna splendeva attraverso la finestra, inondandola di una luce bianca fluorescente. La sua pelle sembrava di porcellana, come se fosse una delle grandi statue che erano state scolpite e disposte sul mio letto. Non riuscivo a distogliere lo sguardo. Lei mi ipnotizzava completamente, il mio cuore batteva più forte di mille cavalli galoppanti.

Dovevo stare attento perché era umana. Non volevo ferirla. Ritraendomi dal suo corpo, restai immobile per concedermi un secondo per tenere sotto controllo il mio bisogno. Ero sul bordo del letto, flettendo le mani, affondandomi le unghie nel palmo.

"Riker, qualcosa non va?"

"Vieni qui."

Allungai la mano, le dita di Minetta tremarono mentre metteva la mano nella mia. Non appena i suoi piedi toccarono il pavimento e venne a sedersi accanto a me, le presi il viso tra le mani e le sfiorai le labbra con le mie. Spostai dalle sue spalle i bordi del delicato tessuto, che scivolò a terra, formando un mucchio ai suoi piedi. Brividi scorsero sotto le mie dita, mentre le sfioravo la pelle. Amavo questa sua reazione. Minetta sussultò nella mia bocca, mentre le mie dita scorrevano formando linee gentili lungo la sua schiena. Potevo quasi sentire il battito del suo cuore attraverso il bacio.

Dalla mia caduta, non sono stato un tipo da storia d'amore, ma con il mio uccellino, la mia Minny, era diverso ... volevo che provasse solo piacere. Quel pensiero era diventato la mia sola preoccupazione. Volevo mostrarle il mondo e tutto ciò che aveva da offrire, a partire da quella notte.

Stringendole il culo, la sollevai sul mio corpo e gemetti per la morbidezza della sua pelle che scivolava contro la mia. Non mi fidai di me stesso, perciò mi voltai per sedermi sul letto con Minetta seduta in grembo. Sentivo il suo corpo accendersi come un fuoco sotto il mio tocco, i residui del suo rilascio erano svaniti, e il massaggio l'aveva risvegliata in una donna bramosa.

Si agitò sul mio grembo, piccoli gemiti le sfuggirono dalle labbra, mentre il suo sesso scivoloso si strofinava contro il mio. Il mio cazzo scalciò forte, intrappolato tra i nostri corpi.

Mi ci volle ogni grammo di controllo per impedirmi di essere violento.

Le sue unghie scavarono nelle mie spalle, mentre si sollevava sulle ginocchia, i nostri occhi incollati, mentre mi guardava.

"Fallo," le sussurrai.

Il mio corpo s'irrigidì, mentre lei si posizionava tra di noi, prendendo il mio cazzo nella sua piccola mano. Gli diede timidamente un colpo, e un brivido mi si diffuse in tutto il corpo.

"Oh cazzo," gemetti, mentre si posizionava proprio sull'asta dolorante, così vicina che potevo sentire il suo calore premere dentro me. Con un unico movimento dolorosamente lento, ci si sedette sopra, prendendomi nelle sue pareti calde e strette, avvolgendomi come in una morsa.

Non avrei potuto distogliere lo sguardo da lei neanche se avessi voluto, mentre inarcava la schiena e si succhiava il labbro inferiore. Si aggrappò alle mie spalle, e io ero ipnotizzato da lei.

Con ogni dolorante centimetro che prese dentro di sé, il potere s'irradiava dentro me. Ero pericolosamente vicino a perdere il controllo, mostrandole ciò che ero. Non ero neppure sicuro di quello che sarebbe successo se il potere si fosse manifestato in quel modo, ma non potevo fermarmi. Non avrei potuto farlo. Ora che avevamo superato il limite, non avrei potuto tornare indietro, dovevo avere ogni centimetro di lei.

Ogni fibra del mio essere, demoniaco e non, doveva possedere tutto ciò che lei offriva.

Il suo culo sporse fino a sedersi del tutto sul mio grembo, e io mi persi in un respiro profondo, mentre il mio desiderio crebbe ancora, raggiungendo livelli più alti e pericolosi.

Minetta si sentiva a suo agio, ed era proprio questo che volevo accadesse, il che era oltraggioso. Lei era umana, una semplice umana, eppure l'effetto che aveva su di me era innegabile.

"Sei al comando, mio uccellino, fai quello che vuoi," le sussurrai nel collo. Non mi fidavo della mia capacità di prendere il controllo in quel momento. Le baciai il collo, e lei gemette, la sua figa si contrasse ancora di più. Le mie mani tremavano e il sudore mi scendeva lungo la schiena, mentre mi costringevo a restare fermo. Lei s'inarcò all'indietro ancora una volta, i seni al livello dei miei occhi. Approfittandone, premetti le labbra su un capezzolo turgido e lo succhiai. Lei gemette di piacere e cominciò a muoversi.

"Cazzo, sei stupenda," dissi.

Passai all'altro capezzolo, la lingua lo stuzzicò passando sulla punta sensibile, e morsi gentilmente, mentre lei continuava a muoversi. Minetta stava emettendo piccoli versi di piacere, che risultarono irresistibili alle mie orecchie. Il potere continuò ancora a manifestarsi, mentre ero sul punto di perdere il controllo. Il potere fluì in basso sul pavimento, creando una luccicante nebbia dorata, inondando così la stanza.

Minetta non sembrò notarla, visto che aveva gli occhi chiusi, con la testa piegata all'indietro, e la bocca aperta. Era l'immagine perfetta della bellezza erotica.

"Oh Riker," gridò il mio nome, e fu musica per le mie orecchie. Le afferrai il corpo attirandola di più a me, mentre continuava a muoversi, e non le ci volle molto prima che potessi sentire il suo corpo tremare, mentre si avvicinava al proprio rilascio. Il nostro reciproco ansimare mescolato con il distinto sfrigolio della pelle bagnata contro la pelle, si unì ai gemiti insaziabili che le sfuggirono dalle labbra.

Le spostai i capelli umidi dal viso. Il calore che le impregnava la pelle in ondate sembrò attrarre l'attenzione del potere che stavo generando. Si sollevò dal pavimento e le avvolse il corpo. Minetta tremò e gridò mentre veniva, l'orgasmo era stato così potente, che gridai insieme a lei, mentre le sue pareti interne si fletterono e s'irrigidirono intorno al mio cazzo.

Caddi all'indietro sul letto e mi trattenni dentro di lei, il suo rilascio mi ricoprì come un dolce nettare. "Cavalcami forte!"

Ero sorpreso di vedere che avesse ancora l'energia di eseguire la mia richiesta, ma si mosse più velocemente. L'uccellino timido era volato via, e al suo posto c'era ormai una donna con la passione nelle vene. La vista del suo corpo che si fletteva, dei seni che si alzavano e abbassavano per via del suo movimento era ipnotico. Le mie mani affondarono nelle lenzuola, stringendole con i pugni, perché non intendevo ferire il suo corpo umano. Dovetti chiudere gli occhi e concentrarmi sulla respirazione, mentre ancora una volta sentivo di essere vicino a perdere il controllo. Ma non importava cosa facessi, sapevo che sarei caduto.

Minetta gridò il mio nome, con le dita che mi scavavano nella pelle. "Riker, io... io..."

Riaprii gli occhi mentre il suo movimento rallentava leggermente. Un bisogno selvaggio di venire e reclamare il suo corpo come mio aveva risvegliato un demone dalle profondità dell'Inferno dentro di me. La mia mente si liberò, mentre un altro orgasmo sconvolgeva il suo corpo. Prendendole i polsi nelle mani, ci capovolsi e le tenni le gambe spostate sui lati.

"Grida di fermarmi, se ti faccio male," dissi affannosamente.

Minetta si protese e mi sfiorò la guancia con la mano, e le baciai il palmo. "Lasciati andare, Riker," sussurrò. Il mio corpo rabbrividì alle sue parole, il potere mi sovrastò, mentre i miei muscoli s'irrigidirono.

Emisi un verso gutturale che non era umano, eppure lei non distolse lo sguardo. Non avevo mai vissuto niente del genere e non sapevo come tenere sotto controllo le sensazioni legate alla rabbia. "Lascia andare," ripeté.

E lo feci.

I miei fianchi erano come un pistone mentre continuavo a sprofondare e a uscire da lei a un ritmo accecante. Minetta gridò e inarcò la schiena, sollevando la schiena dal letto, mentre la testa premeva contro il cuscino. Il suono provocato dall'incontro di pelle su pelle, si mescolò con le sue grida e i miei grugniti, mentre mi avvicinavo al rilascio, era musica per le mie orecchie.

Flettei le braccia, le unghie di Minetta scavarono violentemente nelle mie spalle, mentre venne ancora una volta. La sensazione pulsante del suo rilascio mi spinsero da quella scogliera finale, mentre le stringevo forte le gambe. L'orgasmo fu così meravigliosamente violento, che dalla mia bocca emerse un ruggito. Il potere che avevo provato a controllare si liberò finalmente con un'esplosione che si esternò fuori dal mio corpo.

Il mondo intorno a me s'immobilizzò. Non c'erano suoni, odori, solo il nulla assoluto — le pareti della camera da letto vennero polverizzate, l'intero ultimo piano della Villa si trasformò in granelli di scintillante nulla. Era appena accaduto qualcosa di grande. Il mondo si fermava soltanto quando si creava una nuova biforcazione nella profezia. Non m'importava un cazzo di che cosa significasse. Il piacere era così immenso che Michael avrebbe potuto prendere la mia vita in quel momento, e ne sarei stato contento. Ero stato toccato dal vero amore, e per averlo assaggiato, il mio cuore batteva più forte nel petto. Mi sentivo vivo per la prima volta dalla caduta.

Una tempesta di potere ci avvolse entrambi, mentre eravamo stretti l'uno all'altra, attraverso il flusso d'estasi che era stato mandato dal Paradiso. Minetta gridò mentre il suo corpo si stringeva intorno al mio, causando un altro rilascio per l'ennesimo spasmo del mio cazzo.

Le particelle di polvere luccicante iniziarono a muoversi più in fretta, sempre più in fretta.

Volteggiarono intorno a noi come un vortice, finché le pareti tornarono lentamente a ricomporsi. Poi, fu il turno del tetto, delle finestre e dei mobili, incluso il letto su cui si trovavano, ogni cosa era stata disintegrata, ma si stava ricomponendo proprio davanti ai miei occhi, conferendogli l'aspetto solito, come se nulla fosse successo. Non sapevo perché stesse accadendo, e non m'importava.

Chiusi gli occhi mentre un'altra ondata di potere eruppe dal mio corpo.

Le mie ali si liberarono dalla loro gabbia tatuata, spalancandosi e diffondendosi quasi da un lato all'altro della stanza. Non potei impedirlo, più di quanto non potessi impedire il rilascio inondarmi mentre venivo di nuovo, il seme caldo fuoriuscì dal mio corpo a fiotti, che sembravano infiniti. Le rune che mi coprivano la pelle e che erano rimaste dormienti con la mia caduta brillarono sul mio petto, la sensazione di calore e il battito del potere a lungo dimenticato fino a quel momento fece capolino in me.

Riaprendo gli occhi, realizzai che l'intera stanza era inondata di un forte bagliore dorato. Sapevo che i miei occhi sarebbero stati di un dorato incandescente, e provai a frenare il tutto prima che Minetta riaprisse i suoi, ma sapevo che era davvero troppo tardi, mentre mi guardavo intorno. Lei stava fissando le pareti un istante prima che i suoi occhi incontrassero i miei. Erano colmi di un misto di sorpresa e meraviglia, ma non c'era alcun timore.

Ansimando forte, mi riassestai mentre l'ultima traccia del mio rilascio svanì. Le mie braccia tremavano, a malapena capace di impedirmi di collassare sopra di lei. "Non hai paura?"

Minetta scosse il capo su e giù, e una mano si allungò per toccare una delle mie ali. Un sorriso si sollevò sull'angolo della sua bocca, mentre accarezzava le morbide piume corvine con le punte dorate. "Già sapevo chi eri," disse, e sgranai i miei occhi. "Penny me l'ha detto, ecco perché non voleva che venissi via con te. Era preoccupata."

"Quindi sai che cos'è Penny?"

"Sì, già da un po' a dire il vero."

Sollevai un sopracciglio, e le rivolsi un grosso sorriso. "Sei molto più coraggiosa di quanto reputavo possibile, e già pensavo che lo fossi. Andare volontariamente a letto con un demone non è una cosa da poco. Avrei potuto ucciderti. Sono sicuro che stessi per farlo."

Lei arrossì, e le sue guance già tinte assunsero una sfumatura più brillante. "Non ti vedo come un demone, ti vedo come Riker, e ti ho creduto quando hai detto che non mi avresti fatto del male." Sollevò poi una spalla con disinvoltura. "Possiamo ricominciare, ma lasciare queste questioni fuori?" Fece scorrere le mani lungo le mie ali, la sensazione generò uno strano fremito nel mio corpo.

"Possiamo farlo tutte le volte che vuoi. Posso restare duro per tutta la notte."

Minetta spalancò la bocca, ma un sorrisetto le attraversò il volto. "Questo è da vedere."

Chinando il capo, le diedi un bacio lento e profondo, gustando il suo sapore sulla mia lingua. Non riuscivo a dire di amarla, ma era confermato nel mio cuore e nella mia mente. Lei era fatta per me. Era il mio uccellino, forse un dono o un ramo d'olivo di Michael o di mio Padre, ma lei era la mia unica possibilità di amare.

Minetta mi avvolse le braccia intorno al collo, e sollevai il suo corpo abbastanza da poterla avvolgere completamente con le mie ali. Era mia e io ero suo, e intendevo tenerla.

QUARANTADUE

Ore dopo, ero sdraiato sulla schiena, stringendo Minetta sul mio corpo mentre dormiva. Il suo respiro lento e profondo era fonte di conforto per me.

Al momento, due cose mi tormentavano. La prima era che mi sentivo diverso. Restavo pur sempre Riker, ancora Mammon, eppure non lo ero. La mia anima era più leggera, più affine a quando ero un guerriero del Paradiso, quando il mio nome era stato Maddix, ed ero un amato figlio e fratello.

La seconda cosa che mi faceva sudare e preoccupare era quanto poco tempo avrei avuto con Minetta. In quanto immortale, non davo importanza all'aspetto temporale delle cose. Mi sarei svegliato ogni giorno nello stesso modo del giorno prima, e quello prima ancora. Avevo assistito all'evolversi della storia, al progresso dell'uomo e al cambiamento del mondo, ma avevo dato tutto per scontato. Minny era umana. Nel migliore dei casi, avrebbe vissuto altri cinquant'anni. In quello peggiore, sarebbe potuta morire l'indomani. Quel pensiero me la fece stringere più forte e le baciai la cima della testa. Non potevo perderla. Proprio non potevo.

Stetti a fissare il soffitto leggermente terrorizzato all'idea di chiudere gli occhi e provare a dormire. Non volevo perdere un singolo secondo con lei, ed ebbi questo folle bisogno di fare da scudo a Minny e ringhiare contro tutto ciò che le si avvicinava. Mi pizzicai il naso e respinsi quelle immagini. Quando finalmente i miei occhi si chiusero, venni trascinato indietro nel tempo.

Non avrei mai pensato che avrei dovuto far fuori un fratello angelo, ma mentre mi libravo nel caos che era scoppiato in Paradiso, mi trovai a impugnare la mia spada dorata, per potermi difendere da un vero e proprio massacro. Il suono provocato dallo scontro di metallo su metallo e il ruggito del drago riecheggiavano dal palazzo d'avorio—- l'erba una volta di un verde brillante e le nuvole candide erano state ridotte a un'inquietante coperta astratta di sangue rosso e polvere grigia.

Atterrai sull'erba e appoggiai la mano sulla spalla di Dai. Non l'avevo mai vista piangere. Era una guerriera, un arcangelo, e uno degli angeli più forti che avessi mai conosciuto. Eppure le lacrime le scorrevano sulle guance, mentre la sua mano era posata sul suo migliore amico insanguinato.

"Mi dispiace, mi dispiace tanto," disse Dai, mentre lo cullava avanti e indietro.

Mi voltai al suono di ali, e mi scagliai contro una piccola orda di demoni neri che stavano volando intorno, causando confusione e caos.

"Vieni, devi venire via da qui, Dai. Non sei al sicuro."

Le sue guance macchiate di lacrime si voltarono verso di me, e vidi la rabbia che bruciava nei suoi occhi viola, facendomi deglutire forte.

"Li ucciderò tutti." Sbattendo violentemente le ali, lei si librò in aria con rabbia feroce, e mi librai in volo dietro di lei, temendo ciò che avrebbe potuto commettere.

"Cessate questa follia!" Sentii qualcuno gridare e abbassai lo sguardo, vedendo Shilo afferrare una spada caduta e sollevarla, con le braccia tremanti, mentre provava a difendersi dall'attacco di una guardia angelica. Non sapevo più chi stesse dalla parte di chi, ma il viso dell'angelo era ridotto a una maschera di furore, mentre muoveva la spada contro Shilo. L'arma che quest'ultimo stava impugnando gli scivolò via dalle mani innocuamente, e io dimenticai il mio tragitto originario per atterrare di fronte al mio vecchio amico. Diedi un'occhiataccia all'angelo che una volta consideravo famiglia.

"Che cosa stai facendo?" chiesi, sollevando la spada preparato alla battaglia.

"La sua famiglia fa parte dei traditori!" L'angelo gridò e indicò il figlio di Shilo, che indossava infatti lo stesso cuoio nero come il resto dell'esercito di Lucifero. "Deve morire con gli altri!"

"Non ha nemmeno un'arma, perciò consideri un angelo anziano, e non certo un guerriero, una minaccia?" La mia domanda non venne ascoltata, mentre l'angelo si scagliava contro di me. Sospirando con tristezza, disarmai la guardia, evidentemente ben poco preparata, che abbassò lo sguardo e iniziò a gridare istericamente, accorgendosi del fatto che l'avevo privata dell'intera mano. Dal moncone, sgorgava fuori il sangue come una fontana, e si voltò per tornare a spiccare il volo. Oscillai di nuovo la spada. La lama gli fendette facilmente le ali, le grandi piume bianche atterrarono sull'erba in un cumulo insanguinato, e l'angelo crollò sull'erba rossa.

"Che cos'hai fatto?" gridò la guardia, mentre si portava il braccio insanguinato al petto, provando a spingersi all'indietro sul suolo. Gli andai dietro, seguendolo, con gli stivali che finirono per schiacciare l'erba rosso sangue.

Una mano mi afferrò il braccio prima che potessi procedere a infliggere il colpo letale. "Non ucciderlo. Non saresti migliore degli altri." Guardai negli occhi uno Shilo preoccupato, e annuii.

"Tu stai bene? Devo andare a fermare tutto questo."

"Sì, vai. Io farò lo stesso, e grazie, ragazzo mio."

Sbattendo le ali, mi unii nuovamente al frenetico ritmo della battaglia e scorsi Michael e Lucifero affrontarsi in fondo al Paradiso, che ormai si era trasformato in un violento campo di battaglia. Schivai colpi e frecce da entrambi i lati della battaglia, mentre mi feci strada attraverso ali e armature, incerto di chi parteggiasse per chi.

Sollevandomi ancora più in alto nel cielo oscuro, mi posizionai tra i due arcangeli, i miei due fratelli, e la mia famiglia che stava disfacendo quel posto.

Il cozzare delle loro spade argentate riecheggiò come una campana che indicava il principio o persino la fine. Con un movimento rapido, volarono l'uno intorno all'altro, lama contro lama, nero contro bianco come la loro pelle e i loro occhi che brillavano di potere. Al suolo, si stava propagando un grosso incendio, mentre il grande drago ruggiva e si incamminava verso il palazzo; il suo potente fiato consumava tutto ciò che incontrava lungo il suo cammino, causando grida agghiaccianti e gemiti di dolore.

La bestia ruggì e, nello stesso istante, abbatté involontariamente i due che stavano combattendo in alto. Michael e Lucifero finirono al suolo, atterrando violentemente. Rotolarono sulle ali e s'impregnarono di sangue rosso vivo, che conferì loro un sanguinante aspetto marmoreo. Michael si riprese una frazione di secondo prima di Lucifero, sul cui volto apparve un sogghigno malvagio, mentre la spada dell'avversario si abbassava per infliggere il colpo fatale.

Nessuno di loro mi aveva visto, e proprio quando la lama avrebbe potuto tagliare la testa di Luci, la mia lama si frappose tra Michael e il suo obiettivo. Tesi le braccia per ritrarre Michael, e impedirgli di commettere un gesto di cui si sarebbe pentito.

Gli occhi di Michael incontrarono i miei, le sue orbite di un blu brillante si puntarono su di me.

"Che cos'hai fatto?" chiese sottovoce.

Osservai il lento rivolo di sangue scorrergli sulla guancia da un taglio che sapevo avrebbe formato una cicatrice. Le arme d'argento realizzate in Paradiso potevano uccidere tutto ciò che toccavano, e un angelo ferito non sarebbe mai guarito del tutto. La cicatrice sarebbe diventata un costante promemoria che un altro angelo lo aveva colpito con intenti aggressivi.

"Ti ho impedito di uccidere tuo fratello. Guardati intorno, Michael. È davvero questo ciò che vuoi? Vuoi che il Paradiso sia diviso, e scagliare la tua mano contro i tuoi fratelli?"

"Lui ha portato la guerra su di noi! Guarda quell'essere. È un abominio e ha distrutto i nostri cancelli. Ha ucciso tanti angeli e sta marciando verso il palazzo di nostro Padre. Come puoi proteggerlo?"

Guardai il viso di Lucifero, che aveva ancora due lame puntate nel collo in una V mortale. Aveva fatto una cosa vergognosa, ma non vedevo altro che la mia famiglia.

"Io vedo mio fratello, come tu sei mio fratello. Non posso permettere a te di uccidere lui più di quanto potrei permettergli di uccidere te, Michael."

Michael indietreggiò; un enorme colpo, la voce di nostro Padre, raggiunse gli estremi più remoti del Paradiso, andando forse oltre, riecheggiò. "Basta!"

Cadde un profondo silenzio e tutto s'immobilizzò immediatamente. Persino il drago si fermò per guardare. E nel frattempo, un debole lamento raggiunse le mie orecchie. Vidi Shilo reggere suo figlio morto tra le braccia e cullarlo. Una profonda tristezza mi colmò, un dolore che non riuscivo a comprendere, mentre stavo a fissare la sua espressione addolorata.

La mia ultima immagine del Paradiso era quella di Callista insieme ad un gruppo di altri angeli rannicchiati vicino al palazzo brutalmente danneggiato. Dagli splendidi occhi, sgorgavano lacrime ma lo sguardo che aveva negli occhi era di disgusto. Così, diedi un'occhiata al mio corpo da cui scorreva sangue e altro, e, quando sollevai lo sguardo, la vidi distogliere il suo e sparire tra la folla.

MI SVEGLIAI DI SOPRASSALTO, riportando il mio corpo al presente. Ma i miei occhi trovarono immediatamente due occhi blu che mi fissavano. La preoccupazione attraversava i bei lineamenti di Minetta.

"Stavi sognando, stai bene?" chiese, sfiorandomi la guancia con le labbra. Lacrime minacciavano di sgorgarmi dietro agli occhi, e mi voltai così che lei non le vedesse.

"Era solo un sogno. Starò bene."

"Forse mi dirai che cos'è successo un giorno, perché i sogni non causano il dolore che vedo nei tuoi occhi."

Voltandomi, le spinsi via una ciocca di capelli scuri dal volto, prima di reclamarle la bocca. Così dolce, era sempre uguale. Rotolando su di lei, sospirai, posizionandomi in mezzo alle sue gambe. "Adesso non voglio ricordare."

Avvolgendomi le gambe intorno alla vita, mi baciò con passione e mi mordicchiò il labbro inferiore. "Allora, vediamo se riesco a farti dimenticare," sussurrò.

Non mi ero mai sentito così in pace. Nemmeno la grandiosità e il calore del tocco del Paradiso potevano essere paragonati a lei.

QUARANTATRÉ

Minetta dormì per quasi tutto il volo di ritorno e affermare che fosse dolorante sarebbe stato l'eufemismo del secolo. Quando l'uomo aveva detto che poteva restare duro, non aveva scherzato o se ne era vantato. Almeno non lo aveva fatto erroneamente. Le dolevano dei posti che non sapeva di possedere, eppure non pensava ad altro che arrampicarsi sul suo grembo, in attesa di bearsi di quel delizioso dolore.

Non riusciva a impedire che quello sciocco sorriso sulle labbra si manifestasse, mentre rifletteva sugli ultimi due giorni. Era appena stata coinvolta in una fuga romantica con un angelo caduto? L'idea sembrava assurda e al contempo stranamente giusta, come se fosse stata destinata ad accadere. Aveva sentito una grande calma impossessarsi di lei e penetrarle l'anima, quando avevano fatto l'amore e, per la prima volta, sentiva di trovarsi esattamente dove doveva stare.

"Penso che dovremmo andare in Spagna il prossimo fine settimana o forse in Irlanda? Preferisci un luogo tropicale? Conosco un posto fantastico per fare immersioni," disse Riker, sollevando il suo tablet, per mostrarle una magnifica isola con azzurre acque cristalline. Poi, fece velocemente per cambiare immagine, scorrendo una lista di diverse località. "Oppure se nessuna di queste t'interessa, allora che te ne pare di una crociera in Oriente? Possiedo uno yacht, perciò possiamo partire quando vogliamo e vivere sulla barca e vedere il mondo."

Lei afferrò il bracciolo per fermare il suo eccitato divagare. "Riker, ti prego, fermati un attimo." Il suo sorriso svanì mentre la guardava. "Lo stai rifacendo?"

"Rifacendo che cosa?"

"Provando a comprare la nostra felicità, o forse i miei sentimenti. Non lo so, ma non ho bisogno né voglio un viaggio costoso ogni settimana. Non voglio che mi compri niente, dico davvero."

Poi, si fece scorrere la mano sul proprio viso. "Allora, che cosa vuoi, che cosa ti farebbe felice?"

"Non sembro felice?"

"Sì, ma siamo appena stati in vacanza."

"Quindi pensi che abbia bisogno di una vacanza ogni fine settimana per farmi felice? Quanto vuota credi che io sia?"

La sua bocca si aprì per poi richiudersi, non ne uscì alcun suono. "Non penso che ci sia qualcosa di male nel volere spendere dei soldi per te."

"Va bene, ma farlo in questo modo "esagerato" è un po' soffocante. È come se pensassi che, se non sperperassi per me, perderei interesse nei tuoi riguardi. Riker, sono felice perché ci sei tu, e non per quello che puoi comprare. Sono un'anima semplice nel profondo, e non significa che non possiamo vedere il mondo, solo non tutto in un mese. Se vuoi spendere soldi, allora fallo per aiutare gli altri. Non hai bisogno di impressionarmi."

Riker si alzò e si allontanò, per poi voltarsi e tornare indietro. "Ho lavorato molto sodo per ottenere quello che ho, e non c'è niente di male nel voler spendere un po' di soldi per te. Perché mi fai sentire male ogni volta che apro la bocca?"

"Non è lo spendere i soldi che mi infastidisce. Ma è il motivo per cui vuoi farlo."

"Non ha senso quello che dici." Si precipitò verso il bagno, la piccola luce di occupato si accese. Minetta sospirò e sprofondò nel sedile. Perché Riker non riusciva a capire che lei lo avrebbe voluto persino se fosse stato povero e non avesse che da offrirle se stesso? Era come se Minetta stesse parlando una lingua che lui non era in grado di comprendere.

Quando tornò, si sedette di fronte a lei e restò in silenzio. Non la degnò neanche di uno sguardo. Mentre la voce del capitano riecheggiava attraverso l'altoparlante nella cabina, lei guardò fuori dal finestrino. "Per favore, allacciate le cinture per l'atterraggio."

Non appena le ruote toccarono terra, lei disattivò la modalità aereo sul cellulare per leggere una sfilza di messaggi di Penny.

Premendo il tasto della segreteria, ascoltò il primo messaggio.

"Minny, sono Penny. Richiamami, Toby ha qualcosa che non va, e non so che cosa fare." Il cuore iniziò a battere all'impazzata per il messaggio. Pigiò rapidamente su fine, non preoccupandosi nemmeno di sentire il resto, e chiamò Penny.

"Minny! Perché ci hai messo così tanto a richiamarmi? Sto andando fuori di testa."

"Eravamo in volo e siamo appena atterrati. Toby che cos'ha che non va?" chiese, raccogliendo le sue cose e avvicinandosi allo sportello dell'aereo ancora chiuso.

"Non lo so. Ha appena iniziato a vomitare e non smette. Non mangia o beve niente, e non è andato di corpo per un giorno intero."

Il suo cuore tamburellava forte nel petto, ma, quando Riker le appoggiò una mano sulla sua, trasse conforto dalla sua fermezza. "Dove sei ora?"

"Al pronto soccorso veterinario. Ho contattato il numero che mi hai dato, ma mi hanno mandato qui. Il veterinario lo sta visitando, ma non ho ancora ricevuto notizie."

"Ok, scrivimi l'indirizzo, sto arrivando." Chiuse la telefonata, con le mani tremanti mentre l'adrenalina invase il suo sistema. "Non voglio perderlo," disse dolcemente.

"Non lo farai. Lui starà bene," disse dolcemente Riker, poggiandole la mano sulla schiena. Minetta fece un respiro per calmarsi e volle gridare loro di sbrigarsi e aprire lo sportello dell'aereo. Un campanello suonò, e Riker avanzò. Con un clic e un fruscio, aprì lo sportello.

Lei corse in fondo alle scale e poi ricordò che l'unico mezzo di trasporto glielo avrebbe fornito l'uomo alle sue spalle.

"So che non è di strada, ma potresti accompagnarmi dal veterinario invece che a casa?"

"Certo, vieni."

Non si era mai sentita più grata del folle modo di guidare e del piede pesante di Riker, mentre uscivano dall'aeroporto privato, ritrovandosi sull'autostrada. Lei gli diede indicazioni, e occorse metà del tempo che normalmente sarebbe stato necessario, prima che si fermassero del tutto.

"Grazie del fantastico viaggio Riker. Um, io..." poi tacque. "Ti chiamo." Minetta chiuse la portiera e corse fino all'entrata dello studio veterinario.

L'odore di cani, gatti e detergente le invase le narici mentre si precipitava all'interno.

Penny si alzò dalla sedia, e le due si abbracciarono, stringendosi forte.

"Che cosa c'è? Che cos'ha che non va?" chiese Minny, mentre la porta dietro di lei si riapriva. Riker entrò, sorprendendola per il fatto di essere rimasto.

"Lo stanno operando. Ha una sorta di ostruzione intestinale. Ho detto loro di operarlo. Mi dispiace tanto. È tutta colpa mia. Forse gli ho dato troppo da mangiare, o forse avrei dovuto assicurarmi delle sue deiezioni."

Penny piagnucolava, con le lacrime che le sgorgavano copiosamente dagli occhi. Minetta frugò nella borsetta, in cerca di fazzoletti, così che l'amica si asciugasse le lacrime rosse prima che spaventassero le persone che lavoravano lì.

"Non è colpa tua. Coraggio, sediamoci," le disse, dando il pacchetto di fazzoletti a Penny.

Riker era un'ombra silenziosa mentre la seguiva, ma Minetta non poté negare che la sua presenza le fosse d'aiuto. Soltanto la sua vicinanza bastava a infonderle più forza. Lui si sedette accanto a lei, restando in silenzio. Le poggiò una mano sulla gamba, e intrecciarono subito le dita insieme.

Aspettarono in silenzio che il veterinario uscisse dal retro. Il tempo non era mai trascorso tanto lentamente prima d'allora. Minetta si resse la testa tra le mani, consapevole che Riker le stava disegnando dei cerchi con le dita sulla schiena. Una delle grandi porte dell'area sul retro si aprì, e Minetta si alzò immediatamente in piedi. Correndo verso il veterinario, si augurò di non inciampare nei suoi stessi piedi. Solo le mani di Riker la stavano tenendo eretta.

"La prego, mi dica che Toby sta bene," disse quasi sottovoce. "Sono la padrona."

Il veterinario rimosse la cuffia chirurgica mentre avanzava. Il cuore di Minetta batteva forte, riecheggiandole nelle orecchie, a un ritmo selvaggio. Voleva scuotere quell'uomo e ordinargli di parlare.

"È in rianimazione, ma non è fuori pericolo. Aveva l'intestino perforato," disse il veterinario. Le tremarono le ginocchia, e Riker le avvolse il braccio intorno alla vita.

"Ma sopravviverà?"

"I prossimi giorni saranno cruciali. Era in uno stato di setticemia quando è stato portato qui, e non è più un cane giovane per la sua taglia, perciò l'operazione è stata pericolosa, ma spero che ce la farà e supererà la notte."

"Posso vederlo?"

"È sotto forti farmaci così che possa dormire, e il nostro orario di visita è quasi giunto al termine. La chiamerò in caso di cambiamenti, e potrà tornare domani a fargli visita."

"No, non lo lascio qui da solo. Ha bisogno di sapere che ci sono."

"Mi dispiace, ma..."

"Niente ma. Se lei vuole restare, la lascerà stare per tutto il tempo che vorrà. Farò una donazione di centomila dollari a questo posto per farla restare con il suo cane, ma lasci che sia chiaro, noi non ce ne andremo." Le lacrime le riempirono gli occhi, mentre osservava l'espressione seria di Riker. L'uomo guardò il veterinario, la sua espressione pietrificata.

Il veterinario deglutì rumorosamente. "È molto generoso da parte sua per la visita di stanotte. D'accordo, non posso rifiutare un'offerta simile. Il denaro aiuterà tanti animali bisognosi. Seguitemi."

"Ti chiamo e grazie," disse a Penny, dandole un rapido abbraccio, e poi seguì il veterinario sul retro della clinica.

Attraversò la stanza finché scorse il suo dolce ragazzone che giaceva sul materasso sul pavimento. Aveva un tubo infilato nella gamba rasata, gli occhi chiusi e il respiro lento. La fasciatura bianco brillante che gli avvolgeva il corpo le fece venire di nuovo le lacrime agli occhi.

Seppellì il viso nel pelo intorno al collo del cane.

"Sono qui, Toby, sono qui," gli sussurrò all'orecchio. "Tu lotta, caro. Non voglio perdere anche te." Gli accarezzò il morbido pelo sulla testa e grattò le orecchie proprio nel modo in cui gli piaceva. Afferrò un asciugamano e se lo mise sotto la testa, mentre era chinata e si mise a suo agio. Riprese immediatamente ad accarezzarlo con dolcezza.

Riker se ne stette a lungo di guardia, osservandola, prima di sedersi infine a gambe incrociate sul pavimento. Sembrò strano vederlo lì come un uomo imponente, lui che era un principe dell'Inferno, seduto sul pavimento come un bambino con il suo completo costoso.

"Non devi restare se non vuoi," gli disse, con gli occhi che incontrarono i suoi.

"Non vorrei trovarmi altrove."

Minetta si allungò e gli strinse la mano. "Grazie. Averti qui significa tanto per me." Poi, si morse il labbro, mentre una lacrima le scendeva lungo una guancia.

"Che cosa sta succedendo?" chiese lei a suo padre. Lui sorrise, ma non rispose, mentre la guidava verso il cortile della fattoria.

"È una sorpresa, Minny."

Lei incrociò le braccia e smise di camminare. "Papà, non sono dell'umore per una sorpresa. Dovresti riposare."

"Minny, guardami." Il papà sorrise e le appoggiò le mani sulle spalle.

"Non puoi smettere di vivere solo perché la vita ti fa un lancio che non ti piace."

"Papà, smettila con le metafore sul baseball, per favore. Questa è una cosa seria, sei malato e devi conservare le energie."

Il genitore ridacchiò, il che la infastidì ulteriormente. "Sto bene, e mi sto divertendo tanto, e ho bisogno di approfittare di tutte le giornate buone che mi restano. Ora vieni qua, non fare la testa di pupù."

"Testa di pupù? Davvero, papà!" Lei abbassò le braccia e roteò gli occhi, ma seguì il padre nella stalla.

Sentì un piagnucolio prima che l'uomo aprisse la porta. Non appena il legno sparì dalla sua vista, un cucciolo paffuto le balzò addosso. Lei s'inginocchiò, mentre l'ondeggiante ammasso di tenerezza correva verso di lei, con la linguetta rosa che gli penzolava fuori dalla bocca.

"Papà! È così carino! Di chi è il cucciolo?"

"Che cosa pensi, Minny?" Il padre esplose in una risata, mentre lei sollevava il cucciolo, per poi finire assalita da baci bagnati.

"È mio?" chiese con entusiasmo. Il primo sorriso vero che aveva fatto da settimane le si palesò sul volto.

"Sì, tesoro, è tuo. Penso che il nome Interbase vada bene per lui," poi tornò a ridere, mentre lei roteava gli occhi.

"Grazie, papà! Mamma lo odierà." I due scoppiarono a ridere, mentre immaginavano lo sguardo inorridito della madre, all'idea di avere un cane in casa. "Che ne dici di Toby? Da Toby Harrah?"

"Vuoi chiamarlo come il mio giocatore di baseball preferito?" Il padre si accovacciò e accarezzò la testa del cucciolo. L'eccesso di peli che aveva intorno ai grandi occhi marroni facevano sembrare che indossasse una maschera.

"Sì." Lei sollevò la spalla, incapace di incontrare lo sguardo del padre. Sapere che stava per morire e guardarlo in faccia mentre lo diceva, era troppo per lei.

Si asciugò dunque le lacrime nel pelo del cucciolo, mentre lui le leccò una guancia.

"Ti voglio bene, Minny. Ricordalo sempre."

"Lo so, papà. Ti voglio bene anch'io."

Minetta si svegliò di soprassalto, realizzando di essersi addormentata. Toby si stava muovendo, il grande corpo si dimenava violentemente. "Aiuto! Aiuto!" gridò, e Riker saltò in piedi da dove si era appisolato. Corse verso la porta e cominciò a chiamare un veterinario.

Il personale arrivò di corsa e le ordinò di farsi da parte. Riker le avvolse le braccia intorno al corpo, stringendola, mentre Minetta li osservava attivarsi su Toby.

"Vi prego, salvatelo," implorò, dalla stretta di Riker, che le impediva di stare lontana dal suo ragazzone. Riker la tirò a sé, portandola nella sala d'attesa. "Lasciami andare. Devo andare da lui. Deve sapere che ci sono. Non posso perderlo. Proprio non posso."

"Lui sa che sei qui." Lui la strinse forte, mentre gli prendeva a pugni il petto, provando a liberarsi. La sua forza era troppo per lei, e Minetta smise di lottare, per poi seppellire il capo nella sua camicia, mentre le lacrime la consumavano.

Sentì poi aprirsi la porta, e Riker la lasciò andare, per rivolgersi al veterinario.

"No." Lei sollevò la mano, come se volesse impedire al dolore che le stava strappando il cuore dal petto. "No, non lo dica." Il dolore le devastò il corpo, mentre il veterinario si limitò a guardare verso il pavimento.

"Mi dispiace, ma l'operazione è stata troppo pesante per il suo corpo."

Le ginocchia le cedettero, mentre crollava al suolo, ma Riker la prese tra le braccia, mentre il dolore le lacerava il cuore. Il suo migliore amico e l'ultima cosa che le restava di suo padre se n'era andato. Lei non era nemmeno stata presente quando aveva avuto più bisogno di lei. Minetta sentì Riker e il veterinario parlare, ma non aveva idea di che cosa stessero dicendo, mentre singhiozzava e si aggrappava al lui.

Era come se il padre fosse morto per la seconda volta. Come se il cuore le fosse stato strappato dal petto.

"Devo dirgli addio," disse lei improvvisamente, interrompendo gli uomini. "Devo dirgli addio," ripeté.

"Va bene." Riker le baciò la fronte e la rimise in piedi.

Afferrandole la mano, lei aspirò il dolore per dare la precedenza a Toby.

Il suo labbro inferiore tremava, le lacrime le offuscavano la vista mentre cadde in ginocchio accanto al suo cane. "Ti voglio bene. Ti voglio tanto bene. Grazie di essere stato il migliore amico che chiunque potrebbe desiderare. Mi hai salvata così tante volte. Vorrei solo poter aver fatto lo stesso per te ora."

Si chinò e seppellì il viso nel morbido pelo e lo baciò per l'ultima volta.

QUARANTAQUATTRO

Accompagnai Minetta a casa, e il suo sguardo mi spezzò il cuore. Volevo spazzare via tutto il dolore, confortarla, ma lei a malapena mi rispose quando le parlai. Non avevo idea di che cosa fare. Volevo che venisse a stare da me, ma non voleva saperne e insisté di aver bisogno di stare nel proprio spazio. Aveva gli occhi arrossati e gonfi, e le lacrime non erano cessate sin dalla dipartita di Toby.

Non riuscivo a comprendere perché fosse così legata al suo cane, quando io vedevo un cane che poteva essere sostituito con un altro. Non ero mai stato così vicino o connesso a qualcuno in questo modo, nemmeno con Callista. Quello che ora condividevamo era l'unica esperienza a cui potessi attingere per comprendere il suo dolore. Se l'avessi persa, realizzai che mi sarei sentito così. Mi sarei sentito peggio. Avrei persino rischiato di non sopravvivere. Strinsi forte il volante e scacciai via quel pensiero.

Era chiaro che Toby aveva significato tanto per lei, non limitandosi ad essere un animale domestico, e volevo comprendere, ma l'unica cosa che Minetta disse era che aveva perso il padre prima di scoppiare di nuovo a piangere a dirotto.

Accostai nel suo vialetto e spensi l'auto, ma lei non si mosse.

"Vuoi che venga dentro con te?"

Lei scrollò evasivamente le spalle, ma lo interpretai come un sì. Aprendo la portiera, lei sollevò lentamente lo sguardo verso di me e avrei voluto possedere il potere di spazzare completamente via il dolore per la prima volta. Avrei salvato l'animale se avessi potuto, ma salvare anime non era una mia specialità. Spezzarle, prenderle e deformarle era tutto ciò che potevo fare, ma salvarle...

Non chiesi nulla e mi chinai per tirarla fuori dall'auto, come se fosse una bambina. Dando una spinta alla portiera con un fianco, si chiuse e Minetta avvolse le braccia intorno a me e seppellì il capo nell'incavo del mio collo.

Penny mi accolse sulla porta, e sembrava che avesse pianto altrettante lacrime. I suoi occhi arrossati incontrarono i miei, e poi si precipitò sull'amica, prima che potessi spostarmi.

"Seguimi," disse Penny, e si girò per entrare nella piccola casa. Salì per le scale davanti a me, e sebbene sapessi già quale fosse la stanza di Minny, la seguii come se non fosse così. Penny spostò il piumino dal letto, e vi deposi gentilmente sopra il mio uccellino. Lei rotolò su un fianco e assunse una posizione fetale.

"Vuoi che resti?" le sussurrai all'orecchio.

Lei scosse il capo in un no, mentre nuove lacrime le riempirono gli occhi. "Voglio solo restare da sola adesso."

"Va bene." Le diedi un bacio sulla tempia, le mie labbra indugiarono, mentre mi accinsi a fare una cosa da cui mi ero trattenuto, e iniziai a scavare tra i suoi ricordi. Volevo capire perché Toby significasse così tanto per lei.

"Che cosa stai facendo?" Penny chiese e mi si avventò sul braccio, rompendo la connessione che stavo cercando di stabilire.

Lanciai un'occhiataccia al giovane angelo caduto divenuta una delle Erinni, e lei indietreggiò di un passo, ma aveva ragione. Dovevo fermarmi. Ero stato bravo a non invadere i pensieri di Minetta fino a quel momento, e oltrepassare quel confine l'avrebbe certamente fatta innervosire. Il fatto era che lei mi aveva chiuso fuori. Era come se mi fosse stata sbattuta in faccia una porta, e il panico che mi si stava formando in petto era nuovo, e non mi piaceva affatto.

"Passerò domani," dissi a Minny, e lei annuì ma non si mosse dalla sua posizione fetale.

Afferrando il braccio di Penny, la trascinai fuori dalla porta della camera e la chiusi gentilmente. Non smisi di trascinarla, finché non ci ritrovammo nel minuscolo soggiorno. Le diedi uno strattone, e lei cadde sul sedere nella grande sedia.

"Non mettermi più in discussione, Erinni. Ti strapperò le ali, a una piuma alla volta." Lei deglutì rumorosamente, ma sollevò il mento, come in un atteggiamento di sfida.

"Così sia allora, ma mi stavo occupando della mia amica, e lo rifarei, contro di te o chiunque altro."

Incrociando le braccia, studiai la ragazza demone, ricorrendo al potere per sentire la sua anima. L'affetto che dimostrava non era pura spavalderia. Teneva davvero a Minny. "E ti stavi occupando della tua amica, quando le hai detto che sono un arcangelo caduto?"

Penny sussultò, coprendosi la bocca con le mani. "Sai che lei lo sa?"

"Certo che sì. Non avevo molta scelta se non ammetterlo quando le mie ali sono apparse senza alcun preavviso, ma non è questo il punto. Lei non era spaventata, come mi sarei aspettata di vedere." Strizzai gli occhi, mentre lei si mordicchiò il labbro inferiore. "Che c'è? Perché sembri così preoccupata?"

Lei si ricompose e andò dritta al bovindo che si affacciava sulla strada.

"È pericoloso per voi stare insieme, Mammon."

"Chiamami Riker, e che cosa intendi con pericoloso?"

"Proprio ciò che ho detto. A tanti non piace l'idea di voi due insieme. Temono che tu possa rammollirti, smettere di essere la personificazione dell'avarizia, e soprattutto, impedire l'apocalisse."

Incrociai le braccia sul mio petto, abbassando la fronte, mentre studiavo il volto di Penny. Stava dicendo la verità, o almeno quella che credeva essere la verità. "Stai parlando della profezia? È ridicolo. Tutti sanno che la profezia è un'incognita. I fili cambiano di continuo, qualcuno potrebbe avere un'evacuazione nel modo sbagliato, e cambieranno. Perché pensi che nessuno le prenda seriamente?"

"Riker, ci sono quelli che credono che tu sia una chiave importante per questa particolare profezia. Una collegamento stabilizzatore tra te stesso e la grande guerra che verrà."

"Perché?"

"Pensaci. Vorresti davvero vedere la Terra distrutta e tutti gli umani su essa finire allo stesso modo, se dovessi innamorarti di una di loro?"

"Primo." sollevai un dito. "L'amore è una parola potente, e nessuno se ne sta servendo a destra e a manca," dissi, ma la voce dentro la mia testa smentiva le mie parole. "Secondo, se dovessi innamorarmi di lei e ciò che sostieni fosse vero, la possibilità che la grande guerra possa accadere tra adesso e l'arco della sua aspettativa di vita in quanto umana è tra zero e nessuna. Non solo, ma io sono un arcangelo dei sette che sono caduti. Cosa potrei fare da solo per fermare Lucifero?"

"Ti sto soltanto dicendo ciò che credono. I demoni su tutti i piani non sono felici del fatto che voi due spendiate tanto tempo insieme. Le voci dicono che ti sei schierato con gli umani, andando contro la tua stessa specie. Persino qui, sulla Terra, ho sentito della rabbia che hai mostrato in merito al tuo nuovo allestimento."

"Quello era diverso. Non dovremmo prendere gli umani vivi per poi mandarli all'Inferno solo per il nostro divertimento. Sai che tipo di regno del terrore ciò possa causare. Stavo semplicemente fermando la cosa prima che finisse fuori controllo. E non mi sono schierato con gli umani andando contro i miei simili, perché non avrei mai scelto uno di questi tanto per cominciare." Mi appoggiai contro la parete, mostrando un'espressione rilassata, ma Penny non sembrava convinta.

"Nemmeno Skye?"

Accigliai il sopracciglio. "Nemmeno Skye. Lei e Neven sono amici e seppure siamo stati intimi, non lo siamo mai stati emotivamente, non come stai insinuando tu."

"Il punto è che Minny è mia amica, e voglio tenerla al sicuro, e pensavo che, se fosse stata informata della tua identità, sarebbe stata lontana. A quanto sembra, mi sbagliavo. La ragazza è fin troppo buona e comprensiva per il suo stesso bene."

Su questo concordavo con Penny e mi diedi dei colpetti al mento, mentre riflettevo. Questo era un problema che avrei risolto un'altra sera. La testa mi doleva a furia di pensare alla stupidità di questa teoria cospiratoria. Come poteva un'umana creare una tale confusione se la sua esistenza non aveva alcun significato? Non era quello che predicavamo? Che gli umani non erano altro che fastidiosi puntini che mio Padre aveva creato, spiattellandoceli in faccia.

Scossi il capo, infastidito fino all'inverosimile. Nessuno mi avrebbe ordinato di stare alla larga dal mio uccellino. Non Luci, non mio Padre o Michael e, meno di tutti, questa Erinni dai capelli rossi e la sua misteriosa scia di voci demoniache.

"Ho un impegno, ma presumo che resterai qui, giusto?"

Lei portò le sue mani sui fianchi e inclinò un sopracciglio. "È tutto? Non hai altro da dire sull'argomento?"

"Sta' attenta al tono, Penny. Ringrazia di non trovarti in una delle mie celle di tortura per la tua lingua irrispettosa... è solo perché sei amica di Minny e lei ha bisogno di te."

Spostandomi dalla parete, feci un passo verso di lei, che saltò dalla sedia per posizionarla tra noi, come se volesse fermarmi, se la mia intenzione fosse stata quella di ucciderla.

"Ricorda le mie parole, Penny: la tua corsa non è così lunga come immagini. Non scavalcarmi, oppure sarai trascinata all'Inferno, e ti darò in pasto ai miei animaletti." Penny sgranò gli occhi, dai quali traspariva la paura. A parte Luci, avevo i demoni più terrificanti dalla mia parte, che sapevo essere fedeli soltanto a me.

"Come ho detto, devo andare, ma tornerò domani." Concedendomi un momento, mi guardai intorno, dando un'occhiata al posto che Minetta chiamava casa. Sembrava praticamente invivibile, eppure lei ci abitava ed era felice. Questa era solo l'ennesima delle cose che mi risultava difficile comprendere, da aggiungere alla mia lista.

Il che sembrava accadere molto più spesso di recente di quanto avrei voluto.

Uscendo dalla porta, presi il cellulare e chiamai Shilo. Forse avrebbe potuto chiarirmi le idee in merito a questa profezia insensata. Fermandomi, mi voltai a guardare Penny. "Dimmi una cosa, perché quel cane significava così tanto per Minny?"

Penny guardò il tappeto e poi si asciugò le lacrime sulle guance. "Era un regalo di suo padre."

"Quindi Minny e suo padre erano così uniti, che un cane significasse così tanto?"

"Sì, lo erano, ma lui è morto nove anni fa, poco tempo dopo averle dato Toby. Immagino sapesse che lei avrebbe avuto bisogno di concentrarsi su qualcosa dopo la sua morte." Penny scrollò le spalle. "Io non c'ero, ma è quello che so da ciò che Minny mi ha raccontato."

"Ho un'altra domanda, Erinni."

"Potresti chiamarmi Penny, per favore? Odio quello che sono finita per diventare." Le ciocche rosse intorno al suo viso fluttuarono, annunciando senza parole ciò che era. Potevo relazionarmi a quella ragazza, acconsentendo alla sua richiesta, solo perché si era dimostrata utile.

"D'accordo, Penny, un'ultima domanda. Com'è morto suo padre?"

"Tumore al cervello, cancro. Perché?"

"Questo non ti riguarda."

Uscii dalla casa e pigiai sul contatto di Shilo. Avrei avuto bisogno del suo aiuto per un paio di cose.

QUARANTACINQUE

Minetta fissava il soffitto, con la mano appoggiata sullo spazio che era stato occupato da Toby. Il senso di colpa le stava distruggendo la mente. Non c'era stata quando aveva avuto bisogno di lei. Era l'unico pensiero che continuava a frullarle per la testa.

Tirò su col naso e si asciugò le ultime lacrime versate, non certa di riuscire a superare il colpo. Sembrava insormontabile. Un lieve bussare le fece spostare gli occhi sulla porta, e Riker infilò il capo nel mezzo.

"Ehi, mio uccellino, come ti senti oggi?" le chiese dolcemente e si posizionò di fronte a lei. La sua voce era così gentile e preoccupata, che le causò un'altra ondata di lacrime.

"Mi dispiace, sono un vero disastro."

Riker le prese le guance tra le mani, asciugandole le lacrime con un dito. "Non dispiacerti. Hai bisogno di piangere, ma sono passati tre giorni, e devi mangiare, ma prima, dovresti fare una doccia perché inizi a puzzare."

"Così tanto?" Lei sollevò la camicia e la annusò, e poi annuì. "Sì, così tanto."

Prima di poter rispondere che non le importava, lui la sollevò e la portò in corridoio e poi in bagno. La appoggiò sul piano e andò ad aprire l'acqua e a prendere gli asciugamani.

Chi era davvero quell'uomo? Gentile e premuroso o arrogante ed egoista, era una mappa illeggibile che continuava a muoversi.

"Alza le braccia." Facendo un respiro profondo, Minetta fece come le aveva chiesto e, con movimenti abili, fu completamente nuda. "Quando sarai pulita, ho una sorpresa per te."

Lanciò a Riker un'occhiata seria. "Non voglio una sorpresa."

"Fidati. Questa ti farà sentire un po' meglio." Le baciò la fronte e seppe che lei avrebbe ceduto, perché sarebbe stato inutile discutere.

Minetta si fermò mentre entrava nella doccia. "Non entri con me?"

"Sì. se vuoi che lo faccia," le rispose. Il suo viso era calmo, ma il corpo era rigido, incluso il rigonfiamento nei pantaloni. Lei si morse il labbro e annuì. Riker era esattamente ciò che le serviva per scacciare via il dolore persistente almeno per un po'.

Osservò l'uomo spogliarsi e, ancora una volta, non poté fare a meno di ammirare quanto fosse sexy. Sembrava molto più grosso nel suo piccolo bagno.

"Adoro quando mi guardi così." Quegli occhi ambrati erano colmi di così tanta malizia, che la fecero sorridere.

Minetta gli allungò una mano, così che entrasse in quello spazio stretto. "Vieni, amore. Ora spetta a te farmi dimenticare."

"Per quanto tempo vorresti che ti aiutassi a dimenticare? Forse un mese?"

Le chiese, e Minetta non poté fare a meno di guardare la violenta erezione, pronta ormai ad agire.

"Stai provando a uccidermi con il piacere?"

Riker scoppiò a ridere, il suono rieccheggiò sulle piastrelle, mentre la attirava a sé. "Immagino che potremo concederci qualche pausa per mangiare e riposare, ma, se andrà come ho in mente, non indosserai più dei vestiti. E non suona male nemmeno il fatto che ti nasconderò dal mondo dove potrò tenerti al sicuro e solo per me." Un brivido le scese lungo la schiena mentre lui le mordicchiava il collo, le labbra, tracciandole la clavicola e facendole battere forte il cuore.

Riker prese la bottiglia di sapone liquido e se ne versò una grande quantità nella mano. Minetta chiuse gli occhi, mentre le sue mani lavoravano sul suo corpo.

Il tocco di Riker era gentile, e il desiderio di Minetta continuava a crescere, mentre il sapone le veniva massaggiato sulla pelle. Un lieve sussulto le scappò dalla bocca, mentre le dita dell'uomo scivolarono delicatamente tra le sue gambe. Lei le separò ulteriormente per lui, con il corpo tremante, mentre le insaponava accuratamente ogni centimetro di carne, come se la stesse adorando.

I suoi occhi si aprirono quando Riker si fermò. Il sorriso malizioso sul suo volto era così sexy non per la prima volta, e lei si chiese perché proprio lei?

Riker le tirò indietro i capelli e le baciò dolcemente le labbra, finché lei non sentì di riuscire finalmente a mettere insieme due parole nella stessa frase. "Risciacqua l'Uccellino."

Posizionandosi sotto il getto, l'acqua le scorse sulla pelle, che finì per tingersi per via del suo calore.

Riker sorrise mentre lei si avvicinava a lui ancora una volta. "Dimmi che cosa vuoi, Uccellino?"

Un calore bagnato che non aveva niente a che fare con l'acqua si manifestò tra le gambe. "Sii duro con me. Non voglio dolcezza o gentilezza in questo momento." Allora lo guardò in quegli occhi accattivanti, il peso del calore che continuava a crescere le fece quasi perdere i sensi. "Usami, Riker."

Una passione oscura si manifestò negli occhi ambrati dell'uomo, mentre gli si irrigidiva la mascella. "Inginocchiati," le ordinò.

La sua voce aveva un tono autoritario e la fece tremare per l'aspettativa, mentre si abbassava sul pavimento della vasca. Si prese in mano il cazzo, facendole cenno di prenderlo, al che lei si leccò le labbra, guardandone la cappella. "Ti scoperò la bocca, uccellino. Ora, aprila."

Lei deglutì forte e le fuoriuscì un gridolino, mentre avvolgeva i capelli intorno al pugno. Il dolore fu intenso, ma era esattamente ciò che Minetta desiderava. Avvolse dunque le dita intorno alla grossa asta, e Riker le tirò forte i capelli. "Ti ho detto che potevi usare le mani?"

"No," rispose sussurrando.

"No, che cosa?" ringhiò Riker, e lei non era mai stata più terrorizzata ed eccitata in vita sua. Non sapeva cosa rispondere, limitandosi a fissarlo. "Dammi un nome. Chi sono per te? Che cosa vuoi che io sia?"

Minetta si leccò le labbra, mentre scavava tra tutte le sporche possibilità e ricordò tutte quelle che conosceva, chiamandolo padrone. Era suonato sorprendentemente sexy quando lo aveva sentito pronunciare da quelle donne. "No, padrone," disse timidamente.

Gli occhi di Riker divennero più brillanti, mentre si fermava ad aspirare un'improvvisa quantità di aria, e lei non era sicura se fosse eccitato o arrabbiato per via di quel nome.

"Metti le mani dietro la schiena e tienile lì. Non muoverti di nuovo finché non te lo dico io." Minetta eseguì, gli occhi lucidi mentre lui le stringeva forte i capelli.

Le tirò violentemente la testa all'indietro, così che fosse costretta a guardarlo in viso. "È questo che vuoi, Minetta? È questo che vuoi da me?"

"Sì, padrone, fammi stare meglio." Lui sollevò un sopracciglio verso di lei, e quell'unica piccola azione la fece contorcere per la crescente aspettativa di ciò che lui aveva in mente.

"Apri la bocca. Hai un forte riflesso faringeo?"

Lei pensava di no, ma non aveva mai provato a fare un pompino, provando a prendere un pene fino in fondo alla gola. "Non lo so."

"Bene, allora ci andremo piano... per ora. Adesso, apri." Lei deglutì rumorosamente aprendo la bocca, gli occhi fissi sul grosso cazzo di fronte al suo viso. Riker non si mosse per infilarglielo in bocca, ma nemmeno lei osò muoversi. L'istinto le stava dicendo di non fare più di quanto lui le chiedesse.

"Brava ragazza," la lodò. "Ora infilati in bocca il mio cazzo, e oltre a gemere, non parlerai finché non ti farò io una domanda. Chiaro?"

"Sì, padrone."

Sollevandosi leggermente sulle ginocchia, leccò la cappella e gemette per il gusto. Non era affatto come si era aspettata. Lui era dolce per i suoi sensi, e la sua lingua lappò avidamente il liquido chiaro prima di infilarsi in bocca l'intera asta. Era arrivata solo a metà, quando lui le colpì il retro della gola. Lei si ritrasse e fece un respiro prima di succhiare forte, finché le guance non le si gonfiarono, prendendolo di nuovo in bocca. Ancora una volta, le toccò il retro della bocca e, stavolta, lei inghiottì e provò a rilassarsi, ma lui riuscì solo a rizzarlo, quando il panico la assalì, facendola indietreggiare.

Riker grugnì rumorosamente. "Brava, mio uccellino, riprova."

Lo guardò, e il desiderio negli occhi la rese determinata a continuare. Fece dunque vorticare la lingua intorno all'asta e amò come le si flettesse in bocca, mentre continuava a chiederne di più.

Minetta fece un respiro profondo, appena le colpì il retro della lingua, ma spinse per oltrepassare l'apertura della gola, e stavolta non si fermò, e spinse nonostante lo strano dolore, finché il naso non incontrò l'addome di Riker.

"Cazzo, uccellino, hai una bocca incredibile."

Minetta rallentò il movimento, con gli occhi lucidi, mentre lo prendeva a fondo più facilmente stavolta.

"Pronta?" le chiese, e Minetta non aveva idea se lo fosse, ma annuì mentre lo guardava. Lui non le diede altri avvertimenti, mentre le spingeva indietro la testa, iniziando a spingere con maggior vigore nella sua bocca. Il suo naso finì contro il suo corpo, e le lacrime iniziarono a scorrerle dagli occhi. La mise di nuovo alla prova, e i suoi occhi rotearono fino a incontrare il suo sguardo, mentre il suo naso urtava di nuovo contro di lui.

"Cazzo, uccellino, sei bollente."

Orgoglio e sicurezza le gonfiarono il petto, mentre la lodava. Lei restò perfettamente immobile mentre lui continuava a muoversi alla propria andatura, il suono di risucchio e leggeri gemiti si mescolavano con il getto d'acqua. La mano di Riker stringeva i suoi capelli ogni volta che spingeva i fianchi, spingendosi dentro la sua gola contemporaneamente. Il nervosismo iniziale fu lavato via, mentre il desiderio di Minetta cresceva e annullava tutto il resto.

Voleva che lui venisse. Voleva berlo completamente. "Cazzo sì," mormorò lui, accelerando i movimenti, rendendole più difficile respirare.

Lei si costrinse a scacciare via la minaccia di panico crescente, le narici si allargavano cercando di inalare quanta più aria possibile. I suoi movimenti assunsero un ritmo spasmodico, rendendole la capacità di respirare praticamente nulla. Per fortuna, non dovette aspettare a lungo perché il suo desiderio si realizzasse, mentre lui la spingeva, così che nella sua bocca ci fosse solo la cappella.

"Succhia forte," ordinò, la sua voce le accarezzò la pelle, facendola rabbrividire.

Le succhiò con tutta la forza che aveva a disposizione, le guance si svuotarono per la forza. "Ingoia tutto," disse un istante prima di venirle in bocca.

Sebbene consapevole che sarebbe accaduto, la cosa non l'aveva affatto preparata ad affrontare la forza del primo getto. Le scivolò lungo la gola, prima che avesse tempo di inghiottire, e, non essendo soffocata, immaginò che le fosse andata bene da quel punto di vista. Succhiando più forte mentre lui continuava a rilasciare, si aggrappò ai fianchi di Riker e lo spinse ancora di più dentro la bocca. La sua gola lavorava a pieno ritmo per berlo tutto, meravigliandola ancora una volta per quanto fosse delizioso il suo sapore. Riker era davvero dolce con un tocco di piccante, come arance fresche. Minetta gemette intorno al suo cazzo mentre il corpo gli si stabilizzava.

"Alzati." Aveva le gambe rigide mentre lo faceva, ma sarebbe ripassata da quel dolore in qualsiasi momento per rifarlo. I suoi nervi pulsavano mentre se ne stava lì a guardare in quegli occhi dolcemente accesi che la facevano sciogliere.

Afferrandole la vita, Riker fece girare entrambi in quello spazio ristretto, così che lei avesse dinnanzi a sé il retro della vasca. "Piegati," le sussurrò nel lato del collo.

Non era sicura di che cosa aspettarsi, ma le ginocchia le si inarcarono mentre la lingua di Riker trovò le sue pieghe sensibili. Risuonò un forte colpo, e lei gridò per lo shock, quando la sua mano entrò in contatto con il suo culo. "Tieni dritta le gambe, altrimenti te ne do un altro."

Lei ansimò rumorosamente. Le braccia le tremarono, mentre il piacere le scorreva lungo il corpo; fu sul punto di infrangere la regola e gridare, quando le dita di Riker premettero nel suo punto caldo, mentre con la bocca le stuzzicava il clitoride.

Poi si fermò e la guardò, e Minetta voleva gridargli di non fermarsi mai. "Ti piace, mio uccellino?"

"Sì, padrone," mormorò, a malapena in grado di formulare una frase. Le sue dita si mossero febbrilmente, premendo in tutti i punti giusti, e lei si sentiva quasi in preda all'orgasmo. Si spinse involontariamente all'indietro, finendo per scontrarsi con il corpo di Riker, mentre il piacere aumentava sempre di più portandola sull'orlo della beatitudine. Minetta piagnucolò quando Riker si fermò. Sottrasse bocca e dita dal corpo di lei, lasciandole addosso un senso di vuoto. Pertanto agitò impudentemente il culo verso di lui, in una silenziosa supplica affinché continuasse.

"Non osare toccarti, o sarai punita." Minetta annuì, ma la pressione era dolorosa mentre il suo corpo si dimenava in cerca del rilascio.

"Mettiti dritta."

"Afferra l'asta." Lei sollevò sfacciatamente un sopracciglio verso di lui. Riker sogghignò, un sorrisetto lasciò la sua bocca, sapendo esattamente che cosa lei stesse pensando. "Quella." Indicò, mentre lei oscillò il culo verso di lui, sfidandolo a schiaffeggiarla di nuovo, mentre si sforzava di restare in piedi con la schiena contro di lui, afferrando contemporaneamente l'asta della doccia con entrambe le mani.

Si stava divertendo molto più di quanto avrebbe potuto, a stuzzicare un demone.

Il suo corpo rabbrividì per l'aspettativa, mentre le mani di Riker librarono sopra il suo corpo, abbastanza vicine da permetterle di sentire il calore della sua pelle, sebbene non la stesse toccando. Minetta s'inarcò all'indietro, mentre l'energia nervosa iniziò a scorrerle nel corpo, sfiorandole la pelle.

Riker le poggiò una mano sul fianco, e lei gemette leggermente per il semplice contatto. Mentre le faceva scivolare la mano intorno allo stomaco, il suo respiro accelerò ancora un po'. Riker era lento e meticoloso ad ogni centimetro, mentre le dita le sfioravano ogni punto sensibile della pelle, finché non raggiunse il nocciolo delicato che bramava il suo tocco. Lui le massaggiò il clitoride gonfio per alcuni secondi, e Minetta dovette fare appello a tutto il suo autocontrollo per non emettere alcun suono. Lui sapeva esattamente che cosa le stava facendo, mentre l'altro braccio intorno al suo corpo per pizzicarle il capezzolo.

Il calore si sprigionava dalla sua pelle premuta nel corpo di lei, che era fortemente tentata di sfregarsi contro il cazzo che sentiva premerle contro le chiappe del culo. La respirazione le faceva sollevare e abbassare il petto, mentre faticava per restare arrendevole. Lui continuò a sfregare il capezzolo con le dita, e al contempo a massaggiarle il clitoride. Lei lo guardò, e gli vide un sorriso perverso sulle labbra.

Riker ripeté le stesse azioni per la terza volta, ma l'ultima aggiunse un lieve colpo sul sedere. Minetta gemette per il lieve bruciore, non provando alcun dolore, ma le venne voglia di gridare per avere di più. Un gemito le vibrò in gola, mentre poggiava la testa sulla sua spalla. Al quarto ceffone, lei gridò per il piacere, e poté sentirlo sogghignare persino con gli occhi chiusi.

Lei era un disastro emotivo. Non poteva farne a meno, ma non importava che cosa le facesse, contribuiva solo ad aumentare la sua eccitazione. E proprio mentre si stava avvicinando alla splendida esplosione orgasmica, lui lasciò andare il suo corpo, spostando le mani, facendole perdere la ragione. Voleva gridare per l'aspettativa, doveva venire presto, altrimenti il suo corpo sarebbe bruciato per il bisogno.

"Vuoi che ti scopi, Uccellino?" La lingua di Riker tracciò una linea bagnata lungo il lato del suo collo, mentre le mordicchiava l'orecchio. "Non riesco a sentirti."

"S... sì, padrone."

"Sei sicura?"

"Sì, padrone," praticamente gridò, sentendo le labbra di Riker sorridere contro la sua pelle.

"Allora chiamami con il mio vero nome quando ti scopo. Non sono il tuo padrone." Minetta guardò oltre la propria spalla verso di lui, e il cuore le si gonfiò per la semplice dichiarazione che aveva fatto che diceva tanto sul modo in cui la vedeva.

"Sì, Riker." Minetta sorrise mentre gli occhi di Riker erano colmi della stessa passione che lei stessa provava.

"Ripeti il mio nome."

"Sì, Riker!"

Con un solo movimento, entrò dentro di lei e il suo respiro si ridusse a un sussulto nella gola. "Mi fai sentire così bene," lei gridò.

Lui si tirò fuori e le entrò dentro di nuovo, e il corpo stressato di Minetta era così teso, che lei superò il culmine e ruzzolò giù dall'altra parte dell'orgasmo alla terza spinta. Le braccia le tremavano, mentre ansimava nuovamente il suo nome. Ad ogni spinta, un altro piccolo orgasmo le bruciava dentro, finché le gambe non riuscirono più a reggerla —- era solo grazie alla presa di Riker che riuscì a restare in piedi. L'acqua si era raffreddata e le stava scivolando sulla pelle accaldata, creando un miscuglio sensuale di caldo e freddo su di essa.

"Cazzo Minny!" ruggì Riker.

Quel verso ebbe un effetto diretto sul suo nucleo accaldato, e lei gridò forte, mentre un orgasmo, più intenso di quanto avesse mai sognato, la investiva. Mentre le sue pareti si stringevano intorno a Riker, lui venne un istante prima che si strattonasse un po' più violentemente sulla fragile tendina della doccia, e finirono sul pavimento con un forte tonfo. In qualche modo, Riker era riuscito a farne le spese con un riecheggiante tonfo, con lei sopra di lui.

"Va tutto bene lì dentro?" gridò Penny dietro la porta.

Minetta spostò la tendina e fissò Riker negli occhi, ed entrambi esplosero in una risata fragorosa.

"Sì, stiamo bene," rispose all'amica, il che contribuì solo a farla ridere di più.

"Beh, posso affermare onestamente che questo non era mai successo prima." Riker la sollevò così che giacesse completamente sul suo petto.

"Ne sono sicura." Gli baciò il mento, e poi si mosse leggermente fino a catturagli le labbra. "Grazie, ne avevo davvero bisogno."

Gli occhi di Riker erano dolci mentre la guardava, e il cuore di Minetta si gonfiò per l'emozione, mentre guardava in quei profondi occhi ambrati. Lui le avvolse le braccia intorno al corpo attirandola a sé. "Farei tutto per te, Minny, non che scoparti fino a farti perdere i sensi possa essere considerato un lavoro."

Gli diede un colpetto sul braccio, e lui le baciò la cima della testa. "Coraggio, faremmo meglio a fare la doccia e usare ciò che resta dell'acqua prima che si congeli. Ho ancora quella sorpresa per te."

Mentre l'aiutava a rialzarsi, Minetta si rese conto che si stava innamorando di quell'uomo, demone... arcangelo. Qualunque cosa o chiunque fosse, stava davvero perdendo la testa per lui, e tale prospettiva la terrorizzava.

QUARANTASEI

Non riuscivo a ricordare l'ultima volta in cui mi ero sentito tanto nervoso per qualcosa. Le gambe e le mani tremavano, mentre portavo Minny verso la sorpresa che le avevo preparato. Sembrava star meglio dopo la doccia, ma si era chiusa sempre più in se stessa col passare del tempo. Le diedi un'occhiata e potei solo visualizzare il suo riflesso negli occhiali, il volto era tranquillo, ma erano i suoi occhi che mi causavano una fitta al cuore. I suoi occhi erano così intrisi di tristezza. Era lo stesso sguardo di disperazione e perdita che Shilo mi aveva rivolto quando eravamo stati cacciati dal Paradiso. L'anziano angelo aveva perso ben più di me quel giorno. Non solo suo figlio era morto, ma era stato strappato via da sua moglie e dalle sue figlie, e non gli sarebbe mai più stato permesso di rivederle.

Diedi un'altra occhiata a Minny, e dovetti chiedermi come lui si fosse alzato e avesse lavorato per me ogni singolo giorno. La mia rabbia divampava forte per lui più che per me stesso.

Svoltai per l'ultima volta raggiungendo la nostra destinazione, e Minny si accigliò mentre fissava l'entrata dell'ospedale.

"Riker, perché siamo all'ospedale?"

Mi asciugai la mano sui pantaloni e lo strano groviglio di nervi s'intensificò; avrei potuto giurare che quegli stupidi piccoli angeli di Luci stavano svolazzando nelle mie viscere. "È qui che si trova la tua sorpresa."

"La mia sorpresa è nell'ospedale. Perché sono improvvisamente preoccupata?" Lo sguardo sospettoso sul suo volto mi fece ridere.

"Giuro che non si tratta di niente di terrificante. Credi che i demoni facciano solo cose terribili?" La canzonai, mentre mi allungai per strizzarle un ginocchio.

Non avrei saputo dire, dal modo in cui si dimenò, se fosse un sì, mentre mi sorrideva.

"Ti ho detto che non ti vedo in quel modo."

"Non sono in tanti a concordare con te, ma qui non si tratta di me." M'infilai in uno dei pochi posti rimasti per parcheggiare e spensi il motore. Perché non avevano mai abbastanza parcheggi per l'unico posto che di sicuro sarebbe stato pieno?

"Sei pronta?"

"Immagino di sì. Anche se è difficile esserlo, quando non si sa per che cosa dovrei essere preparata." Lei sollevò lo sguardo, osservando le luminose lettere blu e la croce rossa. "Ma sono incuriosita."

Sorridendo, saltai fuori dall'auto e passai dall'altra parte del basso veicolo. Lei sembrava così carina nel suo vestito estivo, il motivo floreale blu si sposava alla perfezione con il colore dei suoi occhi. Le allungai la mano, e la accompagnai fino all'entrata. Le doppie porte di vetro si aprirono non appena fummo abbastanza vicini, e l'improvvisa folata di aria fresca fece rabbrividire Minny accanto a me.

Entrammo nell'atrio e, come in tutti gli ospedali, il posto pullulava di attività. Certamente, non erano a corto di umani malati, malvagi e stupidi. Scorsi il cartello poco visibile che stavo cercando e m'incamminai per il corridoio, con la sua mano nella mia. Stare con Minny era come conoscere la Terra e le persone intorno a me in un modo totalmente nuovo. Lei si fermava a parlare con delle persone che non conosceva, e sorrideva e faceva cenno di saluto agli altri. Una donna anziana era poggiata contro la parete in un ovvio stato di sofferenza, e nessuno se ne accorse tranne la mia Minny.

Lasciò la mia mano e aiutò l'anziana a sedersi su una sedia a rotelle. Me ne restai lì scioccato, mentre Minny la spingeva fino al banco delle infermiere, rimproverandole in modo educato e diretto.

Non mi sarei nemmeno accorto di quelle persone, finché non me le rifossi ritrovate davanti o se lo avessi voluto. Ma lei aveva una gentilezza che mi ricordava quello che ero stato prima, qualcuno che era stato ridotto in cenere come una meteora, quando ero caduto dalla mia casa.

Sorrisi, quando Minetta si chinò per raccogliere un orsacchiotto di peluche e correre dietro a una madre e a una bambina, a cui era caduto.

La madre e la bambina le rivolsero un sorriso radioso, quando restituì l'orsacchiotto.

"Mi spiace," disse, un po' senza fiato. Non riuscivo a smettere di guardarla, una malattia che stava peggiorando sempre più man mano che passavamo il tempo insieme. "Va tutto bene? Ho qualcosa sul viso?"

Esplosi in una fragorosa risata, mentre lei si diede un'occhiata al vestito, per poi lisciarlo. Prendendole le guance delicate tra le mani, le deposi un casto bacio sulle labbra, di cui non mi sarei mai stancato. "Ti guardo, e vedo il mondo attraverso lenti del tutto nuove. Da cui si vede tutto in una vista rosea."

"Questa non è di solito una brutta cosa?"

"Nel tuo caso, è dolce e bella come te." Le sue guance si colorirono all'istante, accaldandosi sotto le mie mani. "Vieni, siamo quasi arrivati."

Il lungo corridoio si aprì in un altro molto più piccolo. Conteneva un gran numero di medici, infermieri e altro personale ospedaliero, intento a bere sidro spumeggiante e a servirsi da un brunch prelibato che avevo portato. I tavoli erano decorati con fiori e palloncini, e un enorme drappo pendeva dal soffitto coprendo l'intera installazione. Un palco di legno si trovava vicino alle scale, e annuii verso il capo dell'ospedale.

"Che cosa succede?" chiese Minny, avvicinandosi. "C'è un discorso di qualcuno d'importante?"

"Aspetta e vedrai." Le offrii un piccolo sorriso, e lei non m'interrogò ulteriormente, ma sollevò il sopracciglio, gesto che fu più che esaustivo per quanto mi riguardava. Avevo lo stomaco scombussolato, e, quando la cosa peggiorò ulteriormente, avrei voluto tanto aver ordinato qualcosa di più forte al posto di quel finto champagne.

"Signore e signori, ora che il nostro ospite d'onore è arrivato, mi accingo a cominciare." L'uomo che conoscevo solo come Roberts era colui che aveva parlato, e in quel momento, nella stanza calò il silenzio, tutti gli occhi erano puntati verso il palco. "Quest'ospedale ha sempre cercato di fornire le migliori cure ai propri pazienti, cure che spesso, persino con i nostri migliori sforzi, finiscono per non dimostrarsi all'altezza. I costi sempre maggiori che in molti non sono in grado di sostenere e la mancanza di strumenti che sono stati troppo costosi da sostituire hanno fatto sì che fin troppi pazienti in condizioni critiche siano privati delle cure di cui disperatamente avevano bisogno. È solo tramite le donazioni di privati e società molto generosi che abbiamo avuto la possibilità di mantenere le porte aperte. Ogni anno è diventato più difficile raggiungere i nostri obiettivi, ma quest'anno abbiamo un nuovo sponsor uscito dall'anonimato, diventando non solo un donatore, ma un maggior contribuente a questo ospedale."

Roberts tacque e sorrise, mentre le persone applaudivano alla notizia.

"Sì, vi prego, applaudite," disse l'uomo, e applaudì lui stesso. Io sorrisi mentre Minny cominciò ad applaudire anche lei. "Non solo questo nuovo sponsor si è offerto di costruire una nuova ala oncologica completa per quest'ospedale, dotata di tutte le attrezzature più moderne e all'avanguardia che indubbiamente salveranno molte vite." Roberts si fermò e si assicurò che gli applausi fossero cessati prima di proseguire. "Questo sponsor ha anche offerto abbastanza fondi annuali per poter assumere altri quindici medici, cento nuovi infermieri, e..." Fece un'altra pausa, mentre un sussulto si sollevò dalla folla. "Questa persona generosa ha anche offerto di pagare ben cinque-centomila operazioni destinati ai pazienti che altrimenti non potrebbero rice-vere cure." Robert applaudì, e tutti tacquero e iniziarono a guardarsi intorno alla ricerca di questo benefattore.

Minny, d'altro canto, mi stava sorridendo. Le feci l'occhiolino e tornai a rivolgere la mia attenzione a Roberts. Il meglio doveva ancora venire.

"Senza ulteriori indugi, siamo onorati di chiamare la nuova ala oncologica in onore di questa persona generosa." Roberts si diresse verso il nodo che rila-sciava il drappo, e non riuscii a fare a meno di guardare Minny. Sul suo volto si formò un sorriso, che poi cambiò in un'espressione scioccata, e poi si coprì rapidamente la bocca, mentre le lacrime cominciarono a formarsi negli occhi blu.

"Minetta Johnson, è con grande onore che dedichiamo la nuova ala oncologica e tutte quelle vite che saranno salvate alla memoria di Douglas Johnson. Tuo padre ha lottato contro il cancro, perdendo la sua battaglia ma la sua eredità e memoria vivrà per sempre con la tua incredibile gentilezza. Grazie, da parte di tutti noi."

Eruppero gli applausi, e le persone si voltarono verso di noi mentre Roberts indicava Minny al mio fianco. Indietreggiai lentamente, applaudendo e sorridendo alla donna che possedeva un cuore d'oro puro, che avevo desiderato così a lungo. Lei mi guardò e poi tornò a rivolgere lo sguardo all'insegna dorata che annunciava orgogliosamente Ala Oncologica Douglas Johnson. Le persone si radunarono intorno a lei per stringerle la mano, offrendole i loro personali ringraziamenti. Per tutto il tempo in cui avevo vissuto, assistendo ai cambiamenti di questo mondo, sapevo che non avrei mai dimenticato il sorriso felice sul suo viso, e lo sguardo d'apprezzamento che aveva negli occhi.

Le diedi spazio per parlare con coloro che le si approcciavano prima di allontanarmi e sorridere al bel chirurgo che stava passando un po' più di tempo del necessario con la mia Minny. "Mi scusi, ma devo interrompervi." Rivolsi un sorriso all'uomo, ma i miei occhi chiaramente gridavano, 'sta' indietro, lei è mia.'

Cogliendo l'antifona, lui strinse la mano di Minny, e poi ce ne andammo felicemente per conto nostro. "Ti sta bene tutto questo? So che non ti piace che spenda enormi cifre di denaro per te," chiesi, spostandole una ciocca di capelli dietro l'orecchio.

"Riker... io... io non ho parole per dirti che cosa significa per me. Tu mi hai dato questo, ma hai fatto davvero qualcosa di molto più grande per entrambi. Ti rendi conto di quante vite cambieranno con questo?" Lei indicò l'insegna. "Sei un uomo eccezionale Riker. Non m'importa quale sia la tua opinione di te stesso, o di chi eri, o persino di come tu sia finito qui sulla Terra. Quello che vedo, quello che so è che l'uomo di fronte a me è un uomo con una bella anima. Sciupata forse, ma assolutamente bella." Un accumulo di calore si diffuse dal mio stomaco per riempirmi di una strana sensazione d'eccitazione.

Non avevo sorriso così da tanto tempo, ed era tutta colpa sua. "Baciami," sussurrò Minny.

"Con piacere." Poggiandole la mano sul mio cuore, così che potesse sentirlo battere, abbassai le labbra sulle sue. Come sempre, erano calde e morbide, e avevano un sapore divino. Non me ne fregava un cazzo se l'intero ospedale assisteva, e approfondii il bacio, come se nessuno potesse vederci. Interrompendo il bacio prima che potessi sollevarla dal pavimento, fissai le sue labbra gonfie e poi i suoi occhi brillanti. Aprii la bocca, provando a pronunciare quelle parole, ma non ne uscì alcunché. Come potevano due parole essere così difficili da pronunciare?

Minny mise un dito sulle mie labbra e sorrise. "Lo so," disse.

Sollevandosi in punta di piedi, mi baciò una guancia. "Sei fantastico, Riker. Non dimenticarlo mai."

QUARANTASETTE

Non era stata così felice da quando il padre era morto, e il suo intero mondo era cambiato. Persino con la tristezza di aver perso Toby, quello che Riker aveva fatto avrebbe assicurato che la gentilezza e il calore del cuore di suo padre sopravvivessero per sempre. In sostanza, avrebbero continuato a vivere, visto che Riker avrebbe anche offerto i fondi per il programma di terapia canina in memoria di Toby.

Non aveva nemmeno saputo che cosa dirgli. Era tutto esagerato, il che lo rispecchiava totalmente, eppure l'aveva fatto in un modo che avrebbe aiutato il prossimo. Lei non aveva bisogno di cose costose, ma questo... ora questo poteva accettarlo. Lo guardò mentre camminavano e si rese conto che sarebbe sempre rimasto avarizia, eppure era diverso. Non aveva creduto a Michael, ma quello che quel giorno lui aveva fatto era la prova che poteva essere una migliore versione del peccato, una migliore versione di sé. E improvvisamente, voleva esserci in ogni singolo istante.

Uscirono, e la serata era perfetta. Il caldo del giorno era scemato lasciando il calore, ma la dolce brezza in seguito all'umidità lasciò dietro di sé una scia fresca.

"Aspetta qui, vado a prendere l'auto," Riker le diede un bacio veloce, e iniziò a camminare per il parcheggio vasto e affollato.

Minetta fece un respiro profondo, la gioia della giornata la colmò. Era sicura di essere radiosa per via della sua felicità.

Un suono le raggiunse le orecchie, e guardò alla sua sinistra, ma non vide niente, ma era sicura di aver sentito piangere. Quando non vide alcunché, tornò a rivolgere la propria attenzione a Riker e non riuscì più a vederlo tra le file immense di auto. Il suono le raggiunse di nuovo le orecchie, e voltò la testa in direzione del pianto. Stavolta, scorse del movimento. Su un lato dell'edificio, c'era una piccola figura accovacciata nella zona ombreggiata.

Sembrava una bambina, con i lunghi capelli che le incorniciavano il viso. Non riuscì a scorgerne i tratti, ma la bimba era certamente in difficoltà.

"Ehi ciao, stai bene?" chiese e si avvicinò alla piccola.

"Ci sono i tuoi genitori qui intorno?" Si guardò intorno e non vide nessuno che sembrava aver perso un bambino. Infatti, c'erano solo due persone, e nessuna di loro era vicina. Nessuno stava correndo fuori dalla porta alla ricerca di un bambino scomparso. Lei si trovava lì tutta sola?

Minetta avanzò ulteriormente verso la bambina, e lei tirò su col naso e si asciugò il viso con il dorso della mano. "Sai parlare?"

La bambina dai capelli neri sollevò lo sguardo con occhi spalancati e poi si allontanò.

Senza alcuna esitazione, Minetta le andò dietro. Era troppo piccola per starsene lì fuori tutta sola.

"Ehi, fermati, non ti farò del male," gridò Minetta, mentre girava dietro l'angolo dell'ospedale, ritrovandosi in un vicolo buio. "Prometto che non ti farò del male. Avevi bisogno di andare all'ospedale? Per questo sei qui?"

Minetta riuscì a scorgerne la piccola sagoma accovacciata accanto al cassonetto dei rifiuti. Fece alcuni piccoli passi esitanti verso la bimba terrorizzata. Quando la piccola non scappò, si avvicinò ulteriormente.

"Mi chiamo Minetta, ma tutti mi chiamano Minny. Tu come ti chiami?" Imitò dunque la posizione e si accovacciò, tenendosi a distanza per non spaventare ulteriormente la ragazzina impaurita.

"Rabbith," sibilò la voce. Minetta si bloccò, perché quella voce era troppo profonda per appartenere a una bambina. Un'ondata d'aria fredda la investì facendola rabbrividire, e le si drizzarono i peli sulle braccia. La piccola sagoma della bambina cominciò a mutare e a distorcersi, e lo shock la paralizzò.

I suoi occhi erano incollati al punto in cui si trovava prima la bambina.

Alzandosi, indietreggiò di un passo, mentre una sorta di sostanza avvolta in una nebbia nera vorticava per poi diventare più alta. Minetta indietreggiò ulteriormente, e il cuore le batteva forte nel petto, mentre quell'essere che chiaramente non era una bambina continuava a mutare forma. Le ossa si spezzarono ed emisero uno scricchiolio che le fece torcere lo stomaco. Sbatté le palpebre più volte mentre provava a capire cosa fosse quell'essere, mentre assumeva una nuova forma.

Lei deglutì la bile nella parte posteriore della gola, mentre l'odore di zolfo la investiva in pieno volto. Fece un passo indietro e un altro ancora. I suoi occhi si fissarono sulla creatura indistinta seppur orrenda. Gli occhi rosso sangue lampeggiarono e poi brillarono al buio, mentre la creatura raggiungeva la sua piena altezza e la fissava. Si allungò e roteò le grandi spalle.

"È ora di morire," sibilò, con gli occhi rossi fissi su di lei.

Minetta girò sui tacchi e riuscì a fare qualche passo scattante, ma l'oscurità intorno a lei divenne una cosa vivente, le ombre si staccarono dai muri e discesero su di lei. Guardò il soffitto di tenebre, e il freddo divenne gelo, attanagliandone il corpo.

Un'ombra proiettata sul muro sbucò dal suolo e le bloccò l'uscita.

Scivolò fino a fermarsi, piccoli sassolini d'asfalto rotolarono in ogni direzione.

Perdendo l'equilibrio sui piccoli oggetti marmorei, sbatté a terra con il sedere e gridò per il brusco impatto. Non riusciva più a vedere la strada o il parcheggio dell'ospedale. Era come se il cielo notturno l'avesse consumata.

Si guardò alle spalle, e la lunga lingua della creatura pendeva dalla grossa bocca spalancata. Sarebbe sembrato che stesse sorridendo se non fosse stato per le numerose file di denti affilati. L'asfalto sotto di lei iniziò a cambiare diventando un vortice, le mani le sprofondarono nella sostanza scura, e gridò con tutto il fiato che aveva. Riuscì a raggiungersi le ginocchia e avrebbe tanto voluto non aver indossato un vestito. Continuò a inciampare mentre il materiale le si appiccicava sotto i piedi, e provava ad alzarsi in piedi sul pavimento vorticoso che minacciava di risucchiarla.

Toccò il suolo e continuò a cadere sul lato; era una sensazione roteante che assomigliava come al pavimento folle in una casa del divertimento in un lunapark.

Mettendosi a quattro zampe, avanzò, ma le mani le scivolarono da sotto il corpo quando atterrò, finendo per sbattere la testa a terra.

"Riker," gridò con tutto il fiato che aveva nei polmoni, mentre l'isterismo le attanagliava la mente.

Fece un respiro profondo per gridare di nuovo, quando un tentacolo di quell'essere oscuro le avvolse la gola, facendola soffocare. Tentò di stringere quella sorta di tentacolo, ma le dita le scivolarono via. Incapace di stringere e di respirare, un profondo terrore si impossessò di lei.

"Devi morire, umana," sibilò ancora una volta la creatura.

La sollevò in piedi per il collo, finché le dita dei piedi non toccarono il suolo. Minetta aprì la bocca per provare a respirare, ma il dolore le esplose dietro gli occhi mentre il petto le bruciava per la mancanza d'ossigeno. Pensò di stare morendo, mentre lottava nella stretta incredibilmente salda del demone, puntini neri le fluttuarono davanti agli occhi.

Non riusciva a pensare ad altro che a Riker, e a che cosa avrebbe pensato quando sarebbe morta. Si accasciò nella stretta del demone, gli arti cedettero, mentre una lacrima calda le scivolava lungo la guancia.

"Lasciala andare." Era Riker. Avrebbe riconosciuto quella voce profonda ovunque. Il rimbombo della sua voce riempì lo spazio, ma la speranza le esplose nel petto.

"No, Mammon, lei deve morire."

Minetta riuscì a fare un respiro ansimante mentre il demone cambiava posizione, ma la speranza fu breve, mentre quello spiccava il volo e si tuffava in picchiata sull'asfalto vorticante. Minetta non ebbe alcun dubbio di dove intendesse portarla. Per soltanto un istante, fu come se stette osservando da una finestra affacciata su un altro mondo. Dove tutto era buio con vivaci striature di rosso e poi uno spiraglio di luce che poteva essere sembrato come l'esplosione di una bomba atomica all'interno del vicolo.

Ne fu immediatamente accecata, e gridò mentre crollava violentemente al suolo, con ginocchia e mani che urlavano per il dolore. Il demone stridette in modo assordante, e lei si coprì le orecchie. Qualcosa di pesante si era schiantato vicino a lei, e solo l'istinto la fece rotolare via. Sapeva di avere gli occhi aperti, ma tutto era semplicemente inondato da una forte luce bianca.

"Lascia subito questo posto," la voce di Riker era così autoritaria.

"Non posso, Lord Mammon. Lei deve venire con me."

Qualcosa le afferrò la caviglia, e pertanto gridò mentre veniva strattonata violentemente, con lo stomaco graffiato contro il suolo. Le dita scavarono nell'asfalto, ma la sensazione era di essere trascinata sul bordo di una scogliera.

Lei si allungò e cercò qualcosa a cui aggrapparsi, ma non trovò alcunché. Facendo appello a ogni grammo di forza che le era rimasto, si spinse in su con le braccia e tirò le gambe verso di lei. Le sembrò di essere finita in una strana battaglia. Il demone strillò di nuovo forte, e lei fu colpita da qualcosa di freddo che poté solo presumere trattarsi di sangue, ma non voleva saperlo.

Gridò mentre il tentacolo che le aveva liberato il collo divenne improvvisamente nero, stringendola in una morsa letale, impedendole nuovamente di respirare.

Un forte ruggito che non proveniva dal demone risuonò proprio accanto a lei, accompagnato da un altro lampo di luce accecante e un boato assordante. La presa che aveva sulle sue caviglie e sul collo cedette e le diede abbastanza spazio per fare un respiro e tirar via le gambe. Un altro strillo agghiacciante si trasformò in un pianto e poteva provenire soltanto da una creatura sofferente, mentre il tentacolo intorno al collo di Minetta mollò la presa. Rotolando sul sedere, si spinse via dal rumore con mani e piedi, finché la schiena non finì per schiantarsi contro il muro di mattoni.

Minetta si coprì la testa e chiuse gli occhi, ma non fermò il fiume di lacrime che le scorrevano sulle guance, bagnandole il petto. Stava tremando e sobbalzò, quando i rumori terrificanti si ridussero per poi finalmente svanire, il suono del suo ansimare fu l'unico che riusciva a sentire.

"Shhh, va tutto bene, ti ho presa." Riker le avvolse le braccia intorno al corpo, e lei avvolse le braccia intorno al suo collo per aggrapparsi a lui. Non avrebbe mai voluto lasciarlo. Sembrava che le uniche volte in cui potesse ritenersi salva era quando lui era con lei. Poteva sentire la morbidezza delle enorme ali sulla sua schiena, e accarezzò le morbide piume, riuscendo in tal modo a calmare la propria paura. "Andiamo. Ti porto a casa mia per stanotte. Tieniti."

"Co....Ahhhh," gridò Minetta, mentre Riker spiccava il volo; dopo una forte spinta, sentì entrambi librarsi in aria.

Lei gridò mentre lo sbattere delle potenti ali li spingeva in avanti. Lentamente, il bianco sparì dalla sua vista, e poi si disse che sarebbe stato meglio se avesse tenuto gli occhi chiusi.

"Oh merda," esclamò e si aggrappò di più al collo di Riker, mentre si libravano sopra la città. Avvolse le gambe intorno alla sua vita e si sentì un po' come una piccola scimmia ragno, mentre si aggrappava a lui per restare viva. "Oh cielo, oh cielo, oh cielo," disse Minetta, con voce roca.

Riker scoppiò a ridere, quel suono così melodioso vibrò contro il petto di lei. "Sei la cosa più carina che abbia mai visto, persino quando provi a sottrarre la vita da me."

"Mi dispiace, ma non tendi a svegliarti pensando oggi è il giorno in cui volerò come un uccello." Minetta tossì e seppe che avrebbe avuto mal di gola per qualche giorno.

"Continuo a ripetertelo, sei il mio uccellino, la mia bellezza dai capelli corvini della speranza." Riker giunse a destinazione, librandosi sull'edificio più alto. Lei osò sporgersi abbastanza da guardare nei suoi brillanti occhi luminosi facendole battere il cuore, mentre si fissavano profondamente. "Stai bene?" le chiese, baciandole la fronte e poi guardando il segno che seppe, senza guardare, trovarsi sul collo.

"Sì, sono ammaccata, ma non è niente che non si possa sistemare." Le dita di Riker le toccarono la gola, gli occhi divennero più splendenti.

"Mi dispiace," sussurrò.

"Per cosa?"

"Per non aver creduto che fossi in pericolo. Penny me l'ha menzionato, e le ho detto che mi sembrava ridicola ma, a quanto pare, potrebbe aver ragione dopotutto. Quel demone ti ha attaccato per colpa mia."

Lei distolse lo sguardo, incapace di reggere lo sguardo di Riker, quando era così sincero con lei, eppure non riusciva a permettersi di dirgli che lo sapeva già.

"Tranquilla. Ti terrò al sicuro d'ora in avanti." Le sistemò i capelli che le stavano finendo intorno al viso. "Ti piace quassù? Qualche volta mi piace spalancare le ali, ma per la maggior parte volo sopra l'oceano."

"È bello, Riker," disse e gli baciò una guancia.

"Grazie di avermi salvata."

"Sempre, Minetta. Ti farebbe piacere se ti mostrassi l'oceano?"

Lei era distrutta e stanca, ma mentre guardava l'acqua scura che brillava al chiaro di luna, poté solo sorridere e annuire.

Forse non era andata da lui di sua volontà, ma ormai non poteva più immaginare il suo mondo senza di lui.

QUARANTOTTO

M e ne stavo sdraiato immobile, stringendo al petto Minetta, ma non riuscivo ad addormentarmi. A prescindere da quanto provassi, non riuscivo a togliermi dalla testa l'immagine di quel demone oscuro che provava a trascinarla all'Inferno. Avrei messo a soqquadro quel posto per cercarla e non mi sarei fermato, finché ogni demone ritenuto responsabile dell'accaduto non fosse stato sterminato. Lei mormorò qualcosa nel sonno, contraendo i muscoli.

"Sei al sicuro, mio uccellino, sei qua con me," le sussurrai, e il suo corpo si riassestò.

"Perché non dormi?" Minetta sbadigliò e mi guardò. I suoi capelli erano sparsi intorno ai tratti delicati, il mio cuore era gonfio per l'emozione inespressa.

"Potrei chiederti la stessa cosa."

"Quest'uomo davvero sexy mi ha svegliata." Un sorriso malizioso si formò sul suo volto, e anche se non era passato tanto tempo da quando le sue grida di piacere erano riecheggiate per le pareti del mio attico, il mio cazzo era pronto a tornare in azione.

"Perché non mi dici qualcosa che hai promesso di dirmi ma che hai opportunamente scelto di non rivelarmi da allora?" sollevai un sopracciglio, e lei gemette, facendomi sorridere.

"Devo parlarne? Non puoi semplicemente assalirmi di nuovo?"

Stavolta, scoppiai a ridere. "Oh, ho intenzione di farlo molto presto, ma, prima, parliamo. Non sembri il tipo che si rimangia la parola."

Minetta si tirò su lentamente, mettendosi a sedere con la coperta intorno alle spalle. "D'accordo, ti racconterò però la versione breve."

"Va bene." Mi spinsi su per appoggiarmi contro la testata del letto, attaccata alla parete.

"Era il mio primo anno di college, e c'era una tipica festa di confraternita che è andata un po' fuori controllo. Io ero lì con altre tre ragazze mie coinquiline, e che credevo mie amiche. Voglio dire, in un certo senso lo erano, ma non nel modo in cui pensavo io."

"Non capisco ciò che intendi," le dissi.

"Quando vanno a una festa, le ragazze seguono un codice. Dovremmo occuparci le une delle altre. Voglio dire, assicurarci semplicemente che non vengano aggiunte droghe nei nostri drink o che, se una di noi manca, ci si occupa di lei per verificare che stia bene. Quel genere di cose."

"Presumo che non si siano preoccupate di te?"

"In effetti. Sono sicura che potrai mettere insieme da solo il resto della storia. Non c'è bisogno che entri nei dettagli." Minetta giocò con il bordo del lenzuolo. Ovviamente era a disagio a parlarne, perciò dovetti insistere ancora un po'. Dovevo sapere chi le aveva fatto del male.

"Chi è stato?"

Lei sospirò e rivolse lo sguardo alla grande finestra, affacciata sul notturno cielo stellato. "Perché vuoi saperlo?"

"Perché ne ho bisogno."

Gli occhi di Minetta, che non tralasciavano mai niente, tornarono a incollarsi ai miei. "E che cosa intendi fare una volta scoperto?"

Decisi che fornirle una risposta politicamente corretta fosse la scelta migliore. "Ancora non lo so, ma chiunque sia stato, merita una punizione. Se non per te, Minny per tutte le altre che hanno subito la stessa cosa. Troverò le risposte, e il colpevole sarà marchiato."

"Marchiato?"

"È un termine usato dai demoni. Significa che alla morte, se un umano si è dimostrato particolarmente terribile in vita, finirà dritto all'Inferno. In genere, succede quando muoiono ma, se la persona continua ad essere… problematica, allora talvolta i Segugi Infernali vengono liberati per trascinarli prima del tempo all'Inferno." Minetta rabbrividì e assunse una posizione più eretta da seduta, impallidendo. "Che cosa c'è?"

"Io… io penso di aver sentito parlare di qualcuno trascinato all'Inferno. Penso di aver sentito parlare dei Segugi Infernali."

Allungandosi, le massaggiai la gamba. "Forse, ma ne dubito."

Minetta annuì ma non sembrava convinta. "Stai dicendo che marcherai questa persona affinché vada all'Inferno per ciò che ha fatto?"

"Minny, non prometto niente. Ma che cosa vorresti che facessi, se scoprissi che questa persona si è trasformato in un violentatore seriale?" Osservai mentre lei rimuginava su quel pensiero, masticandosi caratteristicamente il labbro inferiore. "Potrei scoprirlo leggendoti la mente, Minny, ma non l'ho mai fatto perché ti rispetto. Ti prego, dimmelo."

"Puoi farlo?" mi chiese, sgranando gli occhi.

"Certo, ma prima che tu me lo chieda, non ci ho guardato, sebbene ne sia stato molto tentato. Voglio davvero che tu me lo dica, perché ti fidi di me nel darmi quell'informazione." Mi chinai e allungai, arrotolando una ciocca dei suoi capelli tra le mie dita. Gli occhi di Minny si chiusero, e lei appoggiò la testa sulla mia mano, quel piccolo movimento mi fece gonfiare il cuore.

Facendo un respiro profondo, lei afferrò il lenzuolo e si alzò lentamente per avvicinarsi alla finestra. Fissò fuori come avevo fatto molte volte.

La luna splendeva e illuminava l'acqua scura a distanza —- il modo in cui la luce giuocava sulle curve dei suoi tratti quasi la rese dolorosamente bella da guardare, e sentii calde lacrime formarsi nei miei occhi. Sentii l'urgenza di inginocchiarmi ai suoi piedi e implorarle il perdono per tutto quello che avessi mai fatto. L'idea era grandiosa, eppure la sensazione bruciava nel mio cuore.

"Anthony Kent e il suo amico. Non ho mai saputo il nome dell'altro tizio," disse finalmente. Minetta si voltò e mi guardò. Una lacrima luccicò e le scese lentamente lungo la guancia. In quel momento, realizzai che non importava che cosa le avessi promesso, questo Anthony Kent e l'amico sconosciuto erano spacciati.

QUARANTANOVE

R: *Mi manchi già.* Minetta sorrise al cellulare mentre leggeva il messaggio di Riker.

M: Manco solo da un paio d'ore. Non hai del lavoro di cui occuparti? Continui a ripetere che sei cooooosì occupato con tutti questi importanti accordi commerciali.

R: Sì, e lo so, ma è già troppo tempo lontano dal tuo tocco. Ho sempre saputo che c'era una ragione per cui miravo a diventare un alto dirigente. Se non posso saltare il lavoro di tanto in tanto per giocare con la mia... hmmm come ti definiresti? La mia ragazza? Non importa, se potessi, ti terrei a letto con me per tutto il giorno. Come la metteresti? Era così eloquente... oh sì, volevi che ti assalissi.

Un rossore tinse le guance di Minetta, mentre immaginava esattamente quello che avevano combinato fino alle ore piccole.

R: Ci sei ancora, mio uccellino?

M: Sì, sono qui, e sì, mi manchi e voglio che mi assali, ma non prima di domani. Ho bisogno di dormire stanotte.

R: Sai che non dovresti mai più aver bisogno di lavorare se volessi?

M: Riker!

R: Va bene, va bene, lavora allora, mio uccellino, ma preparati ad avere quel corpo sexy che ti ritrovi adorato la prossima volta che ci vedremo. Ho alcune nuove posizioni che voglio provare con te.

M: Che diavolo.

R: Penso che tu intenda demone, ma sì. Vorrei che riconsiderassi di trasferirti da me.

M: Ci penserò, ma sento che è troppo presto, e non posso rischiare che ti stufi di me.

R: LOL! Questo è impossibile, ma va bene, possiamo cercare qualcosa che forse si avvicini di più ai tuoi gusti tra un paio di mesi, ma dovrei ricordarti che non sono un uomo paziente.

M: Sei impossibile.

R: Lo so, ma ormai dovresti esserti rassegnata all'idea. Ottengo sempre ciò che voglio. Non vedo l'ora di rivederti.

M: Anch'io.

LEI SI MISE A RIDACCHIARE, rimettendo il cellulare sulla sua scrivania.

"Minetta!" Saltò sulla sedia, con il cuore che quasi le fuoriuscì dal petto. Si voltò per guardarsi alle spalle e vide Eric, il suo capo.

Togliendosi le cuffie dalla testa, deglutì forte mentre rivolgeva un piccolo sorriso all'uomo dallo sguardo serio. "Sì, signore?"

"Hai visto o saputo che cos'è successo a Jared? Non l'ho più sentito da quando ha chiamato per riferirmi del ritiro della denuncia contro di te."

Minetta si guardò intorno come il resto dei presenti, che non erano impegnati nelle loro telefonate. Avevano tutti rivolto la loro attenzione alla conversazione.

Era piuttosto sicura che l'uomo non avrebbe dovuto gridare informazioni personali così che l'intero piano ascoltasse. Non c'era da stupirsi se Jared aveva un'idea distorta di che cosa fosse giusto e sbagliato.

"No, non lo vedo né gli parlo dall'incidente. Non so perché tu abbia pensato che avrebbe parlato con me, tra tutti."

"Pensavo che ti avesse chiamato per scusarsi per il suo spettacolo schifoso." L'uomo sbuffò e mormorò qualcosa in merito a una bellissima spiaggia mentre si allontanava. Minetta scosse il capo e tornò a sedersi, mentre arrivava Penny.

"Perché cazzo quell'uomo dovrebbe pensare che tu voglia avere qualcosa a che fare con il coglione che ti ha molestata per poi provare a denunciarti? Penso che beva. Potrei infilarmi nel suo ufficio e scoprirlo, oppure dargli una specialità demoniaca," sussurrò e poi sogghignò.

Minetta scoppiò in una fragorosa risata e sollevò le mani.

"Non farlo in mio nome." Poi tacque, mentre un pensiero si formava nella sua mente. "Lui non è... sai... lo è?" chiese, abbassando la voce.

"Lo penseresti, non è vero? Ma no, è una persona molto arrabbiata."

"Sai che cosa sia successo a Jared?"

"Io?" Penny si poggiò le mani sul petto, strabuzzando gli occhi. "Perché dovresti pensare che io abbia qualcosa a che fare con la sua scomparsa dall'ufficio?"

"Solo per via di quello che ha fatto, ma immagino di no." Improvvisamente, le venne in mente un pensiero, e imprecò sottovoce. "Credi che Riker possa avergli fatto qualcosa?"

Penny rise, e poi sul viso le si palesò un'espressione seria, quando Minetta non lo fece con lei. "Oh, sei seria. Voglio dire, forse, ma lui non conosceva Jared." Penny si guardò intorno e poi si accovacciò, avvicinandosi all'amica. "Ascolta, il fatto è che Riker resterà sempre Riker a prescindere da quanto diventi gentile, perciò immagino che sia possibile." Penny scrollò le spalle.

"Non è una gran perdita, se lo chiedi a me."

"Penny, è pur sempre una persona, anche se è una faccia da topo."

Penny esplose in una fragorosa risata. "Il miglior insulto di sempre. D'accordo, sentiti dispiaciuta per lui ma, se sta arrostendo, non sprecherò una lacrima." Penny tornò al suo cubicolo e rispose a una chiamata.

Più Minetta ci pensava, più aveva senso che Riker potesse avere avuto una parte nell'improvviso ritiro della denuncia di Jared e potesse essere responsabile della sua scomparsa. Sarebbe passata da lui dopo il lavoro per ottenere delle risposte.

Scosse il capo e guardò lo schermo che era sorprendentemente calmo. Come si poteva impedire a un demone di uccidere la gente per portarla all'Inferno? Lui era un peccato originale. E, pertanto, sembrava un compito impossibile. La testa iniziò a farle male per la confusione, mentre tornava a indossare le cuffie.

Uscii dall'ascensore privato ai piani inferiori dell'attico di cui ero proprietario. Si trattava di una zona che nessuno, tranne pochi soggetti selezionati avevano il permesso di utilizzare. Non era nemmeno presente sul progetto dell'edificio, ma, di tanto in tanto, avevo bisogno di un luogo di svago per torturare la gente.

In questo periodo altamente tecnologico in cui esistono telecamere in ogni angolo di strada e telefoni in grado di registrare ogni cosa, persino io dovevo fare attenzione. Inoltre, non m'interessava se ben presto il mio ufficio avrebbe avuto bisogno di un'altra pulizia accurata. Il tanfo di Jared impregnava ancora l'aria.

I miei passi riecheggiarono sul corridoio di metallo ruvido mentre mi dirigevo verso la cella. Questo Anthony Kent era stato fin troppo facile da trovare. Per quanto riguardava invece il suo amico, mi serviva ancora una pista. La scia di violenza che Anthony aveva lasciato dietro di sé era davvero più grande di quanto avessi potuto persino sognare, e mi forniva la scusa perfetta per ucciderlo. Non che avessi bisogno di una, ma, se Minetta lo avesse mai chiesto, allora almeno non sarei sembrato come un totale mostro, soltanto in parte.

Sapevo solo che non volevo che lei mi vedesse in quel modo, l'idea che potesse guardarmi come aveva fatto Callista.... Feci un respiro profondo, mentre scacciavo quell'immagine dalla mente.

Skye se ne stava appoggiata al muro fuori dalla cella. Il suo completo nero era come una seconda pelle, ed era già macchiato di sangue. Oltre a volersi bene, c'erano sole altre due cose che Skye e Neven amavano al mondo. La prima era il sesso e la seconda era la tortura.

"Ehi, grazie per avermi inclusa. Pensavo che non mi avresti più richiamato dopo la nostra ultima conversazione," disse Skye. Si stava riferendo al mio modo minaccioso di rimproverarla per aver detto a Minetta di starmi lontano. Era stato un bene che avessi avuto del tempo per calmarmi prima di rivedere Skye, altrimenti avrebbe visitato una serie di celle di tortura completamente diversa. Quelle che erano ben lungi dall'essere piacevoli e che molto probabilmente lei non si sarebbe goduta.

"Che tu sia d'accordo o meno con la mia scelta di Minetta, non ha alcuna conseguenza sulla nostra amicizia finché te ne starai lontano dai miei affari personali." Incrociai le braccia sul petto e lanciai un'occhiataccia al demone.

Skye roteò gli occhi verso di me. "Quindi niente più sesso tra trombamici?"

"Skye, che cosa ti ho appena detto?"

"Che hai una relazione con quell'idiota di inutile carne umana, e che non vuoi rovinare le cose fottendomi." Lei roteò di nuovo gli occhi e sospirò drammaticamente alla dichiarazione.

"Sono piuttosto sicuro che non siano quelle le parole che ho usato, ma l'idea generale è corretta. Minetta significa tanto per me, Skye, non infastidire lei o me, altrimenti vedrai."

"Va bene, come vuoi, sei stato chiaro. Neven è dentro, e si sta divertendo un mondo con questo umano."

Sorridendo, arrivai alla porta. "Bene allora, faremmo meglio a unirci a lui prima che ci lasci senza niente con cui giocare."

Aprii dunque la porta, e le urla mi accolsero, facendomi sorridere.

C'erano davvero dei giorni in cui adoravo essere un fottuto Principe dell'Inferno.

CINQUANTA

opo il lavoro, era passata dall'essere leggermente seccata a decisamente infastidita. Se Riker aveva qualcosa a che fare con l'improvviso ripensamento di Jared, si sarebbe di certo fatta sentire.

Comprendeva la sua natura. Beh, per la maggior parte di essa almeno. Ma, dare la caccia e fare del male a Jared solo perché era uno strumento non era giusto. D'altro canto, Riker era un demone, un arcangelo caduto, e sapeva che c'erano determinati aspetti che non sarebbe mai riuscita a fargli vedere in modo diverso.

Il traffico scorreva veloce, mentre lei percorreva la breve distanza fino all'edificio di Riker, posteggiando nell'area parcheggio visitatori. Stette a fissare la grande struttura, con le mani che stringevano il volante con un po' troppa forza.

Minetta non aveva alcuna prova che Riker avesse qualcosa a che fare con Jared, perciò perché lo giudicava così in fretta? Jared le aveva fatto passare un vero inferno al lavoro, ed era stato crudele con molti altri colleghi, perciò, ancora una volta, perché mai preoccuparsi che l'uomo potesse aver affrontato una punizione diversa dal carcere?

Minetta spense il motore e si massaggiò gli occhi. Era sempre così veloce nel pensare il peggio di Riker; era prevenuta e si basava soltanto sul fatto che sapeva ciò che lui era. Se si fosse trattato di un uomo qualunque, allora perché affossarlo in quel modo?

"Merda, no, non lo faresti," disse ad alta voce. "Hai dato a James un milione di possibilità, e sapevi che ti stava tradendo sotto il tuo naso."

Minetta guardò il proprio riflesso nello specchietto retrovisore e scacciò via la rabbia persistente contro di lui, ed era più seccata nei riguardi del proprio atteggiamento. Gli avrebbe chiesto di Jared, ma non si sarebbe inoltrata nell'argomento, con le armi spianate, accusandolo. Se le avesse risposto di sì, allora gli avrebbe semplicemente chiesto di non uccidere la gente per conto suo. Minetta non poteva vivere con una cosa simile sulla coscienza.

Prendendo la borsetta, chiuse la sua Mini Cooper, e si diresse verso l'edificio, e fece il cenno di un saluto alla guardia di sicurezza, che rispose al medesimo modo.

"Signorina Johnson, è bello rivederla."

Era un po' scioccata che l'uomo ricordasse il suo nome. "Anche per me, buona serata." Poi sorrise e si diresse agli ascensori.

Riker le aveva dato la chiave, anche se non aveva progettato di utilizzarla. Ebbe fastidio allo stomaco, mentre l'ascensore volava praticamente in alto. Se lo strinse e si resse alla ringhiera. Che cosa aveva che non andava con Riker e gli ascensori che salivano come razzi spaziali?

Era un po' nauseata quando l'ascensore si fermò e barcollò fuori. Ok, se fosse riuscita a far cambiare anche solo una cosa a Riker, quella sarebbe stata la velocità di quel marchingegno.

Si fermò nel corridoio e si sistemò i capelli prima di entrare dalla porta di Riker. Si sentiva della musica di sottofondo, e lei bussò forte, così che la sentisse. Poi, bussò di nuovo un istante dopo, e una voce femminile gridò di aspettare un secondo.

Quando la porta si spalancò, tutta l'aria nei polmoni e la speranza nel cuore evaporarono. Skye se ne stava sulla porta, indossando soltanto una maglietta, che le arrivava fino alle ginocchia. Chiaramente, una di Riker e aveva i capelli bagnati, come se fosse appena uscita dalla doccia. Profumava persino di sapone, e quell'odore le investì le narici. Un dolore diverso da quello che aveva mai provato prima la fece sussultare. Avrebbe dovuto saperlo.

Avrebbe dovuto fidarsi del proprio istinto quando le aveva gridato che un uomo come lui non avrebbe mai trovato soddisfazione o amato una sola donna, a prescindere dalle promesse e le dolci parole che diceva. Si era promessa di prendere quanto sarebbe riuscita ad ottenere e andare oltre, ma non immaginava che sarebbe accaduto tanto presto. Essere messa da parte così velocemente. Non avrebbe dovuto importare quanto tempo ci sarebbe voluto, ma per qualunque ragione, sembrò peggio.

"Stai per dire qualcosa o te ne starai lì per tutta la notte come una mammalucca?" chiese Skye.

La voce di quest'ultima innescò i suoi pensieri, e non degnandosi di dire una sola parola, si girò, dirigendosi verso l'ascensore ancora in attesa.

"Hai almeno un messaggio?" gridò Skye, e Minetta si guardò alle spalle. Skye aveva le braccia incrociate sul petto, sollevando in tal modo la maglietta, consentendo di vedere che non indossava alcuna biancheria.

Le lacrime iniziarono a formarsi negli occhi di Minetta, che distolse rapidamente lo sguardo, così che non dovette stare a fissare il grazioso demone, per rammentare ciò che lei e Riker avevano appena fatto.

Come poteva persino considerare di trasferirsi da lui?

"Fottuti umani," sentì imprecare Skye, mentre entrava nell'ascensore, schiacciando il pulsante della lobby. Le lacrime iniziarono a scorrere non appena le porte si chiusero. Il leggero bruciore allo stomaco fece soltanto cadere le lacrime più in fretta, sapendo che lui era decisamente nell'attico.

Gli aveva promesso che le sarebbe andata bene finché fosse durata tra loro, ma era una bugia. Il suo cuore era già troppo coinvolto. Ma si era promessa che non avrebbe permesso che un altro uomo la trattasse come aveva fatto James, il che significava allontanarsi, anche se lui era l'unico uomo che amava.

Come aveva fatto a pensare che avrebbero avuto un lieto fine? Si era convinta che Riker fosse diverso rispetto alla prima volta che si erano incontrati. Lui aveva certamente messo in piedi una recita perfetta. Minetta si asciugò velocemente le lacrime mentre l'ascensore giunse a destinazione.

Passò davanti alla guardia nella lobby, ignorando l'uomo, mentre le chiedeva se stesse bene. Non appena fu all'esterno, corse alla sua auto, e sebbene quasi certamente non avrebbe dovuto mettersi alla guida, schizzò via dal parcheggio diretta a casa.

Ma era davvero casa sua? Non aveva più Toby con cui condividere lo spazio, e sarebbe stata in fuga per tutta la vita da un demone o un altro, e per che cosa? No, quella non era più la sua casa. Non aveva nulla a trattenerla lì. La piccola auto si scaldò quando partì a tavoletta, volendo allontanarsi da Riker più in fretta possibile.

Uscii dalla doccia e mi fermai, appena un lieve bruciore sotto la pelle si manifestò per poi scomparire. Indossando un paio di pantaloni della tuta, uscii dalla mia stanza, frizionandomi i capelli con un asciugamano. Non riuscivo a sentire niente ad eccezione del terribile canto di Skye.

"C'era qualcuno alla porta?" chiesi, entrando in soggiorno.

"No, ci sono solo io e la mia terribile interpretazione di Chicago, grande musical, mi sono scopata alcuni membri del cast," rispose Skye, mentre andava a sedersi sul divano.

"Sono scioccato." Guardai in giro per la stanza. "Sei sicura che non ci sia nessuno qui? Potrei giurare di aver sentito bussare, e io..." Tacqui e mi massaggiai il petto.

"Io cosa? So che non so come senti le cose in questo posto. C'è un fottuto eco, e ancora non riesco a sentire da un lato all'altro."

Scossi il capo e andai al bar per versarmi un bicchiere di vino, prima di sprofondare nella poltrona in pelle. Continuai a fissare la porta, e infine Skye si voltò per guardarla anche lei.

"Che cosa stai fissando? Mi stai spaventando!"

"Proprio non riesco a scacciare..." Era che desideravo così tanto vederla, che persino il mio corpo mi stava dicendo di andare da lei. Mi massaggiai gli occhi mentre riflettevo. La sensazione era stata flebile e passeggera, eppure...

"Ok, sei davvero strano adesso. Ci sono solo io qui. Ri, porca puttana, rilassati. Abbiamo appena avuto la migliore sessione di tortura dopo tanto tempo, e abbiamo la possibilità di rifarlo presto." Skye allargò il sorriso, e io annuii ma non riuscivo a trovare lo stesso entusiasmo che stava provando lei. "Oh, e Neven cucinerà bistecche per cena. Spero che faccia anche le patate al forno. Shilo si unirà a noi?"

Non riuscivo a evitare di percepire che qualcosa non andava. Un piccolo dolore al petto e un nodo allo stomaco si erano manifestati senza alcun motivo, e quella sensazione non voleva sparire. Se c'era qualcosa che non andava con Minetta, allora Penny avrebbe chiamato. Il demone aveva detto che lei e Minny si sarebbero viste quella sera, e sarebbe rimasta con lei finché non avesse trovato un'altra sistemazione in cui vivere. Penny non era la mia prima scelta come sua protezione, ma persino io dovetti ammettere che l'angelo caduto era in gamba. Altrimenti Minetta non sarebbe sopravvissuta tanto a lungo.

Provando a scacciare via l'ansia e rilassarmi, rivolsi la mia attenzione a Skye, mentre Neven entrava dalla cucina. "Hai fatto una bella doccia?" sorseggiai il mio vino.

"Sai, è stata la migliore doccia che abbia mai fatto." Skye allargò il sorriso, gli occhi grigi danzavano con uno scintillio malizioso.

"Che intenzioni hai, Skye? Ti ho già detto che non scoperemo più, perciò puoi toglierti quello sguardo dalla faccia."

"Oh, lo so, ma la tortura è stata divertente, e Neven si è occupato del resto dei miei bisogni per stasera." Poi, guardò Neven, che roteò gli occhi. "Sono solo di buonumore. Vuoi dell'altro vino? Penso che me ne riempirò anch'io un bicchiere. Stasera richiede un festeggiamento! Neven, ti va un bicchiere?"

Osservai Skye saltare giù dal divano e schizzare fino al bar.

Abbassando lo sguardo, fissai il vino rosso e lo roteai nel bicchiere. Incapace di trovare pace, presi il cellulare e vidi che non avevo ricevuto alcun messaggio.

Provai a chiamare Minny, ma si attivò la segreteria. "Sono io, Minny. Sapete che cosa fare. Vi richiamerò al più presto possibile."

Bip.

"Ehi ciao, mio Uccellino. Ti stavo pensando. Se cambiassi idea decidendo di passare da me stasera, mi piacerebbe molto la compagnia. So che ho detto che non avrei insistito, ma mi manchi. Ci sentiamo più tardi."

Chiusi la chiamata e mi colpii il ginocchio col cellulare. Stavo agendo con irrazionalità. Alla donna era consentito avere i suoi spazi e tempi per respirare senza avermi attorno. Dovevo imparare ad essere paziente. Mettendo via il cellulare, mi alzai e andai in cucina, imponendomi di togliermi dalla testa di precipitarmi a casa sua.

Anthony aveva dimostrato di avere una lingua molto lunga una volta iniziato il dolore, e ormai avevo una visita da fare molto presto al signor Kupp. Facendo un respiro profondo, rivolsi la mia attenzione a Neven e Skye, che stavano litigando su chi avesse eseguito la parte migliore della tortura. Sorrisi mentre li guardavo, ma il mio solito acume per l'argomento proprio mancava.

CINQUANTUNO

Mi alzai tardi, e la luce già filtrava dalla finestra. Gemetti e mi feci scudo con il braccio sul volto, tentando di rotolarmi dall'altra parte: non avevo alcuna voglia di alzarmi. Avevo delle riunioni a cui partecipare quel giorno, e qualcun altro da rimproverare per la propria incompetenza. Quello che normalmente mi avrebbe portato gioia e rinvigorimento ora sembrava un peso intorno al collo, che cercava di tirarmi giù.

Da quanti anni mi ero occupato della creazione di quest'impero? Troppi, quando gli zeri a malapena entravano nel conto in banca a te intestato. Forse Minny aveva ragione. Forse avrei dovuto impiegare i miei fondi e i miei talenti per altri scopi. Era stato sorprendentemente bello donare i soldi all'ospedale e non semplicemente perché era in memoria del padre di Minetta. Aveva anche suscitato una certa nostalgia dentro di me, qualcosa che non era accaduto da tanto tempo.

Il cellulare squillò, e lo afferrai sorridendo, sperando che fosse Minny, ma era un numero sconosciuto. Fui tentato di non rispondere, avviando la chiamata alla segreteria, ma immaginai che mi avrebbero continuato a chiamare se non avessi detto al call center di andare a farsi fottere.

"Non sono interessato a niente che abbia da vendere."

"Minny è con te?" Mi misi a sedere dritto nel letto alla voce preoccupata di Penny, nel telefono.

"No, perché dovrebbe essere con me? Ha detto che era troppo stanca per vedermi ieri sera, e sarebbe rimasta a casa con te."

"Ha cambiato idea al lavoro e mi ha detto di tornare a casa, che sarebbe passata da te," disse Penny. "Che cos'hai fatto ora, Riker?" chiese una rabbiosa Penny, e fui tentato di raggiungerla attraverso il telefono e strozzare il giovane demone.

"E non l'hai accompagnata qui?"

"No, io ... dimmi solo che cos'hai fatto."

"Ti ho già avvertito sul tuo atteggiamento, Penny."

Lei sospirò e si schiarì la gola. "Scusa, sono soltanto preoccupata, e tu sei l'unica ragione per cui lei andrebbe via."

"Che cosa? Ripeti. Che cosa intendi dire, con andrebbe via?" Saltai giù dal letto e attivai la modalità vivavoce sul cellulare, mentre mi dirigevo all'armadio.

"Quando non si è presentata al lavoro, sono andata a casa sua. La sua valigia non c'era, insieme alla maggior parte dei suoi vestiti e alla foto di Toby. Anche la sua auto era sparita... Riker, se non è con te, sono preoccupata. Non dovrebbe restare da sola."

"Non ho idea del perché dovrebbe andarsene. Ieri ci siamo messaggiati, e tutto sembrava andare bene tra noi." M'infilai un paio di jeans, e quando la mia mano raggiunse una maglietta nera, un pensiero mi si formò nella mente. "Potrebbe avere ricevuto una chiamata in merito a sua madre o altro che possa averla indotta a partire?"

"Me lo avrebbe detto, in quel caso."

"A che ora siete uscite dal lavoro ieri sera?"

"Abbiamo lavorato dalle tre alle undici. Perché?" fu la domanda di Penny.

"Cazzo! Quella fottuta troia! Devo andare. Prova a pensare dove potrebbe essere andata e richiamami." Chiusi la chiamata con Penny e corsi fuori dalla camera da letto.

"Skye," gridai così forte, da far tremare pareti e finestre. "Dove cazzo sei?" Balzai oltre la ringhiera all'ultimo piano, e atterrai dolcemente sul livello inferiore. "Skye," gridai di nuovo. Shilo arrivò di corsa, aveva il volto simile a quello di un fantasma, sembrava terrorizzato.

"Signore, che cosa c'è, che cosa succede?" chiese l'anziano angelo.

"Skye," strillai ancora.

Neven e Skye corsero fuori dalla fine dell'attico, ossia dove stavano dormendo. I miei piedi nudi sbattevano sul pavimento mentre correvo per la stanza, lasciando impronte dorate ad ogni passo. La mia rabbia minacciava di fuoriuscirmi dal corpo, mentre fissavo il demone manipolatore. Lei sgranò gli occhi, quando incontrò il mio sguardo ardente. Saggiamente, indietreggiò e poi si girò per correre in direzione della porta.

Raramente usavo i miei poteri soprannaturali, ma le bloccai la via in un battibaleno. Lei deglutì forte, inciampando all'indietro e atterrando sul sedere con un tonfo. Indietreggiò lungo il pavimento di piastrelle. Non vedevo altro che rosso davanti a me. Volevo il suo sangue, il demone in me poteva sentirne il sapore.

"Ri, amico, che cosa succede?" chiese Neven, ma saggiamente non mi toccò né bloccò la mia via.

Non risposi a Neven. Ero concentrato sul demone a terra, i suoi occhi grigi erano sgranati per il terrore. "Pensavi davvero che non lo avrei scoperto?" Mantenni la voce calma, mentre la guardavo tremare.

"Skye, che cosa cazzo hai fatto?" Neven spostò lo sguardo tra me e la sorella.

Skye balzò verso la finestra e piagnucolò, mentre la raggiunsi, sollevandola per il collo. Piccoli gemiti le sfuggirono dalla bocca, mentre la mia mano le bruciava la pelle. "Rispondimi!"

"Non ho fatto niente," la sua voce venne fuori piccola e patetica.

La strattonai così che i nostri nasi si toccassero. "Ti consiglio di non mentirmi adesso, amica." Accentuai la parola, così che avesse un sapore terribile sulla mia lingua. "Lo status di amica è l'unica cosa che ti mantiene in vita, ma, Skye, convocherò subito Brill, se non inizi a parlare."

"Riker, ti prego." Neven cominciò a parlare, finché non guardai verso di lui.

"Tu lo sapevi?" lanciai un'occhiataccia a Neven.

"Sapevo che cosa?" chiese lui, ma il suo sguardo mi disse tutto ciò che avevo bisogno di sapere. Non aveva idea di che cosa stesse succedendo.

"Lui non lo sa." La voce di Skye venne fuori roca, mentre le mie dita le stringevano la gola.

"Allora, ammetti che hai fatto qualcosa a Minetta."

"Oh, cazzo, Skye! Davvero?" Neven sprofondò nella poltrona in pelle e si massaggiò gli occhi.

Tornai a rivolgere la mia attenzione a Skye, e strinsi ulteriormente la presa intorno alla sua gola. I suoi piedi scalciarono, puntati sulla finestra, mentre fumo sollevava nell'aria. Lei scosse il capo e non provò a parlare, ma non riusciva a muoversi per via della mia stretta.

"Signore, posso suggerirti di concederti un attimo per lasciar parlare la ragazza, oppure potresti non scoprire mai che cosa sia successo. Se vorrai sempre ucciderla, potrai farlo dopo aver sentito quello che ha da dire," osservò Shilo. La sua voce era calma e rassicurante, ed era esattamente ciò di cui avevo bisogno.

I battiti mi rimbombavano forte nel petto. Se era accaduto qualcosa a Minetta, se mi aveva lasciato definitivamente per colpa di Skye, non ero sicuro che non l'avrei fatta a pezzi.

Rilasciai la presa e lei crollò a terra, portandosi le mani sulle impronte rosse che le avevo lasciato intorno al collo. "Parla, Skye. Questa è la tua unica possibilità di dirmi la verità, tutta la verità, oppure ti strapperò i ricordi dalla testa e ti spedirò in una delle mie stanze della tortura per il resto dell'eternità."

"L'umana è passata ieri sera."

"E?"

"È tutto, mi ha vista e se n'è andata. Le ho chiesto se avesse un messaggio, e lei non ha detto niente. Mi ha guardata e poi si è diretta all'ascensore."

"Vediamo se ho capito bene. Minetta è venuta qui ieri sera, tu le hai aperto la porta indossando nient'altro che la maglietta di Neven, con i capelli bagnati dopo aver scopato e aver fatto la doccia?"

"Sì."

"Le hai detto che eri qui con me?"

"No, lo giuro, non le ho detto niente del genere. Deve aver tratto le sue conclusioni. Non sono responsabile di ciò che ha pensato."

Le mie nocche scroccarono, mentre un ringhio mi fuoriuscì dalle labbra.

"Ti sembro un idiota, Skye? Non ti ho appena detto di non metterti contro di me? Ti sembra che scherzi quando ti dico che potrei ucciderti?"

Lei scosse lentamente il capo su e giù. "Non l'ho illusa, ma non l'ho nemmeno corretta."

"E poi mi hai mentito quando mi hai detto che non era passato nessuno." Skye si portò le ginocchia al petto, e avvolse le braccia intorno alle ginocchia.

"Sì, ti ho mentito," poi abbassò lo sguardo verso il pavimento. Mi voltai e guardai Neven prima di cambiare idea. "Portala via di qui prima che la uccida. E non voglio rivederla mai più. Se la incontrerò di nuovo, non posso promettere che non la ucciderò."

Neven guardò prima la sorella e poi me. "Mi dispiace."

"Non scusarti per lei. Sapeva esattamente che cosa stava facendo e ha scelto di assecondare i propri desideri dimenticando la nostra amicizia e ciò che volevo. Vi ho tirato fuori dalla Fossa della Disperazione e vi ho chiamato amici." I miei occhi si posarono su Skye. Lacrime rosse da demone le tracciarono il viso, macchiando la maglietta bianca che indossava. "Lei non è più mia amica e, se non sei mia amica, sei mia nemica. Vattene."

"Ti prego, Riker, mi dispiace tanto," piagnucolò.

"Sta' lontano da me, Skye. Non voglio mai più rivedere la tua faccia, ma sappi questo — l'unica ragione per cui ora non ti mando all'Inferno a cui appartieni, è per via della donna che hai scacciato. Minetta non vorrebbe che ti uccidessi, non ti suona fottutamente ironico?" Corsi verso le scale, per finire di vestirmi, e lasciai Neven a gestire la sorella in lacrime. Avevo questioni più importanti di cui occuparmi, come trovare Minetta e poi provare a convincerla che non avevo giocato con le sue emozioni.

CINQUANTADUE

Minetta sbadigliò, mentre guardava l'insegna della casa di riposo. Non era stato un lungo viaggio in auto ma, una volta oltrepassato il confine dello stato, si rese conto di non avere più una casa dove tornare e decise di pisolare in auto davanti all'edificio.

Stupida, era stata così arrabbiata da non aver nemmeno ricordato di aver venduto la fattoria. Si stiracchiò e poi sorseggiò il caffè freddo, buttando giù quel disgustoso sapore di bruciato.

"Bleah." Le venne quasi un conato di vomito. "Ecco che cosa ottengo a comprare caffè ad una stazione di servizio."

Aveva bisogno di pensare a un piano, non sapeva dove voleva vivere, ma, prima, doveva andare a trovare sua madre. Forse, avrebbe potuto farla trasferire in un nuovo posto, così da poter vivere il più distante possibile da Riker, senza dover prendere un aereo per vederla.

Aprì la portiera dell'auto e scrollò le spalle, poi raggiunse le porte di vetro; l'unica parola che le venne in mente era stanca.

Era stanca di sentirsi abbattuta. Era stanca di sentirsi usata e abusata, e che le persone che amava le mentissero. Si sentiva in colpa per non aver detto a Penny che stava partendo o dove fosse diretta, ma se l'amica lo avesse saputo, allora avrebbe provato a fermarla o sarebbe andata con lei e, onestamente, Minetta voleva lasciarsi tutto alle spalle.

Perché Michael pensava che fosse la prescelta, lei non ne aveva idea. Ma era stupida a pensare che potesse essere la persona che avrebbe aiutato a impedire un'apocalisse e salvare la Terra. O cambiare il cuore nerissimo di un demone e indurlo a vedere negli umani qualcosa di più che patetici sacchi di carne.

Michael doveva trovare un altro salvatore, perché lei aveva fallito.

La porta automatica esterna si aprì, e l'odore di detergente al limone che usavano le invase le narici.

"Buongiorno," disse Minetta, dirigendosi alla postazione delle infermiere.

"Cara, sai che è troppo presto per le visite?"

"Lo so, ma speravo che poteste fare un'eccezione. Sto traslocando e volevo assicurarmi di vedere mia mamma prima. Potrebbe volerci un po' prima che possa farla trasferire più vicino a me."

"Oh, chi è tua mamma?" chiese la donna, con le dita che volavano sulla tastiera.

"Shelly Johnson."

"Oh, che donna dolce. Alcuni malati d'Alzheimer possono diventare cattivi, ma non la tua mamma. Lei è così gentile con tutti."

"Tipico della mamma. Pensate che possa vederla? Posso aiutarla a farla vestire e mangiare, così che un'infermiera sia disponibile per qualcun altro."

"La mela non è caduta troppo lontano dall'albero con te." La donna sorrise calorosamente. "Avvertirò del tuo arrivo. Vai a quella porta, e ti farò entrare."

"Grazie mille." Minetta andò verso la porta chiusa a chiave e aspettò che il clic si attivasse prima di aprirla. Il posto le faceva male al cuore ogni volta che attraversava quelle porte, e non perché era probabile che ci sarebbe finita anche lei, prima o poi, ma perché molti pazienti non avevano nessuno. Si lamentavano, spaventati dalla malattia incurabile che lasciava immagini confuse nelle loro menti, e non avevano nessuno, ad eccezione di quelle gentili infermiere che si prendevano cura di loro nell'ultima parte della vita, che fosse di settimane, mesi o anni.

La porta di sua madre era in fondo al corridoio. Aveva pagato un po' di più per assicurarsi che la donna avesse due finestre. Una si affacciava su un terreno agricolo ancora non sviluppato, e sperava che le portasse un senso di pace vedere qualcosa di familiare.

"Ehi, mamma, sono io, Minny," disse, aprendo la porta.

La madre era già fuori dal letto. Indossava la sua lunga camicia da notte con i graziosi fiori rosa, quella che preferiva, perciò Minny si assicurò di ripulire Walmart così che lei non dovesse mai correre fuori. "Ciao mamma, mi hai sentita?" chiese quasi sottovoce, mentre le si avvicinava. Non voleva spaventarla. "Mamma?"

Era strano che sua mamma non rispondesse affatto. Poté vederne il rilesso sulla finestra, ma i suoi occhi erano persi nel vuoto e non la videro. Minetta deglutì rumorosamente, un brivido di tensione sulla schiena.

"Mamma, stai bene?"

Una paura serpeggiante scivolò lungo il suo corpo, i peli le si drizzarono dietro il collo, il che la fece deglutire forte. Le mani le tremavano, mentre si avvicinava alla spalla della madre, ma si fermò poco prima che la mano la toccasse.

Si sentirono i rumori di un forte trambusto provenire dal corridoio, e lei inspirò forte, mentre si voltava a fissare la porta, mentre le grida peggiorarono.

La porta si spalancò mentre una mano le toccava una spalla, e Minetta gridò, saltando sul lato. Gli occhi confusi della madre la fissarono, mentre Riker apparve sulla porta, sembrando altrettanto insicuro in merito a come lei si sentisse. Minetta stava impazzendo. L'apparizione di tutti quegli angeli e demoni le stava facendo perdere il senno. Strinse le mani al petto e stette a fissare l'uomo sulla porta.

"Chiama pure la polizia, ma non me ne vado," ringhiò Riker all'infermiera nel corridoio.

"Mamma, torno subito," disse Minetta e raggiunse l'uomo che al momento voleva schiaffeggiare.

"Vuole che chiami la polizia per questo idiota?" chiese una donna che sembrava una capo infermiera, mentre si avvicinava a Riker.

Minetta le sorrise. "No, sul serio, va tutto bene." Lei lo guardò. "Mi occupo io di lui."

"D'accordo allora, ma finirete entrambi fuori di qui se ci sarà ulteriore confusione." L'infermiera uscì e ordinò agli altri pazienti di tornare nelle proprie camere.

Afferrando il braccio di Riker, lo trascinò nella camera e chiuse la porta. "Che cosa diavolo ci fai qui?" Le mise le mani sulle spalle, ma lei si distaccò. "Non mi toccare," sussurrò bruscamente Minetta.

"Minny, non sono andato a letto con Skye. So che è quello che pensi, so che cosa ti ha fatto credere, ma ho bisogno che ti fidi di me. Non è successo niente."

"Ti aspetti davvero che ci creda? Per caso vengono tutte le tue amiche a fare le feste nella doccia?"

"Chi…" Minetta si voltò, vedendo la madre avvicinarsi lentamente. Sospirò e si grattò il viso.

"Riker, questo non è il luogo o il momento per affrontare questa conversazione." Lo lasciò sulla porta e raggiunse sua madre. "Ehi, mamma, va tutto bene. Non devi avere paura."

"Tu, tu," disse la donna, sollevando un braccio, puntandolo verso Riker.

"Questo è un mio amico. Sta andando via," disse Minetta. Diede poi un colpetto sulla mano della mamma, mentre si allontanavano sottobraccio: voleva accompagnarla alla sua sedia ma la mamma si liberò di lei con uno strattone.

La donna puntò di nuovo verso Riker. "Angelo," disse, e Minetta si bloccò sul posto.

"Che cos'hai detto?" Minetta stette a fissare il volto materno, ma aveva gli occhi puntati su Riker.

"Piacere di conoscerla, signora Johnson." Riker si avvicinò loro lentamente; quando lo fece, le lacrime iniziarono a scorrere dagli occhi della madre.

Liberando il braccio, Minny osservò affascinata mentre la madre, che da anni non riconosceva nessuno, avvicinarsi a Riker. Rimase a bocca aperta, quando la madre avvolse le braccia intorno all'uomo.

"Sei venuto a prendermi?" gli chiese. Era la prima frase completa che pronunciava da anni, e ora fu il suo turno di coprirsi la bocca e scacciare via le lacrime.

"Presto. Andrà a casa presto, ma non oggi. Oggi siamo venuti a trovarla," disse Riker, con voce dolce e calma, mentre accarezzava la treccia grigia sulla schiena della madre di Minetta. "Vorrebbe parlare con sua figlia, per dirvi addio in modo appropriato?"

"Sì, la nebbia... è chiara. Starò bene o morirò?"

"Mi dispiace, signora Johnson. Non ho il potere di guarirla, ma posso darle un po' di tempo con sua figlia per dirle ciò che desidera prima di andare a casa da suo marito."

Minetta tirò su col naso e si asciugò le lacrime incontrollate, che le scendevano sul viso. Come faceva lui ad avere sempre la capacità di scioglierle il cuore, persino quando voleva dargli un pugno in faccia? La mamma si allungò e prese le guance di Riker nelle mani.

"Grazie, caro ragazzo. Ti stavo aspettando." La donna si voltò e la guardò, e Minetta non riuscì più a trattenersi, mentre guardava negli occhi che la stavano davvero fissando. "Ma guardati, dolce ragazza, sei così cresciuta. Così bella."

Minetta corse e abbracciò forte sua madre.

"Mi sei mancata così tanto, mamma. C'è tanto che vorrei dirti, sono successe tante cose. Io... io non so nemmeno da dove cominciare." La mamma si tirò indietro, e risero entrambe. "Tieni." Minetta prese la scatola di fazzoletti e la passò alla madre, così che ne prendesse qualcuno.

Minny guardò mentre la donna si asciugava gli occhi. Era sempre stata così adeguata, così aggraziata. Minetta e suo padre si erano sempre divertiti tanto a punzecchiarla, e tutto era sempre stato perfetto. Non in un senso negativo o snob. Lei aveva solo un modo particolare di fare le cose.

"Beh, tanto per iniziare, perché non mi dici dove hai conosciuto questo bell'angelo? Buona scelta, la mia bambina."

Minny portò lo sguardo su Riker, e la dolcezza che trovò in quegli occhi la fece sciogliere di nuovo. Lei mimò con la bocca 'grazie', e lui le fece l'occhiolino. "Voi signore vorreste sedervi in giardino? Adesso è molto bello."

"Sembra un'idea magnifica. Che ne dici, Minny?"

"Certo, mamma, prima fammi prendere il tuo maglione e le pantofole."

Minny si precipitò per la stanza e raccolse le cose della mamma prima di offrirle l'avambraccio.

La donna arrossì, e le sue guance di tinsero di un rosa acceso e guardò

Riker. "Ti dispiacerebbe accompagnarmi in giardino? Farebbe andare fuori di testa tutte le donne che sono qui, vedermi a braccetto con uno stallone."

"Mamma," disse Minetta, e scoppiò a ridere, mentre Riker sorrideva.

"Ne sarei onorato." Riker le si avvicinò e le porse il braccio come un vero gentiluomo. "Ora mi dica, signora Johnson, quant'era monella Minny da bambina?"

"Oh, ho delle storie per te. Non era sempre così dolce e innocente, non farti ingannare da quel sorriso."

Minny camminava dietro la coppia, e le sembrava che il cuore stesse per fuoriuscirle dal petto. Se non altro, lui si era appena guadagnato una conversazione. Era il minimo che potesse fare per questo dono.

CINQUANTATRÉ

Non ebbi il cuore di dire a Minny che a sua madre non restava ancora molto tempo.

Era la ragione per cui era capace di vedermi per ciò che ero. Come umana, non era in grado di cogliere la differenza e accorgersi che ero un angelo caduto. In realtà, il termine angelo non era quello che mi sarei aspettato che usasse. Persone sul punto di morte mi avevano chiamato mietitore, se non peggio.

Una volta in giardino, lasciai che le donne godessero del loro spazio e si sedessero su una panchina. Riuscivo a vedere Shilo appoggiato all'auto nel parcheggio. Era stato la persona più vicina alla figura di un padre, da quando era stato cacciato dal Paradiso. In quel tranquillo istante di autoriflessione, osservai quelli che vivevano e lavoravano qui. Per la maggior parte, si trattava di ospiti che avevano una sorta di strana malattia.

Non avevo mai dovuto preoccuparmi di ammalarmi, ma il pensiero che a Minetta potesse accadere, facendo perire il suo fragile corpo umano, era terrificante. Era questo che mio Padre aveva sempre visto negli umani? Era questo che Michael avevo inteso, quando aveva detto: "noi, come angeli, non comprendiamo il significato della parola gratitudine." Ero stato grato per molte cose e non avevo mai pensato al suo messaggio se non come una sciocchezza sussurrata da nostro Padre.

Era come se ci fosse qualcosa nell'aria che mi stava schiarendo le idee.

Sbattei le palpebre e mi guardai alle spalle, mentre Minetta rideva con sua madre. C'era una luce in lei, una felicità nello sguardo che comunicava quanto fosse importante trascorrere quel momento con la donna. I suoi occhi trovarono i miei, e sembrava ancora ferita quando mi guardava, ma la freddezza era svanita. Questo momento era un dono, un dono di cui non avrei mai avuto bisogno e che non avrei mai compreso.

Dovetti domandarmi se ci fosse un modo di convincerla che non l'avevo tradita.

La signora Johnson sbadigliò, e Minny indicò che sarebbero rientrate. Mi alzai, ma lei scosse il capo dicendomi di non seguirle, e tornai a sedermi e ad aspettare.

C'era una tempesta all'orizzonte. Sentivo l'odore della pioggia nell'aria e sentivo la lieve carica elettrica che accompagnava i fulmini che squarciavano le nuvole.

Minetta girò intorno alla panchina e si sedette accanto a me. Fui tentato di afferrarle i capelli e tenerla più vicina. Volevo così disperatamente che le cose si aggiustassero tra noi.

"Grazie. Qualunque cosa tu abbia fatto, mi hai dato questo momento con la mamma."

Poi, sollevò gli occhi, guardandomi. "Ti sarò sempre grata."

"Prego, Minetta."

Fece un respiro profondo e si accasciò sulla panchina. "D'accordo, perché Skye era a casa tua, vestita in quel modo?"

"Prima di tutto, ti dirò che ha fatto sesso, ma non con me. Ha fatto una doccia, come hai visto c'è più di una dozzina di cabine doccia in casa mia e, ancora una volta, non l'ha fatta con me. Le avevo detto specificatamente che non sarebbe più successo nulla tra me e lei, cosa a cui ha acconsentito, ma, quando sei arrivata, ha approfittato della situazione. Non sono andato a letto con lei, Minny."

"Come posso fare a crederti? Hai detto che volevi provare ad avere una relazione, ammettendo apertamente di non poter garantire sulla sua durata."

Mi voltai e sollevai il mio ginocchio sulla panchina, poggiando un braccio dietro allo schienale della struttura di pietra. "Guardami negli occhi. Hai imparato a conoscermi abbastanza bene da sapere quando ti mento." Poi, mi allungai, sentendomi spinto a toccarle la pelle, e feci scorrere il dito lungo la sua guancia. "Significhi molto più per me di quanto possa esprimere a parole, Minetta."

"Merda!" Minetta si alzò in piedi e si allontanò, raggiungendo il piccolo stagno decorativo. Non sapevo come interpretare questa sua improvvisa reazione.

"Non ce la faccio." Si voltò a guardarmi, e deglutii l'enorme nodo che avevo in gola, mentre aspettavo le sue prossime parole. "Non posso continuare ad avere una relazione con te, e non essere completamente onesta con te. Devo togliermi questo peso dal cuore."

"Non so di che cosa tu stia parlando," dissi. Era ovvio che fosse nervosa. Si stava mangiando le unghie, e sembrava agitata. "Dimmi, qualunque cosa sia, e la supereremo."

"Ricordi quando ti ho detto che Penny mi aveva già spiegato chi sei, e perché non ne ero spaventata?"

"Sì, e allora?" Mi alzai e feci un passo verso di lei.

"Non ero sincera al cento per cento, e mi odio per questo." Minetta camminò in un piccolo cerchio, e poi si fermò, sembrando prepararsi a dire quello che la stava uccidendo dentro.

Non riuscivo ad immaginare che cosa potesse esserci di così terribile. "Quello che non sai è che non avevo intenzione di frequentarti. Penny ha detto che i demoni avrebbero continuato a darmi la caccia se lo avessi fatto, perciò avevo pienamente intenzione di non avvicinarmi mai più a te."

"Continuato a darti la caccia?"

"Sono stata aggredita a casa mia e poi di nuovo, quando Jared mi ha fatta arrestare dalla polizia o finta polizia piuttosto. Quello che non ti ho detto è che quella sera, quando sono tornata al tuo ufficio, ero stata ferita da un gruppo di demoni. Mi hanno fatta salire sul retro di un'auto di pattuglia, e non sono riuscita a fuggire e ..." Lei smise di parlare e si massaggiò le braccia. "Mi hanno portata nel bosco per incontrarsi con degli altri demoni, per giocare a questo folle gioco di 'caccia all'umano' nel bosco, mentre hanno provato a uccidermi."

"Minny, ma cosa? Perché non me l'hai detto?" Le poggiai le mani sulle spalle e percepii la tensione nel suo corpo. I suoi occhi mi mostravano quanto fosse devastata nel dirmelo.

"Perché Penny e Michael sono arrivati e mi hanno salvata. Mi hanno detto che avevo due scelte. La prima è che potevo provare a scappare e a stare lontano, davvero lontano da te, ma avrebbe significato che c'era una buona possibilità che si sarebbe verificata un'apocalisse. Oppure potevo darti una chance, e c'era la possibilità che avremmo funzionato, provando così ad aiutare tutti."

Le mie mani crollarono dalle sue spalle. "Quindi, Michael ti ha detto che dovresti stare con me per salvare il mondo, e questa è la ragione per cui sei venuta nel mio ufficio?" Mi allontanai da lei e ci riflettei sopra. La rabbia mi bruciava alla bocca dello stomaco. Michael aveva orchestrato la storia per tutto il tempo. Aveva danzato intorno alla domanda come faceva sempre, ma sapevo che stava tramando qualcosa.

Mi aveva manipolato, inducendomi a credere di essermi davvero innamorato di un'umana? Niente di tutto ciò era vero. Minetta non era mai stata interessata. Non avrei dovuto lasciarmi accecare dal mio desiderio e ascoltare il campanello d'allarme che mi diceva che il suo cambiamento di atteggiamento era insolito.

"È stata tutta una finzione? I tuoi sentimenti? Il fingere di non volere niente da me? Tutto mentre stavi segretamente provando a farmi... che cosa? Diventare una persona diversa, una persona migliore? O almeno una persona migliore nella tua testa. Minny la paladina, la salvatrice di tutte le anime umane," la mia rabbia ribolliva nella mia voce.

"No, non ho finto niente, Riker. Non ti ho detto perché ho cambiato idea, ma è stato così. Ero già stata cacciata due volte dai demoni. Non riuscivo a immaginare che tutto il mondo finisse nelle loro mani al solo scopo di uccidere tutti."

"Volevi salvare tutte le patetiche vite umane, e non ti importava di prenderti gioco dei miei sentimenti, purché ottenessi ciò che volevi."

"Riker, non mi stai ascoltando. Non è così." Lei mi afferrò il braccio, e io mi scostai bruscamente.

"Non posso credere di averti quasi detto ti amo. Michael mi manipolerà sempre. Deve essersi fatto una grassa risata per questo." Mi allontanai, ma Minny corse di fronte a me e allungò le mani per fermarmi. Allungai il mio braccio e la spinsi via.

"Riker, ti prego, lui non ti ha manipolato. Sono stata io a scegliere di darti una possibilità. Ho scelto io di scoprire come fossi davvero."

Mi girai e guardai il suo bel viso, e la mia rabbia raggiunse un altro picco. "Ma l'avresti fatto se Michael non ti avesse detto che avrebbe potuto salvare il mondo e qualunque altra cosa abbia aggiunto?"

"Non lo so, non eri esattamente il tipo d'uomo con cui sarei uscita e, dopo l'incidente nell'ufficio e i miei trascorsi, sinceramente non saprei."

"No, tu preferisci degli sfigati succhia-anima che non si degnano di lavorare e ti tradiscono perché sai che cosa aspettarti. Nel tuo mondo, è sicuro così." Lei indietreggiò di un passo, come se l'avessi schiaffeggiata. "Sta' lontano da me, Minetta. Forse aver visto Skye, essere saltata alle tue conclusioni, scegliendo di pensare il peggio di me è stato il segno che entrambi avevamo bisogno di scoprire se avevamo commesso un errore."

Le lacrime iniziarono a scenderle sulle guance; anche se ero furioso, non riuscivo a sopportare di vederla in quello stato e desiderai prenderla tra le mie braccia.

"Addio, Minetta." Stavolta non mi seguì o provò a fermarmi.

Mi si formò un dolore nel petto, che peggiorò ad ogni mio passo. Ringhiai, raggiungendo la mia auto, e mi misi dietro al volante.

Skye aveva ragione, Michael stava giocando con me sin dal momento in cui era arrivato in città, e io ero stato accecato da un viso grazioso che sapeva mi avrebbe ricordato Callista.

Bastardo.

Ne avevo abbastanza, avevo smesso di stare al suo gioco. Il mondo poteva bruciare per quanto m'importava.

CINQUANTAQUATTRO

Minetta rimase ad un'estremità del prato e osservò l'auto sportiva sfrecciare a tutta velocità, sgommando fuori dal parcheggio. I singhiozzi dolorosi giunsero al culmine quando Riker uscì dal suo raggio visivo. Che cosa aveva fatto? Perché glielo aveva detto? Aveva sempre pensato che dire la verità sarebbe stata la scelta migliore, ma, al momento, non sembrava affatto così. Invece, le sembrava che tutto il mondo intorno a lei si stesse sbriciolando.

Lui aveva ragione. Aveva pensato il peggio di lui ed era accaduto quando lo aveva accompagnato a casa sua. Jared, Skye, non importava. Era stata pronta a implodere, perché quei sentimenti erano troppo veri. Era terrorizzata all'idea di perderlo, perciò si stava preparando a mettere fine a tutto ad ogni costo, per poi respingerlo nel modo più classico.

Minetta raddrizzò le spalle e si asciugò le lacrime dal viso. "Dovevo dirgli la verità. Sono stata sincera, e lui è fuggito." Questo le diceva tutto ciò che le serviva sapere.

Quando tornò nella stanza della madre a riprendere la borsa, la donna dormiva profondamente. Non avrebbe mai potuto odiarlo, era indubbio che lo amasse, ma era ora di voltare pagina. Minetta baciò la fronte della madre e si diresse alla propria auto.

Entrando nella Mini, tirò fuori la mappa che aveva comprato alla stazione di servizio. Aveva deciso che avrebbe fatto il viaggio che non era riuscita a fare con suo padre.

"Ok, papà, dove si va?" Stette a guardare la mappa e sorrise, mentre prendeva la sua decisione. Riportò l'auto sulla strada, mentre la tempesta si avvicinava, le nuvole scure a distanza annunciavano che sarebbe stata della peggior specie.

Non si era allontanata di molto, quando la pioggia iniziò a battere contro il parabrezza.

Quelle che iniziarono come normali gocce mutarono rapidamente in un acquazzone incredibilmente forte. L'auto fu scossa violentemente, dalle folate di vento più forti che avesse mai sentito. Il suono del vento riecheggiava all'interno della piccola auto; poi si udì il forte boato di un tuono, che le parve poter squarciare il tetto del veicolo.

Minetta si chinò sul volante, provando a stimare dove fossero le linee della carreggiata. Attivò tutte e quattro le frecce, mentre la pioggia diventava grandine e decise che, se un tornado era prossimo, allora avrebbe fatto meglio a parcheggiare. Accostò dunque sul ciglio della strada e spense il motore. Non aveva mai visto un temporale come quello. Il cielo si stava ulteriormente scurendo, bloccando completamente il sole con una strana sfumatura scura come inchiostro, che la fece rabbrividire.

Minetta gridò mentre un chicco di grandine particolarmente grande colpì l'auto con un colpo, scuotendola. Un tonfo sul tetto le fece sollevare lo sguardo, facendola preoccupare che non reggesse. Una sagoma scura che intravide con la coda dell'occhio la fece guardare fuori dal parabrezza, ma non c'era niente. I suoi occhi analizzarono la crescente oscurità che si stava abbattendo su di lei nell'auto, e si asciugò il sudore dai palmi delle mani.

"No, te lo stai immaginando. Non dovrebbero volerti ora. Non può essere," disse ad alta voce, provando a calmare i nervi alla bocca dello stomaco. Accese la radio e sobbalzò, coprendosi le orecchie, quando il forte crepitio, che segnalava l'assenza di canali, riecheggiò attraverso gli altoparlanti. I peli le si drizzarono dietro la nuca un istante prima di scorgere qualcosa fuori dal finestrino.

Stavolta, alzò lo sguardo, gridò e il pugno enorme di una creatura, che certamente proveniva dall'Inferno, sfondò il vetro dal lato passeggero. Solo l'istinto le suggerì di schiacciare il piede sull'acceleratore. Il demone si aggrappò alla porta, ringhiando e sputando verso di lei, mentre l'auto correva lungo la strada.

Minetta gridò, quando un artiglio affilato le graffiò un braccio, mentre prendeva la sua borsa. La sua mano strinse il piccolo flacone di spray al peperoncino. Senza preoccuparsi di mirare alla faccia del demone, tirò fuori il flacone e pigiò il pulsante.

Il demone ruggì e cadde all'indietro dall'auto, ma vide che c'erano altre bestie enormi correre lungo il ciglio della strada accanto a lei. No, no, no, non poteva succedere di nuovo!

"Andate via! Lui mi ha lasciato. È finita," si sporse dal finestrino aperto.

Ad accoglierla c'erano solo degli occhi rossi e luminosi e dei ringhi. "Vi prego, andate via!"

Le lacrime, come la pioggia all'esterno, le scivolarono lungo le guance, mentre tentava di accelerare con il piccolo veicolo. Quelle che sembravano onde d'acqua colpirono entrambi i lati dell'auto, passando attraverso il finestrino rotto, inzuppandola fino alle ossa.

"Vi prego, lasciatemi in pace," sussurrò, mentre il piede pigiava sull'acceleratore.

~

"Che cosa succede, signore?" chiese Shilo, mentre guidavo.

"Era tutta una menzogna, tutta una fottuta menzogna!" sbattei la mano contro il volante.

"Che cosa, signore?" Shilo afferrò la portiera e la console centrale, le nocche diventarono bianche per la stretta fatale.

Misi Shilo al corrente di tutto ciò che Minetta mi aveva appena detto. Quando terminai, lo guardai, e l'angelo stette semplicemente a fissarmi. Lentamente, un'espressione cupa gli si palesò in volto. Non riuscivo a ricordare una volta in cui mi avesse guardato con una tale rabbia.

"Accosta," disse Shilo.

"Come?"

"Accosta subito," gridò improvvisamente l'anziano, sbattendo le mani sul cruscotto. Lo sguardo nei suoi occhi era severo, gli occhi blu brillavano di un potere che non avevo mai visto dalla sua caduta.

Scioccato dalla sua reazione, feci come mi aveva chiesto e lo osservai confuso scendere dall'auto, fermandosi sulla ghiaia al limitare della carreggiata. Per fortuna, era una strada tranquilla e non c'erano altre auto in vista. Scesi lentamente anch'io dall'auto e fissai l'anziano angelo. Il suo viso era rosso quasi quanto un pomodoro, il suo corpo tremava per la rabbia. Pensai che le sue ali avrebbero fatto la loro apparizione a breve.

"Ragazzo, sei un idiota!" disse infine Shilo, mentre puntava un dito contro di me.

Sgranai gli occhi, e feci un piccolo passo indietro, dopo aver ascoltato quelle parole che avevano avuto l'effetto di un vero pugno. "Shilo, io..."

"Dico sul serio, sei stupido, e non avrei mai pensato di rivolgerti queste parole. Voglio dire, davvero, dopo tutto questo tempo e tutti questi ani, credevo che un po' di buonsenso ti si fosse installato in quella testa."

"Come ti ho fatto arrabbiare? Io sono stato ingannato."

"Oh, per favore! Risparmiamela. Ingannato, il mio vecchio culo angelico e rugoso!" Fece un gesto con le mani come se avesse finito con me, e fece alcuni passi prima di voltarsi a guardarmi di nuovo. "Dimmi una cosa, quante persone hai ingannato da quando sei caduto dal Paradiso? Quante persone hai mandato in rovina di proposito, rovinando i loro affari, la loro reputazione o la loro vita senza esitare? Quante persone hai torturato? A quante hai mentito, se lo ritenevi opportuno? Riesci a immaginarlo? Io no. Ho perso il conto solo dopo il nostro primo anno qui." Shilo sollevò la mano e scosse il dito verso di me, ma la rabbia nei suoi dolci occhi blu conteneva la vera minaccia.

"Quella ragazza è la prima cosa vera e buona che ti sia mai capitata. Ha messo la sua fragile vita e il cuore in prima linea per salvare non se stessa bensì milioni di persone e te. Riesci a comprenderlo? Non aveva intenzione di ingannarti o ferirti, e lei ti dice la verità del perché sia venuta da te, e tu le volti le spalle?" Shilo scosse il capo. Non avevo mai scorto il disgusto nel suo sguardo rivolto verso di me prima, nulla che avevo fatto si era guadagnato quell'espressione fino a quel momento. "Lei è una persona dolce e gentile, distrutta per averti mentito su una sola cosa, una cosa che, nel quadro generale, è una stronzata! Una stronzata! Mi hai sentito, ragazzo?"

Sollevai le mani. "Sì, ti ho sentito."

"No, io penso di no invece. Io, tra tutte le persone, ho il diritto di odiare Michael, e quell'odio brucia sempre di più del Fuoco dell'Inferno, eppure, in questo, lui non si sbagliava. A parte i suoi piani, ho visto te e Minetta insieme, e l'amore che c'è tra di voi è unico e speciale. Quel legame, quel tipo d'amore che fa sciogliere l'anima, è unico nel suo genere. Io dovrei saperlo. L'ho avuto una volta." La sua espressione s'intristì, mostrando tutto il dolore celato per tutti quegli anni.

"Amavo mia moglie e i miei figli più della mia stessa vita, e tutto mi è stato strappato via. Tu hai una possibilità di avere quel tipo d'amore, e il suo tempo sta scadendo, ma avere persino pochi fragili anni vale più di tutti gli edifici e le auto costose del mondo." Poi, allungò la mano verso l'auto per sottolineare il concetto. "Questo pezzo di merda ti ama? I tuoi edifici lussuosi e vestiti costosi ti fanno sentire vivo?"

"Ma lei ha mentito e non intendeva nemmeno più vedermi."

"Ha! L'avrei fatto anch'io."

"Che cosa?"

"Forse non ti sei guardato allo specchio per vedere davvero il riflesso che ti osservava, ma l'uomo che ha incontrato lei era un fottuto stronzo di prim'ordine."

Shilo si tolse la giacca del completo e la gettò a terra nella polvere, calpestandola con il piede. Si arrotolò le maniche, e pensai che volesse tirarmi un pugno, ma puntò verso la direzione da cui eravamo arrivati.

"Quella ragazza è la personificazione umana della gentilezza e dall'abnegazione, qualcosa che prima conoscevi, Maddix. Perché dovrebbe dare una chance al più grande stronzo dello stato? Rifletti dal suo punto di vista. Se fossi stato io, sarei scappato il più lontano possibile senza mai voltarmi indietro. E sai una cosa? Quale che potesse essere la sorte degli uomini, avrei continuato a non darti una possibilità di ferirmi e specialmente non a costo di rischiare di finire all'Inferno io stesso. Posso dirti sin d'ora che lei sapeva che l'avresti ferita, o che sarebbe morta per i suoi sforzi, e ha soffocato la sua paura per aprirsi e darti una possibilità. Questo è vero, è... coraggioso, ed è più di quanto tu meritassi quando lei ti ha conosciuto."

Shilo piegò il piede sulla giaccia, schiacciandola nella polvere, e tirò fuori dai pantaloni la camicia perfettamente infilata.

"E visto che che sei seduto così in alto sul tuo cavallo bianco perlato, le hai detto di Anthony Kent che mi hai mandato a prendere?" Distolsi lo sguardo da lui. "Oppure che mi dici di quel Jared con cui lei lavorava? Le hai detto delle cose terribili che hai fatto o come la volevi soltanto perché Michael aveva mostrato interesse?"

"Oh, d'accordo, ho capito. Resto pur sempre un coglione."

Shilo camminò intorno all'auto e mi scioccò ulteriormente mettendomi le mani sul petto. "Ragazzo mio, tu sei l'unica cosa che mi sia rimasta in questo mondo, a cui tengo e a cui voglia bene, e ti sto dicendo adesso che me ne andrò e non ti rivolgerò mai più la parola, se non sistemi immediatamente le cose."

"Sei serio?"

"Lo giuro sulla morte di mio figlio."

"Come dovrei distinguere la verità dalla finzione tra noi?"

"Pensaci, ragazzo mio." Poi, mi diede un colpetto sul lato della testa. "Da ogni tocco e sguardo che voi due avete condiviso, persino un angelo decrepito come me riesce a vedere quello che sta succedendo. Lei ti guardava con tanto amore, era come se tu potessi portarle la luna. Sì, Michael potrebbe benissimo averle messo in testa di venire da te, ma non ha fatto altro. Per quanto abbia gonfiato quel petto fastidiosamente arrogante, persino lui non ha quel tipo di potere. Non può fare innamorare voi due."

Indietreggiai, elaborando l'essenza di quelle parole. La rabbia scemò, lasciando la paura al suo posto. Che cosa avevo fatto?

"Sei spaventato, ragazzo. Spaventato dall'emozione che lei ha invocato. Spaventato di lasciare entrare qualcuno, e non ti biasimo dopo ciò che è successo, ma non puoi lasciarla andare. L'uomo che vedo di fronte a me è quello che ho sempre saputo saresti diventato, non quel guscio che sei stato per secoli."

Un forte tuono rimbombò a distanza, prima che si manifestasse un fulmine luminoso. Tornai a guardare verso la direzione da cui ero arrivato e poi verso il temporale. Fissai quell'oscurità, nera come l'Inferno stesso, e un brivido mi scese lungo la schiena. Annusai l'aria e poi guardai Shilo.

"Lo senti l'odore?"

Shilo annuì. "Demoni, tanti demoni."

"Minetta, no!" Feci pochi passi di corsa e spiccai il volo, con le ali che si liberarono strappando la giacca che stavo indossando. "Spada." Invocai la mia grande spada che giaceva dormiente sin dal giorno della mia caduta. Avrei protetto Minetta a mani nude se fosse stato necessario.

Con Shilo al mio fianco e il vento che mi fischiava nelle orecchie, attraversai il cielo diretto verso Minetta, e potei solo pregare a qualcuno che non avrei mai pensato di invocare di nuovo, che non fosse troppo tardi.

CINQUANTACINQUE

Il dolore bruciante che avevo nel petto s'intensificò mentre volavo. La piccola auto di Minetta appariva come un martoriato pezzo di metallo, la parte anteriore e il tetto erano totalmente distrutti, come se il veicolo si fosse schiantato contro un albero. Penny stava con la schiena sul tetto dell'auto capovolta, con la spada fiammeggiante in mano, mentre provava a respingere l'enorme sciame che stava discendendo sul veicolo.

Brill, ho bisogno di te.

Inviai il messaggio telepatico al capitano del mio esercito. C'erano centinaia di demoni, troppi perché fossimo soltanto in tre ad affrontarli.

Impugnai la spada e discesi sopra l'orda.

Abbassandomi, mi creai un varco attraverso la folla, la lama dorata brillava nell'oscurità, mentre sangue rosso, nero e verde schizzava in ogni direzione. Atterrai con Shilo accanto a Penny, che stava ansimando forte, ma nel suo sguardo appariva evidente che voleva salvare l'amica a tutti i costi.

Le afferrai la spalla e riversai parte del mio potere in lei. Lei fece un respiro tremante, e gli occhi le divennero più luccicanti.

"Ti ringrazio. Dove diavolo eri?"

"Dopo." Saltai sul lato dell'auto e crollai in ginocchio.

Il finestrino laterale era rotto. Minetta giaceva come una marionetta con la cintura di sicurezza, i capelli corvini le cascavano sulla faccia. Con mano tremante, mi allungai e toccai il collo di Minetta. Era ancora viva. Il senso di terrore iniziò leggermente a scemare, sentendo quel piccolo battito sotto le dita.

"Sono davvero tanti!" gridò Penny, oltre il rumore dell'orda.

"Sai chi li sta controllando?" chiesi.

"Arrenditi! Questo deve accadere!" alzai lo sguardo e vidi Raphael mentre atterrava lentamente al suolo.

"Fratello, che cosa stai facendo?" chiesi, scioccato di vedere l'arcangelo e lo sguardo selvaggio in quegli occhi argentati.

"Non sei più mio fratello e lei deve morire." Poi indicò l'auto. "La profezia deve continuare, la guerra deve accadere, oppure l'equilibrio non sarà mai ripristinato." Raphael sollevò la sua spada in aria, mentre predicava. "E tu, Erinni, mi deludi. Sarai rimandata all'Inferno da dove sei venuta per il tuo tradimento."

"Fottiti, Raphael!" Penny sputò a terra. "Ho smesso di farmi manipolare da te."

"Così sia." Lui scoppiò a ridere, e io ero combattuto sul da farsi: avrei dovuto occuparmi di Raphael o tirare fuori Minetta dall'auto?

"Devi sapere che la profezia è mutevole, no? Qualunque cosa può cambiare il corso di un crocevia o semplicemente crearne uno nuovo che giungerà alla medesima conclusione. Uccidere un'umana non farà nessuna differenza," provai a ragionare.

"Queste sono menzogne. La profezia è nel libro della creazione da millenni. Tu fermerai la guerra, tu sei quello più vicino a Lucifero, e io non posso permetterti di impedirgli di sorgere. Solo con la battaglia finale, la pace sarà ripristinata, tornando ad essere com'era prima."

Esplosi in un'amara risata. "Sei davvero convinto che io abbia il controllo su qualunque cosa faccia Luci? Allora, non conosci molto bene tuo fratello."

"È scritto! Lei deve morire!" gridò istericamente Raphael. Non sapevo come gestire quel comportamento instabile. Non era affatto tipico dell'angelo che ricordavo.

Il suolo iniziò a vibrare, l'auto si scosse come se fosse nel bel mezzo di un terremoto, e ora fu il mio turno di sorridere. "Tu mi sottovaluti, Raphael."

Il tipico ruggito di battaglia di Brill squarciò l'aria, le sue spade gemelle si sollevarono, mentre il mio esercito caricava verso l'orda di demoni che Raphael aveva radunato. Raphael si voltò per vedere chi stesse arrivando, proprio mentre Skye e Neven apparvero improvvisamente in una nuvola di fumo. Indossavano le loro armatura rosse in pelle, impugnando le spade gemelle.

"Che cosa ci fai qui?" gridai contro di lei.

"Abbiamo seguito la spada. Ascolta, mi dispiace per tutto lo schifo che ho combinato, ma nulla ci impedirà di starti lontano, se sei nei guai. Dopo, potrai smettere di parlarmi." Poi, si voltò graziosamente e decapitò un demone.

"Va bene." Acconsentii.

"Uccideteli tutti," Raphael urlò, mentre il ruggito di un tuono e un fulmine luminoso squarciarono il cielo nero, generando un buco nell'oscurità. Il cielo brillò intensamente, e quella che sembrava una stella, precipitò dal Paradiso, ma riconobbi il volto di Michael molto prima che fosse visibile agli occhi di chiunque altro. Usò la tromba da battaglia per chiamare gli angeli alle armi, mentre scendeva davanti a loro. Uno dopo l'altro, quegli orgogliosi guerrieri balzarono dal proprio morbido trespolo, precipitandosi sulla Terra.

Come se il passato non si fosse mai concluso, una guerra scoppiò intorno a me, mentre l'auto era scossa violentemente. Dovevo tirar fuori Minetta da lì.

L'apparizione di Michael aveva distratto Raphael, che si librò nell'aria: le loro spade argentate cozzarono l'una contro l'altra rumorosamente. I suoni erano proprio come quelli delle altre battaglie, simili a grida di dolore, e il rumore delle ossa rotte era tutto ciò che era possibile sentire.

Brill saltò sull'auto. "Proteggete Mammon!" ordinò.

L'esercitò eseguì l'ordine, schierandosi in un ampio cerchio, su più file, intorno all'auto: i ringhiosi canini dei suoi Molyneux costituirono una minaccia efficace.

La loro grande stazza e i corpi muscolosi furono sufficienti per far indietreggiare i demoni più vicini. "Che cosa ordini, padrone?"

Guardai il mio capitano. "Uccidete ogni demone che affianca Raphael. Lasciate in pace gli altri."

"Avete sentito l'ordine!" Ruggirono come se fossero un unico corpo e si allontanarono dall'auto, lasciandosi dietro una scia di morte.

"Lei sta bene?" mi chiese Penny, gridando, mentre rimbombò un altro tuono.

Alzandomi, mi posizionai sul lato dell'auto e posi le mani sul bordo ammaccato. Ringhiai, flettendo i muscoli mentre strappavo la portiera dai cardini. Sbattendo da parte la portiera, m'inginocchiai ed entrai nell'auto. Afferrandole il corpo così che non cadesse, cercai di forzare la cintura, ma non si sarebbe sganciata senza farle male. "Hai un coltello?"

"Tieni." Penny mi diede una lama rossa. Afferrandola, tornai nel veicolo e tagliai la cintura che tratteneva Minetta. Con uno scatto, quella saltò, e Minetta fu libera. "Coraggio, mio uccellino, ti porto fuori da qui."

Quanto più gentilmente possibile, la tirai fuori dalla piccola auto. Saltando al suolo, la misi a terra, e Penny s'inginocchiò accanto a lei, controllandola... come esattamente non mi era dato saperlo.

"Che cosa stai facendo?"

"Si chiama primo soccorso. Dovevamo impararlo al lavoro. Lei respira, e le vie respiratorie sono libere. Va bene. Spostati. Devo controllare se ha delle altre ferite." Lei mi diede una piccola spinta, e mi sorpresi perché mi spostai. Osservai affascinato, mentre Penny si chinava, controllando gli arti di Minny; poi le sollevò la camicia per controllarle lo stomaco. Un livido scuro era facilmente visibile proprio lì. "Merda! Ha un'emorragia interna. Deve andare subito all'ospedale."

"È solo un livido."

"No, non per un'umana. È potenzialmente mortale. Rischia di morire per questo e presto." Penny sgranò gli occhi con timore, facendo aumentare il mio stesso senso di panico.

Gli occhi di Minetta tremavano, li aprì lentamente, mentre mormorava qualcosa.

"Minny?" La mia mano sul suo volto le accarezzò una guancia. Il suo viso era macchiato di sangue, per via di un taglio sulla fronte, ma non sembrava che avesse qualcosa di peggio.

"Che cos'è successo?" Si leccò le labbra, le sue parole vennero fuori lentamente.

"Hai avuto un incidente. Dobbiamo portarti in ospedale."

"Ok," disse e rotolò su un fianco, sussultando.

"Che cosa fai? Ti prendo io," dissi, mentre inciampava nei suoi stessi piedi. Le avvolsi un braccio intorno alle spalle per aiutarla a stare in piedi, quando un paio di demoni emersero dalla fila e caricarono. Skye e Neven fermarono il primo, ma dovetti lasciare Minny, per combattere contro il secondo.

Era una bestia gigantesca, con pugni più grossi dell'auto, e mi colpì mentre provavo a raggiungere Minny.

Lei gridò mentre vide che cosa stava accadendo, e cadde all'indietro. "Portala via da qui!" gridai a Penny.

"Non posso portarla lontano. Saremmo bersagli facili da soli laggiù," gridò Penny, mentre decapitava un piccolo demone, dalle sembianze di un serpente.

Tempo. Più tempo.

Pensare che il tempo fosse essenziale era tutto ciò che mi frullava per la testa, mentre con la spada penetravo uno spesso strato di pelle della bestia. Evitando un altro pugno, riuscii a puntare al polso della creatura, e la lama della mia spada lo attraversò facilmente. Un geyser di sangue nero spruzzò in ogni direzione, coprendo il campo e rendendolo appiccicoso.

"Ci pensiamo noi qui," disse Neven, mentre lui e Skye lavoravano come una perfetta squadra. Neven saltò sulla schiena del demone, mentre la sorella affondava una lama nell'occhio della creatura. "Vai! Ci pensiamo noi," gridò Neven.

Entrai in azione e tornai da Minny. Mi avvicinai e tutto rallentò — i suoni svanirono intorno a me. Guardai alla mia sinistra mentre Brill stava gridando di abbassarmi, mentre mi si avvicinava, per spingermi a terra, proprio mentre la lancia argentea di Raphael fendette l'aria.

Io emisi un urlo agghiacciante, mentre venivo rovesciato al suolo. Mi avvicinai a Minny, il suo corpo chinato all'indietro e gli occhi sgranati, mentre la lancia le trapassava il petto.

"No," ruggii, mentre sentivo il dolore montarmi nel petto, quasi come se la lancia avesse trapassato me. Minetta guardò in basso verso l'oggetto infilzato nel suo corpo, e poi spostò gli occhi su di me.

"Riker?"

"Stai bene?" chiese Brill, mentre continuavo a gridare istericamente e a lottare contro il suo peso, e quello degli altri tre demoni che stavano sopra di me. Non avevo bisogno della loro protezione.

"Toglietevi cazzo," gridai, e Brill e gli altri saltarono all'ordine. Le mie braccia avvolsero il corpo di Minny, proprio mentre iniziava ad accasciarsi al suolo. "No, no, no. No, ti prego, non morire."

Le lacrime scorrevano ai lati del viso di Minny, mentre la stringevo al petto. M'inginocchiai, il dolore mi devastò mentre la fissavo in quegli splendidi occhi blu.

"Sei venuto," disse voce flebile. Un singhiozzo mi fuoriuscì dalla gola. Non avevo mai provato un'agonia del genere. "Ehi, non piangere," ansimò. La sua mano mi toccò una guancia nel modo in cui ero solito fare con lei. Un piccolo sorriso si formò sulle sue labbra.

"Sei così bello."

"Non sono io il bello. Mi dispiace di essermene andato. Mi dispiace tanto di averti lasciato sola." Le parole mi vennero fuori mentre cullavo il suo corpo. "Andrò a cercare aiuto. Non morirai. Michael! Michael!" gridai.

"Shhh, va tutto bene." Il sangue scorreva lentamente da un lato della sua bocca, e glielo asciugai con un dito. Poi, mi prese una guancia tra le mani e sorrise, come se io fossi tutto per lei, e quello sguardo acuì la mia angoscia.

"Promettimi una cosa," sussultò di nuovo, e il mio corpo si scosse in modo incontrollabile.

"Qualunque cosa, è tua, dimmi."

"Non." Poi tacque, il petto a malapena si sollevava, mentre provava a respirare. "Tornare, non essere… chi eri," tossì, e altro sangue iniziò a scorrerle dalla bocca. "Sii questa versione di te, sii l'uomo di cui mi sono innamorata."

"Io… io…"

"Promettimelo, Riker," disse, con la voce ridotta a poco più che un sussurro.

Il mio labbro inferiore tremò, "Lo prometto."

Lei sorrise, nel modo in cui aveva catturato il mio cuore la prima volta che l'avevo incontrata. "Ti. Amo." La sua mano scivolò via dal mio volto, e cadde nell'erba impregnata di sangue.

"No, no, questo non sta succedendo." Presi la sua mano e la poggiai contro la mia guancia. "Non lasciarmi, ti prego."

Quando lei non si mosse, aveva gli occhi privi di vita rivolti verso il cielo, un ruggito emerse dal mio petto, che scosse il suolo. Il mio potere fuoriuscì freneticamente mentre il dolore mi avvolgeva, stringendomi nella sua presa. Non riuscivo a respirare. Ogni arto tremava per la schiacciante tristezza, mentre piangevo. Il potere esplose e scacciò tutto nel vento. Demoni, angeli, l'auto e gli alberi furono tutti respinti.

"Padre! Ti prego, aiutala!" mi rivolsi ai Cieli, gridando. Non avevo chiesto nulla dalla mia caduta, ma avrei fatto qualunque cosa, se avesse permesso a Minny di vivere. Non giunsero parole di conforto dall'alto.

Altre lacrime caddero dai miei occhi, atterrando sul suo corpo esanime.

Una mano mi afferrò la spalla, e guardai negli occhi pieni di lacrime di Dai.

Così simile era lo sguardo sul suo volto quando l'avevo confortata molto tempo prima. "Portala via di qui. Ci penseremo noi a finire."

Sollevai Minny quanto più cautamente possibile. Penny e Shilo erano vicini, entrambi mostravano la stessa espressione. Volevo così disperatamente strapparle quella stupida lancia dal petto. Michael avanzò, la sua spada insanguinata, ma i suoi occhi erano tristi mentre fissava il corpo esanime di Minny.

"La porto all'ospedale."

"È troppo tardi. Se n'è andata, fratello," disse sottovoce Michael.

"No! Non ti credo." La mia mente si rifiutava di credere ciò che già sapevo essere vero. Mi librai nell'aria, le mie ali mi condussero più in fretta di quanto avessero mai fatto prima.

"Fratello, fermati!"

"No!" insistei con Michael, che non era distante da me.

"Non la lascerò andare."

Mentre ci avvicinavamo all'alto edificio dell'ospedale che esponeva la sua H luminosa, Michael mi afferrò le gambe e mi trascinò verso il tetto.

"Basta, lasciami andare!" provai a scalciarlo via, ma non riuscii a respingerlo con Minny tra le braccia.

Michael lasciò la presa all'ultimo secondo, e a malapena ebbi i miei piedi sotto di me, ma non ci schiantammo. "Ma che cazzo! Sto provando a salvarla!"

Michael mi afferrò per le spalle e mi scosse. "Guarda il suo viso, fratello. È morta." Strinse ulteriormente le mie spalle. "È morta," disse più dolcemente.

"No," dissi ma non riuscivo a guardare il suo volto, sapendo che mio fratello aveva ragione. "Salvala, ti prego, salvala." Gli consegnai il corpo. "Vuoi che supplichi?" M'inginocchiai, le sue mani lasciarono le mie spalle, mentre consegnavo a lui il corpo di Minny. "Per favore, salvala. Farò tutto quello che vuoi."

"Non posso. Vorrei poterlo fare." disse Michael e si allungò ad asciugarle del sangue dal viso. "Vorrei davvero."

"Allora a che cosa serve un arcangelo?" ringhiai amaramente.

"Non lo so," sussurrò Michael, con gli occhi lucidi.

"Sei stato tu. Tu l'hai messa sulla mia strada, e tu hai fatto sì che questo accadesse! L'hai uccisa tu." Riadagiai di nuovo il corpo di Minny a terra quanto più cautamente possibile, e richiamai la mia spada. "Tu commetti più peccati di quanti potrei mai fare io, eppure resti accanto a nostro Padre come il figlio prediletto."

La spada tornò nella mia mano, mentre la rabbia mi scorreva nel corpo. Il demone che era parte di me emerse dal palmo e ringhiò all'arcangelo, il suono eruppe dalle mie labbra.

"Non ti ho ucciso per tutti questi anni, ma non mi tirerò indietro ora." Oro contro argento: le nostre lame entrarono in collisione e le ali sbattevano freneticamente.

"Non voglio farti del male, fratello," supplicò Michael.

"L'hai già fatto. Il suo sangue è sulle tue mani." Il clangore delle spade aumentò, mentre vorticavamo nell'aria al di sopra dell'ospedale, le nostre braccia si muovevano più in fretta di quanto un occhio umano fosse in grado di vedere. "Volevi farmi cedere? Beh, ci sei riuscito. Sono spezzato, Michael." Volarono scintille mentre il metallo fatale delle spade s'incontrò, e le impugnature si incrociavano. "Ti odio. Tutto quello che tocchi si riduce in cenere, eppure continui a vivere. Non è giusto," gli ringhiai in faccia.

"Non l'ho uccisa io, Riker. Non l'ho messa io sul tuo cammino."

"Menzogne!" Striature oro e argento ruotavano e il rumore delle lame crebbe ulteriormente. Altre scintille si sollevarono nel cielo notturno, come piccoli frammenti di cenere di un fuoco.

"Verità! Te lo giuro, Ri, mi sono messo in mezzo soltanto dopo che voi due vi siete incontrati, e la scintilla della profezia ha cominciato a brillare. Non volevo che morisse, fratello, te lo giuro." Michael schivò un colpo mortale, ma riuscii a sollevare uno stivale e dargli un forte calcio al petto. Rotolò l'indietro e si schiantò sul tetto, perdendo il senso d'orientamento.

Piombando a terra, atterrai accanto a lui e gli toccai il collo con la punta della spada. "Devi morire per il dolore che hai causato, il dolore che continui a causare!" Ritraendo la lama, mi mossi, mentre la spada si dirigeva verso il collo di Michael, che, con gli occhi chiusi, sapeva che la fine l'aveva finalmente trovato.

"PROMETTI UNA COSA."

"Qualunque cosa, è tua, dimmi."

"Sii questa versione di te, sii l'uomo di cui mi sono innamorata."

"Lo prometto."

RESPIRANDO AFFANNOSAMENTE, gridai in agonia, un profondo dolore mi stava spaccando in due come una linea di faglia. Le braccia mi tremarono, quando la lama sfiorò il collo di Michael e poi mi fermai. Feci cadere la lama con un rumore metallico, mentre le mie ginocchia incontrarono la superficie del tetto. Afferrai delle manciate di pietre, mentre le lacrime mi scorrevano sul viso a fiotti.

Avvicinandomi, la mia mano tremò mentre le chiusi gli occhi per l'ultima volta.

Delle braccia mi avvolsero la spalla. "Non volevo che lei morisse. Non volevo niente di tutto questo, fratello, te lo giuro sulla mia stessa vita e sulla mia fede: non è questo che speravo accadesse."

Feci un respiro affannoso, alzai il capo mentre saltavo in piedi, scuotendomi Michael di dosso.

"L'Etere... occupati di lei, torno subito."

"Che cosa vuoi fare?" Michael mi chiese.

"La riporterò indietro," gridai, mentre mi curavo con l'Etere.

"Non farlo, fratello!" Sentii Michael gridare, ma ero troppo perso nel dolore e nella mia speranza per prestargli ascolto. Dovevo riportarla indietro. Era tutto ciò che mi importava.

CAPITOLO
CINQUANTASEI

Vidi Lucifero e Leviatano mentre piombavo sull'Etere. Si stavano probabilmente domandando perché il mio esercito fosse uscito dall'Inferno, ma non avevo il tempo di dare loro alcuna spiegazione al momento. Corsi verso la caverna dello Stige e m'infilai nell'ampia apertura. L'interno della galleria era buio, ma gli spiriti degli umani brillavano misteriosamente sotto l'acqua scura, riflettendo ombre luminescenti lungo il soffitto.

Piegai le ali, così da potermi abbassare sull'acqua che avrebbe consumato un demone o un angelo per tutta l'eternità, se avessero scioccamente provato a nuotarci. Mi librai sopra l'acqua fissando le migliaia di volti che passavano. Sbattendo le ali, mi abbassai e tornai verso l'ingresso del fiume, dove erano divisi tra Paradiso e Inferno. Percorsi la via avanti e indietro, passando da un lato della riva sabbiosa all'altra, ma non scorsi il suo bel viso tra la folla. Non poteva essere già passata, oppure sì?

La mia ombra si rifletté su di me, mentre cercavo freneticamente la mia Minny. Stavo facendo il mio terzo giro, quando una mano spettrale si sollevò lentamente dall'acqua luccicante nella mia direzione. Virando, afferrai la mano tesa verso di me. Il suo bel volto apparve proprio al di sopra della superficie luminosa. Tirandola via dall'acqua, vidi scivolare fiumi d'acqua dal suo corpo mentre volavo verso la riva. Con un lieve battito d'ali, mi abbassai, con il cuore colmo di gioia per stringerla al mio corpo.

Le sue braccia si avvolsero intorno a me, e seppellii la mia testa nei suoi capelli umidi. Il mio corpo tremò, mentre le lacrime bagnate cadevano, mescolandosi con la sua veste inzuppata. La stoffa semplice che veniva consegnata a tutti coloro che entravano nel fiume, sembrava stupenda su di lei. Avrebbe potuto indossare un sacchetto di carta, e sarebbe sembrata altrettanto bella.

"Credevo di averti perso." Le presi le guance tra le mani e la baciai appassionatamente. Riversai ogni grammo di emozione in quel bacio, ogni ti amo inespresso, ogni sei mia per sempre a cui avessi mai pensato. Lei era tutto per me. Il mio cuore non voleva più battere per conto proprio. "Ti prego, resta con me," dissi, interrompendo quel bacio mozzafiato. "Ti prego."

"Era giunta la mia ora," disse lei semplicemente, e alzò una spalla. "Credevo che avrei avuto più tempo, ma non era destino."

Minetta imitò la mia posizione, poggiando le mani sulle mie guance.

"Ma non deve finire in questo modo. Puoi stare qui con me. Possiamo vivere qui all'Inferno. Ho un palazzo."

In quel momento, fu dolorosamente chiaro quanto fosse palese che lei non appartenesse a quel posto.

La sua anima splendeva luminosa contro il grigio scuro delle mura della caverna, mentre la sabbia luccicava come diamanti neri in sua presenza.

Lei era un faro di pura luce. Prima che aprisse la bocca, seppi ciò che intendeva dirmi.

"Ti prego, non dirlo." Le baciai le labbra morbide, assaporandole.

Nulla poteva impedire che quel dolce profumo di pesca potesse per sempre ricordarmi di lei. "Non ho mai implorato niente." Caddi lentamente in ginocchio ai suoi piedi. "Ti sto implorando ora, per quanto egoista possa sembrare, di restare con me. Mi rendi un uomo migliore, mi rendi qualcuno che mi piace, mi fai sentire di nuovo vivo. Ti amo. Ti amo tanto. Resta. Ti prego, resta."

I suoi occhi blu brillarono leggermente alla luce fioca, mentre abbassava il volto verso il mio. "Ti amo più di ogni altra cosa, Riker, ma non appartengo a questo posto. Devi saperlo." Mi baciò il naso, e poi depose un dolce bacio sulle mie labbra, e un gemito fuoriuscì dalla mia gola, mentre pensavo solo di prenderla e tenerla con me, a prescindere da ciò che diceva. "Guardami, Riker," la sua voce era dolce eppure risultava autoritaria come quella di un capitano. "Tu sei sempre stato grande, e non avevi bisogno di me per esserlo. Ti ho solo ricordato chi fossi e che cosa giaceva sepolto dentro di te." Mise una mano sul mio cuore.

"No, ero orribile. Ho commesso tante cose terribili. Tu non capisci. Tu sei il mio angelo. Sei l'amore della mia vita. Non voglio respirare in un mondo senza di te. Ti prego, Minny, mi dispiace di essermene andato, mi dispiace di non aver capito quanto fossi importante per te, mi dispiace..." Poggiò un dito sulle mie labbra, e ogni speranza dentro di me, a cui mi stavo aggrappando, crollò definitivamente.

Lei allargò il sorriso, e fu la cosa più bella che potessi vedere, quello sguardo di pura gioia e amore. Era qualcosa che non avrei mai dimenticato.

"Tutti ti stanno guardando, Riker," sussurrò.

Mi guardai intorno, vedendo i demoni di Caronte. Tutti i loro volti premevano contro il vetro mentre assistevano allo spettacolo. "Non m'importa. Che guardino. Lascia che mi vedano implorare."

Lei allargò ulteriormente il sorriso, la sua dolce risata scaldò la mia anima spezzata.

"Non vedi, questo è il punto. Ti ammirano. Sei più importante per l'Inferno, il Paradiso o la Terra di quanto immagini. Questa versione di te, questa versione di cui mi sono così follemente innamorata. Mi dispiace di aver tenuto per me quelle cose, Riker. Non avrei dovuto farlo."

"No, non scusarti con me. Non avrei dovuto essere così precipitoso e andarmene. Avrei potuto salvarti. Avrei..."

"Riker, quello che non capisci è che questo doveva accadere. Se non oggi, allora domani o il mese prossimo, ma questo è sempre stato il mio destino." Le labbra di Minetta sfiorarono le mie, sentii il gusto del sale per le nostre lacrime mescolate con il suo dolce sapore. Mettendosi in posizione più eretta, si guardò di nuovo intorno. "Ti prego, non chiedermi di restare qui, ti amo, ma non è questo il mio posto, e..." Tacque e guardò in direzione del Paradiso. "Voglio vedere di nuovo mio padre."

Feci un respiro ansimante, con le ali pendenti che sfioravano la sabbia nera. Lei mi sollevò il mento con un dito delicato. "Occupati di coloro che ti seguono con lealtà. Ti amano profondamente. E ti prego, prenditi cura della mamma finché non passerà oltre, so che non le resta molto tempo, ma non voglio vederla da sola. Odio dovertelo chiedere, ma sei l'unico a cui possa rivolgermi."

"Tu mi stai lasciando solo. Non voglio restare più da solo." Le mie mani si aggrapparono alla sabbia nera, e fui tentato di gettarmi nel fiume e perdermi per sempre.

"No, Riker, io sarò per sempre con te." Poi, guardò di nuovo in direzione del bivio nel fiume. "Sento i cancelli che mi chiamano. Devo andare."

Mi baciò poi, con forza e passione, esprimendo tutto ciò che c'era tra noi, la sensazione del tocco delle sue labbra durò ancora a lungo dopo che lei era tornata nel fiume. Le nostre dita rimasero intrecciate mentre ci guardavamo profondamente negli occhi.

"Ti amo," sussurrò mentre si abbassava lentamente nell'acqua. "Ti amerò sempre, Riker. Sempre." E poi, sparì, sotto la superficie, lasciandosi trascinare verso la riva ancora una volta.

Il dolore e la tristezza mutarono in una rabbia incandescente che mi accecò, mentre m'inginocchiai lì, guardandola sparire. Alzandomi, esplosi in un ruggito, scuotendo le pareti della caverna. Saltando in aria, volai verso l'apertura e verso il mio palazzo. Il mio pugno incontrò i cancelli dorati, l'impatto li fece spalancare violentemente. Il delirio aumentò con il dolore che esplose nel mio braccio.

"Ahhh!" gridai, afferrando la prima cosa su cui potei mettere le mani, e la scagliai nel giardino. Peggiore di ogni furiosa tempesta, mi scagliai contro le porte, le mura — i miei pugni abbatterono il lato dell'onice nero.

Grossi frammenti della roccia costosa e dell'intarsio dorato crollarono dall'edificio, che mi era costato tanta fatica. Non m'importava. Nulla importava più. Non mi fermai, quando non riuscii più a sentire le mie mani insanguinate, e non mi fermai quando non riuscii più a reggermi in piedi.

La stanchezza e il dolore travolgente mi fecero crollare all'indietro, proprio sul sedere, nel bel mezzo dei detriti. Sollevai lo sguardo, mentre qualcuno si accovacciava accanto a me.

Guardai negli occhi grigi di Skye. "Mi dispiace, mi dispiace tanto," scoppiò in lacrime e mi abbracciò. "Non sapevo che cosa significasse lei per te. Non l'ho capito. Mi dispiace tanto." Neven mi strinse dall'altro lato, e esaurii tutte le lacrime. Ormai non restava altro che questo torpore doloroso che mi riempiva, lasciandomi come una sorta di guscio vuoto.

Odiavo mio Padre eppure lo comprendevo di più in quel momento, rispetto a quanto avessi fatto prima. L'unica cosa che mi impediva di farla finita, mettendo fine al dolore, era la promessa che avevo fatto a Minny. Non l'avrei infranta.

Era il suo ultimo desiderio, il suo desiderio prima di morire, ed era tutto ciò che mi restava. Dopodiché, non avrei avuto più niente.

Ero nato potente arcangelo, e rinato come principe, il peccato dell'avarizia, ma la mia caduta era avvenuta per il tocco di una donna che mi aveva mostrato il significato dell'amore.

CINQUANTASETTE

Non avevo mai compreso il potere dell'immortalità, né cosa significasse avere una vita così delicata, ossia svegliarsi ogni singola mattina ed essere grato per il dono della vita. Essendo immortale, non conoscevo il concetto di tempo. Non avevo mai dato valore al tempo condiviso, ai momenti che avevo né apprezzato quelli della mia vita. Non nel modo in cui avrei dovuto, non finché Minny era entrata nella mia vita, mostrandomi che cosa volesse dire amare davvero e desiderare di più. Che cosa significasse affrontare la perdita.

Io, Mammon, desideravo la sola cosa che non potevo avere.

Più tempo con lei. Dalla sua morte, erano trascorsi due mesi, e ogni singolo giorno era una lotta. Lottavo per respirare, mangiare o persino dormire. Avevo perso tutta la mia motivazione, e la mia voglia di andare avanti s'indeboliva ogni giorno che passava. Semplicemente alzarmi o eseguire compiti banali come vestirmi costituivano uno sforzo che mi toglieva ogni energia.

Mantenni la promessa che avevo fatto al mio uccellino. I piani per l'ospedale erano sotto controllo, e ora sull'insegna c'era scritto anche il suo nome insieme a quello del padre. Avevo anche fatto trasferire Shelly Johnson più vicina a me, rendendomi più facile occuparsi di lei. Avevo sperato che Minny avrebbe acconsentito ma, quando Shelly pianse di gioia mentre guardava l'oceano, immaginai che sua figlia ne sarebbe stata felice. Sedendomi con Shelly, parlammo di Minny, e appresi storie sulla sua gioventù. Era il solo momento importante della mia giornata, e quelle due ore erano l'unica ragione che mi spingeva ad andare avanti.

Minny aveva avuto un piccolo ma bel funerale, proprio come era lei. Non avevo mai partecipato a una simile cerimonia prima. Un gruppo di persone erano disposte intorno a una bara aperta, vestite di nero, mentre piangevano per la perdita subita. Mi ero sempre chiesto quale tipo di pace inducesse le persone a comportarsi così.

Ma, mentre il feretro lucente di Minny veniva calato nella terra, e Shilo leggeva una poesia sull'amore eterno, compresi perché Penny piangesse e Skye e Neven si abbracciassero. Nel bene e nel male, la sua breve presenza nella mia vita, mi aveva cambiato per sempre.

Mi sedetti sul bordo del letto di Shelly Johnson, la sua mano fragile e ossuta giaceva nella mia. Non ci sarebbe voluto ancora molto ormai, e la donna si sarebbe riunita con la figlia. L'angolo della mia bocca si sollevò in un piccolo sorriso, mentre immaginavo la loro riunione. Restai con lei, finché non esalò l'ultimo respiro, e poi le deposi un bacio sulla fronte.

"Dille che mi manca e che l'amo," le sussurrai nell'orecchio.

Rivolsi la mia attenzione all'infermiera nella stanza. "Chiamerò le pompe funebri per tutti i dettagli."

Uscendo dall'edificio, stetti a guardare il luminoso cielo blu e feci un respiro profondo, eppure sembrò che non potessi inalare aria a sufficienza. Il dolore al petto era un vecchio amico ormai, che portavo sempre con me. Dovetti cedere a Neven le redini della mia società. Non riuscivo nemmeno a guardare quell'edificio, né tantomeno entrarci.

"Stai bene, signore?" chiese Shilo.

Annuii e mi avvicinai all'angelo che ora consideravo un padre.

"Sì, se n'è andata in pace."

"Molto bene. Che cosa vorresti fare adesso?"

"Riportami a casa. Sono stanco oggi," dissi e scivolai nel sedile del passeggero dell'auto. Poggiando la testa contro il finestrino, guardai il mondo che scorreva davanti a me. Il mio attico era stato improvvisamente trasformato in una comune, o almeno era questo che sembrava, dopo che avevo permesso a

Shilo di viverci insieme a Penny, Neven e Skye, che avevano occupato le stanze, stabilendovisi.

Tutti dicevano che non volevano vedermi da solo e a turno s'intrattenevano con me, per i pasti o per semplici conversazioni. Pensai che fossero ridicoli, ma lasciai loro fare ciò che volevano. Non avevo l'energia per oppormi. Passai davanti alla cucina, dove li sentii ridere.

"Se avete bisogno di me, sono nel mio studio."

"Dovresti mangiare qualcosa, figliolo," chiamò Shilo.

"Più tardi, Shilo, non ho fame." Non mi degnai nemmeno di guardare l'angelo. Non volevo vedere lo sguardo preoccupato sul suo volto. Chiudendo la porta, appesi la giacca all'appendiabiti e presi una bottiglia di whiskey prima di sedermi.

La mia grande spada brillava come il giorno in cui era stata creata. Non c'era un solo graffio sulla lama dorata, appesa dietro la scrivania, ma non potevo affermare la stessa cosa per la mia anima.

Stetti a fissare l'enorme ciotola di pesche fresche sul tavolo e feci un respiro profondo mentre chiudevo gli occhi. Non rendeva davvero giustizia al suo profumo, ma potevo quasi fingere che lei fosse qui con me. Poggiando la testa contro lo schienale di pelle, feci ciò che stava diventando un'abitudine. Rivissi ogni singolo momento che avevamo condiviso. Feci scorrere un dito sul labbro, ricordando il nostro ultimo bacio.

Un lieve bussare alla porta riecheggiò nella stanza, e mi alzai in piedi, asciugandomi le lacrime. "Posso entrare?" chiese Shilo.

"Ti ho detto che non ho fame oggi."

"Lo so."

Sospirando rumorosamente al di sopra dell'interruzione, risposi: "sì, entra pure."

Mi alzai e mi diressi al bar per riversarmi da bere. "Non sono sicuro del perché tu insista tanto che io mangi, Shilo."

"Perché lui ti vuole bene." Mi immobilizzai con la bottiglia in mano. I battiti del mio cuore accelerarono, riecheggiando selvaggiamente nelle mie orecchie. Il suo profumo invase le mie narici, mentre mi voltai lentamente. Sbattei le palpebre, la bottiglia e il bicchiere caddero a terra. Lei si coprì la bocca e sussultò mentre il cristallo si frantumava in un milione di pezzettini.

"Oh accidenti, mi dispiace, avrei dovuto chiamare prima o chiedere a Shilo di assicurarsi che fossi seduto."

"Sei davvero tu. Sei qui?"

Il sorriso che poteva illuminare qualsiasi stanza le si allargò sul viso. Mi era mancato quel sorriso. No, mi era mancata lei. Attraversai di corsa la stanza, temendo che potesse sparire di nuovo se non l'avessi afferrata. Il suo corpo era caldo e perfetto mentre la stringevo, facendola girare. Lei urlò e mi baciò in modo passionale, le nostre lingue s'intrecciarono mentre il nostro bacio diceva ciò che le parole non avrebbero potuto esprimere.

"Com'è possibile? Come fai ad essere qui?" Le tempestai il viso di baci, e la strinsi a me, spaventato all'idea di lasciarla andare.

"Non sto impazzendo, vero?"

Lei esplose in una fragorosa risata. "No, non stai impazzendo. Sono davvero qui."

"Allora come? Non capisco come sia possibile."

"Beh, se mi lasciassi andare per un momento, te lo spiegherei." Mi guardò e mi rivolse un sorrisetto furbo prima di sottrarsi al mio abbraccio. Incapace di parlare io stesso, mi leccai le labbra mentre lasciai che le sue dita aprissero i bottoni della camicetta che indossava. Cadde al suolo, e io gemetti alla vista del suo corpo e l'adorabile reggiseno in pizzo che portava.

"Se sto sognando, non svegliarmi mai," mormorai.

"Non stai sognando, sciocco." Il suo corpo brillava, emanando una morbida luce bianca e dorata, riflettendo ombre nella stanza. Sussultai quando vidi un paio di delicate ali bianche spalancarsi lentamente sulla sua schiena. I miei occhi si fermarono sulle ali bianche e deglutii rumorosamente.

"Sei diventata un angelo? Un angelo da un'umana?" Lei annuì, e una lacrima scese lungo la mia guancia. "Lo meriti, lo sei sempre stata comunque, mio uccellino, e ora hai le tue ali. Quanto spesso puoi venire a farmi visita?"

Il suo sorriso divenne un sorrisetto sexy, mentre si slacciava il reggiseno e lo fece cadere a terra. Smisi di respirare, la mia mente divenne una tabula rasa, i miei occhi si incollarono al suo petto, che si alzava e abbassava. "Che cosa ne diresti se ti dicessi che sono stata fatta angelo custode e posso restare qui sulla Terra?"

"Davvero?" La speranza emerse nel mio petto, mentre guardavo il suo volto sorridente.

"Chi è il fortunato?"

Sollevò il braccio e lo puntò verso di me.

"Io?" Minetta annuì. "Mio Padre ha fatto di te il mio angelo custode?"

"A dire il vero, è stata un'idea di Michael. Apparentemente, ti sei redento abbastanza da meritare un po' di felicità. Inoltre, ha detto che avevo un'influenza positiva su di te. Dovresti sapere che Michael si è inginocchiato, chiedendo questo favore. Ha detto che hai avuto la possibilità di ucciderlo, e non l'hai fatto. Niente segreti stavolta tra. noi." Minetta sorrise.

"Niente segreti e niente fughe."

"Oh, e in caso tu voglia saperlo, Raphael era davvero furioso; gli è stato vietato di tornare sulla Terra, almeno fino al perdono del Padre." Minetta rise e quel suono mi contagiò, facendomi ridere con lei.

Con un grido, l'afferrai intorno alla vita e la sollevai sopra la mia spalla. "Oh, mio uccellino, abbiamo così tanto tempo di cui rifarci," dissi correndo in camera da letto; lei scoppiò di nuovo a ridere e mi schiaffeggiò il sedere.

Ignorai le risate e gli applausi degli spettatori in soggiorno mentre passammo, chiudendo la porta dietro di me. Rimettendola giù, mi chinai su di lei finché le mie labbra non trovarono le sue, e non smisi finché non ci ritrovammo entrambi senza fiato. Nel volgere di un attimo, la mia anima era guarita, ricomponendosi, come se lei fosse l'ago e il filo che mi erano serviti, e non l'avrei mai più lasciata andare.

"Ti amo più di quanto possano esprimere le parole, Minetta Johnson."

"Ti amo più di quanto possano esprimere le parole, Riker Rhodes. Ora aggrediscimi."

"Sì, signora."

EPILOGO

Cinque Anni Dopo

Minetta corse per il grande cortile della sua fattoria di famiglia inseguendo il loro bambino di quattro anni, Maximus, mentre Riker cullava l'ultima aggiunta alla famiglia, Aliyah, tra le braccia. Max era l'immagine sputata di lei, con i grandi occhi blu e i capelli nerissimi, mentre la loro dolce Aliyah era decisamente la piccola di papà con gli unici occhi ambrati e i capelli biondi che rasentavano l'oro. Era impossibile dire se i bambini fossero immortali e avessero dei poteri, oppure se sarebbero rimasti umani visto che erano nati sulla Terra. Ad ogni modo, erano felici, erano una famiglia, e i bambini stavano vivendo la stessa infanzia amorevole che lei aveva avuto.

Riker parlò con i proprietari a cui Minny aveva venduto la sua fattoria, convincendoli a trovare un altro posto. Probabilmente aveva offerto l'oro un'ingente somma di denaro per convincerli. Si trasferirono nella fattoria, subito dopo essere tornati. Shilo insisté ad andare a vivere con loro, e onestamente, lei non sapeva come avrebbe fatto senza di lui. L'angelo sembrava ringiovanito, aiutava ad occuparsi dei bambini e organizzava la ristrutturazione in corso. Riker sistemò la piccola camera da letto al piano di sopra, usandola come ufficio, ma le diede libertà di accesso per distrarlo quando non lavorava.

Minetta era molto orgogliosa di averlo tenuto lontano da un'importante riunione su Zoom, solo sussurrandogli all'orecchio.

Era riuscita ad andare a trovare i genitori in Paradiso e, sebbene sapesse che era un altro addio, era stato diverso, quando aveva acconsentito a diventare l'angelo custode di Riker. Erano felici e insieme, e sapeva che erano al sicuro, e lei poteva andare a trovarli due volte l'anno.

Ma qui e ora era il suo momento. Era il suo momento per realizzare i suoi sogni, e le era stata data la possibilità. Forse un po' di avarizia l'aveva sfiorata mentre un po' della natura più gentile di Riker era rinata dentro di lui, ma insieme erano equilibrati.

Penny, Skye e Neven scelsero di vivere nell'attico, ma non era loro permesso di entrare nella camera padronale. Lei si era assicurata di non dover affrontare nulla di strano, se avessero deciso di restare in città per qualche notte. Le feste che davano erano apparentemente fuori dagli schemi, perciò Minny faceva bene a preoccuparsi.

Minetta aveva deciso di continuare a lavorare part-time, con grande sgomento di Riker, e scelse una posizione da operatrice del 911 nella loro nuova zona.

Stava andando al lavoro, quando il loro piccolo terremoto le diede un colpetto sul sedere e le disse che era finita.

Allora, prese in braccio Max e lo sollevò in alto. "Sei proprio come il tuo papà," il bambino strillò, quando lei lo fece oscillare come un aereo, con le mani spalancate, un sorriso radioso come il sole splendente, rivolto a lei.

"Ehi, non dare la colpa a me. Penso che sia stato Shilo a mostrargli quel trucco," disse Riker, facendo sì che Shilo aggrottasse la fronte, mentre dondolava lentamente la nuova bimba, nella nuova sedia a dondolo. Gli piaceva ancora avere alcuni oggetti oscenamente costosi, davanti ai quali Minetta scuoteva la testa, ma lui era pur sempre il peccato dell'avarizia. Ce n'erano troppi per una sola persona. Riker passò Aliyah a Shilo e scese in fondo alle scale, per incontrare i due.

"Sì, Shilo mi è girato intorno per sculacciarmi, sembra proprio da lui," lei scherzò e sentì una risatina proveniente dal porticato.

"Hmm, va bene, d'accordo, hai vinto. Potrebbe essere colpa mia. Ho una cosa per te," disse e s'infilò una mano in tasca, per poi estrarre qualcosa.

"Tieni, facciamo uno scambio." Riker si allungò per prendere Max.

Minetta passò il loro figlio vivace a Riker, e allungò la mano. Lui aprì il pugno, e una catenina d'oro con un rubino rosso si posizionò sul palmo della sua mano.

"Riker, è stupenda. Per che cos'è?"

Lui scrollò le spalle e sogghignò. "Solo perché la meriti."

"Dovrei preoccuparmi del sogghigno?"

Riker rise, e il suono caloroso e fragoroso rotolò sulla sua pelle e la scaldò più di quanto potesse fare il sole. "No, mio Uccellino, non c'è niente per cui tu debba preoccuparti."

Minetta espose la catenina alla luce, e vide che era la pietra più bella che avesse mai visto dopo il diamante d'ambra sulla sua fede nuziale.

Sorridendo, sganciò la catenina e la indossò intorno al collo. Sollevandosi sulle punte dei piedi, diede un bacio a entrambi i suoi uomini. Le sue labbra indugiarono su quelle di Riker, la mano sul suo collo mentre lui la baciava, prima che gli sussurrasse qualcosa all'orecchio.

"Starò via per qualche giorno, e ho un paio di idee su come potremmo trascorrere il tempo." Un lieve ringhio emerse dal petto di Riker, i suoi occhi trovarono quelli della moglie mentre indietreggiava, e come sempre, quello sguardo le fece battere forte il cuore.

"Beh, questa è un'idea che posso prendere in considerazione. Volevi vedere l'Irlanda?"

Lui allargò il sorriso mentre lei scoppiava a ridere.

"Sai una cosa? Perché no. Dovevo ancora vedere un posto che iniziava con la 'I'."

"Il jet sarà pronto per quando tornerai dal lavoro."

Minetta poteva dire che lui stava faticando a trattenere il proprio entusiasmo, e ci sarebbe stato un nuovo viaggio in programma per il suo ritorno dal lavoro, ma questo non la preoccupava per il momento. Riker aveva più volte dimostrato di poter essere al contempo il peccato dell'avarizia e avere un cuore altruista. Parte della sua condizione del poter stare con lui, era che Riker dovesse restare il peccato sulla Terra.

"Ci vediamo domattina, piccoletto. Che ne dici di fare una speciale colazione prima del nostro volo, ad esempio con i pancake con le gocce di cioccolato?"

"Sì!" gridò Max, facendoci ridere tutti.

"Ci vediamo dopo il lavoro, non lasciare che ti convinca a restare sveglio dopo l'orario di andare a nanna." Lanciò uno sguardo severo a entrambi i suoi uomini, ma, in risposta, ottenne dei sorrisi innocenti. "Mmhmm, sembrate entrambi colpevoli. Abbiamo un duo tremendo qua."

Raggiungendo la sua auto, si fermò a fissare Riker, e il suo cuore si gonfiò mentre lui e Max la salutarono, con degli ampi sorrisi sui loro volti.

"Ti amo," gridò e soffiò un bacio che Max finse di raccogliere, per poi deporre sulla guancia del padre. Il cuore di Minetta quasi esplose per la felicità.

"Io di più, Uccellino."

Questo call center era molto più piccolo e molto più tranquillo di quello di New York, e, al momento, c'erano soltanto lei e altri due colleghi. Minetta sbadigliò e si stirò le braccia, mentre l'orologio sulla parete mostrava che le restavano altre due ore. Penny le mancava. Le due volte al mese in cui la vedeva non erano un tempo sufficiente da passare tra ragazze. E odiava ammetterlo, ma Skye e Neven si erano affezionati a lei ormai e, soprattutto, Skye non stava provando a interferire nella sua relazione con Riker.

Il telefono squillò, e interruppe bruscamente quel flusso di pensieri.

Raggiunse il pulsante, ma cessò di squillare. Guardò la luce che stava ancora lampeggiando, indicando una chiamata in entrata sul computer e si rese conto che nulla si stava muovendo, nemmeno l'aria nella stanza.

Minetta si alzò lentamente e guardò la ragazza che stava tornando alla sua postazione con il caffè, immobilizzarsi. Non sicura di quello che stava succedendo, tornò a sedersi e tirò fuori le due spade, invisibili agli occhi degli umani. Il leggero clangore del metallo che fuoriusciva dalle guaine in pelle risuonò nell'improvviso silenzio.

La porta d'ingresso dell'edificio si spalancò, il campanello annunciò che era entrato qualcuno, ma non riusciva a vedere di chi si trattasse. Uscì dunque dal suo cubicolo, preparandosi alla potenziale minaccia.

Aveva appreso in fretta, perché ora era un angelo e più potente di quanto avrebbe potuto immaginare, il che però non significava che non avesse nemici.

Un'ombra si proiettò sulla porta un istante prima che Lucifero in persona entrasse. Marciò per la stanza, sembrando in ogni grammo il bastardo che ricordava dalla volta in cui Riker l'aveva portata da Caronte, per incontrare l'uomo che aveva dato inizio alla caduta. Oltre ad essere ignaro di molte cose, in realtà era un tipo divertente. A quanto pareva, in quel periodo era un feticista della pelle, e l'outfit risultava un po' insolito, a dir poco. Pantaloni attillati in pelle, anfibi neri, con una maglietta nera erano una cosa, ma era il lungo mantello con la pelliccia sul colletto che destava meraviglia, ma che diamine?

L'unica cosa era che Lucifero veniva davvero di rado sulla Terra. Infatti, lo faceva soltanto quando era annoiato o voleva causare problemi di qualche sorta. Minetta era terrorizzata dallo scoprire il motivo della sua presenza, mentre era lì da sola al lavoro.

"Puoi mettere via i tuoi giocattoli. Non sono qui per farti del male." Lucifero le passò davanti e le allungò un intero vassoio di caffè e tre scatole di ciambelle che avrebbero sfamato venti persone.

Mise via le spade e accettò l'offerta. "Grazie, immagino."

"Cosa? Non è questo il cibo tipico dei poliziotti?"

Minetta fu tentata di correggerlo, dicendogli che non era della polizia, e che il commento era alquanto prevenuto ma, ancora una volta, era Lucifero, importava davvero?

"Va benissimo, grazie, poggio tutto qui." Prima che lei potesse muoversi, lui prese un caffè e un paio di ciambelle ricoperte di zucchero a velo, e lei dovette soffocare una risata mentre rimetteva giù la scatola e si voltava a guardare il diavolo. Lucifero aveva i baffi ricoperti di zucchero ed era ovvio che non sapesse o non gliene importasse, mentre sorrideva e guardava il centro gelatinoso. Minetta si spostò, andandosi a sedere di fronte al diavolo, un po' terrorizzata di sapere perché fosse venuto a farle visita.

"Allora, come posso aiutarti Lucifer, Principe delle Tenebre?"

"Chiamami Luci. Tu e Riker siete impegnati in un mambo orizzontale, abbiamo superato le formalità."

"Ok Luci," disse lei, e non c'erano parole per descrivere quanto fosse stato strano pronunciarle. "Come posso aiutarti?"

Lui indicò il suo petto, e lei abbassò gli occhi, terrorizzata di scoprire che cos'avesse che non andava. "Quello è un gran bel rubino."

"Grazie, me l'ha regalato Riker." Poi Minetta allargò il sorriso, e passò una mano sulla pietra.

"Assomiglia a quelle sul mio trono. Quell'uomo ha buon gusto."

Lucifero sorrise e, in quel momento, lei deglutì rumorosamente, ricordando fin troppo bene il ghigno sul volto di Riker. L'uomo avrebbe avuto il culo rosso. Ma, dopo tutto, gli sarebbe piaciuto.

Merda.

"Comunque, ho bisogno di un tuo consiglio." Si appoggiò contro lo schienale della sedia e trangugiò il caffè.

Lei si preparò per qualunque cosa stesse per aggiungere, perché, in ogni caso, non si sarebbe trattato di qualcosa di buono.

Fine

Curiosi di conoscere le intenzioni di Lucifero? Allora, continuate a leggere la serie, assicurandovi di non perdervi *Pride* di T.L. Hodel, per tutte le risposte che cercate.

BROOKLYN CROSS

Se amate il genere dark e audace, allora non cercate oltre. Brooklyn Cross è sempre stata profondamente appassionata della scrittura e dotata di una folle immaginazione. Quando non è impegnata a scrivere del prossimo personaggio di cui vi innamorerete, potrete trovarla a passeggiare con i suoi cani nella fattoria e a sorseggiare una tazza di caffè bollente.

Oltre ad aver conseguito la laurea in economia, ha gareggiato nella disciplina equestre del dressage, puntando alle competizioni olimpiche. Brooklyn è un'imprenditrice nell'anima, ha insegnato e ha allenato molti appassionati di equitazione, con i loro splendidi cavalli, ma è sempre stata attirata dalla scrittura a tempo pieno.

"Scrivere è ciò che amo. Voglio solo che i miei personaggi risultino autentici. Raccontare una storia che i lettori possano apprezzare e in cui immergersi, ma anche in cui immedesimarsi. Se riesco a strapparvi un sorriso, farvi ridere, piangere o a farvi battere il cuore, allora significa che ho svolto bene il mio lavoro. Trascinare le persone nei miei mondi, e farle vivere seppur per un breve lasso di tempo insieme ai miei personaggi è quello che ho sempre voluto."

LINK PER SEGUIRMI

Di seguito, sono elencati i link che potete utilizzare se volete seguirmi sulle mie pagine social.

BookBub: www.bookbub.com/profile/brooklyn-cross
Goodreads: Brooklyn Cross (Author of Dark Side of the Cloth) | Goodreads
TikTok: Author Brooklyn Cross (@authorbrooklyncross) TikTok | Guarda gli ultimi video dell'Autrice Brooklyn Cross su TikTok
IG: Brooklyn Cross (@author_brooklyncross) - foto e video Instagram
Gruppo FB: Crossfire- A Brooklyn Cross Reader Group |Facebook

www.ingramcontent.com/pod-product-compliance
Lightning Source LLC
Chambersburg PA
CBHW051307190726
48290CB00001B/46